CAROLINE MARCH

Mi alma gemela
(Mo anam cara)

Editado por Harlequin Ibérica.
Una división de HarperCollins Ibérica, S.A.
Núñez de Balboa, 56
28001 Madrid

© 2014 Silvia González Flores
© 2014 Harlequin Ibérica, S.A.
Mi alma gemela (Mo anam cara), n.º 178 - 1.9.14

Todos los derechos están reservados incluidos los de reproducción, total o parcial.
Esta edición ha sido publicada con autorización de Harlequin Books S.A.
Esta es una obra de ficción. Nombres, caracteres, lugares, y situaciones son producto de la imaginación del autor o son utilizados ficticiamente, y cualquier parecido con personas, vivas o muertas, establecimientos de negocios (comerciales), hechos o situaciones son pura coincidencia.
® Harlequin, TOP NOVEL y logotipo Harlequin son marcas registradas por Harlequin Enterprises Limited.
® y ™ son marcas registradas por Harlequin Enterprises Limited y sus filiales, utilizadas con licencia. Las marcas que lleven ® están registradas en la Oficina Española de Patentes y Marcas y en otros países.
Imagen de cubierta utilizada con permiso de Dreamstime.com.

I.S.B.N.: 978-84-687-4713-2

*A Lourdes y Marta,
por vuestro apoyo incondicional, por vuestro increíble
entusiasmo, por nuestros recuerdos compartidos, porque soy
afortunada de teneros a mi lado.*

CAPÍTULO 1

El regalo

Aquel fue un día de esos en los que hubiera sido mejor no levantarse de la cama, quedarse acurrucadita bajo las mantas hibernando hasta el día siguiente. Pero lo que no sabía era que por mucho que me escondiera, mi vida, la vida real, me iba a alcanzar de pleno, golpeándome como un puño americano. Y ahí no había escapatoria, ni escondite posible.

No tuvo que ver con que mi hija se aficionara de repente a las luces que brillaban en el despertador cuando pulsaba los botones, haciendo que cambiara la hora fijada y me levantara aquel fatídico día a las tres y cuarto de la mañana y que yo, totalmente despistada, desayunara en completo silencio y oscuridad sin percatarme del extraño cambio de hora. No fue debido a que, cuando regresé a la cama creyendo que ya no volvería a quedarme dormida y lo hiciera exactamente escasos minutos antes de que me tuviera que levantar realmente, casi me diera un infarto al descubrir la hora que era, cuando por fin abrí los ojos a la suave luz del amanecer que se filtraba por la ventana de aquel frío mes de enero. Tampoco fue el hecho de que llegara considerablemente tarde a la guardería donde dejaba a mi hija y recibiera una amonestación de la directora cuando escuchó que mascullaba una disculpa algo malsonante, en forma de crítica maliciosa: «tu mamá ha di-

Mi alma gemela

cho una palabra fea y hay que lavarle la boca con jabón», que provocó que yo frunciera los labios y me tragara el orgullo y muchos más insultos bajo una máscara de total indiferencia. No fue que llegara decididamente con mucho retraso al trabajo como secretaria en una empresa de paneles solares situada en un polígono industrial algo alejado del centro ni a que, aturullada por el tráfico y asustada por las consecuencias de una nueva falta laboral, me parara la policía para sancionarme por exceso de velocidad con una multa que suponía casi la mitad de lo que ganaba en un mes y además me volaran tres puntos del maldito carné de conducir.

Sí, no tenía duda alguna, decididamente al mediodía ya creía firmemente que los hados se habían confabulado para que mi día fuera realmente nefasto.

Pero todo aquello fueron nimiedades cuando descubrí finalmente al llegar a casa, cerca de las cinco de la tarde, todavía en ayunas y deseando desesperadamente tumbarme en el sofá bajo una manta simplemente a esperar que aquel día terminara de una vez, que todo final tiene un principio.

Aquel día algo se rompió dentro de mí, aquel día descubrí que, en un solo instante, tu vida tal como la conoces puede desaparecer en un suspiro, a veces por un suceso inesperado y cruel que te hace plantearte el resto de tu existencia. Sí, es cierto, la vida te golpea sin tregua una y otra vez y por mucho que intentes esconder la cabeza bajo las mantas nunca estarás a salvo.

Cerré la puerta de la entrada con el codo, sujetando en la boca las llaves y teniendo los brazos tan llenos de bolsas de la compra semanal que descubrí, que en el caso de despedirme, podía trabajar como sherpa escalando el Himalaya. Como si me estuviese esperando, el teléfono comenzó a sonar. Solté con un golpe brusco los bultos y corrí hasta el identificador de llamadas: Mamá. No lo cogí. En ese momento, con el recibidor lleno de bolsas de comida, sabiendo que tenía que salir de un momento a otro a recoger a mi hija Laura y completamente agotada, no me apetecía

CAROLINE MARCH

en absoluto discutir con nadie. Y menos con mi madre. Pero es que últimamente, ya fuera por una causa u otra, siempre acabábamos discutiendo.

Me dirigí a la cocina y comencé a guardar la comida en el frigorífico con gestos mecánicos, mirando de soslayo el reloj para asegurarme de no llegar tarde por segunda vez ese día. Sí, tengo que reconocerlo, jamás recibiría el premio a la mejor madre del año, pero estaba convencida de que para mi hija yo era la mejor y eso solo ya era recompensa suficiente.

Volvió a sonar el teléfono y, por segunda vez, decidí ignorarlo.

En diez minutos tenía que salir a recoger a Laura de la guardería. Alcancé mi bolso y recordé que tenía el teléfono móvil apagado. Lo conecté y esperé a que se cargara mientras me ponía de nuevo el abrigo y cogía las llaves del coche. Tenía once llamadas perdidas, ocho de mi madre y tres de un número desconocido. Comencé a asustarme. Seguro que había ocurrido algo grave.

Sujeté el teléfono fijo con manos temblorosas para marcar el número de mi madre justo cuando este comenzó a pitar de nuevo. Presioné la tecla verde y contesté con la voz demasiado aguda.

—¡Mamá! ¿Qué ha pasado? ¿Estás bien? ¿Es la niña?

—Tranquila, cariño —la voz de mi madre sonaba demasiado suave, lo que me intranquilizó todavía más—, yo estoy bien y la niña también. Está en la guardería, ¿no?

—Sí, pero... ¿qué...?

No me dejó terminar.

—Es Sofía, cariño.

—¿Sofía? —pregunté sin entender nada.

Sofía era mi mejor amiga. ¿Qué tenía que ver ella en todo el caos de aquel día tan extraño?

—Ha habido un accidente de coche, esta mañana. Pablo me ha llamado porque no te localizaba en el móvil.

—¡Pero! —la interrumpí casi gritando y agitando las manos

Mi alma gemela

como si eso fuera defensa suficiente para el golpe verbal—. ¿Está bien? ¿Qué le ha pasado?

—No, cariño... —se calló y oí un tenue sollozo—. Ella está... ella no ha sobrevivido. Sofía ha muerto. Lo siento mucho, cariño, sé lo unidas que estabais, yo...

No oí lo que dijo a continuación. Mi corazón había dejado de latir y todo se convirtió en un zumbido ensordecedor alrededor. No podía ser cierto, eso no. Al contrario que yo, Sofía era una experta conductora, tenía muchísimo cuidado al volante, mucho más desde que tuvo a su hija Eyre.

—¡Alicia! ¡Alicia! ¿¡Estás ahí!? —mi madre gritaba por el teléfono.

—Sí, estoy —contesté, sorprendida de que de mi boca saliera voz—. ¿Qué ha pasado? ¿Lo sabes?

—Pablo me ha dicho que iba a mucha velocidad, se salió en una curva y se despeñó por un pequeño barranco. Dicen que murió al instante, que no sufrió nada —mi madre terminó la explicación con un pequeño suspiro.

Nunca he entendido que se dijera que la persona que ha fallecido no sufrió, como si eso fuera un consuelo para alguien. Esconder la verdad no hacía bien a nadie.

Transcurrió un instante en el que ninguna de las dos dijimos nada, sumidas en nuestros propios pensamientos.

—Mamá —finalmente hablé yo, con una voz que no parecía la mía—, ¿puedes ir a recoger a Laura? Deben de estar a punto de cerrar. Yo, yo... no puedo —se me quebró la voz y no pude continuar.

—Claro, cielo. Yo me encargo, me quedaré con ella esta tarde y te la llevaré a la hora de acostarla. ¿Necesitas algo más?

—No, mamá, gracias.

Pero sí necesitaba una cosa desesperadamente: que todo fuera un error, que Sofía, mi Sofía, siguiera viva. Pero la desazón, esa sensación de que algo terrible iba a ocurrir, había aparecido. Otra vez. Como aquel aciago día de junio de hacía tantos años. Y yo lo había estado ignorando, como lo hice la primera vez que suce-

CAROLINE MARCH

dió. Creyendo que solo era un mal día, un día de esos en los que no deberías levantarte de la cama, como si ese simple gesto te protegiera de la crueldad del exterior.

Colgué el teléfono y comencé a llorar desconsoladamente.

Busqué en mi interior esa conexión que desde que nos conocimos hacía ya más de diez años había sentido con Sofía, aunque estuviéramos a cientos de kilómetros de distancia. Ya no había nada, un vacío que me ahogaba. Me doblé sujetándome el cuerpo con los brazos y aullé, completamente rota de dolor. Grité y maldije a todo y a todos. Porque Sofía no tenía que morir, no se lo merecía. Ella no. Porque ella, ante todo, amaba la vida.

Llamaron a la puerta interrumpiendo mi histérico duelo. Frotándome las lágrimas del rostro, abrí con temor.

Frente a mí había un mensajero que me observó como si yo fuera Desdémona.

—¿Qué?

—¿Es usted Alicia Márquez?

Asentí con la cabeza.

—Tiene, ¡ejem!, tiene un paquete. Firme aquí —consiguió decir el joven algo asustado por mi brusquedad.

Firmé como pude y lo cogí, cerrando la puerta con un golpe seco.

En realidad no era un paquete, sino un sobre de plástico del tamaño de un folio. Lo rasgué con rabia. Dentro había otro sobre de papel blanco y una caja pequeña envuelta en papel marrón. Miré el sobre. Escritas en él, dos simples palabras en mayúscula: *PARA TI*. Reconocí la letra y comencé a llorar otra vez. La letra de Sofía.

Trastabillando llegué al sofá y me senté. Con manos temblorosas abrí el sobre, del que cayeron varios folios escritos a mano con la letra redondeada de mi mejor amiga.

Hola, mi Alice:

Cerré los ojos y dejé que las lágrimas se deslizaran por mi rostro, humedeciendo el papel que sujetaba desesperadamente entre las manos. Ella siempre utilizaba mi nombre en su acepción ingle-

Mi alma gemela

sa, una de sus tantas manías, como la de usar continuamente apelativos cariñosos para dirigirse a la gente, su vocabulario estaba lleno de cariños, cielos y tesoros.

Si todo ha salido como estaba previsto, ahora estarás planeando dónde dejar a mi ahijada para asistir a mi funeral este fin de semana. Si no es así, es que algo ha fallado.

No había fallado. Ella nunca fallaba. Sofía era una persona metódica y con una asombrosa habilidad para hacer que el problema más complicado se convirtiera en un juego de niños con la más absoluta facilidad.

No me he vuelto loca. No todavía. Lo he planeado al mínimo detalle y, aunque cuando pienso en Pablo y Eyre se me encoge el corazón y quiero volverme atrás, no puedo. Ya no. Es demasiado tarde.

Estoy enferma. Muy enferma. Quizá ya no me queden más de tres meses, cuatro con suerte. No voy a aburrirte con tecnicismos médicos. Solo te diré que tengo un tumor maligno que me está comiendo el cerebro. En el silencio de la noche, acostada en mi cama, puedo sentir cómo las células hambrientas van devorando mis recuerdos, mi vida, todo lo que soy.

Lo supe en noviembre, después de un análisis rutinario. Ya sabes que tenía migrañas y nada me las calmaba. No dije nada a nadie y nadie debe saberlo. El neurólogo me expuso las opciones y las sopesé con calma. No quise enfrentar a mi familia a un continuo ir y venir de hospitales con operaciones que no me ofrecían ninguna garantía de supervivencia. Sería demasiado doloroso para todos, así que un oportuno accidente de tráfico se presentó como la opción más adecuada.

Pero no es de mí de quien quiero que trate esta última carta que te escribo. Es de ti, mi querida Alice. Antes de morir deseo hacerte un regalo. El único que puedo y que te mereces. Alice, quiero cambiar tu vida, porque tú aún no lo sabes o no quieres darte cuenta, pero te estás ahogando.

CAROLINE MARCH

Dejé de leer con los ojos empañados en lágrimas, un puño estrangulaba mi corazón y aun así veía la fortaleza de Sofía, cómo nos tuvo a todos engañados protegiéndonos de su dolor. ¿Pero yo? ¿Me estaba ahogando? Ahí estaba equivocada. Continué leyendo intrigada.

Estás en un lago profundo sobre una pequeña barca en la que se filtra agua por demasiados agujeros, muchos más de los que tú puedes tapar y no abarcas a arrojar cubos para evitar el trágico hundimiento. Y lo peor de todo es que te enfrentas a cada día con la esperanza de que algo cambie, de que algún agujero se cierre y no tengas que desahogar tanta agua. Y todavía no eres consciente, porque las obligaciones y las cargas que asumiste hace varios años te impiden ver la realidad que te rodea.

Bueno, pues aquí estoy yo para lanzarte un salvavidas, pero eres tú la única responsable de cogerlo o simplemente dejarte llevar por la corriente hasta que ya no haya remedio. Es mi último regalo, el mejor de todos. Es lo que tengo que hacer antes de despedirme del todo.

¿Recuerdas nuestra última noche en Madrid?

Aspiré con fuerza. Algo inquietante, como el pequeño picotazo de un mosquito, latía en mi nuca. Lo desterré de un solo pensamiento. Sofía estaba equivocada, había estado enferma y era ella la que no veía las cosas con claridad. Pero ¿y si no fuera así?

Recordaba perfectamente nuestra última noche en Madrid, así como sabía que ese día quedaría grabado a fuego en mi mente. Habíamos terminado el último examen del primer curso de la carrera de Periodismo aquella misma tarde. Después de más de un mes encerradas en la biblioteca de la facultad estudiando y de pasar muchas noches en vela repasando el temario, necesitábamos diversión. Ambas nos sentíamos como una olla a presión, había que soltar adrenalina y lo mejor era salir, como lo definió ella, a quemar la noche madrileña.

Mi alma gemela

Nos duchamos y nos vestimos con nuestras mejores galas, que básicamente consistían en unos vaqueros ajustados y camisetas de tirantes, nos calzamos unas sandalias de tacón y salimos a la calurosa noche de junio en Madrid, ilusionadas, excitadas y decididas.

Después de varias horas de baile desenfrenado, de demasiado alcohol y de romper varios corazones (ella), porque yo lo único que rompí fue el tacón derecho de mi sandalia, regresamos al amanecer, paseando algo ebrias, a esperar en un bordillo de la calzada a que abrieran las puertas del Colegio Mayor. De camino nos tropezamos con un puesto de bisutería callejero y paramos, riéndonos como dos tontas, a observar la mercancía.

—¡Esta quiero! ¡Sí! ¡Es perfecta! —exclamó Sofía de forma exagerada señalando una pulsera de cuero marrón adornada con tres colgantes plateados.

—¡Sí! ¡Sí! —salté yo también entusiasmada.

—¡Sea pues! —cogió una exactamente igual a la suya, solo que en cuero negro, y me la entregó.

—¡Te la regalo por, por, por... por ser lo que más quiero! —y dicho lo cual me plantó un beso en la boca.

—¡Calla, boba! —contesté enrojeciendo.

—¡Uy, si te has puesto colorada! —rio salpicándolo todo de ebria felicidad—. Tranquila, que no eres mi tipo —añadió una vez que pagó nuestras pulseras, y me cogió del brazo.

Llegamos a nuestra residencia antes de las siete, hora en la que abrían las puertas, y, cansadas como estábamos, nos dejamos caer en el mondo suelo, sin importar que estuviera sucio o frío.

—¿Sabes? —balbuceó a causa del alcohol—. Me encanta el amanecer, es como descubrir una ciudad nueva cada día, adoro esa sensación de expectativa cada vez que me despierto, como si todo estuviera por hacer y pudieras cambiar el destino de las cosas.

—¿Eres tú la que habla o es el vodka que lo hace en tu lugar? —contesté riéndome, aunque también notaba esa sensación de la que hablaba, probablemente provocada por los cinco gin-tonics de la noche.

CAROLINE MARCH

—No, estoy hablando en serio. A ti te gusta mucho más el anochecer, cuando el sol se pone pareces mucho más animada. Eres un ave nocturna, mi Alice. Y yo soy diurna. Somos como el yin y el yan. Como la noche y el día. Deberías vivir en un lugar oscuro y lluvioso y no en España. ¿Sabes? Te equivocaste al nacer aquí, eres lo que se llama un accidente geográfico de nacimiento.

Me reí ante tanta estupidez filosófica, pero en el fondo tenía razón, como siempre. Aunque su forma de expresarlo pareciera sacada de una pomposa novela victoriana.

Cogió su pulsera y le dio vueltas. Su rostro se tornó serio de repente.

—Esta pulsera nos traerá suerte, lo sé. Lo noto aquí dentro —se golpeó el pecho con los puños hasta casi caer de espaldas.

—¿Ah, sí? —yo no creía mucho en esas cosas.

—Quedan siete días para que nuestra vida cambie —añadió.

—Lo sé —contesté.

Quedaban siete días para irnos a Irlanda durante tres meses para trabajar de *au pairs* y mejorar nuestro inglés. Yo no lo veía especialmente excitante, pero Sofía estaba entusiasmada.

—Míralos —exigió abriendo la mano y mostrando los tres colgantes plateados de la pulsera.

—Un trébol de cuatro hojas, una luna y un corazón —dije esperando su respuesta.

—¿Sabes lo que esto significa? —exclamó cada vez más excitada.

—Pues no. Sorpréndeme, amante de los acertijos —contesté riéndome.

—El trébol de cuatro hojas representa el viaje a Irlanda.

—Vale —coincidí—, hasta ahí, de acuerdo.

—La luna quiere decir que cantaremos *Danny Boy* a pleno pulmón, en las praderas verdes irlandesas a la luz de la luna, bebiéndonos una Guinness —murmuró a la vez que comenzaba a entonar: *Oh, Danny Boy, the pipes, the pipes are calling, from glen to glen, and down the mountainside...*

—Estás loca, no sabemos cantar y menos esa canción —res-

Mi alma gemela

pondí riéndome, escuchando su agudo chirriar y pensando que los irlandeses se sentirían insultados si la observaran destrozar su hermoso y emotivo himno en ese momento, aunque ella declamara con toda pasión.

—La aprenderemos —afirmó seriamente.

—¿Y el corazón?

—Eso es lo más sencillo. El corazón manifiesta que encontraré el amor en un irlandés pelirrojo y guapísimo, al que me entregaré con una pasión desenfrenada que hará que tiemblen hasta las ruinas de Tara.

Me reí a carcajadas que rebotaron en el silencio del amanecer.

—Estás loca de remate. ¿Un pelirrojo? Por Dios, ¿un pelirrojo con la cara llena de pecas y la piel blanca como la crema de leche? —cabeceé carcajeándome.

—Pues sí —contestó con voz grave—, los pelirrojos pueden ser muy atractivos y seguro que muy, muy fogosos. Lo denota el color de su pelo.

—Bueno, no creo que los irlandeses se caractericen por su fogosidad, pero si eso es lo que te gusta... Tú te quedas con el pelirrojo y a mí me dejas a su amigo moreno, rubio o castaño, me es indiferente el color de su pelo.

—Entonces, es un trato.

Escupió en su mano y me la tendió.

—Pero ¿qué haces? —pregunté extrañada mirando su mano.

—Un pacto. Un pacto entre caballeros. Debería ser de sangre, pero cuando veo una gota me mareo, así que tendrá que ser suficiente con esto —se quedó un momento mirándome con los ojos dilatados por el sueño y el alcohol.

Las primeras luces del amanecer se filtraron entre los edificios grises, dándonos una iluminación irreal. Me pareció una señal. Una buena señal.

—Está bien, lo haremos —escupí en mi mano y cogí la suya para darnos un fuerte apretón.

—Que así sea. Y si no lo cumplimos, que nuestra cara se convierta en una pasa arrugada para los treinta y nos quedemos solteras coleccionando gatos hasta que nos muramos de aburrimiento a los ciento tres años.

Nos quedamos un momento en silencio, dando solemnidad al absurdo acuerdo al que acabábamos de llegar, hasta que escuchamos ruido dentro del colegio.

—¿Quién crees que abrirá la puerta hoy? ¿Sor Amargura o Sor Necesito un polvo? —preguntó rompiendo la magia del momento.

—Hoy es sábado, le toca a Sor Amargura Infinita —contesté yo, sabiendo que tendríamos problemas por llegar en ese estado.

La cara seria y circunspecta de la monja asomó por la puerta blindada de madera.

—Señoritas, pueden entrar —exclamó con tono hosco la guardiana de nuestro hogar temporal.

Ambas nos echamos a reír ebrias de juventud, vida y mucho alcohol y, apoyándonos la una en la otra, atravesamos la puerta de nuestra pequeña cárcel.

Sor Amargura nos miró con reprobación cuando pasamos a su lado camino de la habitación, algo tambaleantes.

—Señorita Márquez —me llamó.

—¿Sí? —intenté enfocar la mirada en su rostro, aunque el cansancio y la bebida lo hacían bastante difícil.

—Tiene una llamada de su casa. Parece urgente. Puede cogerlo en la portería.

Sentí un nudo en el estómago, como si me hubiese golpeado un puño invisible. Estaba ahí, era la sensación de que algo inminente y maligno iba a ocurrir.

No recuerdo cómo entré en la portería ni lo que dije, solo recuerdo la voz de mi madre llorando y pidiéndome que regresara a casa. Mi padre había tenido un infarto esa noche y estaba en la UCI muy grave.

No fui a Irlanda ese año, ni el siguiente, ni nunca.

Estoy segura de que la recuerdas y también la ruptura que supuso en tu forma de vida, a la que te enfrentaste con fortaleza y que te hizo madurar que una forma brusca y repentina. Pero yo sí cumplí

Mi alma gemela

con mi parte del trato y ello también cambió mi vida, de otro modo totalmente diferente y desde luego, para bien.

Pues ahora es tu turno, quizá un poco tarde, más de diez años, pero ha llegado. ¿No has pensado a veces que el destino está escrito en las estrellas y que para cada persona hay un momento decisivo que no puede desperdiciar? Te toca a ti, lo he visto. Y aunque yo solo te ofrezca un pequeño respiro, espero que la distancia te haga ver tu vida como yo la veo.

En junio viajarás a Irlanda, trabajarás tres meses cuidando a unas preciosas niñas (he visto la foto) que viven en un encantador pueblecito del condado de Cork. Además, cuentas con una ventaja que yo no tenía entonces: como ahora eres madre sabrás manejarte mucho mejor que yo, que tuve que cuidar de cuatro pequeños monstruos. Cantarás Danny Boy *(tienes que aprendértela) bebiendo* Guinness *y lo de encontrar a un pelirrojo fogoso lo dejo a tu elección. Esto es lo único que perdono del trato.*

Definitivamente, Sofía había perdido la cordura. No sabía si a causa de su enfermedad o de la proximidad de la muerte. Me parecía increíble y desproporcionado que me instara a dejar a mi familia y mi trabajo durante tres largos meses para cuidar a dos niñas desconocidas en otro país. Ya no estaba llorando, sino que leía y releía la última parte de la carta con disgusto y enfado.

Bueno, mi Alice, te tengo que dejar, ahora sí. En la última página tienes las instrucciones para tu próximo viaje. No puedes decir que no. Las promesas se cumplen y más si son a una persona muerta. No te queda otra. Estás atrapada por el destino.

Cuida de Eyre, tu ahijada, y procura que me recuerde. Cuéntale, cuando sea mayor, alguna de nuestras aventuras (tú sabrás qué ocultar), que tenga presente siempre que su madre la quiso sobre todo lo demás y que velaré por ella dondequiera que esté. Te quiero muchísimo, nunca lo olvides.

Alice, ve y encuentra tu país de las maravillas.

CAROLINE MARCH

Lloré y lloré hasta que no me quedaron lágrimas y mi tristeza se convirtió en un sollozo continuo. Sujeté fuertemente la caja que venía acompañando la misiva. Sin abrirla ya sabía qué contenía. La pulsera de cuero marrón con tres colgantes plateados, un trébol, una luna y un corazón. Una pulsera que Sofía no se había quitado desde que la compró, aquella lejana noche del verano del noventa y siete. Rompí la envoltura y la cogí con cuidado. Acaricié las cuentas con suavidad. El trébol se había oxidado en los extremos y el cuero estaba desgastado por el uso. La apreté con rabia contenida en mi mano y la posé en mi corazón.

Hay días en los que no deberías levantarte de la cama, en los que esconderte bajo las mantas tendría que ser suficiente para escapar de la realidad. Aquel no fue uno de esos. Porque esconderte del mundo no te protege contra determinadas cosas y una de ellas es la muerte de tu mejor amiga.

CAPÍTULO 2

¿Y ahora qué?

Salimos a las ocho de la mañana del sábado con dirección a Zaragoza, donde vivía Sofía. Desde la noche anterior me había mantenido en un silencio forzado, encerrada en un mutismo lacerante y desolador. Cada palabra que pronunciaba producía en mi garganta un dolor insoportable, como si una mano invisible me apretara el cuello hasta dejarme sin respiración. Escondí la carta, la pulsera y mantuve mi promesa de no decir nada a nadie.

—¿Estás bien? —preguntó mi marido, Carlos, al ver que me arrebujaba más en el abrigo dentro del coche—. ¿Subo la calefacción?

—No, estoy bien —contesté con voz enronquecida.

Se encogió de hombros y sintonizó una emisora deportiva. Yo, a mi vez, saqué el iPod del bolso, me puse los auriculares, pulsé el modo aleatorio y cerré los ojos.

Conocí a Sofía el primer día que llegué a Madrid para estudiar Periodismo. Ella era mi compañera de habitación en el colegio mayor. No podíamos ser más diferentes, pero en cuanto nos presentamos una corriente de reconocimiento mutuo nos unió para

Mi alma gemela

siempre. Ella era bajita y delgada, con el pelo moreno largo y rizado y unos ojos verdosos que le daban aspecto de pequeño duendecillo. Yo a su lado parecía grande y torpe con mi metro setenta, desgarbada y el pelo largo y lacio de una tonalidad entre el marrón y el color de la paja. Pero, sobre todo, nuestra desigualdad sobresalía por la vitalidad que exudaba ella por cada poro de su piel. Yo, en cambio, me mostraba seria y circunspecta. Sus padres eran médicos, pertenecía a la clase media alta, o clase media con posibles, como le gustaba definirla a ella. Mis padres tenían una floristería, les iba bien. Lo suficiente para permitirme estudiar la carrera que elegí, aunque estaba a años luz de la vida que había llevado ella. Pero algo nos unía por encima de todo, nuestra juventud y nuestras ganas de comernos el mundo, ambas habíamos decidido que empezaríamos por Madrid y, de allí, al infinito y más allá.

—¡Hola! Soy tu compañera de habitación, así que más vale que nos llevemos bien, porque si no este año va a ser un completo infierno —exclamó levantándose de la cama en la que estaba tumbada cantando una canción que emitía la radio depositada en el pupitre de estudio. Me paré sorprendida en la puerta, cargando varias maletas y bolsos—. Ah, por cierto, me llamo Sofía, ¿y tú?

—Alicia —contesté algo avasallada por tanto entusiasmo.

—Ven aquí, Alice, que me miras con ojos de cervatillo asustado. No muerdo —rio acercándose rápidamente a mí.

Me dio dos besos y me ayudó a meter las maletas.

Me contagió su entusiasmo y reí con ella.

—¡Cómo mola esta canción! —dijo girándose a subir el volumen de la radio en la que sonaba *La flaca*, de Jarabe de Palo—, ¿no?

—No —contesté yo—, la verdad es que no es de mis favoritas.

Esa canción había sonado a cada instante de aquel caluroso verano, haciendo que aunque la odiaras acabaras aprendiéndotela de memoria.

CAROLINE MARCH

—¿Y qué es lo que te gusta, Bambi? Como me digas que las Spice Girls me muero aquí mismo de un ataque de cursilería agudo —inquirió curiosa y desconfiada.

—Pues... —vacilé un poco, la verdad es que mis gustos eran bastante eclécticos—, no sé, un poco de todo.

En ese momento sonó una dulce balada, *Candle in the wind*, la canción que compuso Elton John para el funeral de Diana de Gales, fallecida solo hacía unos días. Ambas nos quedamos un momento escuchando.

—Qué triste, ¿verdad? —murmuró Sofía—. Tenerlo todo y perderlo en un instante, de una forma tal cruel, entre un amasijo de hierros.

—Cierto. Tiene que ser una forma de morir muy dolorosa.

—Y tú, Alice, ¿cómo quieres morir? —dijo cambiando súbitamente de tema.

Con el tiempo me acostumbré a su forma de saltar bruscamente de un asunto a otro, pero sin apenas conocerla me desconcertaba bastante.

—No lo he pensado nunca —contesté meditándolo unos segundos—, no me gusta pensar en ese tipo de cosas.

—Pues yo quiero morir en mi hogar cuando sea viejecita, rodeada de todos mis hijos y nietos, en mi cama, desde la que pueda ver todas las fotos de mi vida alrededor enmarcadas —entornó los ojos como si lo estuviera visualizando.

—Parece sacado de una novela —respondí algo incómoda.

—Puede ser —murmuró encogiéndose de hombros—, pero una siempre puede soñar... —¡Venga! ¡Vamos! A ver qué nos han preparado las monjas de cena —me cogió del brazo—. Ya recogeremos todo esto después —terminó echando un ojo al revoltijo de ropas y libros tirados en el suelo.

Yo dejé que me arrastrara sin tener ya voluntad propia.

—¿Crees que serán de esas monjas que hacen dulces y cosas así? —preguntó dando otro giro a la conversación.

—No sé, lo dudo, creo que esas son las de clausura.

Mi alma gemela

—Sería una pena, porque me pirran los huesos de santo, ¿y a ti?

Su entusiasmo era contagioso y, en ocasiones, agotador...

Era extraño que ahora, viajando hacia su funeral, recordara nuestra primera conversación, en la que curiosamente habíamos terminado hablando de su muerte. Si hubiéramos sabido lo que la vida nos deparaba, ¿habríamos cambiado algo? Probablemente no. Aquel fue el mejor año de mi vida y, aunque terminó abruptamente, me quedó Sofía, que siempre estuvo ahí.

—Ya hemos llegado —exclamó Carlos de improviso, golpeándome el brazo.

—¿Qué? —contesté abriendo los ojos. Había transcurrido todo el camino entre sueños, perdida en mis recuerdos.

Me bajé del coche entumecida y con ganas de estirar las piernas. El frío aire del cierzo me mordió en el rostro arrancándome lágrimas de los ojos. Miré el cielo encapotado. Era probable que durante el día acabara por llover.

Apretando el paso entramos al tanatorio. En la pared frontal del vestíbulo había varios caballetes que indicaban las salas en las que recibían las diferentes familias. Leí el nombre de Sofía al instante. Sala número 2, a la izquierda. Taconeé con prisa sobre el suelo de mármol, sin fijarme en las amplias cristaleras con vistas al río Ebro.

La sala tenía la puerta abierta y había varias personas en el exterior conversando con cara circunspecta. Entré y en uno de los sofás vi sentada a la madre de Sofía, una mujer que parecía haber envejecido diez años de golpe. Su cuerpo menudo estaba enroscado, como succionada por el mullido sofá, y poseía una extraña mirada ausente.

Cuando me dirigía a ella un hombre me detuvo. El padre de Sofía, un hombre grandullón, con el pelo canoso y los mismos ojos verdes de su hija, que hoy habían perdido su brillo habitual.

—Déjala —me dijo—, está siendo muy duro para ella, apenas reconoce a nadie, pero no quiere irse. He... he intentado llevármela a casa, pero no atiende a razones. Es mejor dejarla tranquila, ella... —se le quebró la voz.

—Lo sé —dije yo también con la voz ahogada—, lo entiendo. Yo... lo siento, lo siento mucho. La quería mucho.

—Ella a ti también —me contestó abrazándome.

Me soltó de repente, enjuagándose los ojos como si se avergonzara de llorar, y me señaló las sillas situadas frente a la cámara donde descansaba el ataúd de Sofía.

—Ve allí —dirigí la mirada donde me indicaba y observé a Pablo, su marido; no, su viudo, corregí mentalmente—, necesita ayuda y no sabemos qué hacer, él... él... no quiere moverse del sitio y no quiere hablar con nadie.

Dejé a Carlos con el padre de Sofía y fui a sentarme en la silla vacía al lado de Pablo. No dije nada, solo le cogí la mano. Él me la apretó con fuerza.

—Está preciosa, ¿no crees? —preguntó con la voz rota por el dolor.

—Sí, Pablo, lo está. Ella siempre ha sido preciosa —contesté observando a mi amiga dentro de un ataúd de madera de roble, rodeada de un montón de flores. Su rostro estaba tranquilo, como si disfrutara de un bonito sueño, enmarcado en una cascada de rizos oscuros.

Al fondo se veía una enorme cesta de rosas rojas, con una cinta que rezaba: *Espérame en el cielo*.

Comencé a llorar. Cálidas lágrimas se deslizaban por mis mejillas en silencio.

—Odiaba las flores —susurré entre sollozos. Era algo que Sofía y yo compartíamos.

—Menos las rosas rojas —murmuró Pablo, perdido en algún recuerdo.

—Seguro que si nos está viendo ahora, estará maldiciendo por haberla metido en un escaparate rodeada de tanta planta, como si ella fuera un ficus en exposición —añadí.

Oí un estertor que provenía de su pecho. Me giré creyendo

que había roto a llorar y lo vi echando la cabeza hacia atrás y riendo a carcajadas hasta casi saltársele las lágrimas. Me contagió y comencé a reír yo también de forma algo histérica.

El murmullo silencioso de la sala que nos rodeaba calló. Y todas las miradas se dirigieron a nosotros, entre desconfiadas y reprobatorias.

Súbitamente nos miramos y nos abrazamos. Ya no había risa, sino tristeza.

—Me alegro de que estés aquí —dijo finalmente con la voz más firme.

No contesté. Nos quedamos unos minutos en silencio.

—Pablo, ven, vamos a dar una vuelta o a tomar un café. Tienes que salir de aquí. El día va a ser muy largo y debes estar fuerte y sereno, por ella —mi voz era sosegada y tranquilizadora.

—No puedo irme, Alicia, lo siento, tengo que quedarme.

—¿Por qué? —pregunté suavemente.

—Porque no puedo dejarla sola, no aquí. Se la ve tan frágil, ahí encerrada... ¿Y si todo ha sido un error y me voy y... y... en ese momento ella abre los ojos y no me ve? ¿Qué va a pensar de mí? —pronunció de forma estrangulada.

No tenía una respuesta válida, nada que le sirviera como consuelo.

—Está bien. Me quedaré contigo.

Estuvimos juntos sujetándonos las manos varias horas en las que pasaron amigos y familiares a dar el pésame. Varias veces observé la cara de enfado de Carlos, pero no intentó acercarse en ningún momento. A las cuatro de la tarde, cuando ya no quedaba nadie en la sala, vinieron a llevarse el cuerpo de Sofía.

Acompañé a Pablo hasta el coche fúnebre y me dirigí a nuestro coche, que seguía en el aparcamiento. Dentro esperaba Carlos escuchando la radio y jugando con el móvil.

—Has dado un espectáculo —me dijo hosco.

—Me da igual —contesté enfadada.

Estaba cansada de ser la correcta y sumisa Alicia. Ese día todo me era indiferente.

CAROLINE MARCH

Arrancó el coche con un bufido y nos dirigimos al cementerio. Cuando llegamos comenzó a llover, con furia, como si el cielo estuviera tan enfadado como yo.

Una vez que enterraron a Sofía en el panteón familiar, nos encaminamos a la iglesia en la que se celebraba el funeral. No había ingerido nada desde el desayuno y estaba a punto de desfallecer, pero a la vez notaba que se me tensaban todos los nervios bajo la piel, en un estado de ansiosa expectativa.

Era una iglesia moderna, instalada en los bajos de un edificio de viviendas. Nada en el exterior indicaba que fuera un lugar sagrado, salvo la enorme cruz de metal sobre las puertas de madera; sin embargo, una vez dentro me sentí envuelta por una súbita paz. Nos sentamos en uno de los bancos finales, dejando espacio a la muchedumbre que acompañaba a mi amiga en su despedida. Amigos, compañeros de trabajo y familia se mezclaban en un grupo heterogéneo, triste y silencioso.

La luz era tenue, varios focos, situados en las paredes laterales, dirigidos al techo recubierto de filigranas en escayola, iluminaban el pequeño recinto. En el altar, la imagen de la Virgen y, a su derecha, un Cristo clavado en la cruz.

Después de la homilía, cuando llegó el tiempo del rezo y la circunspección, el sacerdote comentó que el marido de la fallecida había elegido una canción para expresar su amor. Era algo extraño, pero conociendo a Sofía y Pablo, me pareció bastante lógico. Por los altavoces sonó la música de Los Cinco Latinos, *Quiéreme siempre*. Emocionada observé a la gente a mi alrededor, que comenzó a abrazarse y darse la mano sintiendo en sus corazones la letra: *siempre, quiéreme siempre tanto como yo a ti, nunca, nunca me olvides...* Las lágrimas que pensé que ya no me quedaban brotaron nuevamente de mis ojos como un torrente sin freno. Me volví a Carlos, queriendo decirle sin palabras que lo amaba. Él no me miraba a mí, estaba haciendo algo con el móvil.

—¿Estás escribiendo un mensaje? —pregunté en un susurro brusco.

Mi marido levantó la vista y me miró sorprendido de que estuviera a su lado. Tuvo la decencia de parecer algo avergonzado. Guardó el móvil en el bolsillo de su chaqueta y me tendió la mano. Yo la rechacé y fijé la vista en el Cristo crucificado.

A la salida esperamos a que la gente se despidiera de Pablo. Yo seguía bastante enfadada y no crucé palabra alguna con Carlos, que permaneció enfurruñado en un rincón, mostrando en su rostro las ganas que tenía de irse de allí. Cuando Pablo se quedó solo en compañía de sus padres y suegros, me acerqué.

—Alicia —murmuró como si me viera por primera vez.

—¿Adónde vas a ir ahora? —inquirí.

Imaginé que iría a casa con sus padres. No quería dejarlo solo, al menos esa noche.

—Me voy a casa.

—¿Se quedan tus padres contigo?

—No, ellos están en un hotel. Quiero estar solo. Quiero hacerme a la idea de que ella ya no está. Necesito estar solo —repitió firmemente.

—No me parece una buena idea, Pablo. Esta noche no. ¿Quieres que Carlos y yo nos quedemos contigo? —le ofrecí.

El piso de Sofía y Pablo era amplio, otras veces nos habíamos quedado en la habitación de invitados, podíamos hacerlo esa noche, aunque ya hubiésemos reservado un hotel.

—No es necesario. —Al verme dudar continuó—: De verdad, estoy bien. Su gesto decía exactamente lo contrario.

En un impulso fruto del cansancio y de las emociones del largo día lo sujeté del brazo y tiré de él.

—¡Vamos!

—¿Adónde? —preguntó sorprendido.

—A hacer lo que le hubiera gustado a Sofía.

Me interrogó con la mirada.

—Ella siempre decía que una de las mejores cosas que tenían los irlandeses era cómo celebraban el paso a otra vida, reuniéndose y bebiendo a la salud del difunto, ¿lo recuerdas? —inquirí.

—Sí —sonrió haciendo una mueca.

—Bien —contesté—, pues dime dónde hay un pub irlandés,

CAROLINE MARCH

porque vamos a beber a su salud. Necesitamos desesperadamente una pinta de la mejor cerveza negra.

—Estás loca —no había crítica en su voz.

—No, Pablo —contesté—, la loca era ella, y, ahora que no está, es lo menos que puedo hacer para estar a su altura.

Dejé a Pablo despidiéndose de su familia y me acerqué a Carlos, que seguía con el mismo gesto hosco, a explicarle mi plan. No le gustó, de hecho no le hizo ninguna gracia. Me dijo que no le parecía apropiado y que prefería irse a descansar al hotel. Nos despedimos con un brusco adiós.

Llamé a un taxi, que cinco minutos después nos dejaba en el O'Neill, lo más parecido a un pub irlandés que podíamos encontrar en España.

Cuando entramos el ambiente nos invadió, tranquilo y a la vez animado por música celta no demasiado alta. La decoración en madera y dorados hacía que te sintieras un poco mejor. Pedimos dos pintas de cerveza negra y nos sentamos en un reservado que imitaba a los confesionarios, aislándonos del resto de la gente.

—¿Qué voy a hacer ahora, Alicia? —preguntó con voz triste, y dio un sorbo a su enorme vaso lleno de líquido parduzco.

—Seguir viviendo, por ella y por Eyre, que ahora te necesita más que nunca —contesté yo simplemente.

—No sé si voy a poder hacerlo, ella era lo que daba sentido a mi vida, como un faro en la tormenta, y ahora que no está estoy completamente perdido —suspiró hondamente.

—Pues tienes que encontrarte —lo reprendí con suavidad— y seguir adelante. Al principio será difícil, sobre todo el primer año. Pero cuando pase un año y un día y hayas atravesado cumpleaños, aniversarios, vacaciones y demás cosas que hicierais juntos y compruebes que el mundo sigue girando y tú con él, ya no parecerá todo tan complicado.

Recordé con tristeza el primer año que siguió a la muerte de mi padre, cómo el simple hecho de levantarme de la cama cada día se convirtió en un esfuerzo sobrehumano. Hasta que un día,

Mi alma gemela

uno cualquiera, te das cuenta de que has sobrevivido y te has amoldado al sentimiento de pérdida constante.

Estuvimos unos minutos en silencio, bebiendo nuestras cervezas y comiendo como única cena el cuenco de patatas fritas que acompañó a las consumiciones.

—Sé lo de la carta —exclamó de improviso observándome con cuidado.

Lo miré sorprendida.

—Sabía que algo andaba mal. No era la misma desde las Navidades. Algo en ella se había apagado, pero el trabajo en la redacción era agotador y absorbente con esta maldita crisis, ya no sabíamos a quién le iba a tocar la lotería del despido y yo pasaba muchas más horas de las que debía en el despacho. No me di cuenta hasta que fue demasiado tarde.

—¿Sabías que estaba enferma? —pregunté enfadada. No podía creer que no hubiera hecho algo al respecto.

—No. Simplemente, noté algo diferente. Ahora que lo analizo me doy cuenta de que poco a poco iba despidiéndose de todos los que conocía y preparándolo todo para cuando ya no estuviera.

—De mí no lo hizo —contesté con algo de amargura.

—Sí lo hizo. Te dejó una carta y un regalo. Tú para ella eras especial. Si hubiera hablado contigo directamente te habrías dado cuenta de que algo grave ocurría. Ella siempre envidió esa cualidad en ti.

—¿Cuál?

—La empatía, no sé, esa capacidad que tienes de saber qué necesita la gente en cada momento. Decía que tenías un sexto sentido y que en otra vida debiste de ser hechicera —contestó haciendo un esbozo de sonrisa.

—Sí, claro —contesté algo avergonzada—, seguro que me quemaron por bruja hace siglos, por eso ahora estoy pagando por mis pecados.

Sonrió mostrando una mueca en su triste rostro.

—A mí también me escribió. Me contó lo que ocurría, la decisión que había tomado y por qué no se lo había contado a nadie. Se acordaba mucho de lo que sufriste con tu padre —explicó.

—Podría no haber sido lo mismo —lo interrumpí—, podría haberse salvado, si quizá...

—No, no podría. Tengo los informes médicos y son claros al respecto. Que Dios me perdone, pero creo que hizo lo mejor. ¿Crees que soy mala persona por pensarlo? —preguntó.

—No. Yo también lo creo. Pero también pienso que debería quedar entre nosotros. ¿Sabes si hay más cartas por ahí perdidas?

—Solo la tuya y la mía. También me explicó lo que te había regalado. ¿Cuándo te vas?

—¿Irme? —pregunté algo enfadada—. No me voy a ir a ningún sitio. Lo que me ha propuesto es una locura. Me siento entre la espada y la pared. No puedo dejar a Carlos, a mi hija, mi trabajo. En fin, dejarlo todo por irme tres meses a cuidar unas niñas en otro país. Si te soy sincera, creo que ese era su sueño, no el mío. Y puede que hace diez años fuera algo que teníamos que vivir juntas, pero no pudimos hacerlo. Ahora es demasiado tarde, han pasado demasiadas cosas, tengo demasiadas obligaciones como para dejarlo todo y desaparecer por un... —vacilé un momento buscando la palabra adecuada— un capricho adolescente.

Pablo escuchó mi diatriba con los ojos algo nublados pero atento.

—Creo que debes hacerlo, Alicia.

—¿Por qué? —inquirí casi gritando—. Dame solo una razón lógica y lo haré. Tengo demasiados problemas como para lanzarme a la aventura. Tengo treinta y dos años, no dieciocho, un marido, una hija... tengo mi vida hecha y no voy a deshacerla por... por... —me volví a atascar— por una tontería como esa. No quiero ni pensar en lo que diría Carlos si le digo que me voy tres meses a Irlanda y no quiero darle más motivos para discutir, porque este sí sería un motivo importante y además tendría que darle la razón.

Mi alma gemela

—¿Qué motivos te dio Sofía en la carta para hacerte prometer que harías ese viaje? —preguntó haciendo una seña al camarero para que nos llevara otras dos pintas.

—Dijo que me estaba ahogando. ¡Ahogando! ¿Te lo puedes creer? Y lo peor es que asumió que yo no me daba cuenta. Escribió que si me iba, lo vería todo desde otra perspectiva, que era lo que necesitaba —bebí un largo trago sintiendo el amargor de la bebida pasando por mi garganta.

El alcohol había comenzado a calentarme el cuerpo, la mente y, sobre todo, la lengua.

—¿Qué tal te va con Carlos? —cambió de tema bruscamente, como solía hacer Sofía.

—Y a ti que te importa —solté.

Pablo se reclinó en el asiento, haciéndolo crujir, sorprendido por mi exabrupto.

—Ya me has contestado.

Enterré mi rostro en la cerveza y aspiré su olor agrio. Era un tema delicado. Carlos y yo últimamente discutíamos por todo y, sin embargo, no hablábamos de nada. Pero ¿no es lo que ocurre en todos los matrimonios al cabo de un tiempo? Sobre todo cuando se tienen hijos. O mirándolo desde otra perspectiva, los hijos acaban convirtiéndose en la mejor excusa para llenar los silencios de la pareja. No estaba muy segura, tampoco tenía ganas de pensarlo con más detenimiento.

—¿Y si Sofía vio ese «algo» y creyese que dándote esta oportunidad de alejarte un tiempo pudieras recuperar lo que estás perdiendo, antes de que fuera demasiado tarde? Piénsalo, ella era una de las personas que mejor te conocía. Erais como hermanas, la frase que comenzaba una la terminaba la otra. A veces dabais miedo, dos mitades de la misma persona —explicó.

El calor que me había dado el alcohol estaba difuminándose a una velocidad vertiginosa. Ahora solo sentía ganas de llorar de nuevo. Un profundo cansancio se apoderó de mí.

—Déjalo —le dije con tristeza.

—Prométeme que lo pensarás —insistió él.

CAROLINE MARCH

Dudé sacudiendo la cabeza, intentando despejar mi mente confusa.
—Por ella. Promételo —volvió a insistir, completamente ebrio.
—¡Está bien! ¡Lo haré! ¡Lo pensaré! —respondí al final, claramente enfadada.
—Bien. Eso está bien —se reclinó otra vez y cerró los ojos.
Después de aquello hablamos de lo humano y de lo divino. Recordamos anécdotas de Sofía y de nuestros años de estudiantes. Lloramos y reímos, ya completamente borrachos bebiendo la tercera pinta.
—¿Te contó cómo nos conocimos? —balbuceó.
—Síií —contesté yo de igual modo—, claaarooo.
Finalmente, Sofía hizo ese viaje a Irlanda, en el que no encontró a su pelirrojo fogoso, sino a un moreno de Madrid, que por lo que me contó también contribuyó mucho a que temblara el suelo de Tara.
—Estaba enamorado de ella desde el primer día de clase —murmuró Pablo.
—¿Qué? —repliqué sorprendida. Yo creía que se habían conocido en Irlanda.
—Sí, la vi entrar el primer día de clase en el vestíbulo de la facultad de Periodismo con tanto aplomo y seguridad, mirándolo todo como si fuera la mismísima rectora de la Universidad, que quedé completamente idiotizado por sus ojos. La deseé desde ese mismo momento y no paré hasta que fue mía. Os seguí de fiesta en fiesta, desde luego no os perdíais una —apostilló con algo de sarcasmo—, apartando moscones y pretendientes, hasta que descubrí que os habíais apuntado al programa de *au pairs* en Irlanda. Como yo terminaba ese año la carrera advertí en ello mi última oportunidad, así que me ofrecí como enlace de un puñado de mocosos de primero con muchas ganas de fiesta. ¡Dios! —sacudió la cabeza riéndose—, me dieron muchísimos problemas. La que más, ella. No volvía nunca a su hora y no asistía a las clases de apoyo. Así que tuve que ponerme firme.

Mi alma gemela

—¿Qué hiciste? —pregunté curiosa. Esa parte de la historia Sofía me la había ocultado.

—Yo, nada. Lo hizo todo ella. ¿Crees que algún hombre tendría opción una vez que ella decidía algo?

—No —reí.

—La invité a salir una noche y no sé cómo acabamos completamente borrachos en medio de una pradera cantando *Danny Boy* a pleno pulmón. Cuando terminamos me dijo muy seria: «Vale, no eres pelirrojo, pero puedes servir. Veamos lo que sabes hacer». Y me besó. Me besó como nunca me habían besado antes.

—¿Y?

—Lo hice lo mejor que sabía y parece ser que aprobé el examen —yo me reí otra vez—, y con nota, ¿eh?

—*Slàinte!* Por ella, Sofía la loca que robó nuestros corazones ahora rotos —exclamé chocando mi vaso contra el suyo.

—*Slàinte!* —contestó sonriendo por primera vez de forma sincera en todo el día.

Después de aquella confesión hablamos un rato más hasta que el cansancio finalmente nos venció. Cabeceando pedimos un taxi. Nos despedimos con un abrazo y con promesas de mantenernos en contacto. Lo dejé triste pero sereno, aunque lo vi dirigirse al portal algo tambaleante y se le cayeron un par de veces las llaves antes de conseguir abrir la puerta. Finalmente se volvió y me guiñó un ojo, levantó el dedo gordo en señal de que todo estaba bien y entró en su casa.

Unos minutos después llegué al hotel. Pedí al recepcionista la llave de la habitación y entré lo más silenciosamente que pude. La habitación estaba a oscuras y oí el ronquido de Carlos como respuesta al cerrar la puerta.

En un ataque de romanticismo probablemente provocado por la ingesta de alcohol y el día tan largo y agotador que había vivido, me desvestí completamente y desnuda me metí en la cama. Lo abracé y él se despertó sobresaltado.

—Shhhh, soy yo —le susurré suavemente al oído.

—Mmfffm —contestó adormilado.
Pasé mis brazos por su torso hasta llegar a su entrepierna, que sujeté con más fuerza.
—Pero ¿qué...? —se giró ya completamente despierto—. ¿Estás desnuda? —preguntó tocando mi piel.
—Sí.
—¿Por qué? —en su tono solo había curiosidad.
—Quiero que me hagas el amor —contesté intentando besarlo.
Él se apartó, tirándose hacia atrás.
—¿Pablo no te ha dado suficiente? —inquirió despectivamente. Sentí que me arrojaba una jarra de agua fría.
—¡¡Qué!? —exclamé yo totalmente indignada—. ¿Cómo se te ocurre siquiera insinuar algo así?
—Es lo que ha pensado todo el mundo al ver que te ibas con él. Que ibas a consolar al maridito de tu amiga muerta y así le calentabas la cama —el odio en su voz era patente.
Me dieron ganas de patearle la entrepierna, que momentos antes había acariciado con tanto cariño.
—Eso no lo ha pensado todo el mundo. Solo tú. Estás enfermo. ¿Cómo puedes creer que yo he hecho algo así? Solo hemos estado hablando en un pub irlandés —mi tono de voz y mi enfado subían decibelios por momentos.
—No hay forma de saberlo, ¿no? —contestó también gritando—. Solo tu palabra.
—Mi palabra debería ser suficiente. Soy tu mujer, ¡por Dios! Lo que has insinuado es... agh... ¡asqueroso! ¿Te he dado alguna vez motivos para dudar de mí? ¿Es eso acaso? —escupía las palabras con fiereza.
Sonaron unos golpes en la habitación de al lado.
—¡Cállate! —me ordenó bajando la voz—, no quiero discutir, solo dormir, así que déjame en paz.
Se giró hacia el otro lado y me dio la espalda.
Me sentí completamente humillada y más cuando una arcada hizo que corriera al baño, donde vomité la cerveza apoyada en la

Mi alma gemela

taza del inodoro. Comencé a temblar y las fuertes contracciones de mi estómago hicieron que me doblara sobre mí misma, expulsando bilis y saliva. Pasaron los minutos. Carlos no vino a ver cómo me encontraba. Finalmente y sintiendo agarrotados todos los músculos del cuerpo, temblando de frío y de dolor, me arrastré hasta la cama y me tumbé en una esquina, quedándome dormida al instante, con la sensación de que algo iba mal, muy mal, y yo no lo había visto hasta ese instante.

CAPÍTULO 3

Deshojando la margarita...

Lunes por la mañana, la misma carrera contrarreloj para llegar a tiempo a dejar a mi hija en la guardería y al trabajo puntual.

Nada había cambiado, mi vida en cuarenta y ocho horas había dado un giro vertiginoso, una voltereta de trescientos sesenta grados hasta caer en el mismo sitio del que salté.

Y, sin embargo, nada era igual.

El sol tímido de finales de enero no brillaba con la misma intensidad, el sonido de la gente al hablar me molestaba y los objetos a mi alrededor no tenían la misma nitidez. Me sentía como si todo estuviese envuelto en una bruma de tristeza que desdibujaba la realidad que me rodeaba.

Carlos y yo seguíamos sin hablarnos. Nos limitábamos a monosílabos que sonaban a mis oídos como latigazos rápidos, dirigidos certeramente a mi alma dolorida. Pasarían varios días o incluso semanas hasta que volviéramos a una relación de cordialidad marital. Era algo que se había vuelto demasiado frecuente en los últimos dos años. Nunca hablábamos de nuestros problemas. Quizá porque ninguno se atrevía a afrontarlos con valentía. Nos limitábamos a dejar que el tiempo pasase y todo volviese a una normalidad relativa.

Pero Sofía había despertado algo en mí, un sentimiento de intranquilidad, como si no pudiese encajar la última pieza de un puz-

Mi alma gemela

le. Algo que comenzó a reconcomerme desde dentro como si tuviese un pequeño alien deseoso de ver mundo.

Al principio sentí una furia que me abrasaba. No entendía cómo se había atrevido a juzgarme de ese modo y sin tener todos los datos para poder opinar. El enfado fue creciendo como una bola de nieve rodando por la ladera de una montaña y me imaginaba discutiendo con ella y diciéndole que se metiera sus opiniones por donde no entraba el sol. ¿Quién se creía ella, con su vida perfecta, a opinar sobre la mía?

Con el paso de los días y la vuelta a la rutina, mi crispación se fue apaciguando, hasta quedarse en rescoldos de una hoguera de San Juan. Mi vida era cómoda. Quizá demasiado cómoda. Tan cómoda que a veces no parecía vida. Empecé a verlo todo como si transcurriera en una película de ocho milímetros y yo fuera la única espectadora del cine. Tenía cada día de mi vida perfectamente planificado, desde el punto de la mañana a la noche, para no tener nada de tiempo libre. Mi vida estaba pensada para no pensar. Me sentía como una abeja obrera que nace, trabaja, muere. Y me gustaba. Lo extraño es que me gustaba. Cuando algo descuadraba ese orden, era cuando comenzaban las discusiones y peleas. Últimamente por cualquier cosa, por cualquier nimiedad. Y como no hablábamos, las palabras no pronunciadas se fueron enquistando, hasta producir una sepsis en toda regla. Sofía fue el catalizador. Sofía fue, en palabras de mi madre, la gota que colmó el vaso.

—Mamá —le pregunté una tarde cualquiera que fui a visitarla—, ¿crees que soy la misma de antes?

Mi madre suspiró dejando a un lado su labor de costura.

—¿La misma que cuándo, hija?

—La misma que antes de morir papá —expresé quebrándoseme la voz.

—Cariño —me cogió la mano y su contacto caliente y seco me tranquilizó—, ninguna de las dos somos las mismas que antes de que papá nos abandonara.

—Lo sé, pero es que últimamente... no sé, es como si me estuviera planteando cosas —mi vaga explicación sonó vacilante.

CAROLINE MARCH

—Mira, sé que estás cansada, los niños dan mucho trabajo cuando son pequeños y cuando son mayores, muchos disgustos, pero ya verás como cuando pasen unos años y Carlos y tú tengáis tiempo para vosotros, las cosas cambian —suspiró fuertemente.
—Eso no me consuela —contesté.
—Ahora tienes una familia, no es lo mismo que estar los dos solos, mucho trabajo, apenas ves a Carlos. Si quieres, este verano os vais los dos unos días a la playa solos. Yo me puedo quedar con Laurita —se ofreció con una sonrisa.
—Mamá, no la llames Laurita, es Laura y punto. Y, además, sabes que odio la playa, no me va nada eso de tumbarme como una sardina boca arriba y boca abajo hasta ponerme negra como un tizón —respondí molesta, notando que mi madre esquivaba el tema principal.
—Está bien —exclamó bruscamente—. Pues os vais donde os dé la gana, pero los dos solos, que os vendrá muy bien.
Era inútil, no hay más ciego que aquel que no quiere ver.
—Mamá.
—¿Qué? —preguntó retomando su zurcido.
—No me has contestado.
—¿A qué? —inquirió de nuevo sin levantar la vista.
—¿He cambiado?
Tardó un momento en contestar.
—Mira, cariño, todos hemos cambiado. La vida te hace cambiar, te amolda a cada situación que te toca vivir. La muerte de tu padre y lo que vino después fue muy difícil. Tuviste que madurar deprisa y sin tiempo para pensarlo. Pero te has convertido en una mujer y una madre excelente —dijo en tono más animado.
—Antes me reía, mamá. Ahora ya no me río nunca —murmuré sintiendo que comenzaba a llorar.
—Hija, ¿qué estás intentando decirme? —me miraba fijamente y su voz sonaba preocupada.
—Nada, mamá, déjalo. No pasa nada —recogí mi bolso y me volví a darle un beso de despedida.
—Cariño, dale tiempo al tiempo. Ya verás como todo vuelve

Mi alma gemela

a la normalidad dentro de poco —se despidió con una sonrisa triste.

—Sí, lo sé —intenté ser fuerte y contestar con firmeza.

No quería dejar preocupada a mi madre. Pero la cuestión era, ¿quería yo que todo volviese a ser lo de siempre?

El infarto que sufrió mi padre la noche del final del primer curso de Periodismo fue grave, pero después de una larga estancia en la UCI y posteriormente en planta, pudo volver a casa. Pasamos todo el verano entrando y saliendo del hospital en una continua agonía esperando que en cualquier momento, en el que no estuviéramos con él, su corazón fallara definitivamente. A mediados de julio me llegaron las notas de la universidad, había aprobado todo, con calificaciones muy buenas. Por un momento decidí matricularme en el segundo año y seguir mis estudios de Periodismo, mi sueño. Pero en agosto el estado de mi padre empeoró, sufrió otro pequeño infarto que hizo que volviera a la UCI por segunda vez en un par de meses.

Decidí abandonar la carrera. Nadie me obligó. Fue una decisión que tomé por mí misma. No podía ni siquiera plantearme abandonar a mi madre así.

En octubre mi padre finalmente pudo regresar a casa. Muy debilitado, necesitó todos los cuidados posibles. Al principio, mi madre se hacía cargo de la floristería, yo la ayudaba con el reparto y el resto del tiempo lo pasaba con él.

Siempre había estado muy unida a mis padres. Pero esos últimos meses con mi padre fueron especiales. Creo que él sabía que no le quedaba mucho tiempo y a su forma callada y tranquila nos preparó a todos para el desenlace final.

Murió un veintitrés de diciembre, al amanecer, en su cama, en silencio, como hacía todo en su vida, sin molestar a nadie. Su corazón cansado dejó de latir definitivamente. El mundo terrenal exterior estaba adornado por guirnaldas rojas, plateadas y doradas, las luces alumbraban las alegres calles y los escaparates de las tiendas relucían con adornos navideños. Desde ese mismo momento odié la Navidad. Lo que antes se había convertido desde principios de diciembre hasta después de Reyes en una de mis épocas favoritas, pasó a ser una de las fechas a tachar en el calendario. Durante el siguiente año me hice cargo no solo del transporte en la floristería, sino de atender a los clientes y de la preparación de ramos y centros. Lo irónico es que siempre he sido alérgica al polen y trabajaba con una mascarilla industrial, lo que me daba el aspecto de una alienígena con rinitis.

Con el tiempo contratamos a un joven para ayudarnos, ya que entre las dos no abarcábamos todos los pedidos. Cuando mi madre se jubiló años más tarde le traspasamos el negocio, lo que dejó a mi madre en una situación bastante cómoda económicamente.

Decidí seguir estudiando, pero en casa y algo más sencillo que una carrera universitaria Me decidí por un módulo superior de Secretariado Internacional, así que comencé el curso con compañeros que tenían la edad más terrible de todas, dieciséis años, que me llamaban abuela, cuando yo solo contaba con veintidós.

Mientras tanto, Sofía terminó la carrera y encontró trabajo en un periódico local en su ciudad de origen, llevando la crónica social. Pablo se trasladó con ella unos pocos meses después.

En el instituto superior conocí a Carlos. Bueno, más bien fue en el aparcamiento del centro de estudios. Su hermana Vanesa era compañera de estudios y él solía ir a buscarla en coche. Tenía bastante éxito entre sus amigas, creo que más por el coche, un Subaru tuneado, que por él mismo. Pero es lo que tiene la adolescencia. Sin embargo, y teniendo un pequeño harén de jóvenes con las hormonas exaltadas, se fijó en mí. La chica que iba y venía a clase en su propio coche y normalmente sola, ya que el resto de mis amigas de mi edad o bien estaban en la universidad o trabajando.

—Mi hermano quiere conocerte —me transmitió Vanesa un día en un intercambio de clases. Por su tono no parecía muy contenta de ser la mensajera.

—¿Qué? —pregunté desconcertada.

Ella y sus amigas cuchichearon entre risas.

Mi alma gemela

—¿No serás un poco cortita? Es que eres tan mayor para estar aquí que yo había pensado... —preguntó con una sonrisa maliciosa bailándole en el rostro.

—Mira, nena, deja de pensar, que no es lo tuyo, y tampoco lo son las razones por las que estoy aquí. Dile a tu hermano que no me interesa. Si quiere algo de mí, que se acerque él mismo, que tiene boquita —contesté cerrando furiosa el libro que estaba leyendo.

Vanesa se volvió ofendida y no dijo nada más. Todavía me guardaba rencor, pero yo entonces no imaginaba, ni remotamente, que acabaría casándome con su hermano. Y en contra de todo pronóstico, le dio el mensaje a Carlos.

Ese mismo viernes, a la salida de clase estaba en la puerta apoyado con chulería en su coche. Yo pasé a su lado ignorándolo, aunque algo nerviosa.

Me silbó una vez. No me volví. Silbó otra vez. Hice caso omiso. Le oí maldecir y yo me reí. Me giré y lo encaré directamente.

—¿Crees que soy una de tus niñatas?, ¿quieres que vaya corriendo jadeando a ti como un perrito al que llamas silbando? Pues no necesito una galletita como premio —le sonreí y entré en mi coche.

Él me miró algo sorprendido por mi discurso y yo creí que había abandonado el tema. Me equivoqué.

El lunes siguiente seguía en el mismo sitio a la salida, apoyado en el coche, con unas gafas de sol. No pude evitar mirarlo más detenidamente. Era alto y de pelo castaño cortado a cepillo, mandíbula cuadrada y gesto desafiante.

Como la vez anterior, recorrí el camino pasando a su lado ignorándolo en dirección a mi coche, aparcado un poco más allá de donde estaba el suyo. Él, sin decir una sola palabra, me siguió. Cuando estaba luchando por abrir la puerta de mi Fiat Punto haciendo equilibrios con los libros, me puso una rosa blanca en la nariz. Yo inconscientemente aspiré su olor y estornudé de tal forma que tiré todos los libros al suelo.

—¡Mierda! —exclamé con fastidio, y me agaché a recogerlos.

CAROLINE MARCH

Él hizo lo mismo y nuestras cabezas chocaron en un sonoro ¡crack!
—¡Joder! Tienes la cabeza dura, nena —dijo frotándose la frente.
—¡Tú también, *nene!* —contesté remarcando la última palabra.
—También tengo otra cosa muy dura —susurró en mi oído con una sonrisa burlona.
Me quedé sin palabras ante la insinuación sexual. Pero me fijé en su franca sonrisa, con todos los dientes blancos igualados, excepto por uno mellado que hacía que su sonrisa fuera aún más traviesa. Y sin saber cómo, empecé yo también a reír.
Quedamos para vernos ese sábado. Lo que al principio comenzó como una conversación titubeante en la que no teníamos nada en común, acabó tres años después delante de un juez prometiendo lo regulado en el artículo sesenta y seis del Código Civil.
Mi madre lo acogió como un hijo. Su madre me acogió como la bruja que había seducido a su hijo, para alejarlo de sus faldas. Su hermana, aunque disimulando con sonrisas falsas, me odió siempre.
Cuando nació Laura nos colmó de felicidad, ambos estábamos deseando ser padres y durante el embarazo y sobre todo en el momento en que la tuve por primera vez en brazos, creí que había alcanzado la felicidad más absoluta, el nirvana. Sofía fue la madrina de mi hija y yo de la suya, que nació solo unos meses después que Laura. La llamó Eyre, en homenaje a su amor por Irlanda.

Pasó enero y febrero llegó con más frío todavía. Los días eran cortos y no apetecía salir de casa salvo para lo necesario. Quedaban cuatro meses para junio y todavía no había decidido qué haría. Me limitaba a dejar pasar el tiempo, mi mente había activado el modo *stand by* y ahí permanecía. De vez en cuando, al anochecer, cuando ya había acostado a Laura, rebuscaba la carta de Sofía y la leía y releía mientras daba vueltas en mi mano a la pulsera de cuentas.

Mi alma gemela

El día cinco de febrero recibí una alerta en el móvil, me avisaba del cumpleaños de Sofía, treinta y tres años que no había llegado a cumplir. Algo hizo clic dentro de mí y el modo *stand by* comenzó a parpadear. De un modo sigiloso y robándole tiempo al día, comencé a buscar información sobre Irlanda en Internet. Admiré sus paisajes, leí su historia, me empapé de su cultura a través de la pantalla de mi portátil. Acabó siendo una rutina, como tantas otras en mi vida. Todas las noches conectaba el ordenador y absorbía toda la información que la red me brindaba. Pero lo hacía en secreto, no escondiéndome, pero sí evitando que Carlos me descubriera.

Busqué una academia de inglés y llamé desde el trabajo en la hora de descanso, cuando estaba sola en la sala y sin ni siquiera proponérmelo en serio contraté un curso intensivo con un profesor nativo al mediodía, cuando nadie supiera dónde me encontraba realmente.

Mi profesor de inglés era un hombre de unos cincuenta años, con el pelo y la barba completamente blancos y unos chispeantes ojos azules. Me dijo que llevaba más de veinte años en España, que vino por las mujeres y se quedó por la comida. Lo que era cierto, dada su prominente barriga.

El primer día no conseguí entender más que el «siéntate ahí».

El resto de la semana mantuvimos una conversación de monosílabos. Peter, que así se llamaba, hablaba y hablaba y yo intentaba no perderme demasiado, le contestaba sí o no dependiendo del gesto de su cara. Cuando me equivocaba, pataleaba exageradamente y se señalaba la oreja diciendo algo así de que «era duro». Lo que yo traduje por «hija mía más que oído tienes orejas, pero qué le vamos a hacer».

La siguiente semana ya hilaba alguna frase y hasta le comentaba alguna sugerencia. Y curiosamente me pasaba la mañana deseando que llegase la clase y al salir de ella mantenía una sonrisa permanente en el rostro. Peter siempre se despedía con un: «eres un reto para mí, pero juntos lo vamos a conseguir».

Con dos meses podía mantener una conversación fluida, de-

CAROLINE MARCH

pendiendo de la velocidad de habla del otro interlocutor y referida a asuntos no muy profundos.

El tercer mes hizo hincapié en mi pronunciación:

—Vo-ca-li-za —repetía una y otra vez abriendo la boca como un buzón de correos.

—Eso intento —contestaba yo frustrada.

—Abre más la boca, mira, así —dijo enseñándome hasta las amígdalas.

—Ahí discrepo. Si me meto un polvorón en la boca e intento hablar en inglés seguro que se me entiende mejor —respondí yo con la mandíbula dolorida de tanto abrir y cerrar la boca.

—Te equivocas. Solo conseguirías escupir a la gente trocitos de almendra —lo dijo con tal acento inglés que prorrumpí en carcajadas.

A finales de mayo terminé mi periodo de aprendizaje. En nuestra última clase me dijo:

—No está mal, no. No está bien tampoco, pero servirá —tenía el gesto serio aunque le brillaban los ojos. No era una crítica, me estaba transmitiendo que mi nivel de inglés era bastante aceptable.

Yo le sonreí, pensando que iba a añorar sus gritos y sus sermones.

Cuando nos despedimos me dio un beso en la mejilla, haciéndome cosquillas con la barba.

—Cuando regreses, ven a contarme cómo te ha ido.

—Está bien, lo haré, lo prometo.

—Espero que encuentres lo que buscas, pequeña.

Lo miré extrañada, pero no contesté.

—Y recuerda...

No lo dejé terminar.

—Vo-ca-li-za —reí despidiéndome.

En el trabajo hablé con mi jefe y le solicité una excedencia voluntaria. Le expliqué que era algo muy importante para mí y que si al reincorporarme tenía que hacer más horas, no habría problema. No pareció gustarle la idea, pero lo aceptó. Lo único que me advirtió fue que quizá mi puesto de trabajo no estuviera dis-

Mi alma gemela

ponible a mi vuelta. Suponía una pequeña amenaza, pero la decisión era firme. Tendría que arriesgarme.

Siete días antes de mi partida, decidí, por fin, acudir a la agencia donde Sofía había contratado mi viaje. Vagabundeé con el coche buscando aparcamiento, evitando una y otra vez el parking subterráneo, que con luces de neón indicaba LIBRE, ganando tiempo frente a un súbito ataque de pánico. «Pero ¿qué estoy haciendo?», me preguntaba una y otra vez dando vueltas a la misma rotonda, saliendo una vez por la derecha y volviéndome a incorporar en el siguiente giro. Apretaba con fuerza el volante y empezaba a notar el calor acumulado dentro del coche. No funcionaba el aire acondicionado y a finales de mayo el sol lucía con justicia. Gotas de sudor me caían por la sien y la espalda. A ese paso no estaría en condiciones de ir a ningún sitio, salvo a casa a darme una buena ducha.

Después de más de media hora metida en el horno de mi automóvil, me rendí, suspiré con fuerza y bajé por la rampa del aparcamiento subterráneo, sintiendo el aire fresco del sótano que se filtraba por las ventanillas bajadas.

Llamé al timbre del edificio de oficinas algo temerosa, pensando «si no contestan, me largo y se acabó esta tontería». La puerta se abrió con un mecanismo automático. Entré al fresco portal. Notaba el retumbar de los latidos de mi corazón en el brusco silencio del interior. No esperé el ascensor, subí por las escaleras. En el descansillo, vi una única puerta blanca, la empujé y entré despacio, arrastrando los pies, como si me dirigiese al cadalso. Me paré frente a una mesa de formica blanca tras la cual se encontraba una mujer hablando por teléfono. Por señas me dijo que esperara y me señaló tres únicas sillas apoyadas en la pared frente a ella.

Observé a la recepcionista mientras esta hablaba por teléfono. Era joven, de unos veinte años, con el pelo teñido de rubio recogido en una coleta alta. Llevaba una camiseta que tapaba justo lo imprescindible y un piercing en el ombligo, que pude ver cuando se levantó a coger una hoja de la esquina de la mesa. Como

CAROLINE MARCH

falda se había puesto un cinturón largo. La conversación, por lo que deduje, no tenía nada que ver con su trabajo, más bien hablaba con su novio de lo bien que lo había pasado la noche anterior, entre susurros y risas contenidas, mientras masticaba chicle y marcaba cada frase con una pompa que explotaba ruidosamente.

Recordé a Sofía en no muy buenos términos. ¿Pero a qué sitio me había enviado?

Totalmente abstraída no me di cuenta de que la joven había colgado el teléfono y me hacía señas para que me acercara. Me levanté sintiéndome algo torpe y demasiado mayor en comparación con ella.

—¿Qué quiere? —preguntó.

Yo saqué la documentación que me había enviado Sofía y se la entregué sin decir nada.

Ella la revisó un momento y finalmente dijo:

—Ya veo.

Ese «ya veo» me sonó muy, muy mal.

—Espere un momento aquí, por favor —exclamó levantándose y entrando en uno de los despachos.

Me quedé de pie, esperando, apoyada primero sobre uno de los tacones de mis zapatos y después en el otro, deseando tener el valor suficiente para salir corriendo de allí. Finalmente salió del despacho con una carpeta diferente, se sentó de forma indolente y me indicó que acercara una de las sillas. Hice lo que me pidió y me senté apretando el bolso contra mi cuerpo como un escudo.

—Mire, esto es un poco complicado —comenzó.

Yo enarqué las cejas en señal interrogante.

—Tenía que haber presentado la documentación como fecha límite el quince de este mes y ya han pasado unos días. Como no teníamos un teléfono de contacto, su puesto ya lo ha ocupado otra de nuestras candidatas —finalizó la explicación.

Con la sensación de haber perdido algo que nunca tuve, le contesté:

—Entonces no va a haber ningún viaje a Irlanda por lo que entiendo, ¿no?

Mi alma gemela

—No, a Irlanda no. Pero se nos ha caído el candidato a esta otra estancia, que también es de tres meses, solo que en un lugar diferente, en las Highlands.

—¿Y se ha hecho daño? —pregunté estúpidamente al no enterarme de nada.

—¿Quién? —preguntó ella sin comprender.

—El candidato que se ha caído —contesté.

Ella rio.

—No, él no se ha caído de ningún sitio, sino que nos ha fallado por no sé qué trabajo que le ha surgido en otro lugar —me miró con cierta pena, quizá pensando que me faltaba un hervor.

Yo me sentí como si en vez de un hervor me faltara la cocción completa. Estaba tan nerviosa que ni siquiera sabía lo que decía.

—¿Las Highlands? —inquirí cambiando rotundamente de tema y esperando no parecer demasiado idiota.

No recordaba haber visto ningún lugar señalado así en Irlanda, quizá estuviera en el norte y yo solo me había centrado en el condado de Cork y alrededores.

—Sí, las Tierras Altas, ¿no sabe inglés? Está en Escocia —cabeceó dudando de mi capacidad.

—¿¡Escocia!? —casi grité—. Pero si yo tenía que ir a Irlanda.

—Mire —explicó como si hablara con una niña pequeña—, el propósito de estas estancias es mejorar el nivel de inglés y, que yo sepa, en Escocia siempre han hablado inglés. Está en Gran Bretaña, ¿sabe?

—Sé perfectamente dónde está Escocia —contesté algo seca.

—Bien, ¿entonces cuál es el problema?

Lo medité un momento. El problema era que tenía que cumplir una promesa en Irlanda, no en otro país. Masculló una maldición mentalmente. Estaba cabreada conmigo misma por haber dejado que el plazo expirara. Normalmente y debido a mi trabajo, tenía exhaustivo cuidado con esos temas.

—Ninguno —murmuré finalmente.

Si tenía que ser, sería.

—Bueno —contestó de forma más amable—, como le he co-

CAROLINE MARCH

mentado la estancia también es de tres meses, junio, julio y agosto. Será en un pueblecito encantador llamado Drumnadrochit.
—¿Perdone? —pregunté interrumpiéndola. Puede que trabajara en una academia de inglés pero su pronunciación era horrenda.
—Drumnadrochit —repitió—, es gaélico. ¿Conoce el Lago Ness? Bueno, pues allí es donde tendrá que ir. El contrato es para trabajar en un bar-restaurante.
¿Gaélico? ¿Lago Ness? ¿Bar-restaurante? La cabeza me daba vueltas. Si ya me había costado decidirme, aquello hacía que me lo planteara todo de nuevo.
—Pero yo no soy camarera —exploté—, estoy bastante más preparada para cuidar de unos niños que para servir mesas, créame.
—¿No ha trabajado nunca de cara al público? Si no es así, tendremos un problema.
—He trabajado dos años en una floristería.
—Bueno, tendrá que servir. Más o menos es lo mismo servir flores que copas, ¿no? —sonrió.
Yo no estaba muy segura, pero asentí.
—¿Y el alojamiento? —pregunté algo tarde.
—Oh, está en Lewinston, en la casa de una pareja de jubilados que alquila una habitación. Por lo que comentó el chico del año pasado, son bastante agradables. Ya sabe, los típicos ingleses.
—Escoceses —corregí—. ¿Y dónde está Lewinston?
—Muy cerca de Drumnadrochit.
—¿Cómo de cerca? —pregunté temiéndome lo peor.
Ella consultó el ordenador y contestó.
—Debe de ser un barrio a las afueras del pueblo.
—Ah, bien —no me dejó nada tranquila.
—Otra cosa —añadió—. Habían solicitado un chico, pero no creo que les importe demasiado que vaya usted —me observó de la cabeza a los pies.
—¿Está segura? —ya me veía regresando al segundo día a España.

Mi alma gemela

—Psiiii —afirmó no muy convincentemente—. Mire, tengo una foto que me dejó el estudiante del año pasado.

Rebuscó un momento en los cajones y sacó una imagen de dos jóvenes juntos pasándose los brazos por los hombros. No me fue difícil distinguir al español, un joven de unos veinte años, con gafas y acné, del escocés, un hombre algo más mayor, rubio, con ojos azules y pinta de surfista. Era el Ken de Barbie hecho hombre.

—Está bueno, ¿eh? —sonrió babeando la recepcionista—, demasiado guapo para ser real.

—¿Quién? ¿El moreno de gafas? —contesté irónicamente—. Si yo tuviera diez años menos, le diría que sí, pero con treinta y dos años, ya no son mi tipo los chulitos de playa —añadí con un suspiro.

—Vaya —me miró algo sorprendida, pensé que por la contestación tan cortante—, creí que era más joven.

—¿Y como cuánto? —pregunté sonriendo.

—Unos veintiséis o veintisiete.

Esa vez me reí de verdad.

—Mira, cielo, ya no recuerdo ni lo que es tener veintisiete años —contesté.

—¿Y puedo preguntarle por qué hace esto? —inquirió envalentonada por mi risa.

—No —contesté yo súbitamente seria.

Fin de las bromas. Cambió el gesto y como despedida añadió:

—Ya tengo todos los datos. Puede pasarse mañana o pasado a recoger la documentación que deberá entregar a su llegada a Escocia.

Me levanté de la silla y salí de la sala despidiéndome con un conciso adiós.

Anduve hasta el coche como en una nube. Me sentía terriblemente asustada por lo que iba a hacer y a la vez mucho más viva de lo que me había sentido en los últimos años. Estaba excitada y nerviosa y, sobre todo, temerosa de la reacción de Carlos y mi madre. ¿Cómo demonios les iba a explicar que dentro de solo seis días me iría tres meses a vivir a otro país?

CAROLINE MARCH

Era viernes, tenía que volar a Edimburgo el siguiente jueves. Tenía menos de una semana para explicarlo todo, sin explicar apenas nada. Finalmente, decidí que la comida del domingo en casa de mi madre era un buen momento, si es que había un buen momento para contar algo así.

Recorrimos la distancia que separaba nuestra casa de la de mi madre dando un pequeño paseo. Se aproximaba el mediodía, el sol estaba alto y lucía en una brillante circunferencia dorada, acariciaba mis brazos desnudos creando una falsa sensación de paz y armonía. Carlos interrumpió la momentánea tranquilidad.
—¿Qué nos toca hoy? —era un comentario casual.
Yo todavía no comprendía cómo no se había dado cuenta del estado nervioso que transmitía yo en las dos últimas semanas, ya que a veces tenía la sensación de que podría explotar de un momento a otro en un efecto de combustión espontánea.
—Creo que es carne a la brasa, acompañada de salsa caramelizada —contesté.
Me avergonzaba reconocer que mi madre tenía más vida social que yo. Desde que se jubiló, acudía todos los días al club social, hacía ejercicio con sus amigas por la mañana y se había apuntado a un sinfín de cursos, a cual más variopinto, desde origami hasta cocina creativa. Y en todos ellos nosotros éramos sus conejillos de indias. Ese día nos tocaba este último.
—Bien, si es carne, al menos comeremos algo —sonrió Carlos.
Lo miré, esa sonrisa mellada que conocía tan bien y un nudo estranguló mi estómago. Se le veía tan confiado... Como si los planetas se hubieran vuelto a alinear, esa vez de la forma correcta, llevábamos semanas sin discutir y casi habíamos vuelto a ser los de antes. Y llegaba yo a estropearlo otra vez. Y ¿por qué? Pues en realidad no lo sabía a ciencia cierta, por la carta de Sofía, por su muerte, porque necesitaba alejarme. Quizá fuera una mezcla de varias circunstancias, o simplemente un impulso arriesgado. Todavía no tenía respuesta.

Mi alma gemela

Observé a Laura, que correteaba delante de nosotros, parándose cada vez que algo le llamaba la atención, normalmente chicles pegados en el suelo o una simple mosca que se arriesgaba a pasar lo suficientemente cerca de ella en vuelo silencioso. Se me encogió el corazón. ¿Cómo podía dejarla tanto tiempo? Nunca me había separado de ella más de un día o dos a lo sumo y siempre notaba esa sensación que tiraba de mí hacia mi hija. Me tranquilicé pensando que estaría bien cuidada, no la dejaba sola, la dejaba con su padre y con los siempre amorosos cuidados de su abuela.

Me giré hacia Carlos, que también observaba a Laura con expresión de cariño en sus ojos marrones.

—Te quiero —le dije impulsivamente.

—Lo sé —contestó él sin dejar de mirar a nuestra hija, pero me cogió la mano y la apretó con fuerza.

Las lágrimas acudieron a mis ojos, ocultos tras unas gafas de sol. Callé un momento memorizando ese instante en el álbum de recuerdos de mi mente. Anduvimos en silencio hasta llegar a casa de mi madre. Allí nos recibió el olor a carne asada y a algo que parecía azúcar quemado.

—Ay, Dios mío —murmuré en voz baja.

—Siempre nos queda el Burger King —contestó Carlos.

La voz de madre sonó cálida como siempre.

—Pasad hijos, huele bien, ¿no?

Componiendo una sonrisa contesté:

—Delicioso mamá, como siempre.

—Mentirosa —me susurró Carlos al oído.

—Calla —le di un pequeño codazo.

—¡Yaya! —sonó la voz estridente de Laura—, mira, te traigo una flor.

Le mostró una pequeña margarita silvestre totalmente espachurrada en su mano.

—Gracias, mi cielo. Es preciosa, como tú —exclamó dándole un beso en la nariz—. Y para ti —añadió dirigiéndose a ella— he hecho tu plato favorito... ¡pasta!

—¡Bien! —aplaudió mi hija—. ¿Con *papipo*?

CAROLINE MARCH

—Sí, cariño, con tomatito, para ti.
—¿Y no podemos tomar nosotros también pasta con *papipo*? —volvió a susurrar Carlos.
—No, tenemos que ser valientes —contesté susurrando yo también.
Ambos sonreímos.
La comida transcurrió tranquilamente, hablamos de todo un poco mientras picábamos algunos entrantes, hasta que llegó el plato principal, foie de pato a la brasa con salsa caramelizada y compota de manzana reineta. Carlos se atrevió con el pato y la compota, yo me arriesgué y agregué una gran cantidad de la salsa caramelizada, que por su aspecto era azúcar quemado con olor a ron. Laura había terminado su plato de pasta y jugaba en una mesita accesoria con pasta de modelar de colores. Decidí que ese era el momento.
—Tengo que deciros una cosa. Es importante —comencé, sintiéndome como en un examen oral de la carrera.
Ambos dejaron los cubiertos y me miraron ante la seriedad de mis palabras. Me acobardé. Por un momento todo fue demasiado. Si ahora callaba, nadie se enteraría de mi locura. Pero no, envalentonada por las dos copas de vino que había tomado durante la comida, solté:
—El jueves me voy a Escocia.
—¿Para qué? —preguntó Carlos.
—¿Durante cuánto tiempo? —interrogó mi madre a su vez.
No parecían demasiado sorprendidos. Me relajé. Tal vez había sido exagerado pensar que se pondrían como una furia.
—Voy a trabajar de camarera en un pub de las Highlands tres meses, volveré en septiembre —exploté.
—¿¡Qué!? —gritó mi madre.
Carlos abrió la boca. Luego la cerró con un gesto de enfado contenido. Finalmente se lo pensó mejor y me increpó:
—¿¡Estás loca!?
Yo había aprovechado para meterme en la boca un trozo de carne bien untado en la dichosa salsa. Quise replicar, pero me que-

Mi alma gemela

dé muda. No podía separar la mandíbula, mis muelas se habían quedado pegadas. Noté con la lengua que la salsa se estaba solidificando formando una pasta dura que rodeaba los dientes como el cemento.

Ambos me miraron con cara de enfado y comenzaron a hablar a la vez.

—¿Pero qué narices se te ha perdido a ti en Escocia? —preguntó Carlos con las mejillas encendidas por el enfado.

—¿Y la niña, qué? ¿No has pensado en tu hija acaso? —mi madre fue directa a lo que más me dolía.

Intenté abrir la boca, pero solo conseguí un gesto de dolor. Comencé a señalar la salsera llena hasta el borde con la amalgama de azúcar y mi boca a la vez, con lágrimas en los ojos exclamando «¡Umm! ¡Umm!» como un simio en el zoológico.

Laura, que se había acercado al oír los gritos, cogió la cuchara que estaba clavada en la salsera, cuyo caramelo se había solidificado alrededor, y la levantó en vilo sobre su cabeza.

—Mirad —dijo a todos en general—, un paraguas.

Mi madre corrió a salvar su salsera de porcelana, que ondeaba sobre la cabeza de mi hija como una cometa. Carlos cogió mi rostro entre las manos e intentó abrirme la boca haciendo presión con los dedos. Finalmente se oyó un chasquido y un grito de dolor por mi parte, que dejó a todo el mundo quieto y callado. Me tapé la boca con las manos. Sentía como si me hubieran arrancado un diente de raíz, que era lo que probablemente había sucedido. Noté el sabor metálico de la sangre en mi boca y comencé a llorar mientras me limpiaba con la servilleta blanca de hilo. Escupí y la aparté.

—Oh, Dios —gimoteé.

—¿Qué? —preguntaron los tres a la vez, preocupados al observar los restos de sangre en la servilleta.

—Me he arrancado un empaste y creo que parte de una muela —contesté comenzando a sollozar como una niña. Si suponía una señal ante mi futuro viaje, no era muy buena que digamos.

Después de enjuagarme en el baño con colutorio, lo que hizo

CAROLINE MARCH

que viera literalmente las estrellas, cogí dos ibuprofenos. Mi madre me acercó un vaso de agua. Lo rechacé con un gesto de la mano y, sirviéndome una generosa cantidad de vino tinto en la copa, me los tragué apurándola hasta el fondo.

—Lo siento, hija —se disculpó mi madre—, no ha sido mi intención...

—Déjalo, mamá, no importa —murmuré todavía sollozando ligeramente.

De repente y otra vez sentada en la mesa frente a los dos, comencé a reírme, con una risa histérica, mezclada con hipo y algún sollozo. Me doblé sobre mí misma entre carcajadas. Pasado un rato y ante sus miradas incrédulas, cuando solo brotaba de mi boca algún sonoro ¡hip!, hablé por fin.

—Tienes razón, Carlos, estoy loca, completamente loca. Pero esta loca se va la semana que viene a Escocia. No me preguntes por qué razones, ya que ni yo misma las conozco. Y, mamá —dije dirigiéndome a ella, que me miraba con la boca completamente abierta—, no te atrevas a insinuar que no he pensado en mi hija al hacer esto, ella ha estado presente en mi vida en cada minuto de su existencia y bien sabes que he condicionado toda mi vida para hacer que ella esté más feliz y mejor cuidada. ¿Crees acaso que no me duele dejar de verla tres meses? ¡Por Dios!, me duele dejar de verla más de unas imprescindibles horas. Pero esto es algo que tengo que hacer y ya está —terminé con un pequeño golpe en la mesa.

Un tenso silencio envolvió la mesa, solo se oía la voz aguda de Bob Esponja de fondo en la televisión, hasta que mi hija habló:

—Mami.

—¿Sí, cariño?

—Escocia es donde vive Minnie, ¿no? —preguntó con toda la inocencia infantil reflejada en su pequeño y dulce rostro.

—No, cariño. Minnie vive en Disneyland —le respondí con ternura

—¿Y por qué no vas allí?

—Porque ahora no es el momento. Ahora tengo que viajar a

Mi alma gemela

Escocia. Ya iremos a Disneyland juntas, te lo prometo —contesté apenada.
—¿Y qué hay en Escocia entonces? —insistió la niña.
Me quedé callada. No sabía qué contestar.
—El monstruo del Lago Ness —contestó Carlos en mi lugar, haciendo una mueca.
—Ahhhh —contestó Laura, como si fuera lo más normal del mundo—. ¿Y ese monstruo es como un dragón? —prosiguió curiosa.
—Parecido —murmuré.
—¿Y vas a matarlo y a cortarle la cabeza como en los cuentos?
—Algo así —respondí evasivamente.
—Pues, entonces, puedes irte tranquila, yo cuidaré de la abuela y de papá. Pero no te olvides de traerme la cabeza del dragón, para enseñársela a mis amiguitas de la guarde —terminó, volviendo su atención a los dibujos animados que emitía la televisión.
Todos volvimos a quedarnos en silencio.
De las cuatro personas que estábamos en la habitación, tres adultos y una niña de tres años, la única que tenía todo el asunto meridianamente claro era ella.
Cuando regresamos a casa esperé una llamada de mi madre, que había estado evitándome hasta que salí por la puerta. No la recibí. Eso me dolió. Quería explicárselo un poco mejor, que entendiera que era algo que tenía que hacer. Quería sentir las palabras tranquilizadoras de una madre, diciéndome que todo iría bien, que me fuera sin preocuparme, que ella se quedaría a cuidar de mi familia. Pero el teléfono no sonó en toda la tarde. Su enfado tenía que ser monumental. Con el paso de las horas, mi tristeza fue convirtiéndose también en una mezcla de furia y decepción. Creí que podía contar con ella y me sentí defraudada.
Carlos no habló en todo el camino de regreso y una vez que nos dejó en el portal, se alejó informándonos escuetamente de que «tenía cosas que hacer». Llegó por la noche, cuando ya había acostado a Laura. Una parte de mí lo comprendía. ¿Cómo me sentiría yo si de repente un día él dijera que me abandonaba

para seguir una quimera durante meses? Pues mal, probablemente muy mal. Sentí que lo estaba haciendo todo al revés. Pero a la vez, en el fondo, sabía que había tomado la decisión correcta.

Quedaba una última cosa por hacer. Algo frívolo y no determinante para el viaje, pero sí importante para mí. Ir a la peluquería. Lo hice al día siguiente.

Siempre que entraba en el salón de belleza me sorprendía. Parecía el escenario de *Las mil y una noches*. Desde la calle solo se veía una puerta lacada en negro con el nombre del establecimiento, pero una vez la cruzabas toda la decoración era púrpura, violeta, granates y rosas. El olor a laca me envolvió y por primera vez en días el nudo del estómago se aflojó un poco.

—Dime, cielo, ¿qué te vas a hacer? —preguntó la dueña, peluquera titular y amiga desde hacía más de siete años.

—Quiero volver a tener el color de mi pelo natural —contesté con firmeza.

—Eso es imposible, cielo —sonrió Clara, que ese día lucía una cresta en tonos verdes y amarillos. Parecía un papagayo.

—Siempre dices que no hay nada imposible si se utilizan los productos adecuados, ¿no? —contraataqué.

—Ven, siéntate, que quiero verte el cabello de cerca —dijo ella rindiéndose—. Te hará parecer mayor —afirmó cabeceando.

—Me da igual —respondí yo desafiante.

Cogió varios mechones rubios entre sus dedos. Cuando regresé a casa después de dejar la Universidad, ella misma me recomendó unas mechas rubias, para que dieran luz a mi rostro, que se veía muy apagado. Las mechas acabaron convirtiéndose en mechones y estos en un tinte rubio en toda regla. El color de mi cabello al natural era castaño, aunque ya no lo recordaba con claridad.

—Veremos lo que podemos hacer —murmuró hablando consigo misma, como si convergieran en su pequeño cuerpo varias personalidades.

Pasé casi cuatro horas embutida entre tintes, secadores, más tinte, lavados y, por fin, corte. Me negué a que cortara más que un

Mi alma gemela

poco de las puntas, pero le dejé que lo capeara y desfilara un flequillo largo.

—*Voilà!* —exclamó girando mi silla para que pudiera admirar su obra en el gran espejo decorado por filigranas doradas.

Por un momento quedé impactada. Casi no conocía a la persona que me miraba desde la silla en la que yo estaba sentada. Al contrario de lo que había pronosticado, el color y el corte más moderno me hacía parecer más joven, resaltaban el color casi negro de mis ojos y la palidez de mi piel.

—¿Qué? —me interrogó.

—Me gusta —afirmé esbozando una gran sonrisa.

El último día de trabajo, mis compañeras dejaron un paquete envuelto en papel de regalo en mi mesa, con un post-it que rezaba: *Ábrelo cuando estés sola*. Lo hice una vez se fueron todos del despacho común. Era un consolador vibrador del tamaño de un pene gigantesco. Llevaba una nota: *No sabemos adónde vas ni qué vas a hacer, lo único de lo que estamos seguras es de que te será de utilidad*. Serán... pensé con una sonrisa.

De regreso a casa, me puse a preparar el equipaje. Como no sabía muy bien qué llevar, acabé metiéndolo todo a presión, cada vez que cogía una prenda y dudaba entre llevarla o no acababa guardándola en la maleta, con un decidido «por si acaso». Al final llené una maleta grande y una de mano con un «por si acaso hace calor», «por si acaso hace frío», «por si acaso llueve» (que sería lo más probable), «por si acaso hago deporte» (en casa nunca lo practicaba, pero en Escocia, vete tú a saber), «por si acaso voy a alguna fiesta», «por si acaso no tienen toallas», «por si acaso voy a la playa» y así hasta el infinito de los «por si acaso». Ni que decir tiene que la mayoría de las veces solo utilizaba el diez por ciento de lo que transportaba, pero por si acaso... Mujer precavida vale por dos.

Carlos estuvo toda la semana llegando muy tarde del trabajo, cenaba solo en la cocina y luego se acostaba en silencio. Me preocupaba, y mucho. Un par de veces intenté acercarme a él en la cama y solo conseguí que se girara y me diera la espalda.

CAROLINE MARCH

La noche de mi partida dejé todo preparado, incluso varias hojas con anotaciones y recomendaciones de la casa y sobre todo de mi hija, comidas favoritas, horas de siesta y muñecos preferidos. Llamaron a la puerta cuando estaba a punto de acostarme, Carlos no había llegado todavía.

Abrí la puerta y me encontré a mi madre. El nudo del estómago me estranguló de nuevo con mucha más fuerza.

—Mamá —pronuncié.

En una sola palabra lo condensé todo. El dolor, la tristeza de la separación y el amor que sentía por ella.

Ella me abrazó con fuerza acunándome entre sus brazos.

—¿No pensabas despedirte, hija? —me dijo suavemente.

—No pensé que quisieras —me excusé.

—¡Como no voy a quererlo! Soy tu madre, lo llevo impreso en los genes —sonrió ante mi turbación.

Quise hablar. Ella puso un dedo sobre mis labios silenciándome.

—Mira, cariño, creo que lo he comprendido. Sé que Sofía tiene algo que ver, de una forma que no entiendo todavía, pero que espero me expliques a tu regreso. Ahora tienes que irte, tienes que vivir tu vida, aunque solo sea por tres meses y dejar de vivir las vidas de los seres que te rodeamos, eres hija, esposa y madre ante todo y ahora tienes que ser mujer, la preciosa y valiente mujer que he educado y en la que te has convertido. No te preocupes, yo estaré aquí y cuidaré de Laura y de Carlos en tu ausencia —explicó con voz tranquila y meditada.

—Gracias, mamá, no sabes lo mucho que significa para mí que me apoyes —sonreí entre lágrimas.

—Pero vuelve, vuelve a estar con nosotros, porque si no estamos perdidos, ¿de acuerdo?

—Prometido —volví a abrazarla.

No serían más de tres meses. Cuando me fui a Madrid a estudiar estuve casi un semestre fuera de casa y no me dolió tanto como en ese momento.

Casi a las once de la noche por fin me acosté, sola. Carlos no

Mi alma gemela

había regresado de lo que estuviera haciendo y yo temía que no fuera a dormir esa noche. Entre sueños sentí que Carlos se acostaba. Me giré hacia él. Su aliento olía a alcohol, pero no parecía estar ebrio.

—Ven —exigió.

Me arrastré el poco espacio que nos separaba en el colchón. Me hizo el amor dos veces, la primera con furia contenida, como si estuviese desahogando su frustración. La segunda de forma pausada, recorriendo cada centímetro de mi cuerpo, como si quisiese memorizar cada hueco y cada montículo.

—Solo son tres meses —le dije finalmente.

—Es mucho tiempo —contestó.

—No es demasiado si tenemos toda la vida por delante.

Me besó con fuerza como respuesta.

—No me olvides —pronunció esas palabras en voz queda y susurrante.

—No podría —le respondí atrapando su boca una vez más.

A las cuatro de la mañana me levanté silenciosa, me vestí, desayuné y fui al cuarto de mi hija a despedirme:

—Te quiero, mi princesa —le dije, abrazando su cuerpecito cálido bajo las mantas.

—Yo también, mami —contestó ella con voz somnolienta.

Le di un beso y aspiré su olor a bebé. «No puedo hacerlo», pensé. «No puedo dejarla». Su voz interrumpió mis pensamientos:

—Mami.

—¿Qué? —pregunté con la voz quebrada.

—Acuérdate de traerme la cabeza del dragón.

—Vale, mi amor, lo recordaré —le di otro beso y salí de casa arrastrando mis voluminosas maletas, que eran un peso pluma comparado con el dolor de mi corazón.

CAPÍTULO 4

Welcome

Tenía un día entero de viaje por delante, una combinación agotadora de autobuses, avión, taxis y más autobuses hasta llegar a mi destino, un pueblo perdido en las montañas escocesas. Estaba nerviosa, no, más bien estaba aterrada y no paraba de repetirme como un mantra: «todo irá bien, todo irá bien».

En el aeropuerto de Barajas, recorrí a la carrera las largas explanadas hasta encontrar el mostrador de la British, en el que cogía un vuelo directo a Edimburgo, capital de Escocia.

Deposité la maleta grande en la báscula con un suspiro exhausto y hasta yo me sorprendí del número de kilos que mostró el marcador luminoso. ¡Mierda! Seguro que me hacían pagar sobrepeso.

La azafata abrió los ojos al contemplar el marcador y se puso a teclear con rapidez en el ordenador. Crucé los dedos en la espalda y recé para que pusiera el identificador del vuelo en el asa de la maleta y esta desapareciera por la trampilla sin más revuelo. Cogió mi DNI y documentación de la reserva de vuelo de forma mecánica.

—¿Alguna maleta más? —preguntó en tono monótono y eficiente.

—Solo la de cabina —le señalé el pequeño trolley.

Mi alma gemela

—Muy bien —volvió a teclear—. ¿Qué lleva en la maleta? ¿Piedras? —esbozó una pequeña sonrisa.
—Llevo mi vida entera —respondí con voz entrecortada.
Me miró sorprendida. Yo esbocé una media sonrisa.
—Está bien —dijo finalmente—. Normalmente tendría que pagar exceso de peso, pero el avión no va completo, así que no será necesario. Que tenga un buen vuelo —terminó dándome la tarjeta de embarque.
—Gracias, mil gracias —le contesté. Era una buena señal, ¿no?

En los cuatro meses que tardé en decidirme a emprender el viaje había comenzado un pequeño juego que se convirtió primero en una costumbre y luego en una obsesión, que cualquier psiquiatra calificaría de trastorno obsesivo compulsivo. Si veía tres coches rojos era una buena señal, entonces me animaba y decidía ir, si cambiaba el canal del televisor y emergían anuncios, era una mala señal y me decía a mí misma que debía quedarme en casa con mi familia.

Caminando con tranquilidad me dirigí hacia las puertas de aduanas y me dispuse a hacer otra vez fila. Pasé el arco con confianza y me paré en seco al ver como se iluminaba y emitía un profundo y repetido pitido, que hizo que todo el barullo de gente que pasaba por las diferentes puertas se volviera a mirarme.

—¿Paso otra vez? —pregunté algo intimidada al guardia que se aproximó. Odiaba los uniformes, o más bien esa marcada seguridad que imprimía a los que los llevaban.

—No, quédese quieta y descálcese —ordenó con voz seca.

—¿Qué? —pregunté desconcertada.

—¿No me ha entendido? Que se descalce y deposite sus zapatos ahí —me señaló la cinta por donde habían pasado mis efectos personales.

Una vez que lo hice, me instó a que abriera las piernas y los brazos y una mujer me pasó la dichosa maquinita encuentra-metales o lo que sea que buscara. Comenzó a pitar a la altura de mis pechos. Volví a sentir varios pares de ojos fijos en esa parte de mi anatomía y tuve el impulso de cerrar los brazos sobre ellos para protegerlos.

—Muy bien. Puede calzarse —me dijo con voz átona una vez que comprobó que yo no era un peligroso delincuente.

Recogí mis bailarinas y me las puse, así como los efectos personales de la bandeja y el bolso, pero me faltaba la maleta de mano. Miré curiosa hacia el agujero negro que se la había tragado, pensando que quizá se hubiera quedado atascada, cuando una voz desconocida me llamó:

—Usted —me volví hacia el guardia que estaba sentado al lado del que vigilaba el contenido de las maletas en una pantalla.

—¿Quién? ¿Yo? —volteé la cabeza para asegurarme de que no miraba a nadie más.

—Sí, usted. Acérquese. ¿Es suya esta maleta? —señaló con un dedo mi pequeño trolley.

Por un momento dudé en decirle la verdad o salir huyendo lo más deprisa que mis recién calzados pies me permitieran. Obviando que no llegaría muy lejos, contesté:

—Sí, ¿por qué?

Él ignoró mi pregunta y a su vez hizo otra:

—¿Puede abrirla? —su voz sonó amenazante, o eso me pareció a mí, que cada vez estaba más crispada.

—¿Por qué? —inquirí desafiante.

—Hemos visto un objeto sospechoso —contestó el hombre, demasiado acostumbrado a viajeros molestos como yo.

—Pues como no sea la pist... —me callé.

Había algo muy parecido a un arma en esa maleta, algo con forma alargada y provisto de una vibración muy agradable. Sí, lo sabía porque lo había probado en casa antes de meterlo en un impulso en la maleta de mano, con uno de mis «por si acaso...». El corazón comenzó a latirme muy deprisa. Por segunda vez en menos de una hora volví a cruzar los dedos detrás de la espalda y a implorar mentalmente: «¡Que no lo abra! ¡Que no lo abra!».

El hombre, leyéndome el pensamiento, pero no en la dirección correcta, palpó exactamente el bulto envuelto en una pe-

Mi alma gemela

queña toalla. Lo cogió entre las manos y lo desenvolvió con dos dedos enfundados en guantes de látex. Todo el mundo a menos de diez metros a la redonda estaba mirando, con la curiosidad morbosa que produce ese cosquilleo de maldad en el ser humano.

—Ya veo, ya —murmuró.

—¿Le gusta? —pronuncié entre dientes, escuchando las risas contenidas del resto de los pasajeros que observaban la escena.

—A mí no, pero es obvio que a usted sí. Puede cerrar la maleta. Que lo disfrute con salud, señora —pronunció la última palabra remarcándola con ironía.

Estaba completamente segura de que el registro no había sido aleatorio, más cuando comprobé cómo guiñaba el ojo a su compañero, con una sonrisa sarcástica. Maldije en silencio y aceleré el paso. Fui directa al primer bar que estaba abierto.

—Un tequila, por favor.

El camarero, un hombre mayor, con la experiencia de varios años de barman marcada en el rostro, comentó poniéndome el vaso delante:

—Le da miedo volar, ¿eh?

—No —negué girando la cabeza. Me eché un poco de sal en el dorso de la mano, la chupé, bebí el chupito de tequila y me metí el limón en la boca, sorbiendo con avidez.

En realidad, adoraba volar. Básicamente porque el avión era el único medio de transporte en el que no me mareaba. Y la amenaza de turbulencias, alas incendiadas, motores que se paraban y un posible accidente eran minucias en comparación con un mareo de aquellos en los que sientes que vas a morirte y en los que juras que jamás volverás a montarte en lo que fuera.

—¿Otro? —sugirió el camarero, probablemente al notar la desesperación con la que había engullido el chupito.

—No, gracias —respondí. ¡Qué demonios!—. Sí, póngame otro —casi grité cuando se alejaba a atender a otro cliente.

Me lo tomé con la misma rapidez que el primero. Ahora comenzaba a ver las cosas con más claridad, mis miembros agarro-

CAROLINE MARCH

tados se distendieron hasta quedar completamente laxos y, si me hubieran puesto una almohada, me habría quedado dormida sobre la barra. De improviso, me desperecé y de mis labios brotó una carcajada. No hacía ni doce horas que había abandonado mi casa y ya había cambiado mi comportamiento por completo. Miré la hora, aunque el tiempo se había vuelto relativo. Abrí los ojos asustada; si no me daba prisa, perdería el avión.

Pagué y tambaleándome un poco me dirigí a la puerta de embarque. Le entregué la tarjeta a la azafata.

—Casi llega demasiado tarde —comentó algo disgustada.

—Lo sé, pero he llegado —le contesté hipando.

Atravesé el túnel hasta entrar en el avión, en el que estaban sentados la mayoría de los pasajeros. Guardé el trolley y me dejé caer sobre el asiento. Me abroché el cinturón, aunque la luz de advertencia seguía verde y sin llegar a comprobar la carta de desayunos, me quedé dormida al instante.

Desperté con un ruido tintineante sobre mi cabeza, que descubrí eran mis propios tímpanos.

—¿Cuánto queda? —pregunté a una azafata sonriente parada justo a mi derecha.

—Menos de una hora.

—Quisiera un café, por favor. Cogí la carta observando lo que ofrecía sin decidirme —mi estómago había empezado a quejarse.

—Lo siento, es demasiado tarde —volvió a sonreír.

—Vaya —necesitaba desesperadamente comer algo, mejor si era de chocolate, con bien de hidratos de carbono y grasas.

—Lo siento —otra vez la sonrisa.

—Yo también —no sonreí.

Aterrizamos sin incidencias. El tiempo amenazaba lluvia e indicaba dieciséis grados, informó el capitán. Tenía que haber metido más ropa de abrigo, «por si acaso...».

Pasé la aduana sin problemas y me situé al lado de la cinta por la que se escupían las maletas. Comenzaron a salir. Una vuelta, casi todas fueron recogidas. Dos vueltas. Mi maleta no salía. Tres

Mi alma gemela

vueltas, ya casi no quedaban maletas. Comencé a preocuparme. ¿Y si ahora toda mi vida se ha ido en un vuelo a Singapur? Cuatro vueltas, ya solo quedaba yo a la espera y un bolso de viaje negro de lona abandonado sobre la cinta, que desde luego no era de nadie del vuelo a Edimburgo. La taquicardia volvió, esa vez acompañada del dolor de cabeza que había comenzado en el aire y que seguía martilleando, aunque ya estaba con los pies en el suelo. La bolsa de lona desapareció durante unos segundos y cuando volvió a aparecer ante el único público que quedaba a la espera, lo hizo acompañada de mi gigantesca maleta. Deseé abrazar la bolsa de lona por traerme mi maleta de lo contenta que me sentí.

Cuando salí al exterior, un golpe de aire frío hizo que tensara todos los músculos. Era cierto que hacía solo dieciséis grados, pero había comenzado a llover, no, más bien a diluviar, y el aire hacía que la sensación térmica del frío se intensificara. Crucé la gabardina negra que llevaba puesta y me até bien el fular al cuello. Observé los charcos. Por mis bailarinas no podría hacer nada, me iba a empapar hasta la rodilla.

Cogí un taxi, un enorme taxi negro, sintiéndome protagonista de mi propia película, y le di la dirección de la estación de autobuses. Pasé todo el trayecto mirando por la ventanilla, con los ojos ávidos de curiosidad y expectación. Al girar una calle lo vi, el castillo de Edimburgo, sobre una colina impresionante de piedra volcánica, dominando la ciudad como estandarte de su majestuosidad.

—Es precioso —susurré.

—Impresiona, ¿verdad? Yo lo veo todos los días y aun así siempre tengo que fijar la vista un momento. ¿Su primera visita a Edimburgo? —preguntó.

—Sí, pero no vengo a quedarme, tengo que viajar hasta Drumnadrochit —pronuncié el nombre despacio para no equivocarme.

Aun así el taxista me corrigió.

—Drumnadrochit —sonó melódico en sus labios—, bonito lugar. ¿Viene para quedarse?

CAROLINE MARCH

—Solo por tres meses —contesté yo intentando adecuar mi pronunciación inglesa a la forma que tenían los escoceses de terminar las palabras bruscamente y a la vez de forma tan suave y cadenciosa.

—Eso dicen todos —sonrió él—, pero al final muchos se quedan. Esa es la magia de este país.

—Desde luego, es usted un patriota —confirmé también sonriendo—, pero le aseguro que yo en septiembre habré vuelto a casa.

Él no contestó. Sin embargo, a través del espejo retrovisor, pude ver como mantenía una sonrisa pícara.

Una vez en la estación me dirigí al autobús que me llevaría a las Highlands. Salimos del barullo de tráfico de hora punta de Edimburgo, aunque en una ciudad tan comercial como aquella, todas eran horas punta. Atravesamos la New Town y enfilamos lo que parecía una autopista, a las afueras del núcleo urbano. No transcurríamos a mucha velocidad y podíamos observar el panorama perfectamente a través de los enormes ventanales.

El paisaje de Escocia es poseedor de enormes contrastes. Era asombroso, los ocres daban paso a los verdes valles y estos a su vez al increíble azul de los numerosos lagos, salpicados con retazos lila y granates que se escondían tras formaciones rocosas... O eso al menos era lo que oía que comentaba el resto de los viajeros. Yo solo veía el suelo gris manchado de barro del autobús, enterrada mi cabeza en una bolsa de plástico vomitando hasta la comida de mi primera comunión.

La vergüenza que sentí al comenzar a vomitar no era nada comparada con la sensación de que me estaba muriendo. Literalmente. El estómago me dolía tanto que creí que me iba a partir en dos. «No llegaré viva», pensé. En una de las paradas incluso me planteé bajarme y seguir a pie los cientos de kilómetros que me restaban, todo con tal de no seguir un minuto más encerrada en ese monstruo infernal de transporte.

Cuando estaba al límite de mi resistencia y de la del resto de viajeros que tenía como destino Inverness, entramos en la pequeña ciudad, capital de las Highlands.

Mi alma gemela

Me apeé del autobús a trompicones buscando una papelera para arrojar los restos de mi estómago y mi dignidad. Cogí mi maleta y huí avergonzada buscando el siguiente enlace con Drumnadrochit.

Todavía algo mareada, aunque con el paso más firme, me subí a otro autobús algo más pequeño que el anterior. Pregunté al conductor si el trayecto era largo y me confió que no, que estaría en mi destino en lo que canta un gallo. El gallo no cantó una vez, sino que entonó una tediosa melodía de casi una hora de duración, mientras yo volvía a aferrarme al asiento delantero, rezando para no vomitar otra vez. Por fin y después de haber vivido lo que empezaba a considerar el infierno de Dante, llegué sana y salva, por lo menos en apariencia externa, a mi destino.

Drumnadrochit me enamoró en el instante en que puse los pies en suelo firme. Era un pueblo encantador, cuyo nombre derivaba del gaélico escocés *Druim na Drochait*, que significaba «cresta del puente». Nació y creció alrededor de esa estructura para convertirse en un paisaje pintoresco, típicamente escocés. Estaba situado a orillas del mítico Loch Ness, sobre la cañada de Glenunquart, e invitaba a descansar y a disfrutar de la magia del lugar. Era una población pequeña, de hecho no más que una pequeña agrupación de casas, pequeños *cottages* ingleses, con jardines y calles tranquilas. No parecía haber mucho movimiento, como si la localidad se hubiese quedado anclada en el tiempo. Pregunté al conductor antes de que siguiera viaje dónde se encontraba el pub Mackintosh, ya que tenía que presentarme allí antes de las ocho de la tarde y ya casi se acercaba la hora. Me dio las oportunas indicaciones, con una amabilidad que con el paso de los días observé que era innata en la gente escocesa.

No llovía hacía rato y un cielo crepuscular abierto había ganado la batalla a las nubes negras del sur. Respiré hondo, llenando mis pulmones del aire limpio de las montañas, con regusto a mar, que llegaba de la cercana bahía de Moray. Los últimos rayos de sol se filtraban entre las casas, dando una apariencia de cuento de hadas al pequeño pueblo. Sonreí. Era una buena señal, ¿no?

CAROLINE MARCH

El aire frío y vivificante del norte arrastró con él los últimos restos de mareo de mi cansado cuerpo y con energías renovadas me dirigí hacia el pub Mackintosh, que de hecho era el único situado en la parte central del pueblo y bastante bien señalizado.

Llegué en pocos minutos y me paré frente a la puerta. Estaba cerrada. No había luces dentro. Maldije en silencio. Había llegado tarde. El corazón comenzó a latirme de forma desordenada. Dejé las maletas y me separé unos metros observando el lugar con más detenimiento. Era un bajo que abarcaba toda la esquina, decorado con paneles de madera y el nombre en grandes letras en color blanco sobre la entrada principal, con una pequeña explanada en la que supuse ponían unas mesas como terraza. La parte superior parecía una vivienda. Tenía los postigos de las ventanas cerrados. Ahí tampoco habría nadie. Giré la esquina y observé que las mesas y las sillas apiladas junto a la pared no estaban sujetas con candado. Era lógico, no parecía haber mucha población y menos delincuencia.

Cuando estaba buscando en el bolso la documentación para llamar al teléfono de contacto que me habían facilitado en la agencia española, oí que se abría una puerta lateral. De ella salió un hombre joven, vestido con vaqueros y camiseta negra, cargando una voluminosa bolsa de basura que casi era más grande que yo y que arrojó con una facilidad asombrosa en el contenedor situado al fondo del callejón, aunque debía de pesar una tonelada. Con alivio lo reconocí, era el hombre que había visto en la imagen que me mostró la recepcionista, el Ken de Barbie. Me quedé un momento observándolo, ya que él no me había visto. Era más impresionante en la realidad que en la foto. Alto, más de un metro ochenta, fuerte pero ágil. Tenía el pelo ondulado más largo que en la foto, le rozaba los hombros y el viento hacía volar sus rizos en desorden. Eran de un color rubio nórdico, con mechones casi blancos. No me extrañaba que dejara a las mujeres sin respiración, bueno, con la respiración agitada, para ser exactos.

En ese momento se giró dándose cuenta de mi presencia. Sentí que me ruborizaba. Él no podía ver mi rubor a la distancia en

Mi alma gemela

que me encontraba, pero, sin embargo, sonrió con suficiencia y me dirigió una mirada que se paseó con descaro desde mi coronilla a mis zapatos todavía mojados por la lluvia de Edimburgo.

Recorrí la distancia que nos separaba con paso no muy firme y le extendí la mano.

—Hola, soy Alicia Márquez —dije a modo de saludo.

Él de forma automática la tomó y dándome un fuerte apretón, contestó con una expresión dubitativa en el rostro:

—Ewan Mackintosh.

Lo miré a los ojos, que eran de un azul profundo, cubiertos por pestañas de color rubio oscuro. Tuve que levantar la cabeza y estirar el cuello para quedar casi a la altura de su mirada.

—Soy Alicia —repetí; quizá fuera un poco sordo—. A-li-cia Már-quez —repetí un poco más alto, separando las sílabas.

—¿Y qué se le ofrece, Alicia Márquez? —pronunció mi nombre con una cadencia musical que hizo que me estremeciera, o quizá fuera el frío viento.

—Soy la nueva camarera —murmuré con voz algo temblorosa. Empezaba a sentirme un poco ridícula ahí plantada.

—No eres un hombre —me miraba fijamente, taladrándome con esos asombrosos ojos del color del mar embravecido.

—No lo era la última vez que me miré en un espejo —recuperé algo de brío.

Echó la cabeza hacia atrás y rio. El sonido de su profunda carcajada hizo que retrocediera un paso.

—Esperábamos a un hombre, un tal Rodolfo —dijo con la sonrisa en la boca.

—Sí, Rodolfo langostino, ¡no te fastidia! —masculló en voz baja comenzando a enfadarme. Estaba demasiado cansada para tonterías.

—¿Qué has dicho? No te he entendido —replicó él interrogante.

—¿No hablas castellano?

—No.

—¿Nada de nada? —tenía que asegurarme.

CAROLINE MARCH

—Ni una palabra.
—Mejor —por primera vez sonreí con ganas contestándole en inglés. Ahí tenía ventaja.
Él me observó con más atención, si es que eso era posible, con la duda flotando en su mirada.
Aproveché para sacar del bolso la documentación que tenía que entregarle y se la tendí.
—Ha habido un cambio de última hora, espero que no sea un problema, creo que estoy suficientemente capacitada para desempeñar el trabajo requerido —expliqué despacio. Todavía me costaba hablar en inglés y mi pronunciación sonaba extraña hasta para mis oídos inexpertos.
—¿Has trabajado antes sirviendo copas? —su tono se había vuelto eficiente.
—No —decidí ser sincera—, pero sí que he trabajado de cara al público varios años.
Pude notar la duda en su rostro. Y en un acto reflejo volví a cruzar los dedos de la mano que tenía libre a mi espalda. Él enarcó una ceja rubia interrogante.
—Mañana veremos si eso es suficiente. Preséntate a primera hora y te explicaré cómo va esto —contestó finalmente.
—¿A qué hora? —esperaba que no fuera demasiado pronto. Tenía la sensación de que, si me acostaba, podría dormir veinticuatro horas seguidas.
—A las siete de la mañana.
—¿Qué? —hice un cálculo rápido. Más o menos tendría que levantarme a las cinco para llegar puntual. Noté una vez más su mirada fija en mí, con dureza—. Aquí estaré —afirmé.
—Muy bien. Hasta mañana, entonces —se despidió mientras se alejaba hacia la puerta lateral.
—Un momento —lo paré sujetándolo por el brazo. Su piel estaba cálida al contacto con mi mano helada.
—¿Sí?
—¿Dónde puedo coger el autobús a Lewinston? —pregunté.
—Se coge allí, en esa marquesina —señaló unos cien metros

Mi alma gemela

en dirección recta—. Pero yo no me molestaría, el último ha salido hace más de media hora —contestó consultando su reloj.

—¿Y dónde puedo coger un taxi? —inquirí preocupada.

—No hay.

—¿Qué?

—Aquí no hay taxis —repitió, para mi fastidio, con tono divertido.

—¿Y cómo puedo llegar a Lewinston entonces? —la taquicardia había vuelto. Ya me veía durmiendo en la puerta del pub.

—Caminando sería una buena forma, no está demasiado lejos, unas dos millas —contestó, lo que significaba unos tres kilómetros más o menos y cargando dos voluminosas maletas. Era demasiado. Intenté algo desesperado.

—¿Y no me podrías acercar tú? Podría pagarte si fuera necesario, yo...

No me dejó terminar.

—Me imagino que traerás maleta, ¿no?

—Sí, dos —respondí esperanzada.

—Pues no puedo llevarte, preciosa —señaló una moto aparcada al fondo sonriendo. Una moto de montaña, obviamente para un solo ocupante, como mucho dos y apretados, pero de maletas ni soñarlo.

—Pues muchas gracias, *precioso* —remarqué la última palabra fastidiada.

—No hay de qué, guapa —respondió él girándose.

Yo hice lo mismo y me encaminé hacia la puerta principal, donde había aparcado las maletas.

Oí que decía algo.

Me volví y le pregunté:

—No te he entendido, ¿puedes repetirlo?

—¿Hablas gaélico?

—No —respondí desconcertada.

—Mejor —contestó él con una última sonrisa jactanciosa de despedida.

Maldito estúpido, arrogante, engreído... y cuantos adjetivos

CAROLINE MARCH

al respecto se me ocurrieron, pensé enfadada mientras recogía de nuevo mis maletas y emprendía el largo camino a Lewinston, mi hogar durante los siguientes tres meses. ¿Gaélico? Pero si apenas nadie hablaba ya aquel idioma, será cretino...

Cuando no llevaba más de quinientos metros recorridos, añoré con cariño el autobús infernal que me había llevado hasta allí. Estaba exhausta. Las bailarinas de piel, que se estaban secando, me producían heridas en los pies desnudos, me dolían las piernas de una forma que hacía que deseara arrancármelas, los músculos de los brazos me tiraban hasta las cervicales de arrastrar el peso de las maletas y el bolso continuamente se me deslizaba del hombro hasta caer a la mano cerrada sobre el asa del trolley. Finalmente, cansada de tanto parar para recolocármelo, decidí colgármelo del cuello como hacen las ancianas cuando van a comprar al mercado temiendo que alguien se lo robe de un tirón.

¿Sería legal hacer autostop? Francamente, daba igual, no había pasado ni un solo vehículo en todo el trayecto.

Después de casi dos horas de largo y agotador camino en el que tuve que hacer varias paradas, llegué a la casa de los señores Maclehose, mis caseros, aterida, hambrienta y desesperada por una ducha caliente.

Traspasé la verja de madera verde, algo necesitada de una buena mano de pintura, anduve los cuatro pasos que me separaban de la puerta y llamé a la aldaba, primero suavemente, calculando el impulso del sonido y, después, cuando vi que no había respuesta, golpeando con los puños la puerta lacada también de verde que, como pude averiguar esa misma noche, era el color preferido de la pareja.

Después de lo que me pareció una eternidad, oí movimiento dentro de la casa y una luz se encendió en el piso superior. Esperé pacientemente a que me abrieran la puerta. No lo hicieron, en vez de ello oí una pregunta proferida con brusquedad y con un fuerte acento escocés de una mujer.

—¿Quién es usted?

Mi alma gemela

—Soy Alicia Márquez —contesté con voz firme pegándome a la puerta.

—¿Y qué quiere a estas horas? —el mismo tono brusco.

Me quedé desconcertada sin saber muy bien qué decir, parada ante la puerta de forma estúpida.

—Soy su inquilina española —resumí finalmente.

Silencio al otro lado de la puerta. Oí susurros y finalmente el sonido de cerrojos al ser corridos.

Ante mí se presentaron los señores Maclehose, Fiona y Aonghus. Eran una pareja de mediana edad, ella bastante voluminosa, con rulos en la cabeza, envueltos en una redecilla y cubierta por una bata de paño verde con flores rojas, él un hombre grueso casi calvo, con otra bata exactamente igual, pero ésta sin flores.

—Pero bueno, mujer, creíamos que ya no llegabas hoy y nos habíamos acostado. Pasa, pasa, querida, no cojas frío —el tono de su voz ahora se había vuelto amable y me sentí tan agradecida que tuve hasta ganas de llorar.

Entré al interior cálido de la casa, que olía al guiso que probablemente hubieran cenado, algún tipo de carne estofada. Pero lo más importante era que allí había una cama para mí.

—Aonghus —exclamó con tono autoritario la mujer—, coge las maletas de la niña, vamos, que entra el frío de la noche.

Aonghus, presto a obedecer ante el tono de sargento de infantería de su mujer, introdujo mis maletas en el pequeño vestíbulo gruñendo un poco debido a su peso.

Me presenté oficialmente dándoles dos besos a cada uno, lo que les sorprendió bastante y produjo un cruce de miradas entre risitas de complicidad.

—¿Quieres que te caliente algo para cenar, querida, o prefieres acostarte? —esa mujer me leía el pensamiento. Eso o que mi cara demostraba claramente el cansancio acumulado.

—Tomaré si es posible un vaso de leche con cacao —contesté. Me veía incapaz de que mi estómago soportara algo más sólido.

—¿Un té? —propuso ella.

—No, gracias. Leche con cacao, si puede ser —dije yo.

CAROLINE MARCH

—¿Un café? —volvió a preguntar.
—No tomo café por la noche, gracias. Un cacao será suficiente —respondí otra vez. ¿Acaso no me entendían?
—¿Alguna infusión? Una manzanilla, quizá —inquirió, esa vez con más firmeza.
—Sí —contesté vencida—, eso sería estupendo.
—Muy bien, querida —sonrió de nuevo—. Aonghus, ve calentando el agua mientras yo le enseño su habitación.

Aonghus fue arrastrando los pies hacia la derecha, donde debía de estar la cocina. Todavía no había pronunciado una palabra. Con esa mujer al lado era francamente difícil. Sentí pena y algo de compañerismo por mi casero.

Subimos las escaleras cubiertas por una moqueta verde musgo, algo desgastada en los bordes por el roce de numerosas pisadas, hasta parar en el piso superior. El descansillo del primer y único piso era pequeño, dividido por tres puertas. Una de ellas, según me explicó, era su dormitorio, la que estaba situada frente a las escaleras, el que me habían adjudicado y, la puerta de la derecha, el baño.

Abrió la puerta de mi habitáculo y encendió la luz. Yo miré alrededor con franca curiosidad. Era una habitación pequeña, con una cama nido pegada a la pared, sobre ella una ventana con unas cortinas verdes corridas. La cama estaba cubierta por un edredón de *Cars*, en el que Rayo McQueen me guiñaba el ojo. Era la única nota de color de toda la estancia. Una mesa de estudio con un ordenador de la era pleistozoica, un flexo negro y una silla eran todos los muebles.

—Es la habitación de mi hijo —explicó Fiona—. Ahora se ha ido a trabajar a Estados Unidos y hemos aprovechado para alquilarla. Nos viene muy bien el dinero extra —señaló. Yo tomé nota y abrí el bolso para abonarles el mes por anticipado, que era lo acordado—. Eso y la compañía, claro —añadió como una obviedad, una vez que le entregué el sobre con el pago.

Un segundo después, entró Aonghus arrastrando mis pertenencias. Con las maletas y tres personas en la habitación, casi no

Mi alma gemela

podíamos movernos, así que se despidieron y dijeron que me esperaban en el salón por si necesitaba algo más.

Abrí la maleta más grande y saqué lo imprescindible para darme una ducha, ya me tomaría la infusión después. Entré en el baño cargada con toallas, secador y un voluminoso neceser. Lo dejé todo en el suelo, obviamente enmoquetado, corrí las cortinas de la bañera y abrí el agua.

Me moría por sentirla cayendo con fuerza por mi cabeza, arrastrando toda la suciedad y cansancio del viaje. Busqué la alcachofa algo desorientada. Miré hacia arriba y hacia abajo, incluso debajo del grifo de la bañera, pensando que quizá fuera móvil. No la encontré. Era lógico. No existía. Recordé demasiado tarde un programa de viajes en el que mencionaban como anecdótico que los ingleses solían enmoquetar los aseos y darse largos baños en agua caliente. Baños, no duchas. «¿Y ahora cómo demonios me voy a lavar el pelo?», pensé con desesperación. Tardaría más de una hora y eso con suerte. Con infinita paciencia dejé que la bañera se llenara hasta la mitad, mientras las tuberías resollaban y crujían como si trajeran el agua del mismo Loch Ness. Con placer me sumergí en el agua caliente dejando que mis doloridos músculos se destensaran. No tenía mucho tiempo. Era bastante tarde y no quería incomodar más a mis caseros. Me enjaboné el pelo y emprendí la ardua tarea de aclarármelo. Me puse de rodillas frente al grifo. Una posición harto ridícula. Dejé correr el agua una vez más e intenté meter la cabeza debajo. El chorro me golpeó con fuerza en la cara haciendo que escupiera y me atragantara. Me sujetaba con una mano al borde de la bañera y con la otra intentaba meter la mata de pelo bajo el cálido líquido. Como no era suficiente, solté la mano izquierda del asidero de la bañera intentando abarcar casi toda mi cabeza bajo el grifo. Sin apenas estabilidad me resbalé, cayendo de bruces sobre la bañera llena de agua, creando una ola que mojó toda la moqueta que la rodeaba y haciendo que tragara más agua. Me incorporé tosiendo y escupiendo agua enjabonada. Mi pelo flotaba como algas pegándose a mi rostro y atrapando el jabón contenido en la

CAROLINE MARCH

bañera. Maldije en todos los idiomas que conocía. Volví a empezar todo el proceso y después de un buen rato, en el que me había golpeado tantas veces la cabeza con el grifo como para dejar un buen rastro de chichones y bultos, conseguí aclararlo del todo.

Me levanté y sequé con la toalla, sintiéndome tan orgullosa de mi proeza como el general Patton cuando venció a las tropas de Rommel.

Cogí el secador y revolví en el neceser buscando el adaptador para el enchufe de tres clavijas. Saqué cepillos, cremas, jabones, maquillaje, pinzas, más cremas... pero nada, ni rastro del maldito adaptador. El que me lo hubiese olvidado no entraba en mis planes. Vacié todo el contenido del neceser volcándolo en el suelo. Nada. No estaba. Con otra maldición, pronunciada en voz baja, asumí el hecho de que no me había olvidado el maldito consolador, pero sí el adaptador para que todo lo que tuviera que enchufar no funcionara. Golpeé con fuerza el suelo con las manos y una vocecilla en mi cabeza me recordó que el consolador por lo menos funcionaba con pilas.

Con resignación me sequé el pelo con una toalla lo mejor que pude, me vestí con un pijama rosa de Hello Kitty y una bata de felpa a juego, último regalo del día de la madre de mi hija, y bajé al salón donde me esperaban los señores Maclehose.

Los encontré dormidos, sentados en el sofá tapizado con flores, apoyados, cabeza con cabeza. Carraspeé incómoda. Fiona despertó de inmediato; Aonghus, sin embargo, siguió roncando con la fuerza de cien cañones.

—¿Querida, ya te has bañado? —preguntó con voz somnolienta.

—Sí, gracias —respondí.

—Te he traído aquí la manzanilla y he pensado que te gustaría comer algo, así que hemos abierto una caja de galletas de mantequilla, ¿te gustan? —inquirió enarcando las cejas.

—Sí, desde luego —contesté.

El olor de las galletas despertó a la fiera de mi estómago. Me

Mi alma gemela

comí cinco, una detrás de otra sin descanso, mientras sorbía la manzanilla, sentada entre los dos.

La señora Maclehose me observaba asombrada.

—Pero, hija, ¿desde cuándo no habías comido?

No me pareció apropiado comentarles el accidentado viaje en autobús, así que le contesté masticando con fruición:

—Desde las cuatro de la mañana, antes de comenzar viaje.

—Vaya, entiendo. No sabía que España estuviera tan lejos —murmuró sacudiendo la cabeza.

—Ni yo tampoco imaginé lo que me iba a costar llegar hasta aquí —dije con un suspiro—. A propósito —añadí—, ¿cuándo sale el primer autobús a Drumnadrochit?

—A las ocho de la mañana de lunes a viernes y a las nueve sábados y domingos.

—¡Joder! —mascullé. Ante su mirada reprobatoria, de la que deduje que aunque no me entendieron, el significado quedó perfectamente claro, me corregí—. ¡Vaya fastidio! Tengo que estar a las siete de la mañana en mi trabajo.

El pensar en recorrer otra vez tres kilómetros a pie hacía que deseara volverme a España con mucha intensidad.

—Bueno, puedes utilizar la bicicleta de Aonghus Junior, no creo que le importe, tampoco es que vaya a utilizarla mucho ahora, ¿no? —se le escapó una risita.

La última vez que había montado en bicicleta en la televisión no emitían más de dos canales y la mascota del mundial de fútbol era Naranjito, así que no estaba muy segura de que fuera buena idea.

—Verá —comencé—, hace muchos años que no monto en bicicleta...

—Pero, querida —me interrumpió ella—, eso nunca se olvida. Te lo aseguro.

Yo lo dudaba, pero no había otra opción.

—Lo único —vaciló y yo me temí lo peor— es que está algo oxidada y quizá necesite algunos arreglos.

¡Dios mío! ¿Es que nada iba ser fácil?

CAROLINE MARCH

—Aonghus —lo despertó con un fuerte codazo en las costillas—, acompaña a Alice al patio trasero, que necesita la bicicleta de Aonghus Junior.

Aonghus se estiró y gruñendo me acompañó al patio. El aire frío de la noche nos envolvió y yo me arrebujé en la bata deseando volver pronto al calor del hogar. Encendió una pequeña bombilla que pendía de una pared de ladrillos. Bajo ella estaba mi medio de transporte.

Una bicicleta marrón, o lo que quedaba de ese color, porque la mayoría estaba oxidada, con las ruedas desinfladas y el sillín rajado por dos sitios, como si hubiesen querido escribir una cruz. Mi moral descendió otra vez a los infiernos.

—Tiene la cadena suelta —informó Aonghus, con voz grave. Era la primera vez que hablaba y pegué un respingo en la fría y oscura noche.

No esperó que yo respondiera.

—Te la ajustaré —dijo cogiendo una palanca de hierro de algo que parecía un montón de trastos amontonados en un rincón, y con bastante maña la colocó y giró los pedales probando que funcionara.

Se levantó del suelo gruñendo y finalizó:

—El inflador está ahí, también convendría engrasarla un poco —me indicó entregándome un pequeño bote de aceite industrial—. Te dejo —añadió como despedida—, para que vayáis conociéndoos.

Se rio de su propio chiste con una carcajada grave y sonora.

Yo no me reí, ni siquiera brotó una leve sonrisa en mi gesto, cada vez más descompuesto.

Aonghus asomó otra vez su orondo rostro por la puerta y me giré a mirarlo.

—Recuerda que no tiene frenos, tendrás de agenciarte unas pastillas mañana, así que ten cuidado, no corras demasiado —me aconsejó cerrando la puerta.

Maldiciendo a Escocia, los escoceses, los autobuses, la bicicle-

Mi alma gemela

ta y a mí misma como principal precursora de aquella charada, me puse manos a la obra.

Nunca había sido muy mañosa, mi principal habilidad siempre había sido el lema: «Si algo se estropea, se tira, se compra otro y ya está». Allí, aquello no me servía de nada. Así que respirando entre dientes cogí el inflador, desatornillé la boquilla y comencé a insuflar aire a las ruedas rezando por que no tuvieran también algún pinchazo.

Cuando terminé con las dos ruedas, pasada más de una hora, cogí el pequeño bote de aceite y rocié todo lo que no fuera el asiento como si estuviera aliñando una ensalada. Tampoco sabía muy bien dónde tenía que esparcirlo, así que arrojarlo por doquier me pareció la mejor opción.

Con las manos negras, grasientas y aterida de frío entré en la casa y me arrastré hasta la habitación. Miré la hora: las dos y media de la mañana, me quedaban unas tres horas de sueño. Tenía tanto frío que me acosté incluso con la bata, total, para tres horas... Incómoda noté un bulto hacia la mitad de la cama. Me levanté y metí la mano entre el somier y el colchón, sacando un buen montón de revistas pornográficas. ¡Vaya con el hijito...! Pensé sonriendo. Por el momento las dejé en el suelo, al día siguiente ya les buscaría un escondite mejor que bajo mi trasero.

Puse la alarma del móvil a las cinco de la mañana y, girándome, fui engullida por la almohada. En el último pensamiento racional antes de caer profundamente dormida, recordé que no había llamado a España para comunicar que había llegado sana y salva, bueno, por lo menos entera.

No me percaté en mi agotamiento de que tampoco había recibido ninguna llamada por parte de mi familia para preguntarme cómo había llegado.

CAPÍTULO 5

Todo tiene su principio, lo bueno y lo malo

The Final Countdown de Europe sonó irrumpiendo como un trueno en la tranquila y silenciosa noche escocesa. Me giré adormilada, envuelta en el edredón como una croqueta, sentía que apenas había transcurrido un nanosegundo desde que me quedara dormida. Le di a la tecla de pausa cuando la canción estaba a punto de finalizar, mis movimientos eran lentos y torpes. Los párpados me pesaban como el plomo y solo levantarme de la cama provocó varias quejas de mis músculos doloridos.

Di un paso y tropecé con la montaña de revistas del hijo de mis caseros. Recogí las revistas desperdigadas y a falta de un escondite mejor las guardé en mi maleta y cerré la cremallera. Ya tendría tiempo esa tarde de organizarlo todo mejor.

Me vestí con un vaquero negro y una blusa blanca de cuello mao. Me maquillé un poco, tampoco podía hacer nada por mis ojeras, dos círculos negros rodeaban mis ojos dándome la apariencia de un zombi. Me dejé el pelo suelto; a falta de secador y con la humedad de las montañas, lo que habitualmente era una melena lisa ahora era un revoltijo de mechones ondulados.

Recogí un poco la habitación y abrí la ventana. Me asomé con curiosidad, daba al patio trasero, todavía no había amanecido y la bruma matinal lo cubría todo con un manto suave. El aire era

Mi alma gemela

frío, pero no llovía, aunque se respiraba humedad. Me quedé un momento allí, dejando que mi cabeza se despejara un poco más.

Bajé en silencio hasta la cocina, cuidando de no resbalar por la estrecha escalera. Los señores Maclehose todavía no se habían levantado. La cocina era un cuadrado espacioso, la parte izquierda estaba cubierta por muebles altos y bajos en formica blanca, en el centro una mesa con seis sillas. A la derecha estaba el enorme frigorífico y vi una puerta entreabierta que daba al cuarto de la lavadora y la secadora.

Abrí el frigorífico y cogí una botella de leche, busqué en los armarios un vaso y lo llené. No vi ninguna cafetera. Necesitaba desesperadamente una dosis de cafeína en mis venas. Busqué café soluble o achicoria o algo parecido. No encontré más que tarros con diferentes clases de té y una caja con bolsitas de infusiones. Resignada, calenté la leche en el microondas y me preparé para tomármela sola. Ni siquiera recordaba cuándo había sido la última vez que tomé un vaso de leche caliente, probablemente cuando aún era un bebé al que amamantar.

Encontré pan de molde y mantequilla y me preparé dos tostadas. Me senté en la mesa a desayunar y cogí el móvil para comprobar si tenía mensajes o llamadas perdidas. Había varios Whatsapps de algunas amigas y compañeras de trabajo, pero nada de Carlos ni de mi madre. Comencé a preocuparme; ¿habría pasado algo?

Me toqué el ombligo con gesto descuidado. Desde que nació Laura, si algo le ocurría, si se caía o simplemente tenía un disgusto, yo lo notaba en el ombligo, una sensación de tirón hacia el interior, recuerdo del cordón umbilical que nos unió a ambas durante más de nueve meses y que nos uniría de por vida. No sentí nada. Pero aun así estaba algo preocupada, en cuanto tuviese un momento llamaría.

De momento tecleé dos mensajes rápidos. Uno a mi madre: *Mamá he llegado bien. Besos.* Con mi madre no servían los textos largos ni las abreviaturas, todo tenía que ser claro y conciso. Había intentado varias veces explicarle cómo se mandaba un mensaje, sin

CAROLINE MARCH

conseguirlo. Al momento se le olvidaba y comenzaba a liarse y a ponerse nerviosa dándole a todas las teclas a la vez. Yo me ponía más nerviosa todavía y me limitaba a gritarle: «¡Mamá, lee, por Dios, lee lo que pone, que el móvil te guía!». Ella hacía caso omiso y decía que esos trastos no eran para ella. Al final la dejé por imposible. Solo conseguí que pudiera leer los mensajes que aparecían en la pantalla, es decir, solo tres o cuatro palabras; como si estuviese limitada a ciento cuarenta caracteres, mi madre tenía su propio sistema de Twitter: solo leía lo que aparecía una vez que diese a la tecla de «Ver mensaje». En vez de pulsar la tecla de descender y leer el resto del mensaje, pulsaba siempre la de borrar. Así que nunca tenía mensajes en la bandeja de entrada y siempre se quedaba a la mitad de la información. Aunque creo que tampoco le importaba mucho, ya que como buena madre española que era, lo que no leía, lo adivinaba o directamente se lo inventaba.

El segundo mensaje lo envié a Carlos: *He llegado bien, el viaje muy largo y accidentado, ya te contaré. Os quiero. Bss.*

Recogí los restos del desayuno, cogí mi bolso y salí al patio a coger mi bicicleta de la década de los setenta. Pesaba una tonelada y me costó transportarla en brazos a través de la casa más de lo que pensaba.

Una vez fuera, con los restos de la noche dando paso a lo que prometía ser un día luminoso, me puse el iPod, sujeté el bolso y emprendí camino, acompañada por una banda sonora consistente en un ¡chiriiiiii, ñiiiiiii! de la bicicleta. Molesta, subí el volumen del iPod. Por lo visto, no la había engrasado bien. Tomé nota mental de volver a rociarla con aceite esa tarde. Algo tambaleante al principio, empecé a coger ritmo a los pocos metros. La señora Maclehose tenía razón, montar en bicicleta nunca se olvida.

Una vez que salí de Lewinston enfilé la carretera a Drumnadrochit, que consistía en un camino asfaltado, sin arcenes ni nada que se le pareciera, rodeado de prados, con alguna casa salpicada aquí y allá.

No oí el sonido del claxon, ni tampoco me percaté de las señales luminosas, concentrada como iba en no caerme. Un coche me adelantó solo a un metro de distancia, ni siquiera me rozó, pero me pegó tal susto que giré bruscamente el manillar y acabé cayéndome en la carretera, golpeándome la mano al parar en una piedra con aristas cortantes del tamaño de mi puño cerrado.

Me levanté de un salto, más avergonzada que dolorida. El coche, un Audi A5 negro, redujo un poco la velocidad, pero no se detuvo. Sujeté el pedrusco entre mis manos, grité lo más fuerte que pude «¡Gilipollas!», y siguiendo un impulso furioso lancé la piedra contra el automóvil. Apunté a los círculos entrelazados que mostraban la marca del coche.

Nunca he tenido muy buena puntería. De hecho, la tenía bastante mala. Cuando solíamos jugar con los amigos en alguna competición de diana, nadie quería tenerme en su equipo, ya que siempre clavaba el dardo fuera del círculo, pero ni siquiera cerca, sino a un metro más o menos de distancia.

Con asombro vi volar la piedra a la velocidad del rayo y chocar en la luna trasera. El coche frenó en seco al notar el impacto y como si fuese un dibujo animado pude ver y hasta oír cómo se resquebrajaba el cristal haciéndose mil pedazos.

Observé como la puerta del conductor se abría. Mascullando algo ininteligible, salté hacia la derecha cayendo por un terraplén terroso hasta quedar a unos dos metros de la carretera, busqué con la mirada desesperadamente dónde esconderme y solo encontré un pequeño matorral de brezo. Con la respiración agitada y el corazón martilleándome me metí detrás del matojo, haciéndome un ovillo.

Los auriculares se habían caído de mis orejas y pude oír claramente el golpe de los pasos sobre la gravilla. Esperé encogida sobre mí misma. Los pasos se detuvieron y oí un carraspeo, un sonido gutural de hombre. Me quedé quieta y hasta se me olvidó respirar.

—¿Crees acaso que una aliaga te puede esconder, muchacha? —tenía una voz grave y profunda, que sonó bastante enfadada.

CAROLINE MARCH

Sintiéndome bastante ridícula decidí plantarle cara, así que me incorporé con dificultad y me giré.
Me quedé sin habla. Frente a mí, en el borde de la carretera, había un gigante. La luz del amanecer lo iluminaba por la espalda, dando la impresión de que tapaba un foco en un escenario. Los primeros rayos tímidos de sol se quedaron atrapados en su cabello, de un intenso color rojo. No era naranja, ni rubio rojizo. Era un color rojo como el fuego, que se ondulaba en las puntas que le llegaban a la altura de las orejas. Y alto, muy alto. Y fuerte, su apostura con las piernas enfundadas en un vaquero, un poco abiertas y los brazos cruzados sobre el pecho que cubría un jersey negro de cuello vuelto era la de un guerrero. «¡Oh, Dios mío!», pensé, «¡Es un vikingo!». Si llevara el pelo más largo con barba, casco metálico y portara un hacha, sería como un temible vikingo, de esos que matan a los hombres y violan a las mujeres. Tuve el primer sofoco de mi vida, un calor repentino y abrasador se creó en mis entrañas y fue subiendo para dejar su marca en mis mejillas, teñidas de un rojo bermellón.
—Ah —balbuceé—, no, yo... es que... —buscaba las palabras adecuadas pero era incapaz de expresarme con claridad.
—¿Estás herida? —el tono de su voz cambió a preocupado y comenzó a descender los dos metros que nos separaban con una agilidad asombrosa.
—No —dije y retrocedí un paso algo asustada. Volví a resbalar y me caí de culo en un barrizal.
Él me sujetó por los hombros y me puso de pie con extraordinaria facilidad. Comenzó a palparme por todo el cuerpo, buscando heridas, supuse. Cuando llegó a mi cabeza, me revolvió todo el pelo, apartándome los mechones de la cara. Le intenté dar un manotazo. Él me apretó con fuerza la muñeca.
—Cuidado con lo que haces, muchacha —me miró directamente a los ojos. Quedé atrapada por la mirada más azul que había visto nunca, sus ojos eran como el cielo claro de verano, el cielo de mi tierra, no el tormentoso de Escocia, enmarcados en unas largas pestañas cobrizas que terminaban en un marrón oscuro

Mi alma gemela

casi negro. Me pregunté de qué color tendría el pelo de... El sofoco volvió y con él el calor a mis mejillas.

—Normalmente, antes de meterme mano me suelen pedir una cita —respondí con la muñeca todavía sujeta.

Él me miró sorprendido y abriendo aún más los ojos, giró la cabeza hacia atrás y soltó una carcajada. Me fijé en su largo y fornido cuello y en su mandíbula cuadrada, alineada en perfecta simetría con su recta nariz. ¿Qué me pasaba? Parecía una adolescente hormonada. Sin embargo, su rostro no era amenazador, sus ojos almendrados bajo unas tupidas cejas rojas parecían demasiado dulces para un rostro tan varonil. Lo primero que pensé fue: «es un buen tío»; lo segundo que pensé: «este tío está muy bueno»; y lo tercero no lo pensé, lo sentí en forma de un cosquilleo en mi entrepierna, que hizo que enrojeciera hasta la raíz del pelo.

—Te has golpeado la cabeza —no era una pregunta.

—No ha sido la caída —respondí.

—Ah, ¿no? —pareció dudarlo y volvió a emitir esa especie de sonido gutural que brotaba de su garganta como un gruñido.

—No, fue anoche. Me atacó un grifo —expliqué.

—¿Un grifo? —ahora parecía totalmente desconcertado.

—Sí, un grifo escocés —repetí remarcando la última palabra con desprecio.

—Pues, por lo que veo, ganó la batalla.

—Te equivocas, la gané yo —lo miré desafiante. Sus ojos brillaban divertidos, como si supiera algo que era desconocido para todos los demás. Me solté de su mano y sentí mucho frío de repente.

—¿Eres española?

—Sí.

—Ya veo.

—¿Y qué ves? —respondí bruscamente.

—Ibas por el lado contrario de la carretera, aquí conducimos por la izquierda. Lo sabes, ¿no?

Lo sabía sí, pero no lo recordaba.

CAROLINE MARCH

—Me has destrozado la luna trasera del coche —su tono se había vuelto serio.
—Lo siento, de verdad. No quería. Fue... no sé, un impulso tonto... —no sabía muy bien cómo explicarlo.
—Tienes muy buena puntería —me taladró con la mirada.
—En realidad no la tengo, quería darle a la marca del Audi —respondí algo pesarosa.

Él frunció sus labios carnosos, reprimiendo una sonrisa, que finalmente brotó de su boca ancha, mostrando toda su dentadura. Su dentadura perfecta, claro, cómo no. Me sentí pequeña, fea y descuidada, cubierta de barro y con el pelo como Medusa.

—Tendrás algún tipo de seguro, ¿no? —preguntó.

Lo tenía, sí, un seguro de viaje, pero dudaba mucho que cubriese el lanzamiento con piedra a cristal de automóvil, con resultado de rotura.

—¿No puedo pagártelo sin recurrir al seguro? —pregunté con voz temblorosa, no sabía muy bien si por el frío o por los nervios.

Pareció pensarlo un momento.

—Sí, está bien —dijo finalmente.

—Trabajo en el pub Mackintosh, puedes pasarte por allí, me dejas la factura, un número de cuenta y te hago la transferencia —lamenté mi impulso estúpido, seguro que la luna de ese coche costaba una pequeña fortuna.

—¿En el pub Mackintosh? —preguntó él.

—Sí, ¿lo conoces?

—Perfectamente.

—Bien, pues quedamos en eso, entonces. Me voy que llego tarde al trabajo —dije comenzando a subir el pequeño terraplén de tierra.

Él me sujetó otra vez el brazo y me ayudó a escalar. No me soltó hasta que estuvimos los dos en la carretera.

—Gracias —murmuré, sacudiéndome un poco el barro de los pantalones.

—No hay de qué —respondió él —. Recuerda, por el otro lado.

Mi alma gemela

Se dirigió con paso firme al coche aparcado unos metros más adelante, limpió con una mano los cristales diminutos enviándolos dentro del habitáculo, arrancó y desapareció de mi vista. Por un momento deseé que también de mi vida, pero hay que tener cuidado con lo que se desea, no vaya a ser que se haga realidad.

Suspirando me subí a la bicicleta y emprendí otra vez camino, esa vez por el lado correcto de la carretera.

Llegaba tarde, lo sabía sin mirar siquiera el reloj. Aceleré mis pedaleos, pero la pobre bicicleta no daba para más. Jadeando, la aparqué en el callejón, junto a la moto de mi jefe.

Entré como un vendaval en el pub. El local tenía forma rectangular y era bastante amplio. La barra cubría casi toda la pared izquierda, con forma de L; a la derecha y al fondo había varias mesas y sillas, y un pequeño escenario. A mi izquierda, iluminadas por la claridad exterior, unas pocas mesas más. La decoración era austera pero tradicional. Me gustó mucho. Primaba la madera y el bronce, en las paredes colgaban mezclándose tapices y cuadros con escenas y paisajes de las Highlands. Todo el conjunto resultaba confortable y acogedor.

Una cabeza rubia asomó detrás de la barra.

—Llegas tarde, señorita Márquez.

—Lo siento, he tenido un pequeño accidente en el camino. Ah, y soy señora, estoy casada —aclaré hablándole al mostrador, ya que Ewan se había vuelto a agachar.

La cabeza emergió de nuevo.

—¿Casada?

—Sí, ¿no lo pone en la solicitud? —pregunté extrañada.

—No lo he mirado, yo no me encargo del papeleo. Eso lo hace el gran jefe.

—Ah, bueno. También tengo una hija —añadí, como si la información fuese necesaria. No lo era, pero yo siempre aprovechaba cualquier oportunidad que tenía para mencionarlo. Acordarme de Laura hizo que mi corazón se encogiera un poquito con una punzada de añoranza.

—¿Cuántos años tienes? —preguntó extrañado.

CAROLINE MARCH

—Treinta y dos —contesté yo—. ¿Por qué?
—Pareces más joven.
No sabía si era un elogio, pero me lo pareció, así que contesté:
—Gracias.
Me miró de arriba abajo viendo mi ropa manchada de barro y mi pelo revuelto, en parte por el viento y en parte por el examen a que me había sometido el hombre del Audi.
—¿Qué demonios te ha pasado?
—Tuve un accidente con un idiota.
Ewan enarcó las cejas esperando una explicación mejor.
—Un idiota con un Audi negro.
—Ah, ¿sí?
—Casi me atropella —exclamé yo exagerando bastante.
—Pues parece que te haya pasado por encima varias veces.
—Bueno, es que me caí por un terraplén —expliqué.
—¿Te has hecho daño?
—Ah, no. Nada más que algún rasguño.
—Mejor. No quisiera que tu primer día te cogieras una baja.
—Vaya, gracias por tu interés —dije un poco molesta.
—¿Y el idiota del Audi tiene nombre?
—Pues no se me ocurrió preguntárselo —añadí pesarosa—. Pero tiene unos ojos azules preciosos —¿había dicho eso último en voz alta?
Ewan rio.
—Muy propio de las mujeres. Tienes un accidente de coche y ni siquiera se te ocurre preguntarle su nombre al que te atropella, sin embargo, te fijas en que tiene los ojos azules. Por lo menos apuntarías la matrícula, ¿no? —dijo poniendo los ojos en blanco.
—Eh... no —contesté finalmente—, pero quedé con él que se pasaría por aquí a entregarme la factura de la luna rota —aclaré demostrando que no era completamente estúpida.
—¿Luna rota? O sea, que verdaderamente te atropelló —su tono ahora era serio.
—No, la luna se la rompí yo.

Mi alma gemela

—Y ¿con qué, si puede saberse?
—Con una piedra.
—¿Con una piedra? —su tono era divertido.
—Sí.
—Y ¿cómo llegó la piedra a la luna del automóvil?
—Pues... se me cayó de la mano —dije después de una pequeña vacilación.
—¿Se te cayó? —sus ojos brillaban divertidos.
—Sí, no fue premeditado, solo... que la piedra estaba allí y el coche también y yo estaba enfadada porque me había tirado y...
—Y la piedra se te cayó en su luna, ¿no? —rio Ewan.
—Sí, algo parecido —terminé yo.
—Pues el idiota del Audi con unos preciosos ojos azules tiene que estar bastante enfadado —añadió divertido.
—Me temo que sí, pero como le voy a pagar el arreglo espero que todo quede en una mera anécdota —aclaré.
—Oh, sí, seguro que acabará convirtiéndose en una anécdota muy divertida. Ya lo verás —rio de nuevo.

Yo no lo encontraba tan divertido y en realidad esperaba que se solucionase cuanto antes.

—Ven —exigió finalmente viendo mi vacilación—, voy a presentarte al resto del equipo del pub Mackintosh.

Me indicó con la mano una puerta al fondo de la barra, abriéndola ligeramente para que pasara yo primero.

Era la cocina, muy pequeña, pero en perfecto orden. Una mujer mayor estaba inclinada sobre una cacerola que olía a las mil maravillas. Levantó la vista cuando entré. Se limpió las manos en el delantal floreado y me tendió su mano derecha. Le ofrecí la mía a cambio.

—Soy Rosamund —exclamó sonriendo—, tú debes de ser la chica española, ¿no?

—Sí —sonreí a mi vez—, me llamo Alicia.

Rosamund cogió una cuchara de madera y dio unas cuantas vueltas al guiso que estaba cocinando, la sacó con un poco de salsa y, sosteniéndola con cuidado, me la ofreció.

CAROLINE MARCH

—Toma, pruébala y me dices qué te parece —sugirió con insistencia.

Hice lo que me pedía sin rechistar, soplé un poco la humeante cuchara y probé. Sabía deliciosa. Suave y a la vez un poquito picante.

—¿Qué es? Está buenísima —pregunté.

—Es mi salsa secreta. Nadie puede resistirse a mis patatas rellenas, soy famosa en toda la zona por ello —afirmó satisfecha.

—No me extraña —añadí yo.

—Me gusta —dijo dirigiéndose a Ewan como si yo no estuviese delante y escuchándolo todo—, pero estás muy delgada —añadió dirigiéndose esta vez a mí. El que estuviese cubierta de barro no pareció preocuparla en absoluto, solo la falta de carne sobre mis huesos.

—Eso dice mi madre —contesté yo riendo.

—No parece que le hagas mucho caso, aunque tenga toda la razón.

—Debe de ser un defecto de las hijas, yo también le digo a la mía que las madres siempre tienen la razón, pero se empeña una y otra vez en ignorarlo —respondí.

Ella rio, con una risa clara y cristalina. Tenía un marcado acento escocés, mucho más cerrado que el de Ewan, pero por extraño que pareciera, me costaba mucho menos entender ese tipo de acento que uno que fuera inglés.

—Dile que no se preocupe, que aquí te cuidaremos bien y pondremos algo de carne en esos huesos.

—Se lo diré, seguro que la dejo más tranquila.

Rosamund me recordó mucho a mi madre, siempre preocupada por si comía o no lo suficiente. Muchas veces solía llamarme por la tarde con el solo motivo de preguntar:

«—¿Qué has comido?

—Comida, mamá —contestaba ya cansada de la misma pregunta una y otra vez.

—Esos modales, niña —me reñía ella.

—Perdón. Comida, madre —contestaba yo fastidiándola.

Mi alma gemela

—Eres imposible.
—Tengo a quién parecerme.
—Arggg —terminaba colgándome el teléfono.»
A continuación me explicó que venía tres veces al día, a primera hora para preparar los desayunos, a mediodía para los almuerzos y a media tarde para las cenas. Que muchas veces los dejaba a medio preparar y que tendríamos que ser nosotros quienes finalizáramos el plato. Me enseñó cómo funcionaba la cocina y dónde guardaba la comida. Lamenté no haber llevado nada donde apuntarlo todo. Viendo mi confusión, ya que le pregunté tres veces cómo se encendía y apagaba la cocina de gas, toda una reliquia de los años veinte, apostilló:
—No te preocupes, querida, ya lo cogerás con los días. De todas formas está Ewan, que conoce perfectamente esto.
—Gracias —no estaba muy segura de que en unos días estuviera preparada.
—¿Sabes hacer tortilla de patata? —el súbito cambio de conversación me despistó.
—¿Tortilla española? —pregunté.
—Sí, esa. ¿Sabes prepararla? Yo no consigo que me cuaje nunca y el joven que estuvo el año pasado no tenía ni idea de fogones, ¿me entiendes? —me guiñó un ojo.
—El truco está en cortar las patatas en trozos muy finos y freírlos antes de mezclarlos con el huevo.
—¿Ah, sí? —murmuró sopesando un momento mi contestación—. No lo había pensado. ¿Me enseñarás?
—Claro —respondí—. No hay ningún problema.
Miré a Ewan, que frunció un poco el ceño.
—Rosamund —amonestó—, ella no ha venido aquí a cocinar, esas no son sus funciones.
—Oh, calla, pequeño Ewan —yo sonreí entre dientes. «¿Pequeño Ewan?», pero si casi le doblaba en estatura—, si sabe hacer algo útil eso hay que aprovecharlo.
Ewan pareció molesto por la pequeña reprimenda, pero no dijo nada. Deduje que se conocían desde hacía mucho tiempo.

CAROLINE MARCH

—Conozco a Ewan desde que era un mocoso que no levantaba más de un palmo del suelo y siempre que hacía una trastada y su padre o su abuelo lo buscaban para aplicarle el castigo lo escondía aquí, en el hueco de la despensa, donde aprovechaba para comerse todas mis provisiones de dulces —Rosamund sonrió leyéndome el pensamiento.

Yo reí. Casi podía imaginarme a un pequeñajo rubio de la edad de mi hija corriendo a refugiarse en los brazos fuertes y sólidos de Rosamund.

—Rosamund... —el tono de Ewan no era de reprimenda, pero sí de advertencia.

—Está bien, está bien. Marchaos, que seguro que tenéis muchas más cosas que hacer —estaba claro que ella siempre tendría la última palabra.

—Vamos, pequeño Ewan —le dije yo, y salí detrás de él.

No di más que dos pasos y me tropecé con su ancho pecho.

La puerta de la cocina se cerró con un portazo tras de mí.

—No soy pequeño Ewan para nadie excepto para Rosamund, que te quede claro que no hay nada pequeño en todo mi cuerpo, ¿entendido? —me miró traspasándome con la mirada.

—Perfectamente claro.

Levanté la vista algo avergonzada. Sin embargo, no parecía enfadado, sino más bien divertido. No tenía nada pequeño, salvo el cerebro, pero me abstuve de mencionarlo. Ese hombre me crispaba de una forma desconocida para mí.

—Vamos —señaló otra puerta detrás del escenario—. Este es el almacén —explicó una vez que estuvimos dentro.

Era un espacio cerrado y algo más grande que la cocina, no demasiado, lleno de cajas y estanterías con bebida. También había varios barriles de cerveza.

Cogió una caja de una de las estanterías y sacó un pantalón negro y una camiseta del mismo color.

—Toma —me dijo—, es el uniforme. Creo que es más o menos de tu talla —me tendió también un pequeño mandil negro

Mi alma gemela

con un bolsillo, en el que había una libreta y un bolígrafo—. Póntelo —ordenó saliendo del almacén.

Me cambié de ropa haciendo equilibrios para no caer sobre ninguna estantería. Me quedaba un poco justo, quizá una talla más me habría venido bien. Y me pregunté si no lo habría elegido aposta para hacerme sentir incómoda.

Salí y lo encontré detrás de la barra. Me paré en el centro sin saber muy bien qué hacer.

—Ven —no levantó la vista de lo que estaba haciendo.

Me agaché y pasé por debajo del arco reservado para camareros.

Me miró extrañado y se acercó.

—Se levanta, ¿sabes? —señaló cogiendo con un dedo la tabla de madera.

—Ah, bien —me sentí torpe e inexperta.

—¿Sabes escanciar cerveza? —preguntó.

—No lo he hecho nunca, pero beberla se me da muy bien —intenté mostrarme simpática.

—Bueno, eso no es muy útil cuando estás detrás de la barra, muñeca —contestó sonriendo.

Me mostró los grifos de cerveza, la denominada Scotish Ale, había unos veinte a lo largo de toda la barra. Según me explicó, históricamente en Escocia era imposible cultivar lúpulo que estuviese mínimamente bien, lo que produjo, junto con el clima frío del país, una cerveza en la que la malta era predominante, con una fermentación de la levadura más limpia que en otros lugares. Originalmente, el estilo de las cervezas escocesas estaba hecho con malta ligeramente marrón y mirto de los pantanos en lugar de lúpulo para la amargura, por lo que daba ese color tan característico y en ocasiones un sabor más afrutado que amargo.

Me aclaró que la clientela normal, los vecinos, solían ir todos los días, incluso algunos comían y cenaban allí. El resto de los clientes eran turistas, de todas las nacionalidades, me comentó que venían bastantes españoles y que de esos me encargara yo, ya que su inglés solía ser deplorable, que aunque el mío no era mucho mejor,

CAROLINE MARCH

por lo menos se me entendía. Sentí que me ardían las orejas. Era cierto que me costaba expresarme, pero yo creía que lo estaba haciendo bastante bien, hasta que oí su crítica.

Pasamos varias horas dentro de la barra y escancié una y otra vez cerveza, hasta que supe colocar el vaso en el ángulo correcto y dejar la cantidad exacta de espuma en el vaso.

Me mostró dónde guardaba las jarras y los medidores de whisky, que yo observé con curiosidad. Eran como una especie de dedales metálicos. Dos equivalían a un whisky doble. Los escoceses lo bebían solo o a veces con sifón, los extranjeros no entendían la diferencia entre un whisky solo y uno doble, y todo les parecía poco. En especial los españoles. Estaba empezando a enfadarme, pero no podía evitar pensar que tenía razón, en algunas cosas al menos.

—Los españoles —declaró en tono de profesor de colegio— lo piden mezclado con refresco de cola, que por cierto no saben pronunciar y siempre acaban pidiendo «polla». Enrojecí, yo misma había confundido más de una vez la pronunciación de *coke* con *cock*—. Aquí no servimos *blended*, solo whisky de las siete confederaciones y ese no se mezcla con ningún refresco, ¿entendido?

—Eso creo. ¿Qué es un *blended*? —pregunté desconcertada, para mí el whisky era whisky, uno más caro que otro, pero pensaba que eso se definía por los años en barrica, como el vino.

—Los *blended* son whiskys mezclados. Se mezcla uno o más whiskys de malta con bebidas neutrales de grano con alto contenido en alcohol. Suelen ser los que mezcláis los *sassenachs* con refrescos —sonrió.

—Lo del whisky queda claro, pero ¿qué son los *sassenachs*? —pregunté de nuevo.

—Tú eres una *sassenach* —lo pronunció finalizando en un sonido parecido a la g española, pero que sonó melódico y extraño a mis oídos—. *Sassenachs* son los ingleses, pero también lo utilizamos con los extranjeros en general. Es gaélico.

—Ah, pues el sonido es tan dulce que no parece un insulto —murmuré yo dubitativa.

Mi alma gemela

Él rio con carcajadas profundas.

—Seguro que a ti no te lo parece, pero a un inglés apuesto a que sí.

—Bueno, es más o menos como si yo te llamara guiri.

—¿Qué es guiri? —lo pronunció «güiri».

—Lo mismo que *sassenach* —sonreí.

Mientras seguía explicándome el funcionamiento diario del pub, fuimos interrumpidos varias veces por algunos clientes que iban a desayunar o simplemente a tomar una cerveza. Se servía cerveza desde el comienzo de la mañana hasta la hora de cierre. No había término medio.

Me explicó que haría turnos por semanas, la primera semana comenzaría por el turno de la mañana, que era el más tranquilo, para que me fuera aclimatando y trabajaría fines de semanas alternos, lo que me dejaba suficiente tiempo para hacer un poco de turismo y conocer las Highlands.

A las once hicimos una parada para almorzar. Me comentó que podía hacerlo en la cocina, pero que si el tiempo acompañaba podía salir incluso a una de las mesas de la terraza.

—Rosamund siempre deja algo preparado para nosotros. Ve a la cocina y coge lo que quieras, yo me quedo al mando. Tienes veinte minutos.

—Gracias.

Entré en la cocina, donde vi sobre el pequeño aparador un plato cubierto por un paño, lo levanté y bajo él había varios sándwiches y unos pequeños pastelitos que parecían hojaldres de frambuesa. Cogí uno de cada, los envolví en una servilleta de papel y fui al almacén a coger de mi bolso el paquete de tabaco y el móvil.

Salí al exterior. No llovía, pero seguía haciendo mucho frío. Lamenté no haber cogido también la gabardina. Me senté en una de las mesas más resguardadas y me dispuse a almorzar tecleando a la vez en el teléfono.

Tenía varios mensajes sin leer en el grupo de WhatsApp «mis amigas»; por lo visto, estaban planeando un fin de semana en la

CAROLINE MARCH

playa. Allí debía de haber más de treinta grados, en Escocia no más de quince. Pero no añoraba el calor, de hecho me sentía bastante más cómoda con el frío, lo único que echaba en falta era a mi familia.

Llamé primero a mi madre, que contestó a los cinco tonos, justo cuando estaba a punto de colgar.

—Mamá —mi voz sonó estrangulada.

—¿Sí, cariño? —me tranquilicé, su tono era el de siempre.

—¿Qué tal estás?

—Yo, muy bien, y Laura también. Nos lo estamos pasando estupendamente. Hoy hemos bajado en autobús a la guardería y le ha gustado mucho. ¿Sabes que es la primera vez que monta en un autobús urbano?

—Sí, lo sé, yo siempre la llevo en coche. Pero ¿qué haces tú con Laura? ¿Le ha pasado algo a Carlos?

Hubo un pequeño silencio al otro lado de la línea. El corazón empezó a latirme desaforadamente.

—Mira cielo, es que hemos pensado que sería mejor para todos que Laura se quedase conmigo estos meses, porque Carlos, ya sabes, llega tarde del trabajo y para bañar a la niña, darle de cenar y todo eso... pues que yo me apaño mejor. Además, me hace mucha compañía, la adoro y no supone ningún problema —aclaró ella.

—Será mejor para Carlos, no para todos —contesté enfadada. No había tardado ni veinticuatro horas en deshacerse de su hija.

—Cariño, tienes que entenderlo. Esto ha sido muy difícil de aceptar por nuestra parte y lo estamos haciendo lo mejor que podemos. Te recuerdo que la decisión de irte tres meses ha sido solo tuya, no tuviste en cuenta nuestra opinión —me reprendió suavemente, pero con firmeza.

Ahora el silencio fue mío. De repente las dos horas de sueño pesaron como una losa y fui consciente del frío que tenía y de lo extraña que me sentía allí. Miré hacia Ewan, que salía a entregar una bebida a un anciano sentado en una mesa frente a la mía. Él

Mi alma gemela

me guiñó un ojo y me sentí un poco reconfortada. ¿Había tomado la decisión equivocada? Una vez que estaba allí, tenía que seguir adelante, sí, pero ¿a costa de qué?

—Lo siento, mamá —expresé finalmente con voz triste—, yo... no pensé en algunas cosas, creía que lo dejaba todo atado, pero por lo visto me he equivocado. Si ves —paré un momento buscando la expresión adecuada—, si crees que debo volver, ¿me lo harás saber?

Otro silencio al otro lado de la línea.

—Lo haré. Pero no te preocupes, que estamos bien, ¿y tú? ¿Comes bien?

Vaya, ya estaba tardando.

—Sí, muy bien.

No podía decirle que estaba prácticamente en ayunas desde el día anterior.

—Seguro —el tono de mi madre estaba cargado de ironía.

—No, de verdad. He conocido a la mujer que se encarga de la cocina del pub y ella ha determinado que tengo que engordar, así que seguro que vuelvo con algún kilo de más —mordisqueé el pastelillo, que estaba delicioso.

—¿Te lo estás pasando bien? —recordé el viaje infernal hasta las Highlands, la caminata hasta la casa de mis caseros y el accidente con el idiota del Audi.

—Sí, muy bien, mamá. Todo muy tranquilo.

Había descubierto que se me daba muy bien mentir.

—¡Cuídate, cariño! Y saluda a esa señora tan amable de mi parte.

—Lo haré. Os quiero. Díselo a Laura.

—Ella ya lo sabe, pero descuida, que se lo diré.

Nos despedimos lanzándonos un beso a través de la línea telefónica que nos separaba miles de kilómetros.

Marqué el número de Carlos. No contestó. Tampoco era muy extraño, puede que no llevara el teléfono con él. Le dejé un mensaje en el contestador: *Carlos, soy yo. Te quiero y te echo de menos. Hablamos esta noche. Un beso.*

CAROLINE MARCH

Me fumé un cigarrillo tranquila apurando mis últimos cinco minutos de descanso y entré a relevar a Ewan.

Mientras Ewan almorzaba, serví mis primeras consumiciones sola, dos tazas de té, y a la vez conocí a las hermanas Clarkson. Entraron cogidas del brazo, como dos siamesas. Su edad sumándola rondaría los doscientos años, pero su paso era ágil y brioso. Ambas llevaban el pelo largo y completamente blanco recogido en un primoroso moño en la nuca y sus rostros cargados de arrugas reflejaban con toda claridad el paso de los años. Sin embargo, bajo la cubierta arrugada asomaba una piel blanca como el alabastro, haciendo que parecieran dos figuras del museo de cera Madame Tussauds. Las dos tenían unos vivaces ojos de tonalidad verde grisácea que miraban todo con una curiosidad propia de niños y no de dos ancianas. Y hablaban por los codos.

Me contaron que eran viudas, la más joven, que se presentó como Donella, había sido profesora de Historia en un instituto de Glasgow y al morir su marido había vuelto a la casa familiar para pasar sus últimos años en compañía de su única hermana. La mayor, Caristìona, tenía cuatro hijos y trece nietos, había vivido siempre en el pueblo y no había llegado más lejos que a Saint Andrews, a la graduación de dos de sus hijos en la universidad. Me dijo que ese verano vivían con una de sus nietas, una joven de diecisiete años que sus padres habían enviado con su abuela y su tía abuela para que se calmara, ya que había tenido una conducta licenciosa en Leicester, que era donde vivía. No me atreví a preguntar qué consideraban esas ancianas «conducta licenciosa» por miedo a que me respondieran.

Eran muy curiosas y en menos de media hora me habían preguntado hasta la talla del sujetador, entre risitas, ya que les hacía mucha gracia mi pintoresco acento.

Ewan entró en ese momento y me vio charlando con ellas. Las saludó con efusividad y dijo:

—Ya conoces a mis clientas favoritas.

Ellas sonrieron y se dieron suaves codazos en las costillas.

—Sí —contesté—, son muy simpáticas.

Mi alma gemela

—Constituyen parte del Patrimonio Histórico de la Ciudad —ellas volvieron a reír—. Si quieres saber algo de alguien, no dudes en consultarles, no sé cómo lo hacen, pero siempre son las primeras en enterarse de todo, nada se les escapa, como a los sabuesos —lo dijo sin malicia, con la familiaridad que da una antigua amistad.

—Tiene razón —contestó Donella—, a Ewan y a Alasdair los conocemos desde de nacieron.

—¿Quién es Alasdair? —pregunté desconcertada.

—¿No le has presentado a Alasdair, Ewan? —inquirió Caristìona.

—No ha podido hacerlo —respondió Donella en su lugar—, ya sabes que solo viene por aquí los fines de semana. Desde que pasó aquello, la verdad es que nos tiene un poco abandonados.

Yo miré con gesto interrogante a Ewan. Me había perdido por completo.

—Alasdair es mi primo. Es el dueño del Mackintosh. Solo viene los fines de semana en verano, y no todos. Él trabaja en Edimburgo y parece que los pueblerinos ya no le interesamos como antes —explicó sin dar demasiados detalles.

—Ah —contesté yo sin saber muy bien qué decir.

—Todavía los recuerdo a ambos correteando y metiéndose en problemas, rompiendo todos los corazones a cien millas a la redonda —suspiró Caristìona.

Ewan enrojeció.

—Eso fue hace mucho tiempo —dijo.

—No tanto, hijo, que ya me ha dicho Eilionoir, la que fue cuñada de Iain, el sobrino de Dougal, que sigues haciendo de las tuyas de vez en cuando. A ver cuándo sentamos la cabeza, que no queremos morirnos sin conocer al menos a uno de tus hijos, a no ser —dijo Caristìona como si se le ocurriera de repente—, que ya tengas alguno con otro apellido que no sea Mackintosh.

Yo sonreí. Ewan estaba colorado como un tomate.

—No me gustan las casadas. Traen demasiados problemas. Sobre todo, habiendo chicas tan guapas por aquí y solteras.

CAROLINE MARCH

Les guiñó un ojo y ellas rieron encantadas.
—¿Y Alasdair? —preguntó Donella con curiosidad.
—¿Qué pasa con él? —respondió Ewan.
—¿Se ha casado ya? El año pasado trajo un día a una joven rubia, nada simpática por cierto, una ejecutiva de esas de la city —me miró a mí, buscando afirmación, yo agité la cabeza en señal de entendimiento, aunque no entendía nada—. Espero que no siga con ella, parecía una bruja.
—Sí —afirmó su hermana enérgicamente—, le faltaba la escoba, aunque solo tendría que sacarse el palo que llevaba metido por salva sea la parte y echaría a volar. Por San Ninián, ¡que mujer tan desagradable! Aunque, claro, después de lo que sufrió, es lógico que haya perdido un poco la perspectiva en cuanto al tipo de mujer con quien compartir su vida.
Yo miré otra vez a Ewan con gesto interrogante. Él me ignoró.
—Vamos, vamos —las amonestó—, que no fue para tanto.
—Que sí, que sí —apostilló la otra hermana—, que te llamaba el Brad Pitt de pacotilla.
—¿Qué? —ahora Ewan sí se estaba enfadando.
Decidí intervenir para suavizar un poco el ambiente.
—Vamos, vamos, que no es para tanto —le palmeé el hombro—, si hasta yo cuando te conocí te llamé el Ken de Barbie.
Ambas mujeres rieron divertidas.
—¿El Ken de Barbie? —atronó Ewan.
—Sí —contesté yo sin flaquear—, es que en la foto que me mostraron parecías tan alto, tan rubio, tan fuerte, tan perfecto, tan... de plástico —terminé con una carcajada.
Las dos hermanas siguieron riéndose.
Ewan nos miró a las tres entornando los ojos y maldijo en gaélico.
—¿Qué ha dicho? —pregunté.
—Oh, nos ha llamado brujas. Pero eso a nuestra edad es toda una honra —siguieron riéndose y dándose codazos la una a la otra.

Mi alma gemela

A este paso acabaríamos llevándolas al centro de salud con alguna costilla rota.

—Así que el Ken de Barbie. Y dime, preciosa —entornó los ojos—, ¿qué pensaste cuando me conociste en carne y hueso?

—Que Ken está claramente sobrevalorado —contesté yo riéndome.

Ewan bufó y frunció la boca enfadado.

—Me gusta esta joven, hijo. Tiene agallas. Está claro que no la has dejado nada impresionada —añadió la más joven.

—¿Recuerdas que soy tu jefe? —exclamó súbitamente serio y con la voz ronca por el esfuerzo.

Yo me puse seria a mi vez.

—Lo siento. Solo estábamos bromeando —me disculpé un poco avergonzada.

—Creo que te llaman —señaló con un gesto a un cliente que acababa de entrar.

—Sí, claro.

Me dirigí hacia el cliente, lamentando mi incontinencia verbal, pero aun así pude ver como ambas hermanas lo amonestaban e incluso observé, sorprendida, que le dieron un pequeño pellizco en el brazo.

Atendí a un par de personas más, la mañana se me estaba pasando volando, estaba cómoda e incluso empezaba a divertirme, cuando Ewan vino a buscarme y me dijo que tenía que ir al almacén a hacer inventario.

Me dio un cuaderno de notas y me dejó encerrada en el almacén polvoriento. Yo lo consideré un castigo por mis atrevidos comentarios con las hermanas Clarkson. Pero era el jefe y no me convenía enfrentarme con él, así que me puse manos a la obra, catalogando y apuntando lo que veía.

Casi dos horas después, la cabeza rubia de mi enervante jefe asomó por la puerta y me dijo que mi turno había acabado. Me cambié de ropa y salí. Ewan estaba hablando con una chica joven, de unos veinte años, rubia con gafas y pinta de intelectual, su ámbito parecía ser más una biblioteca que un pub y me di cuen-

CAROLINE MARCH

ta de que miraba con total adoración a Ewan, como si cada palabra que pronunciase fuese música para sus oídos.

Me acerqué a despedirme y Ewan nos presentó:

—Alicia, esta es Deb, tu compañera.

—Hola —dije e, impulsivamente, le di dos besos, saludándola a la manera española.

Ella se ruborizó algo incómoda.

—A mí no me besaste cuando te conocí —interrumpió Ewan.

—Tú no te lo merecías —contesté algo enfadada por el castigo del almacén.

Los dejé a ambos con la boca abierta y, mordiéndome el labio por mi descaro, intenté solucionarlo con un «Adiós, hasta mañana, qué paséis un buen día», todo atropellado y corriendo.

Ambos se despidieron con la mano de forma algo mecánica y salí a la luz del día.

Lo primero que hice fue dirigirme al pequeño colmado del pueblo, en el que podías encontrar desde comida hasta aparejos de pesca, pasando por objetos de decoración y recuerdos de Escocia. Incluso había una gaita colgada de una pared. La mujer que lo atendía era agradable y tenía, ¡gracias a Dios!, adaptadores de enchufe. Le compré eso, varias gominolas y paquetes de patatas fritas con sabores indescifrables, como las de gambas, que adquirí por curiosidad más que por gula. También compré un chubasquero, que consideré que me iba a ser bastante útil, ya que tendría que ir a trabajar todos los días en bicicleta.

Pedaleando despacio y disfrutando del bonito paisaje, me dirigí a casa. Cuando llegué eran casi las cinco de la tarde. Mis caseros estaban en el salón, viendo lo que parecía un serial de televisión. Los saludé y me invitaron a sentarme con ellos y compartir una taza de té. Conversamos un rato, pero estaba tan cansada que me excusé y subí al poco a mi habitación.

Me puse el pijama y la bata, me acosté en la cama y cogí el libro electrónico con intención de leer para hacer tiempo y llamar a casa. Estaba tan agotada que debí de quedarme dormida, me desperté al escuchar el sonido de voces en el descansillo. La luz

Mi alma gemela

del anochecer se filtraba por la ventana, creando sombras grises en la habitación. Sobre la mesilla había un plato con una tortilla y dos rebanadas de pan. Ni siquiera me había despertado cuando me lo dejaron allí. De todas formas tenía demasiado sueño para tener realmente hambre.

—Te digo que es verdad —le estaba diciendo Fiona a Aonghus.

Un gruñido como respuesta.

—Lo he visto con mis propios ojos, revistas de esas guarras, pero de mujer, me oyes Aonghus, de mujeres desnudas. Sí, guardadas en su maleta —susurró su esposa con intensidad.

Yo me incorporé adormilada. ¿Había estado husmeando entre mis cosas? Por un momento quise salir a pedir explicaciones, pero seguí escuchando, mi curiosidad ganó.

—¿Será una depravada? —seguía diciendo Fiona.

—Yo creo que es una joven bastante normal —contestó Aonghus—, ha dicho que está casada y hasta nos ha enseñado las fotos de esa niña tan preciosa que tiene.

—Pues yo creo que tiene que haber algo raro —me lo dice mi pie izquierdo, el que me rompí aquella vez en la boda de Moira.

—Eso solo te dice que va a cambiar el tiempo, mujer —respondió su marido con un fuerte suspiro.

—Que no, que no. Si no, explícame, ¿qué hace aquí si está casada? Y trabajando en un pub nada menos. Menos mal que los Mackintosh son de fiar —aclaró algo más tranquila por mi virtud.

—Bah, mujer. Deberías dejar de ver tanta serie de misterio, te está friendo las ideas —protestó Aonghus.

—Yo creo que está escapando de algo —contestó Fiona sin escuchar a su marido.

—Sí, de ti, cuando se dé cuenta de cómo eres —le soltó bruscamente Aonghus. Cada vez me caía mejor ese señor.

—¿Crees que será de ese tipo de personas?

—¿Qué tipo?

—Una invertida.

—Lesbiana querrás decir.

—Pues eso. O es que ahora me vas a decir que ves normal que se venga de su país con un cargamento de revistas con mujeres desnudas. Yo les he echado un vistazo y son de lo más desagradable. Esas posturas, ¡qué cosas! —exclamó Fiona ahogadamente.

—Te digo que ves fantasmas donde no los hay. Alice es una joven perfectamente normal. Quizá necesite el dinero y por eso ha tenido que venir aquí a trabajar, en España las cosas están bastante mal, ¿no ves las noticias? —preguntó Aonghus.

—No, porque nunca dicen cosas agradables —contestó filosóficamente su mujer.

Un bufido de Aonghus como respuesta.

—De todas formas, si le gustaran las mujeres no tendría por qué ocultarlo, en España se permite desde hace años el matrimonio homosexual —explicó mi casero.

—¿Cómo?

—Pues sí, en esos temas son bastante más liberales que nosotros, mujer.

—Tú dirás lo que quieras, pero yo por si acaso, cuando me bañe, cerraré la puerta con pestillo, no vaya a ser...

—Que se enamore de tus rulos, ¿no?

—Más vale prevenir que lamentarse. Y eso lo dices porque tú para ella no eres nada atractivo, pero entre mujeres...

—Sí, como si tú supieras de mujeres —soltó bruscamente Aonghus.

—Más que tú, que por eso soy una de ellas —replicó ella con indignación.

El murmullo cesó cuando entraron en su habitación y cerraron la puerta. Giré en la cama y me quedé mirando al techo. No sabía muy bien si enfadarme o reírme, opté por esto último y agradecí la prudencia que iba a tener la señora Maclehose de ahora en adelante de cerrarse la puerta con pestillo, no fuera a ser que con tanto sex-appeal en el ambiente se despertaran mis instintos depravados.

Cerré los ojos y volví a quedarme dormida. Dicen que cono-

Mi alma gemela

ces verdaderamente un idioma cuando sueñas que hablas en él. Yo tuve un inquietante sueño en el que estábamos Carlos y yo en la cocina de nuestra casa, yo intentaba explicarle qué hacía en Escocia y lo que sentí tras la muerte de Sofía, él me gritaba y me respondía que no entendía ni una sola palabra, hasta que yo callé y me di cuenta que estaba dando las explicaciones en inglés.

Cuando desperté asustada a las primeras luces del alba y analicé el sueño, no supe muy bien si se refería a que ya dominaba la lengua inglesa o a que más bien que Carlos y yo nunca llegaríamos a entendernos del todo.

Sin dar tiempo a que sonara *The Final Countdown*, apagué la alarma y comprobé las llamadas perdidas. Una noche más había olvidado llamarlo, una noche más él no había llamado. Con el ánimo pesaroso me enfrenté a mi tercer día en mi retiro escocés.

CAPÍTULO 6

¿Rutina?

Esa vez pedaleé despacio, disfrutando del paisaje cambiante del amanecer y de la música del ipod. Y llegué puntual, cuando Ewan acababa de aparcar su moto y abría las puertas del pub. El olor a madera y suelo pulido con cera me envolvió de una forma agradable y familiar.

Me cambié y acudí a la cocina a ayudar a Rosamund mientras los primeros clientes entraban a desayunar. Ewan me dejaba atender a la mayoría y me observaba con atención, examinándome. Yo hacía equilibrios con la bandeja, pero milagrosamente no derramé nada. Me sentía un poco incómoda por ese escrutinio, pero supuse que era su trabajo, de hecho estaba todavía en periodo de prueba.

A media mañana salí a almorzar al exterior, seguía sin llover y por un momento me pregunté si la fama de país lluvioso y oscuro sería una leyenda negra. Si bien hacía bastante frío, el sol lucía en todo su esplendor y aunque sus rayos no calentaban demasiado, los lugareños se habían desprendido de sus chaquetas y abrigos y tomaban el sol sintiendo su temerosa caricia en sus pieles blancas. Yo sentí un pequeño escalofrío, mi cuerpo seguía estando muy acostumbrado a una temperatura bastante más cálida.

Le envié un mensaje a mi madre: *¿Todo bien?* Ella me respon-

Mi alma gemela

dió con nuestra contraseña, una llamada perdida de tres tonos. Sonreí e intenté pensar en qué estaría haciendo ahora mi pequeño monstruo, seguramente atormentando a alguno de sus compañeros de la escuela infantil. Dios mío, ¡cuánto la echaba de menos! Guardando el pensamiento en una esquina de mi mente, entré al pub a continuar mi jornada.

Estaba en la cocina recogiendo platos y vasos y metiéndolos en el lavavajillas cuando me llamó Ewan.

—Alguien te busca —su miraba sonreía divertida.

—¿Quién? —pregunté desconcertada.

—Alasdair, el dueño del pub y el gran jefe —contestó.

Me sequé las manos en un paño y compuse mi mejor sonrisa, esperando causar buena impresión.

Cuando salí al pub, me paré en seco. En la barra había un único hombre, un hombre alto y pelirrojo, con los ojos más azules que había visto en mi vida.

—También conocido como el idiota del Audi —me susurró Ewan riéndose maliciosamente en mi oído.

Perdí todo el color del rostro. Esto pintaba mal. Muy mal. En una rápida sucesión de acontecimientos me vi recogiendo mis maletas y tomando el primer vuelo de regreso a España con el rabo entre las piernas.

Un pequeño empujón de la mano de Ewan a mi espalda me instó a moverme.

—Vamos, que no muerde, al menos no todavía —ahora estaba riendo abiertamente.

Le lancé una mirada que lo fulminó y congeló su risa.

Me acerqué a Alasdair y nuestras miradas se encontraron. La mía estaba seria y preocupada, la suya brillaba con esa luz divertida que hacía que el azul chispease en sus pupilas. Una corriente de electricidad recorrió la estancia con tal fuerza que hasta las motas de polvo dejaron de flotar en el aire y se quedaron quietas.

—Alice —pronunció con la misma voz grave que recordaba y esa leve cadencia escocesa—, encantado de volver a verte.

—Igualmente —le dije yo tartamudeando un poco.

CAROLINE MARCH

—Tenemos que hablar, pero antes quisiera que me pusieras una pinta de Brewdog Punk Ipa —pidió con voz suave pero firme.

—Sí, por supuesto —traspasé la barra sintiéndome como en un examen e hice lo que me pidió.

Había una pareja sentada en una mesa cercana, con un bebé que no dejaba de llorar. El sonido estaba taladrándome y poniéndome más nerviosa todavía.

Le puse la cerveza en la jarra con la cantidad justa de espuma, casi inexistente en ese tipo de cerveza, y esperé conteniendo el aliento.

Él le dio un sorbo, pero no dijo nada. Acercó una carpeta que tenía depositada a un lado y sacó un papel que me mostró.

—Es la factura de la luna de mi coche —expresó con voz átona.

—Ah —fue lo único que se me ocurrió contestar. El bebé seguía llorando, ahora con una fuerza atronadora.

La miré dirigiendo mi vista directamente a la parte inferior del papel. Cuando vi la cantidad, mi estómago dio un vuelco y casi se me salieron los ojos de las órbitas. Al cambio eran más de quinientos euros. Sentí ganas de llorar. Tendría que pedirle el dinero a mi madre. Además, no me apetecía nada que Carlos se enterase, seguro que ponía el grito en el cielo y con toda la razón, además.

El bebé aulló, haciendo que tanto Alasdair como yo nos sobresaltásemos. Miré a la joven pareja y tomé una decisión. Lo primero era lo primero. Como madre, no podía tener a un bebé llorando cerca de mí sin hacer nada al respecto. Era un instinto natural.

—Espera un momento, por favor —le dije a Alasdair, que me miró extrañado.

Salí de la barra y me dirigí a la joven pareja. La madre estaba intentando calmar al bebé bailoteándolo sin conseguir otra cosa que alterarlo más.

—¿Necesitas ayuda? —pregunté.

Me miró como si yo fuera a llamarle la atención por tener al

Mi alma gemela

bebé armando alboroto. Pero no contestó. Profundas ojeras rodeaban sus dulces ojos castaños, el pelo le caía desordenado en mechones sueltos de una coleta atada con demasiada premura. El rostro limpio de maquillaje y cansado era el mismo que todas las madres primerizas hemos tenido durante los primeros meses de vida de nuestros hijos.

—Déjamelo —exigí sentándome en una silla a su lado. Mi tono no dejaba lugar a discusión. Pero ella aferró al bebé con más fuerza, lo que hizo que el pequeño protestara con otro grito todavía más agudo que el anterior.

—Soy madre de una niña de tres años, déjamelo, intentaré calmarlo —murmuré de nuevo, esa vez suavemente.

Ella después de una pequeña vacilación y la mirada de aprobación de su pareja, me lo entregó con tanto cuidado que reprimí una sonrisa.

—Ven aquí, enano —susurré.

Lo cogí en brazos y comencé a acunarlo. Como no surtía efecto, mientras lo bailaba empecé a cantarle una nana, la preferida de mi hija:

—«Este niño tiene sueño, pero no se puede dormir, tiene un ojito cerrado y el otro no lo puede abrir...» —canté en voz baja y en mi lengua materna. Lo bueno que tienen los bebés es que puedes decirles cualquier cosa, incluso cualquier insulto o barbaridad siempre que se lo digas en un tono cariñoso y suave.

El bebé dejó de llorar y de apretar los puños, abrió los ojos y se centró en mi cántico. Alargó una manita e intentó coger un mechón de mi pelo, que danzaba sobre su cabeza. Finalmente emitió un gorgoteo tranquilo.

Su madre habló, después de observarme con la mirada aprensiva.

—No quiere tomar el biberón, no quiere comer y tiene que hacerlo. El pediatra me ha dicho que mi leche no es suficiente y no ha ganado el peso que debía —noté un deje desesperado en su voz.

—Trae —le dije en el mismo tono que había utilizado para hablar con el bebé.

CAROLINE MARCH

Su madre me acercó el biberón. Yo lo cogí y dirigí mi atención al pequeño mostrándome confiada.

—Venga, campeón, a que te lo vas a tomar todo, ¿a que sí?, no me puedes dejar en mal lugar, no, no, no —y le metí la tetina en la boca entreabierta, aprovechando su distracción.

Él atrapó la tetina y comenzó a succionar con fuerza, creando columnas de burbujas en el interior del biberón. Se le oía chasquear y chupar una y otra vez la tetina sin soltarla.

—¡Se va a ahogar! —exclamó el padre angustiado.

—No —susurré yo para no asustarlo—, cuando se canse lo dejará.

Al final tuve que retirarle yo el biberón cuidando de que no tragara aire. Incorporé al pequeño sobre mi hombro y le di pequeñas palmaditas en la espalda hasta que él, ayudado por mis golpecitos, emitió un sonoro eructo tan cerca de mi oreja que pude oler hasta la leche.

—No hay duda de que eres su padre, Will, suena igual que tú una noche de borrachera —era Ewan el que había hablado, estaba en la puerta del pub mirándome fijamente.

—Esas noches pasaron a la historia, amigo —contestó Will.

—Es una pena —Ewan chasqueó la lengua.

—No te creas. No las echo de menos. No demasiado, al menos. Sobre todo cuando veo su carita y de repente sonríe, es... todo lo que necesito —añadió con una mirada soñadora.

Yo sonreí. Conocía a la perfección esa sensación.

Entregué el bebé a su madre, que me miraba con tal mezcla de adoración y agradecimiento que me hizo sonreír.

—¿Cómo lo has hecho? —preguntó—. Yo llevo luchando varios días y no lo consigo.

—Bueno, tal vez se deba a que él percibe vuestro nerviosismo y se pone nervioso también. Solo tenéis que ir conociéndoos poco a poco. A mí también me costó lo mío, no te creas, mi hija y yo librábamos continuas batallas a la hora de la comida y todavía lo seguimos haciendo —pensé en mi madre—, probablemente lo haré toda mi vida. Es lo que tiene ser padres.

Mi alma gemela

Los dejé acunando al bebé, que ya se había dormido, cansado de llorar y con la barriga llena, y me volví hacia Alasdair.

Estaba apoyado con el codo en la barra, mirándome de una forma extraña e indescifrable. Sus ojos por lo general divertidos estaban entrecerrados y su azul se había tornado casi violeta.

Temiendo una regañina apresuré el paso y me metí a toda prisa detrás de la barra.

—Lo siento —me excusé—, pero es que soy madre y me estaba dando tanta pena que no he podido evitarlo. Recuperaré el tiempo perdido y me quedaré un poco más.

—No es necesario —contestó el todavía serio.

—Gracias —respondí yo aliviada. No parecía enfadado, sino más bien extrañado por mi comportamiento.

—Volviendo al tema de la luna...

—Sí —le dije cogiendo otra vez la factura—, llamaré a casa y ordenaré que te hagan una transferencia por el importe señalado, me imagino que en cuatro o cinco días te lo abonará el banco.

—No —contestó él.

Yo lo miré confundida.

—No tengo este dinero en metálico —señalé.

—No. Me refiero a que no hace falta que me lo abones. Finalmente se ha hecho cargo el seguro de todo. Yo no he tenido que poner ni una sola libra —explicó.

—Ah, eso está muy bien, ¿no? —no sabía cómo reaccionar.

—Sí —contestó él de forma brusca. Tampoco parecía muy contento—. Sube al despacho, tengo que hablar contigo —añadió.

—¿Dónde? —pregunté. Ewan no me había mostrado ningún despacho.

—Ven —se dirigió con paso firme hacia el fondo del pub. Iba vestido con unos vaqueros negros y jersey del mismo color. No pude evitar fijarme en su trasero, firme y musculoso bajo la tela tirante del pantalón. Me mordí el labio reprendiéndome a mí misma y luego me relajé. ¡Que también tengo ojos en la cara!

Abrió una puerta escondida detrás del escenario que daba a unas escaleras estrechas. Encendió una luz y subió él primero, con agilidad. Abrió otra puerta de madera cerrada con llave y me dio paso a lo que en realidad era un pequeño salón, escasamente amueblado pero con un gusto excelente, que combinaba a la perfección las bases de una casa tradicional escocesa, chimenea incluida, con la modernidad. Era claramente el domicilio de un hombre soltero. Pantalla plana y un cómodo sofá de piel negra, con una lámpara de pie de acero con luz dirigible. Una estantería con libros en la pared frontal y una pequeña mesa central constituían el único adorno.

—Como puedes ver, no es exactamente un despacho, pero no tengo nada mejor —explicó observándome.

—¿Vives aquí? —pregunté. No fue una pregunta con intención, solamente tenía curiosidad.

—No, solo lo utilizo cuando vengo a las Highlands. Esta era la casa de mis abuelos. Cuando murieron, nos dejaron el pub y la casa a Ewan y a mí. Estaba en condiciones deplorables, así que invertí en él y lo pusimos en marcha. Decidimos que yo me quedara con la vivienda superior, que en realidad es poco más de lo que ves —extendió la mano a su alrededor.

—Me gusta. Es acogedor —dije.

Él sonrió.

—Sobre todo es muy cómodo trabajar solo a un tramo de escaleras de tu casa.

—Sí, claro. Pero me habían dicho que no vienes mucho. Solo a veces los fines de semana —repliqué.

—Es verdad. Yo trabajo en Edimburgo. Tampoco tengo mucho tiempo libre para pasarlo aquí, pero me escapo cuando puedo. Espero que este verano pueda venir más veces —sonrió levantando a medias las comisuras de su boca.

Yo sonreí a mi vez, pero no contesté. Esperaba lo contrario. Ese hombre me inquietaba, hacía que tuviera que pensar varias veces la respuesta antes de hablar y eso me intimidaba.

Revisamos mi contrato y me preguntó si Ewan me había explicado cómo funcionaba el pub. Le contesté que sí, que había sido muy amable. También me preguntó si estaba contenta allí.

Mi alma gemela

Pero no me preguntó por qué había solicitado ese puesto. Mejor, porque a veces ni siquiera podía explicármelo ni a mí misma.

Me dijo que me iba a extender un cheque semanal, que dejaría preparado y firmado. Me dio el de mis primeros dos días. Miré la cantidad de reojo y me sorprendí. Había creído que ganaría menos. Me habían comentado que el empleo de camarera en Escocia era el último escalafón de los trabajadores, que se trabajaban muchas horas por muy poco dinero. Haciendo cuentas hasta podría volver a España con algo de dinero ahorrado.

—Es la hora —dijo finalmente.

—¿La hora de qué? —contesté yo.

—Ha acabado tu turno, puedes irte a casa —me miraba divertido.

—Sí, claro —balbuceé. No me hubiera importado charlar un poco más con él. Ese hombre me fascinaba y me aterraba a la vez. Pero, sobre todo, ejercía sobre mi persona una atracción intrínseca. Como si siempre me quedara a medias, como si el tiempo cerca de él no fuera nunca suficiente.

Cuando estaba a punto de abrir la puerta volvió a hablar.

—Ha estado muy bien lo que has hecho por el pequeño William. Se nota que se te dan bastante bien los niños.

—Bueno, si se me dieran mal, tendría un gran problema —contesté yo.

—Espero que estés a gusto aquí, somos como una pequeña familia —dijo a modo de despedida.

—Gracias —respondí yo agitando la mano y cerrando la puerta tras de mí.

Una vez en casa, me cambié y me puse cómoda. Estaba sola, mis caseros habían dejado una nota en la mesa de la cocina diciendo que habían salido. Lógico, era sábado por la tarde, probablemente solo yo en kilómetros a la redonda no tenía ningún plan. Me preparé un té, que había empezado a gustarme si le añadía mucha leche, y cogí el paquete de galletas de mantequilla.

CAROLINE MARCH

Sin nada mejor que hacer me senté en el sofá y encendí la tele. En Gran Bretaña existía un impuesto por cada televisor de casa, así que ese era el único que tenían. Tampoco había mucha variedad. Después de cambiar de canal varias veces, lo dejé en un programa de entrevistas y cogí mi libro electrónico con intención de leer un poco. Antes del viaje lo había cargado con más de cien libros, con uno de mis ataques de «por si acaso». Esta vez el «por si acaso» se había cumplido. Una vez que salía de trabajar y sin conocer a nadie, poco más podía hacer. Decidí que el próximo fin de semana que tuviera libre lo dedicaría a hacer un poco de turismo. La comarca ofrecía un sinfín de rutas de una belleza difícil de encontrar en cualquier otra parte del mundo y no quería desaprovecharlas.

No conseguía concentrarme en la lectura, leía una y otra vez la misma línea sin llegar a comprenderla del todo. Repetidamente venía a mi mente la imagen de Alasdair mirándome con esos ojos azules, su costumbre de apartarse un mechón de pelo que, rebelde, se empecinaba en caerle sobre la frente, su espalda ancha con los hombros firmemente marcados bajo la lana del jersey. Pero, sobre todo, pensaba en la sensación que me producía estar a su lado, como una especie de anhelo, de necesidad física. Nunca me había sentido así con otra persona salvo con Sofía. Ella solía decir que en otra vida fuimos hermanas o amantes y que nuestras almas después de errar perdidas durante siglos se habían vuelto a encontrar, sintiendo ese nexo de unión que nunca se había terminado de romper. Finalmente dejé el libro a un lado y cogí el teléfono para llamar a Carlos. No fue una buena idea.

Contestó al segundo tono. Se oía bastante barullo de fondo.

—Carlos, ¡Carlos! ¿Dónde estás? —pregunté elevando la voz.

—¿Eh?, sí otra, esta a mi cargo. Espera un momento, que salgo —no sabía muy bien si se refería a mí o hablaba con otra persona. Esperé impaciente mientras escuchaba el sonido de música y voces entremezcladas. Luego un súbito silencio.

—Alicia.

—¿Sí? ¿Es a mí o hablas con otra? —inquirí algo molesta.

Mi alma gemela

—Contigo, ¿qué pasa? —contestó con brusquedad.
—Oh, nada, solo que estoy en la otra punta del mundo y como no sé nada de ti desde hace tres días, pues he decidido llamar. Solo eso. ¿Dónde estás? —expliqué con voz seca y disgustada.
—Estoy con los colegas del curro tomando unas copas —replicó él en tono brusco.
—Bien —mi voz sonó extraña hasta para mí. Estaba enfadada y no entendía muy bien el porqué.
—Y tú, ¿qué tal? —quizá fueran imaginaciones mías, pero me pareció que lo preguntaba con bastante desidia.
—Bien.
—Oh, vale.
Parecía una conversación de besugos más que de un matrimonio que llevaba sin verse varios días.
—¿Qué tal Laura? —recurrí a nuestro único nexo de unión.
—Bien. Esta tarde la he llevado al parque. Se ha caído, tiene un pequeño morado en la frente, pero no ha sido nada serio...
—¡Carlos! Ten más cuidado —lo interrumpí. Mi instinto de madre estaba ese día en particular demasiado sensible.
—Eh, eh, tranquila. Que si no quieres que se caiga en el parque no la vuelvo a llevar y ya está. O si no, mejor, vienes tú y la paseas. Ah, no, que no vuelves hasta dentro de tres puñeteros meses —contestó gritando.
La verdad escuece, y mucho.
—Carlos, no empieces —susurré yo.
No me contestó. Me lo imaginé en la puerta de cualquier bar con el teléfono pegado a la oreja y con el gesto adusto que tenía cuando algo le molestaba.
—¿Estás ahí? —pregunté con tono conciliador.
—Oye, tengo que volver dentro, me esperan. Cuídate —colgó. No me dio tiempo a replicar nada.
Me quedé mirando el teléfono con cara de enfado mientras este parpadeaba señalando que la llamada había finalizado.
Subí a la habitación sintiéndome fatal. Un remolino de sensa-

CAROLINE MARCH

ciones, la mayoría opuestas, se enfrentaba haciéndome sentir a ratos culpable, a ratos triste y a ratos enfadada. Culpable por haber dejado a mi familia en busca de una quimera que empezaba a encontrar absurda. Triste porque añoraba tanto a mi hija que el corazón me dolía solo de pensar en ella, en no haber estado a su lado y haberla consolado cuando se había caído. Enfadada porque no entendía que Carlos se fuera de fiesta mientras yo estaba en una casa escocesa a las nueve de la noche de un sábado, en la habitación de un adolescente, tapada con un edredón de Cars y deseando estar más en la compañía de mi jefe que de mi propio marido.

Cansada de que mis pensamientos giraran sin encontrar una salida, me quedé dormida. Soñé con bebés que lloraban, con bebés pelirrojos y con unos enormes ojos azules a los que yo cantaba y cantaba nanas, y no conseguía calmar. Y un olor, un olor a fresco, a cítricos y madera de sándalo, un olor que me era familiar, y, sin embargo, desconocido. El olor de un hombre pelirrojo que me arrebataba el bebé de los brazos y me decía con voz grave: «Vete, es mío. Déjamelo antes de que nos abandones como haces con todos». Desperté agitada y con el corazón latiéndome a mil por hora. Todavía era noche cerrada, salvo el graznido lejano de alguna gaviota nocturna no se oía nada, la casa estaba en calma. Mi alma no. Me acurruqué y lloré con desesperación. Quería volver a casa. Quería abrazar a mi hija y a mi madre. Decirles que me perdonaran, que había vuelto y no las dejaría otra vez. Volví a quedarme dormida, soñé con Sofía, estábamos envueltas en la niebla, yo corría para alcanzarla y ella se escapaba riendo, no sabía cómo pero reconocía el lugar, estaba en Escocia, el aire era frío, olía a hierba mojada, resbalé y la llamé gritando. Ella se paró lejos de mí, casi no la veía, jirones de bruma la envolvían haciéndola desaparecer y aparecer como si fuese un fantasma. «¿Qué hago aquí?», le pregunté llorando. Ella rio, con esa risa cristalina y franca. «¿No lo sabes?». «¡No!», contesté yo gritando. «Estás buscando», respondió ella seria. «¿El qué?». Levanté la mirada del suelo mojado. «Lo que has perdido», respondió con voz cantarina. «¿Qué

Mi alma gemela

he perdido?», notaba los sollozos ardiendo dentro de mí. «¿No lo sabes, mi Alice?». Sentí su mano en mi rostro. Alargué el brazo para tocarla y casi se desvaneció. Quise suplicar: «¡No te vayas!», pero abría la boca y no brotaba ningún sonido. Ella me volvió a acariciar el rostro, secando mis lágrimas. «Tú, mi querida Alice, tú es lo que has perdido». Se desvaneció y yo grité, desgarrado mi corazón.

Desperté con el rostro de Aonghus sobre el mío.

—Muchacha, ¿estás bien?

—¿Qué? —pregunté desconcertada, entrecerrando los ojos. Había demasiada luz en la habitación.

—Estabas gritando. Creemos que has tenido una pesadilla —explicó.

Giré el rostro hacia la puerta, donde estaba Fiona asomada, mirándome con cara de miedo. No entró, quizá yo era la que le daba miedo, pensé con una lucidez algo tardía.

—Estoy bien. ¿Qué hora es? —mi voz sonaba ronca y me dolía la garganta.

—Las cinco de la mañana. Todavía puedes descansar un poco más —me informó Aonghus con voz preocupada.

—No, será mejor que me levante. Estoy bien, de verdad. Solo ha sido una pesadilla.

—Está bien. Si necesitas algo, ya sabes dónde estamos —dijo saliendo de la habitación y arrastrando con él a su esposa, que seguía mirándome con gesto temeroso.

—Gracias —hice una mueca que intentó ser una sonrisa.

Desde luego, si mi casera ya pensaba que yo era una persona extraña, aquello no iba a mejorar la opinión que tenía de mí.

CAPÍTULO 7

Buscad y encontraréis...

Era domingo. No había trabajado un domingo en toda mi vida. Al menos fuera de casa. Maldije en silencio. ¡Si hasta Dios había decidido que ese iba ser el día de descanso de la semana!
Mi ánimo no mejoró cuando llegué al pub. Arrastré los pies hasta la entrada, deseando estar acurrucada en la cama, rumiando mi propia pena, esa vez sin gritos aterrorizados a poder ser, para no terminar espantando a mis propios caseros.
Miré al cielo, nubes negras se estaban formando atraídas por un fuerte viento del norte. Por lo menos, el cielo ese día era mi aliado.
Ewan no tenía mejor humor que yo. Círculos negros rodeaban sus ojos claros y bostezaba a menudo. Supuse que la noche había sido alegre y la mañana triste, como solía decir mi madre. Nos saludamos con un tosco «hola». A Alasdair no se le veía por ninguna parte. Mejor, no me gustaba cómo me hacía sentir y el sueño seguía estando demasiado presente.
Entré en la cocina para ayudar a Rosamund, que era la única que gozaba de un excelente humor. Estaba tarareando una canción mientras trajinaba entre los numerosos cacharros.
En silencio la ayudé a preparar los desayunos. Ella respetó mi mutismo y solo me lanzó alguna que otra mirada de soslayo. Me

Mi alma gemela

sentía tan frágil que con que solo me preguntara qué tal estaba me echaría a llorar como una niña y no quería hacerlo, así que apreté la boca y me centré en preparar los sándwiches.

—¿Un café? —preguntó ella finalmente.

—Umm—farfullé concentrada en cortar el pepino en rodajas finas.

—¿Te apetece un café? Tienes cara de no haber dormido mucho, querida —su tono era comprensivo.

—Eso sería perfecto —contesté sin contarle si había dormido o no bien.

Sacó una cafetera italiana del armario, quemada en los bordes por el uso. Calculé que tendría por lo menos treinta años. Mis padres tenían una casi igual. Llenó el depósito de agua, el filtro de café hasta el borde y lo aplastó con una cuchara.

—Cargadito, ¿no? —preguntó.

Yo asentí.

Pronto el olor a café recién hecho llenó la pequeña cocina. Recuerdos de la casa de mis padres llegaron con el aroma. Mi padre era un buen cafetero, lo tomaba haciendo honor a la regla no escrita del café: cargado, caliente y amargo. Yo lo tomaba igual. Hasta que murió, entonces dejé de tomar café a todas horas, no dormía bien y comencé a preferir el café con leche y, si era descafeinado, mejor que mejor.

Aquel día hice honor a su recuerdo. Rosamund sirvió café en sendas tazas de porcelana decoradas con violetas. Ella añadió abundante leche y azúcar. Yo lo tomé sin nada, el líquido aromático y ardiendo me quemó la garganta y cayó como una bola de fuego en mi estómago.

—Ahhhh—suspiré—, lo necesitaba. Gracias, Rosamund.

—Pues aún puedo hacer que esté mejor.

—¿Ah, sí?

—Sí —emitió una risita jocosa. Sacó del armario una botella de whisky y me echó un chorro bastante generoso en la taza.

Yo la miré con los ojos abiertos de par en par.

—Rosamund, no son ni las ocho de la mañana, voy a salir

CAROLINE MARCH

dando tumbos de la cocina, por no hablar de cómo voy a sostener la bandeja —le reprendí riéndome.

—Bah —respondió ella agitando la mano y añadiendo un chorro bastante más generoso a su taza—, esto siempre viene bien, ¿no sabes que le llaman el *aqua vitae*?

—¿Ah, sí? —inquirí curiosa—. ¿Por qué?

—Porque despierta a los muertos —rio ella—, y tú ahora necesitas que te despierten, chiquilla.

Bebí un trago. Ahora el café estaba tan fuerte que me lloraron los ojos y tosí. Sin embargo, el cálido líquido relajó los músculos tensos y me empecé a encontrar laxa y relajada.

Ambas seguimos bebiendo a sorbitos, perdidas en nuestros pensamientos.

Ewan asomó la cabeza por la puerta con gesto adusto.

—En el trabajo no se bebe, después puedes hacer lo que te plazca.

Me giré entrecerrando los ojos y maldiciendo mentalmente.

—Si quieres te preparo otro a ti, hijo, también tienes cara de necesitarlo, con desesperación parece —señaló Rosamund fijándose en la palidez de mi jefe. Desde luego, la noche tenía que haber sido muy, muy larga—. ¿Te has acostado?

—No —contestó de forma brusca Ewan, luego suavizó el gesto y añadió—. Bueno, no he dormido, aunque sí me he acostado.

—Estúpido engreído —musité enterrando el rostro en mi taza.

—¿Qué? —preguntó él.

—Oh, nada, que ahora mismo salgo —apuré el café irlandés y salí a atender a los más madrugadores.

Con la cabeza algo turbia preparé decenas de tazas de té y café y varios desayunos continentales. Cada vez que tenía que llevar a una mesa un plato de salchichas, beicon, tomate asado, champiñones y huevos se me revolvía el estómago. Entre dos clientes y viendo unos minutos de descanso salí a despejar la mente y el estómago al aire frío de la mañana.

Ewan vino a buscarme nada más salir.

Mi alma gemela

—No es tu hora de descanso. Vuelve al trabajo, ahora —exigió de forma imperativa.

Maldije otra vez en silencio y entré.

Mis movimientos eran torpes y lentos. Cogí dos platos con tostadas y me dirigía a una de las mesas del centro cuando tropecé con mi propio pie y resbalé haciendo que los platos cayeran al suelo con un fuerte estruendo haciéndose añicos. Trozos de tostadas volaron en todas direcciones.

—¡Mierda! —exclamé y me agaché a recogerlo. Los pies calzados con deportivas negras de Ewan entraron en mi campo de visión. Levanté el rostro preparada para otra bronca.

—¿Se puede saber qué demonios te pasa hoy? ¿Es que estás en esos malditos días del mes? —gritó enfadado.

La alusión tan gráficamente machista me enfureció. Me enfrenté a él gritando tan fuerte como pude.

—¿Sabes? Yo por lo menos solo tengo tres estúpidos días al mes. Tú los tienes todo el maldito año, trescientos sesenta y cinco días de maldita gilipollez enmarcados en un escocés terco y egocéntrico. ¡Maldita sea! Eres, eres... —no encontraba la palabra exacta en inglés, así que decidí que sonaba mejor en español—. ¡Capullo!, eso es lo que eres.

Mi diatriba lo había dejado primero mirándome incrédulo, después su boca se frunció y sus ojos se fueron entrecerrando hasta quedar solo una línea de furia azul.

«Esta vez la he fastidiado pero bien», pensé. Estaba a punto de disculparme cuando la voz de Alasdair sonó atronadora en el silencio del pub.

—¿Qué demonios está pasando aquí? —nos observó primero a uno y después al otro, como quien mira a dos niños que acaban de hacer una buena trastada.

—Ha sido ella —dijo Ewan señalándome con un dedo acusador.

—Ha sido él —contesté yo mirándole furiosa y levantando a mi vez el dedo índice.

Alasdair vaciló un momento mirando alternativamente a uno

CAROLINE MARCH

y a otro. Ewan y yo manteníamos tal duelo de miradas que si lanzaran cuchillos, ya estaríamos tendidos en el suelo ensangrentados.
—Vamos —exclamó finalmente cogiéndome del brazo.
Yo me solté.
—¿Adónde? —pregunté más bruscamente de lo que quería.
—A dar un paseo. Te vendrá bien. Nos vendrá bien a todos. Vamos —su tono no admitía discusión, así que salí tras él.
Anduvimos unos minutos en silencio calle abajo.
—Tengo frío —dije yo, comenzando a tiritar. El whisky y el café eran una bola de plomo en mi estómago, nada de la calidez inicial quedaba ya en mi cuerpo.
—Toma —ofreció quitándose su chaquetón y poniéndomelo sobre los hombros.
—Tendrás frío —repliqué yo.
—No —contestó simplemente él.
Me arrebujé en el chaquetón y decidí ponérmelo para aprovechar todo su calor. Más de una cuarta sobresalía de mis brazos y habrían cabido dos más como yo, pero conservaba el calor de su cuerpo y, ¡oh Dios mío!, su olor tan agradable y sensual.
—¿Problemas con el grifo? —preguntó suavemente.
—¿Qué? —inquirí yo desconcertada.
—Que si todavía tienes problemas con los grifos escoceses que te agreden —me miró y sonrió.
—No es eso —contesté yo de forma escueta.
—Entonces solo puede ser una cosa —afirmó convencido.
—Como digas que es porque tengo el periodo, te pego —contesté.
Levantó las manos en señal de rendición.
—¡Que Dios me libre! ¡Jamás me enfrentaría con una mujer que tuviese el periodo! Me gusta demasiado mi vida. Además, no me refería a eso —sonrió.
—¿Ah, no? —de repente una idea cobró vida en mi mente—. ¿Me vas a despedir? —mi voz sonó algo histérica.
—No —contestó él algo extrañado—. ¿Por qué has pensado eso?

Mi alma gemela

—No lo sé, es que no me he portado lo que se dice muy bien dentro del pub, he dado un espectáculo. Yo no suelo comportarme así, la verdad es que no me gusta llamar la atención —repliqué abruptamente.

En realidad ni siquiera yo entendía muy bien mi comportamiento de los últimos días, era como si hubiese perdido parte de la inhibición que tenía en casa. Había pasado de Blancanieves a la madrastra.

—Y eso lo dice la mujer que me lanzó tal pedrada hace dos días que me rompió la luna del coche —masculló él.

Enterré la cabeza en el cuello de su cazadora, completamente avergonzada.

Él se paró y se puso frente a mí.

—Eh, que no pasa nada, ha sido solo una broma —me sujetó por los hombros—. Vamos, mírame.

Lo hice, levanté el rostro y me perdí en sus ojos azules.

—No te voy a despedir. Ewan, aunque hoy no esté muy receptivo, me ha dicho que lo estás haciendo bastante bien, que eres bastante inexperta pero que tienes don de gentes. Pero no es eso a lo que me refiero cuando digo que ya sé lo que te ocurre —aclaró con voz suave.

Enarqué las cejas en gesto interrogativo.

—Echas de menos tu hogar, a tu familia y tus amigos. Los primeros días era todo nuevo para ti y tampoco tenías mucho tiempo para pensar, pero ahora que todo comienza a ser una rutina, te das cuenta de que hay cosas que añoras y mucho —me miró inquisitivo.

Yo tardé un momento en contestar.

—¿También sabes leer la mente? —le dije componiendo una media sonrisa. Había dado en el clavo. Con tres o cuatro frases había descrito perfectamente mi turbación.

Él rio, con esa risa brusca y clara tan característica.

—No, eso sería muy peligroso. ¿Saber en cada momento lo que piensan de ti? ¡Buff!, no podría haber nada más horrible.

—Pues conmigo has acertado de pleno, puedes cantar línea e

CAROLINE MARCH

incluso bingo. Pero ¿sabes lo más curioso? Que hasta que tú no me lo has hecho ver, yo ni siquiera me había dado cuenta. A ti ya te ha ocurrido antes, ¿verdad? —pregunté volviendo a retomar nuestro paseo.
　—Sí, viví un año fuera de Escocia.
　—¿Dónde? —pregunté con curiosidad.
　—En España —me miró sonriendo y me fijé en que tenía una marca en el colmillo derecho, como de una caída.
　—¿Hablas mi idioma? —estaba sorprendida.
　—Sí. ¿Quieres que hablemos un poco en español? Igual así te sientes un poco más cómoda —contestó en un perfecto castellano.
　—Bien, así te vendrá bien para practicar a ti también —sonreí por primera vez en toda la mañana.
　—¿Hiciste *le Grand Tour*? —pregunté.
　—¿Qué es un *Grand Tour*? —preguntó a su vez. Hablaba castellano perfectamente, con un suave acento escocés.
　—Oh, durante siglos a los jóvenes aristócratas se los enviaba un año a recorrer Europa para que ampliasen sus conocimientos sobre el mundo. Yo siempre he envidiado poder disponer de un año sabático solo para mí. ¿Fue así el tuyo? —inquirí curiosa.
　—Nada más lejos de la realidad. Yo no tenía ni una libra. Fui a España porque era el idioma que había estudiado en el instituto y en el que mejor me defendía. Una vez allí, estuve seis meses trabajando en un bar de la Plaza Mayor de Madrid, los seis meses siguientes los pasé recorriendo el resto del país —explicó con su dulce acento.
　—De fiesta en fiesta —no era una pregunta, sino una afirmación.
　Alasdair rio.
　—Sí, más o menos.
　—¿En qué año fuiste?
　—En 1997 —su gesto se había vuelto súbitamente serio.
　—Vaya, ¡qué coincidencia! Yo también estuve en Madrid ese

Mi alma gemela

año, estudiando Periodismo en la Complutense —contesté con energía.

—¿Eres periodista? Creí haber leído que trabajabas como secretaria —repuso.

—Quería ser periodista, dejé la carrera después del primer curso —mi tono se volvió triste de repente.

Él no preguntó el porqué de mi abandono.

—¿Adónde vamos? —pregunté cambiando de tema.

—Voy a enseñarte el castillo Urquhart, nuestra pequeña joya local.

—Creí que la joya local era Ewan.

—Sí, eso cree él —su tono volvía a ser divertido.

Caminamos en silencio en dirección al lago durante un cuarto de hora. Cuando llegamos quedé decepcionada, frente a mí se extendían las ruinas de lo que en otro tiempo debió de ser un magnífico castillo.

Alasdair saludó a la entrada y pagó, paseamos hasta llegar a las ruinas y me fue explicando la historia del famoso castillo con voz de narrador experto, se notaba que le gustaba la Historia y estaba familiarizado con ese lugar en particular. La primera referencia histórica databa de tiempos de San Columba, en el siglo VI, donde el santo residió en una de sus visitas al rey Bruce de los pictos del Norte. San Columba aprovechó la oportunidad para convertir al cristianismo a los señores del castillo e introducir la religión entre los bárbaros primeros habitantes de Escocia. A comienzos del siglo XIII se registró por primera vez su existencia. Se mantuvo en manos escocesas hasta que el conde de Ross lo capturó para la corona inglesa a mediados del siglo XV, pero fue recuperado poco después, pasando de mano en mano y de clan en clan, hasta que en 1692 fue destruido por los ingleses para evitar que fuera capturado por los jacobitas, legítimos pretendientes al trono escocés. Nunca más fue reconstruido.

Se notaba que amaba esa tierra en cada una de sus palabras y sus gestos. Se lo dije.

—Bueno ya sabes el dicho, se puede sacar al hombre de la

montaña, pero no a la montaña del hombre. Supongo que aunque mi vida esté en Edimburgo, siempre seré un Highlander, lo llevo en la sangre —exclamó suspirando.

Se paró frente a una catapulta perfectamente conservada, en comparación con el castillo. Me explicó su funcionamiento y su alcance, con la precisión que utilizan los hombres con las armas, su emoción era patente cuando imitaba el gesto de empuje del arma medieval. Yo en silencio admiraba cada curva y músculo de su cuerpo al hacer el movimiento de lanzamiento sin escuchar una sola palabra.

—¿Te aburro? —preguntó mirándome con extrañeza.

—No, no, en absoluto. Adoro la historia y viajar y conocer otros países, ahora mismo me siento como un pulpo en una cacharrería, quisiera tocarlo y absorberlo todo —sonreí algo turbada.

Él rio.

—Curiosa comparación. No conozco a ninguna mujer que hable con tanta franqueza y sencillez como tú.

—Vaya —me sentí algo avergonzada. Suponía que él estaba acostumbrado a gente más culta y delicada.

—¿Qué ocurre? —se acercó a mí, sus ojos entraron en contacto con los míos y otra vez sentí que el aire se paralizaba a nuestro alrededor. El sonido de la gente que paseaba, de los pájaros, del aire y del rumor de las olas del Loch Ness se quedaron quietos observándonos.

—Nada. Solo que supongo que te pareceré una pueblerina o algo por el estilo, ¿no?

—¿Qué? —parecía completamente sorprendido—. En absoluto, hace mucho tiempo que no mantenía una conversación tal real con una mujer, probablemente desde que iba a la escuela primaria —exclamó—. Venga, quiero enseñarte un sitio —exclamó de repente tirando de mi brazo.

Salimos del entorno del castillo y nos adentramos más en la orilla del Loch Ness. Encontramos un bosquecillo de álamos y lo atravesamos, hasta quedar en la misma orilla del lago y, sin em-

Mi alma gemela

bargo, totalmente aislados del resto del mundo por la muralla de árboles a nuestra espalda.

Nos sentamos en una piedra ancha y plana. Durante unos minutos no dijimos nada. Alasdair cogió varias piedras canteadas del suelo y se dedicó a tirarlas a la superficie quieta del lago, haciendo que rebotaran varias veces hasta que finalmente se hundían.

—¿Quieres? —me ofreció una piedra.
—No creo que sea buena idea —le dije.
—¿Por qué?
—Ya sabes, yo con una piedra en la mano puedo ser muy peligrosa...
—Tienes razón —contestó riéndose—. Háblame de tu hija —pidió cambiando bruscamente de tema.
—¿Cómo sabes que estaba pensando en ella? —pregunté. Estaba empezando a pensar que ese hombre podía leerme el pensamiento de verdad.
—Se te ha puesto esa expresión soñadora, como si miraras al infinito viendo algo que los demás no podemos alcanzar —replicó suavemente.
—Sí, estaba pensado que a ella le encantaría este lugar. Me gustaría traerla algún día —dije.
—¿Cómo es? —preguntó
—Me imagino que como cualquier niña de tres años, a veces es un demonio y luego un ángel. Es traviesa, divertida y está todo el día tarareando canciones, hasta volverte loca —reí recordándola.
—Como tú.
—Como yo ¿qué? —pregunté mirándole a los ojos.
—Tú también estás siempre tarareando alguna canción.
—No —contesté con firmeza—, yo hace más de diez años que ya no lo hago.

Mi padre tenía esa costumbre, que yo heredé y que perdí como tantas otras cosas cuando él murió.

—Sí, lo haces, me he fijado —afirmó serio.

¿Lo hacía? ¿Lo había vuelto a hacer? No entendía cómo ni

por qué, pero si lo recordaba con atención, era cierto, había recuperado la costumbre de tararear.
—Oh, vaya —estaba sorprendida.
—¿Tienes alguna foto de Laura?
—Yo no te he dicho cómo se llama —apostillé.
—Lo habré escuchado en alguna parte —contestó él algo inquieto.
Saqué el móvil del bolsillo trasero de mi pantalón y le enseñé una reciente.
Alasdair la miró con atención, no como suele hacer la gente a la que enseñas este tipo de fotos, que las miran por encima y exclaman: ¡qué mona!
—Se parece mucho a ti —expresó finalmente.
—Sí, lo sé, mi madre dice que yo de pequeña era igual a ella.
—Tenéis la misma nariz respingona —miró la mía.
—Mi padre la llamaba nariz de botón. Siempre me dijo que si necesitaba gafas no iba a tener dónde apoyarlas y que las tendría que llevar pegadas a las orejas con celo —hice una mueca.
Alasdair rio.
—Tienes una bonita familia, Alice.
—Gracias. ¿Estás casado? —pregunté de repente, envalentonada por la confianza de nuestra conversación.
—No.
—¿No hay nadie? —le di un pequeño golpe en las costillas.
—No, lo hubo hace mucho tiempo, pero no funcionó —su tono se había vuelto súbitamente triste.
—Quizá no hayas encontrado a la mujer adecuada. Siempre le puedes decir a Ewan que te presente a alguna de su cohorte —dije intentando que sonriera.
No lo conseguí.
—¿No has pensado alguna vez que quizá estuviste en el lugar adecuado, pero no tomaste la decisión correcta y que debido a ello te has pasado dando tumbos toda la vida intentando conseguir aquello que no sabías que habías perdido? —expuso con voz triste.

Mi alma gemela

—Sí, muchas veces. Demasiadas. Pero si lo pienso con detenimiento, me doy cuenta de que las decisiones que tomé que quizá no fueron las correctas me dieron cosas tan preciadas como mi hija y por ella no puedo permitirme el lujo de mirar atrás, al menos no con demasiada frecuencia —repuse con energía.

El día se había vuelto gris, como la nube que ahora cubría nuestras almas por diferentes razones.

—Creo que es hora de volver. Ewan estará histérico —exclamé levantándome.

—Sí, vamos. Deberíamos darnos prisa porque va a empezar a llover.

—¿Ah, sí? —dije yo mirando el cielo. Justo en ese momento una gota cayó sobre mi frente—. ¡Sí! —y comencé a correr detrás de él.

Llegamos a los pocos minutos al pub, jadeando por la carrera y completamente empapados. Bueno él, yo no, ya que había utilizado su chaqueta térmica que llevaba capucha.

Entramos riéndonos al calor del pub.

—Bienvenida a Escocia —exclamó con una sonrisa amplia.

—Me encanta la lluvia, así que gracias.

Le devolví su cazadora y me dirigí a la barra, a sustituir a Ewan, que seguía con cara de enfado.

—¿Qué significa «capullo»? —preguntó nada más verme.

Vaya, con que esas tenemos, ¿eh?

—Capullo significa... ummm... —busqué la explicación correcta, que no me pareció adecuada, así que finalmente le contesté—: significa que tienes el pene muy grande, ¡eso es! —le sonreí.

—*Ruadh*, ¿es verdad? —preguntó Ewan dirigiéndose a Alasdair.

Alasdair emitió un sonido gutural que acabó en un gruñido tan característico de los escoceses que podía significar desde «estoy de acuerdo» a «te está tomando el pelo».

—Está bien, ya me enteraré y, como no me guste la respuesta, prepárate —amenazó mirándome fijamente.

CAROLINE MARCH

—¡Uy, uy! Ya estoy temblando —hice el gesto de miedo con mis manos. Lo que lo enfureció todavía más.
—¿Por qué te llaman Rob? —pregunté a Alasdair—. ¿Robert es tu segundo nombre?
—No, me llaman *Ruadh*, por mi color de pelo. Significa rojo en gaélico. Siempre me han llamado así —explicó encogiéndose de hombros.
Viendo que su primo lo observaba hizo otro comentario mordaz.
—Supongo que es mejor eso a que me llamen el Ken de Barbie —tanto Alasdair como yo estallamos en carcajadas. Yo estaba demasiado cerca, pero Alasdair tuvo que esquivar una caja de servilletas de papel lanzada con una puntería certera a su cabeza.
—¡Bah! —nos dijo a los dos viendo que entraba Deb por la puerta—. Te dejo al mando, cielo, yo me voy a dormir. Y a vosotros dos, ¡que os jodan! —exclamó girándose hacia la puerta trasera.
Alasdair y yo nos volvimos a mirar y estallamos en carcajadas otra vez.
—Yo también me voy —dijo él—, tengo varias horas de carretera hasta Edimburgo.
Deb preguntó algo asustada:
—¿Me quedo yo sola?
—No —contesté—, ya me quedo yo un par de horas más por lo menos, tranquila.
Alasdair me hizo un gesto de aprobación con la cabeza y le grité en la puerta una advertencia.
—Buen viaje, ten cuidado.
—Lo tendré. Sobre todo con las ciclistas despistadas —sonrió.
Yo le saqué la lengua.
Lo observé meterse en el coche y antes de arrancar cogió la cazadora que me había dejado y la olió. ¡La olió! Juraría que lo hizo. Después, la dejó con un suspiro en el asiento del copiloto y se fue.
Llegué muy tarde a casa y bajo una lluvia torrencial. Mi bici-

Mi alma gemela

cleta chirriaba y jadeaba como si cada pedaleo fuera el último de su existencia y varias veces creí que me iba a dejar tirada a medio camino. Con un suspiro de cansancio, la aparqué en la verja del jardín y entré en la casa a oscuras, encendí las luces principales y dejé el chubasquero en la habitación de la plancha para que se secara. Había una nota en la mesa de la cocina, mis caseros me informaban que habían salido a su partida de bridge de los domingos, que comiera lo que quisiera, pero que habían dejado en el frigorífico unos filetes empanados. Calenté uno y cogí una cerveza. Comí en completo silencio en la cocina. Una de las cosas que echaba en falta de España era el continuo barullo, allí era muy difícil conseguir estar en silencio absoluto y menos en una casa, si no era un vecino era otro, o el ruido del tráfico se colaba por las ventanas. Si incluso así no te sentías suficientemente acompañada encendías la radio o la televisión, que por supuesto había en todas las habitaciones.

Terminé mi exigua cena y, cansada, subí a darme un baño. Me puse el pijama y ya en la habitación cogí el teléfono para llamar a mi madre.

—¿Mamá?
—¡Hola cariño! ¿Cómo estás?
—Bien, muy bien, ¿y vosotras?
—Estamos a punto de cenar y prontito a la cama, que mañana hay que madrugar —supe por el tono que se refería a Laura.
—¿Puedes pasármela?
—Claro. Laura, mira quién llama.
—¿Quién es? ¿Mami? —oí su vocecita chillona y quise alargar la mano a través del teléfono para acariciar su rostro suave y delicado.
—Hola, mi amor.
—Hola, mami, ¿has cazado al dragón?
—No, todavía no. Pero estoy en ello —reí.
—Yo he estado en una granja de animales.
—¿Y qué has visto?
—Animalitos.
—Sí, pero ¿cuáles?

CAROLINE MARCH

—Un caballo y su novia, una caballa.
—¿Una caballa? —rompí a reír.
—Sí —contestó emocionada ella. Tenía el pelo blanco y nos ha dejado acariciarla, pero muy suave porque se ponía nerviosa.
—¿No sería una yegua?
—No —contestó ella de forma tajante—, era una caballa.
—¿Te lo pasas bien con la abuela?
—Sí, mucho, mira lo que sé hacer —oí cómo soltaba el teléfono y a mi madre que le decía: «Laura, cielo, que mamá no te puede ver, solo te escucha».
—Hola —dije yo a la nada.
—Está haciendo una voltereta, pero todavía no entiende que no la ves a través del teléfono, como tengo tu foto cuando llamas, cree que estás dentro observándola —explicó ella. Le pasó el teléfono cuando Laura terminó su exhibición de acrobacia.
—¿Te ha gustado? —preguntó jadeando.
—Muy bonita, preciosa, te ha salido perfecta.
Ella rio con risa cantarina e infantil.
—¿Cuándo vuelves? —preguntó con anhelo.
El corazón se me cerró en un puño.
—Pronto, cielo —dije.
—¿Mañana?
—No, cariño, un poquito más tarde.
—¿Hoy? —el concepto del tiempo para ella era completamente relativo.
—No, mi amor, dentro de unos días.
—¿Hoy es mañana?
—No, hoy es hoy y mañana es mañana.
—No lo entiendo —exclamó confusa.
—Ya te lo explicaré cuando vuelva, mi amor.
—Vale, pero que sea pronto, para que vengas a la piscina conmigo. La abuela me ha comprado unos manguitos de Minnie para que me ayuden a flotar.
—¡Fantástico! No te preocupes, que antes de que acabe el verano mamá te llevará a la piscina y veremos qué tal se te dan los

Mi alma gemela

manguitos —esperaba que en septiembre todavía hiciera tiempo para llevarla a nadar algunos días. Miré el tiempo a través de la ventana. Seguía lloviendo como si fuese el diluvio universal.

Mi madre cogió el teléfono.

—¿De verdad está todo bien, hija?

—Sí, mamá. Ya empiezo a encontrarle el ritmo a Escocia y me gusta bastante —una imagen de Alasdair se coló en mi mente como un destello fugaz.

—¿Y con Carlos? ¿Has hablado ya con él? —preguntó preocupada.

—Bueno, más o menos, es que lo pillé de fiesta con los del trabajo y no debía de tener muchas ganas de conversación —expliqué algo enfadada.

—Tienes que tener paciencia. Te echa mucho me menos, pero es un cabezota y un terco y no te lo va a reconocer —suspiró mi madre.

—Sí, lo sé, mamá, lo sé —sabía que era un cabezota, pero su actitud de las últimas semanas me tenía bastante descolocada.

Ahogué un bostezo.

—¿Estás cansada? ¿Te hacen trabajar mucho?

—Bueno, lo normal, imagino, pero anoche no dormí muy bien y la verdad es que estoy a punto de acostarme.

—¿Tan pronto? ¿Qué ha sido del ave nocturna de mi hija? En menos de una semana cómo te han cambiado.

—Bueno —dije riéndome—, cuando vuelva ya recuperaré las buenas costumbres. Te quiero.

—Y yo a ti. Descansa.

Esa noche dormí de un tirón, sin alarmas de teléfono ni sueños inquietantes y desperté con el aroma a tostadas que subía por las escaleras. Miré por la ventana, era de día, pero tan oscuro por la lluvia que seguía cayendo que parecía de noche. Me acurruqué un poco más en el edredón de Rayo McQueen, agradeciendo que esa semana tuviera turno de tarde.

Hice el vago casi toda la mañana, recogí un poco la habitación y lavé la ropa. Almorcé con mis caseros. Aonghus se ofreció a llevarme al trabajo. Afirmó que llovía demasiado para ir en bicicleta. Se lo agradecí, pero había consultado los horarios de los autobuses y al menos para la ida podía coger uno. Me exigió que lo llamara cuando terminara el turno, que no le importaba esperar viendo la tele y recogerme. Se lo agradecí infinitamente. La verdad era que hacer el trayecto de noche sola caminando no me hacía mucha gracia. No era que tuviera miedo de que me asaltaran, ya que el índice de violencia debía de ser inexistente en aquella zona, pero solo pensar en tres kilómetros por una carretera a oscuras amedrentaba a cualquiera.

Me saqué un bono para viajes para un mes en la pequeña estación y piqué en el autobús urbano. En cinco minutos había llegado a mi destino, cómodamente sentada y seca.

Entré corriendo en el pub, tapándome la cabeza con el bolso.

—Hola —saludé a Deb, que ya estaba detrás de la barra.

—Hola —saludó ella a su vez. Era una persona encantadora, quizá algo tímida o intimidada por nuestro jefe, Ewan.

Me cambié y salí a ayudarla.

—Hoy va a ser un día tranquilo —explicó—. Con este tiempo no creo que haya muchos turistas que se atrevan a asomarse por aquí. Pero nunca se sabe, si se aburren del bar del hotel vendrán en busca de algo de diversión. Esta tarde he visto llegar un autobús de españoles y esos raras veces se quedan en los hoteles.

—Es cierto —corroboré—. Si pagas unas vacaciones de una semana, yo tampoco me quedaría en el hotel desde las ocho de la noche, sobre todo porque para nosotros esa es la hora de la merienda, no de la cena.

—No se cómo podéis hacerlo, si yo salgo de aquí tan cansada que a las doce estoy en mi cama y no despierto hasta casi las doce del día siguiente y, sin embargo, vosotros, para las ocho ya estáis aquí reclamando el desayuno.

—Con muchos años de práctica —dije—, y con litros de café —añadí.

William entró en ese momento por la puerta. No había rastro de Ewan.

Mi alma gemela

—Ya me encargo yo —murmuré a Deb.
—Hola —saludé—. ¿Qué te pongo?
—Hola —saludó reconociéndome—. Una pinta de Tennents, por favor.
Se la puse y le pregunté qué tal con el pequeño Will.
—Muy bien, ya duerme casi cinco horas seguidas por la noche. No me lo puedo creer. Creí que jamás volvería a dormir como es debido.
Sonreí.
—En realidad, jamás volverás a dormir como es debido, luego vendrán los dientes, luego el orinal, luego los terrores nocturnos y luego las noches en vela porque ha salido con los amigos y no llega —exclamé.
Él dejó la pinta bruscamente en la barra.
—¡Joder! No lo había pensado —su mano temblaba ligeramente.
Le di una palmaditas.
—Tranquilo, que te acostumbrarás, al final duermes siempre con un ojo abierto y otro cerrado, en perpetuo estado de alerta. Pero se sobrevive, todos lo hacemos, ¿no? —dije sonriéndole con firmeza.
—Sí, ya —seguía sujetando la pinta con demasiada fuerza.
En ese momento salió Ewan de la cocina. Se saludaron efusivamente, dándose golpes en la espalda, como viejos conocidos.
—¿Ya has terminado por hoy? —preguntó Ewan.
—Sí, tampoco había mucho curro. Un par de arañazos por un choque con un árbol. Excepto por la luna que tuvimos que cambiar el sábado al coche de *Ruadh*, no hay mucho movimiento —aclaró.
Me había separado un par de metros para dejarles algo de intimidad mientras me dedicaba a secar unos vasos con un trapo. Al escuchar el apodo de Alasdair no miré, pero puse atención.
—Lo sé, menudo golpe le dieron, ¿no crees? —preguntó Ewan.
Maldito sea el entrometido.
—¡Vaya que sí! Tuvimos que limpiar todo el coche por den-

CAROLINE MARCH

tro, estaba lleno de trozos de cristal. Estuvimos aspirando casi una hora. Además, le costó un pastón. Lo tiene asegurado a terceros y lo tuvo que pagar a tocateja —dio una palmada en la barra.

Me erguí como si me hubieran dado un golpe en la espalda con un palo. ¿Que lo había tenido que pagar él? No era eso lo que me había dicho.

Ewan rio con ganas.

—¿Sabes? No creo que le doliera mucho aflojar la pasta, tío. Por lo menos, esta vez. Supongo que ya sabrá cómo cobrárselo a quien se lo hizo —yo lo miré de reojo frunciendo los labios.

De la boca de William surgió un gruñido indescriptible. Tenían que haberme advertido que aparte del gaélico, los escoceses tenían un lenguaje gutural que a mis oídos resultaba indescifrable.

—¿No crees, Alice? —me volví a mirarlo directamente. Sus ojos brillaban divertidos, ya no parecía el hombre enfadado y gruñón del día anterior.

—Quizá ya se lo ha cobrado —contesté yo con voz demasiado aguda. Me arrepentí en el mismo momento de decirlo, estaba creando una imagen mía que no era la correcta, pero Ewan tenía la capacidad de hacer que quisiera cerrarle la boca con puntas y un martillo cada vez que decía algo.

Ewan abrió la boca, luego los ojos en señal de haber comprendido, pero se mantuvo en silencio. Su gesto se volvió adusto de repente.

—Rosamund necesita ayuda con las cenas —dijo en tono hosco.

—Entendido —contesté, me despedí de William y le di recuerdos para su mujer y su hijo.

Entré en la cocina y el rostro agradable de Rosamund me recibió.

—Hola, querida —me saludó siempre sonriente la cocinera.

—Hola, Rosamund —saludé a mi vez—. ¿En qué puedo ayudarte?

Mi alma gemela

Me dio una fuente de patatas y un cuchillo. No necesité más explicaciones.

—¿Cuándo me vas a enseñar a hacer tortilla española? —preguntó de repente.

—Cuando quieras —contesté—, o cuando quiera Ewan, que es el que manda.

—¡Bah! —exclamó—, con Ewan podemos las dos.

—Verás, he estado pensando esta mañana que podíamos preparar algún tipo de menú español. Ya sabes, como suelen venir turistas españoles... Además, esta semana empieza la Eurocopa. No sé, quizá no es buena idea, pero podíamos aprovechar que vienen a ver los partidos para sacar un surtidos de pinchos y tapas españolas. ¿Tú qué crees? —pregunté tímidamente. Igual me estaba excediendo en mis competencias.

—Me parece perfecto, querida, si me explicas qué son los pinchos y las tapas, no había oído nunca hablar de ellos —replicó con curiosidad.

Le expliqué lo que era un pincho o una tapa y que había una infinidad de formas de prepararlos y presentarlos. Hablamos de cuáles podríamos ofrecer barajando las opciones de los alimentos básicos de Escocia y finalmente nos decidimos por cuatro variedades.

Ilusionadas y emocionadas con el nuevo proyecto llamamos a Ewan para comentárselo. Dejé que se lo explicara Rosamund, que obviamente sabía mejor cómo manejarlo, yo me limité a dar las explicaciones técnicas de cada plato. Él agitaba la cabeza y emitía sonidos guturales a cada pausa de Rosamund. Finalmente, se pasó la mano por el pelo, cogiéndolo con una sola mano en la nuca, gesto que compartía con su primo, y cerró los ojos con gesto de concentración. Rosamund y yo nos miramos, ella levantó el dedo gordo en señal de victoria. Ewan se soltó el pelo, que se le revolvió alrededor de la cabeza, y dijo:

—Me parece una buena idea.

Ambas aplaudimos como dos niñas.

—Pero —expresó alzando la voz— ¿sabréis hacerlo?

—Por supuesto —afirmé yo y le mostré mi mejor sonrisa.

CAROLINE MARCH

Él a su vez me sonrió de una forma misteriosa.
—Si al final vas a ser un pequeño descubrimiento, preciosa.
Yo cambié mi sonrisa por un gruñido, que hizo que él riera a carcajadas.
En ese momento entró como una tromba Deb haciendo que todos nos apiñáramos en la pequeña cocina cómo pudimos.
Su gesto era de desesperación.
—Alice.
—¿Sí? —contesté preocupada.
—Ha llegado un grupo de españoles. No les entiendo nada, creo que quieren unas pintas, pero no dejan de decir oso una y otra vez. ¿Puedes encargarte tú? —preguntó angustiada.
—Claro, ya voy—contesté sonriendo. Para nosotros el término *bear* y *beer*, sonaba exactamente igual y era un error bastante común.
Eran un grupo de cuatro parejas, comprendidas entre los treinta y los cuarenta y cinco años.
—Hola —saludé en castellano.
—¿Hablas nuestro idioma? —preguntó el cabecilla, uno de los hombres más jóvenes.
—Perfectamente, soy española —añadí.
—¡Bien! Estamos salvados —aplaudieron todos.
Yo reí.
Pidieron varias pintas y uno de ellos quiso mezclar el whisky con coca cola. No le dejé, normas del pub. Para que me entendiera le expliqué que era lo mismo que mezclar un reserva con gaseosa, lo comprendió a la perfección. También les enseñé la carta y les expliqué los platos. Hablamos del viaje y de España, del calor que hacía allí y del frío que sentían aquí. Los dejé en una mesa cenando y bebiendo y fui a la barra a recoger un poco.
—¿Lo echas de menos? —preguntó Ewan a mi lado mirándolos.
—Mucho —respondí yo con añoranza.
—¿Aquí estás cómoda? —no había ironía ni malas intenciones en su pregunta.

Mi alma gemela

—Sí —le contesté de forma sincera—, ya empiezo a sentirme como en casa. Me gusta la lluvia y la tranquilidad, es como si aquí el tiempo fuera a una velocidad mucho más lenta. Hacía mucho tiempo que no me sentía así.

—¿Cómo? —preguntó él.

—Desestresada —le contesté yo sin encontrar una palabra que se acercara más a la realidad.

Él levantó las cejas en un gesto interrogante.

—En España —intenté explicarle— tenía la sensación de que mi vida transcurría a contrarreloj y que, sin embargo, nunca me daba tiempo a terminar nada de lo comenzado. Aquí incluso tengo demasiado tiempo libre y me aburro a veces. Y ese es un sentimiento totalmente desconocido, pero agradable para mí.

—Me alegro —afirmó él.

—¿De qué? ¿De que me aburra? No irás a pedirme que haga más horas, ¿no? —pregunté con desconfianza.

—No. Me alegro de que te encuentres a gusto aquí. Pensé que no durarías ni dos días, incluso aposté con *Ruadh* cien libras a que para el siguiente fin de semana habrías abandonado. Por lo visto, ha vuelto a ganar —concluyó con algo de tristeza en la voz.

Lo miré algo desconcertada. Era como un trasgo. A veces un demonio, a veces un duende encantador, pero siempre tenía que mantenerme alerta.

Se volvió y rebuscó en uno de los cajones del aparador de detrás de la barra.

—Toma —dijo.

Me dio dos o tres folletos turísticos de la zona.

—Quizá te sean de utilidad en tu tiempo libre, esto es muy bonito y podrías hacer algo de turismo. Si tengo alguna hora libre, incluso te puedo acompañar —sugirió.

—Gracias —contesté. Cogí los folletos y me los guardé en el bolsillo trasero del pantalón. No estaba muy segura de que me gustase que él me acompañara, pero agradecía su ofrecimiento.

La gente poco a poco fue abandonando el pub, excepto los españoles, a los que tuve que informar de que las reglas sobre el cie-

CAROLINE MARCH

rre eran bastante estrictas. Refunfuñando pero calientes por la cerveza y el whisky se fueron cantando hasta su hotel.

Me cambié y estaba a punto de llamar a Aonghus cuando Ewan me preguntó cómo iba a volver a casa. Le comenté que mi casero se había ofrecido a llevarme. Lo descartó con un gesto de la mano.

—Vamos —dijo cogiéndome del brazo—, te llevaré yo, he traído el Range Rover.

Salimos juntos y dejamos que Deb cerrara. La mirada que me lanzó no fue nada tímida, pero sí claramente molesta. Le hice un gesto de resignación, quería dejarle claro que yo no era ninguna amenaza para ella.

Montamos en el Range Rover y Ewan encendió la calefacción. Condujo en silencio unos minutos.

—¿Nunca has acompañado a Deb a casa?

—No, ¿por qué? —preguntó él extrañado.

¡Ay, madre! Tan listo para unas cosas y tan tonto para otras.

—Por nada, Ewan, no tiene importancia —contesté yo.

Me preguntó la dirección y en pocos minutos me había dejado delante de la casa de los señores Maclehose.

Nos despedimos y desapareció en la oscuridad de la noche.

Yo entré en silencio y desperté a Aonghus, que se había quedado dormido con el sonido de la tele de acompañamiento a sus ronquidos. Se asustó un poco cuando le agité los hombros.

—¿Qué? —exclamó algo aturdido incorporándose.

—Shhh —dije yo poniéndome un dedo en los labios.

—¿Cómo has llegado, muchacha? —preguntó medio adormilado.

—Me ha traído Ewan, creo que es posible que me acerque más días, así que no tendré que molestarlo más —expliqué susurrando.

—No es molestia, muchacha. Me gusta ser útil. Un viejo como yo pocas cosas puede hacer ya —lo dijo con tanta pena que sonreí.

—No se preocupe, si lo necesito alguna noche, lo llamo y ya está, ¿de acuerdo?

Mi alma gemela

—De acuerdo. No se hable más. A la cama, que ya es muy tarde —ordenó levantándose con un gruñido.

Subimos juntos las escaleras y nos despedimos en el descansillo. Yo estaba tan cansada que, sin apenas desmaquillarme, me puse el pijama y me quedé al instante dormida, envuelta en el silencio tranquilizador de Escocia.

Al día siguiente continuó lloviendo. Si bien era cierto que me gustaba la lluvia, empezaba a creer que las palabras de Sofía eran toda una máxima: «Todo en exceso es aburrido, con la única excepción del sexo». Sonreí mientras miraba las gotas de agua deslizarse través del ventanal del pub. Últimamente pensaba mucho en ella, pero ya no con la añoranza desesperada de los primeros meses de ausencia, sino recordando pequeñas anécdotas y acciones.

—¿Has visto un duende? —preguntó Ewan acercándose a mí.

—Sí, a uno muy travieso —contesté con una sonrisa melancólica. Yo siempre llamaba duendecillo a Sofía por su aspecto pequeño y simpático.

Él me miró con una expresión indescifrable. Con su apostura alta, musculosa y rubia podía entender perfectamente que las mujeres babearan a su alrededor, sin embargo, a mí solo conseguía sacarme de mis casillas, fuera cual fuera su comentario. Empezaba a creer que en otra vida fuimos enemigos acérrimos.

—Rosamund ha llegado. Te espera para preparar los menús del viernes.

—Ok, ya voy —dije dejando a un lado las ensoñaciones y dirigiéndome a la cocina.

Allí estuve al menos una hora, discutiendo y planeando la ejecución de los platos. Ella se había ocupado de comprar todos los suministros que le encargué y juntas hicimos por fin la tan ansiada tortilla española. Llamamos a Deb y Ewan para que hicieran los honores.

Esperamos expectantes su reacción. Nadie diría que se trata-

CAROLINE MARCH

ba de una simple tortilla. Para nosotras era como el menú de la boda de un rey.

Deb asintió con una gran sonrisa.

—Me encanta, está muy suave, apenas se nota el sabor de la patata y la cebolla. ¿Puedo coger otro trozo? —yo sonreí encantada y le partí un triángulo.

—¿Se le puede echar tomate o salsa picante o algo así? —añadió Ewan tragando el último trozo.

Yo lo miré disgustada, a lo que él me respondió entrecerrando los ojos.

—¡Tiempo muerto! —exclamó de repente Rosamund—. Mira, hijo, si no sabes apreciar las excelencias culinarias de tus cocineras, es que tienes el hocico de un cerdo y quizá debieras comer lo que ellos —espetó.

—¡Olé! —grité yo.

Los tres me miraron alucinando.

—Perdón, es que me ha salido el gen español —dije algo avergonzada.

Dejé a Ewan discutiendo temas de suministro con Rosamund y salí a ayudar a Deb. La vi intentando alcanzar las botellas de la última estantería detrás de la barra, haciendo equilibrios sobre un pequeño banco de madera de tres patas.

—Eh, eh —murmuré acercándome—, baja o te caerás. Déjame a mí, soy bastante más alta que tú.

Me subí al banco y estirándome comencé a seleccionar y a apartar botellas, dándoselas una a una a Deb para que las dejara en el aparador y así limpiarlas las dos. Entonces la vi, agazapada detrás de la última botella que retiré, una araña de patas largas. Con mucho cuidado rebusqué con una mano libre en mi delantal algo con lo que cogerla. Encontré una servilleta de papel arrugada, intenté estirarla aplastándola contra mi pierna y perdí el equilibrio. Me quedé momentáneamente suspendida en el aire, con un solo pie apoyado en el banco tambaleante y la otra mano sujetando desesperada la balda de madera de la estantería. Emití un grito de auxilio.

Mi alma gemela

Deb soltó la botella que tenía en la mano y corrió hacia mí. No fue lo suficientemente rápida. Cuando estaba a punto de caer, unas manos fuertes me sujetaron por la cintura. Ewan emitió un gruñido y lo oí arrastrar con el pie el banco para que pudiera apoyarme otra vez en él.

—¿Cuánto pesas, preciosa? —preguntó justo a mi trasero.

—No demasiado, por lo visto —contesté belicosa poniéndome de puntillas para atrapar a la araña.

—¿Qué demonios haces? —gruñó a mi espalda sujetándome con más fuerza.

—He visto una araña.

—¿Quieres que la mate? —preguntó solícito.

—No creo que puedas hacerlo si no me quitas las manos de encima. Pero no. No quiero que le hagas daño —él obvió mi alusión a que me soltara y en respuesta apretó más sus manos, estrujándome.

Yo lo ignoré y cogí a la araña con cuidado, atrapándola con la servilleta de papel.

—Suéltame —le dije—, ya la tengo.

—¿Seguro? —preguntó él, indeciso.

—O me sueltas o te pego una patada —contesté furiosa.

Sus manos se abrieron y se apartó un paso hacia atrás.

Yo me giré y salté del banco, aterrizando con precisión en el suelo sin soltar la servilleta en la que se había acurrucado la araña.

Sin mirarlo, me dirigí a la puerta trasera, la que daba al callejón. Él me siguió. Abrí la puerta y la sujeté con un pie. Me agaché y, con cuidado, solté a la araña.

—Vete, arañita, vete —susurré empujándola con suavidad—, vete y cómete muchos bichitos.

Ewan se agachó a mi lado.

—¿Puedes explicarme qué has hecho? —preguntó con más curiosidad que enfado.

—La he dejado libre —dije sonriendo.

—¿A una araña? —preguntó incrédulo.

CAROLINE MARCH

—Sí, pero solo si es de patas largas.
—¿Y si es pequeña y peluda?
—Entonces —lo miré fijamente a los ojos— la aplasto con todas mis fuerzas.
Él reculó un paso.
—Estás completamente loca —exclamó asombrado.
—Mira, me lo han dicho tantas veces en los últimos meses que estoy empezando a creer que es verdad —afirmé resignada.
—Lo normal es que te pusieras a gritar pidiéndome que la matara. Lo sabes, ¿no? —preguntó.
—Pero ¿con qué clase de mujeres te relacionas? —pregunté divertida.
—Con las normales, supongo —respondió él encogiéndose de hombros.
Eludí el velado insulto e intenté explicárselo.
—Es por mi hija, ¿sabes? A ella le gustan las arañas de patas largas, las hormigas, los escarabajos, los ciempiés, las orugas, en general todo lo que se arrastre por el suelo. Así que si alguna araña se cuela del jardín, lo que hacemos es cogerla con cuidado y dejarla en libertad fuera de casa —le miré intentando adivinar si lo había entendido.
—Vale, lo entiendo. Creo. Pero sigo pensando que estás loca. Nunca había conocido a una mujer como tú —lo dijo con asombro, no había maldad en su comentario.
—Eso es porque te dedicas a jugar con niñas y no con mujeres, escocés cabezota —le contesté sonriendo.
Hizo el gesto de un puñal clavado en el corazón y echó la cabeza exageradamente hacia atrás, como si realmente hubiera recibido un impacto en el pecho.
Yo me reí.
—Idiota —musité alejándome. Pero iba sonriendo.
Cuando llegué a casa esa noche, Aonghus me estaba esperando. La verdad es que me dio un susto de muerte, lo encontré sentado en las escaleras a oscuras. Sofoqué un grito y él me hizo el gesto de silencio poniéndose el dedo índice en los labios.

Mi alma gemela

—¿Qué hace aquí? ¿Ha ocurrido algo? —pregunté susurrando.

—Quería hablar un momento contigo, muchacha —contestó como si escondiera un gran secreto—. ¿Subimos a tu habitación?

—Claro.

Nos deslizamos por las escaleras enmoquetadas intentando hacer el menor ruido posible para no despertar a Fiona.

Abrí la puerta de la habitación, encendí la luz y le di paso.

—¿Qué sucede? —inquirí algo preocupada.

Él se balanceó con las manos metidas en la voluminosa bata de paño verde.

—Humsmffsdf —fue todo lo que dijo.

—Vamos —murmuré, animándolo como solía hacer con mi hija cuando esta se mostraba reticente a contarme algo.

—Creo que has encontrado unas revistas un poco picantes —dijo bajando la voz y el rostro a la vez.

—Sí —contesté. Aquello empezaba a ser divertido.

—Pienso que es mi obligación mantenerlas a buen recaudo —explicó mirando al suelo.

—¿Ah, sí? A mí no me importa tenerlas aquí. No me molestan en absoluto —reprimí una sonrisa.

—Bueno, es que... verás... son cosas de hombres, ¿entiendes? —afirmó levantando un poco la vista, pero sin mirarme directamente.

Me agaché y saqué mi maleta de debajo de la cama. La abrí y le entregué el voluminoso conjunto de variadas revistas pornográficas. Como había dicho, eran cosa de hombres y yo no las iba a necesitar para nada.

Las cogió y se las metió dentro de la bata, arropándolas con cariño. Tuve que hacer un gran esfuerzo para reprimir la carcajada que amenazaba con brotar de mi garganta.

—¿No le dirás nada a Fiona? —preguntó con gesto preocupado.

—Nada en absoluto. Es nuestro secreto —contesté. Hice como

CAROLINE MARCH

si me cerrara una cremallera en los labios y con un gesto de la mano tiré la llave.
Él sonrió.
—Sabía que eras gente de confianza. ¿No tendrás familia escocesa?
—No, que yo sepa. Mi apellido se remonta a los tiempos de la Reconquista.
—Bueno, me voy, que tengo cosas que hacer —dijo alejándose unos pasos.
No me atreví a preguntar qué clase de cosas iba a hacer a medianoche, pero me lo imaginaba.
Cuando estaba a punto de abandonar la habitación le sujeté un brazo.
—¿No se molestará su hijo cuando vea que han desaparecido sus revistas? —pregunté.
Aonghus vaciló un momento antes de contestar.
—Mi hijo no tiene nada que ver en esto, muchacha. Ni siquiera conoce la existencia de las revistas —repuso ruborizándose.
Emití un sonido ahogado, pero no dije nada. ¡Vaya con el ancianito!
Lo oí bajar las escaleras y salir al patio trasero, allí un sonido de puerta metálica me indicó que se había metido en el garaje. Desde luego, no pensé ni por un momento que fuera a cambiarle el aceite al coche.
Todavía sonriendo me acosté y cuando estaba fijando la alarma del teléfono, recordé a Carlos. Me fijé en la hora, un poco más de las doce. ¿Sería muy tarde para llamar? Normalmente nos acostábamos sobre esa hora, lo mismo lo pillaba despierto. Lo intenté pensando que si no contestaba a los cuatro tonos, colgaría.
—¿Sí? —contestó con voz adormilada.
—¿Estás durmiendo? —pregunté susurrando.
—Ahora ya no —dijo, pero su voz no sonaba enfadada.
—Te echo de menos.
—Y yo a ti —cuánto deseaba escuchar esa frase.
—¿Cuánto me echas de menos?

Mi alma gemela

—Mucho. Demasiado. Ahora estoy pensando en lo que te haría si estuvieras acostada a mi lado.
—Ah, sí... ¿y qué me harías? —pregunté con voz sensual.
—De todo —su voz se había vuelto ronca.
Suspiré.
—¿Qué llevas puesto? —preguntó.
—Mi pijama de Hello Kitty—dije riendo en silencio.
—¿Y debajo?
—Nada.
—Joder —masculló.
Hubo un silencio y oí a través del teléfono cómo giraba en la cama.
—Tócate.
—¡Qué! —exclamé algo sorprendida.
—Haz lo que yo te diga —sonó imperativo.
—Vale —nunca había tenido sexo telefónico, pero alguna vez tenía que ser la primera, ¿no?
—Sube la mano por el estómago y cógete un pecho. Acaricia el pezón como lo haría yo.
Lo hice, noté como se erguía al contacto con mis dedos.
—Pellízcalo.
—Sí.
—¿Qué sientes?
—Que tengo ganas de más.
—Pasa al otro pezón, no lo dejes abandonado. Acarícialo formando círculos con tus dedos y pellízcalo, con fuerza, hasta que te duela.
—Mmmfmfmf —susurré.
—Baja la mano por tu estómago y métela bajo la cinturilla del pantalón.
Lo hice, sintiendo cómo mi piel y mi cuerpo respondían a las caricias y a la voz de mi marido dictando instrucciones a través del teléfono.
—Quítate el pantalón. Quiero que notes la frescura de las sábanas en la piel.

CAROLINE MARCH

Pataleé para deshacerme del pantalón y noté con excitación el roce de las sábanas. Abrí instintivamente las piernas, palpitando remolinos de calor en mi vientre.

—Baja la mano y acaríciate para mí —susurró.

—Lo estoy haciendo —contesté entrecortadamente, acariciando mi parte más sensible.

—¿Quieres más?

—¡Sí! —casi grité.

—Introduce un dedo y piensa en mí. Es mi mano, nena, mi mano es la que te acaricia y te lleva al placer —ordenó.

Hice lo que me pedía buscando alivio a la tensión sexual de mi cuerpo. Pensé en su mano, pero otra imagen traicionó a mi mente, una mano grande, fuerte, cubierta de suave pelo cobrizo. Una mano experta. Un cuerpo fuerte y musculoso sobre mí, con un pelo largo que me hacía cosquillas en el estómago al inclinarse, un pelo rojo como el fuego. Y una mano que me frotaba con fuerza buscando más, queriendo más, hasta que me convulsioné en un orgasmo repentino que hizo que cerrara las piernas ahogando un grito de éxtasis.

Respirando entrecortadamente a través del teléfono oí un gruñido sordo y supe que él también había llegado.

Nos quedamos unos momentos en silencio, respirando agitadamente, dejando que nuestros corazones recuperaran el ritmo normal.

—¡Joder! —dijo finalmente.

—Ummm —respondí yo.

—¿Cuándo vas a volver?

—Cuando termine el contrato.

—Me estás volviendo loco. Lo sabes, ¿no?

—Yo también te quiero mucho —respondí.

—Este verano se me está haciendo eterno sin ti.

No supe qué responder. Él quería algo que yo de momento no podía darle. No iba a volver, al menos no pronto, no ahora que todo parecía que empezaba a funcionar otra vez y me encontraba a gusto, de hecho muy a gusto, en Escocia.

Mi alma gemela

—¿Estás ahí? —preguntó.
—Sí —contesté yo con voz queda.
—Mañana tengo que trabajar y madrugo —fin del romance.
—Sí, yo también. Te quiero.
—Has estado muy bien, nena. Al final vas a tener madera para la *hot line* —susurró.
—Solo si es contigo —me sentí tremendamente culpable de la mentira.

Nos despedimos con un beso. Dejé el teléfono en la mesilla. Intenté dormir. No pude. Mi cuerpo anhelaba el contacto de otra piel. La piel de Alasdair. Me consolé pensando que quizá fuera fruto de la abstinencia. Pero mucho me temía que ese maldito escocés pelirrojo me estaba empezando a gustar demasiado. Aunque no había hecho nada pecaminoso, en mi fuero interno me sentía culpable, como si estuviera engañando a Carlos.

Frustrada, di un golpe con el puño a la almohada para acomodarme mejor y después de contar todas las ovejas de Escocia me quedé finalmente dormida.

CAPÍTULO 8

Problemas

Al día siguiente me encontraba en la cocina conversando con Rosamund y tomando un té antes de que llegara la hora punta de las cenas, cuando Ewan entró por la puerta de atrás con cara de circunstancias. Ambas nos volvimos a mirarlo, sorprendidas.

—Problemas —expuso simplemente.

—Hijo, si vienes a esconderte en la despensa, déjame decirte que ya eres demasiado grande para caber ahí —contestó en tono maternal Rosamund, señalando al armarito en cuestión.

—¿Alguna exnovia que ha venido a pedirte cuentas? —pregunté yo sonriendo al verlo tan apurado.

—A mí no —dijo en tono brusco.

Pero su brusquedad no estaba dirigida contra mí. Nunca lo había visto de ese modo. Su rostro, por lo general de buen humor, estaba crispado, sus ojos divertidos brillaban con una furia desconocida. Reprimí un escalofrío. Quienquiera que fuese no era bien recibida.

Rosamund lo interrogó con la mirada.

—Mira —murmuró simplemente señalando con una mano el ojo de buey de la puerta de la cocina.

Rosamund se asomó poniéndose de puntillas hasta alcanzar el borde de cristal.

Mi alma gemela

—¡Mala pécora! ¿Cómo se atreve a venir? Después de lo que hizo, la muy...

Teniendo en cuenta el educado lenguaje de Rosamund, que se atreviera a decir de alguien que era una mala pécora significaba para el resto de los mortales que esa mujer era, como poco, la encarnación del maligno.

Mientras ellos discutían en voz baja, mezclando el inglés con el gaélico, con rapidez, gesticulando y dando por supuesto que yo no me estaba enterando de nada, me asomé a ver quién era la susodicha en cuestión.

Quedé sorprendida. Yo solo vi a una mujer sentada en un banco de la barra, una mujer joven, más o menos de mi edad, rubia, con un pelo lacio que le enmarcaba la cara redondeada, vestida con un vestido de punto azul marino sujeto por un estrecho cinturón de piel marrón que se pegaba a la figura marcando cada curva de su delgado cuerpo. Lo único que me llamó la atención fue su evidente nerviosismo. Tenía las manos fuertemente cerradas sobre un bolso negro de piel, que reposaba sobre sus piernas, que cruzaba y descruzaba como si no encontrara la posición correcta o hubiera algo punzante en el asiento. No llevaba medias y calzaba unos zapatos marrones de tacón bajo.

Me volví hacia Rosamund y Ewan, que se habían quedado ensimismados, decidiendo qué hacer.

—Yo no veo más que a una mujer nerviosa con un pésimo gusto para la moda. No creo que sea tan grave.

—Lo es, Alice —contestó Rosamund—. No se cómo ha tenido el valor de presentarse aquí después de tantos años. Esa mujer no trae nada bueno, lo noto aquí —se dio golpes con un puño cerrado en el estómago.

—¿Quién es? —pregunté algo preocupada.

Ambos se miraron dudando si darme la información solicitada.

Me quedé esperando pacientemente.

—Veréis —expuse con gesto resignado—, alguien tiene que salir a atenderla, Deb también se ha evaporado.

CAROLINE MARCH

—Si salgo yo, no sé qué le haría. Pero desde luego, algo no muy bueno —afirmó finalmente Ewan, que seguía teniendo esa expresión de furia contenida, mezclada con un aura de peligro ciertamente inquietante.

—¿Me queréis explicar qué demonios ha hecho para que ambos estéis así? —me estaba empezando a enfadar.

—Esa mujer —explicó finalmente Rosamund con un suspiro— destrozó la vida de *Ruadh*.

—¡Shhhh! —la reprendió Ewan con firmeza—. Ella no tiene por qué saber nada de aquello, y menos por nosotros. Todos juramos que no volveríamos a hablar del tema hace muchos años.

Miré de forma alternativa a uno y a otra. ¿Esa mujer había hecho daño a Alasdair? No necesitaba más información, al menos de momento.

—Yo me encargo —dije empujando la puerta para salir al pub.

—¿Estás segura, querida? —preguntó Rosamund.

—Completamente —contesté con firmeza.

Anduve con paso firme y me metí detrás de la barra. Compuse mi mejor sonrisa falsa y le pregunté:

—Buenas tardes, ¿quiere tomar algo?

De cerca pude observar las marcas de la edad en su rostro. Si bien era cierto que no debía de tener más de tres o cuatro años más que yo, no los llevaba muy bien. Además, se la notaba cansada, como si le faltaran las fuerzas, y nerviosa. Me fijé en que se mordía las uñas, pintadas de un rojo fuerte y descascarilladas en los bordes. Sin embargo, era una mujer bella, con unos bonitos ojos azules que sobresalían bajo una tonelada de khol negro.

Ella me miró como si no existiera, con un gesto de desprecio que descubrí con asombro que debía de ser innato en ella. Me pareció del tipo de personas que siempre te miran por encima del hombro. Bueno, conmigo lo iba a tener difícil, más que nada porque le sacaba más de una cabeza en altura.

—¿Quién eres? —preguntó con voz altanera.

—La camarera —contesté—. ¿Y usted?

—A ti no te importa.

Mi alma gemela

¡Zas! La primera en toda la boca. Fruncí el ceño y contuve mi lengua.

—¿Y va a tomar algo o quizá está esperando a alguien? —lo dije con voz suave, a la vez que sentía que una furia contenida subía por mis extremidades, y reprimí las ganas de abofetearla.

—Un té. No, mejor algo fresco, una cerveza. No, mejor una copa de vino blanco —pidió bruscamente.

Cuando me volví a buscar la botella, me di cuenta de que Deb se había escondido en el hueco entre el fregadero y la cámara frigorífica. Di un respingo. Estaba allí acurrucada, tecleando furiosa en el teléfono. Le hice un gesto que significaba a la vez: estás loca y qué demonios haces ahí debajo. Ella me respondió gruñendo y señalando a la mujer que seguía esperando su vino al otro lado de la barra.

—Mejor algo más fuerte, ponme un whisky, doble —exclamó de repente la mujer rubia, sobresaltándome.

Me volví sonriendo.

—Está bien. Marchando un whisky doble. ¿Alguno en especial?

—Cualquiera estará bien.

Cogí uno de los que menos me gustaban y se lo serví. Se lo bebió en dos sorbos. Aquello al menos pareció tranquilizarla un poco.

—¿Quiere algo más?

—Un té, con unas gotas de limón.

—El «por favor» no estaría nada mal —respondí en castellano. Mala mezcla, whisky con té, pero no repliqué nada.

—¿Qué has dicho? —preguntó ella con gesto adusto.

—Nada, señora —remarqué esta última palabra—, ahora mismo se lo preparo. Si quiere puede sentarse en una de las mesas. Yo se lo llevaré.

—Bien.

Me volví a prepararlo y oí que me llamaba de nuevo. Reprimiendo un gesto de enfado, me volví a girar.

—¿Sí?

CAROLINE MARCH

—¿Está, está... aquí el señor Mackintosh? —su tono se había vuelto vacilante.

—No —contesté demasiado deprisa, y sabiendo perfectamente a quién se refería—. Ewan ha tenido que salir, desconozco si va a volver hoy.

—Me refiero a Alasdair —repuso.

La forma en la que pronunció Alasdair, arrastrando la d hasta convertirla en una e, de forma sensual y con expresión soñadora, hizo que fuertes punzadas de celos se cebaran en mis costillas de manera repentina e inesperada.

—No, no está —dije. No ofrecí más explicaciones.

Pareció desilusionada, quizá demasiado.

—¿Sabes si va a volver?

—No estoy segura. Apenas lo conozco.

—Esperaré en aquella mesa, por si viene.

—¿Quiere que le dé algún mensaje si lo veo o hablo con él? —pregunté. Como por ejemplo, ¿quién narices eres tú?

—No, prefiero hablar con él directamente —se levantó y fue hacia la mesa, sin ningún agradecimiento, obviamente. Aparte del daño que podía haberle causado a Alasdair, a mí de primeras me resultaba antipática, me parecía una mujer estirada y maleducada.

Me puse a preparar el té. Estaba exprimiendo el limón cuando un tirón de la pernera de mi pantalón hizo que me inclinara. Por un momento me había olvidado de Deb, agazapada bajo la barra. Me agaché haciendo que cogía algo del suelo y la miré fijamente.

—Pero ¿qué haces?

—Esa mujer es el demonio. No quiero ni verla. Date prisa en echarla, que me estoy haciendo pis, por los nervios —explicó de forma apresurada.

Reprimí una carcajada.

—¿Con quién te escribes por el teléfono? —pregunté intrigada, viendo como la pantalla brillaba.

—Con Ewan, le estoy informando cómo va la operación: «echar a la guarra del pub» —expuso formalmente.

Mi alma gemela

Me carcajeé en silencio. ¡Cómo eran esos escoceses! La verdad era que yo me estaba divirtiendo bastante.

Cogí la taza de té, llena hasta el borde, y mientras me dirigía a la mesa pensé en cómo deshacerme de ella. Al fondo, en una de las mesas que daban a la cristalera, estaban las hermanas Clarkson observándome con la misma atención que hubieran puesto en el cine viendo una película de acción.

No se me ocurrió otra cosa. Tampoco tuve mucho tiempo para pensar, así que cuando estaba casi encima de ella, fingí un pequeño tropezón y derramé sobre su vestido parte de la taza humeante de té. Ella se echó hacia atrás en la silla sintiendo la quemazón del líquido ambarino. Yo dejé la taza con el resto de la bebida sobre la mesa y me arrodillé a su lado.

—¡Oh, cuánto lo siento! ¡Discúlpeme! ¡Qué torpeza por mi parte! —me excusé con voz demasiado compungida para sonar real.

Cogí varias servilletas de papel. Eran de color granate, dobles, con el escudo de los Mackintosh grabado en negro. Empecé a frotar con fruición, quizá demasiada, la mancha que se agrandaba por su vestido. Conseguí lo que pretendía, que el tinte granate al mojarse las servilletas se trasladara al vestido, dejando pequeños restos de papel pegados a la tela.

—¡Pero qué haces! ¡Déjame! ¡Lo estás estropeando! —me apartó de un manotazo que me escoció en la mano y que me costó un dolor no devolver.

—De verdad, lo siento tanto, tanto... —expresé suavizando mi voz.

—Este vestido me ha costado veinte libras, ¡veinte libras! ¿Sabes lo que es eso?

—Sí, claro, son veinte libras —contesté yo entrecerrando los ojos. Veinte libras, ¡bah! ¿Dónde lo había comprado? ¿En un mercadillo?

—Es probable que donde lo ha comprado queden más de su talla, la talla dieciséis no se agota fácilmente —aduje con maldad exagerando su talla.

CAROLINE MARCH

—¿Dieciséis? —exclamó ella horrorizada—. Utilizo una talla ocho —aclaró. Lo que en España equivaldría a una talla treinta y seis.

¡Ja! ¡Mira guapa, eso no se lo cree ni tu madre! Ella sí que estaba exagerando. Milagrosamente, solo lo pensé y no lo dije en voz alta.

La agarré de un brazo y la levanté. Ella al principio opuso resistencia, pero yo era bastante más fuerte, o quizá el enfado me daba más fuerza.

—Será mejor que se vaya y lo lleve al tinte, antes de que se le estropee del todo —dije arrastrándola literalmente hasta la puerta.

Ella intentó protestar, pero estaba tan sorprendida por mi reacción que no dijo nada. Abría la boca y la cerraba boqueando como un pez fuera del agua, buscando algún insulto apropiado. No le di el tiempo suficiente para encontrarlo.

Abrí la puerta y con un pequeño empujón la eché a la calle.

—Que pase un buen día, señora —apostillé componiendo otra vez una sonrisa completamente falsa.

Ella se quedó un momento observándome tras los cristales. Hubo un cruce de miradas, la suya despreciativa, la mía de furia mezclada con odio. Al fin y al cabo, era española, mi carácter me delataba. Mutuo reconocimiento, nos hicimos enemigas en ese mismo instante, en mi rostro pudo leer toda la repulsa que sentí por ella en un solo gesto. Finalmente, no pudo sostenerme más la mirada, se giró y se perdió calle abajo.

Me volví y suspiré con fuerza. Las hermanas Clarkson comenzaron a aplaudir como dos chiquillas. Sonriéndoles, les hice una pequeña reverencia.

—¿Les ha gustado la función? —pregunté.

—Mucho, querida.

Su entusiasmo era patente. Además, les había proporcionado un jugoso cotilleo que antes de que anocheciera del todo iba a estar en boca de toda la comarca.

Me dirigí a la barra, de donde vi salir disparada hacia el baño

Mi alma gemela

a Deb. A la vez salió Ewan de la cocina y entró conmigo en la barra.

Comencé a recoger alguna consumición y él se acercó a ayudarme.

—Gracias —dijo simplemente.

—No hay de qué.

—Te debo una muy grande.

—No importa. Pero si vuelve con la factura del tinte, corre de tu cuenta —respondí sonriendo.

—De acuerdo —afirmó sonriendo a su vez.

Había vuelto a ser el mismo. La diversión brillaba en sus ojos, con una pizca de preocupación. Por el momento aquella mujer se había ido y le había quedado claro que no era bienvenida, pero ¿volvería?

—¿Por qué lo has hecho? —preguntó mirándome a los ojos.

—Alguien me dijo cuando empecé a trabajar aquí que el Mackintosh era una familia. Y nadie hace daño a mi familia si yo puedo evitarlo —contesté simplemente.

—Eres sorprendente.

—¿Y eso es bueno o es malo?

—Todavía no lo sé —dijo agitando la cabeza, haciendo que su melena oscilara tapándole la frente.

—¿Y ahora me vas a contar qué hizo esa mujer para que todos la odiéis con tanta intensidad? —inquirí.

—No puedo. Me gustaría, pero creo que es *Ruadh* quien debe decírtelo si él quiere. Yo le hice una promesa a *mo brathair* y la voy a cumplir —contestó serio.

Empezaba a entender alguna palabra en gaélico.

—¿Tu hermano? ¿No es tu primo?

—*Ruadh* ha sido siempre mi hermano y siempre lo será —su mirada era intensa.

—Lo entiendo —murmuré. Estaba pensando en Sofía, ella y yo no compartíamos lazos de sangre, pero algo mucho más profundo nos unía.

—Estaré en el almacén un buen rato, ¿puedes hacerte cargo?

CAROLINE MARCH

—Sí, claro, también está Deb.

Seguí recogiendo unos minutos, rumiando qué era aquello que había sucedido hacía varios años entre esa mujer y Alasdair y por qué tanto secreto. Recordé un retazo de conversación con Rosamund, que había mencionado algo de un problema con una mujer, ¿sería aquella? Buscaba desesperadamente algo de información cuando la información estaba literalmente delante de mis narices. Dirigí mi mirada hacia las hermanas Clarkson, que seguían sentadas en la misma mesa, cuchicheando. Si alguien lo sabía, tenían que ser ellas. Recurrí a la mejor fuente de información de todas las Highlands, el Archivo Histórico viviente.

Serví dos copitas de jerez y me dirigí a su mesa sonriendo.

—¿Les apetece? —levanté las copas.

—Claro que sí, querida, después de este espectáculo, mejor algo fuerte para calmar los ánimos —agradeció Donella.

—¿Les importa si me siento un momento con ustedes?

—Siéntate, siéntate —asintió la mayor, golpeando con una mano ajada por la edad una silla a su derecha.

—¡Qué mujer más desagradable! —comencé. No tenía mucho tiempo antes de que saliera Ewan del almacén, así que tenía que ir al grano.

—¡Uy, sí, querida! ¡De lo más desagradable! —convino Caristìona.

—¿Sabes que te has ganado una formidable enemiga? —intervino Donella.

—Bueno, parece inofensiva —comenté yo al descuido.

—El veneno viene siempre en frasco pequeño, no lo olvides —afirmó ella.

Las estaba perdiendo. Así que volví al tema principal.

—Es que después de lo que dicen que hizo... —lo dejé en suspenso esperando que ellas acabaran la frase.

—De lo que hicieron. Que su padre tuvo mucho que ver, también —habló la de más edad.

—Pobre, *Ruadh*, ¡cómo lo tuvo que pasar en la cárcel! —exclamó Donella.

Mi alma gemela

—¿En la cárcel? —se me atragantaron las palabras.

—No exageres, Donny, solo fueron dos días y estuvo retenido en el cuartel de la policía —repuso su hermana.

—¿Y no es lo mismo? —inquirió Donella.

—No, porque intervino su madre, que vino desde... ¿dónde se había ido?, ah, sí, ya recuerdo, estaba en Italia, con ese, ese... bueno, no recuerdo cómo se llama, y su tío, el padre de Ewan, que sí que tenía bastante influencia, y al final ella retiró los cargos —terminó Caristìona.

Me había perdido del todo. ¿Cárcel? ¿Italia? ¿De qué hablaban?

—Aileen siempre fue una golfilla —censuró Caristìona.

Bueno, por lo menos había conseguido el nombre de la susodicha.

—Es cierto, lo persiguió y persiguió hasta que consiguió lo que quería —afirmó su hermana.

—Es que *Ruadh*, cuando vino aquel verano de la universidad, ¿cuándo fue?, 1996, no, 1997, estaba muy guapo. Ya no era el joven altiricón y delgado de cuando se fue a Saint Andrews, sino que vino convertido en un hombre, un hombre muy guapo y fuerte, debo añadir. Con ese pelo tan corto y esa cazadora de cuero, siempre con un cigarro en la boca...

Caristìona estaba lanzada. No quise interrumpir, una imagen fugaz de un joven pelirrojo fumando apareció en mi mente y desapareció con la misma velocidad, como si quisiera recordar algo olvidado hacía mucho tiempo.

—Mi hijo, el pequeño, estudiaba en el mismo curso que Aileen, ¿recuerdas lo buen estudiante que era? Total, para que luego se metiera a carpintero, es que yo a los jóvenes no los entiendo. El caso es que me dijo que durante todos los años de secundaria ella había estado total y desesperadamente enamorada de *Ruadh,* que era una pesadísima, bueno, él utilizó una palabra muy fea para referirse a ella, dijo que era... —Caristìona miró hacia los lados por si alguien nos escuchaba, no hacía falta, estábamos solas en el pub, solo estaba Deb en la barra y desde allí no se oía nada.

—Una calientabraguetas —terminó su hermana por ella.

CAROLINE MARCH

Yo me eché hacia atrás en la silla, pero no dije nada. Estaba subyugada por la historia, aunque me costaba un poco seguirle el ritmo.
—Sí, eso. Pero que se puso especialmente inaguantable el año que *Ruadh* se fue a la universidad, que andaba como alma en pena por los pasillos del instituto y eso que era una de las chicas más populares, podía haber elegido a cualquiera, pero desde siempre fue él, no existió otro. Finalmente, cuando el joven *Ruadh* llegó a pasar el verano con sus abuelos, ¡pobres!, aquello casi los mató del disgusto, se hicieron novios, ya sabes, del todo... —exclamó Caristìona mirándome.
—¿Y? —pregunté yo susurrando.
—Pues que completaron su amor.
—No entiendo —dije desconcertada.
—Que ella se quedó embarazada —terminó su hermana por ella.
Abrí los ojos desmesuradamente ¿Alasdair tenía un hijo? ¿Con esa? Eso me sorprendió más que lo de la cárcel.
—Estaban enamorados —reprendió Caristìona a Donella—. Al final *Ruadh* se enamoró, fíjate que nunca creí que fuera su tipo de mujer, porque Aileen siempre será una niña consentida, pero era tan frágil y tan dulce de jovencita... Siempre andaban perdidos por los valles.
«Ya», pensé yo, «y no precisamente cogiendo setas». Ramalazos de celos estrujaban mis entrañas.
—Creo que él quería protegerla, siempre ha sido así, con todos, yo creo que es por haberse quedado solo tan pequeño. Además, el padre de Aileen era de armas tomar, recto y severo como una vara de medir y demasiado estricto para algunas cosas —su gesto se había vuelto soñador, como si lo estuviera reviviendo de nuevo.
—Cuando él supo que la había dejado embarazada, hizo lo que todo buen hombre hace —prosiguió Donella.
«¿Huir?», pensé yo, aunque no creí que fuera el estilo de Alasdair.

Mi alma gemela

—Se presentó en casa de los padres de Aileen con un anillo y les pidió la mano de su hija, les dijo que iba a dejar de estudiar y que buscaría un trabajo para poder hacerse cargo de ella y del bebé que estaba en camino. No se cómo tuvo el valor, encararse con ese hombre, pero los Mackintosh son así, duros como piedras y leales hasta la muerte, es la herencia del clan —siguió contando Donella.

—¿Y qué ocurrió para que todo saliera tan mal? —pregunté, deseando más información.

—Los padres se negaron, hubo lloros y discusiones. Aileen estuvo encerrada más de una semana en casa —contestó Caristìona. Mi mirada pasaba de la una a la otra como en un partido de tenis.

—Seguro que recibió más que gritos —sentenció Donella aludiendo a un posible maltrato. Por un momento, pero solo un momento, sentí lástima por ella.

—¿Recuerdas aquel domingo? —preguntó Caristìona dirigiéndose a su hermana.

—Sí, lo recuerdo perfectamente. Yo había venido a visitaros y la que se formó en el pueblo es difícil de olvidar —repuso Donella.

Ambas callaron recordando. Yo supliqué en silencio. «¡Ahora no, por Dios! Que sigan con la historia».

—No se cómo lo haría, lo de llevársela, digo —intervino Caristìona.

—Probablemente, Ewan tuviera mucho que ver, seguro. Conociendo a ambos, planearían juntos hasta el último e insignificante detalle —contestó su hermana.

—Sí, pero fracasaron —respondió Caristìona.

—¿Qué fracasó? —pregunté yo, deseosa de obtener algo más.

Ambas me miraron como si se dieran cuenta por primera vez de que estaba sentada a su lado.

—Creo que estamos hablando demasiado —dijo Donella.

—Sí —convino su hermana.

—No, en absoluto —repuse yo con firmeza—, no pensarán

dejarme ahora con la intriga, ¿no? Al fin y al cabo, ya estoy metida en el asunto como una más.

Las dos hermanas intercambiaron una mirada de complicidad.

—Tienes razón, muchacha —apostilló la mayor.

—Aileen y *Ruadh* huyeron aprovechando que sus padres habían ido a misa un domingo a finales de agosto. Se celebraba la fiesta de la cosecha y el pueblo estaba lleno de turistas, los últimos coletazos del verano impulsaron la llegada de gente a disfrutar del buen tiempo. Según explicaron después, su intención era llegar a Londres y allí pasar desapercibidos y casarse. Una vez que el bebé naciera ya retomarían el contacto con sus familias. Pero no salió bien. Aileen se arrepintió durante el viaje y cuando *Ruadh* paró a repostar, aprovechó para llamar a su padre y decirle dónde estaban. Los cogieron poco antes de cruzar la frontera. A él lo trajeron esposado en un coche de policía. Nunca olvidaré su rostro descompuesto y herido cuando vio a sus abuelos y a su madre esperándolo aquí —terminó Caristìona.

—Pero ¿por qué lo detuvieron? —pregunté intrigada.

En realidad no había hecho nada malo, incluso a mi parecer había actuado bastante mejor que cualquier joven de su edad.

—Ella presentó cargos por secuestro y violación. Seguramente, siguiendo las instrucciones de su padre —aclaró Donella.

—¡Qué! —exclamé casi gritando—. Pero será..., la muy...

—Todo el pueblo se volvió en su contra. Cada uno de nosotros había sido testigo de cómo ella lo incitó y persiguió sin descanso y de cómo no había habido nada de violencia en esa relación. Aun así, lo detuvieron y Alasdair tuvo que cargar con el peso de la acusación. Su madre decidió enviarlo fuera del país. ¿Dónde fue, Donny? ¿A Francia? —preguntó Caristìona.

—A España —respondí yo en su lugar. Recordé nuestra conversación a la orilla del Loch Ness, ahora todo parecía cobrar sentido.

—Ah, sí, es cierto. Estuvo un año en España. Volvió completamente cambiado. Como si se viera obligado a llevar una pesa-

Mi alma gemela

da carga sobre sus espaldas. Ahora casi parece el mismo joven que un día fue, pero siempre queda algo. No le gusta venir mucho por aquí, siempre encuentra a alguien que le recuerda lo sucedido, que sospecha que pudo existir violación. Las historias se difuminan con el tiempo y no siempre queda la verdad de ellas, la naturaleza del ser humano nos inclina a recordar lo morboso y escabroso de la situación —terminó Donella.

—¿Qué pasó con el bebé? —pregunté yo de repente, sacándolas de su súbita ensoñación.

—Ellos dicen que lo perdió, pero quién sabe, lo más seguro es que la hicieran abortar. Se llevaron a Aileen a Aberdeen a vivir con una tía suya, allí se casó y no había vuelto por aquí desde entonces. El que haya venido ahora no es buena señal, no, no lo es —contestó Caristìona.

Ahí tenía razón. ¿Qué demonios buscaba esa mujer de Alasdair? Por lo que yo había observado ya no llevaba anillo de casada. ¿Buscaba el perdón o quizá retomar la relación perdida?

Estaba sumida en mis cavilaciones cuando una sombra se acercó por detrás y oí la voz suave y profunda de Ewan.

—¿Divirtiéndote, preciosa?

Me giré hacia él. No quise hacer ningún comentario sarcástico. No era el momento.

—Vamos, hay trabajo —me cogió por el brazo y me levantó.

De camino a la barra, me susurró:

—Te las has apañado para enterarte, ¿verdad? —su voz sonaba a la defensiva.

—Sí —le dije.

—¿Y qué piensas? —inquirió él.

—Que debí arrojarle todo el contenido de la taza de té y romperle el plato en la cabeza. Pero ya es demasiado tarde —exclamé pesarosa.

Él rio.

—Quizá no lo sea. Aileen volverá, estoy seguro. Busca algo de Alasdair y tiene la misma mirada de desesperación que cuando lo perseguía con diecisiete años. No le digas que ha venido.

CAROLINE MARCH

Tenemos que ganar algo de tiempo y averiguar qué es lo que quiere —me advirtió pasándose la mano por el pelo con gesto de cansancio.

—No diré nada. No te preocupes, puedes contar conmigo —afirmé.

—Lo sé —me sonrió.

Ambos volvimos al trabajo, ya empezaban a llegar grupos de turistas hambrientos y sedientos.

En el trayecto a casa ambos permanecimos silenciosos, perdidos cada uno en nuestros propios pensamientos. Su gesto era de preocupación, estaba en tensión, lo notaba por la brusquedad de su forma de conducir. Yo en cambio tenía una amalgama de sentimientos contradictorios bullendo en mi interior como el caldero de una bruja. Por un lado se mezclaba el instintivo rechazo que había sentido por Aileen nada más conocerla, sin saber siquiera qué había hecho para no ser bien recibida, por otro, la pena por Alasdair, tan joven, lo imaginaba solo y desamparado en un país extraño, obligado a separarse de todo lo que conocía, alejado de la mujer que estaba segura seguía amando y de su hijo nonato, y para colmo aquellos malditos celos que me estrangulaban la garganta de una forma desconocida para mí hasta ese momento. En cierta forma sentía que allí, en Escocia, era más libre, que mi cuerpo y mi alma se estaban despertando de un largo letargo y que, después de muchos años de oscuridad, empezaba a ver una pequeña luz al final del túnel. Y eso me asustaba, y mucho. Mi pequeño mundo de costumbres sencillas y tranquilas, en el que todo estaba marcado por un horario de internado suizo, se estaba deshaciendo y me sentía algo perdida, como si yo no fuese esa mujer, sino otra actuando en mi lugar.

Al día siguiente Deb, Rosamund y yo seguíamos alertas esperando que Aileen se presentara de nuevo. A esas horas ya lo sabrían todas las Highlands, dada la velocidad con la que corrían las noticias suculentas en esa parte del mundo.

Mi alma gemela

Ewan nos tranquilizó, diciendo que Aileen no iba a volver por el momento, que había estado haciendo averiguaciones, no especificó cuáles, y durante unas semanas podíamos estar tranquilas. Nos habíamos convertido en un equipo, un equipo de protección hacia un inocente y ausente Alasdair. Aquello nos unió un poco más, teníamos un objetivo común, en el que me incluyeron sin mediar pruebas de valor o confianza.

Aquel día conocí a Jorge. Lo estaba atendiendo Ewan cuando yo salí de la cocina de tomar un tentempié a media tarde. Me estaba aficionando demasiado a los pastelitos de Rosamund, eran deliciosos y una fuente de calorías que si la hubiera traspasado a un papel parecería la tabla de multiplicar. Mi trasero se estaba redondeando por momentos, casi podía notar tras la ingesta de uno de los maravillosos pasteles de arándanos dónde se iba aposentando la masa.

Ella sabía lo que me gustaban y siempre me dejaba alguno escondido en la cocina. Yo intentaba rechazarlos con educación, pero siempre picaba.

—Engordan demasiado —decía con la boca llena del manjar dulce y esponjoso.

—No, querida, no engordan ellos, engordas tú —y se reía como una chiquilla.

Yo hacía una mueca en contestación y ella replicaba que había llegado en los huesos y que se había propuesto que al final del verano tendría carne sobre ellos. Lo que no había aclarado era cuánta y ya me veía regresando con la misma imagen que el muñeco de la Michelín.

—Ayuda —masculló simplemente Ewan cuando entré detrás de la barra.

—Pero si es solo un chiquillo, Ewan, ¡habrase visto! ¡Tú, todo un montañés! —repuse sonriendo.

Él farfulló algo en gaélico y se marchó a la cocina.

—¿Qué vas a tomar? —pregunté en mi idioma cuando nos quedamos solos.

—¿Cómo sabes que soy español? —fue su respuesta.

CAROLINE MARCH

Reí. Aunque no lo había oído hablar, todo en él me recordaba a España, llevaba uno de esos pantalones cargo, que a mí me parecían más adecuados para los bebés que utilizaban pañales que para adolescentes, el pelo corto y negro, dos anillas en la oreja izquierda y otra más en la comisura del labio, incluso creí verle un piercing en la lengua cuando habló.

—Mira, llevas una camiseta que pone literalmente: *Nena, yo soy lo mejor que te puede pasar esta noche,* en castellano. Permíteme que te diga que eso en España no creo que te sirva de mucho, pero lo que es aquí en Escocia, nada de nada —respondí.

Él enrojeció un poco y se tapó con la cazadora vaquera.

—No se te escapa una, nena —me contestó recuperando la apostura.

—Señora, para ti, o Alicia si lo prefieres, nena dejé de ser hace mucho más tiempo del que me gusta recordar —respondí sonriendo.

—Oh, vale... Alicia —dijo enrojeciendo de nuevo.

—Bueno, ¿y qué quieres tomar? —pregunté otra vez.

—Una birra —contestó firmemente.

—No.

—¿Por qué? ¿No eres la camarera?

—Sí, lo soy, pero no puedo servir alcohol a menores de edad.

—Tengo veintiún años —dijo irguiéndose en el banco.

—Y yo soy la reina de Inglaterra y ya ves, aquí estoy sirviendo copas —contesté sonriendo.

—De verdad, tengo veintiuno.

—Enséñame el DNI y así no habrá más problema, ni para ti ni para mí.

—No lo llevo encima —vaciló él.

—Si tuvieras veintiuno lo llevarías —contesté yo con mi mejor tono de madre autoritaria.

—¡Esto es una mierda! ¿No puedes darme una? Solo una, por favor...

—No, no puedo. Aquí las leyes son bastante más estrictas. No quiero perder mi trabajo. ¿Te sirvo un refresco entonces?

Mi alma gemela

Hizo un mohín. La verdad es que me caía simpático y tenía valor, ya que había intentado enredar a Ewan, que era un hueso duro de roer.

—Ponme una coca, que eres peor que el Geyperman ese rubio —respondió finalmente.

Yo me eché a reír. ¿Geyperman? Vaya, le iba que ni pintado.

—¿Tenéis algo de comer que sea normal? —preguntó mientras yo le servía la coca cola.

—¿Tan normal como un pincho de tortilla?

—¡Sí! ¿Tenéis?

—Tenemos.

—Bien, pues los próximos tres meses añadid un cliente asiduo —exclamó contento.

—Me lo apuntaré —contesté con una franca sonrisa.

Le hice un gesto a Ewan, que salía en ese momento de la cocina, para que me acercara un pincho de tortilla. Él puso los ojos en blanco y musitó: «¡Españoles!».

—¿Estás estudiando... umm?

—Jorge, pero llámame George, porque estoy harto de que pronuncien mi nombre como «gerge». Y sí, estoy estudiando, voy por las mañanas a una academia y por las tardes tengo tiempo libre, demasiado, la casa donde me han mandado mis padres es un aburrimiento. Tienen cuatro niños pequeños y un mastín, ¿te lo puedes creer? —preguntó abriendo desmesuradamente los ojos, pareciendo más joven todavía.

—Lo creo. Además, el perro en cuestión está intentando comerse una de nuestras sombrillas —le señalé el exterior.

Ambos miramos fuera, donde había un mastín color canela casi más grande que yo empeñado en arrastrar una sombrilla fijada al suelo con un bloque de cemento para hincarle el diente a tan suculento bocado.

—Sí, es que me agobio en esa casa y suelo ser yo quien lo saca a pasear. Este verano va a ser el peor de mi vida, todos mis colegas disfrutando de vacaciones y de playa y yo aquí encerrado. Tú eres de las más jóvenes que he visto por los alrededores —enterró su cabeza en el refresco, pesaroso.

En ese momento entraron las hermanas Clarkson seguidas por una joven, que supuse que sería la nieta de Caristìona.

—No todo está perdido —murmuré dirigiéndome a Jorge—. Mira —le señalé la jovencita.

Sus miradas se cruzaron y ambos retiraron la cara a la vez. Reprimí una sonrisa.

—¿Quieres que te la presente? Quizá ella conozca más gente de tu edad —pregunté.

—¿Lo harías? —su voz sonaba anhelante. Yo reconocía perfectamente ese sentimiento de soledad, así que encomendé mi alma a San Antonio, patrón de los novios, y contesté:

—Claro. Por cierto, las clases no han terminado todavía en España. ¿Qué haces tan pronto aquí? —pregunté con curiosidad.

—Oh, quiero estudiar Arquitectura, la nota no me llega y voy a repetir curso para mejorarla, por lo menos la de inglés. Así que tengo que aprovechar estos tres meses y, si puedo practicar con una nativa, mucho mejor, ¿no crees? —me guiñó un ojo.

—Claro, claro. Aunque depende de lo que practiques —por un momento pensé que quizá me estaba metiendo en un lío. La nieta de Caristìona había sido exiliada por conducta no muy decente en su instituto.

Nos interrumpió Ewan, que se dirigió a Jorge.

—¿Puedes decirme qué significa capullo? —lo dijo en un inglés claro intentando pronunciar de forma lenta para que el joven lo entendiera. Jorge, por el gesto que hizo, lo comprendió a la primera.

Me mordí el labio inferior. ¡Mierda!, pensé que ya se le habría olvidado.

Jorge nos miró a Ewan y a mí de forma alternativa. Yo no tenía mucho margen de maniobra, pero medio escondida detrás de la enorme espalda de mi jefe intentaba hacerle gestos de que no se lo explicara.

Mi alma gemela

—No sé cómo explicarlo en inglés —me dijo a mí en castellano.

—Necesito que le digas que significa que tiene el pene muy grande, ¿lo entiendes? Díselo aunque sea con gestos, por favor —hablé deprisa, sin darle tiempo a Ewan a que pillara ninguna palabra.

—¿Qué le has dicho? —preguntó Ewan, mirándome con los ojos entrecerrados.

—Nada, nada, solo que dice que no sabe cómo se dice en inglés, así que le he sugerido que te lo explique con gestos. Él pareció dudarlo, pero se volvió a Jorge.

Este, haciendo gala del desparpajo que solo poseen los adolescentes, le especificó gráficamente lo que significaba tener el pene grande, de hecho demasiado gráficamente, ya que atrajo la atención de la joven nieta de Caristìona, que dejó de lado su inseparable teléfono móvil para centrase en los movimientos de mi joven amigo español.

Cuando terminó la explicación, Ewan parecía bastante convencido.

—Ok, os creo —nos dijo a ambos. Yo solté el aire que había estado reteniendo como una bola en los pulmones.

Cuando Ewan se alejó para atender a otro cliente, oí la voz de Jorge.

—Esta me la debes.

—¿Y qué quieres? —lo miré desconfiando.

—Una birra no estaría mal —contestó de forma descuidada.

Busqué una cerveza embotellada de la cámara frigorífica y se la pasé por el reservado de camareros.

—Maldito chantajista —susurré al entregársela.

—Y ahora, ¿me presentas a esa nena escocesa? —sonrió con suficiencia, sacando la lengua y mostrando el piercing metálico que la atravesaba.

Lo llevé a la mesa de las hermanas Clarkson e hice lo que me pidió, comentándoles primero a su abuela y a su tía que estaba solo allí y que no conocía a nadie de su edad y, sobre todo, si les parecía bien que se lo presentara. Se mostraron encantadas. Jorge saludó a las con dos besos, lo que hizo que las mayores enrojecieran y que la joven se pasara la lengua por el labio. Vaya, por lo menos ya tenían algo en común, otro piercing adornaba su lengua. Por algo se empieza, pensé.

Un poco más tarde me encontraba en la cocina preparando las cenas cuando entró Ewan.

—¿Haciendo de casamentera? —su tono era de diversión.

—Sí, pero espero no acabar como *La Celestina* —contesté, obviando que no iba a entenderlo.

—Espero que no —afirmó.

—¿Has leído a Fernando de Rojas? —pregunté yo estupefacta.

—Sí. ¿Te extraña? —me miró confundido.

—Bastante, pero *El Quijote* no, ¿verdad?

—También, aunque me costó bastante, traducido pierde su gracia caballeresca —repuso sonriendo

—Esto... ¿el *Ulises* de Joyce? —aventuré.

—Claro, sobre él centré mi tesis de la universidad —sonrió él al verme totalmente desconcertada.

—¿Qué has estudiado, Ewan? —pregunté de pronto.

—Soy profesor de Lengua y literatura inglesa, ¿por qué?

Si me hubiera dicho que era Jack el Destripador no me habría quedado tan sorprendida.

—¿De verdad? —inquirí.

—Sí.

—Eres toda una caja de sorpresas.

—Tú también.

—No, yo soy muy normalita —contesté.

—Eso te crees tú —respondió con una luz divertida bailoteando en los ojos.

—Y yo que pensé que el nuevo apodo que te han puesto hoy te iba a las mil maravillas...

—¿Cuál es? —inquirió frunciendo los labios.

—Geyperman —contesté yo.

Mi alma gemela

—Es bastante más acertado que el Ken de Barbie, guapa —sus ojos estaban fijos en mí.

—¿Eres soldado? —pregunté estúpidamente.

—Capitán del 79 Regimiento de Infantería escocés, en reserva, a su servicio, señora —asintió inclinando la cabeza.

—No me lo puedo creer —murmuré más para mí que para él.

—Créelo. Con una sola mano podría matarte —flexionó su mano una y otra vez cerca, muy cerca de mi rostro.

—Espero que no tengas esas intenciones —dije, más divertida que asustada.

—De momento no, pero hay veces que quisiera... —lo dejó en suspenso. Su mirada se había vuelto oscura e intensa.

Ambos escuchamos que Deb nos llamaba desde fuera. Salvados por la campana.

Cuando me dejó en casa esa noche yo todavía lo miraba con gesto sorprendido. Empezaba a creer que esa fachada de chulito de playa era eso, solo una fachada, y que si rascabas un poco podías descubrir a un hombre muy diferente. Normalmente hasta que abría la boca.

—Estás engordando —su tono era casual y seguía mirando al frente.

Quise darle alguna excusa del tipo: «es que retengo líquidos», «se me ha encogido el pantalón al lavarlo», algo así, pero decidí ser sincera, tampoco me importaba engordar unos cuantos kilos.

—¡Qué observador! —le contesté de forma sarcástica.

—Te has desabrochado el primer botón del pantalón al sentarte en el coche. Es obvio —contestó él.

—¡Pues gracias por el piropo!

—De nada, si a mí me gusta, cuando llegaste se te marcaban hasta los huesos de las costillas, ahora ya tienes todo un poco más... redondeado —percibí un tono de risa en su voz.

Me recliné en el asiento, enfurruñada.

—Hoy he visto el tiempo y parece que tendremos unos días de sol. ¿Te apetece cogerte mañana el día libre? Puedes aprovechar

CAROLINE MARCH

y hacer alguna de las rutas que te propuse —el súbito cambio de tema me dejó un poco descolocada.

—Oh, bien, si no me necesitáis... —expresé no muy segura.

—Nos apañaremos, este fin de semana va a ser complicado. Empieza la Eurocopa y emitiremos todos los partidos, así que tendremos lleno hasta la bandera el pub y te necesitaremos a pleno rendimiento. No te preocupes, que cobrarás lo mismo que si trabajaras ese día —explicó.

—Gracias. Pues entonces, nos vemos el viernes —dije viendo que acababa de aparcar el coche frente a la casa de mis caseros.

—Hasta el viernes. Pásalo bien —me deseó con un guiño.

—Sí, adiós —me bajé del coche y entré en la casa a oscuras.

La verdad era que me vendría bien descansar un poco y tener un poco de tiempo libre para mí. No estaba acostumbrada a trabajar tanto tiempo de pie y mis músculos empezaban a resentirse. Contenta, subí a mi habitación y caí rendida en la cama.

CAPÍTULO 9

Una urraca tuvo la culpa

El jueves amaneció soleado, como había pronosticado Ewan. Con el sol, mi ánimo mejoró bastante y planeé mi excursión con ilusión. Revisé los folletos y me decidí por una ruta que exploraba las colinas circundantes. Según explicaba no había pérdida, ya que si no me desviaba del camino rural, podría tener excelentes vistas de Great Glen. Para comenzar, me pareció el mejor y no suponía mucha dificultad.

Salí sobre las doce del mediodía, después de haber preparado una mochila con una manta de viaje, botellas de agua y el almuerzo. Pretendía volver sobre media tarde, para aprovechar y llamar a casa y también descansar un poco, después de llevar varios días acostándome muy tarde. Me vestí con unas mallas negras, una camiseta blanca, una sudadera también negra y unas zapatillas de deporte. Me puse las gafas de sol, olvidadas hacía varios días, y emprendí la marcha, ayudada por un plano que me había prestado Aonghus.

Pedaleé una hora y media más o menos, subiendo colinas y atravesando valles verdaderamente hermosos. No era un paisaje de cuento de hadas, era un paisaje salvaje e inhóspito, de incomparable belleza. Tierra de duendes y druidas, de valles llenos de brezo en flor y rocas sobresalientes, envueltos en la bruma que

Mi alma gemela

transmitían una atmósfera de misterio. Tierra de secretos y de lucha, de hombres rudos y supervivientes, cada uno de los montañeses escoceses había dejado su impronta en aquel paisaje tan desolado y a la vez tan lleno de vida.

Encontré un pequeño bosquecillo de serbales a la orilla de un riachuelo de aguas claras y cristalinas, un pequeño cúmulo de rocas le daba el aspecto perfecto para descansar.

Extendí la manta y esparcí mi almuerzo. Como no sabía muy bien lo que iba a necesitar o lo que me podía apetecer, había echado un poco de todo. Algo de fiambre, queso, fruta, pan y carne empanada. Como postre, unas barritas de chocolate, para los tirones musculares, me dije.

Comí en un agradecido silencio, arrullada por el único sonido del agua correr cerca de mis pies y el piar de los pájaros entre los árboles. Cuando terminé me tumbé a descansar un poco, antes de retomar la ruta. El sonido del viento ululando entre las hojas y la suave caricia del sol en el rostro hicieron que me relajara de tal modo que me quedé completamente dormida.

Desperté con la sensación de que algo o alguien estaba a mi lado. Abrí los ojos desorientada, ya no había sol, mejor dicho algo me tapaba el sol. Y ese algo parecido a un látigo peludo me golpeó la cara. Eso hizo que despertara de golpe. Me incorporé bruscamente para encontrarme con la cara a escasos centímetros del trasero de una vaca de las Highlands, a las que yo llamaba cariñosamente las vacas hippies por las melenas que portaban.

Maldije en voz baja. Intenté arrastrarme hacia atrás para separarme del animal. No pude, ella había colocado una de sus pezuñas entre mis piernas abiertas mientras su rabo se balanceaba de un lado a otro muy cerca de mi rostro. Me quedé quieta, rezando para se fuera, lo que no parecía ser su intención, ya que se estaba zampando lo que quedaba de mi manzana y parecía que iba a continuar con el trozo de queso y ¡no, Dios mío! mis barritas de chocolate. «¿Las vacas comen chocolate?», pensé en un instante surrealista.

La vaca decidió girarse en ese momento y, moviéndose con

lentitud, se situó frente a mí. Levanté la vista y nos quedamos mirándonos fijamente, ella a mi cara aterrorizada y yo a esos enormes cuernos que tenía.

¡No era una vaca, eso era un toro de lidia! Tampoco podía asegurarlo a ciencia cierta, pero ¿las vacas tenían esos cuernos tan grandes y retorcidos?

Empecé a entender que quizá estuviera en peligro, el corazón me martilleaba en el pecho con tanta fuerza que creí que la vaca en cuestión se había quedado quieta porque estaba escuchando una marcha militar.

Ambas seguíamos mirándonos, ella con expresión curiosa, o eso me pareció al vislumbrar, observando bajo todo aquel pelo unos ojillos marrones demasiado pequeños para el tamaño del animal, yo con una expresión de absoluto terror.

—Vaca, vaquita... psspssss, tranquila, guapa, preciosa... vamos, vete, vete a comer hierbita rica —le hablé como hablaría a un gatito, pero no era un gato, era una vaca y estaba hambrienta.

Giró la cabeza y casi me sacó un ojo con uno de los cuernos. Emití un grito de terror. La vaca, probablemente molesta por el sonido de mi boca, me respondió con un mugido que me dejó medio sorda.

Decidí que era hora de tomar una decisión y no se me ocurrió otra que agarrar con fuerza mi mochila, arrastrarme hacia atrás, levantarme lo más rápidamente que pude y huir a la velocidad del rayo.

No llegué muy lejos. Más bien no llegué a ningún sitio. Al primer paso, mi zapatilla se quedó clavada en una boñiga de vaca, probablemente de mi vaca acosadora, y caí cuan larga era de bruces al suelo.

Estando ahí tumbada y dolorida, oí varias vacas más mugiendo. ¿Estarían riéndose de mí? Probablemente. Yo si fuera vaca también lo haría.

Me incorporé temblando. Había cinco, no, seis vacas que se acercaban trotando a recibirme. Me sentí como el juguete de un perro de presa. Puede que quisieran vengarse de lo que les hacía-

Mi alma gemela

mos a los toros en España. No podían llenarme de banderillazos, pero sí dejarme como un colador.

Me levanté de un salto y salí corriendo esquivando por los pelos a una vaca que me miraba con especial inquina. Resbalé en el suelo húmedo y volví a caer, esa vez de espaldas. Más mugidos y mucho más cerca. Para que luego digan que el senderismo no es un deporte de riesgo.

Vi una valla metálica al fondo del prado y corrí como una posesa hacia ella pretendiendo saltarla. Sí, yo, que siempre había suspendido educación física porque no me impulsaba bien en el potro. Ahora, con la adrenalina corriendo por mis venas, podría haber conseguido el récord internacional de salto de vallas. No fue una buena idea.

Me apoyé en un poste y salté de medio lado ayudándome con una pierna, la otra quedó colgando en el otro lado y tuve que volverme y agarrarla con mis dos manos hasta que crucé. Creyéndome a salvo intenté dar un paso hacia el camino y me quedé clavada, literalmente, clavada al cercado metálico.

Con miedo a girarme por si veía que las vacas se habían aproximado toqué con mi mano el punto donde me había enganchado. Tenía un pincho retorcido de hierro incrustado en el elástico de las mallas a la altura de mi nalga derecha. Manoteé intentando soltarme y solo conseguí que se me rasgara un poco el pantalón. Escudriñé el camino por si veía acercarse a algún transeúnte, pero no me había cruzado con nadie en todo el camino, así que era poco probable que apareciera alguien. Ahora mi mayor preocupación era que no acabara asesinada por una vaca, sino de inanición; encontrarían mi esqueleto por los buitres que me rondarían al ver mi muerte cercana enganchada a una valla de hierro oxidado.

Lloriqueando me di por vencida. Nada podía salirme peor, ¿no? Pues sí, la máxima de la Ley de Murphy se cumplió. En ese mismo momento gruesas gotas de lluvia comenzaron a caer levantando pequeñas nubecillas de polvo en el camino y dejándome en unos minutos calada hasta los huesos.

Rebusqué en la mochila el móvil, tapándolo con mi propia

CAROLINE MARCH

cabeza inclinada para que no se mojara, llamé al pub Mackintosh y recé por que alguien escuchara la llamada y viniera a buscarme. Ni siquiera había memorizado en la agenda el teléfono de urgencias o de la policía. ¿Dónde había quedado mi prudencia? Perdida en algún valle de las Highlands. Pero tengo que decir en mi defensa que ¿cómo me iba a imaginar que unas vacas en apariencia tan simpáticas y melenudas iban a resultar ser animales sedientos de sangre humana? Cuando las veía pastar tranquilamente a unos cincuenta metros del camino al trabajo, parecían tan amigables, como peluches gigantes y torpes.

—Pub Mackintosh, dígame.

—Ewan, necesito tu ayuda —dije gritando desesperada.

—¿Alice?

—Sí.

—Soy Alasdair, ¿qué ha ocurrido?

Me dio un vuelco el corazón. Tenía todas las papeletas de sufrir un infarto de miocardio.

—A... A... Alasdair, me... me he perdido, y... me han atacado una vacas feroces con... con unos cuernos enormes y puntiagudos —boqueaba y sollozaba al mismo tiempo.

—¿Dónde estás? —su tono era serio y preocupado.

—¡No lo sé! ¡Ya te he dicho que estoy perdida! —grité asustada, cada vez oía más cerca el mugir de las vacas.

—Dime qué ves —su tono era suave y tranquilizador. A mí me puso todavía más nerviosa.

—Vacas, muchas vacas asesinas, que quieren ensartarme como a un cerdo en una barbacoa —volví a gritar.

¿Era una risa lo que oí al otro lado del teléfono?

—Dime lo que ves a tu alrededor, descríbemelo, aparte de las vacas —volvió a hablar suavemente.

Miré alrededor buscando algo que pudiera identificar mi situación.

—Un camino, una valla con hierros entrelazados, un pequeño grupo de árboles, un arroyo pequeño que parece venir de una colina situada a mi espalda —expliqué un poco más calmada.

Mi alma gemela

—No es suficiente, dime algo más —volvió a insistir Alasdair.

—A la izquierda hay dos colinas que se abren en un valle, un poco más abajo dos formaciones rocosas, la mayor parece inclinada sobre la más pequeña, como si estuviera a punto de caer sobre ella, ¿te vale? —pregunté temblando por el frío y el miedo.

—Sí, ya sé dónde estás. Acércate por el camino hacia esas rocas, en cinco minutos estaré ahí.

—No puedo moverme —exclamé lloriqueando otra vez.

—¿Por qué? ¿Estás herida? —percibí su preocupación.

—No, es... es... que me... me he quedado enganchada a la valla cuando he saltado huyendo de las vacas asesinas —boqueé al teléfono.

Ahora sí pude escuchar las risas contenidas al otro lado de la línea.

—Tranquila. No te muevas, bueno, no demasiado, ahora salgo a buscarte —oí perfectamente el sonido de una carcajada reverberando en su garganta.

—Vale —dije y colgué el teléfono. No estaba herida físicamente, pero mi orgullo había sufrido un duro golpe.

Oí el mugir de una de las vacas acercándose a mi espalda. Estaba tan aterrorizada que tenía los músculos como varas de acero, me quedé quieta, más por el terror que me atenazaba que por la imposibilidad de moverme. ¿Las vacas podían oler el miedo? ¿O eran solo los perros? ¡Maldita fuera mi decisión de estudiar letras puras! El mundo animal me resultaba tan extraño como la vida en Marte.

Un pájaro parecido a un cuervo se posó en un poste de madera a mi izquierda, observando curioso el refulgir de los adornos metálicos de la pulsera que me regaló Sofía, que no me quitaba nunca. Parecía totalmente ajeno al peligro que corría.

—¡Chist, chist! —le siseé para que huyera del peligro. El pájaro aleteó y siguió con su mirada el tintinear de mi pulsera. Graznó con fuerza, sobresaltándome. Igual eran compinches y le estaba comunicando a la vaca: «aquí la tienes, te la vigilo hasta que llegues».

CAROLINE MARCH

Perdida en mis aterrorizados pensamientos no me di cuenta de que la moto de Ewan llegaba por el camino, hasta que la oí tronar y la vi parar a escasos metros de mí. Había dejado de llover, pero me temía que por poco tiempo, porque nubes negras se acercaban por la colina cargadas de agua, haciendo que el día se oscureciera de repente. El sonido del tubo de escape de la moto asustó al pájaro que, molesto, alzó el vuelo para posarse, una vez cesó el ruido, en un poste un poco más alejado.

Podía haber pensado que era Ewan, por su moto y porque el cuerpo de los dos hombres era muy parecido, y desde luego, con el casco completamente negro y con cristales tintados daba lugar a confusión, pero supe al instante que se trataba de Alasdair, lo supe principalmente porque mi corazón comenzó a bailar una giga en mi pecho. Algo en su apostura y seguridad al poner el seguro de la moto y quitarse el casco me lo transmitía.

Él sonrió al acercarse, una sonrisa de suficiencia, de aquí estoy yo para rescatarte, una sonrisa que nosotras las mujeres necesitamos ver a menudo porque, a veces, mal que nos pese, nos gusta ser rescatadas. Yo deseé pegarle un puñetazo en ese rostro de facciones perfectas y borrarle la sonrisa de un plumazo. Solo la necesidad real de que me sacara de allí lo evitó.

—Como te rías, te doy—amenacé furiosa y aliviada a la vez.

—¿Y qué vas a hacer? ¿Salir corriendo detrás de mí? —preguntó, sorprendido por mi brusquedad.

—Eso no, pero ya se me ocurrirá algo —mascullé sintiendo más vergüenza que miedo. Mi aspecto debía de ser deplorable a la par que ridículo, mojada, llena de barro por mis caídas y enganchada por un clavo en el trasero. En ese momento volví a escuchar a la vaca mugir tan cerca que me pareció que la tenía justo detrás de la cabeza.

—¡Quítamela! ¡Quítamela! —grité sin atreverme a moverme.

—Tranquila, tranquila —contestó Alasdair, no sé si dirigido a mí o a la vaca. Con varios golpes en la testuz acompañados de órdenes en gaélico consiguió que la vaca abandonara su objetivo principal y se reuniera con sus congéneres en el prado.

Mi alma gemela

—Creo que le gustas —afirmó sonriendo.
—Oh, vaya, pues ella a mí nada de nada. Nuestro amor es imposible —contesté con acritud.
Él rio quedamente.
—Vamos a ver dónde te has enganchado —murmuró inclinándose sobre mí. Pude sentir el roce de su cabello grueso y espeso en mi rostro, y oler esa mezcla de cítricos y madera de sándalo. Se acercó un poco más a mi cuerpo para observar de cerca el pantalón de deporte enganchado y percibí el calor corporal que desprendía. Una punzada en lo más hondo de mi ser hizo que me pusiera tensa de repente. Él lo notó.
—No te voy a hacer daño —dijo levantando la cara y apartándose el pelo que le había caído sobre el rostro.
—No me toques el culo —contesté yo.
—Tengo que hacerlo para poder desengancharte, no es el primer culo de mujer que toco. No te preocupes, que sé lo que tengo que hacer —y diciendo eso me puso ambas manos en el trasero.
Yo di un respingo con el que solo conseguí que se rasgara un poco más la tela del pantalón. Él habló susurrando, no entendí sus palabras pronunciadas en gaélico. Lo mismo me estaba maldiciendo que reprendiéndome por mi estupidez. Sus manos estaban calientes al tacto y era... bastante habilidoso.
Se arrodilló quedando justo frente a mi estómago, que se contrajo involuntariamente. Se asomó y manipuló otra vez para desenganchar la tela. Pude notar perfectamente uno, no, dos dedos en contacto con mi piel desnuda. De repente se giró y preguntó:
—¿Se te han enganchado también las bragas? Tienes dos alambres rizados bastante juntos y no quiero romper más de lo necesario —su tono era eficiente, concentrado en lo que estaba haciendo.
—No llevo bragas —contesté yo en voz baja con la mirada dirigida al frente, perdida en el páramo, totalmente ruborizada. Noté como él tragaba saliva.
—¡Qué! —su mirada se dirigió a mi rostro, que probablemen-

te tendría el color de un pimiento morrón. Sus pupilas estaban dilatadas, confiriéndole el aspecto de un diablo rojo y peligroso.

—Quiero decir, que llevo... —busqué la palabra en mi vocabulario inglés. ¡Maldita fuera!, no tenía ni idea de cómo se decía. Mientras, él había dejado de manipular la zona en cuestión y me observaba divertido. Yo lo miré entrecerrando los ojos y lo supe al instante, sabía perfectamente que yo llevaba un tanga, pero parecía estar disfrutando de lo lindo con mi apuro.

—¡Ya sabes lo que llevo! Tienes la nariz metida en mi trasero.

—Un tanga, ¿no? ¿Era esa la palabra que buscabas? —su tono traslucía mucha diversión y algo más profundo que no supe especificar.

—Sí —afirmé sintiéndome mucho más avergonzada, si eso era posible.

Manipuló unos minutos más, forzando el metal enredado mientras yo aguantaba casi sin respirar.

—Ya está —exclamó con satisfacción levantándose de un salto.

Miré el desastre ocasionado. Tenía un siete del tamaño de mi mano en la nalga derecha, que asomaba blanca contrastando con el negro de la tela elástica del pantalón de deporte. En ese momento el pájaro que había huido ante la presencia amenazadora del escocés pelirrojo surgió de repente de los árboles cercanos graznando.

Alasdair me hizo un gesto de silencio con el dedo apoyado en sus labios. ¡Ja! ¡Para hablar estaba yo! Me pareció que contaba los graznidos.

—Vamos —dijo cuando estos finalizaron.

—¿Qué has hecho? —pregunté.

—Era una urraca —fue su única respuesta. Se agachó y con dos ramitas formó una cruz a la vera del camino.

Lo miré totalmente extrañada.

—¿Me lo vas a explicar?

—¿Eres supersticiosa? —preguntó.

—No sé, no mucho, lo normal supongo, no paso por debajo

Mi alma gemela

de escaleras apoyadas en la pared, procuro no romper un cristal o derramar sal, levantarme siempre con el pie derecho, llevar algo dorado y una prenda roja, y procuro no cruzarme nunca con un pelirrojo, pero me gusta el número trece y los gatos negros también —contesté.

—¿Qué pasa con los pelirrojos? —preguntó belicoso.

Uy, quizá eso lo debería haber omitido.

—Bueno, ya sabes que algunos dicen que dan mala suerte —murmuré suavizando mi voz.

—¿Crees que yo te doy mala suerte? —inquirió en el mismo tono que antes.

—No lo sé, la verdad es que no he tenido muchas oportunidades de cruzarme con uno hasta que te conocí a ti. En España no abundan, ¿sabes?

—Y ¿qué hay que hacer para contrarrestar la mala suerte si te cruzas con uno como yo? —preguntó, cambiando el tono al de simple curiosidad.

—Creo recordar que era algo como tocarse los botones de la camisa —contesté.

—¿Y si no tienes botones? —posó su mirada en mi sudadera cerrada con cremallera.

—Entonces te tienes que tocar el pecho izquierdo —hice el movimiento de forma involuntaria, posando mi mano sobre la protuberancia izquierda, notando que tenía los pezones completamente erectos debido al frío y a la lluvia.

Alasdair mantuvo la vista fija en esa parte de mi anatomía lo suficiente para que resultara indecoroso.

—¿Y tú lo eres? —quise saber cambiando súbitamente de tema.

—¿El qué? —preguntó algo despistado, con la mirada fija en mi sudadera.

—Que si eres supersticioso —respondí yo en voz más alta.

—Claro, soy escocés —contestó levantando el rostro y mirándome a la cara.

—¿Por eso has puesto una cruz en el suelo?

CAROLINE MARCH

—Sí, ese pájaro es una urraca. La tradición dice que se acusa a la urraca de no ir de luto riguroso a la crucifixión del Señor y se supone que lleva sangre del diablo debajo de la lengua, por eso he contrarrestado su influencia dejando una cruz de madera —explicó en tono académico.

—¡Bah!, eso son tonterías. La urraca ha estado aquí toda la tarde y yo ni siquiera me había fijado hasta ahora —repliqué, restándole importancia con un ademán de la mano.

—Eso nunca se sabe. ¿Has dicho toda la tarde? —preguntó enarcando una ceja.

—Sí, creo que le gustaba mi pulsera —se la mostré haciendo tintinear los adornos metálicos —¿Por qué has contado los graznidos?

—Porque hay que hacerlo —afirmó con el gesto adusto. Por lo visto, esas cosas se las tomaba bastante en serio.

—¿Y sabes lo que significa?

Me miró de una forma extraña.

—No, no lo recuerdo —dijo finalmente.

Recogí mi bolsa y, tapándome con una mano el trasero descubierto, nos dirigimos a la moto. Allí me quedé parada como una tonta.

—Nunca he montado en moto —expresé.

—Espera a que monte yo y te ayudaré a que te sitúes detrás de mí.

Lo hice algo torpemente, de lejos no parecía tan alta.

—Apoya los pies aquí —señaló los apoyaderos— y sujétate.

—¿A qué? —pregunté yo mirando hacia el sillín, buscando unas anillas o algo parecido.

—A mí —fue su lacónica respuesta.

Me puso el casco, que yo no sabía abrochar, y se inclinó sobre el manillar. Yo me agarré con suavidad a su cazadora de goretex negra. Tampoco quería resultar demasiado ansiosa, como esas parejas que se pegan el uno al otro hasta fundirse en un único cuerpo sobre la moto. En cuanto arrancó y sentí el tirón de la fuerza centrífuga en mi cuerpo hacia atrás, perdí toda la vergüen-

Mi alma gemela

za que me quedaba por perder y me pegué contra su espalda, agarrándome a él como un mejillón a una roca.

Llegamos a mi casa en unos veinte minutos, un tiempo demasiado corto en el que había disfrutado como una loca. Sentir el viento en mi cuerpo abrazada a la calidez que desprendía Alasdair hizo que todo el terror anterior se desvaneciera arrastrado por el viento. Descubrí que me gustaban las motos. Yo, la prudente y precavida Alicia, tenía alma de motera.

Cuando paró frente a la verja verde y desmontó para ayudarme a bajar, exclamé con voz pesarosa:

—¿Ya está?

—Sí. ¿Te gustan las motos? —preguntó curioso.

—No lo sabía hasta ahora. Pero no me importaría aprender a conducir una.

—Mejor déjalo para más adelante, no te veo todavía muy firme para ello —contestó él.

—Eso decía mi padre con el coche y en catorce años no he tenido apenas... bueno, solo unos pequeños golpecitos y algunas multas sin importancia. Me han quitado unos puntos del carné de conducir, pero todavía conservo los necesarios —repliqué ofendida.

Él rio.

—Unos golpecitos, ¿eh? Ahí incluyes la luna de mi coche, supongo —exclamó divertido.

Eso me recordó que tenía que hablar con él de ese tema, por qué no me lo había cobrado, pero no era el momento.

—Ahí no conducía yo, así que técnicamente no cuenta como otro accidente en mi historial de tráfico —afirmé con rotundidad.

—Ya —siguió riendo.

Al escuchar la moto, los señores Maclehose salieron a recibirnos. Fiona compuso gesto de horror en cuanto vio mi aspecto.

—Pero, querida, ¿qué te ha ocurrido? —preguntó preocupada.

—De todo, Fiona —contesté.

—Pasad, pasad —ofreció Aonghus con gesto contrito.

CAROLINE MARCH

Yo me quité las zapatillas embarradas antes de pisar la moqueta de la entrada.
—¿A qué huele? —inquirió Fiona frunciendo la nariz.
Yo, avergonzada, le expliqué que había pisado una boñiga de vaca en mi apresurada huida.
Todos rieron, menos yo, claro, que volví a enrojecer.
Una vez dentro, Alasdair les comentó lo que me había sucedido, omitiendo algunos detalles delicados, como que había tenido que desengancharme el trasero de una valla con pinchos.
—Quítate la ropa mojada, querida, que cogerás un buen resfriado —indicó Fiona.
Me desabroché la sudadera, quedándome con la camiseta blanca, que, totalmente empapada, se pegaba a mi cuerpo dejando ver hasta los lunares, marcando el pecho y mis pezones, que seguían estando en posición de firmes. No me di cuenta de ello hasta que me fijé en que tanto Aonghus como Alasdair no apartaban la mirada de ese lugar de mi cuerpo. Me crucé de brazos, protegiendo los pechos de miradas inquisitivas.
—¿Has pasado por un puente, querida? —preguntó Fiona.
—Sí —le contesté—, a la salida de... bueno no sé de dónde, ¿por qué?
—Ahí tienes la explicación a lo ocurrido —dijo mirando alternativamente a Alasdair y a Aonghus.
—¿Está diciendo que soy gafe? —inquirí a los dos hombres.
No contestaron, sino que se miraron entre ellos.
—Deberías desandar lo andado —aconsejó Aonghus.
—¡¿Qué!? —exclamé horrorizada—. No pensará que voy a salir otra vez hasta allí. Además, no tengo ni idea de dónde está ese sitio. Si tengo tan poco sentido de la orientación que en vez de estar ahora en el Condado de Cork en Irlanda estoy en las Highlands escocesas.
—¿Ibas a ir a Irlanda? —preguntó súbitamente serio Alasdair.
—Sí, esa era mi intención, pero ya ves. Parece ser que todo lo que intento me sale al revés —contesté con alto grado de frustración patente en mi voz.

Mi alma gemela

Los tres se quedaron callados observándome, cada uno con una expresión diferente, mis caseros con la que suelen tener los padres de «ya te lo había dicho» y Alasdair de enfado. ¿Enfado?.

—¡Bah!, escoceses supersticiosos, esto no existe, no existe —dije remarcando la última palabra.

—También había una urraca en el sitio donde la encontré —informó Alasdair.

—¿¡Una urraca!? —la voz de la señora Maclehose subió varias octavas.

—Sí, ¿qué pasa? —estaba empezando a enfadarme.

—Dejarías una cruz de madera, ¿no? —preguntó a Alasdair, haciendo ella la señal de la cruz sobre su pecho.

—Sí, claro. También graznó varias veces —respondió él.

—¿Cuántas? —inquirió entrecerrando los ojos Fiona.

—No estoy seguro, creo que fueron tres o cuatro.

Pude escuchar los engranajes de la mente de mi casera trabajando con fruición.

—Pero eso significa boda o hijo. No tiene sentido. Ella ya está casada. ¿No estarás embarazada? —me miró inquisitiva.

—¿Yo? ¡No, claro que no! —contesté cada vez más molesta.

—Entonces, hijo, tiene que referirse a ti —se volvió a Alasdair, que se quedó mirándola con total estupefacción.

Yo reprimí una sonrisa.

—Uy, Alasdair, yo me andaría con cuidado, no vaya a ser que la urraca vaya a tener razón y antes de que acabe el año tengas esposa e hijo —me reí abiertamente, disfrutando de no ser yo por un instante el centro de atención.

Él me miró fijamente entrecerrando los ojos, con fiereza y algo más que no conseguí entender. De lo que estaba segura era de que él sabía perfectamente el significado de los graznidos de la urraca, aunque antes lo hubiera negado.

—Bueno —dije cambiando de tema—, todo esto me supera. ¡Por Dios!, en un mundo civilizado la superstición debería haber desaparecido hace mucho tiempo.

CAROLINE MARCH

—Ten cuidado, hija, que negarlo hace que se vuelva contra ti —me reprendió mi casera como si fuera una niña.

—Sí, y qué más me puede pasar, ¿eh? —pregunté volviéndome para subir las escaleras a mi habitación. No debí decirlo, la Ley de Murphy volvió a aliarse en mi contra.

Al pisar el primer escalón, resbalé, ya que tenía los calcetines algo húmedos y, como llevaba los brazos cruzados sobre mis pechos, caí de cara contra los escalones superiores.

Tres pares de manos me ayudaron a levantarme.

—¡Joder! —grité sujetándome la boca. Casi me comí un escalón.

—Déjame ver —pidió Alasdair arrodillándose frente a mí mientras yo veía como Aonghus y Fiona cabeceaban y volvían a hacer la señal de la cruz.

Aparté la mano y la vi llena de sangre.

—¡Oh, Dios mío! —farfullé. No soportaba la visión de la sangre y mucho menos de la mía.

Un grito de Fiona interrumpió mis pensamientos.

—¡Levántala, Alasdair, y llévala a la cocina! Las manchas de sangre son muy difíciles de quitar de la moqueta —aulló saliendo en pos de productos de limpieza.

Musité una maldición escupiendo gotitas de sangre a las manos de Alasdair. ¡Vaya con la señora! «¡No se preocupe, que estoy bien!» quise gritar, pero al incorporarme noté como me fallaban las piernas y se me nublaba la vista.

—Se va a desmayar —dijo Aonghus acercándose a prestar ayuda.

—Yo me encargo —contestó Alasdair sujetándome con más fuerza.

Me apoyé en su pecho, manchándolo de sangre. No sabía si me había partido el labio o un diente, solo que dolía horrores.

Me llevó abrazada a la cocina y me inclinó sobre el fregadero. Él se puso detrás sujetándome por la cintura.

—No me sueltes —exigí escupiendo más sangre por la boca.

Mi alma gemela

—No lo voy a hacer —noté más presión de sus manos, que bajaron hasta mi cadera.

Abrí el grifo y dejé que el agua corriera por mis labios y mi boca. Tomé un poco y escupí.

—¿Qué notas? —preguntó él preocupado, sin cambiar la postura.

—Que estoy poniéndome en evidencia una y otra vez —farfullé.

Noté el temblor de su cuerpo reprimiendo una carcajada y me moví un poco. Él me sujetó con más fuerza.

—¿Te has partido el labio? —preguntó con voz ronca.

—No, creo que solo me he mordido la lengua.

—Saca la lengua y deja que el agua del grifo te la limpie y refresque —indicó.

Yo obedecí y al instante noté alivio.

Me moví un poco para poder acceder con más comodidad al chorro de agua fresca y noté que mi trasero casi desnudo estaba perfectamente acomodado en su entrepierna, una entrepierna demasiado dura y abultada. Si levantaba un poco el cuerpo casi acariciaba mi...

—No te muevas —me dijo susurrando con voz estrangulada.

No me moví porque creí que me iba a desmayar, el contraste del agua fría sobre mi rostro con el calor que sentía en el resto del cuerpo, en especial en la parte que estaba en contacto con sus pantalones, hizo que se me formaran remolinos en el vientre deseando un contacto más profundo. El mundo se quedó quieto a nuestro alrededor. De fondo se oía discutir a Aonghus y su mujer sobre qué producto utilizar con la mancha de la escalera. La cocina iluminada con luz artificial y decorada estilo años setenta no era ni de lejos un escenario romántico, pero yo deseé con toda intensidad que me poseyera en ese mismo momento. Creo que él también lo percibió, porque bajó la mano derecha desde mi cadera a la abertura del pantalón y con deliberada lentitud trazó círculos con dedos ardientes sobre mi piel desnuda. Gemí involuntariamente y él en respuesta emitió un gruñido casi animal.

CAROLINE MARCH

Mis caseros entraron en ese momento en la cocina todavía discutiendo si habían aplicado el limpiador correcto. Ambos se quedaron quietos en la puerta observándonos. Yo no podía verlos, agradecida por tener todavía la cabeza metida en el fregadero, pero algo notaron.

Fue Aonghus el que habló.

—Vamos, mujer —creo que la sujetó del brazo para sacarla de la cocina por las protestas que oí.

—¿Por qué la abraza así? —preguntó Fiona con una mezcla de inocencia y malicia implícitas en el tono de voz.

—Es probable que Alice todavía esté mareada, no vaya a ser que se desmaye y se haga todavía más daño —contestó Aonghus alejándose.

En cuanto estuvimos fuera del alcance de sus miradas, Alasdair se separó de repente, yo me giré hacia él y lo vi manipulando su cazadora para tapar la protuberancia de su sexo.

Lo miré a los ojos sin saber qué decir.

—¿Estás mejor? —preguntó.

—Sí, ¿y tú?

—Yo no —fue su lacónica respuesta, y salió de la casa sin despedirse.

Me quedé un momento en la cocina, tranquilizando el torbellino de emociones que me atenazaba. Empezaba a sentirme como en una montaña rusa, de tanto subir y bajar, y todavía estaba mareada, pero no por la sangre.

Subí despacio a mi habitación, me di un baño rápido y me puse el pijama, las zapatillas y la bata, sintiéndome algo extraña, como si mi cuerpo no fuera el mío.

El silencio reinaba en la casa, probablemente mis caseros ya se habrían acostado. Cogí el paquete de tabaco, el mechero y bajé al patio trasero. Allí me encendí un cigarro y miré al cielo. Las nubes habían desaparecido y la luna llena brillaba en toda su intensidad, el cielo estaba hermoso, cubierto por un velo de estrellas. Recordé a Sofía y le hablé mentalmente: «cariño, creo que he encontrado a tu pelirrojo».

Mi alma gemela

Perdida en mis pensamientos no me di cuenta de que la puerta se abría y salía Aonghus. Se situó a mi lado. Iba vestido con la voluminosa bata de felpa verde y llevaba unas zapatillas de Homer Simpson. Desde luego, tenía que reconocer que no vería nunca a la clase media escocesa en un desfile de moda.

—¿Me das uno? —preguntó en un susurro, dirigiendo su vista hacia mi cigarro.

—Claro —le ofrecí el paquete y el mechero.

Él se lo encendió y aspiró con fuerza.

—No sabía que fumaba —dije.

—Mi mujer tampoco.

—Ah, vale, lo entiendo —sonreí. Aquella pareja era de traca, como solía decirse en España.

Fumamos en silencio, cada uno concentrado en sus pensamientos.

—Hombres buenos los Mackintosh —afirmó.

No sabía si se refería a Alasdair, a Ewan o a todo el clan Mackintosh.

—Hombres leales, fuertes y grandes guerreros. Sí, señor —volvió a decir.

—Hummmfsf —contesté yo.

Dio una última calada al cigarrillo y lo apagó con cuidado en el suelo, luego lo lanzó tras la valla para no dejar pruebas.

—Me voy al garaje. Tengo unos trabajos que hacer —dijo.

Sí, claro, pensé yo, pero no con martillos y clavos. Pero quién era yo para juzgar a nadie. Apagué mi cigarrillo e hice la misma maniobra que le había visto hacer a él. Subí a la habitación. Yo también necesitaba esa noche trabajos manuales.

Desperté a medianoche, enredada en el edredón de Cars y sudando. Algo había olvidado y no recordaba el qué. Di vueltas y más vueltas hasta que me di cuenta de que era la bicicleta, que se había quedado aparcada en el prado a merced de la vacas. Pobrecilla, pensé, lo que te harán esas salvajes. Como de momento no podía hacer nada más por ella, volví a dormirme.

CAPÍTULO 10

Algo raro pasa...

Cuando bajé a desayunar tenía la bicicleta aparcada en la puerta, perfectamente limpia y engrasada. Acaricié el manillar sabiendo quién lo había acariciado antes y una sonrisa estúpida se formó en mi rostro.
Me arreglé con especial cuidado y hasta me maquillé más de lo normal. Aquel día, ocho de junio, comenzaba la Eurocopa. Iban a ser unas semanas complicadas.
Cogí el autobús y llegué un poco antes de comenzar mi turno al pub.
Allí me encontré con Ewan, que en vez de saludarme con el acostumbrado gesto de la cabeza, salió de la barra y me palmeó el trasero.
—Eh, ¿qué haces? —le pregunté molesta.
—Comprobar los daños —contestó el riendo.
—Vaya, cómo corren los rumores por aquí —apostillé.
—Sí, es que nos preocupamos por los accidentes que puedan tener nuestros vecinos —rio con más fuerza.
—Gracias —dije de forma sarcástica.
—No me refería a ti, preciosa, sino a las dulces vaquitas que atacaste —se giró riéndose a carcajadas.
Las bromas continuaron durante toda la tarde y William, que

Mi alma gemela

había ido a ver los partidos de fútbol incluso imitó de forma burda lo que quiso ser una verónica a mi paso.
—¿Es que no sabéis torear en España? —preguntó.
—Mira, guapo, para torear hay que tener algo que vosotros los escoceses no tendréis nunca —le contesté.
—¿El qué?
—La furia española.
—¿Qué es eso?
—¿No te gusta el fútbol?
—Sí.
—Pues deja que te lo demuestren mis chicos de «la Roja» —contesté.
Me había dado cuenta de que estando en el extranjero tendía a exagerar bastante y a sentirme mucho más orgullosa de mi tierra de lo que estaba cuando vivía allí, salvando las inevitables circunstancias, claro. Nunca me había gustado el fútbol, pero estaba deseando ver cómo España, que partía como la favorita, se hacía con la deseada copa.
—No te metas con ella, Will —gritó Ewan desde la barra.
—¿Acaso me va a arrojar una taza de té? —contestó Will.
Yo lo miré sorprendida y él, dándose cuenta del error, miró alrededor para comprobar que Alasdair no se encontrara cerca. —Es una fierecilla, ten por seguro que si «la Roja» juega como lucha ella, ganarán. Yo que tú apostaría sobre seguro —exclamó cambiando rápidamente de tema.
Los ingleses apostaban por todo, los escoceses también y ambos hacían propia esa costumbre. Habíamos creado un cuadro con el calendario de la Eurocopa que colgaba bien visible a la entrada del pub. Ewan era el encargado de las apuestas.
Poco antes de las seis de la tarde cerró las apuestas del día, pero podíamos apostar por otros partidos.
—¿Vas a apostar algo? —me preguntó.
—Veinte libras a que España gana la Eurocopa y ¿tú? —pregunté.

CAROLINE MARCH

—Yo con tal de que Inglaterra sea eliminada, y haciendo honor a ti, apostaré también por España.
—Muy bien —le palmeé la espalda.
El pub se fue llenando a medida que se aproximaba la hora del primer partido. España no jugaría hasta el domingo. Por otro lado, a Alasdair no se le veía por ningún sitio. ¿Me estaba evitando? No me preocupé, acababa de empezar la tarde.
Habían instalado una pantalla gigantesca en la pared de detrás del escenario y mesas y sillas se movieron para dar comienzo al espectáculo. Nosotros no paramos en toda la tarde de servir cervezas y comida. Acabamos agotados. Deb se apoyaba donde podía bostezando y yo no debía de tener mejor aspecto. Además de cansada estaba extrañamente decepcionada. Alasdair no había aparecido en toda la tarde.
Llegó la hora de cerrar y algo triste me monté en el Range Rover de Ewan. Cuando salimos del callejón miré al apartamento situado sobre el pub; había una luz encendida y una sombra se distinguía detrás de las cortinas. Era Alasdair, lo habría reconocido entre un millar de sombras. Nos observaba, pero no se movió ni hizo ningún gesto de despedida. Mi ánimo descendió a los infiernos, saltándose la invitación del Can Cerbero.
El día siguiente no fue mucho mejor. En cuanto entré en el pub me di cuenta de que Ewan no tenía un buen día. Quizá estuviera agobiado por el trabajo que le esperaba, quizá hubiera discutido con alguna mujer de su numerosa cohorte. Francamente, me importaba un pimiento.
Tras una rápida mirada había podido observar que Alasdair seguía sin aparecer. Ese día había dos nuevos partidos, Holanda contra Dinamarca y Alemania contra Portugal, favoritos estos últimos a llevarse la copa. También había llegado un autobús de turistas alemanes esa mañana. Decididamente, la tarde iba a ser bastante complicada.
—Más brío, españolita, mueve ese culito que Dios te ha dado —soltó Ewan cuando yo llevaba una bandeja llena a reventar de pintas hacia el numeroso grupo alemán. Que, francamente, si

Mi alma gemela

competían con los escoceses en ingesta de alcohol, no sabría decir cuál ganaría.

—Tal vez iríamos más deprisa si en vez de estar tan pendiente de mi culo prepararas más rápido las consumiciones, machista de mierda —esto último lo dije en el idioma materno. No quería más problemas.

—Hoy no estoy para bromas, fierecilla.

—Yo tampoco, tocanarices —le respondí también excluyendo el insulto de su idioma, de todas formas no sabía cómo decirlo.

Cuando comenzó el primer partido tuvimos unos minutos de relativo asueto. Deb comenzó a recoger los vasos vacíos y yo la estaba ayudando cuando entró un proveedor de cerveza.

—Hola, guapas, ¿está Ewan? —preguntó mirando la pantalla de juego.

—Cuando hay fútbol, las mujeres podemos ser trolls, que les daría lo mismo —susurró Deb.

—No está —dije yo levantando la voz para conseguir su atención.

—¿Tardará mucho? —inquirió con la vista fija en la pantalla—. ¡Mierda!, eso ha sido fuera de juego claramente. ¿Lo habéis visto?

—Sí, claro —contestamos las dos al unísono. Por nosotras, como si la pelota hubiera sido lanzada al espacio sideral.

—¿Dónde esta Ewan? —miré a Deb.

No se le veía por ningún sitio. Era raro en él escaquearse cuando había mucho trabajo.

—Ha subido a hablar con Alasdair —respondió ella.

Umm, así que Alasdair seguía escondido en su cueva...

—Voy a buscarlo —dijo.

—Déjalo, ya voy yo —afirmé, secándome las manos en el delantal.

Quería encontrarme frente a él, mirarlo directamente a los ojos y luego... bueno, no había pensado en un luego, así que improvisaría.

CAROLINE MARCH

Subí las escaleras deprisa y estaba a punto de llamar a la puerta de roble cuando oí mi nombre pronunciado por Ewan. Hice lo que cualquier mujer responsable, seria y prudente de treinta y dos años haría: pegué la oreja a la puerta para escuchar mejor.

—Te juro, *Ruadh*, que no sé qué hacer con ella. Es que me saca de mis casillas, contoneando ese culito escondido por ese pantalón negro. ¿No podías haber elegido un uniforme menos sexy? No sé, algo así como un chándal de felpa —la voz de Ewan sonó pesarosa.

Oí la risa contenida de Alasdair y a continuación su voz, un poco más grave que la de su primo.

—Es su culo el que es sexy, no el pantalón que lleva puesto. Además, Deb lleva el mismo uniforme y no parece afectarte tanto —respondió.

—Ya, pero Deb no me mira como si fuera un insecto al que aplastar con el zapato a cada momento. Da igual que sea simpático, serio o amable, siempre acabo recibiendo el mismo desprecio —maldijo en gaélico algo que no entendí—. ¿Te has fijado en cómo fuma? Cuando sale al exterior y se enciende el cigarro, hasta ese simple gesto lo hace con orgullo, mirando al frente, como si quisiera ver aparecer algo en el horizonte vacío. Cómo cruza el pie izquierdo detrás del derecho y golpea el suelo con la punta, como si marcara el ritmo de una canción.

—Es el pie derecho —corrigió Alasdair.

—¿Qué?

—Es el pie derecho el que cruza cuando sale a fumar, también lo hace cuando algo le molesta o está cansada de estar de pie —contestó suavemente Alasdair.

—Ah.

Oí que le daba un trago a algo, supuse que estaban bebiendo, seguro que cerveza o quizá algo más fuerte, como whisky. Aspiré hondo, pero solo conseguí oler el barniz de la puerta de madera.

—¿Te has fijado en el lunar que tiene en la base del cuello?, ese que cada vez que se aparta el pelo deja a la vista como si estu-

Mi alma gemela

viera gritando: «bésame aquí» —su voz se había vuelto soñadora, como si recordara una imagen en particular.

—Son tres —corrigió de nuevo Alasdair—, tiene tres lunares, solo que los otros dos son simples manchitas marrones casi imperceptibles, pero si sigues una línea recta forman un triángulo perfecto.

Me llevé la mano al lugar que habían señalado, yo casi no me acordaba de esas marcas en mi piel. La verdad, tenía muchos lunares y no es que fuera por la vida contándomelos.

—¡Joder! Y cuando se hace esas trencitas en el pelo para recogérselo, que se le deshacen al primer movimiento de cabeza y pone esa cara de total concentración, mordiéndose el labio inferior. ¡Para qué! Si no le duran ni cinco minutos. Para eso es mejor que se coja una coleta o un moño o que se ponga un gorro, yo que sé... —su voz se perdió en el silencio.

—No se hace trenzas, se hace nudos marineros. Cuando está aburrida o le preocupa algo coge entre las dos manos dos mechones y hace un perfecto nudo marinero, no me preguntes por qué, porque no tengo ni idea, en la ficha pone que es del interior de España, que yo sepa no tiene ninguna relación con el mar —explicó Alasdair.

No me gustaba nada el cariz que estaba tomando la conversación.

—Y su olor, a especias orientales. Cuando pasa cerca de mí corriendo o cuando se inclina, una nube de ese maldito olor se extiende por todo el pub. Me hace pensar en harenes, en mujeres semidesnudas contoneándose. Y me hace desear apretarla contra la pared y follarla en ese mismo instante y de paso borrarle esa maldita sonrisa de suficiencia de la cara —espetó Ewan bruscamente.

Di un respingo detrás de la puerta. Ese perfume era Opium, me lo había regalado mi padre cuando cumplí los quince años, me dijo que ya era lo suficientemente mayor para llevarlo. Era el perfume que le regaló a mi madre cuando se conocieron. A ella siempre le pareció muy fuerte y no utilizó más que el primer frasco. A mí siempre me había gustado y lo llevaba desde entonces, jamás había cambiado. Me había acostumbrado tanto a su olor que apenas lo notaba.

—Es Opium, de Yves Saint Laurent —contestó Alasdair con voz oscura y grave.
—¿Cómo lo sabes?
—Lo lleva alguien que conozco.
—¿Quién?
—Tú no la conoces.
—Me está volviendo loco, *Ruadh*.
—Déjalo. Olvídala. Está casada, ¿sabes?
—¡Maldito afortunado! Nunca me había sentido así y no me gusta, nada de nada. Dame otra cerveza, anda. ¿Cuánto dices que le queda? —preguntó.
—Se va a finales de agosto.
—Eso es demasiado tiempo.
—¿Ah, sí? A mí me parece poco.
—Eso es porque tú no la tienes que ver todos los días como yo, querido primo —se escuchó un suspiro hondo, que supuse provenía de Ewan.

Hubo un silencio al otro lado, como si los dos hombres meditaran sobre la conversación. Me di cuenta de que había comenzado a trenzarme el pelo, lo hacía cuando estaba inquieta o concentrada en algo. Solté de repente las manos, dejando que el pelo recogido se deshiciera. Mi padre me había enseñado a hacer nudos marineros, los utilizaba con tiras de paja para adornar los centros, para explicarme mejor cómo hacerlos utilizaba mi pelo, que siempre lo había llevado largo. Acordarme de él me entristeció tanto que tuve ganas de llorar. Aguantando la congoja llamé fuertemente a la puerta.

—Pasa, está abierta —era la voz de Alasdair.

Entré con paso firme y me dirigí a Ewan, que estaba sentado en el sofá.

—El proveedor de cervezas te busca —espeté demasiado bruscamente.

Mi alma gemela

—¿Ves a lo que me refiero? —contestó a su vez, mirando a Alasdair de pie frente él.

Alasdair hizo un gesto de asentimiento con la cabeza, apartándose el pelo que le caía sobre la frente con una mano.

—¿Te vas? —le pregunté a Alasdair, viendo que a sus pies había una pequeña bolsa de deporte negra.

—Sí, aquí ya no tengo nada que hacer —su gesto, por lo general abierto y simpático, estaba serio y circunspecto.

Ewan se levantó y apuró su cerveza, totalmente ajeno al cruce de miradas entre Alasdair y yo.

—Os acompaño, no quiero llegar muy tarde a Edimburgo, tengo cosas que hacer allí esta noche.

Ese simple comentario cayó sobre mí como un jarro de agua fría. ¿Encontrarse con alguna novia?

Los tres bajamos las escaleras y salimos al pub. Ewan se dirigió al proveedor que le esperaba tomando una pinta y disfrutando del partido.

Yo quise decirle algo a Alasdair antes de que se fuera, pero no se me ocurría nada.

—Gracias por lo de la bicicleta —dije finalmente.

—No hay de qué —respondió él saliendo por la puerta.

Lo vi sentarse en su Audi y emprender el camino a su casa. Con él se fue mi corazón, pero nunca lo sabría.

Me volví hacia Deb.

—Necesito un cigarro, ahora vuelvo.

Salí al frío de la tarde y encendí un cigarro. Consciente de que Ewan observaba desde dentro, crucé mi pie derecho detrás del izquierdo y golpeé con tal fuerza el suelo que al día siguiente seguro tendría cardenales.

Pasé la mañana del domingo recogiendo y lavando ropa, que tardaba una eternidad en secarse. La mayoría de la que había llevado no se podía meter en la secadora, así que tenía la habitación que parecía un puesto de mercadillo.

CAROLINE MARCH

Cogí el autobús para ir al pub con el mismo ánimo triste de los dos últimos días. No entendía la actitud de Alasdair. Era tan atento, tan agradable, me hacía sentir como en casa y de repente se alejaba como si mi simple presencia lo quemara. Estaba herida y confundida y no me gustaba nada sentirme así. No dejaba de pensar qué era aquello que lo reclamaba un sábado por la noche, seguro que trabajo no. Después de que viniera a buscarme en el incidente con las vacas y lo que ambos sentimos en la cocina de mis caseros, llegué a pensar que yo le gustaba. Esa ilusión se hizo añicos al ver cómo se había comportado los dos siguientes días. Quizá hubiera sido solo un calentón pasajero.

El papel que tenía Carlos en todo esto ni lo había pensado, tan concentrada como estaba en el maldito pelirrojo escocés. Llevaba varios días sin llamarlo, él tampoco me llamaba a mí, solo habíamos intercambiado escuetos mensajes de cariño, pero no habíamos hablado. Me empezaba a sentir como una mala esposa, pero él tampoco había dado señales de ser un buen marido.

Descarté mis pensamientos cuando entré en el pub, preparada para otra tarde ajetreada. Me concentré en el trabajo como una hormiga obrera huyendo de mis pensamientos y resultó. Además, ese día jugaba España y solo por ello estaba especialmente emocionada. Me habían dicho que todo español que estuviera a menos de diez millas se acercaría a ver el partido.

Disfruté como una niña viéndolo. Allí estaba Jorge, haciendo manitas, y me imagino que después del partido algo más, con la nieta de Caristìona. A ella era obvio que el partido no le importaba, ya que su mirada estaba prácticamente fija en mi compatriota, que por supuesto se esforzaba por no ignorarla demasiado, pero claro, es que jugaba «la Roja».

Finalmente España empató, dejando a los españoles con un sabor agridulce y con el pensamiento de que no se fuera a producir otra vez la maldición de los cuartos.

Ewan me llevó a casa en silencio. Por primera vez no hizo ningún comentario sarcástico ni fuera de lugar. Lo miré y aunque estaba concentrado en la carretera, pude notar su cansancio. Evi-

Mi alma gemela

té cualquier tipo de conversación con él. Lo que había escuchado no me había gustado nada, ahora cada vez que se dirigía a mí me lo imaginaba desnudándome con la mirada y eso me incomodaba, más que nada porque no quería que fuese él quien se sintiera así, sino su maldito primo.

Cuando llegamos me informó que al día siguiente, que tenía turno de mañana, podía empezar dos horas más tarde.

Le di las gracias de corazón. Estaba muy cansada y poder dormir un poco más me iba a venir muy bien.

La semana transcurrió tranquila, de hecho el turno de mañana era siempre mucho más cómodo para trabajar que el de tarde, pero costaba bastante madrugar tanto. Toda la semana estaba repleta de partidos. El pub Mackintosh haría muy buena caja. Los pinchos que habíamos preparado Rosamund y yo estaban dando muy buenos resultados, gustaban tanto a lugareños como a extranjeros y contribuían a mejorar la carta, ya de por sí excelente.

Por las tardes leía y en ocasiones veía el fútbol con Aonghus, ya que su mujer aprovechaba para huir al taller de costura y actos sociales del que era presidenta. Y llamé a mi madre, casi todos los días, pudiendo incluso a veces hablar con Laura dependiendo de si se quería poner al teléfono o no, porque las niñas de tres años no analizan la necesidad de contacto verbal como los adultos.

—Mamá.
—Hola, cariño, ¿qué tal estás?
—Muy bien.
—Te noto triste —a una madre no se le puede ocultar nada.
—Oh, no es nada, solo que os echo mucho de menos.
—No te preocupes, que estamos estupendamente —dijo riéndose.

Oí la voz de Laura por detrás.
—Mami, he aprendido una adivinanza, ¿a que tú no la sabes?
—¿Cuál es? —pregunté yo con voz interesada.
—Es una señorita, muy señoreada, que siempre va en coche y siempre está mojada, es la lengua, ¿qué es? —preguntó entusiasmada.

CAROLINE MARCH

—No sé, no sé, déjame que piense. Es muy difícil —contesté yo fingiendo estar muy concentrada.
—No lo vas a adivinar —contestó ella emitiendo una risita.
—A ver, a ver.
—Ni en un millón de años —dijo ella.
—¿Puede ser... la lengua? —pregunté yo, obviando que la respuesta me la había dado ella anteriormente.
—¡Sí! —Oí cómo aplaudía al otro lado del teléfono—. ¿Cómo lo has adivinado?
—No lo sé, cariño, es que era muy difícil.
—Ya lo sé, es que las mamás son muy listas, bueno, no todas, la tía Vanesa me ha dicho que tú eres tonta.
—¿Qué te ha dicho la tía? —no lo dije en tono muy brusco para no asustarla.
—Dice que eres tonta por irte y me ha contado otra adivinanza.
—¿Cuál es? —pregunté yo temiéndome lo peor.
—Dice que quien se fue a Sevilla perdió su silla, pero tú tranquila que le he dicho que no estás en Sevilla, sino en Escocia. Es que a la tía a veces le cuesta entender las cosas —sentenció ella.
—Eso no es una adivinanza cariño, es un refrán estúpido y mamá no va a perder ninguna silla. ¿A que en casa están todas las sillas de siempre? —inquirí sintiendo un profundo odio por la hermana de Carlos.
—No lo sé, ahora vivo con la abuela —contestó ella.
—¿Cariño?
—¿Sí?
—¿Puedes pasarle el teléfono a la abuela, por favor?
—Sí, espera que la busco, me está haciendo natillas en la cocina —oí que soltaba el teléfono y llamaba a mi madre.
—Hola, hija, ¿ves como cada día está más desenvuelta por teléfono? Si al final va a ser más habladora que su madre —exclamó mi madre.
—Eso seguro, mamá, pero no creo que te alcance a ti —repuse—. ¿Mamá?

Mi alma gemela

—¿Sí? —la oía trajinar en la cocina.
—¿Laura vive contigo?
Oí como cerraba la puerta de la cocina.
—Sí, ya te dije que era la mejor solución para todos —su tono se había vuelto serio de repente.
—Sí, ya, pero ¿no va nunca a casa, a nuestra casa? —pregunté algo preocupada.
—No ha habido ocasión, yo me traje todo lo necesario y duerme en la que era tu habitación —contestó ella.
—Mamá, no esquives el tema. Te estoy preguntando que si Carlos pasa con ella al menos el fin de semana —exclamé enfadada.
Hubo un silencio y pasó un ángel, como solía decir Sofía.
—No, no lo hace. Me comentó que viene muy cansado de trabajar y que la niña ya está acostada a esas horas. Debe de haber problemas en la fábrica y están echando a gente. Se le ve bastante preocupado. Los fines de semana sale con sus amigos, más bien con los amigos de su hermana, esa... esa... bueno ya sabes lo que pienso de ella. Así que para no confundir más a Laura, está todos los días conmigo. Bueno, este sábado comió en casa de sus otros abuelos —explicó suavemente, viendo que se aproximaba tormenta.
—¿Y qué tal? —pregunté yo preocupada.
No tenía ni idea de que la fábrica de Carlos estuviera mal, yo pensaba que al ser una de las que más exportaba al extranjero podría capear la crisis sin más problema que algún pequeño ajuste de producción.
—Bueno... no le gustó mucho, ya sabes que dice que su otra abuela no sabe cocinar, pero que su tía Vanesa le enseñó muchos juegos de ordenador.
Era cierto, mi suegra no sabía freír un huevo sin que se le quemara y mucho menos preparar una comida acorde a una niña tan pequeña. Tendría que hablar con Carlos en serio sobre sus problemas en la empresa y sobre que le enseñaran juegos en el ordenador a Laura, que era algo que yo le tenía firmemente prohibido.

CAROLINE MARCH

—Bueno, mamá, tengo que dejarte. Cuídate mucho y cuida a mi pequeña. Te quiero.
—Y yo —contestó ella colgando el teléfono.
Por la noche, acompañada por el silencio de la casa y el calor del edredón, pensé en Carlos y en mi hija. Intenté apartar el sentimiento de preocupación por Laura, la había notado feliz y contenta, como siempre. Sin embargo, Carlos me preocupaba mucho y la arpía de su hermana mucho más. Estaba convencida de que estaba maquinando algo a mis espaldas, volviéndolo en mi contra. Nunca les había caído demasiado bien, sobre todo desde que decidimos casarnos y el chollo que tenía ella con su hermano mayor desapareció. Ya no pudo ser su taxista, porque ella con veintinueve años había sido incapaz de sacarse el carné de conducir, ni tampoco su cajero automático, ya que todo lo que podíamos ahorrar lo invertimos en la casa que nos compramos. Ninguno de los dos venía de una familia acomodada y solo contábamos con nuestro trabajo. Cuando nos dieron la casa estuvimos casi un año durmiendo en un colchón hinchable con dos barcas de fruta como mesillas. Fue uno de nuestros mejores años. Ambos lo veíamos todo con ilusión y teníamos grandes esperanzas. Los fines de semana los utilizábamos para pintar la casa y adecentarla, luego nos sentábamos en dos sillas a ver la tele y acabábamos haciendo el amor en el suelo del que sería nuestro salón, cuando tuviésemos suficiente dinero como para amueblarlo.

Esa noche Alasdair no ocupó mis pensamientos. Creí que esa tontería propia de adolescentes se me estaba olvidando. La vida real, mi vida, se encontraba a miles de kilómetros de distancia y no quería perderla por nada del mundo.

Deduje que lo que me había pasado con el escocés pelirrojo era lo que Sofía denominaba «síndrome del campamento de verano». Ella lo explicaba de esta forma: siempre que vas de campamento a un sitio fuera de casa, aunque solo sean unos pocos días, acabas fijándote en otro chico, que no tiene que ser el más guapo o atractivo, sino simplemente que la distancia de tu casa te hacer ver las cosas de forma diferente. Te sientes perdida y des-

Mi alma gemela

concertada y con unas ganas tremendas de encajar y ahí está él, ayudándote a encajar en todos los aspectos. Aquí Sofía se refería al sexo, pero menos mal que con eso yo no tendría problemas.

—Venga, mi Alice —decía—, ¿es que nunca te ha pasado? Esa conversación la tuvimos cuando ella volvió de Irlanda con diecinueve años.

—Pues no —contesté yo—. La última vez que fui a un campamento tenía doce años.

—¿Y no recuerdas a alguien con especial cariño?

Pensé la respuesta. En realidad sí recordaba a alguien, un joven moreno, que no me hizo ni pizca de caso en todo el mes, lo que dejó mi orgullo bastante herido.

—Sí —dije finalmente.

—Pues eso quiere decir que sufriste el síndrome del campamento de verano —respondió ella sonriendo.

—No lo entiendo.

—Ves a ese chico como si fuera la octava maravilla del mundo, pero en tu mundo real, el del día a día, es posible que ni siquiera encajara. Dentro de un mes más o menos, lo recordarás con cariño, pero habrás olvidado hasta su nombre.

—Pues no creo que tú olvides a Pablo tan fácilmente —dije.

—Oh, ya lo creo que sí. Solo ha sido una aventura pasajera.

Cuatro años después se casaron en la Basílica de El Pilar, con casi trescientos invitados. Durante el banquete le recordé su teoría del campamento de verano.

Ella riendo y algo achispada por el cava contestó:

—Ay, mi Alice, es que toda regla tiene su excepción.

Con algo de tristeza y a la vez excitación por saber que a Ewan le resultaba atractiva, reconocí que él estaba sufriendo otra de las teorías de Sofía, la que denominaba: «hay chica nueva en la oficina». Era bastante parecida al síndrome «campamento de verano», la diferencia estribaba en que el nuevo o nueva que llegaba a un lugar se convertía en algo extraño y misterioso y eso por sí solo acaparaba la atención de los que estuvieran en ese momento allí. El lugar podía ser una oficina o un simple instituto. ¿Quién no se ha sentido atraído por ese chico que llega nuevo a tu clase y del que nadie sabe nada?

Finalmente me quedé dormida, con la firme convicción de que iba a ignorar a Alasdair lo mismo que él hacía conmigo. No quería problemas al volver a España, probablemente ya tendría demasiados, dada la situación que se me estaba ofreciendo desde allí.

El jueves amaneció extrañamente soleado, no terminaba de acostumbrarme al tiempo de ese país. En un mismo día podía pasar de llover a cántaros a lucir el sol con más fuerza que nunca, para luego volver a nublarse y llover otra vez. Lo que dejaba un paisaje brumoso y fantasmal y a la vez extrañamente misterioso y bello.

Ese día jugaba España el segundo partido. Decidí quedarme a comer en el pub y después acercarme al centro comercial a hacer unas compras y pasear un poco antes del encuentro.

Cuando le comenté a Deb mis intenciones decidió acompañarme. Yo acepté encantada. Me gustaba mucho, era como una extraña flor que abría los pétalos cuanto más lejos de Ewan se encontrara.

Paseamos por el centro comercial, parándonos en algunos escaparates. Me instó a que entráramos en alguna tienda, quería comprarse ropa nueva. Me comentó que le gustaba mi estilo y que quería encontrar algo parecido. No vimos nada ni medianamente similar. Algo apesadumbradas entramos en la peluquería. Ella quería cortarse un poco las puntas y rizarse el pelo, que le caía lacio a ambos lados del rostro. Me senté resignada a esperar una larga hora de planchas.

La peluquera se acercó a mí y observó mi cabello. Yo me puse tensa al instante.

—¿No te apetece cambiar un poco? —sugirió.

—No, gracias.

De hecho, ya lo había hecho poco antes de viajar, así que no tenía ningún sentido.

Mi alma gemela

—Unas mechas cobrizas te quedarían muy bien con ese color de pelo y el rostro tan claro.
—No —contesté yo sin querer ser demasiado brusca.
—¡Vamos, anímate! —me instó Deb desde la silla de tortura.
Lo pensé un momento. ¡Qué demonios!, por probar no pasaba nada, ¿no?
Me senté en una silla giratoria con un azulejo frente a mí que rezaba: *No te fíes nunca de lo que una persona haga a tus espaldas.* ¡Ay, Dios mío!
Después de dos horas en la peluquería, Deb salió con el pelo pulcramente rizado, que mucho me temía que por la humedad no le iba a durar ni media hora. Yo, por mi parte, me había dado unas mechas cobrizas, que tenía que admitir que no me quedaban nada mal, hecho la manicura y en un total derroche de mi exigua economía, me habían maquillado. Contentas y riéndonos por haber pasado un rato muy agradable, cruzamos la calle para entrar en el pub.
No me cambié los vaqueros oscuros y la blusa color *nude* con detalles metálicos porque no me tocaba trabajar, sin embargo, estaba dispuesta a echar una mano si me necesitaban.
Rosamund fue la primera que nos vio.
—¡Pero qué guapas vais! Hoy ligáis seguro —dijo—. Bueno, tú no —añadió como en un descuido—, es que a veces se me olvida que tienes un marido esperándote en casa.
Le sonreí con una mueca.
Ewan, sin embargo, tuvo una reacción diferente. Apenas se fijó en Deb, que lucía resplandeciente con los rizos perfectamente dispuestos alrededor de su cara y se paró frente a mí.
—Tienes el aspecto de buscar guerra esta noche, preciosa.
—Pues ten cuidado, no vaya a ser a ti a quien decida disparar, *precioso* —le contesté molesta.
Estábamos manteniendo nuestro acostumbrado duelo de miradas furibundas cuando la puerta del pub se abrió y oí a alguien saludar a Alasdair.

CAROLINE MARCH

Me giré como un resorte sonriendo, totalmente olvidado mi propósito de ignorarlo.
La sonrisa se me congeló en el rostro. A su lado, más bien pegada a él, caminaba una mujer joven, parecía incluso más joven que yo, delgada, rubia con mechones que iban desde el color del trigo en verano hasta el blanco nórdico. Agitaba su melena al moverse como si supiera el efecto que eso causaba y que causó en todo el personal masculino que se encontraba sentado y preparado para el comienzo del partido. Era bastante bajita, bueno bastante más baja que yo, y vestía de forma elegante, con unos pantalones de punto y una blusa blanca de seda. Iba calzada con unos zapatos de salón a juego con el bolso, que si me había fijado bien, eran unos Manolos. Esa mujer era una modelo en tamaño de bolsillo. Transmitía elegancia y saber estar en cada paso que daba.
Estaba tan concentrada en esa pequeña mujer que no me di cuenta de que Alasdair me miraba fijamente.
—Tenías turno de mañana —exclamó bruscamente.
—He venido a ver el partido —contesté yo igual de brusca, fijando mis ojos primorosamente maquillados en su mirada azul.
Ahora sí que me alegraba de haber pasado por la peluquería, por lo menos al lado de esa mujer no parecería la chica desgarbada e insulsa de siempre.
—Estás cambiada —murmuró él cogiendo un mechón de mi pelo.
Sentí cómo una corriente eléctrica me atravesaba el cuerpo de arriba abajo.
—Tú también —le contesté.
—¿Yo? —respondió sin dejar de mirarme.
—Sí, llevas algo colgado del brazo que la semana pasada no llevabas —dije.
Él dio un respingo y soltó el mechón de mi pelo. Súbitamente sentí mucho frío. Miré la puerta. Estaba cerrada.
—Ella es Kathleen Thoms... una amiga especial —nos presentó. Bueno, en realidad se olvidó de presentarme a mí.

Mi alma gemela

—Encantada —dije ofreciéndole mi mano, ni muerta le iba a dar dos besos—. Yo soy Alicia, la nueva camarera.

—Yo soy doctora —contestó con voz aguda y cantarina.

No el tono alegre que solía tener Sofía. No, aquel era un tono de suficiencia absoluta, de mira quién soy yo y mira qué poco eres tú. Yo la había notado en la mayoría de los médicos y abogados, esa especie de aura de dioses que llevan flotando a su alrededor. Por si fuera poco, apretó con más fuerza el brazo de Alasdair, señalándolo de su propiedad.

—Qué bien —repliqué aunque no lo sentía, e hice una mueca que intentó ser una sonrisa.

Me retiré con una disculpa y fui detrás de la barra a echar una mano a Deb, que parecía bastante apurada, intentando poner diez pintas a la vez que se sujetaba los rizos, cada vez más lisos.

—¿Crees que van en serio? —pregunté.

—No lo sé, Alasdair no suele venir con mujeres, exceptuando la estirada del año pasado. Creo que llevaba más de un año saliendo con ella hasta que la trajo, luego debieron de romper. Todos creímos que fue porque ella pensó que esto era demasiado poco para ella. No dejaba de protestar por todo, el clima, la incomodidad, el olor a las comidas que se filtraba por la ventana, el ruido de los clientes por la noche —suspiró fastidiada.

—Vamos, una joya —contesté yo.

Ella rio.

—También nosotros contribuimos un poco, ya que cuando nos dimos cuenta de lo que pensaba de estos pobres pueblerinos no hicimos otra cosa en tres días que remarcar todo lo que le molestaba. Ewan incluso sacó el tubo de extracción de la cocina fuera, para que despertara por las mañanas con olor a arenques fritos —sonrió maliciosamente.

Ahora fue mi turno de reír.

—Sois de lo peor, ¿sabes?

—No, solo protegemos lo que amamos y esa mujer no era buena para Alasdair. Él pasa mucho tiempo en la ciudad y a veces se olvida de sus raíces. Nosotros procuramos recordárselas —espetó.

CAROLINE MARCH

—No creo que Alasdair se olvide nunca de que es un montañés, ni que necesite vuestra ayuda para encontrar una mujer —señalé.

—Después de lo de Aileen estuvo varios años sin venir, hasta que murieron sus abuelos, y aun así le costó mucho retomar el contacto con esta tierra. Creo que se sentía traicionado y herido —comentó al descuido.

—Lo entiendo. Pero aun así, Alasdair, aunque tenga su vida lejos de aquí, creo que lleva las Highlands en su corazón —apostillé.

—Yo también. Pero le costó mucho tiempo volver a ser el mismo de antes. Incluso ahora a veces creo que siente que perdió parte de su vida y que no la podrá recuperar —se quedó mirándolo con una expresión extraña.

—Vaya, Deb, no sabía que fueras tan observadora —dije sorprendida.

—Bueno, es lo que pasa. Cuando la mayoría te ignora, tú puedes observar a tu antojo sin que nadie se sienta ofendido —noté un deje de tristeza en la voz y deduje que estaba pensando en Ewan—. De todas formas, la ha presentado como una amiga —señaló.

—Sí, una amiga con derecho a roce —contesté yo en castellano.

—¿Cómo has dicho?

Se lo expliqué y ella rio.

—Me gusta. Nosotros tenemos una expresión parecida, aunque menos expresiva. ¿Los españoles son así siempre? —inquirió divertida.

—Pues no lo sé, no tengo el placer de conocerlos a todos —dije haciendo que ella volviera a reír.

Tenía una sonrisa encantadora, con dientes pequeños y alineados. Ewan era rematadamente tonto si no se había dado cuenta de lo que tenía tan cerca de él.

—Anda, ve a ver el partido, que va a comenzar —me instó dándome una pinta de mi cerveza favorita, una que tenía cierto regusto a sidra.

Mi alma gemela

—Voy, pero si necesitas ayuda, me lo dices —contesté alejándome.

—De acuerdo, pero no te preocupes, que también está Ewan —dijo dirigiendo su mirada soñadora hacia el adonis rubio.

Me senté dos mesas por detrás de Alasdair y Kathleen, que hasta el nombre sonaba musical. Habían decidido cenar allí y ver el partido como todos los que nos habíamos reunido con el mismo propósito. Yo rechacé una patata rellena de la fabulosa salsa de Rosamund, con la cerveza tenía bastante. Mi estómago hecho un nudo no me permitía tomar nada más sólido.

España ganó, metió cuatro goles, yo no vi ninguno de lo concentrada que estaba en lo que sucedía en la mesa de Alasdair y Kathleen.

Hablaban en susurros, ajenos al barullo que emitían los demás, cruzando miradas y gestos de intimidad a cada momento. Podría jurar que Alasdair tampoco se enteró de los cuatro goles de España. Caramba, ni siquiera sabía si le gustaba el fútbol.

Enterrada en mi segunda pinta observé como la mano de él se posó sobre la pierna de ella bajo la mesa y comenzó a trazar círculos, tal y como había hecho una semana antes en mi piel desnuda. Un escalofrío recorrió mi cuerpo y quedó atrapado por un puño de celos que me estrujaba las entrañas. «¡Maldita sea tu infame alma escocesa!», exclamé para mí misma.

Me serví otra pinta y me perdí el tercer gol de España. Mientras todos los presentes lo festejaban, excepto un pequeño grupo de irlandeses sentados en una mesa bastante alejada, me senté otra vez en mi refugio. Yo tenía mejor espectáculo que el que se desarrollaba en la televisión.

Kathleen le estaba susurrando algo al oído, acariciándole la nuca de paso; cogió entre sus dedos un rizo rojo y lo soltó con delicadeza, lo que provocó que Alasdair sonriera de medio lado, entrecerrando los ojos y valorando lo que ella le había dicho. A mí no me había mirado nunca así, con tanta franqueza, libertad y deseo. Los dedos me dolieron de querer hacer yo lo mismo. Enterré el rostro en la pinta de cerveza completamente ruborizada.

CAROLINE MARCH

Alasdair a su vez le levantó el pelo y se lo pasó por detrás de la oreja, le dijo algo que hizo que ella se echara para atrás en la silla. Los observé con más atención, la mano de ella fue derecha a su entrepierna comprobando el estado del material. Lo que notó debió de gustarle, así que haciendo un gesto de afirmación, ambos se levantaron y, agarrados por la cintura, desaparecieron por la puerta escondida detrás del escenario.

Me perdí el cuarto gol de España. Francamente, en ese momento me importaba un pimiento. Sabiendo de antemano lo que iba a suceder en el piso situado sobre mi cabeza, lo único que deseaba era salir de allí corriendo.

Miré alrededor buscando a alguien conocido que me pudiera acercar a casa. No conocía a casi nadie, la mayoría eran turistas españoles y Ewan estaba demasiado ocupado como para sugerírselo.

Intentando pasar desapercibida salí al exterior y me encendí un cigarro. Me alejé un poco para observar la ventana de la habitación de Alasdair a tiempo de ver como dos cuerpos entrelazados se besaban. Tiré con furia el cigarro y me dispuse a hacer el camino hasta casa andando. Me importaba una mierda que alguien me pudiera asaltar. Que lo intentara siquiera. En mi estado de furia era capaz de enfrentarme al ejército de Napoleón yo solita si fuera necesario.

Trastabillando debido a las tres pintas (¿o fueron cuatro?, no lo recuerdo), llegué una hora más tarde a casa. Como siempre, estaba en silencio y a oscuras. Subí a la habitación y me acosté sintiéndome la mujer más desgraciada sobre la faz de la Tierra.

Solo de una cosa estaba segura. El mensaje era directo, Alasdair no sentía nada por mí y había llevado a su novia para dejármelo totalmente claro.

Con el orgullo herido tomé otra vez la firme decisión de centrarme en mi trabajo y en mi familia y olvidar cualquier tipo de inclinación romántica hacia ese maldito escocés pelirrojo con ojos de demonio.

Mi alma gemela

Llamé a Carlos, que no contestó al teléfono. Le mandé un mensaje:
Te echo de menos, ¿dónde estás?
Celebrando la victoria de España. Cuando llegue a casa te llamo.
No llamó. Estuve esperando despierta más de dos horas. El cansancio finalmente me venció, dejándome en manos de un Morfeo tan cabreado como yo.

CAPÍTULO 11

Una mujer valiente... ¿o no?

A la mañana siguiente y después de pasar una noche en la que me había despertado varias veces, tomé un baño rápido y me dirigí en la bicicleta recién engrasada y limpia a mi trabajo. Nunca había sentido celos, para mí eran una sensación extraña y dolorosa. No me gustaba nada, así que oculté firmemente en una esquina de mi mente la imagen de Alasdair y Kathleen y recé por que no tuviera que verlos mucho ese fin de semana. Alguien dijo una vez que si no se sienten celos es que nunca has amado. Yo amaba, sí, mucho, a mi marido. O, al menos, de eso era de lo que tenía que convencerme.

Pedaleando con furia llegué un poco antes de que se abriera el pub, así que entré por la puerta de la cocina, sabiendo que Rosamund estaría allí.

—Hola, cielo —me saludó ofreciéndome una taza de té.

La cogí entre mis manos heladas con agradecimiento y aspiré su dulce aroma.

—Estarás contenta, ¿no? —preguntó.

—Quién, ¿yo?

—Sí, tú, ¿no eres española?

—Ah, lo del partido. Sí, claro, estuvo muy bien —respondí enterrando mi rostro en la taza humeante.

Mi alma gemela

—Eso me dijeron —contestó Rosamund con un gesto entre divertido e interrogante.
Yo no contesté y me concentré en beberme el té.
Ewan abrió la puerta con tal fuerza que casi me empotra detrás.
—¡Joder! Ya vuelve a llegar tarde. Si es que no sé qué hacer con ella —se calló.
Rosamund lo miró de forma extraña. Él aspiró un momento con fuerza y se asomó detrás de la puerta.
—No, no he llegado tarde —contesté. Tenía que empezar a echarme menos perfume.
—Vamos, ayer fue una locura y hay que recoger y colocar todas las mesas. ¡Tenemos muy poco tiempo! —exclamó bruscamente.
—Voy—dejé la taza en la encimera y salí tras él.
—Vete recogiendo los vasos y lávalos para desinfectarlos, yo voy a sacar a Alasdair de su nidito de amor y que empiece a currar —se fue subiendo las escaleras de dos en dos.
Puse el hilo musical y me concentré en una canción de Pink, a la vez que recogía las consumiciones y las iba dejando en la barra. La verdad era que lo habían dejado todo como si hubiese pasado una manada de elefantes enfurecidos.
Oí pasos sobre las escaleras y vi salir a Alasdair pasándose la camiseta negra por la cabeza todavía mojada. Me saludó sonriendo, con esa sonrisa de «bien follado». Dios mío, ¿qué me pasaba? Al pasar a mi lado pude oler el jabón en su cuerpo y esa mezcla de cítricos y madera de sándalo de su perfume. ¿Qué perfume sería?, me pregunté con curiosidad. No se había afeitado y una suave capa de pelo rojizo le cubría parte del rostro. «Alicia, vale ya», me reprendí. «Concéntrate en lo que estás haciendo».
Tanto Ewan como Alasdair se dedicaron a mover las mesas a sus lugares correspondientes, con cuidado de no rayar demasiado el suelo de madera pulida. Yo recogí vasos, vasos y más vasos, y me fui detrás de la barra para comenzar a lavarlos. Decidí con firmeza no levantar la cabeza de mi trabajo ni una sola vez.

CAROLINE MARCH

Al pasar al lado del fregadero observé un charco en el suelo. Me agaché para ver mejor. Había una fuga en el codillo. Me incorporé y los miré.

—¿Dónde hay una llave inglesa? —pregunté.

Ambos me miraron como si les hubiera pedido que me bailaran la danza del vientre.

—¿Qué? —contestaron al unísono.

—Que si me podéis dejar una llave inglesa —exclamé.

Como respuesta obtuve miradas de incredulidad. ¿Lo había dicho bien? Quizá hubiera otra forma de expresarlo, que yo desconocía.

Fue Alasdair el que se movió primero. Entró en el almacén y se le oyó trajinar. Salió con una caja de herramientas que me ofreció como si me estuviera dando una bomba atómica.

—¿Para qué la quieres? —inquirió con curiosidad.

—Hay una fuga en el fregadero, nada importante, solo se ha aflojado un poco el codillo —se lo dije en español, ya que codillo no sabía cómo decirlo en inglés.

—Ah —fue su única respuesta.

—¿Qué ha dicho? —preguntó Ewan acercándose.

—Que hay una fuga en el fregadero. Por lo visto, va a arreglarla ella —respondió Alasdair encogiéndose de hombros.

—¡¡Que!? *Ruadh*, no le dejes que toque nada o lo romperá del todo —el tono de Ewan era una mezcla de sorpresa y de horror.

Rebusqué en la caja de herramientas y encontré lo que buscaba. La calibré en la mano y la ajusté al tamaño correcto.

Ewan estaba a punto de saltar sobre mí. Alasdair lo detuvo poniéndole la mano sobre el pecho.

—Déjala, creo que sabe lo que hace —ordenó.

Yo me agaché y metí la cabeza debajo del fregadero. Con pericia ajusté el codillo y, sacando la cabeza, les pedí que dieran el agua. Con un pequeño recipiente comprobé que ya no había fugas.

Me levanté con una sonrisa de satisfacción en el rostro.

—Ya está —dije entregándole a Alasdair la llave inglesa.

Mi alma gemela

—¿Seguro? —preguntó Ewan, que entró en la barra y lo comprobó por sí mismo. Quise darle una patada en el trasero, que tan a mano tenía, pero me contuve—. ¿Dónde has aprendido a hacerlo? —añadió con curiosidad.

—En casa siempre hay cosas que arreglar, enchufes, puertas que no ajustan, no sé, ese tipo de cosas. ¿Por qué?

—¿Tu marido no se encarga de esas cosas? —preguntó contrariado Ewan. Alasdair nos miraba divertido.

—Bueno, de las más complicadas sí, pero no siempre está en casa y no me gusta esperar si hay algo que yo puedo solucionar. Solo he ajustado un pequeño tubo. No es nada extraordinario —expliqué sintiéndome algo avergonzada.

Ambos se miraron.

—¡Sí lo es! —exclamaron a la vez riéndose.

Completamente roja me dirigí a la otra punta de la barra, donde descansaba la mayoría de los vasos que tenía que enjuagar.

—Hay que fregar el charco, si no alguien se resbalará. ¿O queréis que lo haga yo? Como soy mujer... —pregunté desde el refugio del fondo de la barra.

—No, ya lo hago yo ahora —contestó Alasdair. Ewan seguía en estado de semishock.

Cuando se dirigía al almacén en busca de la fregona y el cubo, se paró y sacó su teléfono del bolsillo del pantalón, miró quién le llamaba y le dijo a Ewan:

—Hazlo tú, tengo que contestar, es importante —salió al exterior para hablar con más comodidad.

Yo seguí en la esquina recogiendo y clasificando vasos y de paso observando con plena libertad los movimientos de Alasdair fuera. Parecía una llamada importante, como había dicho. En una ocasión pateó el suelo y se pasó dos veces la mano libre por el pelo, como para despejar las ideas. Ese era un gesto que hacía muy a menudo. Cuando me volví a dejar los vasos en el fregadero me había olvidado por completo del charco. El charco, por el contrario, no se había olvidado de mí.

Llevaba dos vasos en cada mano sujetos con los dedos, pisé el

CAROLINE MARCH

agua esparcida, me resbalé y solté los vasos al hacerlo, que cayeron a mi alrededor haciéndose añicos. Busqué alrededor algo a lo que agarrarme, pero no fui lo suficientemente rápida y, viendo que iba a caerme de culo, giré en el último momento intentando proteger del golpe el teléfono móvil que llevaba metido en el bolsillo trasero del pantalón. Caí apoyando todo mi peso sobre el codo derecho y emití un grito de dolor desgarrador.

Ewan, al ver mi caída, se acercó corriendo. Alasdair, probablemente alertado por el grito, entró con una rapidez asombrosa.

Yo me senté ayudándome con mi brazo izquierdo y sujeté con fuerza el brazo derecho contra mi cuerpo. Ramalazos de dolor me recorrían el brazo derecho desde el hombro hasta la mano y me encogí sobre mí misma para mitigar la sensación de mareo.

Ewan intentó levantarme cogiéndome por los hombros, pero al notar la presión sobre el hombro derecho volví a gritar.

—¡No me toques! —él retrocedió asustado.

Alasdair se arrodilló a mi lado.

—Déjame ver —murmuró con la voz suave que había utilizado cuando me rescató de las vacas asesinas.

—No —contesté yo, el rostro atravesado por lágrimas ardientes.

—¿Se ha roto el brazo? —preguntó Ewan con voz ahogada.

—No lo sé, no me deja vérselo —contestó Alasdair algo enfadado.

—No me lo he roto —afirmé yo hipando.

—Déjame ver, por favor. No te voy a hacer daño —imploró Alasdair con voz más firme.

—Eso decís todos y mentís —solté yo. No sabía muy bien si me refería a mi brazo o a otra cosa mucho más íntima.

Alasdair hizo caso omiso a mis protestas y me apartó el brazo izquierdo, que tapaba el herido. Lo cogió con delicadeza, con la delicadeza que solo puede tener un hombre grande y fuerte como él, e intentó estirármelo.

Yo me retraje al sentir nuevos latigazos de dolor.

—Se me ha dislocado el codo —le dije en español, frunciendo los labios por el dolor.

Mi alma gemela

—¿Te ha pasado antes? —preguntó observando como mi antebrazo caía mostrando un ángulo imposible.

—Sí, varias veces. La última hace siete años. No recordaba lo que dolía —masculló aguantando la respiración.

Él me lo volvió a doblar contra el pecho y me lo sujetó con el otro brazo. Sosteniéndome por la cintura me levantó. Una vez que estuve de pie, me tambaleé, apoyándome en él.

—¿Te vas a desmayar? —preguntó dejando que me apoyara contra su cuerpo.

—No. No hay sangre, así que no, pero ¡duele mucho! —susurré.

Noté cómo su pecho vibraba con un pequeño amago de risa. Observé a Ewan, que estaba blanco como el papel.

—Eh, no creas que te libras de mí por esto —le dije.

—Lo siento, lo siento mucho, me he puesto a recoger las mesas y me he olvidado del charco. Esto es culpa mía. Lo siento, de verdad, dime qué puedo hacer y lo haré —contestó recuperando algo de color.

—Ahora no se me ocurre nada, pero no te preocupes, que lo tendré en cuenta para próximas veces —lo dije en tono de broma, para hacerle ver que no tenía importancia, que era un simple error.

—De acuerdo. Lo que quieras, dímelo —afirmó serio.

—¿Te encuentras lo suficientemente fuerte para andar? —me preguntó Alasdair respirando en mi coronilla.

Estuve a punto de contestar que me encontraba perfectamente, sobre todo en esa posición, pero el dolor se estaba apoderando de mis articulaciones.

—Sí, ¿me llevas al hospital? —inquirí.

—Te llevo a un médico. No creo que meterte en un coche ahora vaya a hacer que te sientas mejor, tendría que bajarte hasta Inverness.

—¿Qué médico? —pregunté yo extrañada.

—Kathleen —contestó quedamente.

Vaya, no podía ser otra, no, pensé acompañando mi dolor con furia contenida.

CAROLINE MARCH

—Tenemos que aprovechar que ella está aquí. Noto cómo se están inflamando las articulaciones y no creo que sea bueno esperar mucho más. Vamos, yo te ayudo a subir —me cogió por la cintura y subimos las escaleras.
Yo no tenía ni fuerzas para contestar, así que me dejé llevar. Entramos en la casa sin llamar. En la salita no había nadie. Alasdair me indicó que me sentara en el sofá. Lo hice con cuidado evitando cualquier movimiento brusco, que solo provocaba más dolor.
—Kathleen —llamó Alasdair abriendo la puerta de la habitación.
Desde mi posición pude ver que la cama de matrimonio estaba completamente deshecha, probablemente a causa del revolcón o revolcones de la noche anterior. Asqueada retiré la vista y la fijé en un punto intermedio del salón, cerca de la televisión. Entrecerré los ojos prestando más atención. Allí tirado en el suelo había un sujetador de encaje blanco precioso, probablemente de La Perla o alguna marca igual de cara. Yo una vez había tenido uno, mi madre me regaló el conjunto nupcial de esa marca. Todavía lo guardaba entre papeles de seda cuidadosamente escondido en un cajón del armario. El tejido era exquisito y delicado, muy propio de Kathleen. Hasta su nombre se atragantó en mi mente. Por lo visto, la fiesta había comenzado pronto. Me removí inquieta en el sofá, quizá aquel hubiera sido el primer escenario. Por lo menos estos desagradables pensamientos mitigaban un poco el dolor físico que se me iba extendiendo hasta la espalda.
—¿Qué te ocurre? Pareces enfadada. ¿Te encuentras peor? —preguntó Alasdair parado en el centro del salón.
Lo miré sorprendida, como dándome cuenta de que él estaba allí. Tenía que aprender a disimular un poco mejor o acabaría poniéndome en evidencia de una forma ridícula.
—Sí, me duele bastante —contesté sosteniendo con más fuerza el brazo herido.
—Tranquila, que pronto lo solucionaremos —sonrió él.
—Kathleen —llamó suavemente, y golpeó la puerta del baño.

Mi alma gemela

—Sí —se escuchó una voz amortiguada.
—¿Puedes salir? Necesito tu ayuda —contestó Alasdair.
—Claro, cielo, dame un minuto.
¿Era mi imaginación o su voz sonaba todavía más dulce que la noche anterior?
Se escuchó el sonido del agua correr, luego el golpe de algunos objetos contra la cerámica del lavabo y se abrió la puerta, mostrando a la doctora Kathleen Thoms perfectamente peinada, maquillada, perfumada y vestida únicamente con una camiseta de Alasdair que le cubría lo justo para no parecer indecente.
Alasdair la miró con los ojos como platos. Yo reprimí una sonrisa, que resultó ser una mueca debido al tirón que se produjo en ese momento en mi brazo. Ella, sonriendo de forma sensual, se acercó a él y le plantó un beso intenso y profundo en los labios. Yo enarqué una ceja. Alasdair estaba quieto como una piedra, no hizo ningún movimiento, siguió con los brazos extendidos a ambos lados de su cuerpo.
—No estamos solos —oí que le susurraba al oído.
Ella se apartó con gesto asustado y miró en derredor hasta que su mirada se posó en mí, encogida en el sofá. La mirada cálida que solo un instante antes le había dirigido a Alasdair se convirtió en frío acero al posarse sobre mí.
—¿Qué hace esta mujer aquí? —explotó, intentando estirarse la camiseta para que le cubriera un poco más que las nalgas.
Fijé mi vista en ella y dejé traslucir todo el desprecio que pude en una mirada.
—Ha tenido un accidente abajo, creemos que tiene una subluxación de la articulación del codo. ¿Puedes hacer algo al respecto? —preguntó Alasdair, totalmente ajeno al cruce de miradas entre nosotras.
—Soy cardióloga, cielo, debería acudir a un traumatólogo —su tono se había suavizado al dirigirse a su amante.
Cardióloga, ¿eh? El sumun de los doctores. Picaba alto Alasdair, vaya que sí.
—De todas formas, seguro que sabes más de huesos que cual-

CAROLINE MARCH

quiera de nosotros, por lo menos podrías echarle un vistazo —su tono se había vuelto frío.
—Está bien —accedió ella a regañadientes.
Luego nos dio instrucciones como si fuéramos su grupo de residentes. A Alasdair le ordenó que se sentara detrás de mí y que me sujetara con fuerza. Él lo hizo sin vacilar y yo me apoyé en su pecho sintiéndome un poco mejor. Su contacto, no sabía por qué, me tranquilizaba. A mí me ordenó que me mantuviera erguida y estirara el brazo herido todo lo que pudiera, que era bastante poco y, sobre todo, lo remarcó varias veces, me ordenó que no gritara, que mantuviera las formas.
Aquello me molestó tanto que juré por todos los dioses conocidos y por descubrir que de mi boca no saldría ni el más mínimo quejido de dolor. Esa vez mi orgullo ganaría la batalla.
Se sentó sobre la mesita de centro, justo frente a nosotros, y cogió mi brazo derecho del que colgaba el antebrazo de una forma desmadejada, como si fuese un muñeco roto. Aguanté el dolor de tenerlo así, sin la sujeción del otro brazo. Alasdair notó mi angustia y noté más presión de su cuerpo sobre mí.
—¿Cuándo fue la última vez que te pasó lo mismo? —preguntó intentando distraerme.
—Hace siete años —contesté yo aguantando la respiración.
—¿Cómo? —siguió él.
—En la prueba de mi vestido de novia. Me subieron a una pequeña tarima para que pudiera verlo mejor y al bajar enganché un pie en el cancán y caí al suelo igual que ahora, sobre el codo —expliqué resollando.
—¿Estás casada? —inquirió Kathleen; su tono se había vuelto un poco más amigable.
—Sí —afirmé enseñándole el pequeño anillo de oro que circundaba mi dedo anular, cada vez más hinchado. Mi mano comenzaba a parecerse a una exposición de salchichas Frankfurt.
Comenzó a palpar mi brazo con dedos expertos, hincando el dedo en cada una de las articulaciones que iban de la mano al codo. Yo resollé con fuerza, pero no emití ningún sonido más.

Mi alma gemela

Odiaba a los médicos en general y a esa doctora en particular. Creí que estaba ahondando demasiado, lo que no sabría decir era si por desconocimiento de la lesión o por otra causa.

—Ahora —dijo tensando mi brazo hasta el extremo.

La presión de Alasdair sobre mi cuerpo se hizo más fuerte. En ese mismo momento, al notar el tirón sobre mis articulaciones inflamadas, olvidé mi promesa antes pronunciada de no emitir el más mínimo sonido y, para mi vergüenza, emití un aullido ensordecedor y aterrorizado, y varios gemidos agudos acompañando a mis gritos de angustia.

Noté el cuerpo de Alasdair sudoroso sujetándome con todas sus fuerzas y yo luchando por separarme de él. Me incliné hacia delante intentando reprimir el relámpago de dolor que me atravesó como una lanza y luego me eché hacia atrás rindiéndome. Lo golpeé en la boca con la cabeza y oí una maldición pronunciada en gaélico. Sin embargo, no dejó de sujetarme.

Solo había una parte de mi cuerpo que se encontraba libre de ataduras y eran mis piernas, que levanté en un intento de salir huyendo de allí en ese mismo instante, pero algo las bloqueó, el cuerpo de Kathleen, que empujado por la furia de mis dos extremidades inferiores, cayó hacia atrás rompiendo la mesita de madera que le servía de apoyo y mostrándonos claramente su ropa interior, que por supuesto era de encaje, esa vez negro, con ribetes de seda negra.

Kathleen maldijo en voz alta al caer y yo la miré sorprendida tanto por el desastre que había causado como por las palabras que salieron de su boca.

En ese momento entró Ewan, probablemente asustado por los gritos. Se paró frente a nosotros y después de mirarnos a todos prorrumpió en grandes carcajadas.

Yo lo miré con furia, era lo único que podía hacer, seguía encerrada entre los fuertes brazos de Alasdair. Kathleen se levantó de un salto tapándose lo mejor que podía y Alasdair volvió a maldecir en mi oído.

—Para no querer gritar, es la mejor imitación de un aullido

que he oído nunca —susurró con aliento cálido y respirando entrecortadamente.

Tres días diciendo que mis gritos aún reverberaban en los valles de las Highlands consiguieron lo que no habían hecho científicos de diferentes nacionalidades, despertar a Nessi, que, según contaban, anduvo aullando varias noches buscando al que probablemente consideraba un compañero perdido en las profundidades del Lago.

Dejé a Alasdair con un labio partido, que sangraba profusamente, y que no permitió que nadie le curara. Se encerró en el baño y se lo curó él mismo. Kathleen huyó despavorida a la habitación a vestirse un poco más decentemente. Y los dos me tuvieron que llevar al hospital de Inverness.

Aunque Kathleen había hecho un buen trabajo colocándome el codo, el dolor sordo y la inflamación de las articulaciones seguían ahí. Tenían que hacerme una radiografía y comprobar si había más daños internos.

Aguanté con paciencia en la sala de espera y le entregué a Alasdair mi tarjeta sanitaria europea, que en principio no sirvió de nada, ya que observé cómo pagaba la consulta. Me pusieron un cabestrillo, una inyección antiinflamatoria y calmante y me enviaron a casa con órdenes de guardar reposo y tranquilidad en las próximas dos semanas. Además me dieron una receta de relajantes musculares para tomar durante los siguientes ocho días.

Yo estaba avergonzada y dolorida, pero el cansancio y la medicación pudieron más y pasé dormida todo el trayecto hasta casa.

Mis caseros me acogieron como a una hija y me acompañaron a acostarme a la habitación. Aseguraron a Alasdair que cuidarían de mí, que estuviera tranquilo. Yo no quería pensar en nada, solo dormir, me acosté antes del mediodía y no desperté hasta el día siguiente.

El fin de semana transcurrió demasiado tranquilo. Dormía mucho debido a las pastillas y cuando me levantaba comía y veía la televisión. Estaba muerta de aburrimiento. Decidí hacer algunas llamadas a España para matar el tedio.

Mi alma gemela

—Hola, Nuri —exclamé cuando oí la voz de una de mis amigas.
—Hola, Alicia, ¡cuánto tiempo! Ya pensábamos que nos habías abandonado. ¿Qué tal todo? —su voz resultó familiar y acogedora.
—Muy bien —mentí—. ¿Qué tal tú?
Ella estaba embarazada de ocho meses, esperaba su segundo hijo y, evocando sus palabras, estaba aterrorizada, porque ya sabía lo que era un parto y había decidido que cuando fuera al hospital si no llegaba a tiempo para la anestesia epidural llevaría un ladrillo en el bolso para golpearse la cabeza y pasar inconsciente el mal trago de dar a luz a su hijo.
—Imagínatelo —oí un suspiro largo y forzado y el crujir de una silla, como si estuviera acomodándose.
—Me lo imagino —contesté riendo.
—No, ni lo intentes, esto es mucho peor. Las tetas se te caen, se te levanta el culo y tengo una tripa de veintitrés meses por lo menos. Entra dos días antes que yo a los sitios. Y luego no mejora, ¿sabes? Cuando das a luz, las tetas se te levantan y en cambio se te cae el culo y encima se te queda esta maldita tripa por lo menos otros seis meses más —explicó compungida.
Yo me carcajeé.
—Ya veo que estás encantada —señalé con diversión.
—Bueno —puso voz melancólica, esa voz que solo tenemos las mujeres cuando llevamos un pequeño ser en nuestro interior. Podía imaginármela acariciando su voluminosa tripa—, no te creas, que el segundo es mucho peor que el primero. Ahora tengo a dos niños en casa y todavía no ha llegado el tercero. Los dos reclaman mi atención continuamente, por no hablar del calor que hace, que tengo las piernas como butifarras. Creo que jamás me podré poner un traje de baño sin sentir vergüenza —terminó.
—Ya será para menos —intenté consolarla yo.
—Nunca, escúchame bien, nunca te dejes convencer para tener otro hijo, ni con palabras melosas de tu maridito al oído diciéndote lo bella que estás en estado de buena esperanza —sentenció ella.

CAROLINE MARCH

—Nuri, ¿no me dirás que Nando te cambió los anticonceptivos por aspirinas? —sonreí yo.

—No tanto, pero se puso de un pesado, que si no podíamos dejar a Marcos solo, que era muy bueno tener otro hijo, que si tal, que si cual, pero ¿sabes qué? Él está como un pepe, disfrutando del verano como si tal cosa y yo encerrada en casa con el aire acondicionado funcionando como si tuviese que ventilar el Palacio Real y abanicándome porque cada movimiento supone un esfuerzo sobrehumano. No, Alicia, jamás te dejes convencer —insistió.

—Lo intentaré. Pero de todas formas, ya sabes que Carlos y yo no tenemos demasiadas ganas de repetir experiencia —contenté algo pesarosa.

A mí no me habría importado tener otro hijo, pero Carlos había sido reacio a ello desde el primer momento. Por lo menos no tenía que preocuparme de su insistencia a ese respecto.

—¿Qué tal Carlos? —preguntó cambiando súbitamente de tema.

—Bueno, tú lo sabrás mejor que yo. Apenas hablamos, creo que está bastante enfadado porque decidí venirme aquí unos meses —exclamé.

—Alicia, tienes que reconocer que algo de razón tiene. Sin ton ni son, te dio la vena y hala, a recorrer mundo sola, pero ¿qué se te metió en la cabeza? Todos sabíamos lo afectada que estabas por la muerte de tu amiga Sofía, pero de ahí a abandonarlo todo va más de un paso —replicó.

La pequeña reprimenda me sentó como una patada en el estómago, pero lo disimulé.

—Lo tenía que hacer, Nuri, y creo que nos va a venir bien, a los dos —remarqué.

—Eso desde luego, si al acabar esta aventura no estáis más enamorados, seguro que estáis divorciados —su tono brusco me sorprendió. Quizá fuera lo molesta que estaba debido a su avanzado embarazo, pero había algo implícito detrás de sus palabras.

—¿Ha ocurrido algo que yo deba saber, Nuri? —pregunté directamente.

Mi alma gemela

—Todavía nada, que yo sepa, pero ya sabes cómo son estos maridos nuestros, hasta que consigues sacarles algo... Lo único que sé es que se le nota cambiado, está enfadado y Nando me ha comentado (que no salga de nosotras) que sale todos los días y no con nuestro grupo. Se ha juntado con el grupo de su hermana, que ya sabes cómo son... —dejó la frase sin terminar.

Sí, yo sabía perfectamente cómo eran. No perdonaban un día de fiesta. Todos estaban solteros y habían decidido que disfrutar de la vida debía considerarse un deporte nacional, que, por supuesto, incluía emborracharse casi todos los días de la semana. Por la descripción que hizo Nuri de Carlos, empezaba a creer que no conocía de nada a mi marido.

—Si te enteras de algo que deba saber, ¿me lo dirás? —pregunté directamente.

—Claro, lo difícil será no enterarse, Alicia, es como si se hubiese liberado de una cuerda que le ataba el cuello y no lo entiendo, porque desde luego contigo la vida la tenía muy fácil, ya le gustaría a mi Nando: comida calentita todos los días al llegar a casa, de Laura te encargabas tú prácticamente y seguro que también le hacías buenos trabajos en la cama —explotó.

Yo me ruboricé. Carlos y su marido eran compañeros de trabajo y mucho me temía que habían compartido alguna conversación subida de tono sobre nosotras.

—Te tengo que dejar, Nuri, cuídate mucho, tú y ese pequeñín. ¿Me avisarás cuando nazca? —pregunté.

—Por supuesto, a ver si eso te hace venir por lo menos unos días antes. Un beso.

La conversación con Nuria me dejó preocupada y algo enfadada. Tenía la sensación de que por el hecho de haberme ido le había dado un permiso tácito para que hiciera todas las cosas que no hacíamos juntos y que, por supuesto, sabía que me molestaban en extremo. Llevaba más de dos semanas en Escocia, todavía me quedaban dos meses más. Igual tendría que plantearme en serio volver por lo menos para pasar el fin del verano con él. Quizá pudiéramos irnos unos días a la playa solos, a recuperar el tiempo

CAROLINE MARCH

perdido. Como si eso me fuese a ayudar, comencé a buscar ofertas de viajes a través del teléfono, dejando mi correo electrónico como enlace. Pero ¿verdaderamente quería irme? Ahora empezaba a sentirme cómoda, demasiado cómoda, sentía que la gente me apreciaba, pero en realidad solo iban a ser tres meses y después ¿qué? Unos cuantos correos y mensajes, y pronto estaría todo olvidado, ¿o no? Me parecía que había una cosa, en realidad un hombre, que jamás podría olvidar. Pero Alasdair no me debía nada y así me lo había demostrado al aparecer con su novia. Yo había captado el mensaje a la primera. Debía olvidarlo todo y centrarme en mi familia, que era lo verdaderamente importante.

Recibía breves visitas de Deb, que me llevaba los famosos pastelitos de arándanos de Rosamund y me tranquilizaba diciendo que podían con todo. Esa semana también debía de haber mucho trabajo. La Eurocopa seguía en marcha y tenían lleno todos los días.

Ewan fue una vez a verme, con gesto tan avergonzado que hasta me dieron ganas de reír.

—Mira —le dije señalando el cabestrillo—, no es nada, solo un pequeño accidente.

—Ya lo sé —contestó algo molesto—, pero cuando te oí gritar... no sé...

—Bueno, no me lo recuerdes, ya sé que fui un poco escandalosa.

—¿Un poco solo? —preguntó él con un brillo bailando en sus ojos azules.

—Es que esa mujer —me negaba a decir su nombre— fue muy... excesivamente meticulosa en sus manipulaciones.

—Claro, claro —rio él.

—Ewan, tú has estado en el ejército —le comenté—. ¿Has entrado en combate?

—Sí, ¿por qué? —contestó algo incómodo.

—Porque has tenido que ver heridas bastante más graves que la mía.

—Desde luego, pero eran de hombres preparados para la guerra, no de una joven delicada como tú —aclaró.

Mi alma gemela

—¿Delicada? —comencé a reír. Nunca me habían definido de esa forma.

—Bueno, comparada conmigo o con cualquier soldado eres bastante delicada —dijo sonrojándose.

Yo volví a reír.

—Me gusta cuándo te ríes así, se te marcan dos hoyuelos muy graciosos a ambos lados de la cara —dijo mirándome fijamente.

Yo desvié la mirada y me quedé seria.

Él, notando mi incomodidad, no dijo más al respecto.

Hablamos un rato de cómo iban las cosas en el pub, de quiénes habían preguntado por mí. Yo lo agradecí y le dije que les transmitiera mi agradecimiento.

Antes de despedirse me entregó dos cheques, el de la semana pasada y el de esa.

—Pero no he trabajado esta semana —protesté.

—Son órdenes del gran jefe, preciosa, y yo estoy de acuerdo, si no hubiera sido por mi torpeza... —volvió a enrojecer.

—Déjalo ya —contesté cogiendo los cheques.

—El sábado viene un grupo muy bueno a tocar. Lo mismo te apetece ir, como invitada, claro —añadió.

—¿Un grupo de música celta? —pregunté emocionada.

—Sí.

—¿De esos que llevan tambores y gaitas y cantan en gaélico?

—Sí, pero son *bodhrams*, no tambores —corrigió.

—De acuerdo, iré. Nunca he visto uno en directo, no me lo perdería por nada del mundo —afirmé sonriendo.

—Muy bien, pues allí te esperamos —concluyó.

—Gracias.

—Cuídate —dijo y me dio un beso en la mejilla raspándome un poco con la barba sin afeitar.

—Tú también, adiós —murmuré notando cómo me ruborizaba.

Si lo notó, no dio muestras de ello.

Cuando se fue, cogí los cheques y los acaricié. Allí impresa estaba mi paga semanal, en la letra pulcra y estilizada de Alasdair.

CAROLINE MARCH

Estaban escritos con pluma. Siempre me había gustado el trazo de la pluma estilográfica. Cuando comencé la universidad, mis padres me regalaron una Mont Blanc, que guardaba con gran cariño, pero a la que desgraciadamente no le había dado mucho uso. Firmaba remarcando las letras mayúsculas con el nombre completo Alasdair K. Mackintosh, con un rasgo oblicuo que lo abarcaba por completo.

Aquella tarde recibí una llamada de un número desconocido. Me sobresalté, me había quedado dormida por el efecto de las pastillas y tampoco es que recibiera muchas llamadas. Lo normal y más cómodo eran los mensajes de texto.

—¿Diga? —contesté algo adormilada y en castellano.

—Aileas, soy Alasdair —oí su voz grave.

Nunca hasta ese momento había utilizado mi nombre en la acepción gaélica. Me despejé en un instante.

—¿Sí?

—¿Qué tal estás? —su voz sonaba cercana, como si estuviese en la habitación de al lado. Ruido de impresoras y faxes se oían de fondo.

—Bien, gracias —dije.

—¿Y tu brazo?

—Mejor, mucho mejor, ya puedo quitarme a ratos el cabestrillo, aunque no tengo mucha fuerza aún —contesté latiéndome el corazón a mil por hora. Me sentía como una adolescente que recibe la llamada del chico que le gusta después de esperar horas y horas cerca del teléfono.

—Me alegro —afirmó. Pude notar cómo sonreía.

—¿Y tu labio? —pregunté.

—Bien, solo me molesta un poco al comer, también al hablar, al sonreír... —dejó la frase sin terminar.

—¡Oh, Dios mío! ¡Cuánto lo siento! ¡De verdad! —repliqué lamentando el golpe que le había propinado días antes.

Oí su risa al otro lado del teléfono.

—Es una broma, Aileas, no es nada, apenas molesta.

—Oh, bien —dije un poco más calmada.

Mi alma gemela

—No habrás ido a trabajar, ¿verdad?
—No, todavía no, pero creo que para la semana que viene estaré perfectamente y el lunes me podré incorporar de nuevo. Por cierto, no tienes por qué pagarme esta semana —le comenté recordando el cheque.
—Quiero hacerlo, así que sobre eso no hay más que hablar —concluyó de forma decidida.
—¿No creerás que es culpa de Ewan tú también? —pregunté. Quizá por eso me pagaba la semana extra.
—No, fue un accidente, pero creo que a Ewan le ha afectado mucho —suspiró profundamente.
—Lo sé, ha estado aquí esta mañana —le comenté.
—¿Y qué te ha dicho? —inquirió.
—Oh, nada en particular, bueno sí, me ha invitado a ir a un concierto este sábado en el pub —expliqué.
—¿Vas a ir?
—Sí, no tengo otra cosa más que hacer. La verdad es que no tengo demasiados planes. Me está matando el aburrimiento. Y tú, ¿vas a ir? —pregunté cruzando los dedos de mi brazo en cabestrillo.
—No, no puedo. Nosotros tenemos otros planes. Pásatelo bien y recupérate pronto. Adiós, Aileas —susurró colgando el teléfono.
Nosotros. No había pasado por alto que se refería a alguien más que a él. Ese nosotros solo podía significar Kathleen, la fabulosa, encantadora, guapa, bella, delicada y maldita doctora.
Me tomé otra pastilla. Necesitaba desesperadamente otro relajante muscular. Pensé en el Doctor House, a ver si ahora me iba a hacer adicta a la vicodina. De todas formas, era lo único que me faltaba. ¡Cuán equivocada estaba!

CAPÍTULO 12

Una noche de fiesta

La tarde del sábado me la tomé con calma, comencé a prepararme unas dos horas antes. Me tomé un baño con tranquilidad y me sequé el pelo dejando que se formaran ondas naturales. Nunca lo había tenido ni rizado, ni liso, sino esa mezcla intermedia que desespera. No sé si fue casualidad, pero ese día quedó perfecto. Mi pelo lucía suave y brillante. Envuelta en un albornoz expuse sobre la cama varias prendas de ropa sin decidirme por ninguna. Finalmente quise mostrar una imagen atrevida, más que la que solía llevar en mi tierra.

Me vestí con un vestido de gasa minifalda en negro con pequeñas estrellas de diferentes tamaños en blanco, de manga francesa. Debajo me puse unos leggings finos negros y para darle un tono más informal, unas botas de media caña de cuero negro con calaveras de cristal a cada lado.

Me maquillé con cuidado, utilizando la técnica del ahumado en ambos ojos, remarcando mi mirada oscura, me apliqué incluso algo de colorete y me pinté los labios de un rojo granate, casi sangre.

Como último complemento un pequeño bolso metálico en el que apretujé lo indispensable. Como abrigo me coloqué una chupa de cuero entallada.

Mi alma gemela

Me miré por última vez en el espejo y lo que vi me gustó. No parecía la misma joven apocada y tímida de los primeros días. Estaba decidida a pasármelo bien, por primera vez en mucho tiempo.

Cogí el autobús, recibiendo miradas y silbidos de aprobación de los ocupantes. Yo sonreí, «es una buena señal», pensé. Recordé a Sofía, cuando solíamos salir en Madrid.

—Hoy rompemos la noche, mi Alice.

—Yo solo me romperé la crisma, con estos tacones —solía responder yo.

Llegué al pub poco antes de que comenzara la actuación. Habían bajado la luz y el ambiente era festivo. Me acerqué a la barra para pedir una cerveza.

—¡Joder, Alice! No te había reconocido —exclamó Deb.

—Gracias —musité. Jamás había escuchado a Deb decir una palabra malsonante.

Me senté en una de las mesas del fondo, aunque probablemente acabaría en la pista del centro bailando. De momento me concentré en disfrutar de la noche y de la cerveza fría.

Observé que Ewan se acercaba a la barra y le preguntaba algo a Deb, que me señaló con un gesto de la cabeza. Yo, al comprobar que Ewan me buscaba, levanté la mano derecha, ya sin cabestrillo, y lo saludé.

Él se quedó mirándome fijamente, con un gesto que desde aquella distancia no pude discernir muy bien, no sabía si era de enfado, sorpresa o agrado.

Se acercó despacio, calibrando cada paso.

—Estás... diferente —expresó sentándose a mi lado.

—Gracias —contesté. Era obvio por su gesto, que era un piropo.

Él seguía observándome con una expresión de anhelo, sí, la reconocí porque era la misma que solía tener yo cerca de Alasdair. Acordarme de él disfrutando de la noche en Edimburgo con Kathleen hizo que enterrara el rostro en la cerveza, notando cómo se enrojecían mis mejillas.

CAROLINE MARCH

—Ewan —le dije finalmente—, creo que Deb quiere que presentes al grupo.

Ewan se volvió hacia el escenario y se levantó de un salto. Hizo una pequeña presentación elogiando su música, su éxito y les dio paso.

No volvió a sentarse conmigo, se quedó en la barra, cumpliendo como un perfecto camarero.

El concierto fue estupendo, disfruté con la música celta de ese país que ya comenzaba a amar y me emocioné con el sonido de las gaitas y las baladas cantadas en la lengua de sus antepasados. El gaélico a mis oídos inexpertos sonaba dulce y melancólico. Mi corazón latió al ritmo de los *bodhrams* y acabamos todos bailando danzas típicas en la improvisada pista de baile. Bueno, yo en realidad hacía lo que podía, pasando de unos brazos a otros, algo mareada por las cervezas combinadas con el relajante muscular.

Acabé en los brazos de Ewan después de una vuelta en la que otro bailarín me soltó. Me reí como una tonta, algo ebria sujetándome a su cuerpo musculoso.

—Ahora nos vamos a ir con el grupo a una discoteca de Inverness. Te vienes, ¿no? —no era una pregunta, era una afirmación.

—Desde luego —contesté yo un tanto balbuceante.

—Espérame un momento, subo a cambiarme y bajo ahora mismo —desapareció por la puerta de detrás del escenario.

Me quedé un rato conversando con la vocalista, mientras Deb, que también nos acompañaba, se cambiaba en el almacén.

Cuando Ewan bajó, todas las miradas femeninas, incluida la mía, se volvieron hacia él. Estaba impresionante, se había duchado, todavía tenía el pelo rubio algo mojado, pero ya se le empezaban a rizar las puntas de esa forma desordenada tan peculiar. Se había puesto ropa de Alasdair, llevaba una camisa negra de finas líneas blancas y unos vaqueros oscuros, con una cazadora de cuero. Cuando se acercó a mí, ignorando los suspiros femeninos, noté miradas de odio y envidia hacia mi persona, pero lo que realmente hizo que mi corazón saltara con violencia fue su perfume, el mismo que llevaba Alasdair.

Mi alma gemela

Apuré mi cerveza; ¿cuántas llevaba ya?, ni lo recordaba, nada tenía importancia esa noche, me lo estaba pasando de miedo.

—Vamos —dijo cogiéndome suavemente del brazo—. Vendrás conmigo.

En ese momento llegó Deb.

—Habías dicho que venías en mi coche —replicó molesta y a la vez azorada al ver a Ewan.

—No, viene conmigo —afirmó Ewan arrastrándome hasta la puerta.

—Voy con él —contesté riéndome y dejándome arrastrar.

Me monté en su Range Rover aspirando el aroma a Alasdair. Si él se divertía, yo también podía hacerlo. Recorrimos el camino en silencio, con la única compañía de la música que sonaba por los altavoces. El CD del grupo que acababa de tocar.

Llegamos en un suspiro a la discoteca. El tiempo cuando has bebido se mide de forma completamente diferente. Me encontraba a las mil maravillas, el brazo había dejado de dolerme y notaba la agradable sensación del alcohol corriendo por mis venas, incitándome a hacer cosas que sobria ni se me hubiesen ocurrido.

Pedimos otra consumición. La música estaba demasiado alta para hablar, así que nos dirigimos a la pista y bailamos primero algo separados para acabar, no sé cómo, abrazados.

Los demás habían llegado hacía rato y estaban haciendo lo propio. Pude observar que la vocalista y el gaitero se estaban besando en una esquina.

—¡Iros a un hotel! —les grité desaforada.

Él me hizo una peineta, ella sin embargo, lo apretó más contra su cuerpo.

—Esta noche estás tan diferente... —susurró Ewan a mi oído. Pude aspirar y sentir cómo se metía en mi cuerpo el aroma de Alasdair.

—No puedo más —le dije dirigiéndome hacia la pared, contra la que me apoyé.

Todo me daba vueltas, las luces eran demasiado brillantes, el

CAROLINE MARCH

contorno de la gente era borroso, los rostros estaban desdibujados. Comenzó a sonar *Just the way you are*, de Bruno Mars.

Ewan se situó frente a mí con las piernas ligeramente separadas y los brazos apoyados en la pared a ambos lados de mi cuerpo y empezó a cantar la canción. Solo para mí, solo para mis oídos. Su voz me llegaba lejana, excitante, halagándome y seduciéndome: *when I see your face, there's not a thing that I would change, because you're amazing. Just the way you are. And when you smile, the whole world stops and stares for a while, because, girl, you're amazing. Just the way your are. Her lips, her lips, I could kiss them all day if she let me, Her laugh, her laugh, she hates but I think it's so sexy. She's so beautiful, and I tell her everyday...* y no sé muy bien qué pasó a continuación.

Sus brazos se flexionaron y pasó uno por mi cintura acercándome a él, con el otro atrapó mi nuca y estiró mi pelo hacia atrás para que lo mirara a los ojos, esos ojos tan parecidos a... Y me besó, un beso largo y apasionado.

Mis piernas temblaron y me sujeté a él, la camisa se le había aflojado por un extremo y metí la mano derecha por debajo deseando tocar su piel. Él se estremeció y arremetió con más fuerza. Yo abrí la boca y dejé que su lengua explorara, la entrelacé con la mía y me apreté más a su cuerpo sintiendo su erección contra mi vientre.

De repente la música cesó y cambió bruscamente al rapero coreano Psy. Una alarma sonó en mi cabeza: «¿Qué estoy haciendo?». Giré la cara separando mis labios de los suyos e intenté apartarlo con el brazo derecho, haciéndome daño al intentar empujar. Emití un gemido y encogí el brazo.

Ewan se apartó asustado.

—¿Qué sucede? —preguntó preocupado.

—Llévame a casa —contesté, súbitamente despejada.

El alcohol ya no fluía por mis venas haciéndome flotar. Ahora lo tenía todo concentrado y bullendo en mi estómago, luchando por salir.

No recuerdo cómo salimos de la discoteca, ni siquiera si nos

Mi alma gemela

despedimos del grupo, pero sí recuerdo y recordaré siempre la mirada de dolor y odio que me dirigió Deb al pasar a su lado.

Vomité por primera vez antes de subirme al coche. Vomitar es algo humillante, pero lo es más aún cuando el hombre al que has estado besando un momento antes te está sujetando el pelo para que no te lo ensucies.

Tuvimos que parar una vez más durante el camino, sintiendo el frío de la noche escocesa. Comencé a tiritar y me empezaron a castañetear los dientes. Ewan subió la calefacción del coche y se mantuvo en silencio. Simplemente, me observaba de vez en cuando.

Cuando llegamos a casa, me ayudó a bajar del coche y quiso abrazarme. Yo lo aparté con un empujón.

—No te acerques. Nunca más —remarqué, asqueada conmigo misma.

Entré en la casa trastabillando, sin mirar atrás, y corrí al servicio hundiendo la cabeza en el inodoro. Vomité el resto de la bebida que todavía permanecía en mi estómago, junto con la bilis, la vergüenza y el asco que empezaba a sentir.

Aonghus, preocupado, salió de la habitación y entró silenciosamente en el baño. No dijo nada, se limitó a sujetarme la cabeza y el torso, evitando que con las profundas arcadas me hiciera más daño. No era posible. El daño estaba hecho. Un daño que pagaría muy caro.

Comencé a llorar quedamente, a la par que reprimía los sollozos que amenazaban con ahogarme. Aonghus me abrazó y me sostuvo en sus brazos hasta que comencé a calmarme lo suficiente como para dejar de temblar.

—¿Qué ocurre, Aonghus? —oí que preguntaba Fiona.

—Nada mujer, duerme, a Alice le ha sentado mal la cena —contestó él.

—Deben de ser las pastillas que toma, que son muy fuertes, a nuestro pequeño también le pasa cuando sale por la noche. El frío es muy malo para el estómago. Ya lo sabes —exclamó suspirando.

CAROLINE MARCH

¿Pero es que esa mujer no se enteraba de nada?
Sofoqué otro sollozo y Aonghus siguió acunándome unos minutos más.
—Ya estoy mejor —le dije separándome suavemente de él.
—¿Seguro?
—Sí. Será mejor que me acueste —murmuré levantándome con dificultad.
Me arrastré hasta la cama y me metí vestida y sin desmaquillar. Había bajado a los infiernos, sin parar siquiera en el purgatorio para poder expiar mis pecados.

Cuando desperté a la mañana siguiente, si a aquello se le podía llamar despertar, en lo primero que pensé fue en Sofía; ni en Ewan, ni en Carlos, ni en Alasdair, ni en mi hija, ni en mi madre. Sin embargo, recordé a Sofía y me sentí muy, muy mal. La cabeza me daba vueltas y veía el techo de la habitación demasiado cerca de mí. Me encontraba sofocada y mareada, las paredes de la habitación se estaban empequeñeciendo, atrapándome en un agujero del que no podía salir.
—Sofía, ¿qué he hecho? —sollocé contra la almohada.
No obtuve respuesta, ni siquiera una simple señal de su presencia a mi lado, ni una corriente de aire, ni el sonido de su risa evocado en mi mente torturada. Me sentí completamente sola. Ni ella quería estar junto a mí.
Oí unos débiles golpes en la puerta y seguidamente Aonghus emergió llevando una pequeña bandeja con una taza de líquido humeante y una tostada. Me hice la dormida y oí que suspiraba y dejaba la bandeja en la mesilla. Cerré con fuerza los ojos. No me atrevía a abrirlos y enfrentarme a su cara. Sentía que me juzgaba en silencio o puede que simplemente fuera mi imaginación culpable. Cuando cerró la puerta tras él, abrí los ojos y me giré en la cama, enredándome en el edredón donde un simpático Rayo McQueen me guiñaba el ojo. Volví a sentir ganas de vomitar, cada pequeño movimiento de mi cuerpo me dejaba exhausta y asustada.

Mi alma gemela

Esa era la sensación que atenazaba mi cuerpo, el miedo. Un miedo aterrador a las consecuencias que podría tener lo que había hecho la noche anterior. Y culpa, la maldita culpa heredada de mi educación católica, que me hacía imaginar a la gente tirándome piedras y gritando «¡Adúltera!» a mi paso.

Miré por la ventana. El sol estaba alto, arropado por una neblina que lo enturbiaba haciendo que el día fuera gris, como mi alma.

El teléfono sonó. No lo cogí. Seguía dentro del bolso tirado en el suelo de la habitación. Recordé demasiado tarde una recomendación de mi madre: «Nunca dejes el bolso en el suelo, trae mala suerte y aleja el dinero». Tuve ganas de reír, una risa amarga y desagradable. ¿Qué pensaría ella de lo que había hecho? Mi madre era una persona honesta y sincera, no tenía una sola arista de maldad ni falsedad en toda su persona y había intentado transmitirme esos valores. Había fracasado. Para ella el sacramento del matrimonio era sagrado. Mi padre y ella se habían respetado y amado durante todos los años que duró su matrimonio. En su vocabulario no existía la palabra traición. En el mío, al parecer sí. Sentía que la había decepcionado y eso me dolía más que nada.

¿Y Carlos? Yo siempre había sido sincera con él, en los buenos y los demasiado malos momentos había intentado ser siempre franca y directa. No soportaría una infidelidad por su parte, no por el hecho de la infidelidad en sí misma, sino por la deslealtad a mi confianza que eso suponía. Y ahora era yo la que lo había hecho. Sentí asco de mí misma y me odié más que ninguno de los afectados pudiera hacerlo. Yo era mi juez y era mi verdugo, y no iba a tener clemencia.

El teléfono sonó otra vez, interrumpiendo mi penitencia mental. Si hubiera tenido fuerzas lo habría tirado contra la pared, pero no podía moverme de la cama, estaba atrapada en mi propia vergüenza y humillación.

Me incorporé en la cama y bebí un poco de agua de un botellín que tenía en la mesilla, busqué mi último relajante muscular

CAROLINE MARCH

y me lo tragué deseando que fuera una cápsula de cianuro en vez de una pastilla que me haría dormir de nuevo. Me arrastré hasta el bolso y cogí el móvil; no miré las llamadas, me limité a dejarlo junto a mí cuando me acosté de nuevo.

Desperté cuando estaba oscureciendo, con un sobresalto, como si hubiese olvidado algo muy importante. Ese algo se presentó en una imagen fugaz del cuerpo de Ewan aprisionándome contra una pared, de una lengua inquisidora y de otro cuerpo, el mío, respondiendo a sus caricias y deseando más y, sin embargo, no lo deseaba carnalmente, no había excitación ni pasión, solo una necesidad de sentirme viva por dentro. Lo que había hecho que ahora desease estar muerta.

Me levanté, me quité la ropa de la noche anterior, me puse el pijama y me encaminé al baño. Me miré por primera vez en todo el día en el espejo y mi reflejo me devolvió una mirada fría y llena de dolor. Tenía el maquillaje desdibujado, grandes marcas negras rodeaban mis ojos y descendían por mis mejillas debido a las lágrimas, que volvían a brotar desconsoladamente otra vez.

Me lavé con abundante agua fría hasta que dejé de notar los dedos de las manos y mi rostro se quejó, quedándose la piel tirante y expuesta. Me sequé raspando la piel con la toalla, queriendo borrar los restos físicos de mi vergüenza, pero solo conseguí dejar un rastro enrojecido y furioso.

Volví a la habitación. La bandeja con la taza y la tostada había sido sustituida por un plato con una tortilla y verduras cocidas. Sentí que las arcadas venían otra vez a mi garganta y la aparté a una esquina de la habitación.

Me senté en el borde de la cama y cogí el teléfono. Tenía cuatro llamadas perdidas de un número que no conocía. Habían dejado mensaje. Tecleé el código y escuché.

—*Alice, llámame, necesito hablar contigo.*

—*Alice, por favor, empiezo a estar preocupado... anoche cuando te dejé estabas... no sé, llámame o iré a buscarte.*

Mi alma gemela

—*Por favor, Alice, me han dicho que no te encontrabas bien, que no habías salido de la habitación. Llámame cuando oigas esto. Lo de anoche fue... fue algo increíble.*

—*Alice, no sé lo que me está pasando. Me estoy volviendo loco. Tú me estás volviendo loco. Nunca me había pasado antes. No había sentido esto con nadie hasta ahora. Creo, creo... que te quiero.*

Aparté el teléfono de mi oreja como si quemara y lo solté, dejando que cayera en la cama. Cualquier mujer se habría sentido halagada, tal vez un poco asustada por su ímpetu, pero desde luego agradecida de hacer sentir algo así a un hombre como Ewan. Yo estaba horrorizada. Era bastante peor de lo que me había imaginado. Por un momento quise llamarlo y explicarle que todo había sido irreal, fruto del alcohol y del anhelo por sentirme querida. Que lo que él sufría era el síndrome de la chica nueva en la oficina, que yo no era ni con mucho la persona adecuada para él. Que estaba casada, que amaba a mi marido. Que era él a quien quería tener en mis brazos. Pero ¿era cierto? Empezaba a creer que no era a Carlos a quien quería abrazar y besar, sino a otro hombre, uno esquivo que me había dejado claro al alejarse de mí que no me amaba. Y yo en venganza había besado a su primo, a su hermano, a su mejor amigo. Quería decirle sin palabras que, aunque él no me amara, había otro hombre que sí lo hacía. El reconocimiento de que todo había sido fruto de mis celos hacia Alasdair me dejó la mente en blanco. No sentía que hubiera traicionado a mi marido, sentía que había traicionado a un maldito escocés pelirrojo ajeno a todo ese lío, para el que yo no era más que su empleada.

Tecleé furiosa en el teléfono:

Ewan, lo de anoche fue un error, un gran error. No hay nada entre nosotros ni lo habrá nunca. Amo a mi marido y la traición de anoche me duele a mí mucho más de lo que pueda sentir tu orgullo herido. Espero que todo entre nosotros se resuelva y que este inciden-

CAROLINE MARCH

te quede en una anécdota, que espero algún día recordemos sin avergonzarnos. Crees que me quieres, pero es solo un espejismo, no me conoces, ni yo a ti. Olvida todo lo que has podido sentir por mí, por favor.

Pulsé la tecla de enviar y me quedé mirando fijamente la pantalla. Sabía que no iba a haber respuesta. Ewan, como la mayoría de los hombres que conocía y sobre todo los escoceses, esgrimían su orgullo como bandera y seguro que, aunque estuviese lamiéndose las heridas bebiendo una botella de whisky, nunca daría su brazo a torcer.

En ese momento sonó el pitido que señalaba un nuevo mensaje. ¿Me habría equivocado? Lo cogí con miedo y observé con alivio que era de Carlos.

Cielo, te echo de menos, ¿te llamo esta noche y repetimos?

El tener en ese momento sexo telefónico con mi marido hizo que la garganta se me cerrara de nuevo y se me hiciera un nudo doble en el estómago. Tecleé una respuesta:

Lo siento, cariño. Hoy he trabajado y estoy muy cansada. Quizá mañana. Te quiero.

Otra mentira más en mi haber. Me pregunté qué penitencia me pondría un sacerdote si me confesara. Probablemente me pasara cuatro días enteros encerrada en una iglesia rezando el rosario de rodillas y flagelándome.

No recibí respuesta de Carlos. Podía entender su enfado, pero era mejor así. No estaba segura de que no acabara confesando mi pecado si hablaba con él y me había jurado que lo ocultaría siempre.

Me acosté y, agotada, me quedé dormida. Sofía apareció entre mis sueños. Su gesto estaba triste y me acariciaba con su pequeña mano el rostro.

Mi alma gemela

—No llores, mi Alice. Nadie dijo que el camino fuera fácil.
—Sofía, ¿en quién me estoy convirtiendo? —no había lágrimas, solo una inmensa agonía en mi voz.
—Eres tú, nadie más. Levanta la cabeza y mira bien alto. Nunca te arrepientas de lo que has hecho, sino de lo que no has podido hacer.
—Sofía, he herido a tanta gente...
—No, solo te has herido a ti misma. Mi Alice querida, solo ha sido un beso tonto que se convertirá en un recuerdo lejano antes de lo que esperas.
Se fue, dejándome sumida en un profundo sueño, lleno de sombras y tinieblas.

CAPÍTULO 13

Penitencia y castigo

El lunes por la mañana me levanté con un terrible dolor de cabeza. Me sentía incapaz de ir a trabajar, no por el malestar de mi cuerpo, sino por tener que enfrentarme a Ewan y a Deb sobre todo. Con ella tenía que hablar seriamente y disculparme por haberle hecho daño. Estaba claro que estaba enamorada de Ewan y yo ahora sería para ella una enemiga, en vez de la amiga que pensaba que había conseguido. La entendía perfectamente y ensayé mentalmente mil y una disculpas para explicar mi comportamiento.

Finalmente, llamé al pub para explicar que me encontraba mal. Necesitaba otros dos o tres días para poner suficiente distancia.

—Mackintosh al habla.

—¿Alasdair? —pregunté sorprendida.

—Sí, Alice, soy yo, ¿qué ocurre? —su tono era brusco y había vuelto a pronunciar mi nombre en la acepción inglesa, marcando las distancias.

—Verás, no me encuentro muy bien. Quizá no sea muy buena idea ir a trabajar... —empecé, pero él me interrumpió de repente.

—Una resaca no ha matado nunca a nadie, Alice, así que le-

Mi alma gemela

vanta el culo de donde lo tengas aposentado. Te quiero aquí en dos horas —respondió con firmeza.
—Pero el brazo... —comencé yo, algo sorprendida por su tono, demasiado áspero y directo.
—Tu brazo está perfectamente, ya lo demostraste el sábado por la noche —afirmó con rudeza.
—Estaré allí en dos horas —me rendí. Lo sabía, estaba claro.
—Perfecto —dijo y colgó.
Me vestí despacio y de forma sencilla, con un vaquero y una blusa negra. Me recogí el pelo en una trenza que quedó colgando sobre mi hombro. No me maquillé. Me hacía parecer más niña, tal vez eso ablandara su corazón. Me equivoqué, por supuesto, un duro hombre de las montañas no se iba a ablandar por una joven sin maquillaje.
Entré en el pub temerosa de un enfrentamiento con Ewan o con Deb. No estaban ninguno de los dos. Sin embargo, detrás de la barra se encontraba Alasdair, con el uniforme del pub, camiseta y pantalón negros. Lo miré, el posó su intensa mirada azul sobre mí y mis piernas comenzaron a temblar. Algo oscuro, siniestro y peligroso danzaba en sus ojos normalmente risueños.
—Ahora me cambio —murmuré dirigiéndome al almacén. Él no contestó, pero sentí su mirada siguiendo mis pasos.
Cuando salí con el uniforme me situé detrás de la barra, esperando alguna petición. El pub estaba tranquilo, solo cuatro o cinco personas tomaban sus consumiciones en las mesas de dentro. Fuera hacía demasiado frío para estar sentado tanto tiempo, incluso para los escoceses acostumbrados a ese clima. Deseé fumarme un cigarro, pero no me atreví a sugerírselo a Alasdair, que estaba apuntando algo en una libreta, probablemente haciendo inventario. ¿Era mi imaginación desbocada o los pocos lugareños me miraban como si de repente me hubiera convertido en Mata Hari? Su gesto y su saludo, normalmente amable, era inquisitivo y descortés. Me resigné, de todas formas me lo merecía. Lo consideré como parte de mi castigo.
Cumplí con todas las órdenes que me dio. Rápido y sin me-

CAROLINE MARCH

diar respuesta. La familiaridad que habíamos compartido desde el principio se había esfumado. Yo miraba continuamente el reloj deseando que llegase la hora de salir.

Sobre las ocho entró Jorge acompañado de la nieta de Caristìona.

Me acerqué a saludarlo.

—¿Qué vais a tomar? —pregunté.

—Ella una coca cola, yo lo de siempre —respondió guiñándome el ojo.

—Ni se te ocurra —una mano cubierta por fino pelo cobrizo me sujetó la muñeca—. Es menor de edad, aquí no servimos alcohol a menores de edad. Se acabaron ese tipo de favores —abroncó mi jefe.

Yo retiré mi brazo de forma brusca. Me vigilaba como un halcón a su presa.

—Ya lo has oído —le dije a Jorge.

—¿Eso es por enrollarte con el rubio este fin de semana? —preguntó él en español.

—¡Shhh! —lo amonesté—. Él entiende perfectamente el español y yo no me enrollado con nadie, fue un beso tonto, nada importante —concluí enrojeciendo.

—Pues no lo parece, se le nota bastante cabreado. ¿Es tu novio?

—No, estoy casada —murmuré.

—¡Pues entonces estás jodida, compañera! —exclamó él.

—¡Mierda! Lo sabe todo el mundo, ¿no? —pregunté sin querer saber la respuesta.

—Sí, hasta los de mi clase de inglés lo estaban comentando esta mañana. ¿Es verdad que lo ha echado del pub? —inquirió él.

—¿A quién?

—Al Geyperman.

—No lo sé, probablemente haya tenido turno de mañana.

—Que va, no está aquí —conversó un momento con la nieta de Caristìona.

Mi alma gemela

—Ella dice que tu jefe lo ha mandado unos días fuera, para que se calme y se le enfríen los... ya sabes —señaló la citada parte de su anatomía.

—Bien, conque esas tenemos —estaba enfadada y cada vez más furiosa. La vergüenza había dado paso a un estado de coraje y de impotencia.

Los dejé solos y me fui a la cocina a comer algo. Tenía ganas de patear y dar puñetazos a diestro y siniestro. Si había hecho daño a alguien, ese alguien en particular, que era mi marido, estaba a miles de kilómetros de distancia y nadie tenía derecho a opinar sobre ello. ¡Malditos escoceses cotillas y metomentodo!

La tarde se hizo eterna y tuve la sensación de que cada habitante del pequeño pueblo se acercó a ver si yo seguía allí y qué cara tenía. Fingí sonrisas y palabras amables y cuando dieron las once me dirigí sin una palabra a Alasdair, que también había optado por ignorarme, al almacén a cambiarme.

Salí diciéndole adiós con un gesto de la mano. Estaba decidida a volver andando, necesitaba calmar mi rabia con un largo y frío paseo.

—¿Adónde crees que vas? —soltó justo detrás de mí.

—A casa. ¿O tal vez piensas que tengo en mente irme de fiesta? —respondí colérica.

—¡Espera! —exigió como si estuviese llamando al orden a un pelotón de fusileros.

«Y una mierda», pensé y comencé a andar.

Me cogió por los hombros y me susurró a los oídos broncamente:

—Si te digo que te pares, te paras, ¿entendido? —su contacto y sus palabras hicieron que una punzada alcanzara mi entrepierna.

Obedecí mientras le veía cerrar el pub.

—Sube al coche.

Subí sin protestar.

—No necesito que me lleven —musité cuando estaba cómodamente sentada en los asientos de piel.

CAROLINE MARCH

Él arrancó el motor, que reverberó suavemente dentro del habitáculo.

—Mira, Alice, por un momento he pensado en dejarte hacer estos tres kilómetros de noche andando, a ver si se te refrescan las ideas y te entra algo de cordura en esa cabecita tan estirada que tienes, pero mucho me temo que si lo hago, volverás a meterte en otro lío, así que déjame que haga lo que tengo que hacer.

Su reprimenda me dolió. Fruncí los labios y me encogí en el asiento.

Recorrimos los tres kilómetros en absoluto silencio. Cuando paró frente a mi casa, me bajé y di tal portazo que el coche tembló. Él bajó la ventanilla.

—Cuidado con lo que haces, que esta vez me la pagas —exclamó furibundo.

Yo me giré y me metí en la casa sin contestar. Subí las escaleras sin hacer ruido y entré en mi habitación. Había pasado el primer día. No había sido tan malo... ¿o sí?

El segundo día, más de lo mismo. Estaba empezando a cansarme. En el descanso me metí en la cocina a merendar. Por lo menos Rosamund había dejado el acostumbrado plato con sándwiches y pastelitos. Parecía que aunque su trato había pasado a ser formal, me estaba perdonando. El teléfono de Alasdair reposaba en la encimera. Tenía el mismo modelo que yo. Recordé que debía mandar un mensaje a mi madre. *Mamá, todo bien por aquí. ¿Qué tal vosotras?* Esperé los tres tonos de respuesta. Que sonaron de inmediato. Todavía no estaba preparada para hablar con ella. Una madre, aunque esté muy lejos, sabría por el tono de voz, aunque yo lo disimulara, que algo habría ocurrido y no quería preocuparla. Pasados unos días llamaría y hablaría largamente con las dos. Oí a Alasdair llamándome imperativamente desde fuera. Cogí el móvil de la repisa y, guardándomelo en el bolsillo, salí a atender a los clientes.

Al cabo de un rato el teléfono vibró una vez. Lo cogí de forma mecánica, atraída por el sonido. Lo desbloqueé con el dedo, ni siquiera me di cuenta de que la foto de mi hija no aparecía en pantalla. Apareció un mensaje de alguien desconocido.

Mi alma gemela

Te espero con ansia.
«¿Qué es esto?», pensé. ¿No sería Ewan volviendo a las andadas? Arrastré la pantalla para retroceder en la conversación.

—Lo siento, Kat, me tengo que ir a las Highlands, estaré fuera una semana. Un asunto importante. Te compensaré cuando vuelva.
—Ese asunto importante no será español, ¿verdad?
—Sí.
—¿Otra vez se ha metido en líos? Ya te dije el otro día que deberías despedirla.

Di un respingo. Maldita zorra entrometida. Entrecerré los ojos y miré desafiante la pantalla. Una vez metida en faena tenía que saber cómo había acabado la conversación. No debería haberlo hecho, pero me perdió la curiosidad, igual que al gato.

—Lo estoy pensando.
Esa vez sentí un dolor agudo en el corazón. No me lo esperaba de Alasdair.
—¿Por qué no lo haces de una vez?
—Es mi decisión. Y la tomaré cuando sea necesario.
—Esto es muy aburrido sin ti.
—Tengo mucho lío, luego hablamos.

La conversación se retomaba unas dos horas más tarde.
Necesito tenerte entre mis piernas.
Una punzada de celos atravesó mi vientre al ver su contestación.
Deseo estar dentro de ti.
Dejé de leer. Lágrimas confusas amenazaban con brotar de mis ojos. Me sentí peor que el domingo. Ahora la vergüenza y la furia habían desaparecido para dejar paso a una pena que me horadaba el corazón.
Fui corriendo hasta la cocina para dejar su teléfono y cambiar-

CAROLINE MARCH

lo por el mío cuando algo llamó mi atención, el icono de un vídeo en la pantalla. No debí pulsarlo, pero lo hice, parecía que allí nada ponía freno a mi habitual prudencia.

El vídeo era el mío, no, corregí mentalmente, el nuestro, el de Ewan y yo bailando y finalmente besándonos con la banda sonora de *Just the way you are* sonando de fondo. Me vi con otros ojos, verdaderamente parecía que estaba disfrutando y mucho del beso, y del contacto con el cuerpo de Ewan. Busqué el remitente, lo había enviado Deb a las cuatro menos cuarto de la madrugada del domingo.

Cambié el teléfono y salí por la puerta trasera al callejón. Me encendí un cigarro y comencé a llorar. Como siguiera así mi próximo trabajo sería el de plañidera.

Cuando terminó el turno, me cambié y esperé pacientemente al lado del A5 a que Alasdair cerrara el pub. Cuando abrió el coche me senté y me abroché el cinturón, fijando la vista en el frente, sin decir nada. No tenía nada que decir.

—¿Te ocurre algo? —preguntó él. Su tono era preocupado, había desaparecido la hostilidad de los días anteriores.

—Nada. De todas formas, ¿a ti que te importa? —murmuré sin mostrar el aturdimiento que sentía.

Alasdair no contestó.

Cuando llegamos a casa, me solté el cinturón y estaba a punto de bajar cuando oí su voz; sonaba triste.

—En eso te equivocas, Alice, me importa y mucho.

Cerré la puerta y subí llorando al refugio de mi habitación.

El miércoles entré arrastrando los pies al pub. Ya no me sentía con fuerzas para nada. Llevaba varias noches sin apenas dormir y estaba muy cansada, física y mentalmente. Solo quería terminar el turno y volver a casa.

La tarde estaba siendo demasiado tranquila.

—¿Por qué hay tan poca gente hoy? —pregunté más que nada para oír el sonido de mi propia voz.

Alasdair se había limitado a observarme, no había intentado entablar conversación ni una sola vez. Tenía que reconocer que no

Mi alma gemela

había conocido nunca a una persona tan terca como él. ¿Serían así los montañeses en general?

—Se ha muerto el viejo Archi. ¿No has oído las campanas de la iglesia? A última hora habrá una muchedumbre, vendrán todos a beber a su salud —explicó con voz átona.

—Ah, vaya, ¿lo conocías mucho?

—No demasiado, vivía en una granja alejada, con la única compañía de sus ovejas. Pero todo el pueblo irá a darle la última despedida —expresó, como si fuera lo más normal.

—Puedes irte si quieres, creo que no me meteré en problemas por un rato —afirmé intentando mostrarme amable.

—No, déjalo —por un momento vi un atisbo de sonrisa—. Tampoco me tenía mucho aprecio.

—¿Por qué? —inquirí con curiosidad. Todo el pueblo parecía tener en consideración a los Mackintosh.

—Bueno, Ewan y yo solíamos hacerle bastantes trastadas cuando éramos jóvenes. —Esa vez vi una sonrisa completa, recordando su niñez.

—¿Qué le hacíais?

—De todo, y nada bueno. Desde desmontarle el tractor para que no le funcionase hasta dejar la cerca abierta para que las ovejas pastaran con libertad. Ese tipo de cosas —me miró—. Seguro que tú también has hecho algo parecido alguna vez.

—Más de una y de dos. El director de mi colegio solía decirle a mi madre «Con lo mona que se la ve y qué chicazo es» —respondí arrancando una carcajada a Alasdair.

De repente ya no hacía tanto frío.

—¿Os pilló alguna vez? —pregunté de nuevo.

—Nunca directamente, pero era obvio que sabía quiénes éramos. Nuestros padres se encargaban de los castigos —contestó chasqueando la lengua.

—¿Qué os hacían?

—Bueno, a los dos nos castigaban sin salir, lo que no servía de nada, porque nos escapábamos a una cabaña en las montañas y podíamos pasarnos allí varios días escondidos, hasta que se nos

CAROLINE MARCH

acababan las provisiones. También recibimos bastantes azotes en el trasero. Pero lo peor era cuando nos amenazaban con alistarnos en el ejército cuando tuviéramos la edad suficiente. Ambos estábamos fascinados a la vez que horrorizados. Nos gustaban las armas, pero odiábamos que nuestros padres estuvieran tanto tiempo lejos, y las historias que contaban, probablemente exagerando, nos dejaban varias noches temblando, hasta que lo olvidábamos y volvíamos a las andadas —sonrió levantando una ceja al recordar.

—Pero Ewan ha estado en el ejército —apostillé.

—Sí, pero él buscaba algo que no ha encontrado todavía —me miró fijamente—. Antes estudió Literatura, ahora lleva el pub hasta que encuentre otra cosa que le llame más la atención y vuelva a cambiar.

Yo evité la delicada alusión a mi persona.

—¿Y tú no quisiste alistarte en el ejército?

—Yo no pude —fue su respuesta. Su gesto se había vuelto pétreo y no quise insistir.

En ese momento entraron cuatro jóvenes que por su acento y sus movimientos al hablar deduje eran italianos. Me dirigí a atenderlos, bajo la atenta mirada de Alasdair dentro de la barra. Les tomé nota, evitando preguntas incómodas e invitaciones de fiesta cuando acabara mi turno. Era lo que faltaba. Al ir a preparar los pedidos, esquivé con un giro un cachete en el trasero, lo que provocó risas en todos ellos. Pero los italianos eran italianos, allí y en la China. Su forma de ser abierta y sexual les precedía. Estaban armando un jaleo impresionante, sus risotadas y gestos hacia mí eran inconfundibles.

Cuando les llevé las cervezas, uno de ellos me sujetó del brazo y me sentó sobre sus rodillas, susurrando algo así como *bella donna*. Me levanté de un salto y corrí a refugiarme detrás de la barra.

—¿Puedo pegar a un cliente? —pregunté en un susurro a Alasdair.

—Tú no, pero yo sí —soltó el vaso que tenía en la mano y con gesto decidido se fue hacia la mesa de los jóvenes ítalos.

Mi alma gemela

Después de un breve intercambio de frases que yo no entendí (¿hablaba también italiano?), cogió al más bravucón, el que me había sentado en sus rodillas, y lo levantó con un solo brazo. El joven apenas le llegaba a los hombros. De forma decidida lo llevó casi en vilo hasta la puerta, por donde lo arrojó literalmente a la calle. Sus amigos se levantaron dispuestos a presentar pelea. Yo cogí el teléfono y busqué el número de la policía. Estaba a punto de marcarlo cuando observé que cogía a otro y, quitándose como si fuera un simple mosquito al más bajito de ellos, que se empeñaba en colgarse de su cuello, lo arrojó a la calle junto a su compañero. Los italianos claudicaron ante el vikingo pelirrojo de un metro noventa y abandonaron el pub con gestos obscenos y palabrotas incluidas.

—¿No tendrás problemas? —inquirí preocupada.

—No —dijo. Su gesto era travieso, el maldito escocés estaba disfrutando.

Marcó un número de teléfono y, por lo que oí, avisó a la policía de que probablemente tuvieran algún altercado con un grupo de italianos algo borrachos.

Nos quedamos solos en el centro del pub. De repente se volvió a mí y me miró fija e intensamente.

—¿Por qué lo hiciste, Aileas? —preguntó con voz ronca.

—¿El qué? —contesté algo desconcertada, aunque sabía a lo que se refería.

—Besarlo.

—No lo sé, fue un error, un tremendo error, había bebido mucho y lo estaba pasando tan bien... Él olía... su cuerpo era... No estaba pensando en él cuando respondí a su beso, no era a él a quien quería besar —confesé finalmente mirándolo a los ojos. Sus ojos se enturbiaron, pasaron de un cielo claro a uno tormentoso.

—¿Quién querías que te besara? —se acercó a mí. Estábamos solo a unos centímetros de distancia.

Levanté mi rostro y lo miré, su cara angulosa, su barba cobriza de dos días, su mandíbula cuadrada, sus ojos demasiado dulces,

CAROLINE MARCH

ahora entrecerrados. Él tragó saliva y observé fascinada el movimiento de su nuez en el cuello musculoso. Era realmente guapo, con una belleza peligrosa, como un pirata del siglo XVIII, con unos ojos que te atrapaban. Alcé una mano queriendo tocar la barba áspera y acariciarle el pelo suave y grueso, que formaba ondas por encima de sus hombros. La mantuve un momento en el aire y la dejé caer bruscamente a mi costado.

—Dilo, Aileas, dímelo, ¿quién querías que te besara? —instó y su voz salió como un rugido del pecho.

Su intensidad me abrumaba y las lágrimas volvieron a asomar a mis ojos. Jamás lo tendría. Lo supe en ese momento.

—Mi marido, quería que fuese mi marido —contesté entre sollozos.

Él me abrazó y yo me apoyé en su pecho cálido y fuerte, respirando entrecortadamente. Noté que me besaba la coronilla, un beso suave y cálido. Me separó y mi rostro quedó a un suspiro del suyo, sentía su aliento cálido sobre mí. Su mirada se posó en mis labios y por un instante creí que me iba a besar. Sus ojos se oscurecieron de repente y su beso se posó en mi frente. Un beso dulce, de labios carnosos y ardientes.

Oí el tintineo de la puerta al abrirse y me separé bruscamente. Ya me había puesto demasiado en evidencia. Corrí a refugiarme detrás de la barra. Alasdair se quedó de pie en el centro del pub, como una estatua de bronce pulido.

Dirigí la mirada hacia la puerta, donde se había parado Aileen. Ahogué un gemido. Sin mirar a Alasdair pude percibir que todo su cuerpo se quedó tenso. Aileen siguió acercándose tímidamente hasta él, su rostro mostraba un deseo y un anhelo desesperados. Se paró a un metro de distancia. Ni siquiera reparó en que yo estaba allí.

Volví la vista a Alasdair, que había cruzado los brazos sobre el pecho. Su rostro no demostraba emoción alguna, sus ojos brillaban profundos y oscuros, con un tinte peligroso, amenazador y mortal.

—Alasdair —murmuró Aileen con voz sumisa y delicada.

Mi alma gemela

—¿Qué haces aquí? No eres bienvenida y lo sabes —contestó él bruscamente, concentrado todo su odio en cada palabra.

—Lo sé, tu camarera ya me lo hizo saber el otro día —respondió ella con algo de maldad en su suave voz.

Yo retrocedí un paso, más por la mirada que me dirigió Alasdair que por el comentario de Aileen.

—¿La conoces? —preguntó con un tono peligroso.

—Sí —contesté yo algo nerviosa. Por mi gesto, él supo que yo conocía la historia, por lo menos la versión que me habían contado los que fueron espectadores de la misma.

—Vete a la cocina —me ordenó.

—No —respondí yo firmemente.

—Creo que no deberías contratar camareras tan descaradas, Alasdair, deberías sancionarla, me echó del pub de muy malos modos —apostilló maliciosamente Aileen.

—¿Es verdad? —me preguntó Alasdair.

—Sí, y lo volvería a hacer si fuera necesario —afirmé en castellano, para que ella no lo entendiera. Una breve luz brilló en los ojos ensombrecidos de Alasdair.

—Tengo que hablar contigo, Alasdair —interrumpió ella, ajena a nuestro intercambio verbal.

—No tengo nada que hablar contigo, lárgate —fue su respuesta.

Seguía mirándome a mí. Yo agaché la cabeza y comencé a limpiar vasos con jabón en el fregadero. Si tenían que hablar, quería darles por lo menos un poco de intimidad, pero ni muerta me iba a quedar encerrada en la cocina.

—¿Qué le hiciste? —me preguntó en español.

—Le tiré una taza de té y la empujé a que fuera a cambiarse lo antes posible —contesté yo en mi idioma.

—¿De verdad? —susurró.

—¿Lo dudas?

—La verdad es que no. ¿Sabías quién era cuando lo hiciste?

—No, lo supe después —seguíamos hablando en castellano.

—Alasdair, yo te sigo queriendo. Aunque hayamos estado separados todo este tiempo, yo siempre he sabido que eras mío, siempre —volvió a interrumpir Aileen.

—¿Qué? Esa mujer estaba enferma, debería estar en un psiquiátrico y no allí.

—Me acusaste de violación y secuestro —fue la única respuesta de Alasdair.

—Eso fue cosa de mi padre, yo estaba muy asustada. Por favor, perdóname, íbamos a tener un hijo. Podemos intentarlo de nuevo. ¿Te lo imaginas? Un bebé precioso en tus brazos, como solías decir, que era lo que más feliz te hacía. Yo... yo... yo lo he soñado muchas veces en estos años —susurró quebrándosele la voz.

Estaba empezando a asustarme. El gesto de Alasdair se tornaba a cada palabra más oscuro y peligroso.

—He dejado a mi esposo, no lo amaba, siempre te amé a ti.

Sus palabras me llegaron al corazón, lo pronunció con tanto deseo que por un instante sentí lástima por ella.

—Déjame en paz, Aileen, no puedo prohibirte que vuelvas a Drumnadrochit, pero sí que vuelvas a mi vida. No quiero verte por aquí nunca más. Ya no soy ese joven que un día conociste —contestó fríamente Alasdair.

—Sí lo eres, siempre hemos estado destinados a estar juntos —volvió a insistir ella, acercándosele un paso más.

Alasdair se apartó como si su cercanía le quemara.

—Lárgate. No quiero verte más, ¿entendido? No me obligues a tener que tocarte para echarte de mi propiedad —respondió él con rudeza.

Ella retrocedió ante el súbito ataque y de repente se volvió hacia mí.

—Es ella, ¿verdad? Esta puta española con la que te has liado. Ya he oído las habladurías, que se había enganchado al Mackintosh, aunque está casada. No es más que una zorra, que te dejará dentro de unos meses, no es ni la mitad de buena de lo que soy yo. ¡Mírala! Es una ramera adúltera —gritó con los ojos enloquecidos dirigiendo su mirada maligna hacia mí.

No le di tiempo a que Alasdair contestara. Cogí el vaso lleno

Mi alma gemela

de agua caliente con jabón que tenía entre las manos y lo lancé a su cara, donde impactó de lleno.

Alasdair, al que le habían salpicado unas gotas y ella, calada hasta los huesos, me miraron con expresión de incredulidad en el rostro.

—¡Límpiate la boca con jabón, zorra! Antes de insultar a nadie, piénsatelo dos veces. Yo no me he liado con nadie. ¡Y menos con él! —añadí gritando.

—Aileen, discúlpate ahora mismo con Alice. Ella no tiene nada que ver conmigo. Es una persona respetable y sincera. Mucho más de lo que se puede decir de ti, que no fuiste más que una intrigante mentirosa —rugió Alasdair.

—No lo voy a hacer. Lo que yo he dicho lo piensa todo el mundo y además tiene una hija. ¡Qué pensaría ella de lo que está zorreando su madre! Pero claro, como la ha dejado abandonada... Yo no haría eso nunca contigo, Alasdair, jamás abandonaría a nuestro hijo —gritó ella sacudiéndose el agua que caía de su pelo.

Algo se agitó dentro de mí. Una cólera como jamás había sentido, el instinto de una madre cuando atacan lo más preciado para ella. Salté de la barra como una loba herida, ni Alasdair pudo frenarme, tal era mi furia.

—Ni se te ocurra mentar a mi hija con tu sucia boca. ¡Puta! Eso es lo que eres y una asesina, que mataste a tu propio hijo. Y me lo dices a mí, que estuve a punto de perder mi vida por salvar la vida de mi hija. ¡Maldito engendro de Satanás! —grité frente a ella.

Aileen retrocedió un paso asustada, aun así sus ojos brillaban con maldad. No me pude contener. Le podía haber dado un empujón, una bofetada, pero no, odiaba tanto a esa mujer que le di un puñetazo en el centro del rostro... y le rompí la nariz, de la que comenzó a manar sangre como una fuente.

El brazo comenzó a latirme de una forma dolorosa, calambres lo recorrían de nuevo de la mano al hombro y temí que hubiera podido haber lesionado mis articulaciones todavía sin sanar del

CAROLINE MARCH

todo. No me importaba, le habría pateado el culo una y otra vez hasta echarla del pub. Era una bruja, malcarada y malnacida, cuya boca solo expulsaba odio.

Alasdair me sujetó con fuerza. Yo temblaba como una hoja mecida por el viento y ni siquiera me había dado cuenta.

—Tranquila —me susurró suavemente.

Yo boqueé contra su pecho.

—¿Estás bien? Yo me encargo. Tranquila, ya ha pasado —repitió de nuevo.

Asentí con la cabeza. Él me tenía sujeta rodeándome con todo su cuerpo, protegiéndome de Aileen o tal vez de mí misma, no lo sabía. Solo sabía que estaba a salvo.

Cuando mis temblores cedieron, me soltó y cogió un paño húmedo que reposaba en la barra.

—Toma —se lo ofreció a Aileen—, de nosotros es lo más que vas a conseguir.

—Eso es lo que tú te crees. Ahora mismo voy a presentar denuncia y esta vez no habrá quien te salve, española, porque aquí no tienes a nadie —amenazó tapándose la cara con el paño.

—Eso dices tú, Aileen, porque me tiene a mí, ¿lo has comprendido? Me tiene a mí para protegerla. Y ahora lárgate de una vez de nuestras vidas —bramó Alasdair empujándola hacia la puerta.

Cuando Aileen se fue, probablemente directa a la comisaría a presentar denuncia por agresión, esa vez real y con fundamento, me dejé caer desmadejada sobre una silla. Alasdair se dirigió a la barra y rebuscó algo entre los cajones, que resultó ser una petaca metálica.

Se acercó a mí y me sirvió whisky en un vaso. Él se limitó a beber de la petaca.

—Bébetelo, te hará bien —expresó con suavidad.

—No lo creo, la última vez no me sentó lo que digamos muy bien —contesté con la voz entrecortada. Me costaba hablar y encontrar las palabras adecuadas, como si estuviese en estado de shock.

Mi alma gemela

—Hazme caso —sugirió él agachándose a mi lado.

Bebí un trago y el fuego líquido me abrasó la garganta hasta caer en el estómago, arrastrando consigo parte de los nervios que me atenazaban.

—Tengo que irme. Voy a intentar solucionar esto. Dejaré el pub cerrado y con las luces apagadas. ¿Estarás bien? —preguntó.

Yo asentí con la cabeza.

—Ahora vuelvo —murmuró alejándose.

Esperé unos minutos con la mirada fija en una servilleta de papel caída en el suelo a unos metros de mí. No podía moverme, si alguien en ese momento intentara levantarme, tendría que cogerme con la silla incluida, ya que mis músculos y tendones se habían bloqueado de tal forma que no podía ni suspirar sin que un tremendo dolor me atravesase el cuerpo.

El corazón me latía desordenadamente, bombeando con fuerza a veces y otras emitiendo un latido casi imperceptible. Un latigazo me recorrió la parte izquierda del cuerpo. «Estoy sufriendo un ataque al corazón», pensé tranquilamente. «Me voy a morir en medio de un pub escocés lejos de todo lo que quiero». El miedo desapareció dejando paso a una inmensa tristeza, quería ver el rostro de mi hija, aunque solo fuera una vez más, decirle que la amaba más que a nada en este mundo y pedirle perdón por no haber estado con ella.

Lágrimas ardientes descendieron por mis mejillas y bebí el último trago del whisky preparado por Alasdair. Oh, tampoco podría despedirme de él, decirle que lo amaba. ¿Lo amaba? Sí, lo amaba, con intensidad y con pasión. Aunque no debía amarlo, no era lo correcto. Y eso me dolía más que nada en el mundo.

Dicen que los que están a punto de morir ven pasar la vida a cámara lenta frente a ellos. Yo no veía más que la servilleta tirada en el suelo. ¿Mi vida había sido eso? ¿Solo un trozo de papel arrugado que no importaba a nadie?

Alasdair entró y yo ni siquiera oí el ruido metálico de la puerta. Se sentó en una silla frente a mí y me miró. Mi vista seguía perdida en la servilleta de papel.

CAROLINE MARCH

—Aileas, ¿estás bien? —preguntó suavemente, con esa cadencia escocesa que acababa las consonantes con un pequeño golpe.

—No, me estoy muriendo —le dije, aunque no oí mi voz pronunciando las palabras.

—¿Qué te ocurre? —su voz sonaba tranquilizadora, como un murmullo que reverberaba dentro de mi mente.

—Estoy teniendo un ataque al corazón, ¿no lo ves? Mi corazón se parará y moriré —volví a contestar. ¿No me entendía? Quizá lo estuviera pensando pero no lo estaba diciendo en voz alta.

—No. Estás teniendo un ataque de ansiedad muy fuerte. —Se situó frente a mí y me obligó a abrir las piernas y a inclinar mi cabeza entre ellas—. Ahora quiero que respires con calma, así, como lo hago yo, ¿me oyes?

De lejos oía una respiración acompasada e intenté hacer lo mismo. Al principio dolía, dolía tanto que el aire ardía en contacto con mis pulmones. Sobre el pecho tenía una losa de piedra que no se movía, que me ahogaba.

—Sigue, vamos, así, lo estás haciendo muy bien.

Me apoyé en sus piernas, sus manos me acariciaban la nuca. Cuando notó que mi respiración se normalizaba, me tomó la muñeca y presionó.

—¿Qué haces? —pregunté mirando al suelo.

—Cronometrando sus pulsaciones.

—¿Y?

—Son normales. Intenta levantar la cabeza.

Lo hice.

—¿Te mareas? —sus brazos me sujetaban con suavidad pero con firmeza.

—Un poco —respondí.

—¿Recuerdas lo que ha pasado? —preguntó.

—No.

¿A qué se refería?

—El incidente con Aileen.

—Ah, eso. Sí lo recuerdo, le he roto la nariz, ¿no?

Mi alma gemela

—Sí. Pero olvídalo.
—¿El qué?
—Lo que ha sucedido —dijo. Ese hombre tenía una paciencia infinita.
—No puedo —contesté.
—Sí puedes. Escúchame atentamente. Tengo que llevarte a prestar declaración a la comisaría y esto es lo que vas a decir: el vaso que arrojaste a Aileen se te deslizó de las manos, yendo a caer sobre ella, no es algo extraño, ya que te ha pasado otras veces. No le has dado ningún puñetazo, ella se inclinó sobre mí y yo la esquivé haciendo que ella cayera sobre la esquina de la barra y se golpeara la nariz. Tú fuiste de lo más atenta con ella, ofreciéndole incluso un paño para cortar la hemorragia, aunque ella se había mostrado bastante desagradable contigo —terminó la explicación—. ¿Lo entiendes?
—No.
Pero ¿de qué hablaba?
—No hace falta que lo entiendas, basta con que lo memorices. Vamos, repítelo conmigo.
Me hizo repetirlo dos veces más hasta que sonó lo suficientemente creíble, o por lo menos así lo creyó él. A mí me parecía ciencia ficción.
—¿Estás bien para levantarte?
—Sí —respondí en un susurro.
De todas formas, me ayudó. Luego recogió mi gabardina, me ayudó a ponérmela y salimos al frío de la tarde escocesa.
La comisaría estaba solo un par de calles más abajo, en dirección contraria al lago. Era un edificio de una planta de ladrillo gris, oscurecido por el clima de las Highlands. Cuando llegamos comencé a sentir un pánico que me cerraba la garganta.
—No puedo hacerlo —expresé.
—Sí puedes. Eres la mujer más valiente que he conocido nunca y si tienes que interpretar un papel, quiero que seas la mejor actriz de todas, ¿entendido? —me miró directamente transmitiéndome fuerza con su mirada clara.

CAROLINE MARCH

Asentí con la cabeza. Mi rostro estaba demudado, seguro que el policía notaría cualquier vacilación en la declaración. Nunca se me había dado bien mentir y menos delante de una autoridad con uniforme.

—Odio los uniformes, los de policía, bomberos, incluso las batas de los médicos. Todos me dan pánico y empiezo a tartamudear cuando los veo —le confesé.

—Si ves que flaqueas, mírame a mí. Recuerda que estoy contigo en esto, recuerda que estás en esto por mí y yo te voy a sacar de este atolladero. Puedes hacerlo, Aileas, tú puedes, estoy seguro —me miró traspasándome con esa mirada azul, que era suave y cálida.

En ese momento recordé una frase de Publio Siro, de mis años de estudiante de letras puras: «La prudencia suele faltar cuando más se la necesita». ¡Ay, cuánta razón tenían los antiguos!

Me llevaba de la mano cuando entramos. Había una sala de espera vacía y una mesa donde un solitario oficial, un joven entrado en carnes, escribía furiosamente en el ordenador.

—Ya habéis venido —dijo dirigiéndose a Alasdair. A mí me miró de arriba abajo sin ningún disimulo. Me sentí expuesta y temerosa.

Avisó por el interfono al comisario y nos dio paso a un despacho demasiado pequeño y demasiado amueblado. En cuanto traspasé la puerta volvió a faltarme el aire. En una silla en la esquina esperaba Aileen, con dos algodones metidos en los orificios de la nariz, que se le empezaba a amoratar. Alasdair no le dirigió ni una simple mirada de soslayo, se enfrentó directamente al comisario.

—Mackay, aquí tienes a Alicia Márquez, mi empleada, ella corroborará lo que he declarado yo —expuso tranquilamente, sin que nada en su rostro mostrara debilidad.

Emití un suspiro, ¿o fue un gemido? Alasdair me puso la mano en la espalda, la calidez de su piel traspasó la gabardina y me dio fuerzas.

—Encantada —mostré lo que quiso ser una sonrisa—. ¿En qué puedo ayudarlo?

Mi alma gemela

El comisario, un hombre de unos cincuenta años, casi calvo y con el uniforme demasiado tirante sobre la barriga, no resultaba demasiado amenazador. Salvo por sus ojos marrones y pequeños como los de un ratón de campo, inquisidores y curiosos.

—Siéntese —consultó los papeles sobre la mesa—. Señora Márquez, ¿es así?

—Sí, es así —contesté. Alasdair me había aleccionado a que contestara a las preguntas de forma concisa y sin dar demasiadas explicaciones adicionales. ¡Como si yo pudiera hacerlo de otra forma!

—¿Lleva algún documento que la identifique como tal? —su tono era frío y directo.

—Sí, claro —rebusqué en el bolso y saqué mi documento nacional de identidad. Se lo entregué con otra sonrisa falsa.

—Adamson —llamó por el interfono.

El otro oficial llegó resollando. Desde luego, por el tamaño regordete de estos policías no es que estuvieran muy acostumbrados a correr detrás de los delincuentes, pero claro, allí, en el fin del mundo, yo debía de ser lo más peligroso que se habían encontrado.

Recogió el DNI y recibió instrucciones de incluirlo en la base de datos. «¡Ay, Dios!», pensé, «Con la suerte que tengo, algún delincuente de los más buscados del FBI seguro que tiene mi mismo nombre».

En ningún momento nos indicó que nos sentáramos.

—Verá —comenzó—, la señora Nairne ahí sentada, ha presentado denuncia contra usted en los términos de agresión. Sin embargo, el señor Mackintosh, aquí presente, ha testificado a su favor, declarando bajo juramento que lo que esgrime la señora Nairne es completamente falso. Quisiera escuchar su versión, señora Márquez —me miró directamente al rostro.

Intenté ordenar mis ideas y los acontecimientos en mi mente atribulada para explicarlos con cierta claridad y orden.

—Cuando entró la señora Nairne al pub yo me encontraba fregando unos vasos detrás de la barra —comencé.

CAROLINE MARCH

—¡Mentira! ¡Estaban abrazados! —rugió Aileen haciendo que su voz sonara como la del Pato Donald. De repente tuve muchísimas ganas de reír. Alasdair lo notó y presionó su mano en mi espalda.

—¡Cállese, señora Nairne! No es su turno de réplica —respondió fríamente el comisario. Con un gesto hacia mí me instó a que continuara la historia.

—Como le decía, señor comisario, estaba limpiando unos vasos, ya que no tengo por costumbre abrazarme a mis jefes durante el trabajo —puse los ojos en blanco.

—¿Ah, no?

Vaya la historia con Ewan también había llegado a sus oídos. Ahogué una maldición.

—No. Ella entró en el pub y se dirigió a Alasdair, comenzaron a hablar y yo en un descuido, ya que no utilizaba, esto... ¿cómo se dice en inglés? —me volví hacia Alasdair.

—Guantes —contestó él, serio.

—Eso, no utilizaba guantes y debido a ello se me resbaló un vaso lleno de agua, que, desgraciadamente, cayó sobre la señora Nairne —fui interrumpida por otro grito de Aileen.

—¡Tendrá valor la muy...! ¡Si me lo arrojó directamente a la cara! —soltó bruscamente.

—¡Compórtese, señora Nairne, o le tendré que pedir que abandone el despacho! —replicó el policía dirigiéndole una mirada furibunda.

—Continúe, señora Márquez.

—Alasdair y ella comenzaron a discutir, yo intenté disculparme por mi torpeza, pero a veces no me explico muy bien en inglés y creo que eso a ella le molestó bastante. Se puso bastante furiosa, tanto que incluso quiso golpear a Alasdair, al que también había mojado en mi descuido —continué con voz algo trémula.

—¡Esto sí que es inconcebible! ¿Que yo quería golpear a Alasdair? Nada más lejos de mis intenciones, yo lo único que quería era besarlo... —Su voz se fue apagando, dándose cuenta de que ella misma se había descubierto.

Mi alma gemela

Yo aproveché su descuido verbal y continué con voz firme.

—Por ello, al ver inclinarse a la señora Nairne sobre Alasdair, este, sin ninguna intención de herirla, por supuesto —enfaticé—, la apartó y ella tropezó y cayó sobre una esquina de la barra, golpeándose la nariz. Yo, viendo que sangraba, le ofrecí lo que tenía más a mano para ayudarla a frenar la hemorragia, que era el paño con el que secaba los vasos —terminé. Lo había conseguido, mi voz no había temblado ni tartamudeado ni una sola vez. Quizá la caricia de la mano de Alasdair había ayudado mucho.

—¿Es eso cierto, señor Mackintosh? —preguntó el comisario dirigiéndose a Alasdair.

—Completamente cierto, como le dije anteriormente —contestó Alasdair sin que le temblara ni un solo músculo del rostro, solo noté el latido de una vena en su cuello. Su gesto era serio pero formal y transmitía una tranquilidad y una sinceridad que a mí me eran completamente ajenas, ya que por dentro seguía notando el tamborilear desordenado de mi corazón.

—Bueno, entonces, no queda más que un detalle —expresó. ¿A qué se referían? ¿Tendría que pasar un detector de mentiras o algo así? Miré asustada a Alasdair. Él frunció los labios y musitó un «Lo siento».

—La denuncia quedará archivada si usted, señora Márquez, ofrece unas sinceras disculpas por su torpeza de esta tarde —señaló la palabra «torpeza» con meridiana claridad. No había engañado a nadie y él lo sabía, pero de alguna forma se había puesto de nuestra parte.

—¿Disculpas? —pregunté sin entender.

—Sí. ¿Acaso no se ha disculpado nunca? —apostilló el comisario mirándome inquisitivo con esos ojos redondos y peligrosos.

Lo que dije a continuación fue una consecución de frases incoherentes y sin sentido, excusándome como pude por haberla empapado con el agua derramada del vaso y como consecuencia volver a estropearle el vestido que llevaba puesto. Las palabras se me atragantaban en la garganta y no estaba muy segura de la for-

CAROLINE MARCH

ma verbal en la que me expresaba a causa de la incomodidad, el enfado y la preocupación por no descubrirme en una disculpa a la que en realidad no tendría que acceder, ya que la denuncia por agresión había quedado en papel mojado.

Estaba completamente mareada, la habitación cerrada y el ambiente caldeado no ayudaban nada. Alasdair notó mi debilidad y presionó con más fuerza sus dedos contra mi espalda. Acabaría con un cardenal como siguiera así.

¿Habría alguna sorpresa desagradable más? Estaba claro que el policía nos había perdonado, pero esa era su venganza por el trabajo que le habíamos ocasionado una tarde tranquila de verano. Curioso el sentido del humor escocés.

Aileen se levantó irguiéndose cuan larga era, que no era demasiado. Ahora que lo pensaba, a Alasdair le gustaban las mujeres más bien bajitas, tipo llavero. Sonreí para mí. Volvía a pensar con claridad, aunque no en la dirección correcta. Nos dirigió una mirada de furia y amenazó con presentarnos la factura del tinte, otra vez. Alasdair afirmó que él se haría cargo.

Sin nada más que decir ni explicar, me despedí de forma educada y salí a recoger mi DNI. El comisario y Alasdair intercambiaron unas palabras en rápido escocés, que por supuesto no entendí.

—¿Qué han dicho? —pregunté al otro oficial, que parecía bastante más amable que el comisario.

—Oh, le ha preguntado si usted vale la pena.

—¿Y qué ha contestado Alasdair?

—Que sí, sin duda alguna —el policía sonrió de forma amable.

Mariposas aletearon en mi estómago. Y no oí lo que pronunció el oficial de nuevo.

—Perdone, ¿ha dicho algo?

—Sí, le digo que tenga cuidado con esa mujer, no creo que esté en sus cabales y ¡válgame Dios!, si una mujer por sí misma ya es peligrosa, no le quiero decir cuando está mal de la cabeza —suspiró hondamente acompañando sus palabras.

Mi alma gemela

—¡Adamson! A mi despacho. ¡Inmediatamente! Creo que esta noche va a tener bastante papeleo —rugió el comisario desde la sala.

Cuando salimos de la comisaría estaba anocheciendo, esa noche escocesa a la que no se le puede llamar noche, sino crepúsculo infinito.

Me volví a Alasdair.

—Necesito dar un paseo —dije.

—Vamos —contestó él caminando a mi lado.

—No —puse una mano sobre su pecho—. Necesito estar sola —afirmé y comencé a andar. Me paré a los dos pasos y me giré. Él se había quedado de pie mirándome con esa expresión extraña en sus ojos, de sorpresa y algo más que como siempre no pude identificar.

—¿Llevas la petaca?

—Sí —murmuró él sorprendido.

—La necesito.

La sacó de un bolsillo interior de su cazadora y me la tendió sin más preguntas. Yo la cogí, la guardé en mi bolso y comencé a caminar con paso firme y decidido. No sabía muy bien adónde ir, pero sí dónde acabé después de pasear sin rumbo casi una hora: en el pequeño refugio que me había mostrado Alasdair en los primeros días de mi llegada a Drumnadrochit. El destino me llevó a la orilla del Loch Ness, a una piedra plana, con el cobijo y la protección del pequeño bosquecillo de álamos a mi espalda.

Me senté y saqué la petaca, di un largo trago notando el fuerte y picante whisky con reminiscencias a madera y brezo. «¿Qué estoy haciendo aquí?», me pregunté por enésima vez en varias semanas. Si Sofía me había enviado a la otra parte del mundo para que me encontrara a mí misma, ahora estaba más perdida que nunca.

Comencé a llorar quedamente. Añoraba muchísimo a mi hija, sentirla en mis brazos y abrazar su pequeño cuerpo, oler su aroma infantil en su pelo y besarla.

La intensidad de mis sentimientos me abrumaba. Estaba total-

CAROLINE MARCH

mente en contra de la violencia, jamás había pegado a nadie en toda mi vida. Solo pensar en lo que había hecho esa tarde volvía a hacer que sintiera asco de mí misma, como cuando reaccioné a mi beso con Ewan. Ya no me conocía. Me miraba en el espejo y era la misma persona, tal vez los ojos me brillaban con más intensidad y mi rostro estaba más pálido, pero mis acciones eran extrañas y alejadas por completo a mi habitual comportamiento.

Dejé la mente en blanco, cansada de dar vueltas y más vueltas. Posé mi vista en una libélula que se mantenía estática sobre las aguas que lamían la roca pausadamente. El batir de sus alas era casi imperceptible a la vista por la increíble velocidad que alcanzaban para mantenerse en el aire. Me gustaba su nombre traducido al español: dragón que vuela. Como si hubiera escuchado mis pensamientos, la libélula se giró y se situó frente a mí, no tenía gesto de dragón amenazante, más bien de mosca curiosa. Alcé la mano para acariciarla y ella, asustada, huyó al refugio del agua.

En menos de tres semanas había engañado a mi marido, me había enamorado de otro hombre que tenía novia y para el que yo solo suponía un problema, me había vuelto a dislocar el codo y había agredido a una persona que apenas conocía, con el resultado de rotura de nariz. Al final tendría que dar la razón a mis caseros: era gafe.

Tomé una decisión. La que tenía que haber tomado hacía ya varios días. Cogí el teléfono y marqué el número de mi madre.

—Mamá.

—Cariño —la voz se me quebró al escucharla tan cerca y al mismo tiempo tan lejos—. ¿Qué ocurre, cielo? ¿Estás bien? —preguntó preocupada.

—No... mamá, creo... creo... creo que quiero volver a casa —respondí llorando.

—¿Cómo? ¿Qué ha ocurrido? ¿Estás enferma? Si ya sabía yo que no sabes cuidarte, seguro que no estás comiendo nada y te quedas débil y enfermas —terminó su diatriba.

—Mamá, ¿siempre tienes que estar riñéndome por todo? —inquirí todavía sollozando.

Mi alma gemela

—No te riño, solo me preocupo por ti. Soy tu madre —contestó ella, seria.

—No estoy enferma, solo que no se qué hago aquí y os echo mucho de menos.

—Ya estamos con lo mismo de siempre, Alicia —su tono brusco me sorprendió.

—¿A qué te refieres? —me puse en guardia.

—A que nos vuelves a todos tarumba, que si quieres hacer esto y lo otro, y que es decisión tuya, que lo has meditado, que estás segura y todo lo demás cuando nuestra opinión te importa un pimiento para luego resultar que te acobardas y al primer revés ya quieres volver a refugiarte en las faldas de tu madre llorando. Pues que sepas, hija, que ya tienes treinta y dos años y que las decisiones que tomas tienen consecuencias, para ti y para los que te rodeamos, y deberías empezar a enfrentarte a ellas como una mujer adulta, no como una niña llorosa —explotó.

Yo me quedé mirando el teléfono con la boca abierta, hasta la libélula se asustó y huyó unos metros más hacia las profundidades del lago.

—Pero mamá... —comencé.

—¡Ni pero mamá, ni leches! ¿No era tu sueño? Pues hazlo realidad. Por una vez en tu vida, termina lo que empiezas —exclamó.

—Siempre termino lo que empiezo —contesté bruscamente.

—No, no lo haces. Empezaste Periodismo y lo dejaste por miedo, quisiste quedarte conmigo en la floristería y fue un infierno, te empeñaste en que Carlos era el hombre de tu vida y ¿ahora qué? O dime si me equivoco en algo. Lo único que está verdaderamente bien y es correcto en tu vida es la preciosa nieta que me has dado. Ahora decides irte tres meses a buscarte y a las pocas semanas ya te has cansado. Madura hija, ¡madura de una maldita vez! —bramó por el teléfono.

—Lo siento, mamá, no sabía que pensaras eso de mí —murmuré notando que las lágrimas volvían a brotar en mi rostro.

—Hija, yo te quiero más que a nada en esta vida y te he visto

CAROLINE MARCH

sufrir mucho en estos últimos años. Te he visto cargar con un peso que no te correspondía y que hiciste tuyo por orgullo, dejando pasar la vida y las oportunidades que te ofrecía, escondiéndote de ella. Porque eso es lo que haces, Alicia, te escondes detrás de lo convencional y de lo correcto. A los demás puedes engañar, a mí no, yo veo lo que hay detrás de esos gestos costumbristas y, déjame decirte, bastante aburridos. Alicia, si ahora tienes la oportunidad de vivir, hazlo, pero hazlo solo por ti. No te preocupes por Laura ni por mí, estamos estupendamente. A mí me hace mucha compañía, es tan alegre como tú cuando eras pequeña. No sé, cariño, cuándo empezaste a cambiar, pero deberías pensarte mejor lo de volver —terminó con un suspiro.

—Lo haré, mama. Os quiero —colgué el teléfono, ya tenía bastante por un día.

¿Era cierto lo que pensaba mi madre? ¿Me había estado escondiendo en una vida cómoda dejando que mi juventud pasara y llegara la madurez y luego el otoño de mi vida sin realmente vivir?

Un ruido a mis espaldas me sobresaltó. Me volví con la petaca en la mano como arma de defensa. Alasdair levantó los brazos en señal de rendición.

—¿Cuánto tiempo llevas ahí? —pregunté.

—El suficiente —contestó él sentándose a mi lado.

—¿Has escuchado la conversación?

—Algo —dijo de modo esquivo.

Lo miré enfadada. No sabía muy bien qué pensar de él, a veces tan atento y otras tan alejado de mí. Me estaba volviendo loca.

—¿Quieres volver a España, Alice? —preguntó mirando al lago.

—Sí. Quería. Quiero —corregí.

—¿Por qué?

—Porque ni yo misma me conozco. Jamás he pegado a nadie en mi vida, estoy en contra de la violencia y de repente he saltado encima de esa maldita mujer y, si no me hubieras sujetado, probablemente habría seguido golpeándola, y eso me asusta —contesté.

Mi alma gemela

—Te da miedo no poder controlar tus emociones —susurró él.

—Sí, algo así. Y lo sucedido con Ewan. Si hubiera estado en España ni se me habría ocurrido. De hecho, cuando la chica de la agencia me enseñó su foto y dijo textualmente que era un hombre «demasiado guapo para ser real», ni siquiera le dediqué un mínimo pensamiento, y llego aquí y acabo besándome con él en una discoteca, completamente borracha. Estoy casada y tengo una hija. Hay cosas que nos están prohibidas y yo he roto en menos de tres semanas todas las prohibiciones morales que constituían el pilar de mi existencia —exclamé furiosa conmigo misma.

—¿No has pensado que aquí por primera vez te sientes completamente libre? —expuso él con calma.

—Nunca he sido libre, Alasdair, nunca. Bueno, tal vez el año que pasé en Madrid, pero después de aquello todo cambió para peor y me fui adaptando a lo que la vida me ofrecía lo mejor que pude —estaba casi llorando de nuevo a mi pesar.

—Pues tal vez la vida ahora te esté dando otra oportunidad y deberías aprovecharla —insistió él.

—Quién sabe —murmuré más como cortesía que como afirmación.

Nos quedamos callados unos minutos, bebiendo pequeños sorbos de la petaca de whisky con una especie de escudo grabado. Un círculo formado por un cinturón con un gato rampante en el centro. Se leía una inscripción: *No toques al gato sin guantes*. Curioso. A veces yo me sentía así, que si no me escudaba lo bastante, algún Mackintosh acabaría arañándome y haciéndome mucho daño.

—¿Qué es? —le pregunté.

—El lema de mi clan —contestó Alasdair—. ¿Conoces la historia del clan Mackintosh?

—No, en realidad iba a ir a Irlanda y conozco poco de Escocia.

—Si decides quedarte, te la contaré —afirmó con una sonrisa.

CAROLINE MARCH

¿Era un chantaje? No iba a servir de nada.
—¿Dónde está Ewan? —pregunté.
Él me miró de forma extraña.
—No es que me importe... en fin, sí me importa, bueno, me preocupa que lo hayas exiliado —expliqué.
—Yo no creo que enviarlo una semana a la Costa Azul francesa sea exiliarlo, pero si lo quieres ver así... Está con sus padres —contestó.
—¿Está bien? —pregunté.
—Mira, Alice —se giró hacia mí—, sé que él te dijo que te amaba, pero a veces no hay que tomar muy en serio las palabras de Ewan, para él tú has supuesto el mayor desafío de los últimos años. Siempre ha estado acostumbrado a que todas las mujeres danzaran a su lado y tú, sin embargo, has hecho lo imposible por ignorarlo y eso para un hombre, en especial si es Mackintosh, supone un reto. Decidió conquistarte y lo consiguió—expuso con voz firme.
—No lo consiguió —respondí enfadada, entrecerrando los ojos.
—Creo que ya lo tiene bastante claro, pero cuando vuelva la semana que viene convendría que mantuvieras las distancias con él —ordenó bruscamente.
¿Qué se creía, mi padre?
—De todas formas, esta tarde he recibido un mensaje de él, así que yo no me preocuparía —dijo en tono misterioso.
—¿Qué decía? —pregunté todavía algo indignada.
—«Cuanto más conozco a los hombres, menos los quiero, si pudiese decir otro tanto de las mujeres me iría mucho mejor» —Alasdair hizo una mueca.
¿Lord Byron? Yo reí. Muy propio de Ewan. Ambos primos eran casi idénticos físicamente y completamente distintos en lo demás. Ewan seguía siendo un chiquillo y Alasdair era un hombre, ahí radicaba la principal diferencia.
—Desde pequeño tuvo ese don. En la escuela infantil, todas las niñas querían jugar con él, sentarse a su lado, tocar sus rizos rubios, hasta que él un día se cansó —su voz sonaba evocadora.

Mi alma gemela

—¿Qué hizo? —pregunté interesada en conocer algo de sus respectivas infancias.

—Salió al patio donde yo jugaba al fútbol con mis compañeros de clase. Yo soy un año mayor —aclaró—. Se plantó frente a mí, me sujetó por los hombros y me besó en la boca. Se volvió a toda su multitud de niñas de primaria y les informó convenientemente que yo era su novio y que se iba a casar conmigo, que más les valdría dejarlo en paz, porque yo tenía muy mal genio, y después las regañó a todas con el dedo.

Yo reí a carcajadas.

—¿Lo tenías? —pregunté.

—Sí, pero mi mal genio no iba dirigido a ninguna niña, sino a él. Le rompí la nariz de un puñetazo. ¿No has notado que la tiene ligeramente torcida? —rememoré el rostro de Ewan buscando imperfecciones, pero aunque estuviese rota, la torcedura era casi imperceptible—. Estuvimos varios meses sin dirigirnos la palabra. Los asuntos de faldas a esa edad también pueden ser muy complicados —sonrió mostrando toda la dentadura en una sonrisa franca y directa.

Yo sonreí a mi vez.

—¿Es verdad que estuviste a punto de morir cuando nació tu hija? —preguntó cambiando bruscamente de tema.

Lo miré con extrañeza, no era algo que me gustase recordar y mucho menos comentar.

—Sí, es cierto. ¿Sabes eso que pregunta el médico de si hay que salvar a la madre o al bebé a quién prefieres? —expliqué algo molesta.

—Sí —respondió quedamente.

—Pues el médico se lo preguntó a Carlos, no sé lo que respondió, nunca me lo dijo. Lo único que sé con certeza es que si esa pregunta se la hicieran a las madres todas contestaríamos que salvaran a nuestros bebés.

—¿Qué ocurrió? —preguntó mirándome intensamente.

—No lo sé muy bien. El parto estaba siendo largo, pero lo normal. Recuerdo el cansancio agotador y el esfuerzo que suponía cada contracción sin poder recuperarme entre una y otra. En el tercer cambio de turno, la matrona se acercó a comprobar mi estado y vio que estaba sangrando y que el corazón de Laura no respondía. Cuando desperté dos días después, estaba en la UCI. No pude ver nacer a mi hija —murmuré con tristeza, en realidad aquello era lo que más me apenaba.

—¿Puedes tener más hijos entonces? —su pregunta me extrañó.

—Claro, bueno, dijeron que no había ningún problema, solo que en el próximo embarazo, que dudo exista, tendría que tener más cuidado y llevar un control médico estricto, ¿por qué? —inquirí.

—Por nada, solo ha sido una pregunta —contestó esquivo. O mucho me equivocaba yo o Alasdair Mackintosh no hablaba nunca por hablar.

—Por cierto, muchas gracias por sacarme del embrollo esta tarde. ¿No tendrás problemas? Porque sabes que has cometido perjurio, ¿no? —aduje mirándolo a la cara, que las luces del crepúsculo rodeaban de sombras. No tenía sentido continuar una conversación sin futuro.

—No hay de qué. No tendré problemas. Además, te lo debía —sonrió.

—¿Por qué me lo debías?

—Porque creíste en mí sin conocer la historia. Eso es algo que pocas personas hacen. Por eso pienso que no debes culparte por lo que ha sucedido esta tarde con esa mujer —evitó nombrarla—, ni con mi primo el tarambana, porque eres una mujer sorprendente, Alice, aunque a veces poco cabal —cabeceó divertido.

—Gracias —respondí algo azorada.

No entendía por qué todo el mundo se empeñaba en calificarme de sorprendente cuando era realmente normal, tirando a mustia.

—Creo que deberías quedarte y terminar lo que viniste a hacer aquí, porque estoy seguro de que algo hay, aunque no lo hayas dicho todavía.

Mi alma gemela

Me sorprendía la facilidad que tenía para adivinarme el pensamiento. Era como si para cada frase que comenzaba yo, él ya tuviera el final preparado. Como con Sofía, tal vez en otra vida fuimos amantes, amigos o hermanos. Nunca lo sabría.

—¿Te vas el domingo? —pregunté. Deseaba que se quedara más tiempo.

—No, me voy el sábado. Tengo un viaje preparado, a Brasil. Estaré fuera dos semanas —respondió.

Mi ánimo cayó al fondo del lago, haciéndole compañía a Nessie.

—¿De vacaciones con Kathleen? —inquirí temerosa de la respuesta.

—¿Kathleen? —él me miró como si fuese la primera vez que oía ese nombre—. No, es un viaje de trabajo —contestó extrañado.

Yo ya me empezaba a imaginar a mulatas en tanga en una playa bailando samba y la imagen no me gustaba nada pero nada.

—¿Solías traer a chicas aquí cuando eras joven? —pregunté con la lengua demasiado suelta debido al whisky.

—Bueno, creo que todavía soy joven, ¿no? —me miró fijamente.

—Sí, claro, pero me refería a... bueno, ya sabes... aquí no hay muchos sitios donde intimar —mi tono se fue apagando y mis mejillas enrojeciendo.

Él rio al ver mi turbación.

—Tenía un viejo Vauxhall, bastante cómodo para ciertas cuestiones... Tú eres la única a la que le he mostrado este sitio. Hasta ahora era solo mío, venía aquí a pensar a menudo, hasta que ocurrió lo de esa mujer, entonces dejé de venir. El otro día me acordé de que existía y decidí mostrártelo.

Su mirada se había perdido en las aguas del lago, haciendo que sus ojos se oscurecieran como en una tormenta. Creí que había removido algo que resultaba incómodo para él. Así que, levantándome, dije:

—Será mejor que nos vayamos, hace ya bastante frío.

CAROLINE MARCH

—¿Sí? No lo había notado, la verdad es que la temperatura está siendo más alta que otros años —su gesto volvía a ser el de siempre.

Caminé algo entumecida y él me ayudó a subir sujetándome del brazo. Era cierto, yo estaba congelada. Sin embargo, su cuerpo emitía un calor agradable y un aroma ya difuminado a cítricos y madera de sándalo, combinado con el dulce olor del whisky.

Esa misma noche, y como ya empezaba a resultar familiar en las Highlands, todo el mundo conocía la historia. Incluso había llegado a oídos de mis caseros, que me sometieron a un interrogatorio en tercer grado.

Les conté la versión oficial, no la real, a la que Aonghus respondió cabeceando y por supuesto sin creerse una palabra, y su mujer con discretos grititos de entusiasmo. Se la notaba ansiosa por coger el teléfono e informar a sus amistades. Empezaba a cogerles cariño, como a unos tíos lejanos que de repente reaparecen en tu vida, como si nunca se hubieran ido.

Aquella noche dormí tranquila, agotada por los acontecimientos, pero en paz. La diatriba y el discurso exaltado de mi madre habían calado hondo dentro de mí. Yo la conocía lo suficiente como para saber que me estaba dando el empuje necesario para seguir en Escocia. Con su enfado demostró que me quería y que deseaba que luchara por lo que yo había decidido. Y Alasdair, como siempre había estado ahí, sin flaquear un momento, ofreciéndome todo su apoyo, apenas sin conocerme, y, sin embargo, confiando plenamente en mí.

Tuve una noche de paz y descanso que realmente necesitaba. No duró demasiado, al día siguiente la cruda realidad me golpeó en forma de llamada telefónica.

—Dígame —contesté. Era un número desconocido, demasiado largo para pertenecer a un particular, provenía de una centralita.

—Alicia, buenos días, soy Patricia, del banco.

Mi alma gemela

—Buenos días, Patricia, dime —exclamé algo extrañada.

Conocía a Patricia desde nuestros años de estudiante, ella se decidió por Ciencias y allí se separaron nuestros caminos. Cuando Carlos y yo solicitamos la hipoteca al banco, se volvieron a unir. Ella era nuestra gestora.

—Verás, es un tema delicado, pero como sabes estamos teniendo problemas con varios impagos. No debería avisarte, pero como nos conocemos desde siempre, me he visto en el deber de hacerlo —replicó.

—¿Qué ocurre, Patricia? —mi tono era más de sorpresa que de preocupación.

—Tenéis la cuenta en números rojos. Hoy ha llegado un recibo del Ayuntamiento y lo hemos devuelto. Te aviso porque la semana que viene pasamos la cuota hipotecaria y si no ingresáis dinero, se devolverá. Ya sabes cómo está el tema, no tengo que explicártelo. Más de dos cuotas devueltas y desviamos el tema al Departamento Jurídico. No quisiera que perdierais la vivienda por un descuido —explicó. Se la notaba algo violentada por las aclaraciones ofrecidas.

—Tiene que haber un error. Cuando me fui hace tres semanas había más de seis mil euros en la cuenta. ¿Puedes comprobarlo otra vez? —ahora sí que estaba empezando a preocuparme.

—¿Estás de vacaciones? No lo sabía. Perdona la molestia, entonces. Sí, es cierto, había seis mil trescientos cuarenta y siete euros a fecha de uno de junio, pero se han ido sacando varias cantidades de unos seiscientos euros más o menos cada una y hace tres días cuatro mil quinientos, aquí en caja. Ahora tenéis un saldo a nuestro favor de quince euros con diecisiete céntimos.

—¿¡Qué!? —grité por teléfono—. ¿Quién ha sacado ese dinero? Solo Carlos y yo tenemos autorización. ¿No nos habrán robado? —pregunté con esperanza.

—No, Alicia, es Carlos quien ha sacado el dinero. Por eso quería avisarte a ti. Tal vez él no se haya percatado de que en esa cuenta está domiciliada la hipoteca —respondió Patricia.

CAROLINE MARCH

—Está bien, gracias. Lo solucionaré lo antes posible. Gracias otra vez.

¿Qué estaba pasando? Ese dinero constituía toda nuestra fortuna, que era bastante poca, pero por lo menos íbamos tirando. Tecleé furiosa el número de Carlos. A esas horas estaría trabajando, pero más le valía contestar o llamaría hasta a la mismísima madre que lo parió si fuera necesario.

—Alicia, cielo, ¿qué tal estás? —su tono tan cariñoso me hizo desconfiar de inmediato.

—Bien, y creo que tú mejor que bien —contesté secamente.

—Vaya, veo que no te has levantado con el pie derecho —bromeó él.

—No, de hecho me he hincado de narices en el suelo. Esta mañana ha llamado Patricia, del banco, diciéndome que tenemos la cuenta en números rojos. ¿Me lo puedes explicar? —mi tono se volvía cada vez más furioso y agresivo.

—Ah, eso —fue su lacónica respuesta.

—Sí, eso. ¿Sabes que nos van a devolver el recibo de la hipoteca? ¿Tienes idea de lo que eso significa? —Carlos jamás se había preocupado de esos temas, como tantos otros, que dejaba en mis manos.

Hubo un silencio al otro lado de la línea.

—Carlos, ¿sigues ahí?

—Sí.

—¡Pues contéstame!

Después de una pequeña vacilación confesó.

—Es por mi hermana.

—¿Qué ha ocurrido? —pregunté preocupada. Cuando estás tan lejos de tu familia, puedes imaginarte cualquier cosa, y nunca nada bueno.

—Por fin ha decidido sacarse el carné de conducir y como la he visto tan animada, me pidió dinero y se lo he dado.

La sangre me hervía en las venas.

—¿Qué? —volví a bramar. Su hermana jamás había hecho nada de provecho en su vida, salvo vivir a costa de su familia—.

Mi alma gemela

¿Le has dado seis mil euros para que se saque el carné? —exclamé sin creérmelo del todo.

—Bueno, para eso y para que se comprara un coche, pero de segunda mano. La hemos visto tan ilusionada con esto que no queríamos que perdiera el entusiasmo —contestó con voz ruda.

—A ver si lo entiendo. Me dices que tu hermana, la que no ha terminado nada en su vida, la que empezó conmigo el curso de Secretariado Internacional y lo dejó en el último curso porque no le gustaba para cambiar a un Módulo de Informática, que dejó nada más empezar, que luego dijo que prefería esperar a acceder a la Universidad para mayores de veinticinco años para estudiar Psicología y no llegó ni a aprobar el examen y que solo ha trabajado tres días en un supermercado de promocionista, que dejó también porque le aburría, ¿ahora quiere sacarse el carné de conducir? ¡¿Y le regalas un coche!? —pregunté enfadándome cada vez más.

—Pues sí, es mi hermana. ¿Qué querías que hiciera? Además, no todo el dinero ha sido para ella, yo también tengo mis gastos, ¿sabes? —su tono volvía a ser apaciguador.

—¿Y qué gastos tienes tú? ¿Salir de borrachera todas las noches? ¿Es eso? ¿Y tu querida hermana no puede pedirle el dinero a tus padres? Un poco más no creo que les importe, llevan casi treinta años dándole todo. Además, te recuerdo que no es solo tu dinero, sino también el mío, y nadie me ha consultado —exploté gritando.

—Eh, eh, para el carro, que te aceleras. Lo que yo haga con mi dinero es cosa mía, que quede claro. Además, cobraré la nómina antes de que llegue el recibo de la hipoteca —aclaró.

—Eso no es cierto. Si te preocuparas por algo más que por ti mismo sabrías que tu nómina se ingresa siempre el segundo o tercer día del mes siguiente al que cobras, así que no hay dinero para cubrir el recibo hipotecario. ¿Es que no te das cuenta de que podemos perder la casa? —Me estaba cansando de hablar contra una pared.

—Está bien, le diré que me devuelva algo y lo ingresaré esta

CAROLINE MARCH

misma semana, ¿vale? ¿Estás ya contenta? —preguntó irónicamente.

—No, no lo estoy, Carlos. En absoluto. Sigues siendo un calzonazos con tu familia y sigues sin entender que tu familia ahora somos Laura y yo. Nosotros no podemos cambiarnos de coche por ahorrar un poco y vas tú y le das todo lo que tenemos a la persona con menos cabeza que conozco —terminé con voz disgustada.

Ni siquiera me di cuenta de que había colgado. Miré furiosa el teléfono. No quería tener que recurrir otra vez a mi madre y solo se me ocurría otra solución. Estaba segura de que Carlos no iba a hacer absolutamente nada, para él la vida era algo que pasaba mientras esperabas la muerte y si en el camino podías divertirte, pues mejor. El dinero no tenía la mínima importancia, era algo completamente accesorio en su vida. Había empezado a trabajar muy joven, sin terminar la secundaria, y el hecho de tener siempre dinero en el bolsillo cuando el resto de sus amigos dependían de una paga semanal le había cambiado por completo el concepto de economía familiar que tenía el resto de la gente.

Furiosa, enfadada y acordándome hasta la octava reencarnación de mi querida cuñada llegué al pub esa tarde. Mi cara lo explicaba todo.

Sin pasar antes a cambiarme me acerqué a Alasdair, que me miró con un gesto de sorpresa y preocupación, pero no dijo nada.

Revolví mi bolso y saqué los cheques semanales todavía sin cobrar.

—¿Me puedes hacer un favor? —pedí entregándole los cheques.

—¿Qué necesitas?

Ni un por qué, ni un qué ocurre, simple y directo.

—Necesito que transfieras a este número de cuenta el dinero de mi sueldo lo antes posible, por favor. Yo aquí estoy tan perdida que no sabría ni dónde acudir.

De hecho, no sabía ni dónde se encontraba el banco más cer-

Mi alma gemela

cano. Todavía gastaba de las reservas que me había llevado de España.
—¿Cuánto necesitas? —preguntó.
—Mil euros —dije. No llegaba ni de lejos a lo que había cobrado—. No he ganado tanto, pero el resto me lo puedes descontar de mi sueldo —le sugerí.
—Claro, así que al final te quedas —sonrió.
—No tengo más remedio —fue mi seca respuesta.
Aquel día no conversamos mucho, se volvía a jugar otro partido de la Eurocopa, en cuartos. Inglaterra seguía sin estar eliminada y España se mantenía. El pub, después de haber estado cerrado prácticamente toda la tarde anterior, estaba a reventar. Alasdair solo salió un momento, subió y estuvo cerca de media hora en su domicilio. Cuando bajó seguía hablando por teléfono.
—Todo solucionado —me dijo mientras yo cargaba una bandeja de pintas de cerveza.
—Gracias, no sabes lo que significa para mí —cogí la bandeja y la llevé a la mesa de un grupo de alemanes.
Cuando llegó la hora de salida, me despedí y le dije que prefería irme andando. La noche era clara y estaba despejada, y la verdad era que necesitaba caminar y destensar los músculos y la mente, ya que seguía enfadada, muy enfadada con Carlos.
—De eso nada, te llevo yo —afirmó.
—Te lo agradezco, pero prefiero caminar —contesté con suavidad.
—No. Y no discutas. Después de lo que ocurrió ayer con esa mujer no voy a dejar que hagas el camino tú sola.
—Está bien —me rendí. No tenía ganas de discutir.
Hicimos el trayecto en un cómodo silencio. No había momentos de tensión, ni silencios incómodos entre dos frases. Simplemente, cada uno iba perdido en sus pensamientos.
Cuando llegué a casa, al poco de irse Alasdair, recibí una alerta en mi teléfono, me informaban de que habían realizado un ingreso de tres mil euros en la cuenta. Estaba salvada, otra vez, y por el mismo hombre.

CAROLINE MARCH

—*Gracias, me has vuelto a salvar* —le escribí.
—*No hay de qué. Es un placer* —contestó.
Me acosté con una sonrisa en el rostro.

El día siguiente era el último que vería a Alasdair en varias semanas y estaba algo melancólica, el tiempo acompañaba, ya que había empezado a llover al amanecer y no parecía que fuera a parar.
Entré en el pub, lo saludé y fui a cambiarme. Enseguida me vi absorbida por la vorágine del ritmo del pub. Casi no tuve un momento de descanso. A hurtadillas observaba a Alasdair, queriendo fijar en mi mente cada rasgo y cada gesto para recordarlo en esas semanas. Me di cuenta de que lo iba a echar mucho de menos, y eso que apenas lo conocía.
A media tarde entraron las hermanas Clarkson y pidieron su habitual taza de té con pastelitos de arándanos. Se lo serví y me instaron a que me sentara un rato a conversar con ellas. Con un gesto pedí permiso a Alasdair, que sonrió y puso los ojos en blanco, rindiéndose ante la evidencia.
—¿Qué tal estás, querida? —preguntó Donella.
—Bien, ¿y ustedes? No han venido por aquí mucho la última semana.
—No, es porque yo he estado algo resfriada, nada serio, pero he preferido quedarme en casa, aunque creo que me he perdido muchas cosas interesantes, ¿no es así? —se dirigió a su hermana.
—Eso dicen —contestó ella mirándome a mí.
—Creo que la gente habla demasiado —apostillé con acritud.
—Sí, tienes razón, hablan demasiado, pero cuentan demasiado poco —rio ella.
—Miren, que ya las empiezo a conocer y sé por dónde van —les dije con un pequeño toque de reprimenda. Ambas emitieron risitas.
—¿Con Ewan, chiquilla? Pero ¿en qué estabas pensando? —preguntó Caristìona.

Mi alma gemela

—Probablemente en Alasdair, se parecen tanto... —exclamó su hermana.

—¿Y lo de Aileen? Me da pena la pobre mujer, creo que ha venido de Aberdeen algo trastornada —sugirió Caristìona.

—Eso es cierto —corroboré yo.

—¿Es verdad que le rompiste la nariz? —inquirió directamente Donella. Me asombraba que con la edad se perdiera parte de la prudencia de la juventud. Era como si con la muerte cerca, llegara también la desinhibición.

—Hice una declaración jurada en la que afirmaba que eso no fue cierto —contesté.

No podía dar más explicaciones. Aunque apreciara a aquellas señoras, eran demasiado chismosas y mi historial policial estaba en juego.

—Sí, claro, y además tenías a Alasdair para ratificarlo —ambas compartieron una mirada sonriente.

En ese momento, hablando del rey de Roma, pasó el susodicho conversando tranquilamente con Will, que salía del trabajo en el taller. Al pasar a nuestro lado sonrió. Yo le devolví la sonrisa.

Me giré hacia las dos damas, que se miraban de un modo muy significativo.

—¿Qué ocurre? —pregunté.

—Un hombre muy sabio dijo una vez que no puedes enamorarte de dos hombres a la vez —murmuró en tono misterioso Donella.

—Yo no estoy enamorada de dos hombres, solo de mi marido —hasta para mí esa frase estaba empezando a sonar extraña.

—Ese hombre decía que no puedes enamorarte de dos hombres a la vez, porque si te enamoras del segundo es que no estabas enamorada del primero —declaró sentando cátedra.

Yo abrí la boca para replicar y la cerré de inmediato. No tenía nada que objetar.

—¿Quieres que te leamos los posos del té? —preguntaron cambiando de tema.

CAROLINE MARCH

—La verdad es que esas cosas no me gustan demasiado —me excusé. Ellas me ignoraron.

—Nada, hija, nada. Alasdair —llamó la mayor—, ¿nos puedes traer una taza de té?

—Ahora mismo, señora Clarkson —oí contestar a Alasdair.

Sintiéndome observada me bebí obedientemente el té, que cada vez me gustaba más, una mezcla entre el café y algún tipo de infusión. Terminé la taza y la deposité en el centro de la mesa.

Ambas la cogieron por turnos, chasqueando la lengua e intercambiando miradas de complicidad. Yo me estaba poniendo un poquito nerviosa.

—¿Y bien? —pregunté finalmente.

—Veo un gran amor, querida, un amor que viene de lejos —pronunció Donella.

—¿De lejos, de España, o lejos en el tiempo?

—No está claro, lo que sí puedo decirte es que es profundo.

Vaya, me tranquilicé un poco, aunque sabía por experiencia que siempre empezaban regalándote los oídos.

—Pero también vemos un gran pesar, un dolor profundo y algo que se rompe definitivamente.

Yo me sobresalté.

—¿Pero el qué?

—Eso no lo dicen las hojas del té, querida, solo es té, tu vida la tienes que vivir tú—contestó la más joven.

—Gracias —dije levantándome—, han sido de mucha ayuda.

Probablemente esa noche tampoco dormiría.

Terminamos el turno y esperé a Alasdair al lado del coche fumándome un cigarro. Cuando llegó junto a mí parecía serio. Se pasó la mano por el pelo y suspiró.

—Será mejor que te tomes el fin de semana libre.

—¿Por qué? ¿He hecho algo mal? —pregunté.

—¿Crees que te daría un fin de semana libre si hubieras hecho algo mal? —preguntó él a su vez.

—No sé, últimamente ya no sé qué creer —dije.

Mi alma gemela

—No, es que creo que deberías relajarte un poco, se te ve cansada y apagada. Quizá te venga bien hacer algo de turismo, conocer la zona.

—No, gracias —contesté—, ya tuve suficiente con las vacas.

Él sonrió.

—Puedes ir a Inverness, es una ciudad muy bonita de día —hizo una clara referencia a mi noche loca de la semana pasada.

—Está bien, lo haré. La verdad es que sí que estoy algo cansada —dije ocultando un bostezo con la mano.

Cuando llegamos a casa, volvió a hablar.

—Ya sabes que voy a estar fuera unas semanas, pero si necesitas algo, o si esa mujer vuelve a molestarte, llámame. De todas formas, ya he puesto al tanto a Ewan y a Deb, ¿de acuerdo?

—Claro, pero creo que me podré defender sola o, al menos, controlarme —respondí intentando grabar su rostro en mi mente.

—Alice, permíteme que lo dude —sonrió.

—Buen viaje —dije abriendo la puerta del coche.

—Cuídate mucho, espero verte a mi vuelta.

—Yo también —afirmé con un suspiro cuando la puerta se hubo cerrado.

Me quedé parada mientras él maniobraba y el motor rugía de vuelta a Drumnadrochit.

CAPÍTULO 14

El amargo sabor de la realidad

Ese fin de semana hice caso de las indicaciones de Alasdair y decidí pasar el sábado en Inverness. Cogí el autobús de la mañana y llegué cuando la ciudad estaba despertando. Caminé por sus calles y subí hasta el castillo, desde donde se tenían las mejores vistas de la capital de las Highlands. Paseé por las orillas del río Ness, con sus puentes que conectaban las pequeñas islas, luego me adentré en el centro y callejeé observando todo con curiosidad, parándome en los escaparates de las tiendas y buscando objetos para regalar a amigos y conocidos cuando regresase. Fue un día de calma y tranquilidad. Cuando cogí el último autobús a Lewinston, ya había decidido lo que hacer. Mi madre decía siempre: «Cuando tengas un problema y no sepas cómo solucionarlo, empieza por el principio y termina por el final». Eso iba a hacer yo. Mi principio era solucionar las cosas con Deb, la consideraba una amiga y no quería perderla por un malentendido. El final todavía estaba por decidir.

Esa misma noche, cuando ya estaba acostada, la notificación de un mensaje llegó al teléfono. Di la luz y lo cogí de la mesilla. Era un mensaje de mi madre. ¿De mi madre? ¿Cuándo había aprendido mi madre a escribir mensajes? La sorpresa inicial dejó paso a la estupefacción:

Mi alma gemela

Amor, puedes venir cuando quieras, te estoy esperando y no llevo ropa interior debajo del camisón...
Obviamente, el mensaje no iba dirigido a mí. Pero ¿a quién demonios iba destinado? Tecleé una rápida contestación.
Mamá, andar por ahí sin bragas no es de mujeres decentes.
A los dos minutos exactos mi teléfono timbró fuertemente. Yo reprimí una sonrisa antes de contestar.
—¿Sí? —pregunté aguantando la risa.
—El mensaje no era para ti, Alicia —contestó ella azorada. Vaya, si encima parecía enfadada, y conmigo precisamente.
—Eso es obvio, mamá. El caso es ¿a quién iba dirigido?
—Era para Tony—respondió rápidamente.
—¿Qué Tony? —inquirí desconcertada. No conocía a ninguna amistad de mi madre que se llamara así.
—Antonio Estévez, el vecino del tercero A.
—¿El argentino?
—Sí, él. Y no es argentino. Es español, solo que sus padres emigraron cuando él era solo un bebé. Enviudó hace dos años y se vino a vivir a España —explicó mi madre atropelladamente.
Intenté visualizarlo en la mente. Que yo recordara, lo había visto dos o tres veces. Era un hombre de unos setenta años, de aspecto jovial, con una mata de pelo blanco y siempre impecablemente vestido. Era cariñoso con Laura y siempre llevaba algún caramelo para darle.
—Ah. ¿Y puede saberse qué hay entre él y tú para que andes sin bragas por ahí? —pregunté. Mi tono no quería ser brusco, sin embargo, sonó bastante áspero.
—Estamos saliendo —contestó brevemente.
—¿Saliendo? Y ya le invitas a tu casa para, para... —la imagen de mi madre con un hombre haciendo el amor se me atragantó y enrojecí violentamente—. ¡Ya sabes para qué! —grité.
—¡Y tú también sabes bien para qué! Que no eres ninguna niña. Y no tengo que darte explicaciones, soy tu madre, las explicaciones me las debes tú a mí y no me das ninguna —se defendió ella gritando como yo.

CAROLINE MARCH

—Yo no tengo que darte ninguna explicación de lo que hago, mamá, porque básicamente no estoy haciendo nada —aseguré yo demasiado deprisa.
—¿Seguro?
Yo tenía razón, hay cosas que a una madre no se le pueden esconder.
—¿Vais en serio? —quise saber cambiando de tema rápidamente.
—Eso creo. Él me hace sentir cosas que creí que no volvería a sentir desde la muerte de papá, me trata con respeto y adora a Laura. Y Laura parece quererlo mucho también. A estas edades, cariño, hay que darse prisa, no nos queda mucho tiempo a ninguno de los dos —su voz, al principio melancólica, se fue apagando poco a poco.
Sentí unas ganas tremendas de abrazarla. Había estado muy sola los últimos años. Yo había hecho mi vida y ella había estado a mi lado apoyándome, siendo la sombra de lo que un día fue.
—¿Pues sabes una cosa?
—¿Qué? —preguntó ella algo desasosegada.
—Que me alegro mucho de que te haga feliz, que creo que te lo mereces, así empiezas a preocuparte un poco más de ti y un poco menos de nosotros —expresé con rotundidad.
—Gracias, hija —dijo suavemente. ¿Estaba llorando?
—Anda, envíale a él el mensaje, que seguro que está esperando. ¡Y qué demonios! Si lo vas a hacer, hazlo a lo grande y ¡quítate también el camisón! —terminé sonriendo.
—Eres una descarada, pero... me lo pensaré —contestó riendo ella también.
Me dormí con una sonrisa en los labios; algo comenzaba a cambiar y para bien. Y por supuesto, no volví a conjurar la imagen de mi madre desnuda recibiendo a Tony, o por lo menos lo intenté.
El lunes, aunque tenía las ideas claras, entré en el pub algo temerosa. Dos pares de miradas me recibieron. La de desagrado de Deb. Me alegré de saber que, de momento, las miradas no tenían el poder de matar. Y la de Ewan, intensa, difícil averiguar lo que es-

Mi alma gemela

taba pensando. Su rostro estaba bronceado y parecía descansado, aunque algo disgustado.

Me cambié dispuesta a comenzar mi jornada. Ninguno de los dos me hablaba excepto para dirigirse a mí con órdenes y frases cortas. A media mañana llegó Will a almorzar. Lo atendió Deb y observé que conversaban entre risas. Aprovechando que parecía estar de buen humor me acerqué a ella en un pequeño descanso.

—¿Te ayudo? —sugerí. Estaba limpiando los vasos antes de meterlos al lavavajillas.

—Haz lo que quieras —contestó fríamente.

Vaya, no empezábamos muy bien. Aun así, lo intenté.

—¿Sabes que mi madre se ha echado novio? —comenté. Yo ya le había comentado que era viuda.

—¿Y? —dijo ella, más por educación que por curiosidad.

—El sábado recibí un mensaje que iba dirigido a su pareja diciendo que lo esperaba sin ropa interior, ¿te lo puedes creer? Para mí ha supuesto un shock —expliqué sonriendo.

Me miró despectivamente.

—Me lo puedo creer, es igual de desvergonzada que su hija. Ya sabes, de tal palo, tal astilla —me sentí como si el palo me lo hubiese clavado en el centro del estómago.

No dije nada, terminé mi fila de vasos y salí fuera. No por la puerta principal, sino por la trasera, al callejón, más resguardada y lejos de miradas.

Me apoyé en la pared y me dejé caer hasta acabar sentada en el suelo. Me abracé las rodillas y, aunque no quería, las lágrimas volvieron a brotar de mis ojos, dejando regueros ardientes en mis mejillas.

Estaba en esa posición cuando oí un ruido, me giré y vi a Rosamund pasar a través del pequeño cercado que dividía la casa colindante del edificio del pub. Iba con delantal y en zapatillas de estar por casa. Yo siempre había creído que era parte de su uniforme y que se vestía en el pub, pero por lo visto vivía tan cerca que pasaba de un lado a otro vestida cómodamente como si tal cosa.

CAROLINE MARCH

Se paró a mi lado al verme sentada. Yo me froté las lágrimas con furia. No quería que nadie me viese llorar.

—Hoy hace un bonito día, ¿no crees? —comentó al descuido, dejando que yo me calmara.

—Cierto, por lo menos no llueve —contesté.

—¿Te apetece una taza de té? ¿O prefieres un whisky? —ofreció.

Los escoceses lo solucionaban todo bebiendo.

—No, gracias, prefiero quedarme aquí un poco más —afirmé.

—Eres una buena persona, Alice, y al final se darán cuenta, solo tienes que tener un poco de paciencia. Para Deb ha sido un duro golpe y para Ewan me atrevería a añadir que también.

¿Aquella mujer tenía instalados micrófonos dentro del pub o qué? Los rumores no podían correr tan rápidos.

—Gracias, Rosamund, intentaré ser paciente, aunque a veces no lo consigo del todo —respondí.

—Sí, algo me han contado —No quise preguntar el qué, ya que había varias cosas por ahí danzando y yo había escuchado versiones de todo tipo, a cuál más peregrina.

—¿Necesitas ayuda en la cocina?

—No, gracias, querida. Voy a limpiar el piso de arriba. También me encargo de ello. Mi pensión no da para mucho y lo que pagan los Mackintosh está bastante bien —aclaró con un pequeño suspiro.

Ahora entendía que tuvieran siempre la vivienda impoluta.

Cuando estaba a punto de entrar se giró y me miró como si hubiese olvidado algo. Yo enarqué las cejas.

—Cuando estuvo aquí Kathleen solo encontré en la basura un preservativo y estuvo aquí con ella tres días. Sin embargo, el año pasado, cuando vino con esa estirada encontré cuatro. ¡Cuatro!, y solo pasaron aquí día y medio —comentó como al descuido.

Yo la miré con la boca abierta.

—Señora Higgison, ¿tiene usted por costumbre revolver entre la basura de la gente? —pregunté estupefacta.

Mi alma gemela

—Solo cuando es necesario —respondió ella lacónicamente, y entró a la cocina.

Cabeceando, sonreí. El carácter escocés me sorprendía y aterraba por momentos. Me levanté y me acerqué a la moto de Ewan, tocando el manillar y recordando el día que monté en ella por primera y única vez.

No noté que Ewan estaba detrás de mí hasta que habló. Yo di un respingo.

—¿Qué buscas?

—Nada —contesté como si me hubieran pillado cotilleando, que era precisamente lo que estaba haciendo—, me preguntaba para qué sirven estos dos aros que sobresalen del asiento.

—Son para que se sujete el que va de paquete.

—Ah, vaya —carraspeé yo—, creí que había que sujetarse al que conducía.

—Eso es solo si quieres que el que vaya de acompañante se sujete a ti —aclaró sonriendo.

¡Maldito escocés pelirrojo!

—¿Te gustan las motos? —inquirió él.

—La verdad es que sí, aunque no he conducido ninguna —contesté con precaución.

Ewan pareció dudar un momento.

—Verás, Alice, a mí me encantaría enseñarte a conducir mi moto, pero no creo que sea lo más apropiado. Todavía me cuesta estar cerca de ti sin tocarte. Será mejor que se lo pidas a Alasdair, él también tiene una moto, pero de carretera, la guarda en Edimburgo. Si lo conozco bien, y lo conozco, creo que estará encantado de enseñarte —explicó fijando su brillante mirada en mí.

—Lo entiendo, Ewan, y siento mucho si alguna vez te hice pensar que podía haber algo entre tú y yo —me disculpé de forma sincera.

—No pasa nada, preciosa, el mar está lleno de peces —respondió haciendo una mueca.

—Ewan.

—¿Sí?

CAROLINE MARCH

—Yo que tú no me fijaría en el océano, más bien en el otro lado de la barra —estaba refiriéndome el lugar que ocupaba Deb normalmente para trabajar. Él me miró entrecerrando los ojos.
—¿Tú crees? —preguntó.
—Estoy segura —afirmé.
Ewan entró con una sonrisa diferente al pub, más abierta y confiada. Lo menos que podía hacer por ellos era darles un pequeño empujoncito.

Al día siguiente recibí una llamada de Nuria, mi amiga embarazada. Dije que era algo urgente y salí fuera para hablar con libertad. Esperaba recibir la noticia de que su pequeño por fin había nacido. Pero últimamente no abundaban las buenas noticias.
—¡Nuria! —contesté alegre.
—Hola, Alicia, ¿qué tal? —su tono distaba mucho de ser abierto y cordial. Más bien parecía preocupada.
—Bien. ¿Qué tal tú? ¿El bebé se niega a nacer? —pregunté.
—Oh, Dios, sí. Con lo poco que le cuesta encontrar a su padre el camino de entrada y lo que le está costando a este enano encontrar la salida —lo dijo con tal tono de fastidio que yo solté una carcajada.
—Bueno, ten paciencia. Ya sabes que los últimos días son los peores.
—Lo sé, lo sé. Pero no te llamo por eso, Alicia, es por otra cosa —su tono se había vuelto formal.
—¿Qué ocurre? —inquirí preocupada.
—¿Recuerdas que me dijiste que si me enteraba de algo que no estuviera bien te lo dijera? —expuso bruscamente.
—Sí, lo recuerdo. ¿Qué ha pasado? —pregunté. Después del desfalco del banco no había querido llamar a Carlos y él, por supuesto, no había llamado ni una sola vez.
—Verás, tal vez me esté equivocando, pero... el otro día vi en la televisión local la celebración de la victoria del partido. Ya sabes, aquí están todos como locos. Cada vez que gana España, sa-

len a la calle como toros desbocados. El caso es que mientras el reportero explicaba cómo se celebraba la victoria, me fijé en un hombre que había detrás. No sé, Alicia, pero creo que era Carlos y estaba besando a una chica. Podría equivocarme, pero no lo creo, he visto el vídeo varias veces y es él, aunque desconozco quién es la chica... ¿Estás enfadada porque te lo he contado? —preguntó suavemente.

Yo me mantuve un momento en silencio. Me sentí como si un jarro de agua helada me hubiera caído encima dejándome inerte, pero no, no estaba enfadada. Al menos, no con Nuria.

—No, no lo estoy. Gracias por avisar. Lo comprobaré yo misma. Cuídate y avísame cuando nazca el bebé, ¿de acuerdo? —mi voz sonaba extraña, fría y formal.

—Sí, lo haré. Alicia...

—¿Qué?

—Estamos contigo, recuérdalo, ¿vale?

—Gracias, lo recordaré.

Entré con gesto serio al pub. Ewan y Deb estaban en la barra. Me dirigí directa a Ewan. Deb me siguió curiosa con la mirada.

—Ewan, ¿tenéis aquí algún ordenador con conexión a Internet? —pregunté.

—Sí, está arriba. —Rebuscó en su bolsillo y me entregó la llave—. ¿Ha pasado algo? —inquirió preocupado.

—No lo sé todavía —respondí cogiendo las llaves.

Subí las escaleras de dos en dos y me planté frente a la puerta de madera cerrada. ¿Quería verlo? Me giré para bajar y luego me volví a girar para subir. Sí quería, quería verlo con mis propios ojos.

Entré y un ligero aroma a rosas me envolvió. El ambientador que utilizaba Rosamund. Miré alrededor de la sala. El ordenador estaba situado en la mesita de centro, ya arreglada después del desperfecto que ocasioné cuando tiré a Kathleen sobre ella.

Me senté en el suelo, abrí la tapa y lo encendí, escuchando el rumor del ordenador cargando la información. No tenía contraseña. Pinché directamente el acceso a Internet y tecleé la web de la

CAROLINE MARCH

televisión local. Una vez dentro busqué con el ratón los vídeos guardados. Al tercer intento lo conseguí. La presentadora daba paso a su compañero, al que apenas se le podía escuchar por el barullo de la gente a su alrededor, las bocinas de los coches, las bengalas y el jolgorio general. Pero allí estaba, justo detrás. Llevaba una camiseta que yo le había regalado por su cumpleaños en abril. Su apostura me confirmó que era Carlos, aunque el rostro estaba oculto a la cámara. Tenía literalmente colgada a una chica a la que sujetaba por las piernas desnudas. Parecía bastante joven, vestida con una camiseta con la espalda al aire y unos shorts vaqueros con chancletas. El pelo rubio teñido le caía a un lado dejando ver cómo se comía la boca de mi marido. ¿O era mi marido el que le comía la boca a ella? Probablemente lo segundo. Carlos parecía cooperar en todo. No se separaron mientras el locutor siguió hablando durante el minuto y cincuenta y tres segundos que duró la conexión. Las piernas de la chica se aferraban a la cintura de mi marido y él se las ingeniaba bastante bien para sujetarla pasando las manos desde sus piernas a su trasero y luego a su espalda.

De repente sentí arcadas y una tremenda congoja que me ahogaba. Revisioné el video varias veces, pulsando la tecla de reproducción una y otra vez, como si no pudiese parar. Veía al reportero despedirse y a la presentadora darle paso, de nuevo, con la mirada fija en mi marido y la otra mujer detrás. Finalmente puse la imagen en pausa y seguí mirando de forma hipnótica hasta que me dolieron los ojos.

Deb entró sin que yo la oyera.

—¿Qué haces? Hay demasiado trabajo —espetó bruscamente.

Yo me volví. Algo en mi rostro hizo que retrocediera un paso.

—Es mi marido —dije señalándole la imagen estática en la pantalla—, es mi marido, besándose con otra —repetí de forma mecánica.

Ella esbozó una sonrisa torcida, una sonrisa de bruja, de alegría incluso.

Mi alma gemela

—Bueno, Alice, pues ya sabes lo que se siente. Quien las da, las toma —respondió agriamente.

Me hizo más daño su comentario que la imagen de mi marido besándose con otra. Me levanté despacio. Ella se apartó. Bajé las escaleras con lentitud, respirando por la boca y aguantando las ganas de gritar, de llorar, de golpear algo, probablemente mi propia cabeza contra una pared. Entré en el pub. Ewan me vio. Le hice un gesto negativo con la cabeza y me escondí en el almacén.

Allí en la penumbra, rodeada de cajas y estanterías, pensé en lo que había visto. Sentía un dolor sordo que me llenaba el pecho y me estrujaba el estómago, pero también sentía algo de alivio, mi gran sentido de culpa por besar a Ewan ya no era tan difícil de sobrellevar.

Mi matrimonio se estaba rompiendo. Quizá no tuviéramos la culpa ni él ni yo, o tal vez los dos. Daba vueltas y vueltas, y solo se me ocurría que si en ese momento hubiera estado en casa, nada de eso habría ocurrido. Pero ¿habría ocurrido más tarde? ¿En otro momento? ¿O tal vez ya había sucedido antes? Esa idea se filtró en mi mente con meridiana claridad. Los silencios incómodos, las largas semanas sin que buscara mi contacto, ni yo el suyo, lo tarde que llegaba del trabajo algunos días. ¿Suponían indicios que yo no había querido ver? Mi matrimonio no se estaba rompiendo, mi matrimonio estaba roto ya cuando llegué a Escocia, o por lo menos agonizando, y todo el mundo lo había visto menos yo.

¿Lo amaba? ¿Era dolor por perderlo lo que sentía? ¿Me dolía perder lo que habíamos compartido? Comencé a llorar de una forma callada y silenciosa hasta que el pánico me atenazó y los sollozos se volvieron tan violentos que tuve que sujetarme las piernas para dejar de temblar. No podía perderlo todo. No podía perder a mi familia, a mi hija. No era posible. No podía estar ocurriendo y, sin embargo, estaba pasando delante de mis narices sin que yo me diera cuenta de nada. Deseé que Alasdair estuviera allí, deseé el consuelo de su abrazo y sus amables palabras, deseé que él me amara para poder sujetarme a algo real y que por fin mi

alma dejara de tambalearse peligrosamente al borde de un precipicio.
Entró Deb y dio un portazo, sobresaltándome.
—¿Vienes a regodearte? —le pregunté bruscamente, levantándome de la caja de conserva de tomate en la que me había sentado.
—Sí, bueno, no. ¡No sé! ¡Maldita sea! Me alegro porque así sabes lo que sentí yo al verte besándote con Ewan.
—¿Crees que es lo mismo? —pregunté. Yo no estaba enfadada, sino triste. Hablé con voz calmada—. ¿De verdad crees que es lo mismo? Yo conozco a Carlos desde hace diez años, llevo siete años casada con él, tenemos una hija en común y acabo de descubrir que él me engaña con otra. De verdad, Deb, ¿crees que es lo mismo? Ewan y tú no estabais juntos, él ni siquiera se ha fijado en ti —no pude reprimir cierta malicia en mi voz—. ¿Te haces una ligera idea siquiera de lo que esto significa para mí? Mi matrimonio está roto. Toda mi vida se ha ido a la mierda, ¿sabes cómo me siento? ¡Ni yo misma sé cómo me siento! —terminé gritando.
Ella retrocedió unos pasos hasta la puerta. Yo avancé en su dirección.
—¿Crees que voy a pegarte?
—No, claro, no lo harías, ¿no? —contestó titubeando.
—Por supuesto que no. ¿Por quién me tomas? —pregunté estupefacta.
—No lo sé, creía que eras mi amiga y luego hiciste eso. Y eres, eres... tan... tan impetuosa, siempre con la cabeza alta, mirando a los demás como si estuvieras por encima de ellos. Muestras tanta seguridad en cada uno de tus actos que a veces me das miedo. A mí me costó mucho hacerme con el trabajo, con los clientes, y llegas tú, sin tener ningún tipo de experiencia, y en una semana conoces a todos, ayudas a Will y a su mujer con el bebé, las señoras Clarkson te adoran, Jorge viene siempre a verte y hasta Rosamund te prepara más pastelitos a ti que a mí. ¡Mierda! Aunque tengamos un día horrible, tú siempre estás sonriendo, como si nada te afectara, y... y... siempre llevas esa melena perfecta, con los

Mi alma gemela

rizos cayéndote como una cascada. Te odio, te odio. Y no me gusta sentirme así. Y sé que Ewan te quiere y eso me duele más que nada, porque sé que le has destrozado el corazón —gritó de forma aguda y respirando entrecortadamente.

—¿Eso piensas de mí, Deb? —me sentía dolida y no conocía a la persona que acababa de describir—. Deb, yo no soy así, tienes una idea equivocada sobre mi persona. ¡Pero si yo estaba aterrorizada cuando llegué aquí! Apenas comprendía el idioma y me sentía tan perdida que al tercer día quería volver a casa, aunque fuera andando, pero gracias a vuestra amabilidad y paciencia me hicisteis sentir como si fuera parte de una gran familia. Soy tu amiga, quiero ser tu amiga. Aunque pienses que el beso con Ewan fue deliberado, no fue así. Fue un maldito error. Ya se lo dejé claro a él, he intentado hacer lo mismo contigo. ¡Pero si soy un completo desastre! El primer día le rompí a mi jefe la luna del coche tirándole una piedra —finalicé mi diatriba. A mi pesar había gritado y ahora lloraba con sollozos furiosos que intentaba silenciar tapándome la boca con la mano.

Ella no dijo nada. Solo siguió mirándome intensamente, con los puños apretados a ambos costados.

—Lo siento, de verdad, siento mucho haberte hecho daño y si puedo hacer algo para remediar el agravio, dímelo, que lo haré. Pero no me odies por lo que no soy —añadí notando que volvían a brotar las lágrimas de mis ojos.

—Todo es por Alasdair, ¿verdad? —preguntó casi en un susurro.

Tardé un momento en contestar. Mi corazón y mi mente estaban enfrentados en una lucha por la razón. Ganó como siempre la pasión.

—¡No! ¡Sí! ¡No lo sé! Pero eso ya no importa, ¿no crees? —respondí sollozando.

Ella se acercó a mí.

—Creo que sí que importa y creo que tú le importas mucho a Alasdair, pero se ha mantenido al margen porque estás casada. ¡Dios santo! Ese hombre se ha comportado de una forma muy extraña desde que estás aquí y creo que tú eres la razón —afirmó.

CAROLINE MARCH

—¿Tú crees? —murmuré entre sollozo y sollozo.
No contestó. Simplemente me abrazó.
—No sé qué voy a hacer —repliqué entre hipidos.
—Ni yo tampoco —respondió ella riendo.
—Somos un par de tontas —dije yo riendo y llorando a la vez.
—Sí, lo somos —cabeceó ella.
Cuando ambas nos calmamos un poco y fuimos capaces de hablar con normalidad otra vez, le sugerí algo.
—Puede que tú sí que tengas alguna oportunidad —la miré frotándome los ojos enrojecidos.
—¿Cómo? —preguntó ella, interrogándome con la mirada.
—Si cambiaras tu actitud hacia Ewan, es decir, si dejaras de mirarlo como si fuese el arcángel San Miguel bajado del cielo y empezases a comportarte un poco más, no sé... no sé cómo explicarlo —me aparté el pelo de la cara con fuerza.
—¿Como tú? —sugirió ella dubitativa.
—Sí, como yo, ya sabes, dale de beber su propia medicina, ignóralo lo que puedas y muéstrate con otros hombres. Quizá si se da cuenta de la mujer que puede perder, reaccione a tiempo —respondí.
—Lo intentaré. ¿Me ayudarás? —preguntó.
—Por supuesto —aseguré yo—. ¿Para qué están las amigas si no?
En ese momento, invocando al mencionado arcángel asomó por la puerta la cabeza de Ewan.
—Eh, chicas, dejaos de cháchara, que hay trabajo que hacer —exclamó bruscamente.
Deb en un impulso repentino cogió una de las latas de tomate y se la lanzó a la cara.
—¡Vete a la mierda! ¡Esto es importante! —gritó.
Ewan, lo suficientemente asombrado, pero también con unos reflejos excelentes, tuvo la prudencia de esquivar el golpe cerrando la puerta tras él y la lata golpeó fuertemente contra la madera, haciendo una pequeña muesca.
Ambas nos miramos y reímos como dos niñas.

Mi alma gemela

—¡Esa es la actitud! —exclamé yo.

Todavía reíamos cuando salimos al pub lleno de gente esperando sus bebidas.

Ewan nos miró furioso a las dos. Yo no dije nada y me dirigí a la barra, como de costumbre. Deb sí habló:

—¿No te habré hecho daño? —murmuró agitando las pestañas sobre sus ojos azules que brillaban con intensidad. La verdad era que estaba muy guapa, todavía arrebolada por la discusión.

—En una pelea de gatas, el perro siempre es que el que sale herido —contestó Ewan entornando los ojos.

—Pues ten cuidado con esta gata, no vaya a ser que te arañe —añadió Deb rozándolo con su cuerpo al pasar a su lado en el estrecho espacio de la barra.

Ewan se puso recto y se volvió a mirarla, bueno más bien a mirar su trasero. Sus ojos brillaban de una forma especial, intensa, como valorando el comentario y las futuras posibilidades.

Yo agaché el rostro y contuve una sonrisa. ¡Vaya con la pequeña escocesa! ¡Sí que aprendía rápido!

Las semanas siguientes pasaron rápidas y lentas a la vez. Me concentré en el trabajo y en la amistad renovada con Deb. Me gustaba hablar con ella y solíamos quedar cuando terminaba el turno. Necesitaba una amiga, una de verdad. Nadie podría sustituir a Sofía, pero Deb, notando que había días en que todo me superaba, estuvo ahí, animándome, y yo a mi vez intentaba ayudarla en todo lo que estaba en mi mano. Alababa su aspecto y su comportamiento con Ewan, e incluso cuando un compañero de la universidad vino a visitarla unos días, comenté como al descuido que seguro que había algo más que amistad. Ewan, desde luego, no era un hombre tonto y se daba cuenta de que algo nos traíamos entre manos, pero a la vez comenzó a prestar más atención a su compañera rubia y mucha menos a mí, lo que agradecí enormemente.

Entré en la fase que mi madre llamaba «el reposo del león».

CAROLINE MARCH

Una vez, viendo la película *Leyendas de pasión* con ella en mi casa, cuando Laura era todavía un bebé, le comenté al descuido:
—Ese indio americano te ha copiado —señalé haciendo referencia a cuando se relata que el protagonista, Brad Pitt, al haber herido a un oso de joven, se había embebido de su espíritu y sus actos de él dependían.
—¡Bah! —contestó mi madre sin darle mucha importancia—, todo está inventado, hija mía. Y si Brad *Pin* tiene el espíritu de un oso dentro de su cuerpo, tú tienes el de un león, que es bastante peor, créeme. Ya le diría yo dos o tres palabras a ese anciano que se cree tan sabio —sentenció como solo lo haría una madre.
—Claro, mamá, es que según tú no hay nadie más sabio que las madres —dije algo molesta.
—No conozco la sabiduría de otras madres, pero sí la mía, y te conozco a ti. Y sé que ahora el león está dormido. Lo que no sé es por cuanto tiempo, espero que mucho, porque cuando despierte... —Hacía una clara referencia a mi signo del zodiaco, Leo—. Además —añadió—, a mí déjame de viejos indios, que quien me interesa es ese Brad *Pin*, que está el joven...
—Mamá, es Brad Pitt —la corregí yo—, que no es un broche que te puedas prender en una chaqueta.
—Pin, Pit, ¡qué más da!, si te dijera yo dónde quiero llevar prendido a ese hombre... —suspiró con fuerza.
—¡Mamá, por Dios! —contesté yo ruborizándome—, que estoy delante y Laura también. Volví mi mirada al dulce bebé que dormía en el cuco.
—Sí, pero Laura todavía no sabe nada y tú ya sabes demasiado —afirmó fijando su vista en el televisor, donde Brad Pitt cabalgaba a través de las praderas norteamericanas. La verdad, era que yo también le habría hecho un arreglito...

No volví a llamar a Carlos, ni él a mí. Desconocía si él estaba al tanto de que habían llegado a mis manos las imágenes de su *affaire* callejero y la verdad, tampoco me importaba. Era mi as en

Mi alma gemela

la manga. Sin embargo, hablaba a menudo con mi madre y con Laura, e incluso un par de veces con Tony, que con un fuerte acento argentino me aseguró que cuidaría de sus dos princesas. Yo me reí, era tan distinto a mi padre, siempre tan serio y circunspecto... Pero hacía reír a mi madre y nunca la había oído tan feliz, así que por lo menos algo en mi vida se estaba solucionando. Empezaba a achicar algo de agua de la barca que amenazaba con hundirse, ya solo quedaban pequeños charcos, no por ello menos importantes, pero que de momento estaban aparcados en un rincón de la mente.

A veces por las tardes solía recibir llamadas extrañas de un teléfono extranjero que no conocía. Al principio me quedaba con la oreja pegada al móvil intentando entender algo. Hasta que la tercera o cuarta llamada me di cuenta de que hablaban en portugués, pero se oía lejano, como si el portador del teléfono se lo hubiera dejado conectado sin querer; otras veces oía a un hombre carraspear e incluso toser o suspirar. Una de las veces, cuando ya estaba segura de dónde procedían las llamadas, oí la voz grave y profunda de Alasdair hablando en un portugués que hacía daño al oído. Por lo visto, no todas las lenguas se le daban tan bien. Esperaba ansiosa cada llamada y me quedaba escuchando con atención en silencio esperando escuchar su voz una vez más. Tenía curiosidad por saber qué demonios estaba haciendo con el teléfono, pero hasta que llegara no podría preguntárselo, ya que más de una vez intenté hablar, pero él no contestó.

—Ewan —pregunté un día después de una de esas misteriosas llamadas—, ¿cuándo vuelve Alasdair? —Era la primera vez que lo mencionaba, siempre estaba en mi mente, pero procuraba no hablar de él.

—Creo que se va a quedar en Brasil unas semanas más, ¿por qué? —preguntó a su vez entrecerrando los ojos.

—Oh, nada, como dijo que iban a ser unas dos semanas... —contesté vacilando.

—Sí, pero las cosas allí se han debido de complicar —respondió de forma escueta.

CAROLINE MARCH

—Ah, ya... —dije sin mucho entusiasmo.
—¿Necesitas que le diga algo? —inquirió con una sonrisita que no me gustó nada.
—No, no es necesario. Solo era simple curiosidad —me alejé a seguir con mi trabajo.

Finalmente la Eurocopa 2012 terminó. Inglaterra fue eliminada y España ganó. Y ambas cosas las celebramos como propias, haciendo una fiesta en el pub. Me di cuenta, con algo de asombro, de que era feliz, me sentía feliz de estar allí. Aunque también notaba que tenía muchísimas cosas que solucionar una vez llegara a casa que persistían como el hueso de un melocotón enquistado en mi mente.

El último fin de semana de julio decidí pedirle a Ewan el viernes libre. No puso ninguna objeción.
—¿Qué tienes en mente? —preguntó.
—Quiero bajar a Edimburgo y conocer la ciudad —contesté.
—Ah, bien, parece una buena idea. ¿Tienes algún sitio donde pernoctar?
—He buscado alguno en Internet, pero no estoy muy segura. No puedo pagar demasiado —confesé.
Él apuntó una dirección en un papel.
—Ve a este sitio. Es un *Bed & Breakfast*. No es muy lujoso, pero está limpio y en el centro, en Cannongate. Déjame a mí y te haré la reserva para el viernes y el sábado —ofreció.
—Gracias —contesté sonriendo.

CAPÍTULO 15

El dragón rojo

El veinticinco de julio hice una pequeña bolsa de viaje y fui a la farmacia. Había decidido hacer el trayecto de Inverness a Edimburgo en tren, que era bastante más lento que el autobús, pero probablemente evitaría el malestar del viaje de ida. No obstante, compré pastillas para el mareo.

En Inverness, antes de montarme en el tren, comprobé el prospecto de las píldoras. Una por cada sesenta kilos de peso, calculé aproximadamente convirtiendo las onzas a kilos. Como no estaba muy segura de si había hecho bien el cálculo me tomé tres, para asegurarme de no pasarme el viaje con la cabeza metida en una bolsa y poder disfrutar del paisaje.

En el mismo momento que me senté y el tren se puso en marcha, acompañado por el bamboleo de los vagones y el lejano sonido de los raíles, me quedé completamente dormida. Y por segunda vez no vi absolutamente nada de la campiña escocesa.

Cuando llegamos a la estación de Edimburgo, el revisor vino a despertarme y tuvo que insistir bastante, ya que yo había caído en un profundo sueño. Limpiándome con disimulo el hilillo de baba que se deslizaba de la comisura de mis labios, le di las gracias y él me dijo que había tenido suerte de que no me robaran la mochila y el bolso, de tan profundamente como dormía.

Mi alma gemela

Cuando bajé tuve que sentarme en un banco a esperar que se disipara un poco la espesura de mi mente y al frotarme la frente con mi mano fría, me di cuenta de que algún gracioso me había pegado un chicle, que despegué y lo tiré con asco al suelo. ¿Es que no podía hacer un simple viaje en condiciones?

Comprobé la dirección que me había facilitado Ewan. No estaba muy lejos, en pleno centro de la Old Town y podía ir caminando. En el momento en que comencé a recorrer sus estrechas callejuelas empedradas, me embargó la emoción. Iba a ser mi primer viaje sola y aunque solo fueran tres días, para mí constituía toda una aventura. Observé todo con excesiva curiosidad, la ciudad bullía de actividad, grupos de turistas se mezclaban con gente de la city, y las tiendas y pubs parecían estar a rebosar. El gris de la piedra confluía con el colorido floral, había flores por doquier, colgando de las farolas, de los pubs, de algunas tiendas incluso. Edimburgo era una ciudad atrayente y mágica, y estaba deseando explorarla.

En veinte minutos llegué a mi destino. Era una construcción antigua, de no más de cuatro alturas, de piedra gris. A simple vista no parecía un hostal, ni un hotel. Una puerta abierta y un letrero de madera colgado en la pared, que ondeaba con el viento, señalaban que esa era la dirección correcta. Justo a la derecha, cubriendo la esquina con la Royal Mile, había un pub con algunas mesas en la calle para disfrutar del buen tiempo escocés, unos veinte grados, más o menos como en mayo en España. Con ánimo decidido entré y tuve que esperar a que mi vista se adaptara de la claridad exterior al oscuro y estrecho pasillo con un mostrador al fondo que constituía todo el recibidor. Me identifiqué al joven, le pagué la estancia y me entregó la llave con gesto amable.

Subí al primer piso por las angostas escaleras cubiertas con una moqueta descolorida. Me habían asignado una habitación individual. Una cama pegada a la pared, cubierta por una colcha a cuadros y una mesilla. No había ningún otro objeto a la vista. Dejé la mochila y me senté un momento en la cama, saqué el pla-

CAROLINE MARCH

no de Edimburgo y me puse a organizar mis visitas. Suspiré hondo y reconocí un olor, un olor familiar y agradable, pero no provenía de mi habitación.

Salí al pasillo, que estaba vacío, y husmeé otra vez como un sabueso. Seguí el rastro del olor hasta dos habitaciones más a mi derecha. Del hueco de la puerta salía un pequeño hilo de humo, un humo picante y delicioso. El olor de la marihuana. En un impulso me puse de rodillas y pegué mi rostro al hueco de la puerta, aspiré con fuerza y el olor hizo que me picaran los ojos. Solo había fumado una sola vez en toda mi vida un cigarro de maría, en una fiesta cuando estudiaba Periodismo. Sofía y yo pasamos el fin de semana en un chalé de la sierra de Madrid, propiedad del padre de unos amigos. Allí sufrí las consecuencias de la droga en mi cuerpo, lo que Sofía denominó «lloritis aguda». El porro de marihuana me había producido una sensación de euforia primero, para dejar paso a la mayor llantina de la historia. Sofía, cansada de mis desvelos nocturnos, me prohibió terminantemente que volviera a probar uno. Sin embargo, su olor me atraía, era picante como el orégano y dulce como la miel. Y traicionero, como pude comprobar.

Estaba en esa posición tan incómoda pegada a la puerta cuando esta se abrió y un par de pies de hombre calzados con deportivas entró en mi campo de visión.

—¿Has perdido algo, guapa? —exclamó un joven con acento irlandés.

—Sí, mi vergüenza —acerté a decir incorporándome.

Él rio bruscamente.

—¿Quieres pasar? Hay para todos —ofreció.

¡Qué demonios!, pensé yo. Estaba empezando a creer que en algún momento al cruzar el mar del Norte, mi cuerpo había sido abducido por mi gemela malvada y peligrosa.

Entré en la habitación acompañada de Niall, que así se llamaba. Era un poco más amplia que la mía, ya que, por lo visto, la compartía con dos amigos más, Pete y otro cuyo nombre no llegué a memorizar.

Mi alma gemela

Estaban sentados en el centro de la habitación alrededor de un cenicero hecho con cartones de grandes dimensiones. No era el primer cigarro de marihuana que fumaban, ya había por lo menos dos extinguidos.

Me presenté y me hicieron hueco entre dos de ellos.

—¿Has fumado alguna vez? —preguntó Niall.

—Claro, muchas veces —mentí yo descaradamente.

—Esta es bastante fuerte —apostilló Pete.

—Yo también —le dije fingiendo una seguridad que no sentía.

Me lo pasaron y di una fuerte calada, atragantándome con el humo, acostumbrada a los cigarros normales con filtro.

Tosí un par de veces, a lo que ellos respondieron con risas. Pero pronto empecé a sentir el poder de la droga colándose en todos mis sentidos. Me sentía maravillosamente. Si Sofía me viera en ese momento lo calificaría como «risitis aguda combinada con verborrea mental incluida».

A la tercera calada lo empezaba a ver todo con la claridad de un borracho, o de un drogado, daba igual. La luz que se filtraba por la pequeña ventana daba a todo una luminosidad especial, creando luces y sombras que danzaban por toda la habitación como máscaras venecianas. Había música que sonaba en un iPod con altavoces, algo celta, creí reconocer.

Me preguntaron qué hacía allí y les dije que turismo, que había ido a trabajar a las Highlands a un pub, donde trabajaba el mismísimo dios de los nórdicos, un escocés pelirrojo, cuyo antepasado debió de ser un vikingo que se quedó varado en una playa, atrapado por la magia de ese país. Sí, muy a mi pesar les hablé de Alasdair, sin parar, lo que no había dicho en casi un mes lo estaba soltando en un rato. Cómo lo conocí, lo que me hacía sentir, lo enfadada que estaba porque se hubiera ido a Brasil, todo, y cuando me refiero a todo, es todo. Hablaba y hablaba sin parar y ellos me instaban a hacerlo riéndose y comentando mi curioso acento. Hacía tanto tiempo que no me divertía de verdad...

En un interludio, mientras Pete preparaba el segundo o tercer

CAROLINE MARCH

porro, quemando la piedra entre las manos ahuecadas, les pregunté qué hacían ellos allí. Ahora que me fijaba, no tenían mucha pinta de turistas.
Niall simplemente me señaló su entrepierna.
—Ah —asentí yo comprendiéndolo todo—, eres un puto, ¿no?
Más risas generalizadas y una expresión de estupor del chico irlandés.
—No, soy músico —contestó mirándome con extrañeza.
Yo bajé la mirada y observé con un poco más de atención que estaba sentado en la funda de piel negra de lo que parecía un tambor, o un violonchelo, o algo parecido a un instrumento musical.
Algo avergonzada, me disculpé, pero ¿se puede estar avergonzada cuando la vergüenza ha desaparecido de tu persona? Me reí como una tonta. Me contaron que habían ido a disfrutar del próximo festival de Edimburgo, el Military Tatoo, y mientras tanto tocaban en la calle para sacarse algún dinero.
—¡Qué vida más maravillosa! —exclamé—. Sin obligaciones, ni madrugones, ni maridos, ni hijos, sin tener que ser siempre perfecta... Os envidio chicos... Si yo hubiera nacido diez años después...
Todos rieron. Todo era muy divertido. Después del tercer canuto y viendo la hora, que mi reloj me mostraba en tres dimensiones, me levanté tambaleándome un poco y me despedí. Tenía que ver Edimburgo, la ciudad me esperaba.
Bajé las escaleras sujetándome a las paredes, ya que estas curiosamente se ondulaban a cada paso que daba. Después de un par de traspiés llegue al rellano. Me despedí con una sonrisa del joven de la recepción, que me respondió poniendo los ojos en blanco.
Salí a la claridad del día y me detuve un momento entrecerrando los ojos ante el golpe de luz intensa, el olor de las flores y el sonido de la gente circulando alrededor, que me llegaba con una magnitud increíble. Hasta me pareció reconocer el olor a cítricos y madera de sándalo de Alasdair entre la mezcla de esencias.

Mi alma gemela

Me paré a consultar el plano, no estaba muy segura de dónde tenía que ir para llegar al castillo, mi primera parada. Anduve unos pasos con el plano en la mano, observando las letras que saltaban como si fueran pequeñas pulgas inquietas que me impedían leer con claridad, y entonces tropecé con algo.

—Lo siento —dije levantando la mirada del plano.

Un dragón con el pelo rojo como el fuego estaba plantado delante de mí, crecía y se extendía hasta oscurecer la luz del sol, haciendo que una bruma nos rodeara. Pude distinguir sus alas puntiagudas alzándose hacia el cielo y una garra extendida hacia mí. Las llamas danzaban a su alrededor y, sin embargo, no sentí miedo, sabía quién era. Era mi dragón, el que le había prometido a mi hija que iba a cazar, ahora solo tenía que pensar cómo hacerlo. Sonreí estúpidamente sintiendo un súbito calor.

—¿Qué haces aquí? —le pregunté a mi dragón.

—¿Yo? Vivo aquí. ¿Qué haces tú aquí? —contestó con voz risueña.

¿El dragón ha hablado? ¡Qué curioso! Tenía la misma voz grave de Alasdair.

—He venido a hacer turismo —sonreí de forma mecánica. Solté el plano, que quedó colgando de una mano, y alcé la otra para tocarlo. Tenía que comprobar si quemaba. El dragón se apartó un paso. ¿Le daba miedo? Quizá creyó que yo lo iba a cazar.

—¿Qué haces, Aileas? —inquirió nuevamente con la misma voz de Alasdair.

—Quiero cazarte. Pero no tengas miedo. No te voy a hacer daño —le respondí suavemente alcanzando su rostro.

Admirada, me fijé en que llevaba barba de varios días y su rostro estaba bronceado. Además, vestía con traje, un traje gris oscuro, con una camisa blanca y corbata de seda con finas líneas transversales en negro. ¿Por qué iba vestido con traje? Los dragones no visten de traje, de hecho, es normal que vayan desnudos, ¿no? ¡Qué extraño dragón! Mis dedos alcanzaron por fin lo que deseaba y pasé mi mano por su rostro sin afeitar, gozando de la espesura y dureza de su barba, bajé por su cuello y atrapé un rizo en su

CAROLINE MARCH

nuca. Noté la tensión que lo embargaba, pero nada importaba, era mi fantasía y podía hacer lo que quisiera.

Él tampoco se estuvo quieto, levantó una mano, me cogió el rostro por la barbilla y lo levantó, haciendo que mis ojos se cerraran ante la intensidad de la luz.

—¿Qué has tomado, Alice? Tienes las pupilas completamente dilatadas. ¿Estás drogada? —preguntó con bastante incredulidad y algo de reproche en su voz.

—¿Alasdair? —inquirí yo confundida. Mi dragón ahora me miraba furibundo y echando humo por la cabeza, donde las llamas se habían apagado.

—¡Sí! —exclamó él bruscamente.

—Solo he fumado un poquito —expliqué algo intimidada.

Es que ni aun siendo mi fantasía podía ser yo la que la dirigiera...

—¡Dios! ¿Y ahora qué se supone que tengo que hacer? —preguntó más para sí mismo que para mí.

Mi dragón rojo se había convertido en el objeto de mi deseo del último mes. Estaba totalmente desinhibida y relajada. Me gustaba mucho esa sensación. Nada tenía importancia porque el mundo que me rodeaba no era real.

—Pues podrías comenzar por besarme —contesté yo ofreciéndole mis labios, o eso creía.

Me miró con tanta intensidad que hasta el sonido exterior desapareció y comencé a flotar sobre el suelo. Todo se quedó quieto por un instante y yo creí que esa vez sí me iba a besar.

Se acercó un poco más a mí y su voz no fue más que un susurro bronco que llegó plenamente a mis oídos.

—El día que te bese, Alice, espero que estés en condiciones de responderme como es debido. Hasta entonces tendrás que esperar.

¿Había dicho el día que te bese o si te beso algún día? Me quedé con la primera frase, me gustaba más.

Me aparté de él e intenté enfocar la vista. ¿Era Alasdair de verdad? No podía ser él, estaba en Brasil. De repente sentí miedo y

Mi alma gemela

deseé volver a la comodidad de la habitación con mis amigos irlandeses.

En ese momento pasaron Niall, Pete y el otro chico cargando a sus espaldas los instrumentos de música. Se pararon a nuestro lado y saludaron a Alasdair con fuertes golpes en la espalda, que fueron en vano, ya que Alasdair no se movió ni un ápice, como si estuviera clavado en el suelo.

—Hola, hombre, tú debes de ser Alasdair, ¿no? —preguntó Niall o Pete o el otro, no lo sé.

¡Por todos los Dioses del Olimpo celebrando una orgía! ¡Alasdair era real y no una fantasía de mi mente drogada! La idea se coló en mi mente demasiado desestructurada como para pensar con claridad.

—¿Te conozco? —inquirió Alasdair, entre divertido y enfadado.

—No, pero nosotros a ti sí, y bastante, se podría decir. Ella nos lo ha contado todo sobre ti. Yo no perdería el tiempo, hombre —saludó marchándose y remarcando el adverbio de cantidad «todo».

Se giró un momento para inclinarse sobre él.

—Ah, otra cosa —murmuró al oído de Alasdair. No pude oír lo que decían.

—¿Les has hablado de mí? —preguntó con gesto incrédulo.

—No lo sé, bueno, sí, tal vez mencioné alguna cosa... —mi voz se apagó y mis mejillas se encendieron.

Alasdair resopló audiblemente.

—¿Qué te ha dicho al oído? —pregunté con cierta suspicacia.

—Algo que no debería haber oído y tú no deberías haber contado —me miró con gesto enfadado.

Entrecerré los ojos con un gesto que pretendía mostrar mi indignación por la crítica. Alasdair resopló con resignación.

—Primero me ha dado una serie de recomendaciones sobre qué hacer contigo, que no repetiré por educación, y luego me ha aconsejado que si él fuera yo, se desharía de un amigo tuyo que vi-

CAROLINE MARCH

bra y que te ha sido muy útil estas últimas semanas —explicó con media sonrisa.

Yo agaché la cabeza. ¿También les había hablado de mi vibrador? Pues claro que sí, mi gemela perversa se lo estaba pasando en grande, dando volteretas sobre mi hombro y susurrándome maldades, pero la Alicia real estaba empezando a despertarse y a sentirse como una completa idiota.

—Bueno, será mejor que me vaya —aseveré, y me di la vuelta.

—¿Adónde vas? —preguntó él sujetándome del brazo.

—Al castillo —contesté yo sin girarme.

Él me soltó y yo empecé a caminar con lo que creía que era un paso firme y estable, aunque notaba como si flotara sobre el suelo empedrado. Oí que me llamaba, pero hice caso omiso. Lo había estropeado todo, otra vez. ¿Es que nunca tenía suficiente?

Noté sus pasos rápidos y sonoros a mi lado.

—Para —ordenó, sujetándome por los hombros.

—¿Qué? —murmuré yo evitando mirarlo a los ojos.

—Mira a tu espalda —dijo él simplemente.

Yo lo hice y observé la silueta impresionante del castillo de Edimburgo, que se recortaba contra el cielo azul de finales de julio.

—Vale —asentí, y comencé a andar en la dirección correcta.

—Espera —oí un suspiro hondo.

Yo me giré para mirarlo. ¿Quería reírse más de mí?

—Te acompañaré. No creo que estés en condiciones de ir a ningún sitio tú sola —afirmó.

Yo lo miré de arriba abajo, admirando su porte bajo el traje, que obviamente estaba hecho a medida.

—No creo que vayas vestido para hacer turismo —le dije, aunque mi estómago estaba empezando a brincar de emoción ante la idea de poder pasar con él al menos unas horas.

—Eso tiene fácil solución —se quitó la chaqueta, que dobló y colgó de su brazo, y luego se deshizo de la corbata, dejando el

Mi alma gemela

primer botón de la camisa abierta—. Ya está —contestó con la corbata en la mano.

—Trae, ya la guardo yo —la cogí y la doblé cuidadosamente, escondiéndola en un bolsillo interior de mi bolso para que no se estropeara.

Recorrimos la Royal Mile en dirección al castillo en animada conversación. Yo todavía notaba los efectos turbadores de la marihuana en la sangre, pero no estaba muy segura de si eran por la droga o por la presencia de Alasdair a mi lado. Seguía sintiendo como si caminara a un metro del suelo y en cualquier momento pudiera echar a volar. Cuando se estrechó la calle, próximos a la entrada, tuvimos que esquivar la marea de gente que bajaba hacia el centro. Alasdair me cogió de la mano y no me soltó. Me sentí joven y alegre, como una pareja de enamorados paseando. Yo no hice ninguna intención de soltarme y él apretó mi mano en la suya, consciente de ello.

Traspasamos la regia arcada de piedra. Una vez atravesado el patio, ya decorado con gradas para las exhibiciones del festival, la magia me absorbió. Esperé paciente la cola en las taquillas y recogí el plano que mostraba los distintos lugares a visitar en el interior. Sin embargo, no necesité ningún guía que me fuera explicando lo que vimos, ya que tenía al mejor de todos a mi lado. Descubrí que era un perfecto conocedor de la Historia de Escocia y del castillo en particular, y enseguida me vi envuelta en la historia, igual que me había ocurrido en Drumnadrochit. Narraba con paciencia e intensidad, haciendo pausas en los lugares correspondientes. Visitamos la capilla de Santa Margarita, el edificio más antiguo de Edimburgo, admirando las exquisitas vidrieras ojivales. Luego pasamos dentro del recinto para visitar los Honores de Escocia y la Piedra del Destino, sobre la que se coronaba a los reyes escoceses. Paseamos por las exposiciones de objetos y reliquias militares, parándonos una y otra vez, mientras él me explicaba todo lo que me llamaba la atención con una extraordinaria paciencia y una sonrisa eterna en su rostro amable.

CAROLINE MARCH

Cuando salimos al exterior amurallado, desde donde teníamos una de las mejores vistas de la ciudad, nos apoyamos en la piedra a descansar.

—¿De qué conoces a esos irlandeses? —preguntó.

—Son mis nuevos amigos —expliqué sonriendo.

—Que te drogan. Déjame decirte que no has elegido muy bien —replicó, pero no estaba enfadado.

Su silueta se recortaba contra el cielo escocés, que empezaba a cubrirse de nubes oscuras. Parecía un dios nórdico de bronce esculpido, mirando al infinito, como si pudiera conquistar el mundo entero. Se giró al sentirse observado.

—¿En qué piensas? —preguntó nuevamente. Vaya, qué extraño, los hombres normalmente evitan ese tipo de preguntas.

—Me preguntaba cómo un pueblo como el vuestro fue capaz de capitular ante el dominio inglés —expresé.

—¿Conoces Culloden?

Negué con la cabeza, que todavía no tenía muy despejada.

—Bueno, pues habrá que remediarlo. Allí te contaré nuestro trágico fin —dijo. ¿Había cierto tono de melancolía en su voz? ¿O fueron imaginaciones mías?

Me estremecí al sentir una ráfaga de aire que mordía el rostro.

—¿Tienes frío?

—Un poco, tal vez sea mejor que bajemos —sugerí.

—Vamos —contestó cogiéndome otra vez de la mano.

Callejeamos parándonos en algunos escaparates a observar. Le dije que buscaba un regalo especial para mi hija y que hasta ahora solo había encontrado lo típico. Me comentó que conocía una tienda diferente y me llevó hasta allí, no estaba muy lejos, solo un par de calles más abajo, escondida en un patio interior.

Entré en el comercio sin esperar nada especial, sin embargo, me sorprendió al instante: era una tienda de juguetes antiguos, elaborados de forma artesanal. Recorrí sus estanterías sin decidirme por uno, me gustaban todos, incluso para mí. Él me observaba sonriendo cerca del mostrador, conversando con la due-

Mi alma gemela

ña. En ese momento las vi. En una pequeña mesa había una serie de muñecas vestidas con el *arisaid* escocés, realizadas a mano; el letrero rezaba *Piezas de colección*. Recorrí con los dedos las cajas que las protegían, maravillada. Eran preciosas, cada una tenía un rostro diferente, trazado con absoluta precisión. Sin embargo, todas ellas lucían un gesto dulce y sonriente. Noté que él se acercaba y me volví.

—Son preciosas, ¿no crees? —pregunté.

—Lo son —contestó él mirándome a mí y no a las muñecas.

Busqué con la mirada la del clan Mackintosh. Él, adivinando mi intención, dijo señalando la otra esquina:

—Está ahí.

Me acerqué y cogí la caja. La muñeca era perfecta y curiosamente lucía un tono pelirrojo de pelo muy parecido al de Alasdair, con rizos que enmarcaban su carita tallada en porcelana. La giré para ver el precio, trescientas ochenta libras. Ahogué un gemido.

La dejé con cuidado sobre la mesa.

—Vamos —dije—, es demasiado cara para mí.

—Sí, pero no para mí —contestó cogiendo la muñeca.

—No —lo paré sujetándole un brazo; era como sujetar una viga de acero—, no puedo permitir que lo hagas. No podría pagártelo.

—No tienes que hacerlo, es un regalo que le hago yo a Laura —respondió. Algo hizo que una punzada se clavara en mi corazón—. Si ves que te gusta otra cosa, puedes comprársela tú, o bien decir que la muñeca es un regalo tuyo —sugirió.

Lo pensé y finalmente me decidí por un pequeño carrusel, que se ponía en marcha con una clavija y emitía una canción infantil en francés que solía cantarle cuando era más pequeña.

Con la muñeca y el carrusel pulcramente envueltos en papel de regalo, salimos a la calle de nuevo. El cielo se había tornado de un gris plomizo y la humedad danzaba filtrándose por los recodos.

CAROLINE MARCH

—¿Estás cansada? Ha sido una larga caminata.
—Un poco, la verdad —sonreí.
—¿Quieres que vayamos a cenar algo? Conozco un restaurante muy bueno cerca de aquí —sugirió.
—Creo que antes debería cambiarme y dejar los juguetes, no quiero romperlos.
—Está bien, iremos primero a tu alojamiento. Aunque no me hace mucha gracia que compartas piso con tus nuevos amigos —lo dijo en un tono de tal frustración que yo comencé a reír.
—Alasdair, ya ha pasado todo, soy yo otra vez, no hay ni rastro de droga en mi sangre —sonreí—. Por cierto —inquirí acordándome de algo—, ¿qué hacías tú por esa zona?
—Venía de una comida de negocios. Trabajo aquí —contestó.
—Sí, pero deberías estar en Brasil —repliqué yo.
—Llegué ayer, allí no hay más que hacer.
Pero aun así algo me decía que sabía dónde encontrarme. Mariposas nerviosas revolotearon en mi estómago.
—Alasdair.
—¿Sí? —se giró para mirarme.
—¿En qué trabajas?
—Soy ingeniero. ¿No lo sabías? —inquirió él sorprendido.
—Pues no, la verdad es que no —lo miré igual de sorprendida.
—No es nada especial, pero me gusta y me gano bien la vida. Estaba en Brasil intentando conseguir la concesión para construir una presa —explicó.
—¿Lo has conseguido? —pregunté interesada.
—No lo sé todavía. Allí la burocracia es un infierno. Supongo que tendré noticias después del verano.
—Seguro que lo consigues —afirmé.
—¿Tú crees?
Me miró como si yo no entendiera una sola cosa de ingeniería, que de hecho no entendía, pero Alasdair estaba empezando a ser una de mis especialidades.

Mi alma gemela

—Estoy segura de que si te propones algo, lo consigues —aseveré con voz firme.

—Espero que tengas razón, Aileas —contestó taladrándome con la mirada. Dudaba que se estuviera refiriendo a su trabajo concretamente.

Caminamos calle abajo hasta el Bed & Breakfast donde me alojaba. Cuando estábamos a punto de girar escuchamos las sirenas de policía y los bomberos. Los dos apuramos el paso. Nos quedamos mirando con sorpresa el edificio de apartamentos, rodeado por una valla de contención y varios policías que impedían el paso. Un gran camión de bomberos arrojaba agua por una manguera al primer piso, de donde salía un humo negro.

—No he sido yo. Lo prometo —contesté a una pregunta sin palabras de Alasdair.

—Espera aquí —dijo dejándome con las bolsas a una distancia prudencial de unos diez metros.

Estuvo hablando con uno de los policías un momento y volvió con cara de circunstancias.

—¿Qué ocurre? —pregunté algo asustada.

—Ha habido un pequeño incendio en una de las habitaciones del primer piso. Alguien —remarcó la palabra— se ha debido de dejar un cigarro encendido que ha prendido en una de las colchas. Nada importante. No hay heridos, pero han cerrado el establecimiento. Nadie puede pernoctar ahí esta noche.

¡Ay, madre! ¡Igual sí que había sido yo!

Mi rostro lo dijo todo, pasé de una expresión de incredulidad a otra de sorpresa y, finalmente, a una de culpabilidad en solo unos instantes.

—Ya me lo imaginaba —dijo poniendo los ojos en blanco.

Como siempre, se hizo cargo de la situación.

—¿Cuál era tu habitación? Están dejando pasar a la gente a recoger sus pertenencias acompañados de personal de seguridad. ¿Qué habías traído? —preguntó.

—Solo una mochila —contesté.

—Está bien. Espérame aquí —ordenó, y volvió a acercarse

CAROLINE MARCH

Lo vi agacharse y pasar el control de seguridad para acceder al edificio. Unos minutos más tarde salía con mi pequeña mochila al hombro.

—¿Es esta? —preguntó dejando la mochila en mis manos.

—Sí —afirmé asintiendo con la cabeza.

Sin darme tiempo a expresar nada más, paró un taxi y ambos nos subimos.

—¿Adónde vamos? —lo miré inquisitiva. No conocía la dirección que le había dado. Quizá fuera de algún otro hostal.

—A mi casa —contestó sin más explicaciones.

—No puedo ir a tu casa —repliqué.

—¿Por qué? Tengo dos habitaciones —se volvió a mirarme.

Medité la respuesta. «Porque estoy casada y no me parece correcto dormir en tu misma casa; porque es impropio de mí; porque me parece abusar de tu amabilidad; porque creo que si te tengo cerca de mí toda la noche no podré resistirme y te asaltaré en tu cama...»

—Porque creo que puedo encontrar otro hotel, ¿no? —fue mi respuesta final.

—Estoy seguro, pero no puedo arriesgarme a que te detengan por prenderle fuego a más hoteles de Edimburgo —murmuró bajando la voz, para que no nos oyera el taxista—. Por lo menos en mi casa podré tenerte vigilada.

La última frase creó remolinos de excitación en mi vientre.

—Está bien —claudiqué fingiendo que me daba igual dormir en un sitio que en otro.

Recorrimos el breve trayecto en un tenso silencio. Ambos mirábamos por la ventanilla opuesta temiendo mirarnos a los ojos. Atravesamos rápidamente North Bridge para adentrarnos en la New Town, la calzada se amplió dando paso a edificios nuevos que carecían del encanto antiguo. Finalmente estacionamos frente en una intersección desde donde se podía ver una iglesia rodeada por un pequeño jardín. Bajamos, todavía en silencio, y me sujetó la mano con fuerza, como si temiera que fuera a salir huyendo.

Mi alma gemela

Me introdujo con rapidez en un edificio reformado, con cristaleras ahumadas que ocultaban el interior. Había oscurecido y de un momento a otro comenzaría a llover. En el vestíbulo nos recibió un portero de avanzada edad, que saludó formalmente a Alasdair.

—Señor Mackintosh —dijo inclinando la gorra y mirándome inquisitivamente.

—Buenas noches —saludó él a su vez, sin ofrecer ninguna explicación más.

Y me pregunté cuántas mujeres habrían pasado por el mismo sitio y saludado al mismo portero.

Nos dirigimos a los ascensores y Alasdair pulsó el botón, mientras yo observaba todo con curiosidad. Era un edificio lujoso, el suelo del vestíbulo era de mármol rojizo y las paredes estaban cubiertas de espejos. Me vi reflejada en uno de ellos y me avergoncé de mi aspecto. Llevaba los pantalones manchados de barro y el pelo enredado. Intenté alisármelo con una mano, pero solo conseguí que se quedara enganchado entre mis dedos. Hasta que fijé la vista en el reflejo que el espejo ofrecía de Alasdair, riéndose en silencio.

Yo entrecerré los ojos y crucé los brazos en respuesta, haciendo un mohín con los labios, lo que provocó que su sonrisa se hiciera aún más amplia.

Entramos en el ascensor y tecleó un código, que nos llevó directos al último piso. Salimos a un descansillo con alfombras de color granate y luces de bronce en las paredes. Solo había dos puertas de madera oscura maciza, completamente lisas. Alasdair abrió la de la izquierda.

Me dio paso y encendió las luces. «Me he muerto y he subido al paraíso», fue lo primero que pensé. El pequeño recibidor se abría para dar paso a un espacio abierto, un gran salón comedor, decorado en grises, blancos y negros, todo moderno y a la vez funcional, rodeado por cristaleras a ambos lados. Fui directa hacia ellas, tenía una vista espectacular de Edimburgo. Podía verse perfectamente el castillo en la lejanía, ahora totalmente iluminado, recortándose en la penumbra. Y estaba completamente insonorizado, no se oía el ruido del tráfico que bullía a nuestros pies. Solamente se oían mis expresiones de asombro.

Me giré para encontrarme a Alasdair parado en el centro de la habitación, mirándome.

—¿Te gusta? —preguntó con una voz extraña.

—¿Que si me gusta? ¿Estás loco? —casi grité emocionada, su rostro demostró sorpresa—. Es lo más bonito que he visto nunca. Si yo viviera aquí no querría salir nunca de casa.

Él profirió una sonora carcajada.

—Déjame que te muestre el resto —sugirió invitándome a que lo siguiera.

A la izquierda, disimulada tras unas puertas correderas, casi invisibles, estaba la cocina. Con muebles en color acero, no muy grande, pero con todo lo indispensable. En el centro había una península con sillas altas. A primera vista comprendí que era una cocina donde se cocinaba bastante poco.

Del salón salimos a un pequeño pasillo de no más de tres metros con cuatro puertas. La primera era la habitación de invitados, explicó, dejando mi mochila sobre la cama. Era una habitación sencilla, con una cama de matrimonio y un gran ventanal con las mismas vistas que ofrecía el salón, decorada en tonos suaves y cálidos. El suelo ¡gracias a Dios! no estaba cubierto por moqueta, sino que era de madera oscura pulida, muy parecida a la que tenía su vivienda de las Highlands.

La siguiente puerta era su habitación, que curioseé con total descaro. Una cama de dos por dos en el centro cubierta con un nórdico en tono negro satinado, con cojines en grises y morados. Los muebles eran de madera oscura, solo había dos mesillas bajas a cada lado de la cama. En una de ellas reposaba un despertador y un libro, no alcancé a ver cuál era, y una cómoda en el frente con un espejo. Un cuadro abstracto sobre la cama y unas alfombras en tonos morados y grises eran todo su adorno. Pero yo solo tenía ojos para la cama, esa cama donde dormía Alasdair. Cuando me pareció prudente, me volví a mi improvisado casero

Mi alma gemela

que observaba cada gesto mío con gran atención y alabé el gusto de la decoración.

Pasamos a la otra puerta, que era el baño, amplio y completamente masculino. Hurgué dentro de la mampara que rodeaba la bañera, buscando lo que llevaba casi dos meses deseando utilizar.

—Ahora mismo podría besarte —le dije con un suspiro, todavía con la cabeza metida en la bañera.

—¿Sí? —contestó él con voz ronca.

Yo me volví ignorando por completo su tono, ya que estaba bastante más emocionada por otra cosa.

—¡Tienes ducha! —casi grité—. No sabes lo que he añorado poder ducharme en estos meses. Sentir el agua golpeando en mi rostro con fuerza y no tener que bañarme como las abuelas, chapoteando en una bañera.

—Si llego a saber que te iba a emocionar tanto, habría dejado que utilizaras la del piso del pub —afirmó riéndose.

—¿Qué es la otra puerta? —pregunté cuando salimos.

—El vestidor —explicó abriéndola.

Yo me paré frente al sueño de mi vida. Se acabaron esos malditos armarios empotrados, donde todo estaba apiñado y se arrugaba la ropa, los zapatos en sus cajas, poniendo los nombres para recordar cuáles eran, recovecos en los que metía de todo como podía hasta que casi no cerraban las puertas.

—Creo que me acabo de enamorar —murmuré.

—Mmmfffgsg —fue su respuesta, emitiendo ese sonido gutural tan típico en él.

Entré en el amplio vestidor admirándolo todo, su orden, su simplicidad, su capacidad, su enorme espejo de techo a suelo... Siempre había querido algo así en mi vida, pero siempre lo consideré como algo de las revistas donde los ricos y famosos muestran sus casas de ensueño. De repente una idea me vino a la mente.

—¿Eres rico? —pregunté, volviéndome a mirarlo fijamente.

—¿Quién? ¿Yo? —pareció extrañado.

—Sí, tú.

CAROLINE MARCH

—No, no lo soy.
—Pues este piso no dice lo mismo —apostillé.
—Bueno, el piso todavía es del banco y no mío —sonrió.
—También mi piso en España es del banco y te puedo asegurar que no se parece en nada a esto —exclamé emitiendo un gran suspiro, mirando a mi alrededor.

Una súbita tristeza se apoderó de mí. Alasdair y yo éramos completamente diferentes, empezando porque ni siquiera compartíamos la misma nacionalidad, pero mirando alrededor comprendí que él estaba a más de una galaxia de mi mundo real.

—¿Te has enfadado porque te gusta mi casa? —preguntó extrañado.

—No, no es eso, es, es... —estaba casi a punto de echarme a llorar. ¿Pero qué demonios me estaba ocurriendo?—. Es que esto es como un sueño. Tienes la casa que yo siempre he deseado y si vieras mi piso en España, probablemente te avergonzarías. Es tan pequeño y está todo tan... tan... aprisionado —terminé de forma ahogada.

—Vamos —me dijo cogiéndome por los hombros—, estás cansada, ha sido un día muy largo. Date esa ducha tan deseada y pediré algo para cenar. Llegué ayer de Brasil y tengo la nevera vacía. ¿Qué te apetece? —preguntó.

—Cualquier cosa —contesté yo.

—¿Te gusta la comida china? —recurrió a un clásico internacional.

—Sí, en realidad me gusta comer de todo —repliqué. No me di cuenta del error gramatical hasta que vi su gesto, entre sorprendido y sonriente.

—Quiero decir, que... que... me gusta cualquier tipo de comida, que no tengo preferencias... de... de... un chino, una hamburguesa, no sé... lo que más te apetezca a ti —terminé diciendo totalmente azorada.

—Está bien —él sonrió—. Tienes toallas en el armario del baño, utiliza lo que necesites.

Me di la ducha deseada dejando que la fuerza del agua calien-

Mi alma gemela

te desprendiera de mí el cansancio del día y parte de la tristeza. Me sequé con toallas que tenían un leve aroma a naranja y bergamota, de suave algodón. No encontré ningún secador, así que dejé el pelo húmedo. Me vestí con una camiseta blanca de manga corta y unas mallas negras. Había olvidado las zapatillas, así que salí descalza.

Lo encontré en la cocina, entre varias cajas de cartón con serigrafía china. Se había cambiado, llevaba una simple camiseta de manga corta negra y unos pantalones de chándal, que se le ajustaban justo en las caderas. Lo observé un momento antes de hablar, mientras él sacaba platos y cubiertos de un cajón y abría las cajas. Estaba tanto o más atractivo que si llevara el traje hecho a medida. Al darse cuenta de que lo observaba levantó la vista.

—¿Mejor? —preguntó sonriendo.

—Mucho mejor, gracias. Pero no tengo zapatillas, ¿podrías prestarme unos calcetines? —levanté mi pie descalzo.

—Claro, están en el segundo cajón a la derecha, en el vestidor. Coge los que quieras. Mientras yo prepararé la cena —indicó.

Entré en el vestidor y cerré la puerta. Por un momento volví a observarlo todo con atención. En un lado, pulcramente colgados, había una fila de trajes, en diversos tonos oscuros, debajo varias filas de calzado de vestir. El otro lado estaba destinado a los abrigos y la ropa más deportiva. Me dirigí a los cajones centrales y abrí el segundo, donde estaban doblados más calcetines de los que yo había visto juntos en toda mi vida. De hecho, dedicar en mi casa un solo cajón a calcetines sería extraordinario.

Cogí el primer par, unos calcetines de algodón blanco de deporte, y entonces me fijé en algo que estaba debajo, casi al fondo del cajón. Sin pensarlo siquiera, alargué la mano y lo saqué. Era un pequeño libro, no más grande que una cuartilla, de tapa de piel marrón, algo ajada, cerrado por una goma.

Sabía que debía dejarlo, no debía curiosear entre sus cosas, pero algo me impulsó a abrirlo.

Solté la goma y un pequeño papel cayó al suelo. Me senté con

CAROLINE MARCH

las piernas cruzadas y lo recogí. Era una servilleta de papel con un rostro de mujer dibujado a lápiz, en el borde unas letras negras impresas, *Bar...* El nombre se había borrado. Madrid. ¿Madrid? Abrí el cuaderno con curiosidad, demasiada curiosidad. Estaba escrito con la elegante caligrafía de Alasdair, con algunas palabras tachadas y algunos dibujos en las esquinas. Pasé las hojas con rapidez, temiendo que me descubriera. Paré en una señalada con un pequeño doblez en la esquina superior y empecé a leer.

Hoy la he vuelto a ver, sentada en la mesa esperando otra vez. ¿Será el tío que viene a buscarla u otra persona? Ha pedido una cerveza y ojea unas hojas escritas que lleva guardadas en una carpeta de estudiante, forrada con fotos, que no llego a ver con claridad.

Va vestida con unos Levi's de hombre, que le caen justo en la curva de las caderas, marcando su trasero redondo, los bajos están desgastados y calza unas Converse negras. Me gustaba más ayer, con la minifalda de cuero y las botas negras. Tiene unas piernas de infarto, largas y torneadas. Debería vestir siempre con falda y no cubrirse con pantalones, como si le diera vergüenza mostrarlas... Lleva una camiseta negra con unas letras impresas en blanco. No sé lo que pone, se lo tapa el pañuelo que lleva anudado al cuello, ese cuello largo y blanco, que se toca cuando está cansada. Se ha quitado la chaqueta de cuero y ahora veo la inscripción. Pone: No soy tu princesa. *¡Joder, nena!, si me dejaras yo te construiría un reino.*

Está impaciente. Por lo visto, el imbécil vuelve a llegar tarde. Ha mirado varias veces el reloj y se hace nudos en el pelo con una rapidez que me asombra. Coge un mechón de pelo rubio, lo enreda y desenreda de forma mecánica mientras estudia. No ha levantado la vista de la mesa ni una sola vez. Ya van tres días seguidos y no me ha mirado ni una sola vez. Teclea algo en el teléfono de forma furiosa y rápida. Vaya, el imbécil va a recibir una bronca por llegar tarde. Me alegro, nadie debería dejar esperando a una chica como ella. El idiota ha llegado, apartándose el pelo oscuro del rostro. Parece que pide disculpas. Ella no se amedrenta, lo mira con furia con esos

Mi alma gemela

ojos que parecen querer traspasar tu alma. Al final esboza una sonrisa y termina sonriendo del todo ante un comentario del imbécil. Tiene una sonrisa que podría iluminar la noche de mis Highlands.

Se levantan. Parece que tienen prisa. Van a pasar justo a mi lado. Tiro el cigarro que estoy fumando, en mi torpeza casi le doy a ella en las zapatillas. Levanta la mirada y por primera vez me mira directamente a los ojos. Parece sorprendida, no, horrorizada sería la expresión. Se palpa la chupa de cuero cerrada buscando algo y finalmente se toca el pecho izquierdo. Yo miro hipnotizado el lugar donde reposa su mano. Ella se da cuenta y me devuelve la mirada con desprecio. Ya ha pasado. El imbécil la agarra por la cintura y mete una mano en el bolsillo trasero de su pantalón, ella lleva su mano hacia la espalda de él y por un momento tengo la esperanza de que vaya a quitarse esa mano invasora de su trasero, pero, sin embargo, lo que hace es cruzar los dedos. No lo entiendo. No la entiendo, pero llevo varios días soñando con ella, se cuela en mis pesadillas y me da calma, una calma que no conseguía desde que dejé mi casa.

Dejé de leer con el corazón desbocado. Cogí otra vez el dibujo. Me resultaba familiar básicamente porque era yo, yo con dieciocho años, el pelo más rubio y más corto, pero definitivamente yo. Recordaba perfectamente al imbécil, era un compañero de clase con el que tenía que hacer un trabajo sobre los medios de difusión en papel. Siempre llegaba tarde, pero tenía una sonrisa tan simpática y una melena negra tan envidiable que se lo perdonaba todo, hasta que descubrí que yo no era su única compañera de estudios. Quedábamos siempre en una cafetería de la Plaza Mayor, ya que él vivía cerca, en un piso de estudiantes. En un piso donde perdí mi virginidad con él. Recordaba todo eso, pero no recordaba haber visto a Alasdair en ningún momento, ni siquiera haber pasado a su lado.

—¿Los has encontrado?

La voz de Alasdair me sacó del ensimismamiento. ¿Me habría reconocido después de tantos años? Estaba segura de que sí.

CAROLINE MARCH

—Sí, ya voy—contesté levantándome deprisa y guardando el cuaderno donde lo había encontrado.

Salí algo nerviosa, como cuando un niño ha hecho una travesura, como era el caso, y teme que lo pillen por la simple expresión de su cara.

El rostro de Alasdair no me dio indicios de nada. Había preparado la mesita del salón para la cena. La luz era tenue, había puesto música y encendido la chimenea escondida en la pared frontal, justo debajo de la gran tele de plasma.

—¿Cerveza? —preguntó.

—Sí —afirmé yo sentándome en el sofá de piel negra.

El olor de la comida llegó a mi nariz haciéndome sentir súbitamente hambrienta. Esperé a que él también se sentara y sirviera las cervezas. Ambos nos lanzamos con igual desesperación a devorar la comida china.

—¿Quiénes son? —inquirí dirigiéndome al equipo de música.

—Albanach, un grupo folk escocés, ¿te gustan? —preguntó dando un largo trago a su bebida.

—Mucho —respondí. La verdad era que la música celta estaba empezando a ser una de mis preferidas.

—Algún día, si quieres, te llevaré a un concierto suyo —propuso.

—Algún día —respondí yo.

Pero ¿cuándo? Solo me quedaba un mes de estancia y ya empezaba a echar de menos Escocia.

—¿Por qué ibas a ir a Irlanda en vez de venir aquí? —preguntó cambiando de tema. Tenía una facilidad extrema para desconcertarme y pillarme desprevenida.

Abrió otra cerveza y me la ofreció, dándome unos minutos para responder.

—Fue por mi amiga Sofía —dije sintiendo que se me quebraba la voz.

—¿Qué ocurre con tu amiga? —inquirió con gesto serio y preocupado por mi extraña reacción.

Mi alma gemela

—Ella... ella... está muerta —expresé finalmente, demostrando toda la tristeza que sentía en una simple frase.

Me di cuenta de que no lo había pronunciado en voz alta nunca y hacerlo fue como admitir que lo estaba, que estaba muerta.

Él me cogió la mano y la acarició, trazando círculos con su dedo índice en mi palma. Ese simple gesto me tranquilizó y me dio fuerzas para contarle el resto de la historia.

—Nos conocimos en Madrid, cuando yo estudiaba Periodismo. Compartíamos habitación en un colegio mayor. No podíamos ser más diferentes, sin embargo, finalmente se convirtió en más que una amiga, en mi hermana. Cuando terminamos el primer año íbamos a ir a Irlanda a trabajar de *au pairs* para mejorar nuestro inglés y para ir de fiesta, como decía ella. Yo no pude ir porque mi padre enfermó y tuve que volver a casa.

Paré, a esas alturas de la historia lágrimas ardientes se deslizaban por mis mejillas.

Él esperó con paciencia hasta que me serené lo suficiente para continuar con el relato.

—Ella finalmente viajó a Irlanda y allí conoció a su marido. Yo volví a casa y dejé de estudiar. Mi padre empeoró, falleció esas Navidades y tuve que ayudar a mi madre, que tenía una floristería. Pero seguimos siendo amigas, pese a la distancia y los diferentes caminos que siguieron nuestras vidas —expliqué quedamente.

Alasdair me miraba con fijeza, prestando atención pero sin interrumpir. Cogí fuerzas en sus ojos azules.

—En enero ella tuvo un accidente de coche y murió—confesé.

—Sí —contestó él—, pero hubo algo más, ¿no?

—Ese mismo día recibí un paquete en casa. Era de ella, había una carta y esto.

Le mostré la pulsera que no me había quitado desde que emprendí el viaje. Él la cogió y la observó con cuidado.

—Un trébol, un corazón y una estrella. El trébol sé lo que significa, pero el corazón y la estrella no —pronunció suavemente.

CAROLINE MARCH

—Ella compró dos pulseras iguales, una para cada una, para nuestro viaje a Irlanda. A veces estaba un poco loca. Según ella, nos darían suerte por el trébol de cuatro hojas y allí en Irlanda encontraríamos el amor, de ahí el corazón, con un pelirrojo fogoso —me ruboricé. Alasdair sonrió.

—Pero a ti no te gustan los pelirrojos, ¿o me equivoco? —preguntó con voz ronca.

—No, en aquel momento no me gustaban nada de nada —recordé lo que había leído en el cuaderno.

—¿Y la estrella?

—Ella quería ir a una pradera de Irlanda a cantar a pleno pulmón *Danny Boy* con su irlandés pelirrojo y hacer temblar la tierra de Tara. Esas fueron sus palabras exactas —dije sonriendo entre lágrimas al recordarlo.

—¿Y tú qué querías, Alice? —inquirió atravesándome con la mirada.

—No lo sé, supongo que acompañarla y disfrutar de un viaje diferente. Me imagino que también habrá irlandeses morenos. Colin Farrell lo es, ¿no? —aduje sonriendo. Él no me devolvió la sonrisa.

—¿Qué hay de la carta?

—Ella sabía que se estaba muriendo y no quería que su familia pasara por lo que habíamos pasado nosotros con la enfermedad de mi padre, así que tomó la decisión que en ese momento le pareció la correcta. Se mató. Sofía se suicidó —terminé, llorando con desconsuelo. Me sentía cómoda contándole todo. Escuchaba con atención y paciencia.

Alasdair me abrazó y dejó que me tranquilizara en sus brazos. Estuvimos así varios minutos. Yo me habría quedado toda la vida arropada por su cuerpo.

Me separé un poco y continué.

—En la carta me decía que yo estaba ahogándome, que todos lo veían menos yo y que me obligaba a cumplir la promesa que había hecho con dieciocho años, que no era sino pasar un verano en Irlanda, porque lejos de casa vería las cosas con más pers-

Mi alma gemela

pectiva, y aún estaba a tiempo de reconducir mi vida —mis palabras murieron en un suspiro.

—Y ahora me dirás que te equivocaste de avión o algo así, ¿no? Porque tanto Ewan como yo esperábamos a un tal Rodolfo —afirmó sonriendo intentando que yo sonriera a mi vez.

—Algo así. Llegué tarde a la agencia donde Sofía había contratado el viaje, así que lo único que me pudieron ofrecer fue un puesto de camarera en un pueblo perdido de las Highlands de nombre impronunciable y aquí estoy. Cumpliendo la promesa que le hice a Sofía.

Me sentía mucho más tranquila después de haber soltado toda la angustia acumulada en los últimos meses, la losa de dolor y culpabilidad que llevaba sobre mis hombros se estaba deshaciendo.

—Así que estás aquí cumpliendo una promesa.

—Sí.

—¿Te arrepientes de haber venido? —preguntó sin soltar mi mano.

—No, creo que en parte Sofía tenía razón, solo que a veces tengo la sensación de que todo lo que estoy haciendo está mal y que tal vez habría sido mejor continuar mi vida ignorando aquella carta —lo dije con el corazón, porque así me sentía en realidad. Estaba viviendo aquellos meses con tanta intensidad que a veces me sentía completamente agotada y desconcertada.

—Creo que fue el destino el que te hizo llegar hasta mí —dijo suavemente y se inclinó unos centímetros. «¡Dios! ¡Va a besarme!», pensé y retrocedí un poco asustada en el sofá. ¿Por qué retrocedí? Nunca lo sabría, ya que yo deseaba más que nada que me besara.

—Mi madre diría que los caminos de Dios son inescrutables y que los míos en particular son retorcidos como el demonio —repliqué intentando que el momento romántico pasara.

—Tu madre es una mujer sabia —expresó él esbozando una pequeña mueca.

—Lo sé —afirmé—, pero ya te he desnudado mi alma. Hable-

CAROLINE MARCH

mos ahora de ti. ¿Por qué te hiciste ingeniero? —pregunté cambiando bruscamente de tema.

—Bueno, de pequeño me gustaba desarmar cosas y volverlas a montar, tal vez demasiado, porque mi madre siempre se quejaba a mi padre de que algún día desmontaría la casa entera y acabaríamos los tres enterrados debajo —reí imaginándome a un pequeño pelirrojo travieso y curioso.

—Vivíamos aquí, en Edimburgo, en la colina, en una casa con jardín. Fueron días felices —paró un momento y fue al aparador a sacar una botella de whisky, que sirvió en dos vasos. La historia se iba a complicar, pensé.

—¿Y entonces? —pregunté aspirando el dulce aroma de Escocia de mi vaso.

—Mi padre murió en unas maniobras. Era militar de alto grado. Lo mismo que mi tío, el padre de Ewan. Yo tenía once años. Creo que mi madre se vio sola y desbordada con un niño tan pequeño. Yo no me tomé muy bien la muerte de mi padre y mi comportamiento no fue lo que se dice adecuado. Empecé a tener problemas en el colegio y a enfrentarme en peleas con mis compañeros. Finalmente, mi madre me envió con mis abuelos a las Highlands, ellos me criaron. Mi madre solía venir en verano. Se casó al poco tiempo, creo que mis padres no se amaban, él pasaba mucho tiempo fuera y ella se sentía demasiado sola aquí —pude notar la tristeza que denotaba su voz y quise abrazarlo y acunarlo como hacía con Laura cuando tenía algún problema.

—¿Dónde está tu madre ahora? —inquirí curiosa, nunca la había oído mencionar.

—Vive con su tercer marido, sí, se volvió a divorciar, en la Toscana. Él es un diplomático inglés retirado. Una o dos veces al año voy a visitarlos, pero me siento como si no fuera mi madre, como si no hubiera ningún lazo de sangre entre nosotros. Por eso me extraña y me admira cómo hablas de tu hija, el amor que le profesas, lo importante que es ella para ti —dijo mirándome fijamente.

Mi alma gemela

—Lo es, no hay palabras que sirvan para describir lo que una madre siente por un hijo —contesté.

Pero siempre habría madres desnaturalizadas y yo desde ese momento odié a su madre, porque no podía comprender cómo había abandonado a su hijo de ese modo. Porque en realidad lo había abandonado para seguir su vida, sin importarle nada más. Yo era algo que jamás podría hacer. Algo a lo que no podría renunciar. De eso estaba segura.

—De todas formas fui feliz en Drumnadrochit, muy feliz, estudié allí la secundaria y entré con una beca en Saint Andrews. Volví a casa ese verano y ocurrió lo de Aileen. Luego mi madre volvió de la Toscana y entre ella, mi tío, que tiene bastante influencia, y mis abuelos decidieron que lo mejor sería que me fuera un año lejos de Escocia. Yo lo único que decidí fue el lugar, tenía claro que tenía que ser España, siempre me había fascinado ese país y sus edificios —hizo una pausa en su relato.

¿Estaría pensando que me había conocido en Madrid? No lo sabría nunca. Alasdair guardaba un completo dominio de sus facciones y era muy difícil saber qué pensaba en cada momento.

—¿La querías? —pregunté sin mencionar su nombre. Él supo a quién me refería.

—En ese momento creía que sí. Íbamos a tener un hijo y eso para mí era lo primordial. No me importaba dejar de lado todo lo que quería ser para poder darle un hogar a mi hijo, pero ella no lo tenía claro, como ya sabes —se pasó la mano por el pelo, lo que hacía cuando algo le preocupaba—. De todas formas —continuó—, cuando regresé de España estaba decidido a cumplir mi sueño. Me matriculé aquí en Edimburgo en la Facultad de Ingeniería y me saqué el título. No pude entrar en el ejército en el cuerpo de ingenieros por el asunto de Aileen, pero empecé a trabajar a los pocos meses, en la misma empresa que ahora dirijo. Uno de los socios era mayor y se jubiló hace dos años. Yo compré su parte de la empresa, ahora somos Noble & Mackintosh Associates, lo que me da bastante más libertad para elegir los proyectos y para viajar a las Highlands con más frecuencia —terminó.

CAROLINE MARCH

—Vaya, entonces ya tienes todo lo que deseas.
—No todo. Me falta lo indispensable —respondió él mirándome fijamente.
—¿El qué? —pregunté yo con voz ronca.
—Una esposa, unos niños, un perro y una casa en las afueras —declaró él riendo.
Yo reí a mi vez, pero no con demasiado entusiasmo. A veces parecía que se acercaba tanto que ardía, para luego separarse hasta el Polo Norte.
—Pero estoy en ello —afirmó súbitamente serio.
—¿Kathleen? —aventuré yo.
—No, entre Kathleen y yo no hay nada, solo es una amiga —contestó rápidamente apurando el vaso de whisky. Pude notar que el rubor le subía por el cuello, sin embargo, no alcanzó su rostro, lo que me hizo pensar en otra cosa.
—¿Alasdair?
—¿Sí? —se volvió hacia mí con mirada inquisitiva.
—¿Por qué no tienes pecas? —pregunté de repente.
—¿Qué? —pareció sorprendido.
—Me he fijado en que no tienes pecas en el rostro, normalmente los pelirrojos suelen tener la cara llena de pecas.
Puso los ojos en blanco.
—No lo haces de forma intencionada, ¿verdad?
—¿El qué?
—Nada. Sí que tengo pecas, en los hombros, unas pocas, sobre todo cuando tomo el sol —dijo como explicación.
—Ah —suspiré hondo—, me encantaría verlas.
¡Maldito whisky que me soltaba la lengua!
—¿Estás segura? —su voz se había vuelto ronca de repente.
—Eh... yo... —tartamudeé—. Creo que me voy a acostar. Parece que... se ha hecho algo tarde... y estoy muy caliente.
—Mufmfm —ese gruñido otra vez que brotaba de su garganta y me atravesaba como una lanza.
—Quiero decir —exclamé levantándome, ¡maldita sintaxis inglesa!—, que hace calor, mucho calor aquí.

Mi alma gemela

—Está bien —asintió él también levantándose algo reticente. Me acompañó a la habitación.

—Buenas noches, Aileas —susurró—, que tengas dulces sueños.

—¿Tú también te vas a acostar? —pregunté.

—No, yo voy a darme una ducha —dijo alejándose—. Fría —añadió cerrando la puerta del baño.

Entré en mi habitación y encendí la luz de la mesilla. Me quedé un momento mirando la noche escocesa por la ventana, deseando tener la valentía de meterme con él en la bañera. Pero todavía no estaba preparada, ¿o sí? Para cuando terminé de decidirme, oí la puerta del baño y que se metía en su habitación. El romance había terminado.

Me acosté e intenté memorizar ese día como uno de los mejores de mi vida, exceptuando, claro, que había estado colocada hasta la mitad de la tarde y que había prendido fuego a un hotel.

CAPÍTULO 16

Otra vez no...

Al día siguiente desperté con el olor del café recién hecho, que me hizo recordar la casa de mis padres, mi hogar. Me desperecé y me giré para seguir durmiendo solo un poco más. Unos tibios golpes en la puerta terminaron de despertarme. Me incorporé en la cama bostezando.

—Pasa —dije con voz ronca.

Alasdair entró vestido con pantalones cortos, deportivas y una camiseta. Pero lo que verdaderamente me llamó la atención fue que llevaba una bandeja llena a rebosar con varios platos de dulces, huevos revueltos, beicon y tostadas, y una taza humeante del café que antes había olido.

Me reí, entre los dientes llevaba sujeto precariamente un jazmín blanco.

—Pareces un payaso —exclamé en tono de chanza.

—Gracias por tu amabilidad —pronunció entre dientes, pero percibí cierto tono simpático.

Depositó la bandeja sobre mis piernas y yo cogí la taza, aspirando su aroma como si fuera opio. Me ofreció el jazmín y yo lo miré interrogante.

—¡Feliz cumpleaños! —se inclinó y me dio un casto beso en los labios que me dejó temblando por dentro.

Mi alma gemela

—¿Despiertas así a todas las chicas que se quedan a dormir contigo? —inquirí ruborizada por el beso y el regalo.
—No, solo a las que cumplen años. ¿Por qué no habías dicho nada? —preguntó.
—No me gustan los cumpleaños. No tiene nada que ver con cumplir años, sino con la sensación de que ese día eres el centro de atención lo quieras o no, y eso me pone bastante nerviosa —contesté yo. Sobre todo, me ponía nerviosa él.
—Bien, pues hoy vamos a cambiar eso en tu vida, ¿de acuerdo? Hoy vas a decidir todas y cada una de las cosas que quieras hacer. Si no quieres coger el teléfono, no lo vas a hacer, y si quieres que ignoremos que eres un año más vieja —le hice un mohín—, lo haremos. —Sonrió—. ¿Qué decides? Hoy estoy a tus órdenes.
—Desayuna conmigo, eso es algo fácil de cumplir, ¿no?
Él se olió la axila y yo lo miré extrañada.
—Acabo de llegar de correr y estoy bastante sudado, ¿no te importa?
—En absoluto —afirmé.
Mi aspecto tampoco era precisamente perfecto, seguro que tenía los ojos hinchados y el pelo revuelto. Si a él eso no le importaba, a mí el olor tenue a sudor limpio, tampoco.
Miré la bandeja, indecisa. Todo parecía delicioso y recién hecho. ¿A qué hora se había levantado para tenerlo todo previsto?
—¿Qué te apetece? —preguntó sentándose frente a mí en la cama.
—Todo —aseveré.
Él rio.
—Pues adelante, yo me quedaré con las sobras.
Empecé sorbiendo el café caliente, que sabía a gloria, luego ataqué un pastel relleno de crema de manzana, después seguí con los huevos revueltos y el beicon, terminando con una tostada con mantequilla.
Levanté la vista por primera vez desde que había comenzado a desayunar. Su rostro era divertido y a la vez había en él un gesto de incredulidad.

CAROLINE MARCH

—No has hecho dieta en tu vida, ¿verdad? —preguntó.
Yo lo miré con los ojos entrecerrados.
—¿Crees que estoy gorda? —inquirí algo molesta.
—No, no es eso —descartó el asunto con un gesto de la mano—, es que da gusto ver a una mujer comer sin estar contando las calorías que ingiere.
—Bueno, conmigo ese problema no creo que lo tengas nunca. La verdad es que jamás he hecho dieta, me gusta la comida y disfruto con ella. Creo que mi habitual nerviosismo ya se encarga de que no engorde, eso o es que tengo una genética envidiable. Las famosas dirían —puse voz aguda— que beben mucha agua y duermen ocho horas diarias. Yo nunca he podido hacer ninguna de esas dos cosas y aquí estoy —repuse con una mueca.
Él seguía riendo a carcajadas.
—Eres la mujer más extraña que he conocido nunca —exclamó de repente.
—Gracias por tu amabilidad —le contesté, atacando el segundo pastelito de manzana.
—¿Te ha gustado el jazmín? —preguntó con voz extraña, señalándolo sobre la cama donde reposaba la tierna flor, que ya comenzaba a marchitarse, arrancada bruscamente del sustento de su tallo.
—Sí, claro. Es una flor preciosa y sumamente delicada —contesté.
No le mencioné que tenía especial aversión a que me regalaran flores, más que nada porque la mayoría de las veces querían demostrar un amor desmedido y, sin embargo, lo que mostraban era la misma fragilidad de ese amor marchitándose a los pocos días. Eso me dejaba con una sensación de futilidad que odiaba.
—¿Sabes lo que significa? —exhortó de forma directa.
—Creo que sí. Amistad, ¿no? —le respondí mirándole a los ojos.
—No es eso lo que me han dicho en la floristería, pero también puede servir —comentó en voz baja meditando la respuesta.

Mi alma gemela

Yo le había mentido descaradamente, el jazmín significaba «amor voluptuoso, quiero ser todo para ti». Había trabajado demasiado tiempo rodeada de flores. Pero, desde luego, no se lo iba a decir. Aunque miré con especial cariño mi flor blanca.

Cuando terminamos de desayunar, él fue a ducharse y yo me cambié de ropa. Me puse un vaquero desgastado y un jersey de cuello cisne negro. Abrí la ventana para ventilar, el aire frío me golpeó el rostro.

Hice la cama y cuando creí que ya había pasado suficiente tiempo me dirigí al baño, pegué la oreja a la puerta y, como no oí nada, entré sin llamar.

—¡Joder! —exclamé viéndolo salir de la ducha, tapándose con una minúscula toalla negra—. ¡Lo siento mucho! Creí que ya no había nadie —dije. Me volví y me golpeé en el rostro contra la puerta—. ¡Ay! —retrocedí frotándome la frente.

—Tranquila, Aileas, no creo que vayas a ver nada que no hayas visto antes —dijo riéndose.

Y era cierto, pero no de él. Había visto más de lo que quería, pero menos de lo que deseaba. Su cuerpo esbelto y atlético desnudo, cubierto por pequeñas gotas que le caían del cabello mojado, haciendo que este adquiriera un color rojo intenso.

Me volví tapándome los ojos con las dos manos, pero dejando espacio entre los dedos para observar mejor.

Él se había anudado la toalla a la cintura y estaba frotándose el pelo con otra toalla, mandando gotas de agua en todas direcciones. Oí su risa, que se convirtió en carcajadas.

—Volveré un poco más tarde —acerté a decir totalmente azorada.

—Vamos, Aileas, que no pasa nada. Solo voy a afeitarme —dijo.

Aparté las manos de mis ojos, observando su mirada clara, con esa expresión risueña tan característica en él, como si algo que los demás desconocíamos le divirtiera. Ahora estaba claro que quien le divertía era yo.

Me puse a su lado frente al espejo. Quería lavarme los dientes, pero me parecía un acto tan íntimo que simplemente revolví los objetos de mi neceser buscando algo más simple. Cogí la crema hidratante y comencé a esparcírmela por la cara.

—¿Por qué te vas a afeitar? A mí me parece que estás bien así.

Le había crecido la barba desde el día anterior, pero solo lo suficiente como parecer algo... Busqué la palabra exacta. Peligroso, eso era, tenía un aspecto peligroso.

—Me afeito porque tienes la piel tan delicada que puedo hacerte daño —replicó sacando el bote de espuma de afeitar del armario.

—¿Qué? —contesté sin entender.

Él suspiró.

—Dos días después de que Ewan te besara todavía tenías rosetones alrededor de la boca —explicó. Levantó mi jersey hasta la altura del codo y frotó su barba contra mi piel blanca.

—¿Ves? —explicó.

Lo veía claramente, un surco rojizo se estaba formando en mi antebrazo. ¿Era una insinuación de que me iba a besar? El corazón comenzó a martillearme en el pecho. Él hizo caso omiso, se frotó la barba con la espuma de afeitar y cogió una cuchilla.

Ver a un hombre afeitarse es de lo más erótico, sobre todo si ese hombre es guapo, seguro de sí mismo y está observándote a través del espejo con unos profundos ojos azules.

Yo comencé a maquillarme, ignorando su mirada.

—¿Por qué te maquillas? —preguntó con medio rostro afeitado.

—Porque... porque... ya no sé salir de casa sin algo de maquillaje —dije finalmente.

—No lo necesitas, tu piel está mejor sin nada en la cara —contestó.

—Está bien —claudiqué y salí del baño en dirección a la habitación. Antes pasé por la cocina y me lavé los dientes en el fregadero. No era algo muy habitual, pero cuando estaba cerca de él, hacía cosas bastante extrañas. Una vez en la habitación saqué un pequeño espejo de mi bolso y, aunque no me maquillé del

Mi alma gemela

todo, sí me apliqué rímel y algo de brillo en los labios. Al fin y al cabo, era mi día y decidía yo.

La primera llamada que recibí fue la de mi madre.

—¡Mami, felicidades! —oí la voz de Laura.

—Gracias, cariño —contesté, y oí como soltaba el teléfono, que rebotó en el suelo, y un pequeño grito de mi madre.

—Cariño —oí que decía—. ¿Estás ahí?

—Sí, aquí estoy—dije riendo.

—¡Felicidades!

—Gracias por acordarte —contesté yo.

—¡Cómo no me voy a acordar si me tuviste cuarenta y siete horas de parto y sin anestesia! ¡Como para olvidarlo! ¿Cómo estás? —rio ella.

—Muy bien. Estoy en Edimburgo haciendo algo de turismo.

—¿Estás sola? Oigo otra voz—replicó ella con la mosca detrás de la oreja.

—Sí —mentí descaradamente—, es la radio. En realidad era Alasdair cantando (¿cantando?) desde su habitación una melodía en gaélico que no reconocí.

—¡Laura, no toques eso! Te dejo, cariño, pásalo muy bien y cuídate. Y come bien, recuérdalo.

—Lo haré, si vieras lo que he desayunado...

—Espero que fuera solo comida —respondió ella.

Yo me quedé sin aliento.

—Es una broma, cariño, solo eso. Te quiero. Ya volveré a llamar —contestó riéndose.

—Yo también. Adiós.

Me quedé pensando que cuando yo le decía a mi hija que las madres tenían ojos mágicos que lo veían todo para evitar que hiciera travesuras no era solo un juego. Mi madre estaba empezando a asustarme.

Permanecí en el salón esperando a que Alasdair terminara de vestirse. Me acerqué a la enorme biblioteca que adornaba una de las paredes, lo mismo que en su casa de las Highlands. Le gustaban los libros y leer, varios ejemplares estaban gastados por el uso y había de todos los temas, desde ficción hasta historia, pasando por tratados de ingeniería. Cogí uno de la historia de Escocia y me senté en el sofá a hojearlo. Las imágenes eran espectaculares.

—¿Ves algo que te guste? —preguntó rompiendo mi ensimismamiento.

—Sí —mostré una gran sonrisa—. Me habías dicho que hoy podía elegir lo que quisiera.

—¿Sí? —inquirió él algo temeroso.

—Pues primero me gustaría ver Holyrood y después subir hacia las Highlands y pernoctar en un castillo. ¿Puedo? —lo dije con tanta emoción en la voz que no pudo negarse.

—Claro, no creo que sea muy complicado —contestó.

Parecía más relajado. ¿Qué demonios había pensado que le iba a pedir? Abrió el ordenador portátil y tecleó buscando algo.

—¿Qué haces? —quise saber asomándome sobre sus hombros.

—Estoy intentando reservar una habitación en el Glenbroch Castle Hotel, ¿te gusta? —se apartó para mostrarme la foto en la pantalla.

—Me encanta. ¿Podría ser? —dije observando un magnífico castillo encuadrado entre bosques tupidos junto al Loch Oich. Había leído que ese tipo de alojamientos no tenían muchas habitaciones, más o menos de diez a quince por castillo.

—Lo intentaré —cogió el teléfono y se apartó para hacer unas llamadas.

Llegó a mi lado al cabo de unos minutos con expresión contrita.

—No hay habitaciones, ¿verdad? —pregunté, súbitamente decepcionada.

—No, sí que hay. Quedaba una, la última, que he podido reservar ¡por San Mungo! —dijo observándome con cuidado.

¿San Mungo? ¿Y quién era ese? ¿El patrón de las habitaciones perdidas?

—¿Una? —murmuré algo trémula. Había esperado que por lo menos esa noche pudiéramos dormir en habitaciones separadas.

Mi alma gemela

Tenerlo tan cerca suponía un exceso de control por mi parte que me estaba crispando los nervios—. Bueno, si no hay otra cosa, cógela —afirmé todavía dudando.
—Ya la he reservado —dijo simplemente.
Yo lo miré entre sorprendida y expectante.
—Querías dormir en un castillo, ¿no? —esbozó una sonrisa pícara.
—Sí —le dije sin amedrentarme—, pero quiero algo más —comenté al descuido, volviéndolo a sorprender.
—¿Qué? —entrecerró los ojos.
—¿Tienes moto?
—Sí.
—Pues me gustaría hacer el viaje en moto, ¿es posible? —pregunté.
—Sí, eso es perfectamente posible, pero necesitaremos algo más —explicó dirigiéndose al vestidor. Sacó dos cazadoras de motorista y dos pares de guantes.
Se puso una y me ofreció la otra. Me quedaba enormemente grande y ni siquiera intenté ponerme los guantes, solo en uno de ellos me cabrían las dos manos.
Me observó un momento cabeceando.
—Está bien, no lleves los guantes, pero la cazadora te la quedas, no quiero ningún percance más —dijo avisándome de antemano.
—A sus órdenes —respondí levantando la manga que pasó por detrás de mi cabeza cayendo por el otro lado.
Alasdair rio y salimos en dirección al garaje. En la plaza contigua a la de su vehículo descansaba una moto BMW de carretera. Era una pieza sólida metalizada en negro, rápida y elegante. Metimos nuestras escasas pertenencias en las alforjas y montamos. Esa vez no miré dónde podía sujetarme, directamente me abracé a su cuerpo y salimos por la empinada cuesta al bullicioso tráfico de Edimburgo.
Nos dirigimos a Holyrood y aparcamos la moto lo más cerca posible del palacio, frente al Parlamento. Como había hecho el

CAROLINE MARCH

día anterior, pagó la entrada y me ofreció una completa explicación de la historia del lugar, la residencia oficial de los reyes escoceses, entre ellos María Estuardo, tal vez la más conocida para los extranjeros como yo, debido a que acabó siendo asesinada a instancias de su prima Isabel I, reina en ese momento de Inglaterra. Curiosamente, ambas descansaban en el mismo panteón real en la Abadía de Westminster, en Londres. También fue la última residencia de Bonnie Prince Charles, el último pretendiente al trono escocés, antes de que Escocia perdiera para siempre su independencia. Me habló de pasadizos y túneles misteriosos, de fantasmas que habitaban sus salas y pasillos con tanta credibilidad que hasta creí ver uno vestido con un kilt entre las ruinas de la Abadía Agustina, iluminada tenuemente por la bruma matinal.

Almorzamos algo en un pub cercano y emprendimos viaje hacia el norte. Nunca había estado encima de una moto tanto tiempo como para saber si podría marearme, pero el solo contacto con su cuerpo y el tibio aroma que emergía de su cuello, junto con el viento de frente, disipó todas mis dudas. Me encontraba perfectamente, no había ni rastro de mareo.

Hicimos varias paradas para observar el paisaje en algunos lagos y en el valle de Glencoe, donde me explicó uno de los pasajes más viles y trágicos de la historia escocesa, cuando treinta y ocho miembros del clan MacDonald fueron asesinados por sus invitados, provenientes del clan Campbell la noche del trece de febrero de 1692. Otras cuarenta mujeres y niños murieron en los siguientes días de frío e inanición después de que fueran quemadas sus casas. Me estremecí parada a un lado de la carretera, observando el inmenso valle, coronado por las colinas llamadas «Las Tres Hermanas», iluminadas por la luz del atardecer, creyendo escuchar los gritos angustiosos de aquella gente cruelmente asesinada. Empezaba a entender un poco más el carácter fuerte y orgulloso de aquella raza de hombres, acostumbrados desde siempre a la lucha y la defensa de su tierra y de su libertad.

Cuando estaba comenzando a anochecer, llegamos a nuestro

Mi alma gemela

destino final, el Glenbroch Castle Hotel. Entramos por un camino de grava, disfrutando del paisaje de alrededor, tan tupido, lleno de bosques desde los que llegaba la fragancia a tierra mojada y naturaleza en estado salvaje, asombrándome una vez más de los contrastes de esa tierra.

Alasdair aparcó la moto en un garaje escondido entre los jardines y nos dirigimos a pie a la recepción. Me dio la reserva protegida por una funda de plástico, mientras él discutía con el botones, que se empeñaba en cargar nuestras dos pequeñas mochilas en un carro dorado hasta nuestra habitación. Riéndome me enfrenté a la recepcionista.

—Buenas noches —dije entregándole la reserva.

—Buenas noches —contestó ella consultando el ordenador—, señora Mackintosh. Tienen la suite nupcial. ¿Están de luna de miel?

—Oh, no soy la señora Mackintosh —respondí, regodeándome en lo bien que sonaba esa expresión. ¿Suite nupcial?

—Lo siento —respondió ella fijando su mirada en la alianza de oro que rodeaba mi dedo anular.

—Estoy casada, pero no con él —señalé al gigantesco pelirrojo. Por su gesto sorprendido aunque discreto me di cuenta de que no lo estaba aclarando mucho.

—Ah, bueno —dijo ella clavando la mirada en la pantalla del ordenador.

—Es mi jefe y este es mi regalo de cumpleaños —expliqué. Ella levantó la mirada un instante de la pantalla y pude observar cómo el rubor le subía desde el cuello hasta la frente. Vaya, cada vez lo estropeaba más.

—Un bonito regalo —añadió ella cortésmente.

—Sí, es una pena que no quedaran habitaciones libres —contesté yo.

—Esta mañana teníamos dos más libres, pero se reservaron casi a la vez que la suya.

Una idea me vino fugazmente a la cabeza y no pude contener el preguntar:

—¿Me puede decir quién las ha reservado?

CAROLINE MARCH

—No, lo siento, no le puedo dar esa información —dijo.

—Bien, ¿ni siquiera me puede decir si fueron reservadas a nombre de Noble & Mackintosh Associates? —pregunté.

Ella no contestó, pero un simple gesto que agrandó sus pupilas un milímetro respondió a mi pregunta. ¡Maldito escocés engreído! Conque esas teníamos, ¿eh?

Ella me entregó la llave con gran rapidez, deseando que yo desapareciera lo antes posible. Pero antes tenía una última pregunta.

—¿Podría decirme quién es San Mungo? —inquirí recordando la curiosa expresión de Alasdair esta mañana.

Pareció relajarse.

—Es el santo patrón de Glasgow —aclaró.

—¿Solo eso? —volví a inquirir fijando mi mirada en su rostro.

Noté que se ruborizaba y finalmente contestó con voz ahogada:

—También se le conoce como el patrón de las mujeres infieles —afirmó terminando casi en un susurro.

Yo estaba enfadada, muy enfadada. Volví mi mirada hacia el escocés furibundo que seguía agarrando su mochila como si llevara el oro escocés perdido en la guerra de independencia.

—Gracias, ha sido de mucha ayuda —contesté a la amable recepcionista, frunciendo los labios.

—Qué pase una feliz noche —al decir eso se atragantó, carraspeando y disculpándose a la vez.

—Tenga por seguro que yo la pasaré. En cuanto a él, no sabría decirle —respondí dejándola otra vez roja como un tomate.

Me dirigí hacia Alasdair, que seguía discutiendo con el pobre botones, un chico joven, que lo único que intentaba era hacer su trabajo. Cogí la mochila de su mano y le ofrecí mi mayor sonrisa.

—No hace falta que las suba, lo haremos nosotros —dije—. No obstante, el señor Mackintosh le dará una buena propina por su intensa amabilidad.

Alasdair me miró enarcando una ceja, pero sacó de la cartera

Mi alma gemela

un billete de veinte libras que dejó al joven contento y asombrado.

—¿Estás enfadado? —pregunté mientras subíamos las escaleras principales, forradas por una alfombra granate.

—No, no es nada —contestó brevemente. Por su tono noté que estaba algo nervioso. ¿Habría escuchado la conversación con la recepcionista? Su rostro era una máscara impenetrable, cuando quería ocultar algo lo hacía muy, muy bien.

Nuestra habitación estaba en el torreón izquierdo con vistas al valle y a los jardines. En cuando abrí la puerta me quedé asombrada y extasiada. El hotel era lujoso y en cada esquina asomaba la antigüedad y elegancia que en tiempos de la nobleza había atesorado. Las paredes eran de piedra vista, lo que podría haber provocado una sensación de frialdad y, sin embargo, quizá ayudadas por la chimenea encendida, ofrecían una sensación de cálido y confortable refugio.

En el centro de la estancia, muy amplia, más de cincuenta metros, había una enorme cama con dosel de madera maciza de la que colgaban cortinas de terciopelo marrón haciendo juego con la colcha de los colores de los valles de Escocia. Al fondo, un pequeño saloncito con un sillón estilo Luis XVI y una mesita de madera con patas en forma de garras. Todo ello iluminado por una ventana que circundaba el torreón haciendo que la luz entrara desde diferentes puntos a la vez, creando un juego extraño y mágico de luces y sombras. Entré en el baño a curiosear. Era inmenso, una bañera de hidromasaje con ducha y un amplio espejo con varias cestas con productos de aseo. Era todo precioso, tenía que reconocer que Alasdair tenía un gusto exquisito. Me pregunté si habría llevado a otras mujeres a ese sitio. Aparté ese pensamiento rápidamente de mi mente, era mi cumpleaños y no quería que nada lo estropease.

—¿Te gusta? —preguntó asomándose al baño.

—Me encanta —respondí sonriendo, casi se me había pasado el enfado por la treta de las habitaciones.

Mientras sacábamos algo de ropa de las maletas me senté en

el sillón Luis XVI y comencé a responder a todas las llamadas y mensajes que tenía.

Uno en especial me hizo sonreír, era de Nuria:

Felicidades, tesoro. Este cabezón sigue sin querer salir, le doy tres días, si no lo sacaré yo con las tijeras de podar si es necesario.

Había también una llamada de Pablo y decidí contestarla.

—Pablo —dije cuando oí su voz.

—Alicia, ¿qué tal? Felicidades. ¿Lo estás pasando bien por la tierra de las brujas y los duendes? —preguntó. Parecía cansado, pero el deje triste estaba empezando a desaparecer.

—Muy bien, la verdad —contesté.

—¿Qué planes tienes para esta noche? ¿Saldrás de fiesta a celebrarlo? —inquirió.

—No lo sé, está todavía por decidir —dije mirando a Alasdair, que me observaba con curiosidad. A veces olvidaba que también entendía mi idioma.

—Pues ya sabes lo que diría Sofía...

—Sí, lo sé. No hagas nada que yo no haría, lo que te deja un amplio margen de actuación —ambos reímos.

La expresión de Alasdair era de tal autosuficiencia que me dieron ganas de borrarle de un puñetazo aquella maldita sonrisa.

Nos despedimos con un beso y colgamos.

—¿Quién es Pablo? —preguntó Alasdair.

—El viudo de Sofía —contesté con la mirada perdida. ¡Cuánto me hubiera gustado que estuviera viva para poder contarle todo!

Alasdair, notando mi súbito abatimiento, se acercó a mí y comenzó a masajearme los hombros. No estaba acostumbrada a pasar tantas horas sobre una moto y estaba empezando a sufrir las consecuencias. Él, en cambio, estaba tan fresco y ágil como siempre.

Recordando mi intención inicial le dije:

—Creo que este es un sillón muy cómodo para que tú duermas aquí esta noche, porque supongo que serás un caballero y me dejarás la cama, ¿no? —inquirí mirándolo con ojos inocentes.

Mi alma gemela

Él apartó rápidamente las manos de mis hombros y se puso frente a mí, con las piernas un poco separadas y los brazos cruzados sobre el pecho.

—¿Cómo? —preguntó—. Creo que no he entendido bien. ¿Quieres que duerma en eso? —señaló el pequeño sofá, en el que yo apenas cabía con las piernas dobladas.

—Bueno —murmuré batiendo las pestañas—, si lo prefieres puedes dormir en el suelo, está enmoquetado, no creo que pases frío.

—Ni lo sueñes —masculló enfurecido.

—¿Ah, no? —respondí yo sin inmutarme.

—Dormiré en la cama —afirmó rudamente—. Contigo —añadió como en un descuido.

—¿Vas a dejarme dormir en el suelo? —pregunté ignorando la última palabra.

—No, por supuesto que soy un caballero, dormirás en la cama. Conmigo —volvió a añadir.

Ambos enfrentamos nuestras miradas enfurecidas, calibrando quién ganaría esa noche.

—Muy bien —le dije finalmente—, dormiré en la cama, pero te advierto que doy patadas y ronco.

Alasdair sonrió, no estaba acostumbrado a perder.

—No roncas y ya me aseguraré yo de sujetarte las piernas —expresó poniendo punto y final a la discusión.

Yo bufé. ¡Ja! ¡Lo llevaba claro! «La venganza se sirve en plato frío», pensé. Lo que tenía que decidir era si de verdad me quería vengar.

Llamaron a la puerta y lo miré inquisitiva. ¿Esperaba a alguien? Él no pareció sorprendido y acudió a abrir. Allí estaba el joven botones portando tres bolsas de cartón primorosamente decoradas. Recibió otra cuantiosa propina del ya menos malhumorado escocés.

—¿Qué es? —pregunté acercándome a la cama, que era donde las había depositado.

—Tu regalo de cumpleaños —dijo sonriendo ampliamente.

CAROLINE MARCH

Sobre la cama reposaban tres bolsas con los anagramas de tres firmas internacionales de moda.
Las miré entrecerrando los ojos. ¿Qué se proponía?
—¿Recuerdas cuando te quedaste enganchada en una valla el mes pasado? —preguntó suavemente pasándose la mano por el pelo.
—Sí —lo recordaba perfectamente. ¡Como para olvidarlo!
—Bueno, me dijiste que si te rompía el pantalón me lo harías pagar. Un pantalón de deporte me ha parecido poco regalo y como sabía que no tenías nada para ponerte para la cena de esta noche le he hecho un encargo a mi asistente personal esta mañana, que ha cumplido a la perfección. Igual le tengo que subir el sueldo —expresó con gesto pensativo—. Espero haber acertado y que te guste —explicó ofreciéndome las bolsas con una sonrisa.
Abrí primera bolsa con cuidado y desenvolví con diligencia lo que parecía un vestido envuelto en papel de seda. Lo cogí entre mis manos y lo dejé estirado a un lado de la cama. Era realmente precioso. Un vestido de cóctel negro, entallado y de palabra de honor, sobre el que estaban cosidas unas delicadas plumas de caribú tapando lo que parecía un generoso escote. Ahogué una exclamación de alegría, nunca me habían regalado algo tan precioso. Abrí la segunda bolsa, eran unos zapatos de salón a juego, con un tacón de aguja vertiginoso y la suela en un rojo carmesí, marca de la casa. La tercera bolsa me dio un poco de miedo. ¿Ropa interior? Saqué con cuidado el exquisito paquete envuelto en papel brillante satinado y lo desenvolví para encontrarme con un corpiño de seda y encaje negro con liguero, un tanga y unas medias de cristal con un ribete de seda a juego.
Me volví hacia él con expresión de circunstancias en la cara.
—¿Qué pretendes, Alasdair? —inquirí con una mezcla de expectación y enfado en la voz.
—Hacerte feliz. ¿Lo he conseguido? —tenía el gesto de un niño, un joven anhelante y dispuesto a complacer.
—Esto —dije señalando la cama— es demasiado.
—No lo es. Para ti no. Este hotel es bastante sofisticado y es-

Mi alma gemela

taba seguro de que no te sentirías cómoda bajando a cenar en vaqueros y zapatillas. Así que, como sabía que no habías traído nada adecuado, se me ocurrió regalarte algo que te hiciera sentir especial —explicó con algo de duda en su voz.

—Está bien. Me ha gustado mucho. Demasiado —afirmé, me acerqué a él y le di un beso en la mejilla—. Gracias. Es lo más bonito que me han regalado nunca —susurré a su oído.

Él se acarició la mejilla dónde había posado mis labios y noté que un pequeño rubor surgía de su cuello y, como siempre, paraba antes de llegar a sus mejillas.

—Me ducharé yo primero. Y luego te dejo el baño a ti para que te prepares. ¿Qué te parece? —preguntó algo azorado. ¿Lo había puesto nervioso? Era muy difícil hacer que ese hombre mostrara algún tipo de emoción.

—Perfecto —contesté sentándome en un hueco de la enorme cama.

Esperé solo unos minutos a que él saliera del baño. Estaba viviendo un sueño del que no quería despertar. Un sueño demasiado perfecto y eso me daba miedo. Un miedo aterrador que me encogía el estómago.

Salió vestido solo con unos bóxer grises de Calvin Klein, que, por supuesto, le quedaban como un guante en aquel trasero musculoso. Lo observé con más atención que esa misma mañana en su baño. Apenas tenía pelo en el torso, solo un pequeño remolino rizado en los pectorales, un torso firmemente esculpido y unos abdominales cincelados que terminaban en unas largas piernas cubiertas por suave vello cobrizo. No estaba depilado. Odiaba a los hombres depilados. Él se dio cuenta de mi escrutinio.

—Me he dejado la ropa fuera —dijo simplemente, encogiéndose de hombros. ¡Maldito fuera! Estaba dándome una de cal y otra de arena, bailando una extraña danza de seducción.

Cogí mis regalos, mi neceser y entré en el baño a arreglarme. Me duché con calma dejando que el agua se deslizara por todo mi cuerpo, demorándome más de lo debido, con miedo a salir. Me sequé y me perfumé el cuerpo. Me puse el corpiño, el tanga y las

CAROLINE MARCH

medias con sumo cuidado. Ajusté cada pequeño enganche y lo giré sobre mi cuerpo hasta que estuvo en la posición correcta. Luego hice lo mismo con el vestido. Ni muerta le iba a pedir que me ayudara a subirme la cremallera.

Me miré al espejo y puse especial cuidado en maquillarme. Incluso me pinté los labios de un rojo carmesí, el vestido lo exigía. Me dejé el pelo algo húmedo para que se me rizara alrededor del rostro.

Me alejé un paso, apenas reconocía a la mujer que me miraba desde el otro lado del espejo. ¿Esa era yo? ¿Dónde había quedado la tímida y gris Alicia de siempre? El vestido me quedaba como un guante, cómo había averiguado mi talla correcta era todo un misterio. Se ajustaba a cada curva de mi cuerpo y, sin embargo, no caía en lo chabacano, sino que era lo más elegante que había llevado nunca. El corpiño incluso realzaba mi pecho haciendo que dos medias lunas asomaran por el escote.

Salí tímidamente del baño, poco acostumbrada a andar sobre esos altos tacones. Él estaba en la salita, mirando por la ventana. Se había puesto un traje negro y tenía las manos metidas en los bolsillos del pantalón. Se volvió al oírme y una sonrisa le cubrió el rostro.

Se acercó despacio y me cogió de una mano, haciéndome girar. Luego se paró frente a mí y se asomó a mi escote. Yo retrocedí un paso.

—¿Qué haces? —pregunté tapándome con una mano.

—Desde mi altura puedo verte hasta el liguero. No quiero ni imaginar las vistas que tendrá el camarero. Si hubiera sabido que te iba a quedar así te habría comprado también una toquilla o una chaqueta o una rebeca, no sé, algo que te tapara más —su mirada era de frustración.

—Sí, un traje de neopreno habría sido ideal, pero poco apropiado, ¿no crees? —le sonreí.

Él puso los ojos en blanco. Luego bajó la mano y la pasó por mi cintura.

—Vamos. La cena nos espera. Pero procura no respirar dema-

Mi alma gemela

siado, cada vez que lo haces tu pecho se hincha como si fueran dos peces globo queriendo saltar por la borda —suspiró fuertemente.

Yo lo miré boquiabierta, pero no dije nada.

Bajamos abrazados hasta el restaurante.

Nos acomodamos en una mesa para dos con velas en el centro.

El restaurante era pequeño, íntimo, iluminado con luces tenues y con la elegancia que caracterizaba al resto del hotel. Había varios comensales más y al entrar observé miradas apreciativas hacia mí por parte de los hombres y de envidia de las mujeres. Sentía que flotaba en un ambiente de felicidad absoluta. Todo era perfecto. Hasta el servicio desplegaba un cuidado exquisito.

Alasdair pidió carne a la brasa, yo salmón salvaje sobre cama de verduras de temporada. Estaba delicioso. Lo acompañamos con vino de borgoña, un tinto para él y blanco para mí. Comimos en amigable conversación mientras mi mente daba vueltas una y otra vez a lo que sabía que acabaría pasando en nuestro torreón. ¿Estaba preparada para dar el paso?

Lo observé mientras comentaba algo sobre el vino con el camarero, su gesto serio y a la vez esos ojos hipnóticos, el rizo que siempre le caía sobre la frente, la curva de su cuello, la suave clavícula que asomaba de la camisa abierta y la firmeza de sus hombros bajo el traje. Su mano sosteniendo la copa con dos dedos, larga y con las uñas cortas cuidadas, cubiertas por esa pelusa color bronce. ¡Dios mío! No era un simple encandilamiento estival, me estaba enamorando de ese hombre. Corregí, estaba enamorada de Alasdair, completa y absolutamente, como jamás lo había estado de nadie hasta entonces.

Sentí vértigo y volví a dudar. ¿Aquello era cierto o era producto de un sueño que conjuraba mi mente, deseosa de despertar de un largo y oscuro coma? Miré alrededor, nada se correspondía con mi vida real, con la vida que me esperaba a mi regreso en mi país.

Me cogió la mano y la acarició. En comparación con la suya se veía pequeña y delgada, frágil, como me sentía yo en ese momento.

—Aileas —pronunció con voz ronca.
—Sí —dije yo pasándome la lengua por los labios.
Él gimió.
—No me lo pongas más difícil.
—¿El qué?
—Lo que tengo que decirte.
—Dímelo —murmuré yo, apartando mis temores y perdiéndome en la profundidad de sus ojos, que captaban la luz de las velas haciendo que pequeñas estrellas bailaran en ellos.
—Lo que ocurre entre nosotros... ¿sabes a qué me refiero? —preguntó con voz ronca.
—Lo sé —contesté. Lo sabía, pero quería que él lo pronunciara y que se hiciera completamente real y no fruto del sueño en el que estaba perdida.
De repente paró y soltó mi mano. Maldijo susurrando y sacó mi teléfono de un bolsillo interior de su chaqueta. Yo no llevaba bolso, así que se lo había entregado para que me lo guardara.
—No para de vibrar desde hace más de media hora —se quejó y me lo entregó—. Quizá sea algo importante.
Yo miré la pantalla y todos mis sueños se rompieron como un cristal al chocar contra el suelo.
—Lo es —dije.
—¿Qué ocurre? —preguntó con gesto preocupado. De repente todo pareció fruto de un escenario en una obra, desdibujado y de cartón piedra.
—Es mi marido.
—No lo cojas —replicó él. La vena de su cuello comenzó a latir.
—Tengo que hacerlo, son cinco llamadas perdidas —afirmé levantándome y saliendo al pasillo en busca de algo de intimidad.
Me paré frente a un espejo con adornos isabelinos en dorado. No me gustó mi expresión y me giré dándole la espalda a mi imagen.
—¿Carlos? —contesté con voz ahogada.
—Mi amor —farfulló. ¿Estaba borracho?

Mi alma gemela

—¡Qué! —repliqué bruscamente. No habíamos hablado desde hacía un mes y precisamente tenía que llamarme ahora.

—¡Felicidades! —exclamó, y de fondo pude oír un pequeño coro cantando el cumpleaños feliz. Desde luego, no estaba con su familia, que jamás me felicitaba, tenían que ser sus amigos o compañeros de trabajo, me daba igual, completamente igual.

—Gracias —contesté secamente.

—Te echo de menos, mucho, no puedo dormir pensando en ti, en lo que hice con el dinero. Lo siento, lo siento mucho —gimió, ahora me pareció que estaba llorando.

—Eso ahora no tiene importancia, Carlos, te tengo que dejar, me están esperando —intenté cortar la comunicación. Sí, parecía sentir lo del dinero, pero lo de los cuernos lo había pasado por alto.

—¿Quién? —preguntó de repente, más sereno.

—Unos amigos —mentí.

—¿Hombres o mujeres? —inquirió.

—Ambos —mentí de nuevo—. Es mi cumpleaños y lo estoy celebrando. ¿Me quieres decir de una vez qué quieres?

—Te quiero a ti, Alicia. Siempre te he querido a ti. He cometido una estupidez, ahora me doy cuenta y no quiero perderte. Eres toda mi vida. No me dejes, por favor, no me dejes. ¿Es que no me quieres? —preguntó quebrándosele la voz.

«No, no te quiero, ya no, después de todo lo que has hecho, no, quiero a otro hombre, a un hombre de verdad, no a uno que lloriquea borracho por teléfono». Sin embargo, dije:

—Claro que te quiero, Carlos, eres mi marido, el padre de mi hija, ¿cómo no habría de quererte?

En ese momento traicioné a mi corazón y me odié a mi misma. Me giré nerviosa en el pasillo al oír un sonido estrangulado a mi espalda y lo vi reflejado en el espejo. Alasdair estaba parado a unos pasos de mí y me había oído, todo. Su gesto de dolor me lo confirmó. En un segundo cubrió su rostro con otra expresión imperturbable. Se dio media vuelta y, sin decir una sola palabra, subió por las escaleras.

CAROLINE MARCH

Apagué el teléfono y corrí tras él. Lo alcancé cuando entraba en la habitación.

—Alasdair, espera —lo cogí por un brazo.

Se volvió con gesto cansado.

—Deja que te explique —supliqué.

—No tienes nada que explicar, ya lo he oído. Es tu marido, el padre de tu hija y todavía lo amas, ¿me equivoco en algo? —su voz era cortante y fría.

Quise gritar que había sido una estúpida, que solo quería calmarlo, que no lo quería, que a quien verdaderamente amaba era a él, pero no pude. Esa vez mi responsabilidad y mi conciencia pudieron más que mi corazón herido.

—Lo siento, lo siento mucho —susurré dejando que lágrimas de frustración se deslizaran por mis mejillas.

Él ya no me escuchaba, estaba metiendo sus cosas en la mochila.

—¿Adónde vas? —le pregunté.

—Tengo otras dos habitaciones más reservadas, lo que tú ya te has asegurado de averiguar. Vendré a buscarte por la mañana. Que duermas bien, Alice —respondió cerrando la puerta.

Me quedé con la frente apoyada en la puerta cerrada, llorando como una idiota que había vuelto a estropearlo todo. Tiré el teléfono al suelo, que rebotó sobre la moqueta, y me dejé caer hacia el suelo, girándome con la espalda pegada a la puerta. No sé el tiempo que pasé allí, si fueron minutos u horas. Cuando me levanté, miré el reloj. Marcaba las doce en punto, la hora de las brujas. Muy oportuno, así me sentía yo, como una bruja, una maquiavélica y desquiciada bruja. Ya no lloraba, no recordaba cuándo había parado de sollozar. Tenía las mejillas tirantes por el agua salada derramada. Me levanté algo envarada y me desvestí con cuidado de no estropear el regalo de Alasdair. Lo envolví en el papel de seda y lo guardé en las bolsas, que dejé sobre la cama. Desnuda me dirigí al baño, evitando mirarme al espejo, en ese momento quería romperlo, buscar algo cortante y hacerme daño, un daño físico que amortiguara el dolor de mi alma. Llené la ba-

Mi alma gemela

ñera y me metí en ella, cabeza y todo. Cuando ya no pude aguantar la respiración, me incorporé bruscamente y me abracé, volviendo a notar que la angustia me ahogaba. Salí cuando el agua se había enfriado del todo y mi cuerpo estaba arrugado y sensible. Me sequé con la toalla que había utilizado Alasdair, aspirando su olor masculino, y sentí que lágrimas desesperadas afloraban a mis ojos cansados.

Me vestí con unos vaqueros y una blusa y salí a la habitación. Todo estaba tranquilo y en silencio. Un silencio ensordecedor. Lamenté haber dejado mi iPod en Lewinston. Me dirigí a la ventana, por donde entraba tímidamente la luz de la luna, en ocasiones oculta por nubes oscuras. En los pocos momentos que lucía tenuemente podía ver los jardines del castillo, con sus parterres de azaleas y jazmines blancos. Volví a notar que las lágrimas descendían por mis mejillas.

A las cuatro de la mañana, cuando los pájaros comienzan su canto matutino, si no has dormido notas cómo la irrealidad te alcanza y te atrapa rodeándote como la niebla espesa. Tus párpados pesan y sientes cómo se va tiñendo de violáceo el contorno de los ojos. Pero no puedes hacer nada, el ritmo circadiano de tu cuerpo te impide dormir, cerrar los ojos y abandonarte al olvido del sueño.

Finalmente me senté en el sillón acariciando su textura de seda a esperar. ¿El qué? No lo sabía. Tenía miedo, miedo a haberlo estropeado todo con Alasdair, miedo a que él no me amase, miedo a amarlo con tanta intensidad, miedo a perder a mi familia. Acaricié con una mano el aro que circundaba mi dedo sintiéndome por primera vez prisionera de ese pequeño trozo de oro. No era lo que significaba en sí, sino todo lo que conllevaba, las promesas de una vida en común, el sentido de infinitud, el para siempre, en lo bueno y lo malo. ¿Estaba haciendo lo correcto? Yo tenía otra vida, una muy diferente esperándome en España, ¿estaba dispuesta a dejarlo todo por Alasdair? ¿Estaba él dispuesto a quererme con todo mi equipaje a cuestas?

Las primeras luces del alba fueron iluminando la habitación

CAROLINE MARCH

lentamente, cubriendo poco a poco la habitación antes en penumbra. Quise cerrar las cortinas y permanecer en la oscuridad un poco más. Pero no tenía fuerzas. Ya no tenía fuerzas para luchar. Quizá nunca las hubiera tenido.

No oí el sonido de la puerta, pero sí sentí su presencia en la habitación.

—¿Alice? —su voz sonaba alarmada y temerosa.

—Estoy aquí —dije sin volverme.

Sus pasos sonaron amortiguados por la esponjosa moqueta y se paró a mi lado. Yo no lo miré. En ese momento no podía mirarlo.

—Creí que te habías ido —susurró simplemente algo turbado.

—Yo creí que no volverías a por mí —murmuré, notando que la voz se me quebraba. ¡Maldita fuera, no quería llorar otra vez!

Me levantó con suavidad cogiéndome por los hombros hasta que estuve frente a él, me tomó el rostro entre las manos y lo acarició.

—Aileas, *mo luaidh* —dijo con voz suave, con esa voz que solo pueden tener los grandes hombres cuando susurran—, yo jamás te abandonaré.

Me abrazó con fuerza y yo me apoyé en su pecho escuchando los latidos fuertes y profundos de su corazón en mi oído.

—Perdóname, por favor, perdóname. Lo he estropeado todo, tu cumpleaños... lo siento. ¿Me perdonas? —su voz sonaba estrangulada.

—Sí, claro que te perdono —afirmé entre sollozos—, perdóname tú a mí también, por favor.

—No tengo nada que perdonarte. No debí dejarte y eso es algo que no me perdonaré a mí mismo —me abrazó con más fuerza.

Seguimos abrazados un tiempo más. Me acarició el pelo susurrando quedamente hasta que me calmé lo suficiente como para separarme y poder mirarlo a la cara.

Mi alma gemela

—¿Dónde has dormido? —preguntó mirando la cama sin deshacer.
—No he dormido —contesté—, no podía dormir en esa cama, no podía —exclamé con más energía.
Masculló algo en gaélico.
—¿Qué has dicho? —pregunté.
—Es una plegaria a Dios para que me dé fuerzas, para que me ayude a entenderte y ayudarte —contestó.
—Espero que te escuche —suspiré hondo—. A mí hace mucho tiempo que me ignora.
—Él siempre lo hace, aunque no responda nunca —afirmó.
—Vaya, no creí que los protestantes fuerais tan... tan...
—¿Católicos? —respondió él.
—Sí.
—Será porque yo soy católico, me eduqué en un colegio católico en Edimburgo —explicó haciendo una pequeña mueca.
Me aparté de su abrazo y lo solté con sorpresa.
—¿Y sigues siendo católico? —respondí yo—. Yo estudié en la Compañía de María y, créeme, salí de allí creyendo más en el infierno que en el cielo.
Él sonrió.
—Algún día verás que tengo razón —fue su réplica.
Ahogué un bostezo. Él puso los ojos en blanco.
—Vamos a desayunar, te vendrá bien un café —su ánimo volvía a ser casi el de siempre.
Desayunamos en amigable silencio. Mi estómago seguía cerrado y solo pude tomar una taza de café, que de tan aguado equivaldría a un triste y mínimo café americano. Él se pidió *porridge*, unas gachas de avena muy consumidas en Escocia, y un café solo.
Emprendimos camino sobre su moto, abrazada a su espalda, cuando noté que me estaba adormeciendo. Un brusco movimiento a la izquierda me despertó.
—Alice —Alasdair se giró hacia mí—, te estás quedando dormida y eso es muy peligroso. Procura despejarte. Un poco más

adelante haremos una parada para que tomes otro café y seguiremos camino a Culloden.

—Culloden, sí —murmuré, ya no lo recordaba, se estaba tan bien apoyada sobre su ancha espalda...

Procuré espabilarme hasta que llegamos a un pequeño pueblo y paramos en una confitería donde servían bebidas calientes. Me tomé otro café y esa vez me atreví con uno de los dulces que asomaban al expositor diciendo «¡Cómeme!». Me decidí por uno de chocolate, burdo sustituto de la noche de pasión que no habíamos disfrutado.

Allí comenzó a relatarme la historia de la última vez que los escoceses se alzaron contra el dominio inglés, lo que se llamó el Levantamiento del 45. Varios clanes de las Highlands se habían reunido en torno al pretendiente al trono, Carlos Eduardo Estuardo, conocido como Bonnie Prince Charles, a su llegada a las costas Escocesas, en Glenfinan. Pero no todos acudieron a su reclamo, entre los asistentes, los Cameron de Lochiel, los MacDonald de Kepoch y otros que no logré recordar.

—¿Los Mackintosh? —lo interrumpí yo.

—No, esa historia te la contaré en Culloden Moor —contestó prosiguiendo con su relato.

Eran pocos y estaban mal pertrechados, no tenían suficientes armas, algunas *claymores* mohosas recuperadas de sus escondites, ocultas tras el fracaso del Levantamiento del 15, hachas *Lochaber* y poco más. No eran hombres preparados para la batalla, la mayoría eran granjeros y ganaderos, pero lucharon con valentía y honor por la libertad de su tierra amada, Escocia, más que por su rey. Fue un milagro que las primeras campañas tuvieran éxito, llegando casi a conquistar Londres. La lucha duró escasos ochos meses en los que casi alcanzaron la independencia, que resultó en la pérdida de algo más que la vida: la libertad. Se los temía y se los admiraba por igual. Fueron grandes luchadores, hasta el último momento. Culloden fue el escenario de la última batalla que se libró en suelo escocés. Allí llegaron los clanes, agotados por la falta de comida y la larga ausencia de sus hogares, a enfren-

Mi alma gemela

tarse al poderoso ejército inglés comandado por el duque de Cumberland, conocido como «el Carnicero», debido a la crueldad que mostraba con los perdedores.

Yo estaba hipnotizada por la historia, totalmente absorta. Era un buen narrador, podría haber sido profesor si hubiera querido.

—Te contaré la historia de mi clan junto a su tumba —dijo.

—¿Su tumba? —pregunté—. ¿Están enterrados en el campo de batalla?

—Sí, ni siquiera les dieron una digna sepultura, tal era su odio y su deseo de humillación. Y los ingleses nunca reclamaron como suya la victoria de deshonrosa que fue —afirmó con gesto furioso.

—*Malaich sassenachs!* —exclamé indignada.

Alasdair rio.

—Es curioso que la única palabra que hayas aprendido del gaélico sea un insulto.

—Bueno, Ewan no paraba de repetirlo cuando veía que Inglaterra seguía clasificándose en la Eurocopa —contesté encogiéndome de hombros. Además, los españoles tenemos una amplia gama de palabras malsonantes en nuestro haber, que a veces resultaban demasiado sorprendentes incluso para los escoceses.

Cuando llegamos a Culloden Moor y aparcamos la moto, lo que me encontré fue un amplio páramo que recorrimos a pie, parándonos en una montaña de piedras, un monumento conmemorativo con una placa que homenajeaba a los caídos.

Desde allí me señaló la línea roja del ejército inglés y la bandera azul de los escoceses, en un amplio campo despejado, sin apenas vegetación, solo el brezo y algún serbal crecían en el páramo desolado.

Caminamos hasta la tumba del clan Mackintosh, señalizada por una simple piedra clavada en la tierra con el nombre del clan parcialmente cubierta de musgo. Había flores y alguna piedra más pequeña sobre ella, en recuerdo a los caídos por la libertad de Escocia.

—¿Sabes quién fue lady Anne Moy? —preguntó.

CAROLINE MARCH

Negué con la cabeza.

—Lady Anne Farquarson-Mackintosh era una jacobita del clan Farquarson, casada con Angus Mackintosh, jefe del clan Mackintosh. Su marido, como hicieron otros intentando proteger a sus clanes, luchó en el bando inglés, dirigiendo la Black Guard, mientras que ella intentó reunir a cien hombres para poder dirigir a su clan a la batalla. Consiguió noventa y siete, así que tuvo que recurrir a un primo de su marido, MacGillivray, de Dunmaglass, para poder aportar a la lucha los hombres que le faltaban. Finalmente reunieron a más de trescientos hombres del clan Mackintosh para luchar a favor del Príncipe Charles.

—¿Me estás diciendo que en aquella época una mujer luchó en el bando contrario a su marido? —pregunté asombrada.

—Sí —sonrió él—. Lady Anne era una mujer de armas tomar, muy joven, no tenía más de veintidós años, pero consiguió unir las fuerzas del clan Chattan, el clan de los gatos. Bonnie Prince Charles la llamaba *la Belle Rebelle*. En Prestopans, la primera batalla, cayó cautivo su esposo y ella, cuando lo encontró, lo saludó con estas palabras: «A tus pies, mi capitán», a lo que él contestó: «Tu siervo, mi coronel». A partir de entonces se la conoció con el sobrenombre de «Coronel Anne». Aunque nunca entró en contacto directo con la lucha, protegió al príncipe en su casa de Culloden evitando que lo secuestraran los ingleses, con la defensa de apenas un puñado de escoceses. El 16 de abril de 1746 los hombres lucharon por última vez para defender Escocia, su libertad y su honor. Eran pocos y estaban cansados y desnutridos. El lugar elegido para la batalla no les favorecía, más acostumbrados a luchar en pequeños grupos en las montañas, pero aun así se enfrentaron con valentía a un ejército mucho más numeroso, preparado y descansado, que contaba con caballería y artillería pesada. El clan Mackintosh fue el primero en cargar contra las tropas británicas. Se abrió paso entre las dos primeras filas de aterrorizados ingleses, pero se vio atrapado detrás de la líneas. Casi todos los guerreros Mackintosh fueron asesinados. El resto de los clanes no tuvo mucha mejor suerte. Los pocos escoceses que queda-

Mi alma gemela

ron con vida fueron rematados con violencia por sus enemigos ingleses, que llegaron a prenderles fuego, deseosos de sangre después de las humillantes victorias anteriores. Debajo de esta piedra descansan mis antepasados en una fosa común. Fue un acto vil y despiadado. Pocos pudieron huir. Lady Anne fue atrapada y recluida junto a su suegra, poco después se reunió con su marido y vivió con él hasta su muerte, muchos años después.

Guardó silencio y yo lo miré con reverencia. Casi me parecía vislumbrar en él la fuerza y el coraje de aquellos valientes guerreros que lucharon con tanto honor por su tierra amada. Era lógico que casi trescientos años después siguieran haciéndoles tributos y honrando su memoria.

—El duque de Cumberland después de Culloden persiguió a los clanes rebeldes hasta las Highlands, donde los pocos supervivientes se escondían. Destruyó un país y lo convirtió en un desierto. En realidad, los pocos que no fueron asesinados, fueron deportados a las colonias —terminó él cortando un rama de brezo y dejándola cuidadosamente sobre la tumba de sus antepasados.

Un escalofrío me recorrió la espalda. No tenía miedo, solo estaba intimidada por el lugar, por su pétreo silencio sobrecogedor, como si las almas torturadas siguieran vagando por el páramo.

—¿Tienes frío? —preguntó Alasdair solícito.

—No, solo estoy un poco cansada —contesté.

—Vamos, aún nos queda camino hasta casa —respondió sujetándome por la cintura.

Cuando estábamos a punto de subir a su moto me volví hacia él. Él me miró de forma inquisitiva, entrecerrando los ojos. Sabía por qué me había contado la historia de lady Anne.

—Tuvo que ser difícil para la Coronel Anne, con su alma dividida entre el hombre que amaba y su familia —expresé.

—Lo fue, sí. Pero yo estoy seguro de que tú tienes la fuerza y el coraje suficiente para tomar la decisión correcta cuando llegue el momento —contestó acariciándome el rostro y mirándome intensamente—. Te he deseado desde el momento en que mi mirada se posó sobre ti, te he anhelado en la distancia y ahora solo espero ser digno de tu amor. Aileas, soy un hombre paciente, de hecho, demasiado paciente, llevo esperando más de diez años.

Yo me puse tensa y él lo notó, quise decirle que él sí era digno de mi amor, era yo la que no era digna de él. Me miró risueño.

—Sé que lo has leído, Aileas, nadie tarda tanto en encontrar unos calcetines —afirmó fijando sus ojos en los míos—. ¿Me recuerdas? —preguntó con deje nostálgico en la voz.

—No —le contesté sinceramente—. He intentado recordar, pero no, no te recuerdo, lo siento —exclamé pesarosa.

—Pero ¿recuerdas al imbécil? —inquirió bruscamente.

—Sí, fue un novio que tuve en la universidad —contesté.

—Ya me lo imaginé por la forma en que te tocaba —masculló algo entre dientes—. De todas formas, déjame decirte que tienes un pésimo gusto con los hombres —su voz era ronca.

—¿Ah, sí? —enarqué una ceja mirándolo fijamente.

—Bueno, tengo que reconocer que vas mejorando con los años —terminó sonriendo él.

Llegamos a Lewinston al anochecer. Me dejó junto a la valla verde y pude ver como la cortina de encaje se movía y mi casera espiaba desde el salón. Él también se dio cuenta y se despidió con un gesto de la mano.

Entré en casa cansada y dolorida por el viaje. Saludé a mis caseros, que estaban cómodamente instalados en el salón, y subí arriba a bañarme en agua caliente y a dormir, soñando con bravos escoceses pelirrojos que luchaban por el amor a su mujer.

CAPÍTULO 17

Me estoy ahogando de verdad...

Desperté descansada y feliz. Me vestí, desayuné rápido y pedaleé con impaciencia hasta llegar al pub.

Cuando entré, busqué con la mirada a Alasdair, que hizo lo mismo cuando oyó el sonido de la puerta al abrirse. Nos miramos y sonreímos. Deb y Ewan estaban detrás de la barra comentando algo. Se quedaron callados súbitamente. Los saludé y me encaminé al almacén a cambiarme.

Cuando salí, comencé a colocar las mesas y Deb entonó una canción entre risas: *I feel it in my fingers...* Ewan continuó: *I feel it in my toes...* Y ambos entonaron a coro: *Love is all around me, and so the feeling grows...* Yo los miré con fastidio. Alasdair también. Ellos se rieron.

Finalmente hablaron entre ellos y nos encararon.

—¿Qué demonios ha pasado entre vosotros dos? —preguntó Ewan.

—¡Nada! —contestamos Alasdair y yo al unísono. Y nos echamos a reír mirándonos mientras saltaban chispas de nuestros ojos.

Habíamos llegado a un tácito acuerdo en el que no pensábamos soltar ni prenda, ni bajo tortura militar, que fue con lo que nos amenazó Ewan. De momento, nuestra historia era nuestra y

Mi alma gemela

de nadie más. No obstante y, como suele ocurrir, todo el que pasó aquella mañana por el pub se dio perfecta cuenta de que algo sucedía entre nosotros. Intentábamos evitar mirarnos y conversábamos solo lo justo, lo que hacía todo más sospechoso si cabía.

Cuando terminé mi turno subí a comer con él en su apartamento. Nos sentamos en el sofá, pusimos la tele y devoramos la excelente comida de Rosamund.

—Tengo otra sorpresa para ti —me comentó brillándole los ojos.

—¿Cuál? —pregunté yo recelosa.

—Esta mañana ha venido Collum, que se encarga de los viajes de recreo por el lago. Ha comprado una nueva barcaza y la va a estrenar esta tarde. Estamos todos invitados. ¿Te apetece? Puede ser un viaje agradable.

—No creo que sea buena idea —respondí de forma cautelosa.

—¿Por qué? —inquirió él algo decepcionado.

—Tengo pánico al agua —confesé avergonzada.

—¿No sabes nadar?

—No, no es eso. Sé nadar perfectamente. Es solo que me dan pánico los espacios con agua, salvo las piscinas. El resto, lagos, mar... ¿Recuerdas la carta que te dije que me había escrito Sofía? No creo que fuera una metáfora lo que decía de que me estaba ahogando, estaba haciendo referencia a algo real. Muchas veces he tenido pesadillas en las que me ahogo en un espacio de agua y la verdad es que el Lago Ness cumple con todos los requisitos de mis temores —respondí esperando que mi explicación fuera suficiente.

—Pero yo voy a ir contigo, no te soltaré ni un momento y solo va a ser un corto paseo, para que puedas ver parte de los valles. El paisaje es espectacular. Conmigo no tienes por qué tener miedo —afirmó intentando convencerme.

No hacía falta mucho para convencerme cuando me miraba con aquellos ojos.

—Está bien. Pero no te separes de mí ni un milímetro —le advertí.

CAROLINE MARCH

—Eso será fácil de cumplir, lo que de verdad me cuesta es apartarme de ti —sonrió.

—Por cierto —pregunté acordándome de algo—. ¿Por qué me llamabas desde Brasil?

Su rostro se descompuso en un instante y al siguiente mostró una expresión de curiosidad.

—¿Lo hacía?

—Sí —contesté yo—. No hablabas, pero sabía que eras tú. ¿Me lo explicas? —entorné los ojos.

Él dudó un momento, pero comenzó a hablar.

—Las reuniones allí eran interminables. La mayoría de las veces no conseguía entender nada y, además, mi mente volaba una y otra vez hacia ti, así que sacaba el móvil y buscaba una foto que te hice la tarde que estuviste sola a la orilla del lago. Mientras la observaba, seguramente le daría al botón de llamada sin querer. Solo quería sentirte más cerca de mí —explicó mirándome directamente.

Yo sonreí abiertamente.

—¿Me hiciste una foto? —pregunté curiosa.

—Sí —sacó el móvil del bolsillo y me la mostró. En ella estaba sentada, con expresión dubitativa, alargando la mano, intentando tocar algo que no estaba a mi alcance.

—Solía pensar que era a mí al que querías tocar, tenías una mirada tan intensa... —noté que se ruborizaba.

—Bueno, en realidad intentaba tocar una libélula, pero seguro que tú habrías sido mejor opción, aunque creo que igual de escurridiza —expliqué sonriéndole con algo de pudor.

—No creas, me dejaría atrapar si tú quisieras —respondió con la sonrisa bailándole en esos extraños y fascinantes ojos azules.

A eso de las cinco de la tarde nos acercamos caminando hacia el embarcadero. En el primer viaje íbamos Alasdair y yo, luego relevaríamos a Deb y Ewan, que últimamente parecían estar pegados el uno al otro con cola.

Observé con reticencia y desconfianza el barco en el que nos íbamos a subir. Era una barcaza con espacio para unas quince per-

… sonas. La parte de la cabina estaba cerrada, la trasera iba abierta, cubierta solo por una lona, con asientos en los laterales, para que pudiéramos observar el paisaje y sacar fotografías. Guardamos fila y nos encontramos de frente con Aileen.

—¿Qué hace esta aquí? —pregunté en un susurro a Alasdair.

—No lo sé, pero no me importa y a ti no debería importarte tampoco —me rodeó la cintura con el brazo en una muestra de posesión.

Me subí algo tambaleante al notar el vaivén de las olas. ¡Madre mía! Y eso que era solo un lago. Alasdair me sujetó hasta que nos sentamos en un extremo. Dejé mi bolso a un lado. Aileen se sentó justo frente a nosotros.

El paseo comenzó. La fuerte voz con un acento escocés difícil de descifrar del capitán hablando por los altavoces nos iba explicando lo que veíamos a nuestro paso. Pasamos por el castillo Urquart y nos alejamos un poco para que pudiéramos sacar una foto con mejor perspectiva.

Yo miraba las aguas oscuras con algo de temor. Alasdair lo percibió.

—Solo es la turba que descansa en el fondo del lago, nada más, el agua es tan cristalina como cualquier otra —explicó introduciendo su mano, que se perdió de vista una vez llegó a su muñeca. El concepto «aguas profundas» adquirió realidad por primera vez. Apenas se veían sus dedos moviéndose entre el líquido transparente.

En ese momento, ya bastante alejados de la orilla, el capitán nos instó a que miráramos a nuestra derecha, ya que decía que era el lugar donde más veces se había avistado el monstruo conocido comúnmente como Nessie. Yo hice lo que me ordenó y en ese momento, un flotador con forma de dragón emergió de debajo de la barcaza produciendo exclamaciones de asombro y algunos gritos de sorpresa. En especial el mío, que era la que más cerca estaba de la macabra broma. Me levanté de un salto y Alasdair hizo lo mismo. En ese momento sentí un fuerte empujón en la espalda que me hizo trastabillar y caer al lago de cabeza.

CAROLINE MARCH

Me hundí como una pesada piedra. No podía respirar, en parte por el miedo y en parte por el intenso frío. Pataleé para salir a la superficie, pero solo conseguí hundirme un poco más. Abrí los ojos y solo percibí oscuridad. El pánico me atenazó y sentí que me estaba quedando sin aire. Agité los brazos entumecidos, pero no logré emerger a la superficie.

Una cara apareció ante mí asustándome aún más. Era Alasdair, con el pelo rojo flotando a su alrededor. Estaba quedándome sin aire y creí que era producto de mi imaginación. Alargué la mano hacia él, pensando que estaba ahogándome y que era la última imagen de mi vida que iba a recordar.

Sus fuertes brazos me cogieron de los hombros y me arrastró como si fuera una pluma hasta la superficie, a la que emergí tosiendo y escupiendo agua, boqueando como un pez.

—¿Estás bien? —preguntó.

—No, no me sueltes —grité o sollocé o susurré, no lo recuerdo.

—No lo haré —contestó gritándoles a los del barco, que observé como se alejaban.

—¡No! —volví a gritar, esa vez en serio—, no les dejes que se vayan. Nos ahogaremos.

Estaba desesperada.

Sentí que me apretaba con fuerza los hombros con las manos, manteniéndome a flote.

—Confía en mí —dijo.

—No —contesté yo, castañeteándome los dientes. No podía moverme del intenso frío que me atenazaba.

—Vas a nadar hasta la orilla. Conmigo —explicó con el pelo cayéndole desordenado y tapándole media cara.

—¡No, no puedo! —aullé completamente histérica.

—Sí puedes, Aileas. Tú puedes hacerlo. Tienes que hacerlo —afirmó con rotundidad.

—¡No me sueltes! —grité de nuevo. Él hizo caso omiso y se separó de mí observando mi reacción. Se mantenía atento por si volvía a hundirme.

Mi alma gemela

Agité los brazos e intenté sujetarme a él. Alasdair volvió a alejarse un poco más. Lo repitió dos veces más. Me estaba empezando a enfadar y mucho.

—Vamos, Aileas, nada conmigo. Yo iré a tu lado —gritó alejándose de mí.

Yo lo seguí impulsada por la furia y el enfado, nadando en el agua fría y soportando el terror que me producía no saber qué había debajo de mí.

Miré la orilla, no debía de haber más de veinte metros. Mi orgullo venció a mi miedo y empecé a nadar con más fuerza, ahogando el miedo que me atenazaba el estómago con fuertes y largas brazadas.

Llegué a la orilla agotada y casi a la par que él, que tuvo que reducir el ritmo para mantenerse a mi lado todo el trayecto.

Me dejé caer en las piedras desmadejada, cansada y aterida. Tenía todos los músculos en tensión y aun así habría sido capaz de caer desmayada en ese momento. El frío viento se me colaba entre la ropa mojada, haciéndome sentir pinchazos helados por todo el cuerpo.

Levanté la vista y lo observé sacudirse el pelo para quitarse el agua de pie frente a mí con una sonrisa de satisfacción en el rostro, y lo odié como nunca había odiado a nadie.

—¿¡Qué te crees que estás haciendo!? —lo increpé todavía tirada sobre las piedras.

—Quitarte los miedos —fue su lacónica respuesta, lo que hizo que me enfureciera todavía más.

—Y si te digo que tengo miedo a volar, ¿qué vas a hacer? ¿Atarme con cuerdas y meterme en la bodega de un avión en un vuelo trasatlántico? —grité, sacando de la rabia fuerzas para levantarme y encararme a él. Me abracé a mí misma tiritando. Los dientes me castañeteaban como si se me fuesen a partir de un momento a otro.

—Lo has conseguido, ¿no? —me miraba extrañado. Él en su maldita lógica escocesa pensaba que había hecho lo correcto. Quise patearle los testículos, pero en su lugar levanté el brazo con intención de cruzarle la cara de un tortazo. Alasdair atrapó mi mano al vuelo y me la retorció detrás de la espalda.

—Ni se te ocurra. Esta vez no me quedaré quieto —susurró enfurecido.

Nos quedamos un momento así, retándonos con la mirada. Finalmente él aflojó mi muñeca y yo me solté y me aparté un paso de él.

—Te odio —le dije con todo el enfado que pude recoger en esas dos simples palabras—. ¡Maldito escocés arrogante! Te crees con derecho a todo. ¿Qué sabes tú de mi vida?

—¿Qué sé yo de tu vida? Pues muy bien, te lo diré si eso es lo que deseas, ya que veo que nadie ha tenido el coraje suficiente de decírtelo a la cara. Eres una mujer encerrada en un matrimonio sin amor, ¿desde cuándo? Quizá desde siempre y no lo quieres ver. Sin embargo, te aferras a él como si esa fuera tu única opción en la vida, temerosa de todo lo que se te ofrece, de lo que *yo* te ofrezco, escondiéndote de todo lo que puede hacerte feliz, escudándote en tu honorable capacidad para hacer siempre lo correcto. Pues déjame decirte que estás equivocada. Eres una cobarde, una niña que no ha terminado de crecer creyendo que va a estar siempre amparada por las convenciones sociales que te rodean. No se puede ser amigo de Dios y del Diablo a la vez, en algún momento tienes que elegir —terminó su discurso mirándome furibundo con los ojos oscurecidos por el enfado.

Sus palabras me dolieron más que nada. La verdad duele mucho. No hace daño quien quiere, sino quien puede, decía mi madre, y tenía mucha razón.

—Y tú, ¿qué te crees que eres? —le increpé yo a mi vez—. ¿El eterno salvador de damas en peligro? —repliqué con sarcasmo.

—Desde luego que contigo sí, Aileas, ya que no paras de meterte en problemas, una y otra vez —contestó.

—¡No necesito que nadie me salve! —grité otra vez—. Me valgo perfectamente por mí misma. Soy capaz de resolver mis propios problemas, que no te incumben.

—¡Ja! ¡Eso no te lo crees ni tú! Te has pasado la vida huyen-

Mi alma gemela

do, esquivando los problemas en vez de enfrentarte a ellos. ¡Joder! Llevas huyendo de mí dos meses. Te lo he ofrecido todo, todo lo que soy y todo lo que tengo, y estoy cansado de esperar —gritó él también.

—¿Huyendo? ¿Es eso lo que crees que hago? ¿Qué es lo que quieres? ¿Que me tumbe sobre estas piedras y abra las piernas para recibirte? —espeté con desprecio.

Él se acercó peligrosamente hasta quedar a un palmo de mi cara. Yo intenté retroceder, pero él me sujetó por un brazo.

—Si quisiera eso —pronunció en un susurro ronco—, te tomaría ahora en el mismo suelo hasta que solo pudieras pronunciar mi nombre una y otra vez, suplicándome que no parara.

Su cálido aliento me rozó el rostro helado.

Me solté bruscamente de su brazo y retrocedí un paso, sonrojada y excitada. Estaba tan dolida y furiosa que no pensé ni lo que decía. Él se giró dándome la espalda y comenzó a andar.

—Muy propio de ti, ya que eres tú el que ha estado acusado de violación y secuestro. No eres nadie para darme lecciones de cómo vivir mi vida —dije con toda la maldad que pude acumular en mi voz, ronca por el esfuerzo de gritar. Me arrepentí de mis palabras nada más pronunciarlas.

Observé que él se había parado solo unos pasos delante de mí, estaba tenso y respiraba con dificultad.

Corrí hacia él y lo abracé por detrás, apoyando mi cara en su espalda, notando pese al frío y a su camiseta mojada el calor de su piel y el furioso latido de su corazón. Él no se movió ni un ápice.

—Lo siento, lo siento mucho —susurré a su espalda—, no quería decir eso. Ha sido un error.

—Sí, Aileas, un error, pero lo has dicho, como haces y dices otras tantas cosas, sin pensar en las consecuencias que acarrean —su voz sonó extraña y lejana.

Hizo un amago de separarse de mí, no lo dejé, apreté más fuerte mi cuerpo contra el suyo.

—Perdóname, por favor —supliqué con mi rostro apoyado sobre su espalda.

CAROLINE MARCH

—Aileas, estar cerca de ti es como tener una herida abierta a la que estuvieran arrojando sal continuamente y, sin embargo, cuando te alejas, siento que mi alma se va contigo. Hay veces que no puedo soportarlo. Déjame. No quiero que me toques —murmuró soltándose de mi abrazo.

Algo parecido me pasaba a mí con él. Si lo sentía cerca era como tocar el cielo y si se alejaba sentía el frío helador de la soledad. Debí decírselo en ese momento. Debí decirle que lo amaba, pero él no quería escucharlo.

Caminé detrás de él hasta llegar a la moto de Ewan, cogió unas llaves colgadas cerca de la puerta de la cocina y me instó a montar. Condujo rápido y con furia girando bruscamente en las curvas hasta casi tocar el suelo. Me dejó en casa sin decir una sola palabra más. Yo tampoco lo intenté. Ya estaba todo dicho.

Subí corriendo las escaleras, observando de reojo que mis caseros se asomaban a la puerta del salón. No saludé ni dije nada, haciendo una demostración de mala educación, simplemente entré en mi habitación y me quité la ropa mojada. Seguía tiritando y tenía muchísimo frío. Me puse el pijama y lo noté helado al contacto con mi piel. Me metí en la cama y me arropé, seguía teniendo el pelo mojado, pero no me importó. Solo quería dormir y olvidarme de todo.

Me desperté cuando todavía era noche cerrada. Nada se oía en la casa ni en los alrededores, ni siquiera el ladrido de algún perro dirigido a la luna. Estaba enredada en la ropa de la cama, tenía mucho calor y muchísima sed. Busqué a tientas el botellín que siempre descansaba en la mesilla. Lo encontré y en mi torpeza lo tiré, mojando de agua la moqueta, que se empapó rápidamente. Maldiciendo en silencio hice un esfuerzo por levantarme. Me dolía todo el cuerpo, como si me hubieran pegado una paliza y la garganta me tiraba de tanto gritar.

Me arrastré al baño y me miré en el espejo. Mi aspecto era espeluznante. Tenía el pelo todo enredado alrededor de la cara, y me lo intenté alisar metiendo los dedos, que se quedaron enganchados en los mechones todavía húmedos. Mi rostro mostraba

Mi alma gemela

un color carmesí y tenía la piel tirante. Unos ojos vidriosos y demasiado grandes me miraban con enfado desde el reflejo del espejo. Tenía que refrescarme, nunca había sentido tanto calor, la piel me quemaba como si me hubiesen estado frotando con una lija. Abrí el grifo del agua fría y la dejé correr entre mis manos, sintiendo el alivio del frescor en la piel ardiente. Ahuequé las manos y me eché agua fría en el rostro para despejarme. La sensación de estar ahogándome retornó con renovada fuerza y la oscuridad se cernió sobre mí.

Abrí un ojo con dificultad, me pesaban los párpados. Oía la voz de tres hombres, uno, dos, tres conté con demasiada lentitud. No los entendía, ¿en qué idioma hablaban? De repente me acordé. ¡Llegaba tarde al examen de lingüística de primero! Intenté incorporarme, pero mi cuerpo no me respondía. El hombre más alto se volvió rápidamente a la cama. «¿Estoy en la cama? ¿No estaba en el baño?», pensé fugazmente, pero el pensamiento desapareció con la misma rapidez que había aparecido, sin darme tiempo a atraparlo.

Un hombre con el pelo rojo como el fuego. Saqué la mano de las mantas y lo agarré por la camisa.

—Llego tarde al examen. Voy a perder el autobús —le dije con una voz demasiado ronca que no sonaba propia. ¿Dónde estaba Sofía? ¿Qué hacían esos hombres en la habitación? Nos tenían prohibido estar allí con chicos. Me iba a meter en un problema, y gordo, si no me deshacía de ellos pronto.

—Shhh, tranquila —susurró el hombre del pelo rojo, que hablaba en español pero con un acento extraño—, no tienes ningún examen. Duerme y descansa. —Me puso un paño frío sobre la frente. Sentí que el frío penetraba en mi piel hirviendo y la oscuridad me cubrió de nuevo.

Desperté otra vez, estaba oscuro. ¿Habían cerrado las ventanas? Esperé un poco hasta que mis ojos se acostumbraron a la oscuridad. Allí estaba otra vez ese hombre, sentado en una silla, que

CAROLINE MARCH

parecía demasiado pequeña para su tamaño. Un halo sombrío lo cubría, lo único que destacaba con claridad era el pelo de un rojo asombrosamente brillante. ¿Es el demonio? Intenté lloriquear y solo conseguí un gemido ronco. El hombre levantó la vista y me miró, acercó su mano y la posó en mi frente y en los labios con suavidad. «¿Qué haces?», quise preguntarle, pero no encontré las palabras en mi mente, estaba cayendo otra vez, me deslizaba a la oscuridad con la imagen de un diablo rojo en mi cerebro. Intenté luchar, intenté buscar en mi mente confundida algo a lo que agarrarme. Apareció el rostro de una niña pequeña, con rizos color caoba que giraba riéndose sujeta por dos fuertes brazos.

—Papá —susurré—. ¿Eres tú? ¿Has venido ha buscarme?

—Shhh—otra vez la voz profunda de ese hombre, tocando mi rostro. Intenté dar un manotazo. Me molestaba. Quería volver a la imagen que recordaba y él la había hecho desaparecer.

Desperté de nuevo cuando la luz del día estaba alta. Me sentía desorientada y muy, muy cansada. Girarme en la cama suponía un esfuerzo de preparación y empuje extraordinario. El hombre seguía sentado en la silla. Tenía un libro en las manos y leía en silencio. ¿Quién es?, preguntó mi mente confundida. Es Alasdair, recordé de pronto, como si fuera la pieza del puzle que faltaba. La luz que entraba por la ventana quedaba atrapada por su pelo ondulado, creando un halo angelical a su alrededor. Casi no podía mantener los ojos abiertos y estaba a punto de cerrarlos cuando él levantó la vista del libro y me miró. Y volví a quedar atrapada en sus ojos, que ahora los iluminaba la luz de frente. Vaya, una fina línea gris le circundaba el iris azul celeste, haciendo que sus ojos adoptaran esa tonalidad tan especial. No me había fijado hasta ese momento. «¿Será una persona real?» pensé, intentando alargar la mano. Alasdair me la cogió. Estaba caliente al contacto.

—Aileas —se inclinó sobre mí con voz suave.

—¿Quién es Aileas? —pregunté desconcertada, la garganta me dolía mucho, me apreté una mano contra ella. La notaba hinchada y que latía con fuerza.

Mi alma gemela

—Tú, *mo luaidh*. Ahora duerme —susurró.
No quería dormir, no tenía sueño. Alasdair me tocó la frente y chasqueó la lengua. Miró el reloj y me dio una pastilla enorme, blanca y amarga que me obligó a tomar con un poco de agua. Estaba segura de que se pararía en mi garganta, de pronto estrecha e inflamada. No lo hizo. Me quedé mirándolo un momento mientras recogía y se volvía a sentar.

Sentí que me despertaba otra vez y en esa ocasión hice un esfuerzo sobrehumano para mantener los ojos abiertos, aunque los párpados me pesaban demasiado. Quise incorporarme, pero no pude. Me dejé caer otra vez sobre la almohada, notando cómo me latía la cabeza. Me toqué la frente. A uno de los lados tenía un pequeño abultamiento redondo, como de un golpe. «¿Me he caído? ¿Dónde?». No recordaba nada salvo que había salido esa noche a refrescarme al baño. Estaba sola en la habitación. Esperé un momento quieta hasta que mi cuerpo volvió a coger un poco de fuerza.

Alasdair entró en silencio y me miró de forma preocupada.
—¿Alasdair? —pregunté con esa voz que seguía sonando ronca y extraña para mí.
—Soy yo, sí. ¿Te encuentras mejor?
—No. No lo sé. ¿Qué ha pasado?
—Te desmayaste en el baño, tenías una fiebre muy alta cuando Aonghus y Fiona te encontraron. Llamaron al médico y me avisaron. Has estado durmiendo y delirando a ratos desde entonces —explicó.
—¿Qué hora es?
Miró el reloj.
—Las cinco y media de la tarde.
—Vaya, sí que he dormido —exclamé con algo más de fuerza.
—Del miércoles treinta y uno de julio —contestó sonriendo.
—¿Qué?
—Has estado muy enferma, Aileas. Delirabas y gritabas cosas incoherentes. Me has llamado demonio y has intentado pegar-

me, al día siguiente debiste de cambiar de opinión, porque me dijiste que parecía un ángel —su sonrisa se hizo más amplia.

—¿Has estado estos días aquí? —pregunté recelosa.

—Sí, he dormido en la silla y en el suelo, si es eso lo que te preocupa —respondió. No era eso lo que me preocupaba en ese momento. ¿Había pasado dos días enteros velándome?

—El médico dijo que no debíamos dejarte sola, que había que vigilar la fiebre y una posible deshidratación y Fiona estaba demasiado asustada, ya que el primer día nos gritaste a todos que nos fuéramos, que no entendías nada de lo que decíamos e íbamos a hacer que las monjas te expulsaran del colegio por meter hombres en tu habitación. La pobre mujer estaba impresionada y atemorizada, incluso le lanzaste una zapatilla, así que me ofrecí yo para cuidarte —explicó.

—¿Eso hice? —no recordaba nada.

—Sí, pero veo que ahora te encuentras bastante mejor. Los antibióticos han empezado a hacer efecto, aunque te sentirás bastante débil durante unos días.

Cerré los ojos un momento. Me cansaba tenerlos abiertos, me dolía la parte interna, detrás de la frente, y cerrarlos me aliviaba. Alasdair se quedó callado, creyendo que me había vuelto a dormir. Entreabrí un ojo para hacerle ver que seguía despierta.

—Perdóname —suplicó. Me pilló de sorpresa y habría abierto los ojos de golpe si hubiera podido, que no era el caso.

—¿Por qué? —le pregunté. Poco a poco las imágenes de la caída en el Lago Ness y de nuestro enfrentamiento fueron haciéndose más nítidas en mi mente.

—Si te hubiera hecho caso y dejado que subieras otra vez a la barca, no habría sucedido esto. Debiste de pasar mucho tiempo mojada y aterida y solo he conseguido que enfermaras —su tono era triste y se le notaba afligido.

—No tengo nada que perdonarte —abrí los ojos con gran esfuerzo, e incluso una sonrisa asomó a mi cara. Se le veía tan compungido...

—¿Te estás riendo? —preguntó sorprendido.

Mi alma gemela

—Verás, nunca he cogido una baja, salvo la de maternidad, claro. He ido a trabajar con catarros, gripes y hasta con varicela y llevo más de diez años trabajando. Y llego aquí y debo de ser la empleada más improductiva de la historia del pub. ¿No es así? —inquirí sonriendo.

—Nunca hemos esperado mucho de los jóvenes que venían a trabajar en el verano, ya que la mayoría estaban más dispuestos a divertirse que a aprender. Sin embargo, tú te tomaste el trabajo como algo serio desde el principio y con eso basta. Además, el que se te dislocara el codo y el que ahora estés enferma no fue culpa tuya, más bien de Ewan y mía —afirmó con gesto contrito.

De repente me acordé de una cosa.

—¡Mi madre! —exclamé—. Estará preocupada, todos los días le envío un mensaje para decirle que estoy bien.

—No hay problema —aclaró—. Ya se lo he explicado todo yo.

—¿Qué? —grité con voz ronca—. ¿Has hablado con ella?

—Sí, el primer día llamó varias veces y al final le contesté. Me dijo que estaba preocupada, que sabía que te había pasado algo. Es una mujer muy amable, me dio instrucciones para que te cuidara, porque en palabras suyas, tú siempre cuidas de los demás, pero te olvidas de cuidar de ti misma. Ya me conocía, ¿le has hablado de mí? —preguntó.

—No, nunca, ni una sola palabra. Ni siquiera sabe tu nombre —respondí sorprendida. Él me miró extrañado.

—Pues ella parecía conocerme muy bien. Cuando cogió el teléfono y me identifiqué como Alasdair Mackintosh, tu jefe, me dijo: «¿Así que eres tú?», como si yo le fuera familiar —contestó extrañado.

Yo estaba empezando a creer que mi madre tenía poderes, o me había metido una microcámara en el bolso y me espiaba desde España.

—También estuve hablando con Laura —siguió explicando—. Es una niña encantadora y muy simpática. Me dijo que se había

CAROLINE MARCH

vestido de hada para la función de la guardería y que su abuela y el novio de su abuela —aquí enarcó las cejas— le habían sacado muchas fotos para que las viera su madre cuando volviera de cazar al dragón que tenía cautiva a la princesa —me miró expectante.

Ahora la que estaba realmente estupefacta era yo. Laura no se ponía con nadie al teléfono. De hecho, a mí la mayoría de las veces me ignoraba completamente.

—¿También has hablado con mi hija? ¿Y qué les has dicho? —pregunté algo temerosa.

—Nada en particular, solo que habías tenido un pequeño accidente y algo de fiebre y que no te encontrabas en condiciones de hablar en ese momento. Tomé nota del teléfono y he llamado a tu madre todas las noches para informarle de tu estado —explicó.

—¡Ay, Dios mío! —suspiré.

—Por cierto, ¿qué dragón se supone que has venido a cazar, Aileas? —sonrió ampliamente.

—Uno grande, pelirrojo y escocés —masculló yo cerrando los ojos mientras escuchaba su risa.

—Voy a bajar a calentarte algo de sopa que ha preparado Rosamund para ti. Tienes a todos bastante preocupados —dijo. La simple mención de la sopa hizo que sintiera ganas de vomitar.

—No quiero comer nada —afirmé frunciendo los labios.

—No quieres, pero lo harás, aunque tenga que obligarte a ello —amenazó saliendo de la habitación.

Volvió al poco rato con una taza humeante que olía a las mil maravillas. Solo era un poco de caldo de pollo, pero mi estómago rugió en respuesta al aroma que habían percibido mis fosas nasales.

Alasdair me ayudó a incorporarme un poco y me dio la sopa a pequeños sorbos hasta que después de muchas protestas consiguió que me la tomara toda. A ese hombre no le valía nunca un no como respuesta.

—Quiero bañarme —expresé cuando el calor del caldo se había aposentado firmemente en mi estómago. Casi me encontraba con fuerzas para levantarme.

Mi alma gemela

—Ni lo sueñes, estás todavía muy débil —negó él.

Lo miré directamente. Después de estar tres días encerrada en la cama, durmiendo y sudando con la misma ropa, nadie, ni el Séptimo de Caballería del General Caster, iba a impedirme que me diera un baño. Lo ignoré e intenté levantarme por mí misma. Él me sujetó con fuerza, volviendo a tumbarme en la cama. El solo esfuerzo me dejó agotada y mareada.

—Está bien —dije viendo que yo sola no podría hacerlo—. ¿Me ayudas a llegar al baño?

Él pareció dudarlo mientras se frotaba mentón con la mano. Finalmente tomó una decisión.

—Te bañarás si dejas que te ayude, no estoy dispuesto a que te vuelvas a desmayar otra vez —afirmó con convicción.

Claudiqué, yo tampoco quería volver a caerme. Dejé que me cogiera entre sus brazos y me levantara. Una vez de pie fui yo la que me sujeté fuertemente a su cuerpo. La cabeza me daba vueltas y la habitación no dejaba de girar. Estaba tan débil que me costaba dar solo un paso.

Llegamos hasta la puerta y me dejó allí agarrada al quicio mientras él, siguiendo mis indicaciones, buscaba ropa en mi maleta para cambiarme. Se entretuvo demasiado entre mi ropa interior. Por lo visto, no se decidía por ninguna en concreto. Yo me impacienté e hice un amago de ir por mi propio pie hasta el baño. Eso lo empujó a decidirse y, cogiendo un conjunto de satén color lila, nada adecuado para estar en pijama, se levantó y me ayudó a llegar al baño.

Cerró la puerta con el pestillo y se volvió hacia mí, depositando un pantalón de chándal, una camiseta y el conjunto de lencería sobre un pequeño banco de tres patas.

—¿Necesitas que te ayude a desnudarte? —preguntó con la risa bailando en sus ojos.

—No —contesté con acritud—, creo que puedo sola.

Él se quedó apostado a mi lado con los brazos cruzados sobre el pecho.

—Vuélvete —le ordené.

CAROLINE MARCH

—¿Qué?
—Que te gires —hice el gesto con mi mano—. No pienso desnudarme delante de ti. —De repente me sentía nerviosa y extrañamente pudorosa.

Suspiró fuertemente y puso los ojos en blanco, pero se giró dándome la espalda.

Me acerqué a la bañera y dejé que se fuera llenando de agua caliente. Me desnudé y me metí en ella, sintiéndome al instante mucho mejor. Me enjaboné el cuerpo y el pelo. Demasiado tarde me di cuenta de que estaba demasiado débil para hacer las acrobacias dignas de un circo chino que debía realizar para aclararme el pelo. Maldije en voz baja, al final tendría que pedirle ayuda.

Me abracé las piernas dobladas cubriendo mi desnudez todo lo posible. Estaba tan pálida que dudo que notara que me había ruborizado.

—¿Alasdair?
—Umm —brotó de su pecho.
—¿Puedes aclararme el pelo? —pregunté.
—No puedo hacerlo en esta posición. Me has prohibido girarme —contestó.
—Vuélvete, Alasdair, y ayúdame —le ordené enfadada.
—Umm —fue su única respuesta.
—Por favor —supliqué frunciendo los labios.
—Eso está mejor —asintió girándose. Se quedó un momento mirándome fijamente.
—Vamos —le dije recurriendo a lo que él me había dicho en su casa de Edimburgo—, no creo que vayas a ver nada que no hayas visto antes. —Aun así, junté todavía más las piernas contra el pecho.

Circundó con la vista el baño buscando algún recipiente adecuado con el que aclararme el pelo. Encontró un vaso dentro del armario. Lo enjuagó y comenzó la tarea arrodillándose a mi lado.

—Echa la cabeza para atrás —exigió con voz ronca.

¡Ja! Si hacía eso tendría que separar mis piernas dejándole ver

Mi alma gemela

mis pechos. En vez de eso estiré el cuello lo más que pude. ¡Maldito escocés testarudo!

—Eres Tauro, ¿verdad? —le pregunté.

—Sí, nací el diecisiete de mayo, ¿cómo lo sabes?

—Es el mismo día que nació mi hija —dije yo sorprendida, girándome un poco para ver su cara.

—Bueno —murmuró, y noté como se encogía de hombros—, no me importa compartir mi cumpleaños con ella.

—Te haré una tarta de chocolate y una corona que ponga *Felicidades, príncipe*.

—¿Harías eso por mí? —preguntó con voz ahogada.

—Claro, es lo que hago siempre con ella. A Laura le encanta, espero que a ti también —repliqué algo azorada.

—Lo espero impaciente —dijo echando otro vaso de agua caliente sobre mi pelo. Lo hacía con eficacia, pero a la vez delicadamente, como si tuviera miedo de hacerme daño.

—Lo siento —me excusé, recordando cómo lo había herido acusándole de un delito que él no había cometido.

Él puso la mano sobre mi hombro, cálida y húmeda.

—No te disculpes, Aileas, sé que no sentías lo que dijiste.

Creí que me iba a echar a llorar y él lo notó.

—¿Por qué sabes que soy Tauro? —preguntó de repente, distrayéndome.

—Porque eres un escocés testarudo —contesté yo al instante.

—Sí —afirmó él en tono jocoso—, sobre todo lo primero.

—Y terco como una mula —añadí.

—Eso decía mi abuela —rio con esa risa profunda que llenaba el espacio a nuestro alrededor.

—Y arrogante, muy arrogante —exclamé lanzada.

—¿Algún calificativo más que deba conocer? —preguntó, pero su tono no era de enfado, más bien de curiosidad.

—Sí, que tienes los ojos más bonitos que he visto nunca. Hasta ahora no me había fijado que están rodeados por una línea gris que hace que tu mirada sea especial —le dije totalmente desinhibida. ¿Serían los antipiréticos los que me estaban soltando la lengua?

—Vaya, ¡gracias! —exclamó—. Eso me gusta más que lo de escocés terco y arrogante. ¿Algo más que deba saber?
—Sí —respondí en voz queda—, solo una cosa más.
—¿Qué? —parecía algo receloso.
—Que te quiero —pronuncié, soltando toda mi tensión en esas tres simples palabras.

Él se quedó quieto y cogió mi rostro para girármelo y dejarlo a solo unos centímetros de distancia del suyo. Su gesto era extraño, entre serio y divertido, y sus ojos brillaban con una luz especial, algo oscurecidos.

Aguanté expectante y entreabrí los labios, esperando que me besara. En lugar de ello dijo:

—Aileas, ¿has esperado dos meses para decirme que me quieres precisamente ahora? —preguntó con voz enronquecida.

—Umm.

—¿Cuando estás demasiado débil como para que pueda hacerte más que una simple caricia y que además cuentas con la protección de tus caseros, que son como perros guardianes, todo el día revoloteando alrededor protegiendo tu inocencia? —replicó.

—¿Eso hacen? —inquirí sorprendida.

—Sí. De hecho, apuesto doscientas libras a que Fiona está ahora mismo con la oreja pegada a la puerta escuchando —contestó bajando la voz.

—¡No me lo puedo creer! —afirmé.

—Te lo demostraré —dijo levantándose silenciosamente como un gato y deslizándose hasta la puerta, que abrió de repente. Tenía razón. Allí, agazapada en el suelo, a solo unos milímetros de la puerta se encontraba Fiona frotando alguna mancha inexistente en el suelo.

Alasdair la encaró desde su metro noventa de estatura.

—Señora Maclehose, ¿busca algo que se le ha perdido? —preguntó en tono serio, un tono que podría amedrentar a un batallón entero.

Sin embargo, Fiona se volvió hacia él sin inmutarse, echando

Mi alma gemela

una mirada dentro del baño. Pareció relajarse al ver que Alasdair estaba completamente vestido y le contestó que simplemente estaba arreglando la moqueta, que se había despegado por el uso.

—¿Quiere que la ayude? —inquirió demasiado solícito Alasdair.

—No será necesario, gracias —adujo ella levantándose con una agilidad impropia de una mujer de su edad y su tamaño.

Alasdair se volvió y cerró la puerta del baño.

Nos quedamos mirándonos en silencio y de repente prorrumpimos en sonoras carcajadas.

—Ayúdame a salir, me estoy quedando helada —lo insté comenzando a sentir que el agua se estaba enfriando.

Él cogió una toalla y la dejó extendida frente a mí. Me levanté con cuidado y Alasdair me enrolló con ella frotándome vigorosamente.

—No has podido evitar mirar, ¿no? —pregunté aun sin haberlo visto.

—No, pero que me quieras me da cierto permiso, ¿no crees? —inquirió aún desconfiado.

—Te lo da —concedí yo.

Me tambaleé un poco. De repente, el cansancio había vuelto con toda su intensidad. Él me abrazó con fuerza.

—Nunca te dejaré caer, Aileas, nunca —me susurró al oído.

Los siguientes dos días fueron un ir y venir de gente constante debido a la fiesta que habían preparado para el próximo sábado, quinto aniversario de la reapertura del pub Mackintosh. Deb era la más entusiasta, afirmando entre exclamaciones y suspiros que aquella iba a ser «la noche». Yo me abstuve de hacer ningún comentario, deseando y cruzando los dedos involuntariamente que aquella fuera mi noche definitiva también. Pasó Jorge a contarme lo bien que se lo estaba pasando con la nieta de las hermanas Clarkson y lo que le iba a costar despedirse de ella ese mismo mes, a lo que yo chasqueé la lengua temiéndome una escena al final del verano entre lágrimas y desengaños. Al fin y al cabo eran solamente unos niños jugando a ser adultos. Ewan se acercaba antes del almuerzo, siempre cargado con grandes cantidades de comida preparada por Rosamund, que me enviaba recuerdos y que yo agradecía dada la escasa pericia culinaria de Fiona. Alasdair siempre pasaba a media tarde, después de llamarme por la mañana para saber cómo había dormido.

El viernes, sintiéndome bastante más recuperada y ante la firme oposición de mis caseros, decidí dar un paseo aprovechando que era uno de los escasos días en los que verdaderamente hacía calor y lucía el sol. Anduve solamente hasta una plaza cercana, en la que me tuve que sentar en un banco, totalmente agotada. Cuando repuse fuerzas entré en un pequeño colmado y compré algunas cosas, entre ellas una revista, que estaba hojeando mientras volvía calle abajo hacia mi casa.

Observé a un hombre que venía de frente con paso demasiado apresurado. Me giré, pero en la calle no había nadie más. Cuando se acercó un poco más distinguí la estilizada silueta de Alasdair y me paré a esperarle.

—¿Qué demonios crees que estás haciendo? —exclamó enfadado cuando estuvo a mi lado.

Yo levanté la vista sorprendida.

—Dar un paseo. ¿Qué crees que hago?

—Eres una inconsciente, podrías caerte, marearte, tropezarte, desmayarte, no sé, algo... ¡seguro! —continuó con su diatriba ignorándome totalmente mientras gesticulaba.

Me apoyé en él con una mano y la otra me la llevé a la frente, me incliné un poco y susurré con voz ahogada:

—Alasdair —y me dejé caer en sus brazos.

Él me cogió con fuerza maldiciendo en brusco escocés, algo que sonó como «¡ya lo sabía yo!». Noté que me soplaba en el rostro y mencionaba mi nombre de forma suave y constante.

Yo abrí los ojos de repente y le saqué la lengua.

—¿No me vas a besar? Así me despertaría del todo —pregunté todavía tendida en sus brazos.

Mi alma gemela

—No delante de todo el pueblo.
—¿Por qué? ¿Te da vergüenza? —inquirí sorprendida, incorporándome.
—Ninguna. Pero antes tienes un pequeño asunto que solucionar —expresó pasándose la mano por el pelo.
—¿Cuál?
—Tu marido —afirmó frunciendo los labios, como si le doliera pronunciar esas palabras. Yo me quedé callada, en toda la semana no me había acordado de él, bueno, para ser sincera, lo había arrinconado en un oscuro y deprimente departamento de mi mente. Aquel que rezaba: *Cosas desagradables que hacer cuando no se tenga más remedio.*
—Ya, claro —dije de forma evasiva ganando tiempo.
Él elevó los ojos al cielo y pronunció lo que a mí me pareció una plegaria en gaélico.
—¿Qué has dicho? —pregunté algo mosqueada.
—Le he vuelto a pedir paciencia a Dios, sé que la voy a necesitar, y mucho —dijo dándome un pellizco en el trasero e instándome a caminar junto a él.
—¿Te vas a quedar a cenar?
—Si tú quieres.
—Claro que quiero. Además, ponen en la televisión *Expiación,* ¿la has visto? Estaremos solos, mis caseros tienen una especie de competición de bridge en el club social —expliqué insinuando una noche en libertad.
—Sí la he visto, pero no me importaría verla otra vez contigo. ¿Es Rosamund quien ha enviado la cena? —preguntó suspicaz.
—Sí —reí yo—. No obstante, también puedo prepararte algo yo.
—Déjalo, no me gustaría que en el intento prendieras fuego a la cocina o algo parecido —sonrió él.
—¡Ja, ja, ja! —exclamé con todo el sarcasmo que pude reunir.
Cuando nos sentamos en el sofá y encendimos la tele esperando el comienzo de la película, escuchamos el sonido de la puerta y a Aonghus y Fiona que entraban discutiendo. Por lo visto, ha-

CAROLINE MARCH

bía sido una mala mano de Aonghus, que era el que estaba recibiendo la reprimenda, lo que les había hecho perder la partida.
Yo miré a Alasdair con una mezcla de fastidio y decepción. Él lucía la misma expresión que yo.
—¿Lo habrán adivinado? —le susurré.
—Seguro, parecen del servicio secreto británico —contestó él también en susurros.
Asomaron por la puerta con grandes sonrisas.
—¡Qué bien que estéis aquí! Ven, Aonghus, así tendremos compañía esta noche —gritó Fiona a un Aonghus bastante apurado que esperaba detrás de ella.
Nos acomodamos como pudimos en un sofá de tres plazas. Alasdair, excusando las insistentes indicaciones de Fiona, no se movió de mi lado, así que acabamos aprisionados en el centro, él tenía a su lado al orondo Aonghus con cara de fastidio y, yo, a Fiona con cara de grata satisfacción.
—Me siento como una adolescente vigilada —susurré a su oreja.
—¡Dios! A mí nunca me había pasado. ¿Qué creen que vamos a hacer? —preguntó.
—Yo tengo varias ideas, la que más me gusta es darme el lote contigo en el sofá, pero creo que no va a poder ser —expresé con voz pesarosa.
—Mujer libidinosa —sonrió él soplándome al oído.
—Mucho —contesté. Sobre todo con él. Ya que antes no me había ocurrido nunca.
Aonghus comenzó a roncar cuando Briony todavía jugaba a representar una obra de teatro. Fiona daba cabezadas, pero se mantenía alerta y vigilante y, además, era del tipo de personas que no pueden estar calladas siguiendo el ritmo de la película. Lo tuvo que comentar todo, hasta los magníficos parterres de peonías de la finca familiar. Alasdair y yo nos lanzábamos miradas de fastidio, evitando contradecirla o contestarle, para ver si así Morfeo se la llevaba de una maldita vez. Finalmente, cuando Robbie estaba llegando a la casa invitado a la cena, oí los suaves

Mi alma gemela

ronquidos de mi casera. Me relajé y Alasdair lo notó apretando un poco más su mano, que descansaba sobre mi hombro.

En la famosa escena sensual de la biblioteca entre Robbie y Cecilia, yo puse mi mano sobre su pierna y lo observé, seguía con la mirada fija en la pantalla. Avancé un poco más arriba y desvié la vista del televisor, olvidando a la pareja entrelazada contra la pared, y seguí subiendo la mano hasta alcanzar su entrepierna, cubierta por un pantalón vaquero. Todo su cuerpo se puso en tensión, incluyendo la parte donde yo había dejado descuidadamente la mano apoyada. Acaricié con algo más de insistencia, sintiendo que la tela se tensaba. Alasdair se removió y con la mano que tenía libre tomó la mía y la puso en mi pierna.

—¡Para! —susurró con voz ronca.

—No puedo —murmuré yo intentando volver a tocarle, aunque fue imposible, tal era la fuerza con que sujetaba mi mano sobre mi pierna. Era verdad. Deseaba tanto tocarlo y sentirlo que no podía parar.

—¡Aquí no! —volvió a protestar él. Un rubor le subía por el cuello y la vena le latía de tal forma que parecía que le iba a estallar.

Nos revolvimos buscando una posición más cómoda. Lo que hizo que Aonghus se despertara algo desorientado. Bostezó y, estirándose, se levantó como si no estuviéramos allí.

—Vamos —le dijo a su esposa ayudándola a incorporarse—, es hora de ir a dormir.

—Pero los niños... —protestó ella.

—Creo que se saben cuidar solitos, Fiona —sonrió él. Nos dieron las buenas noches y se encaminaron a su habitación.

Cuando los vi desaparecer escaleras arriba, ahogué un ¡bien!

—Somos libres —le dije.

—No lo creo, me siento vigilado —se excusó él.

Yo hice un mohín.

—Aileas, no quiero que nuestra primera vez sea deprisa y en el sofá de tus caseros, que además es bastante incómodo —ajustó su postura—. Ya te dije que era un hombre paciente.

—Está bien, pero no lo seas demasiado, ¿eh? —claudiqué yo.

CAROLINE MARCH

Finalmente, y aunque era una de mis películas preferidas, me quedé dormida apoyada en el firme hombro de Alasdair. Me desperté justo para ver el final de la historia, me había deslizado hasta quedar tumbada sobre sus piernas y él me había cubierto con una manta. Cuando escuchamos los acordes de la máquina de escribir de la banda sonora y se mostraron los títulos de crédito, lo miré.

—Creí que estabas dormida —murmuró.

—No, me he despertado hace solo un rato —contesté, sintiendo cómo me acariciaba el pelo—. ¿Por qué todas las historias de amor tienen que acabar tan mal? —pregunté con un nudo en la garganta.

—No todas. Yo no dejaré que esta se estropee, aunque tenga que dejarme la vida en ello —afirmó mirándome directamente a los ojos.

—¿Lo prometes? —susurré sintiendo de repente toda la intensidad de sus sentimientos.

—Lo prometo —contestó él inclinándose para darme un casto beso en la boca. Yo deseé más, pero no le dije nada.

—Me está engañando —confesé en voz queda.

—Lo sé.

—Veo que las noticias vuelan —dije algo molesta.

—Sobre todo en las Highlands —afirmó él sonriendo—. Ewan me lo contó. Dijo que lo habías visto besándose con otra en un programa de televisión.

—Sí, algo así. No sé qué hacer, Alasdair. No sé cómo enfrentarme a él.

—Sé valiente y deja las cosas claras, yo creo que a nadie nos gusta que nos mientan o nos utilicen —lo dijo con tanta firmeza que reprimí un escalofrío.

—Lo intentaré. Tengo todavía un mes para pensarlo —contesté. ¡Ay, si pudiéramos conocer el futuro!

El sábado por la tarde fue Deb a buscarme para ir a la fiesta organizada en el pub. Yo me encontraba en la misma situa-

Mi alma gemela

ción de entusiasmo que ella, pero con un menor grado de histerismo.

—¡Necesito ayuda! —subió las escaleras gritando.

—¿Mucha o poca? —contesté yo saliendo del baño envuelta en un albornoz, riéndome.

—Toda la del mundo —afirmó sofocada, y tiró una bolsa de deporte a mis pies.

—Vamos —dije cogiendo su bolsa y arrastrándola a mi habitación—. ¿Qué llevas aquí?

—Toda mi ropa —la cogió y la sacudió desperdigándola toda sobre mi cama.

—¿Y?

—No sé qué ponerme. Todo me parece viejo, demasiado usado, poco apropiado, nada sexy... Ayúdame, por favor —suplicó juntando las manos. Yo aguanté las ganas de reírme.

—¿Y si te presto algo mío? —sugerí.

—¿Harías eso por mí? —sus ojos brillaban de expectación.

—Sí, tendrá que ser un vestido porque los pantalones quedan descartados, te saco más de diez centímetros —expresé evaluando lo que le podía prestar. Revolví mi maleta y saqué un par de vestidos que podían valerle. Uno era gris, de lino con tirantes, no demasiado ajustado, pero con los complementos adecuados podía resultar. El otro era un palabra de honor elástico de fondo negro con dibujos geométricos en colores rosa, verde y amarillo fosforito, quizá demasiado atrevido para ella. Le encantó. Se puso a dar saltitos y palmadas, señalándolo.

—¿Me quedará bien?

—No lo sé, tendrás que probártelo. Es bastante elástico, así que no creo que tengas problemas —afirmé sonriendo ante su entusiasmo.

Se dirigió al baño y salió a los pocos minutos. Le quedaba como un guante, incluso mejor que a mí, ya que yo tenía más pecho que ella y me marcaba más. No obstante, sujetaba donde tenía que hacerlo.

—¿Te gusta? —preguntó algo indecisa girándose.

CAROLINE MARCH

—Te queda perfecto —contesté con sinceridad—, y creo que a Ewan le gustará mucho también —añadí, a lo que ella respondió ruborizándose hasta las cejas.

Yo me iba a poner un pantalón blanco con una blusa de seda anudada al cuello y estaba cogiéndolo cuando oí una exclamación a mi espalda.

—¿Te vas a poner eso?

—Sí, ¿por qué?

—Es una fiesta, Alice, vístete con algo más sexy —exclamó sorprendiéndome.

Enarqué una ceja y revolví la maleta una vez más. Encontré un vestido que ni siquiera había estrenado, de estilo griego, corto, con un hombro al descubierto en color cereza, sujeto a la cintura por un estrecho cinturón dorado. Lo saqué y se lo mostré.

—¿Algo como esto? —sugerí.

—Sí, por fin has pillado la idea —sonrió.

—Me moriré de frío —contesté tocando la delicada tela.

—Oh, yo no me preocuparía por eso. Seguro que Alasdair te mantiene caliente —afirmó como al descuido.

Finalmente nos maquillamos, peinamos y complementamos nuestros vestidos, ella con unos zapatos con unos tacones de aguja de infarto, yo con unas sandalias en tiras negras decoradas con piedras de colores, que se anudaban hasta unos diez centímetros por encima de mi tobillo.

Salimos contentas y dispuestas a comernos la noche, como solía decir Sofía. Yo esperaba no ser devorada por la noche, como ya me había pasado otras veces.

Me monté en el coche de Deb y me llamó la atención un trozo de piel blanca cuando se sentó.

—Deb —le pregunté algo divertida—, ¿no llevas ropa interior?

—No —afirmó ella arrancando el coche.

—¿Y por qué? Si puedo preguntar —inquirí yo.

—Quiero que Ewan encuentre bien el camino —contestó con la mirada fija en la carretera—. Además, a tu madre le ha funcionado.

Mi alma gemela

Ahí no tuve nada que objetar. Me eché a reír mirándola alucinada. La pequeña y modosita Deb se había convertido en devoradora de hombres de la noche a la mañana.

—Además —añadió—, hoy ellos se van a vestir por fin de hombres.

—¿Y de qué vestían hasta ahora? ¿De mujeres? —pregunté sorprendida.

—Hoy van a llevar el traje del clan, el kilt —explicó.

—Escoceses —murmuré yo—, la única parte del mundo en la que los hombres cuando se ponen falda se visten como hombres.

Aunque lo dije en voz baja ella lo escuchó y comenzó un largo discurso explicándome la historia y el significado del kilt, en la cual yo me perdí cuando iba relatando los ocho metros de tela de lana que se necesitaban para enrollar y bla, bla, bla.

Llegamos al pub poco antes del crepúsculo, cuando la mayoría de la gente ya estaba dentro. Estaba cerrado al público, solo se accedía por invitación, que a juzgar por la cantidad de coches que había en el aparcamiento cercano, había recibido prácticamente todo el pueblo y alrededores. Esa noche ninguno trabajaba. Habían contratado dos camareros suplentes y un DJ. El catering lo habían encargado a una empresa externa, para poder dar a Rosamund el día libre para que disfrutara de la fiesta.

Cuando entramos busqué a Alasdair con la mirada; estaba en el centro del pub conversando con Ewan. Como en una perfecta sintonía, él volvió el rostro y nuestras miradas se encontraron. Había visto a Alasdair en vaqueros y camiseta, en traje y corbata, vestido para hacer deporte, solamente en calzoncillos y prácticamente desnudo, pero nunca me había parecido tan impresionante como en ese momento, vestido con el traje típico de las Highlands, con el kilt a cuadros rojos cruzados con finas líneas verdes, recogido en torno a su cintura con un cinturón de cuero del que colgaba el *sporran* de suave piel negra, camisa blanca impoluta y chaqueta negra, con un broche de plata del tamaño de mi mano con el símbolo y lema del clan grabado que sujetaba la tela del kilt prendida sobre su hombro. El conjunto se completaba con

CAROLINE MARCH

medias de lana con el mismo dibujo que el kilt y unos zapatos de cuero con los cordones entrelazados. Abrí la boca sorprendida. Jamás me había parecido tan masculino y tan seguro de sí mismo como aquella noche, como si vestirse con la indumentaria de sus antepasados le infundiera parte de la fuerza de la que se enorgullecían los guerreros Mackintosh. Toda la herencia celta y vikinga que ostentaba en su altura, su cuerpo y sus facciones nórdicas hizo que mis rodillas comenzaran a temblar de expectación y deseo.

Alasdair simplemente sonrió adivinando mis pensamientos, con una mirada de promesa bailando en sus ojos divertidos.

Se acercó a mí y me quitó el bolero, arrojándolo a una silla.

—Decirte que estás preciosa sería demasiado poco, Aileas. Me has dejado sin respiración —murmuró acercándose más a mí. Yo noté el calor que desprendía su cuerpo y me pegué más a él. Ahogué un gemido. Pude notar perfectamente la erección de su miembro pegada a mi vientre, lo que hizo que me cosquilleara la entrepierna de deseo. En un acto involuntario me moví cuidadosamente sobre su masculinidad.

—¡Por Dios! No te muevas ahora —susurró. Las hermanas Clarkson se acercaban a saludarnos.

Me quedé pegada como una ventosa y sonrojada como un reflejo del color del vestido que llevaba, sin moverme ni un ápice, con todos los músculos del cuerpo en tensión.

Observé que Ewan, vestido de forma parecida a Alasdair, le comentaba algo a Deb y ambos nos miraban y se reían.

—Donella, Caristìona —Alasdair se inclinó levemente hacia ellas—. ¿Se lo están pasando bien? —añadió con educación.

—Ahora sí, querido, que es cuando verdaderamente empieza la fiesta, ¿no crees? —contestó Donella dándole un codazo a su hermana.

—Acérquense a la barra, pidan lo que quieran y disfruten —dijo indicándoles que se alejaran.

—¿En qué piensas? —pregunté yo notando cómo su erección bajaba.

Mi alma gemela

—En algo muy desagradable —contestó él con voz ahogada.

Nos sentamos a una mesa y nos sirvieron una bandeja con varios canapés y dos vasos de whisky, a indicación de Alasdair.

El ambiente se iba caldeando, la música sonaba, la gente conversaba y bebía en una atmósfera distendida y relajada.

Observé como a nuestro lado Ewan bailaba o más bien se restregaba con una amiga de Deb, que miraba desde el otro lado de la sala con cara de enfado. En ese momento oí con claridad la voz de Ewan susurrándole a la chica : «Nena, yo soy un capullo». Me atraganté con la bebida y tosí. Creí que se habría olvidado del tema, pero no era así.

—¿Alguna vez piensas decirle lo que significa verdaderamente capullo? —preguntó Alasdair sonriendo.

—Lo iba a hacer cuando ya no pisara suelo escocés, pero creo que es el momento —contesté. Saqué el móvil del bolso y tecleé un mensaje:

Capullo: dícese de una persona idiota, bien por su falta de inteligencia o por su falta de actitud. Se aplica como insulto a personas que hacen malas pasadas, es decir, que joden a otros y no precisamente a quien tienen que hacerlo.

Ewan, sorprendido al oír su teléfono, lo cogió con una mano mientras con la otra seguía sujetando a la joven y lo leyó. En su rostro observé primero sorpresa, luego incredulidad y por último enfado. Me miró con una expresión de ira tan intensa que, si no llega a ser porque Alasdair me sujetaba por el hombro, habría salido corriendo. Yo le sonreí con dulzura y le guiñé un ojo.

Todavía con gesto de enfado dejó a la chica y se dirigió a buscar a Deb, a quien arrastró a la pista después de un corto intercambio de palabras y bailó con ella. Pude observar cómo deslizaba la mano por su trasero parándola ahí, para luego mirarla directamente a la cara. Ella le respondió encogiéndose de hombros. En un descuido, ambos desaparecieron de mi campo de visión.

Comenzó a sonar *Save the last dance*, de Jamie Collum, y me vi arrastrada a la pista por Alasdair.

CAROLINE MARCH

—No sé bailar, al menos esto —dije.
—Déjate llevar —me contestó haciéndome girar una y otra vez, hasta acabar en sus brazos. Yo me reía e intentaba seguirlo. Esperaba que fuera cierto eso que decían de que los hombres que bailaban bien eran unos expertos haciendo el amor, si era así, esa noche prometía ser muy, muy divertida.
Acabó la canción y comenzó una de mis canciones preferidas, una balada de Savage Garden, *Truly, Madly, Deeply*. Nos abrazamos y nos mecimos al ritmo de la melodía. Él la iba cantando a mi oído como si sintiera cada palabra. Yo me emocioné y lo abracé con más fuerza, quería sentirlo siempre así, cerca de mí, sin separarnos, sintiendo nuestros cuerpos moverse al unísono.
Cuando estaba terminando observé de refilón a Ewan y Deb salir del almacén, él recolocándose la ropa y ella atusándose el pelo. Pedí a Dios, a un Dios en el que empezaba a creer otra vez, que les fuera bien, que se amaran como lo hacíamos Alasdair y yo.
—Tengo una sorpresa para ti —susurró Alasdair con los últimos compases de guitarra.
—¿Cuál? —le miré algo desconfiada.
—Una que estoy seguro te gustará —contestó.
—¿Subimos a tu habitación? —sugerí.
Él rio.
—¿Es que siempre estás pensando en lo mismo?
—Contigo, sí —contesté.
—Tendrás que esperar, antes tienes que hacer otra cosa —sonrió.
—¿Umm?
—Cumplir tu promesa —fue su escueta respuesta. Cogió su chaqueta, que estaba colgada de la silla, y mi bolso y salimos a la noche templada. Porque esa noche, como si las estrellas se hubiesen aliado a nuestro favor, hacía calor, un calor inusual en las Highlands, que invitaba a estar en el exterior.
Me arrastró al Range Rover de Ewan y emprendimos camino.

Mi alma gemela

—¿Adónde vamos? —pregunté.

—Ya lo verás —dijo de forma misteriosa sin apartar la mirada de la carretera.

No fuimos en dirección a Lewinston, sino que nos adentramos en los valles hacia el norte. Tras varias preguntas, no conseguí sacarle adónde íbamos, así que me callé y disfruté de las vistas, de las que tenía dentro del coche, claro, porque fuera la noche era oscura como la boca de un lobo.

Estacionó el todoterreno a la vera de un camino. Se bajó, sacó algo del asiento trasero y luego me ayudó a salir. En completa oscuridad me sujeté a su brazo para no caerme. Alasdair encontró el sitio con meridiana claridad, aunque yo no veía un paso por delante de mí.

Extendió una manta a cuadros sobre el suelo y dejó otra a un lado por si refrescaba.

—¿Y ahora qué? —le pregunté, mirando su rostro tenuemente iluminado por la luna. Sabía perfectamente qué se había propuesto.

—Vas a cumplir tu promesa —dijo.

—No sé cantar —protesté yo—. Apenas recuerdo la canción *Danny Boy*.

—Soy escocés, Aileas, no vamos a cantar una canción irlandesa, vamos a cantar una de mi tierra, *Flower of Scotland*. ¿La conoces?

—Sí, un poco, pero dudo que pueda cantarla.

—Lo haré yo por ti y tú me seguirás, ¿de acuerdo? —preguntó.

—De acuerdo —afirmé.

Como para negarle nada.

Comenzó cantando primero suavemente y luego elevando la voz grave de barítono, que reverberaba con intensidad en el silencio de la noche y el refugio de los valles. Yo acabé siguiéndolo en el estribillo, sintiendo cada frase que pronunciaba, con el mismo orgullo que esgrimía él, intentando no perderme en la cadencia escocesa de su acento.

CAROLINE MARCH

O Flouer o Scotland,
Whan will we see
Your like again,
That focht an dee'd for,
Your wee bit Hill an Glen,
An stuid agin him,
Prood Edward's Airmy,
An sent him hamewart,
Tae think again.

Cuando terminamos nos quedamos mirándonos fijamente, sosteniendo ese momento súbitamente mágico entre nosotros. Ya nada existía a nuestro alrededor. Solo éramos él y yo.

—No es una canción tan romántica como *Danny Boy*... —su voz se perdió y noté su súbito azoramiento.

—Oh, calla —le dije—, y bésame.

Por primera vez fue él el que se rindió ante una exigencia mía. Se inclinó sobre mí, levantó mi cara con una mano y me besó, yo abrí la boca y le respondí. Entrelazamos nuestras lenguas con deseo y la pasión duramente reprimida en los dos últimos meses se desató. Sentí su mano sujetándome la nuca, apretando, y la otra abrazándome por la cintura. Yo me sujeté a él completamente mareada. No podía separar mis labios de los suyos, ni él los suyos de los míos, estábamos unidos por siempre en la profundidad y la magia de la tierra escocesa que nos rodeaba. Creí que me iba a desmayar, enfebrecida como estaba, me tambaleé y él, notándolo, me sujetó con más ímpetu y reforzó su ataque a mi boca.

Me sentí arrastrada hacia la manta y me dejé llevar sin querer separarme de él. Me tendió en ella y él se tumbó a mi lado. Me giré para atrapar una vez más su boca, pero él me frenó.

—¿Qué ocurre? —pregunté excitada y mareada a la vez. Nunca me había sentido así.

—Quiero darte una cosa —susurró con voz enronquecida. Sacó de su *sporran* un pequeño paquete envuelto en papel de regalo.

Mi alma gemela

Yo lo cogí con manos temblorosas y lo abrí. Dentro había un anillo de plata, decorado con nudos escoceses. Era bello precisamente por su simpleza. Pese a la escasa iluminación pude ver que tenía una inscripción grabada en el exterior: *Mo anam cara*.

—¿Qué significa? —pregunté.

—Significa que eres mi alma gemela, aquella a la que puedo revelar las verdades de mi vida, mi alma y mi corazón. Quiero que lo lleves en tu mano izquierda hasta que seas libre de llevarlo en la derecha y me pertenezcas por completo —explicó con voz ronca y susurrante de deseo.

—Te amo, Alasdair —murmuré dejando que él me lo pusiera en el dedo anular de la mano izquierda—. Te amo —repetí emocionada y sinceramente.

Se volvió sobre mí y me tumbó en el suelo, se inclinó lo suficiente sobre mí apoyándose en los brazos para evitar que yo cargara con su peso y volvió a besarme con más intensidad incluso que momentos antes. Yo arrastré las manos por su espalda e intenté sacarle la camisa, él subió su mano por mi pierna con suavidad, tanteando cada centímetro de mi piel desnuda, hasta dejarla apoyada en mi cintura por debajo del vestido.

Y en ese preciso momento la tierra tembló. No, más bien rugió. Alasdair levantó la cabeza separándose de mí.

Frente a nosotros estaba Ewan montado sobre la moto de montaña, que emitía por el tubo de escape un rugido promovido por los violentos giros de muñeca que hacía su dueño.

Alasdair se levantó de un salto y se dirigió hacia él con movimientos lentos y gatunos.

—¿Qué estás haciendo? —le increpó Ewan.

—Lo que llevo deseando desde hace mucho tiempo. Y eso es algo que a ti no te importa —la furia se desprendía de cada palabra.

—Está casada, ¿lo recuerdas? Es lo que esgrimiste en mi contra el mes pasado —amonestó él con igual fiereza.

—¿Crees que no lo sé? Pero ¿qué harías tú si fuera la única mujer que has amado? ¿Retirarte sin presentar lucha? ¿Sin ni siquiera intentarlo? —preguntó Alasdair en tono más conciliador.

—No, lo que haría es llevarla a casa y dejar que solucione sus problemas antes de que te cubran como el lodo del lago y acaben ahogándote —afirmó él girando la moto y desapareciendo en la noche estrellada.

Alasdair se quedó un momento de pie, con los brazos a ambos lados, abriendo y cerrando las manos de la tensión de sentía.

—Alasdair —susurré—, vuelve conmigo.

—No —murmuró él girándose—, es mejor que te lleve a casa.

—No —protesté yo—, no quiero, quiero estar contigo.

Empezaba a parecerme a mi hija cuando le quitaban un juguete.

—Sí, pero todavía no es el momento —contestó recogiendo la manta y arrastrándome al Range Rover.

Me senté furiosa y contrariada. Quizá tuviera razón. Yo debía aclarar las cosas con Carlos y explicarle lo que había sucedido, lo que sucedería, corregí frustrada.

CAPÍTULO 18

La decisión final

Después de levantarme con una sonrisa estúpida en la cara y vestirme con el pantalón blanco y la camisa de seda negra que me iba a poner la noche anterior, me senté en la cama a esperar que Alasdair viniera a buscarme, ya que me había invitado a comer «verdadera comida escocesa», aunque me daba un poquito de miedo después de haber saboreado los guisos de mi casera, escocesa de décimo octava generación. Aun así estaba deseando verlo de nuevo.

Cogí entre los dos dedos el anillo que me había regalado y me lo saqué observando con más detenimiento las palabras grabadas *Mo anam cara,* mi alma gemela. Sonreí y me lo volví a poner. Luego miré mi alianza, un simple anillo de oro, deseando podérmelo quitar cuanto antes. ¿Por qué no lo había hecho ya?

De improviso sentí un vuelco en el estómago y un fuerte tirón en el ombligo que hizo que me inclinara hacia delante, sujetándome a la cama para no caer.

—¡Dios mío! ¡Laura! —exclamé en voz alta y me levanté corriendo escaleras abajo. Casi atropello a Aonghus, que subía a buscarme.

—Es tu madre —dijo simplemente resollando—, o eso creemos.

Llegué a trompicones hasta el salón, donde una atribulada

Mi alma gemela

Fiona gritaba que no entendía nada y se disculpaba a la vez con su interlocutora por teléfono. Le arrebaté el teléfono de las manos, a lo que Fiona respondió con un gritito histérico.

—¡Mamá!

—¡Hija! Alicia, ¿eres tú? —preguntó todavía dudando.

—Sí, ¿qué ha ocurrido? —inquirí con voz ahogada, porque estaba segura de que algo grave había sucedido.

—Es Laura. Ayer por la mañana vino su padre a recogerla, me dijo que quería pasar el fin de semana con ella. Y no sé, me dio mala espina, así que hoy le he llamado y no me contesta. He intentado localizar a sus padres y me dicen que no saben dónde está, que es su hija y tiene todo el derecho a estar con ella. Pero sé que me mienten, lo siento en el fondo de mi alma. ¿Sabes dónde está? —explotó.

—No, no lo sé. Hace tiempo que no hablo con Carlos. Tranquila, voy a intentar averiguar algo —dije con voz susurrante y bronca.

—Un momento —replicó mi madre. Esperé una diatriba a mi comportamiento o una crítica a mi descuido para con el padre de mi hija y me puse a la defensiva.

—¡Qué! —contesté bruscamente.

—Haz lo que tengas que hacer, Alicia —contestó con voz firme y colgó el teléfono.

«Necesito localizar a Alasdair», pensé en un primer momento y, como si respondiera a mi invocación mental, oí el ruido del Range Rover aparcando en la puerta de la casa.

A partir de entonces las cosas se desarrollaron a un ritmo vertiginoso, como si yo fuese una simple espectadora de mi propia vida.

Salí corriendo a recibirle, con trazas de angustia reflejadas en la cara.

Él se bajó del coche y me abrazó.

—Es Laura —dije contra su pecho sintiendo los fuertes latidos de su corazón.

—Lo sé, está aquí. Han venido a buscarte —explicó susurrando en mi oído. Pese a la tranquilidad que expresaban sus palabras, podía notar la tensión latente bajo la voz tranquila.

CAROLINE MARCH

—¿Los dos? —pregunté aun sabiendo la respuesta.

—Sí, el muy cabrón ha escogido el mejor escudo que tiene para que yo no pueda abrirle la cabeza, tu hija —respondió sujetándome para subirme al coche. Su ímpetu me asustó. Alasdair raramente utilizaba palabras malsonantes y nunca lo había oído dirigirse así hacia otra persona.

Me senté deprisa, dándome cuenta de que el bolso estaba en el mismo lugar que me lo había dejado la noche anterior. Comprobé el móvil, tenía numerosas llamadas de mi madre, pero ninguna de mi marido y eso me asustó todavía más.

Alasdair conducía deprisa, de forma brusca y decidida. En un momento dio un volantazo y paró al margen de la carretera.

Sentí que sujetaba con fuerza el volante, sus tendones marcaban la tensión de sus brazos.

—Estoy contigo, ¿lo comprendes? Contigo en todo, si me necesitas, para cualquier cosa, solo tienes que mirarme y acudiré a tu lado. Si tú caes, yo caigo, Aileas —afirmó mirando siempre al frente.

—Lo sé —murmuré, y apoyé una mano en su brazo. Con esa simple indicación, volvió a acelerar y llegamos al pub.

Sin apenas darle tiempo a apagar el motor salté del coche y entré como una tromba en el local. Adapté mi mirada a la tenue oscuridad del interior y busqué con la mirada. Carlos estaba sentado en una de las mesas que daban a la cristalera principal. Se levantó y se acercó a mí. Yo lo esquivé y corrí dentro.

—¡Mami! —me giré hacia el sonido más precioso del mundo.

—¡Mi amor! —corrí hacia ella y la cogí en mis brazos, enterrando mi rostro en su cuello, oliendo su colonia infantil y sintiendo su frágil cuerpecito pegado al mío.

Estuvimos unos minutos así, abrazadas, reconociéndonos mutuamente, absorbiendo el largo tiempo separadas. Finalmente, la deposité con cuidado en el suelo y me agaché para estar a su altura.

—Cariño —dije con lágrimas en los ojos—, ¿estás bien?

—Sí, ¿por qué? —preguntó ella extrañada—. Hemos venido a buscarte —añadió— porque te echamos mucho de menos.

Mi alma gemela

Noté que empezaba a hacer pucheros y la volví a abrazar, acariciando su cabeza y su espalda.

—Ya está, ya está —decía yo con voz suave—, ya ha pasado todo. Estoy aquí, mamá está aquí.

Me di cuenta de que Alasdair se acercaba por detrás por el sonido de sus pisadas; sin mirar siquiera supe que era él. Se agachó y, mirando a Laura, le dijo en español:

—¿Te vienes conmigo? Tengo pastelitos y dibujos animados en el ordenador, ¿quieres que te los ponga? Vamos, que papá y mamá tienen que hablar —la dulzura con la que habló a mi hija terminó de desarmarme. Sollozando dejé que se la llevara de la mano hasta una mesa del fondo, donde reposaba su portátil.

Me giré y observé a Ewan detrás de la barra. No había dicho nada, pero con una simple mirada me transmitió que él también estaba ahí para ayudarme. Se lo agradecí con un gesto casi imperceptible de la cabeza.

Me volví a Carlos, que se había vuelto a sentar y observaba la escena con curiosidad. Me acerqué algo temerosa y enfadada a la vez.

—¿Qué haces aquí? —lo increpé sentándome en la silla opuesta.

—He venido a buscarte. ¿No te alegras, cielo? —preguntó de forma sibilina.

—Me queda todavía un mes de contrato —dije excusándome. Quería saber la verdadera razón de su llegada.

—Lo sé, pero tanto Laura como yo no podíamos aguantar más sin verte, sin estar contigo, sin tocarte... —alargó la mano para coger la mía, que reposaba en la mesa. Yo me solté bruscamente. Una corriente de electricidad recorrió el pub. Sabía perfectamente que Alasdair observaba como una pantera.

—Ni siquiera me has llamado desde mi cumpleaños y ahora apareces. ¿Qué quieres realmente?

—Sí te he llamado, por lo menos veinte veces, y todas me has colgado el teléfono. Soy yo el que he venido a pedir explicaciones —me giré a mirar a Alasdair. ¿Había sido él el que le había colga-

do el teléfono cuando estuve enferma? Ningún gesto de su rostro pétreo me dio la respuesta.
—No quiero volver todavía —afirmé.
—Oh, lo harás —fue su lacónica respuesta.
—¿Por qué? —pregunté desafiándolo.
—Porque aunque no lo hagas por mí, lo harás por tu hija —respondió.
—Mi hija está perfectamente —contesté. En ese momento Laura emitió una carcajada y señaló entusiasmada algo que veía en la pantalla del ordenador.
—Sí, pero no querrás perderla... —dejó la frase en suspenso.
—¿Cómo?
—Perderla para siempre.
Sacó su móvil y me mostró el vídeo que nos había grabado Deb a Ewan y a mí en lo que a mí me parecía una noche demasiado lejana. Intenté pararlo y él lo impidió obligándome a ver todo el contenido. Yo intenté memorizar el teléfono desde donde se lo habían enviado.
—Eso fue una tontería —contesté con algo menos de fuerza—, no tuvo importancia, había bebido y no pasó nada más.
¿Me estaba chantajeando?
—Seguro que a un tribunal no le parece lo mismo —afirmó con una voz fría como el hielo. ¿Aquel era mi marido? ¿El mismo con el que había compartido los últimos diez años de mi vida? No lo reconocía, ni en su voz ni en sus actos, o quizá la que había despertado a la realidad era yo. Una realidad que golpeaba muy fuerte precisamente donde más dolía.
—¿Crees que los tribunales españoles son como los de las películas americanas? Estás muy equivocado. Además, yo también tengo pruebas de que me has estado engañando —apostillé jugando el as que guardaba en la manga.
—No es cierto —replicó, pero la duda danzaba en sus ojos.
—Sí, lo es. No solo lo he visto yo, lo sabe todo el mundo —dije con más fortaleza.
—¿Y serías capaz de quitarle una hija a su padre? —cambió de

Mi alma gemela

táctica de pronto. Descubrí que esa conversación ya la tenía ensayada de antemano.

—Sabes que jamás haría eso —contesté—, pero no quiero seguir contigo. Nuestro matrimonio se ha convertido en una farsa.

Su reacción me sorprendió. Prorrumpió en sonoras carcajadas.

—¿Una farsa dices? Es cierto, pero desde hace mucho tiempo. Y no es precisamente porque yo no lo haya intentado, pero tú, Alicia, tienes la culpa de todo, me embaucaste para casarme contigo y para tener hijos, me ataste a ti cuando yo quería ser libre y ahora vas a pagar las consecuencias —espetó brutalmente.

¿Quién era ese hombre?, me pregunté. Algo amenazador y terrible se cernía sobre él y exudaba tanto odio hacia mí que me eché hacia atrás en la silla. Yo jamás lo había obligado a nada y mucho me temía que esas palabras tan cuidadosamente escogidas no provenían de él, sino de su familia.

—Ve al grano y dime qué es lo que quieres —le insté.

—Quiero que vuelvas, ya te lo he dicho.

—¿Y si no lo hago? —pregunté obligándole a mirarme directamente a los ojos.

—Haré todo lo posible por quitarte lo que más quieres. Conseguiré de un modo u otro la custodia de Laura, tengo pruebas suficientes y dinero para pagar al mejor abogado. No me importa pasar años litigando. Ya me he informado y tengo muchas, muchas posibilidades de ganar.

No me explicó dónde se había informado, si había sido a través de sus amigos, sus compañeros de borrachera, de su familia o de un abogado, pero el terror que sentí en ese momento fue inenarrable.

—¿Te imaginas ver a Laura solo un fin de semana al mes? No creo que puedas soportarlo, Alicia —susurró frío y letal como el iceberg que llevó a pique al *Titanic*. Y así me sentía yo en ese momento, a punto de hundirme en aguas heladas.

—¿Por qué me haces esto? —sollocé.

Me cogió la mano y yo no tuve fuerzas para soltarme.

—Porque pese a todo te sigo queriendo y quiero que seamos una familia otra vez —contestó con la voz de mi marido, la real, la que yo verdaderamente conocía. Pero a mis oídos sonó como una condena, una terrible condena de por vida. Estaba loco. No podía ser de otra manera. Y me odiaba como nadie me había odiado nunca.

Sopesé la decisión un momento. Él me conocía demasiado bien. Siempre había sabido que lo más importante en mi vida, más que él, había sido Laura, la hija de mi corazón. Quise gritar al cielo, a los dioses y a los druidas. Sin embargo, me levanté en silencio.

—Tengo que hablar con mi jefe —dije como explicación. Su sonrisa de satisfacción me hirió como un puñal. Había ganado y lo sabía.

—¿Cuál? ¿El rubio?

—No, el pelirrojo.

—¡Joder, Alicia! Ya sabes que los pelirrojos siempre dan mala suerte —se rio sardónicamente.

—¡Vete a la mierda! —le respondí con todo el odio que pude reunir, flaqueándome las fuerzas.

Me acerqué con paso lento hacia Alasdair, que me observaba con intensidad, intentando memorizar en mis recuerdos su rostro amable, sus ojos con el iris circundado de un gris profundo, su pelo rojo, la firmeza de su cuerpo que aun sentado al lado de mi hija demostraba. Él vio mi gesto y se puso en tensión.

—Tengo que hablar contigo.

En silencio Alasdair se levantó, nos dirigimos a la puerta escondida detrás del escenario y subimos sin pronunciar palabra hasta su piso.

Cuando cerró la puerta tras él se volvió a mirarme.

—Ya has elegido, lo has elegido a él —dijo simplemente.

—No, he elegido a mi hija —contesté echándome a llorar con violentos sollozos.

Él me abrazó y me acarició el pelo y la espalda como solía hacer. Se estaba empezando a convertir en una costumbre. Una costumbre que se acababa ese mismo día.

—No dejaré que te la quite —afirmó.

—Puede hacerlo, Alasdair, yo le he dado suficientes motivos para ello, o por lo menos para que lo intente con tanta fuerza que

Mi alma gemela

me deje prácticamente al margen de la vida de Laura, y eso no podría soportarlo, por nada en el mundo —sollocé.

—Yo te ayudaré, contrataré al mejor abogado y lucharé, lucharemos juntos por ella, Aileas, no te rindas ahora —había una súplica en su voz. Eso me dio más miedo todavía, él jamás suplicaba.

—Lo siento, Alasdair —dije separándome un paso de él—, esto se ha acabado.

—No, esto no ha hecho más que empezar. Mírame a los ojos y dime que no me quieres, que no me has querido —instó sujetándome con fuerza por los hombros.

—No me obligues a hacerlo, tú no, Alasdair —supliqué.

—Hazlo, y solo si lo haces te dejaré marchar —sus manos apretaban con demasiada fuerza mis hombros, haciéndome daño. Finalmente, vendí mi alma al diablo.

—No te amo, Alasdair, creí que era así, pero al ver a mi hija y recordar mi vida real me he dado cuenta de que he estado viviendo un sueño que no me pertenece —susurré perdiéndome por última vez en las profundidades de sus ojos azules, ahora oscurecidos por el dolor.

Él me soltó como si le quemara tocarme. Su cuerpo se había vuelto a tensar y la vena del cuello latía peligrosamente.

—Si sales por esa puerta ahora, Alice, no te molestes en volver nunca —pronunció con voz tensa y ronca—. Soy un hombre fuerte, un hombre paciente, pero también orgulloso. No consentiré otra muestra de cobardía por tu parte. Si quieres irte, hazlo, pero no mires atrás.

Ya estaba todo dicho. Recurriendo a las pocas fuerzas que me quedaban me giré y apoyé mi mano izquierda sobre la pared, donde un reflejo de luz de la ventana entornada captó el brillo de la plata que circundaba mi dedo. Cogí el anillo y con cuidado lo saqué de mi dedo. Lo deposité en la mesita que había a la entrada. No me volví a mirarlo y cuando cerré la puerta a mi espalda oí un sonido bronco, como el aullido de un animal herido. Alasdair, el hombre más fuerte, honorable y orgulloso que conocía, estaba llorando y eso terminó de romper mi corazón.

CAROLINE MARCH

Bajé despacio las escaleras, mareada y confusa, queriendo memorizar cada textura, cada olor, cada sentimiento y a la vez queriendo olvidarlo todo lo antes posible.

Salí al pub y me dirigí a Ewan. Mi rostro desencajado lo expresó todo. No hizo ningún comentario. Cogí una servilleta y garabateé un número de teléfono. Se lo entregué.

—Averigua a quién pertenece. Esta persona le ha enviado el video que grabó Deb aquella noche.

—Sé a quién pertenece —contestó sin cogerlo—, es de Aileen. Después de que te empujara al Loch Ness, vino a dejarnos el bolso, que se quedó en la barcaza. Tuvo que ser ella. Creímos que Alasdair lo había solucionado, se enfrentó a ella por tirarte al agua y la llevó a casa de sus padres, a los que hizo frente por primera vez desde que sucedió aquello. Esa mujer es como el demonio —suspiró y se pasó la mano por la nuca.

Yo estaba tan aturdida que ni siquiera había recordado que no me caí, que en realidad me empujaron. De todas formas, ahora ya no tenía importancia. Nada la tenía ya.

—Cuídalo —le supliqué—, cuídalo mucho.

—Yo siempre lo hago —contestó Ewan con una clara insinuación a que yo no lo había hecho.

Cogí a Laura de la mano y, manteniéndome alejada de Carlos, salimos a la calle. En respuesta a mis oraciones, Dios se había limitado a conjurar una de las peores tormentas que se habían conocido en años. Corrimos a refugiarnos en el coche. Até a Laura, mojándome la espalda, y entré completamente empapada en el coche. Miré hacia la ventana de la habitación de Alasdair. Estaba cerrada. No percibí ningún movimiento. De repente sentí un frío helador que se filtraba hasta lo más profundo de mi cuerpo. Agarré la manilla de la puerta con fuerza, temblando, la froté una y otra vez mientras Carlos manipulaba el GPS del coche. Quise abrir la puerta y salir corriendo a buscar al hombre que más había amado nunca.

—Mami, ¿nos vamos a casa? —preguntó mi hija, interrumpiendo mis pensamientos desde el asiento de atrás.

Mi alma gemela

—Sí, cielo, volvemos a casa —solté mi mano de la manilla y Carlos arrancó el coche.

Hicimos una pequeña parada en casa de Aonghus y Fiona para recoger mis cosas. No les di demasiadas explicaciones. Ellos por una vez no preguntaron más. Me devolvieron el pago del mes de agosto. Salieron a despedirse a la puerta. Por la ventanilla del coche pude ver a Aonghus enjugarse los ojos enrojecidos con el borde de su bata de felpa verde y a Fiona hacer lo mismo con la esquina del delantal floreado. Les había cogido cariño. Comencé a llorar en silencio, con lágrimas ardientes que caían sobre mi blusa de seda, creando pequeños charcos oscuros de soledad.

Llegamos al aeropuerto de Edimburgo sin perdernos ni una sola vez. Cómo había conseguido llegar Carlos a Escocia, alquilar un coche y encontrarme sin saber una palabra de inglés constituía un misterio para mí, un misterio que ni me importaba, ni quería preguntar.

Facturamos mis maletas, ya que ellos solo llevaban equipaje de mano, y nos sentamos a esperar la llamada al embarque. Ni siquiera pitó la máquina cuando pasé, supongo que me estaba apagando tanto que ni el detector había notado mi presencia.

—¡Maldito whisky escocés! Y eso que el rubio me dijo que era su reserva especial —exclamó Carlos la tercera vez que volvió del baño.

Yo lo miré extrañada. Guardábamos una botella de un engrudo imbebible al que llamábamos nuestra reserva especial, que producía un terrible malestar durante días. Lo reservábamos para algún cliente demasiado molesto. En mi tristeza no pude evitar dirigir mentalmente mi agradecimiento a Ewan.

—Crees que soy tonto —afirmó—, pero sé que entre el rubio y tú había algo más que lo que has contado.

Yo no me molesté en contestarle. Además de idiota era ciego, pero no se lo iba a decir.

Montamos en el avión en tres asientos contiguos, yo le dejé a Laura la ventanilla, porque estaba muy emocionada por ver el cielo de cerca. Carlos se sentó a su lado, en un alarde de protección

CAROLINE MARCH

masculina impropia de él, y yo simplemente me dejé caer en mi asiento de pasillo.

Ambos se durmieron nada más despegar el avión. Yo no podía cerrar los ojos. Los tenía tan enrojecidos e irritados de llorar que me era completamente imposible. Busqué en mi bolso una toallita húmeda para refrescármelos. Revolví y encontré un pequeño paquete cuadrado y plano, del tamaño de una mano, envuelto en papel de plata. Lo cogí extrañada, parecía un regalo, pero ¿de quién? De Alasdair, no podía ser de otra persona.

Lo abrí con cuidado de no rasgar el papel. Dentro había una caja de madera oscura tallada. La abrí y del interior cayó un papel doblado, que sujeté con una mano. Con la otra cogí lo que escondía la caja, una pulsera de oro blanco con tres colgantes, el primero era una delicada flor de cardo escocés con un rubí en el centro, el segundo una bola del mundo con pequeños diamantes prendidos en los cinco continentes y, el tercero, dos corazones, uno más pequeño que el otro con una pequeña llave tallada. La dejé caer en mi mano escuchando el tintineo de las joyas y la giré a la luz artificial del avión. En el reverso había algo escrito con letras gaélicas *Mo cion daonnan,* no lo entendí y supuse que nunca lo sabría. Me froté las mejillas, arrasadas otra vez por lágrimas ardientes y saladas que herían mi ya delicada y expuesta piel.

Cogí la hoja de papel con manos temblorosas y comencé a leer, eran párrafos cortos escritos a pluma con la elegante y estilizada caligrafía de Alasdair. Los reconocí en la segunda frase:

Verdadera, loca y profundamente
Yo seré tu sueño,
Tu deseo, tu fantasía.
Seré tu esperanza, tu amor,
Seré todo lo que necesites.
Y cuando las estrellas brillen
Con más fuerza en el cielo aterciopelado,
pediré un deseo para enviarlo al cielo.
Te amaré más con cada aliento,

Mi alma gemela

Sinceramente, loca y profundamente.
Seré fuerte, seré fiel,
Porque estoy contando con
Un nuevo principio,
Una razón para vivir, un significado más profundo.
Sinceramente, loca y profundamente.

Tha gràdh agam dhut, *te amo, mi Aileas. Tú eres para mí* Mo Cion Daonnan, *mi amor eterno.*
He visto el video clip de la canción esta noche y me he dado cuenta de que somos como los protagonistas, buscándose sin cesar hasta que finalmente nos hemos encontrado, para no separarnos jamás.
Alasdair

Era parte de la letra de mi canción favorita, *Truly, madly, deeply,* de Savage Garden, la que habíamos bailando la noche anterior. ¿De verdad habían transcurrido solo unas horas? Para mí parecía haber pasado un siglo, un siglo de soledad que pesaba en mi alma herida.

Y mientras mi marido y mi hija dormían acunados por el ronroneo de los motores del avión, dejé que mi mente vagara a lugares mucho más hermosos.

—¡Para el coche! —le grité.
—No —contestó él—, tengo que hacer lo correcto.
—Lo correcto lo decido yo y quiero que me lleves a tu casa —él siguió ignorándome por completo.
—¡Ahora! —exclamé.

Y Alasdair, un hombre con fuerte voluntad, acató por fin mis órdenes. Con un volantazo giró el coche ciento ochenta grados y me llevó a su casa. Aparcamos en el callejón y subimos por la escalera trasera, como dos adolescentes, corriendo y escondiéndonos entre las sombras.

CAROLINE MARCH

Entró y cerró la puerta. Me miró fijamente y cogió mi rostro entre sus manos.
—¿Estás segura, Aileas? —preguntó.
—Completamente —contesté yo sujetándome a él.
—No quiero ser el otro, quiero ser el único. Quiero que eso quede claro —exclamó atrapando mi mirada.
—Completamente claro —repetí.
Empecé a subir la mano por debajo de su falda, disfrutando del contacto con su piel caliente y la suavidad de su vello cobrizo. Alcancé mi objetivo con rapidez y decisión. Sujeté su miembro con firmeza, acariciando su piel suave y las venas que latían con fuerza, sintiendo cómo se erguía a mi contacto. Entonces bajé un poco la mano y tomé sus testículos pesados y tensos.
Él emitió un gemido e intentó apartarse.
—Para, Aileas, o terminaré antes de haber empezado —exclamó con voz ahogada.
Mientras tanto sus manos habilidosas no habían dejado de moverse. Me había quitado el bolero de piel, arrojándolo a una esquina, y palpaba mi vestido buscando una cremallera o un corchete. Yo lo ayudé y simplemente me quité el cinturón, dejando que el vestido se deslizara por mi cuerpo hasta quedar enrollado a mis pies. En un alarde de valentía no me había puesto sujetador. Él se apartó un momento y puso los ojos en blanco.
—No sé cómo lo haces, pero siempre me sorprendes —exclamó con voz ronca.
—Bueno, tú no llevas calzoncillos —contesté yo encogiéndome de hombros. Él respondió con una sonrisa irónica.
Cogió mi braguita de encaje negro por los laterales con dos dedos y la deslizó con cuidado por mis piernas, hasta dejarme completamente desnuda, solo vestida con las sandalias de tiras de cuero negro. Ese simple gesto hizo que estuviera completamente excitada y preparada para él.
Se apartó un momento y me observó intensamente a la luz de la luna que se filtraba por la ventana. En un pensamiento fugaz me di cuenta de que esa ventana daba directamente a la casa de Rosamund

Mi alma gemela

y, si estaba despierta, y casi estaba segura pues había visto luz, le íbamos a ofrecer un espectáculo estupendo. «Disfrute, señora Higgison, y prepárese unas palomitas para ver el espectáculo». Olvidé mi rubor y mis pensamientos se centraron en lo verdaderamente importante. Le quité la chaqueta y desabroché su camisa con urgencia, acariciando sus pectorales al hacerlo, notando la suavidad de su piel y la firmeza de sus músculos, las pequeñas depresiones que formaban sus pezones, pequeños y oscuros. Él se inclinó para besarme y tuve una vista directa de las pecas que tenía en los hombros, pequeñas manchitas marrones ocultas hasta ahora a mis ojos hambrientos. Devoré su boca con la misma intensidad que él lo hacía con la mía, nuestros cuerpos juntos, y sentí toda la fuerza de su contacto, escuché el tamborilear de su corazón y supe que el mío estaba igual de acelerado. Los pequeños remolinos de pelo rojizo me hacían cosquillas en mi ya de por sí inflamado pecho.

Deslicé la mano para soltar la hebilla del cinturón de cuero y él me ayudó con unos dedos rápidos que maniobraron para soltar el ajuste. En un instante nos quedamos completamente desnudos, pegados el uno al otro.

Se separó un momento y se agachó para quitarse las medias y los zapatos e hizo lo mismo con mis sandalias. Se irguió en toda su altura y me alzó en brazos. Yo lo rodeé con mis piernas desnudas, sintiendo la dureza de su miembro rozando la carne inflamada entre mis piernas. Me llevó en brazos hasta la cama y me tumbó.

Se quedó un momento observándome. Yo me erguí y me apoyé sobre un codo, también admirando lo que llevaba tanto tiempo deseando ver. A mi boca asomó una sonrisa.

—¿Qué te hace tanta gracia? —preguntó algo enfadado.

—Cuando te conocí, lo primero que pensé fue si tendrías el pelo rojo en otras partes de tu cuerpo además de en la cabeza —expliqué ruborizándome.

—¿Y bien?

—Ven aquí, *mo Ruadh*—exclamé atrayéndolo hacia mis brazos.

Se tumbó sobre mí con cuidado de no aplastarme con su peso y volvió a besarme. Yo exploré y enrosqué mi lengua con la suya

CAROLINE MARCH

con una pasión desesperada, saboreando el gusto a whisky que perduraba en su boca. Deslizó su lengua por mi cuello sintiendo cómo me estremecía y lo abrazaba con más ardor. Su boca atrapó uno de mis pezones, erguido al mero roce de sus labios, gemí y me arqueé deseando más, el succionó más fuerte soltándolo con un suave mordisco mientras me acariciaba con los dedos el otro pezón con pericia. Sentí que me derretía bajo él y creí que iba a llegar al orgasmo con ese simple contacto. Paró un momento y me observó. Yo clavé mi mirada en la suya con una súplica silenciosa.

—Eres tan frágil, Aileas, temo hacerte daño —murmuró.

—Soy más fuerte de lo que parece —contesté enterrando mi boca en su cuello.

Aspiré su olor a cítricos y madera de sándalo y chupé su cuello salado y algo picante por el perfume, notando la vena que palpitaba bajo mi lengua. Él me abrió las piernas con una sola mano y se situó entre ellas. Bajó la mano y me acarició la carne inflamada y palpitante. Volví a gemir con más fuerza. Él gruñó e introdujo un dedo en mi interior. Yo me revolví buscando más, deseando más. Sacó el dedo e introdujo la punta de su pene duro y tenso. Gimió y se arqueó sobre mí. Yo respondí abriendo más las piernas y sujetándome a su espalda con desesperación. Empujó con fuerza y lo noté dentro de mí hasta el límite del dolor. Emití un pequeño grito.

—No puedo parar, ahora no —exclamó con voz agonizante.

—No lo hagas —respondí yo.

Se deslizó fuera un poco solo para arremeter con más fuerza. Sentí que me partía en dos y comencé a moverme con más rapidez queriendo sentirlo dentro, muy dentro de mí, frotando, rozándome, dándome placer. Sentí que llegaba el orgasmo tan esperado en un súbito estallido de placer que contrajo todos mis músculos e hizo que mi mente palpitara al ritmo de mi corazón, haciendo que él se arqueara con fuerza y emitiera lo que parecía un grito de guerra. Nos quedamos abrazados sintiendo los latidos acompasados y rápidos de nuestros corazones, notando pequeñas sacudidas de placer en cada centímetro de nuestra piel.

Mi alma gemela

Todavía dentro de mí susurró sobre mi rostro arrebolado:

—Te amo, Aileas, te amo tanto que creo que podría deshacerme entre tus brazos.

Le sonreí con dulzura sintiendo lo mismo que él y acaricié con menos premura su espalda admirando su piel tan aterciopelada y la firmeza de los músculos tensos por el esfuerzo de quedarse lo suficientemente separado de mí como para no aplastarme con su peso. Recorrí con un dedo la línea de sus vértebras hasta llegar a sus glúteos cubiertos por suave vello, pasando la mano por la pequeña depresión de sus laterales. Con tan sencilla caricia noté cómo él iba creciendo otra vez dentro de mí y me arqueé ofreciéndole mi pecho de nuevo, que él atrapó sin perder un instante entre sus labios.

Volvimos a mecernos, esa vez con más calma, sintiendo cada movimiento, cada nuevo empuje, el roce de la delicada piel del interior de mis muslos contra los músculos tensos de su cadera. Agarré su trasero con las manos y lo atraje hacia mí hincándole las uñas, notando cómo llegaba otra vez. Él apremió el ritmo y yo me dejé llevar, escuchando el chasquido de la piel húmeda contra piel húmeda, revolviéndome debajo de él hasta casi perder el sentido, deseando escapar, deseando quedarme siempre allí.

—Más —susurré o grité, no recuerdo.

Él levantó una de mis piernas y su penetración se hizo más profunda. Sintiéndome perdida y a la vez encontrada todo volvió a estallar de un modo ensordecedor, latiendo de forma desenfrenada a lo largo de cada fibra sensible de mi cuerpo. Gemí una y otra vez hasta que, arropada por su cuerpo sobre el mío, encontré la calma que había estado buscando toda mi vida.

Un rato después, cuando nuestros corazones se calmaron, se giró y se puso detrás de mí, me rodeó con un brazo y me apretó contra su cuerpo. Posó la mano en mi estómago y comenzó a trazar pequeños dibujos invisibles sobre la piel.

—Dime —comentó susurrando a mi oído—. ¿Dónde te gustaría ir de luna de miel?

Intenté girarme para verle el rostro, pero la fuerza de su abrazo lo impidió.

CAROLINE MARCH

—¿Me estás proponiendo matrimonio, Alasdair? —pregunté yo con el corazón desbocado de nuevo y la mirada perdida en algún punto de la pared.

—¿No ha quedado claro cuando te he entregado el anillo? ¿O quizá esperas que me arrodille y te lo pida más formalmente? Tendré que hablar con tu madre al respecto, pero no creo que se oponga. Y bien, ¿te casarás conmigo? —respondió ofreciéndome las suficientes explicaciones como para que yo supiera que eso era algo que ya tenía meditado y no era fruto de la pasión compartida esa noche.

—¿Acaso lo dudas? Además, mi madre te adorará, estoy segura. Y sobre la luna de miel —medité un momento la respuesta y dije con voz soñadora—, me gustaría hacer un viaje por Europa, no uno de esos en los que te levantas viendo la torre de Pisa y te acuestas con la torre Eiffel de fondo. No, me gustaría pasar varios días en cada país, pasear de la mano, descubrir sus calles y restaurantes y hacer todas las noches el amor contigo. ¿Es demasiado? —pregunté algo azorada.

—En absoluto —noté su respiración junto a mis mejillas—. Yo estaba pensando en una vuelta al mundo —dijo riéndose, —pero empezaremos con Europa si eso es lo que prefieres.

Nos quedamos un momento callados, meditando lo que acababa de suceder y lo que sucedería en adelante.

—¿Me reconociste, Alasdair? ¿Cuando me viste por primera vez? —era algo que deseaba saber desde que había leído su diario.

Él soltó un fuerte suspiro que revolvió mis cabellos.

—Sí. Bueno, si te soy sincero, lo primero que vi fue tu trasero asomando en el brezo y, la verdad, aunque tenía ganas de darte una lección, me hizo bastante gracia. Luego te levantaste y te enfrentaste a mí como si yo fuese el verdadero culpable de que lanzaras una piedra contra mi coche y me quedé sin respiración. Ante mí estaba la única chica que había conseguido que mi corazón se acelerara y que mis... eh... mis... ya sabes, me dolieran bastante durante bastante tiempo. Además —yo me reí contra la almohada—, tenías el pelo revuelto y parecía que te hubieses

Mi alma gemela

pegado con la mitad de los clanes de Escocia y, sin embargo, me mirabas con la misma fiereza que la vez en que te diste cuenta de mi presencia en Madrid. No obstante, aunque tu rostro era el mismo, algo había cambiado, una tristeza ocultaba parte del brillo que solía tener tu mirada, estabas más delgada y pálida, el pelo más oscuro y largo, pero la misma nariz respingona que erguiste frente a mí entonces, como si fueras la mismísima reina de Inglaterra. Creí que eras parte de un sueño, que un hada revoltosa y traviesa había venido para torturarme con mis recuerdos, por eso tuve la necesidad de tocarte, de sentir que verdaderamente eras real. Casi me abofeteas —explicó.

—Lo deseaba. Te presentaste ante mí como si fueras un genio nórdico y encima pelirrojo —contesté ahogando otra risa en la almohada de plumas.

Bufó haciendo que una guedeja de mi pelo volara hasta posarse sobre mi mejilla.

—Algún día, Aileas, tendremos que hablar de esa fobia que sientes por los hombres de pelo rojo —murmuró, pero no había enfado en su voz—. Cuando te vi, allí en medio del valle, cubierta de barro hasta la rodilla y con los brazos en jarras, recordé una frase de mi abuelo —dijo con voz soñadora.

—¿Cuál? —pregunté yo en un susurro.

—Una vez, hablando de mujeres. La verdad es que era bastante complicado hablar de mujeres con los hombres Mackintosh. Por un lado estaban los sabios consejos de Ewan —masculló algo entre dientes— y, por el otro, las costumbres anticuadas de mi abuelo. Así que tenía un pequeño lío en la cabeza y mis partes bajas ardiendo la mayoría de los días como en el fuego del infierno. Entonces le pregunté a mi abuelo qué mujer haría que calmara todo lo que sentía. Él cogió su pipa con tranquilidad, la golpeó contra la pared para vaciarla, sacó el tabaco del interior de su chaqueta de punto, la llenó hasta casi el borde y le acercó el fuego. Yo a esas alturas estaba a punto de quitarle la maldita pipa y aplastarla en el suelo hasta hacerla mil pedazos. Por fin y después de lo que pareció una eternidad, exhaló el humo y con calma, como si profiriera una sentencia, exclamó con voz cascada: «Hijo, cuando algo en el camino te haga parar, recógelo». Yo me quedé mirándolo con cara de estúpido y sin entender absolutamente nada. No volvimos a mencionar el tema hasta que te vi emerger de entre las aliagas y, por fin, comprendí las palabras de mi abuelo.

Yo a esas alturas ya me reía abiertamente sujetándome el esternón. Mis movimientos despertaron algo que estaba dormido desde hacía rato.

Su mano subió hacia mi pecho, acariciándolo y pellizcándolo suavemente, y bajó hasta la hendidura entre mis piernas. Yo las separé solo unos centímetros, lo suficiente para que sus dedos alcanzaran el objetivo. Acarició y pellizcó mi carne inflamada hasta que le respondí gimiendo y abriendo más las piernas. Él sujetó mi pierna derecha contra su cuerpo y entró dentro de mí con fuerza y sin titubear. En un reflejo intenté apartarme ante el impacto, a lo que él respondió sujetándome con más fuerza, posando su mano en mi vientre e inclinándome hacia delante, tras lo cual volvió a acariciar la parte más sensible de mi cuerpo. Me dejé llevar, ya que no tenía mucho más margen de acción. No me permitía tocarlo, solo sentirlo dentro de mí, con fuerza, hinchándose más a cada embestida, hasta que ambos nos arqueamos con la misma fuerza y prorrumpimos en un grito agónico.

—Alasdair —le dije respirando con dificultad—, vas a acabar conmigo.

—¿Te he hecho daño? —preguntó preocupado, poniéndome de espaldas para mirarme.

—No, es que, simplemente, creo que no puedo más —me temblaban todos los músculos del cuerpo que sabía que tenía y otros de los que no tenía constancia.

—Duerme, *mo luaidh*—dijo con voz queda.

—¿Qué significa *mo luaidh*? —pregunté con voz adormilada.

—Mi amor —contestó en susurros. Yo quise contestar algo, pero el cansancio me estaba ganando la partida. Al instante y con la cabeza apoyada en su pecho escuchando el tranquilo latido de su corazón abracé a Morfeo.

Mi alma gemela

Desperté tiempo después y me giré notando su ausencia en la cama. Abrí los ojos y lo observé, al lado de la ventana. Su piel brillaba iluminada por la luna, estaba completamente desnudo, de pie, con los brazos cruzados en el pecho. Tenía una expresión dura, como buscando algo entre los valles que nos rodeaban.

—Alasdair —murmuré incorporándome un poco.

—¿Te he despertado, *mo luaidh*? —preguntó en tono preocupado.

—No, me he despertado al no sentirte a mi lado —de repente la cama vacía me hizo sentir una soledad inmensa—. ¿Qué estás haciendo?

—Velar tu sueño —dijo acercándose.

—¿Por qué?

—Es difícil de explicar. He sentido algo, una presencia oscura, una punzada en la nuca... —su voz se perdió cuando se sentó a mi lado.

—¿Crees en ese tipo de cosas? —pregunté extrañada.

—Soy escocés —replicó—. He sido educado y he vivido lo suficiente en esta tierra para ser lo suficientemente precavido y no ignorar ciertos avisos.

—¿Qué piensas que es? —inquirí estremeciéndome.

—No lo sé, quizá un alma perdida que se ha acercado para que la perciba, o un aviso de algo que está por suceder. Lo único que sé es que debería estar atento y no reírme de estas supersticiones. He sentido que iba a perderte —confesó con voz queda.

—No lo harás. Nunca —afirmé acercándome a él.

Lo abracé y el respondió a mi abrazo con fuerza. Aspiré su tenue olor a madera de sándalo y cítricos, ahora difuminado y mezclado con el olor salado del sudor y el almizcle del sexo.

—Vamos a ducharnos, nos sentará bien —le ordené cogiéndolo de la mano.

Entramos en el baño sin separarnos. No había bañera, solo una ducha enorme, algo completamente extraño en esas tierras, pero normal si conocías lo suficiente a mi futuro marido.

Abrimos el grifo del agua y dejamos que corriera por nuestros

CAROLINE MARCH

cuerpos. Él me enjabonó con cuidado deteniéndose más de lo necesario en ciertas partes. Yo hice lo mismo, riéndome cuando empecé a notar que se volvía a excitar. Me arrodillé y lo tomé en mi boca. Él contuvo la respiración sorprendido por el súbito ataque. Me sujetó la cabeza y con suavidad pero con insistencia me instó a que siguiera. Yo succioné y chupé con ansia y desesperación. Ahora él era mío, completamente mío. Cuando creí que se iba a derramar en mí, me separó de pronto y me levantó, apoyándome en la fría pared de cerámica.

—¿Qué haces? —pregunté con voz entrecortada.

—Ahora lo verás, futura señora Mackintosh, desvergonzada y libidinosa. Quiero saborearte, voy a hacerte el amor con la boca, ya que creo que no tengo fuerzas para nada más por esta noche —dijo arrodillándose y obligándome a abrir las piernas.

Nunca me había sentido tan expuesta, tan desnuda, tan vulnerable como entonces y, sin embargo, tan amada. La sensaciones se mezclaron a mi alrededor, la frescura de la cerámica en mi espalda, la fuerza de sus brazos sujetándome la cintura, el roce de su barba en la piel del interior de mi piernas y su lengua, cálida y experta, que chupaba y lamía con maestría, sabiendo cuándo parar y cuando cambiar el ritmo hasta que sentí cómo me estremecía.

—No puedo —susurré.

—Sí puedes —contestó el. Y yo sentí su aliento en la carne expuesta. A Alasdair nunca le podría decir que no, esa palabra no estaba en su vocabulario.

Me dejé llevar creyendo que ahora la que se iba a romper en mil pedazos era yo. El orgasmo llegó haciendo que la sangre reverberara en todas las venas y las terminaciones nerviosas de mi cuerpo, tensándome con violencia. Él se irguió frente a mí con una sonrisa de suficiencia, me levantó las piernas y me penetró con ferocidad, hasta lo más profundo de mí ser. Me dolía y me excitaba a partes iguales. Quería parar y quería seguir eternamente. Todo volvió a estallar alrededor y ambos nos sujetamos en un estremecimiento compartido. Grité y el ahogó un gruñido en mi

Mi alma gemela

cuello. Después de un momento me dejó de pie sobre la ducha, yo me tambaleé todavía mareada y el me sujetó con fuerza, a la vez que cogía una toalla para arroparme.

Me secó con suavidad y luego dejó caer la toalla al suelo. Me miró con una mezcla de enfado y tensión.

—Mira lo que te he hecho —susurró acariciando mi piel y haciéndome girar para contemplarme en el espejo.

Me miré con curiosidad. Mis ojos estaban febriles y rodeados por unas profundas ojeras. Sin embargo, mi rostro lucía brillante y ligeramente arrebolado. Pero no era eso lo que preocupaba a Alasdair. Alrededor de mi boca y en mi cuello se veían marcas rojas y mis pezones tenían un color cereza bermellón y a su alrededor se veían unas sombras rojizas, más otras dos de un tono violáceo que comenzaban a verse en mi cadera y en la suave y blanca piel del interior de mi muslo derecho.

Observé su rostro a través del espejo y lo vi preocupado y compungido.

—Yo me veo estupendamente —afirmé—, algo cansada, pero me siento perfectamente —eso lo dije con total sinceridad. Todos los miedos, la congoja y la angustia del último año habían sido borrados como si estuvieran escritos a tiza en una pared.

—¿Seguro que estás bien? —pasó su mano por las rojeces producidas por la dura barba que comenzaba a crecerle, dándole el aspecto de un diablo rojo, y por los moratones, que seguro que al día siguiente tendrían mucho peor aspecto.

—Perfectamente —contesté girándome y besándolo con pasión. ¡Dios! ¿Qué me pasaba? ¡No podía separarme de ese hombre!

Él se separó con cuidado.

—Creo de deberíamos esperar unos días por lo menos antes de... —su voz se perdió y su cuello se ruborizó.

—Está bien —concedí—, un día, dos a lo sumo. Ni uno más.

Él se rio y me acompañó a la habitación.

—¿Qué hora es? —pregunté.

—O demasiado pronto o demasiado tarde, según quieras verlo. Son las seis de la mañana —dijo mirando su reloj.

CAROLINE MARCH

—¡Tengo que volver a casa! —exclamé—. ¿Qué pensarán Aonghus y Fiona?
—Bueno, creo que lo que han pensado todos cuando hemos abandonado la fiesta. Así que supongo que no se mostrarán sorprendidos —sonrió dándome un beso en la frente.
Me vestí deprisa, lo mismo que él, y con las primeras luces del alba me dejó en casa de mis caseros. Subí con cuidado las escaleras y aun así los oí murmurar en la habitación. Me acosté y oí el crujir de un colchón demasiado antiguo con un ritmo muy familiar y pequeños gritos de Fiona que seguían el ritmo sin perder el compás. Me quedé dormida, pensando que ellos también habían tenido su noche de fiesta.

La voz del piloto informándonos de que sobrevolábamos el aeropuerto de Barajas me sacó de mi ensoñación. Guardé rápidamente la caja y la hoja de papel en el bolso y me volví a mirar a Laura, que seguía profundamente dormida.
—¿Qué dice? —preguntó Carlos, observándome con una mirada intensa y desconocida para mí.
—Que vamos a aterrizar, hay que ponerse los cinturones de seguridad. Despierta a Laura e incorpórala —contesté en voz átona.
Hizo lo que le pedí y aterrizamos en suelo español. Esa vez mi maleta salió la primera y nos dirigimos al mostrador de los coches de alquiler para recoger el que nos esperaba.
Cuando salimos del refugio del aeropuerto un fuerte golpe de aire caliente proveniente del desierto del Sahara nos golpeó. Según informaban las noticias, estábamos viviendo el verano más caluroso de los últimos sesenta años. Eso hizo que mi dificultad para respirar desde que salí de Escocia empeorara bastante y, boqueando y sudando a mares, llevé a Laura hasta el coche que esperaba en un aparcamiento exterior. Todavía era pronto, tendríamos varias horas de luz y con suerte llegaríamos a casa sobre las diez de la noche.
Me monté en el coche. Carlos y yo solo hablábamos para con-

Mi alma gemela

cretar lo importante, como cargar mis voluminosas maletas o qué ruta seguir para salir de Madrid.

Cuando empezó a conducir, el mutismo se instaló dentro del vehículo. Solo Laura, despierta y excitada, iba comentando lo que veía a través de la ventanilla. Había tenido la gran suerte de que mi hija no heredara la maldita costumbre de marearse de su madre. Yo, sin embargo, no sentía nada; aparte de un terrible cansancio emocional, no había ni rastro de mareo, lo que hizo que el viaje pareciera todavía más largo y pesado de lo habitual.

Llegamos a casa y, mientras Carlos llevaba el coche a la central de alquiler, yo abrí todas las ventanas intentando, sin conseguirlo, refrescar algo el ambiente, sintiéndome atrapada en esas cuatro paredes que tanto había llegado a amar y que en esos momentos eran como una cárcel.

Mis manos temblaron cuando conecté el teléfono para que recibiera la señal en España. No tenía ninguna llamada, ningún mensaje de Alasdair. En el fondo de mi alma y mi corazón, sabía que nunca lo iba a tener. Era un hombre de fuertes convicciones. Si yo había salido de su vida, él lo había hecho de la mía para siempre.

Bañé a Laura, cansada y sudorosa por el viaje, y la acosté. Carlos seguía sin venir. Yo me desnudé en el espejo de la habitación y observé en mi piel los restos de la pasión de la noche anterior. Además de los moratones, tenía un fuerte chupetón en el cuello, que tapé dejándome el pelo suelto. ¿Lo habría visto Carlos? Estaba segura de que sí. No me duché, quería conservar los restos de su aroma que todavía pervivían entre los pliegues de mi piel. Con las ventanas abiertas me acosté en la cama, tapada solo con una sábana hasta la cintura. Recordé mi edredón de Rayo McQueen y ese simple acto hizo que comenzara a llorar atravesada por violentos sollozos. Me quedé dormida mojando la almohada con lágrimas saladas y calientes...

No oí llegar a Carlos.

CAPÍTULO 19

Perdida

¿Qué se siente cuando estás muerta y, sin embargo, sigues viviendo? Yo lo podría definir: en el interior, tu alma, tu esencia vital se va apagando lentamente, consumiéndose como un pergamino antiguo que se resquebraja entre tus manos, como el resto deshecho de toda una vida, hasta que solo queda una carcasa de hueso cubierta de piel ajada y pálida.

Hablaba sin saber lo que decía y con frecuencia me daba cuenta, por los comentarios de Laura, de que lo hacía en inglés, sin percatarme de ello. Cuando me lo hacía notar, lágrimas volvían a asomar a mis ojos cansados y enrojecidos.

No podía dormir y daba vueltas y más vueltas odiando a Sofía por mandarme a un lugar en el que lo había perdido todo, y luego comencé a odiarme a mí misma porque yo era la única culpable de mi desgracia.

Al tercer día comenzaron las pesadillas, en las que unas veces luchaba entre la niebla tratando de alcanzar algo que se me escapaba, en otras aparecía la sonrisa de Alasdair en algún recuerdo perdido y yo alargaba la mano para tocar su rostro y él se desvanecía. La mayoría de las veces despertaba cubierta de sudor frío y con la respiración agitada, sujetando la sábana con ambas manos, como si eso pudiera salvarme. A veces gritaba, despertando

Mi alma gemela

a Carlos y a Laura, y avergonzada enterraba la cabeza en la almohada y sollozaba ahogando mis gemidos.

Sin embargo, dentro de todo el caos de mi mente, se fue instaurando poco a poco la rutina. Me levantaba, cuidaba de Laura y la llevaba todos los días a la piscina. No me bañaba, simplemente me sentaba en el borde observando sus progresos. Me concentraba en su rostro redondo e infantil, en su pelo mojado, cayendo en suaves bucles caoba, en su sonrisa confiada y sentía que todo podía volver a la normalidad evitando que me despeñara por el precipicio. Pero solo duraba un instante.

Me intentaba convencer una y otra vez de que todo aquello era por ella, que llegaría un momento en que el dolor pasaría y quedaría solo un recuerdo amargo que reprimiría con el tiempo. Nunca el sentido de la frase «hacerlo todo por un hijo» había tenido tanto significado.

Escribí a mi trabajo comunicándoles mi reincorporación para el uno de septiembre, pero ellos me devolvieron una amable misiva informándome que mi puesto ya no estaba disponible, que cuando hubiera otro que se adecuara a mi currículo me llamarían. Ya no tenía ni trabajo, pero tampoco me quedaban fuerzas para llorar ni hueco en el alma para otro pellizco de dolor.

Mi madre iba todas las tardes a verme, a veces sola, a veces acompañada por Tony, para ayudarme a bañar y a darle de cenar a mi hija, aunque su intención era no dejarme sola. Estaba muy preocupada y no se molestaba en ocultarlo. Apenas hablábamos y cuando lo hacía, yo notaba la voz demasiado ronca, extraña después de estar varias horas en silencio.

Nunca le expliqué lo que había ocurrido, aunque ella lo supo desde el principio y, en esas largas semanas de verano, fue la roca en la que apoyarme.

Carlos pasaba todo el día fuera de casa. Un día que llegó demasiado tarde y demasiado borracho, me encaré con él.

—Como sigas así vas a perder el trabajo —le amonesté.

—Eso ya ha sucedido, Alicia, me despidieron el mes pasado —contestó con voz ruda.

CAROLINE MARCH

Yo ahogué un gemido.

—¿Qué ocurrió?

—Me peleé con un compañero. No me han dado ni un euro de indemnización, me han dicho que es un despido procedente, así que no cobro paro. Pero pronto encontraré algo —afirmó con la confianza de un borracho.

—¿Qué? —exclamé. Ahora que yo no tenía trabajo y él tampoco, no había ningún ingreso en casa. Lo poco que yo había conseguido en Escocia se estaba agotando, debido a los numerosos pagos que teníamos. Me hundí un poco más en el pozo—. No lo entiendo —le dije enfadada—. ¿¡Qué has hecho para que te echaran así de la empresa!?

—¡Basta! —gritó él dando un fuerte golpe con el puño en la mesa de cristal de la cocina, que se hizo añicos.

Yo retrocedí asustada. Y la voz de mi hija resonó en toda la casa en un grito agudo.

—¡Mami!

Corrí a consolarla.

Estaba muy preocupada y asustada. Laura ya no era un bebé y se estaba dando cuenta de muchas cosas que, a su forma infantil de entenderlas, lo único que hacían era ponerla más nerviosa. Notaba que su carácter habitualmente tranquilo y sonriente estaba cambiado, ella también estaba triste y, en ocasiones, percibía un temor en sus ojos que me encogía el alma.

A finales de agosto tuve una pesadilla de las peores. Me desperté con la terrible sensación de que algo malo había ocurrido. Algo le había sucedido a Alasdair. Estaba herido y sufriendo. Lo notaba en cada fibra de mi ser.

Cogí el teléfono en cuanto amaneció. Llamé a Deb, tardó bastante en contestar, pero finalmente lo hizo.

—¿Qué quieres? —su tono era brusco y directo, totalmente alejado al que yo conocía de ella.

—¿Qué le ha pasado a Alasdair? —murmuré con voz agonizante.

—¿Quién te lo ha dicho? —replicó sorprendida.

Mi alma gemela

—Nadie. Lo he soñado —hasta para mí sonaba extraña la explicación—. ¿Qué le ha pasado?

—Ha tenido un accidente con la moto —explicó a modo de respuesta, dejando varios interrogantes en el aire.

—¿Está bien? ¿Qué le ocurre? —pregunté asustada.

Ella pareció apiadarse de mí y contestó más calmada.

—Sí, está magullado y con dos costillas rotas, pero se recuperará. Un coche lo embistió de frente, no sé en qué estaría pensando... —dejó la frase sin terminar.

Yo respiré aliviada. Y oí otra voz de fondo, una voz cantarina con un peculiar acento escocés que instaba a Deb a colgar el teléfono, ya que no dejábamos descansar a Alasdair. Finalmente preguntó que quién era. La reconocí en ese instante, era Kathleen. El agujero de mi corazón se ensanchó más si eso era posible.

—No es nadie —contestó Deb cortando la comunicación.

No era nadie. Deb tenía razón. A veces sentía como si yo misma me estuviera disolviendo en la nada más absoluta.

Mi cámara seguía guardada en el fondo de la maleta. No había sido capaz ni de pasar las fotos al ordenador ni de mirarlas una sola vez. «Ya se pasará», me repetía una y otra vez, como en un mantra. Solo hay que dejar correr el tiempo. No servía de nada, yo seguía encerrada en una espiral de dolor y desesperación. Notaba que mis amigos y conocidos, al principio alegres de mi vuelta, no volvían a llamar temerosos de mis reacciones bruscas y mis silencios. No me importaba, ya nada tenía importancia. El bebé de Nuria nació por fin y no tuve fuerzas suficientes para enfrentarme a una habitación llena de felicidad. Simplemente, le envié un escueto mensaje. Ella, sin embargo, lo entendió y me dijo que cuando me recuperara hablaríamos de todo. No sentía nada, ni tampoco iba a hablar de nada, pero no se lo comenté. A veces cogía la corbata de Alasdair todavía guardada en mi bolso y la olía sintiéndome por un momento más cerca de él y al instante lloraba por la imposibilidad de tocarlo.

El último fin de semana de agosto mis suegros celebraban su aniversario de boda y nos invitaron a una comida en su casa. No tenía ganas de ir, pero estaba obligada a ello, más si quería que todo volviera a la normalidad.

Me vestí con un sencillo vestido de lino negro que caía hasta el suelo, anudado en el cuello. Había adelgazado bastante y ese vestido conseguía disimularlo, aunque dudaba que a ninguno de ellos le importara demasiado. Con un gesto de fastidio y componiendo una falsa sonrisa me enfrenté a mi familia política. Si antes no teníamos buena relación, ahora era prácticamente nula y no se molestaban en ocultar su animadversión hacia mi persona. Comimos en incómodo silencio, solo animado por algún comentario de mi hija, contenta de ver a sus abuelos y a su tía. «Por ella», pensé, «por ella tengo que hacerlo». Y me centré en su rostro dulce y alegre.

Después de comer, mi cuñada se la llevó a su habitación para enseñarle algún juego del ordenador. No tuve fuerzas para replicar y las seguí con desgana. Mientras ellas jugaban y exclamaban divertidas ante la pantalla del ordenador, yo me senté en la cama, cerré un momento los ojos, estaba tan cansada...

Desperté empapada en sudor y me di cuenta de que estaba envuelta en el silencio opresivo de una tarde de verano. La pesada tarde de verano quitaba las ganas de asomar siquiera la nariz a la calle, aunque ellos probablemente habían bajado al parque cercano con Laura. Yo me incorporé deseando estar sola más tiempo, pero la pantalla encendida del ordenador reclamó mi atención. Como en una llamada extraña que tironeaba de mí me senté en la silla y cogí el ratón. La hermana de Carlos se había dejado Facebook abierto, no quería curiosear y estaba a punto de cerrarlo cuando una imagen me llamó la atención. Facebook puede ser una gran fuente de información si escarbas un poco. Yo conocía a aquella persona de la imagen de contacto, pero no recordaba de qué, ese pelo rubio demasiado teñido y ese rostro demasiado maquillado... La imagen fugaz de mi marido besando a una mujer apareció en mi mente con toda claridad. Ya no había vuelta atrás y cliqué sobre la imagen. Husmeé un poco por su página, con curiosidad por conocer algo más de la mujer con la que me ha-

Mi alma gemela

bía engañado Carlos. Finalmente, sin encontrar nada que mereciera la pena, fui directa al álbum de fotos. Pasé una a una las imágenes, sintiendo cómo mi cara pasaba de la indiferencia a la más completa estupefacción. Allí, en toda una serie de más de veinte fotografías, estaba la historia de su engaño, que no había consistido precisamente en un beso. Había algunas fotos explícitas. Vi consternada que habían llegado a acostarse en mi propia cama y ¿mi baño? Giré la cabeza, sí, lo era. Imprimí con premura las que me parecieron más comprometidas temiendo que volvieran a casa y las guardé en mi bolso. Otra foto en otro álbum mostraba a un joven que me sonaba de algo. La foto rezaba: *Nuestro primer aniversario*, debía de ser el novio de esa chica, Jessica. Con un destello de lucidez, reconocí al chico porque lo había visto en compañía de Carlos, de hecho trabajaba con Carlos, hasta que lo despidieron. Ahora todas las piezas del puzle comenzaban a tener sentido. La pelea, el despido, los días enteros que pasaba mi marido fuera de casa. Me fijé con más atención en la fecha de la última foto que había colgado con Carlos. Estaban en una terraza, esa misma semana, el brazo de la chica reposaba tranquilamente sobre el brazo de mi marido. Sentí dolor, rechazo, enfado, furia, pero lo que realmente pensó mi mente torturada fue «¡te tengo, maldito cabrón!» y por primera vez en semanas esbocé lo que pretendía ser un amago de sonrisa.

Al día siguiente por la mañana llamé a la única persona que sabía que podía darme la información que necesitaba, Marina, la secretaria más veterana de mi anterior trabajo.

—Marina, hola, ¿qué tal estás? —pregunté.

—Yo como siempre. ¿Y tú, querida? Ya nos hemos enterado, pero puedo intentar encontrarte algo, aunque sea por horas —me dijo confundiendo la intención de mi llamada.

—No, gracias, Marina. No te llamo por eso. Me gustaría que me recomendaras un buen abogado de divorcios. Con discreción, por favor, que te conozco —añadí algo apresurada.

—Bueno, bueno, con la pequeña Alicia, por fin tomas las riendas de tu vida, ¿eh? —dijo. ¿Pero qué le pasaba a todo el mundo conmigo?

CAROLINE MARCH

Oí cómo revolvía unos papeles y consultaba la agenda.
—Este es el mejor que conozco. Bueno, todos son unos chupasangre, pero este es bastante honesto —comentó dándome su teléfono y su nombre.
—Gracias, Marina.
—De nada, cielo, mantenme informada, que esto puede ser una bomba... cuando pueda decirlo, claro —apostilló.
Llamé al abogado en cuanto colgué a Marina. Acababa de regresar de sus vacaciones estivales y no tenía citas pendientes, así que podía encontrarme con él en una hora. Me vestí deprisa, cogí las pruebas que tenía de la infidelidad de Carlos y dejé a Laura al cuidado de una vecina con la promesa de que regresaría en dos horas, no más.
Conduje hasta el centro y encontré aparcamiento a la primera. Era una buena señal, ¿no? Me recibió él mismo, ya que su pasante seguía fuera. Entramos a su despacho, lleno a reventar de expedientes por el suelo y sobre la mesa, que casi le tapaban el rostro. Era un hombre alto, rubicundo, pero con una cara amable, quizá demasiado amable para dedicarse a esa profesión.
Le expliqué el caso con precisión, frases cortas, y le mostré las fotografías. Él me indicó que lo principal si no queríamos enzarzarnos en un juicio interminable era llegar a un acuerdo con la otra parte. Me gustó cómo sonaba. La otra parte. Carlos ya no formaba parte de mí. También le expliqué que yo había tenido que viajar a Escocia a trabajar, omití el motivo original del viaje, y que durante mi ausencia mi madre había tenido que hacerse cargo de nuestra hija, ya que él no se veía capaz. Eso pareció cambiar el rumbo de las cosas. Aunque estaba implicado un menor y eso hacía que el Ministerio Fiscal interviniese, podría tener los papeles del divorcio en no más de sesenta días. Esperaba un plazo menor, pero tal y como me dijo, eso dependía de lo que tardáramos en alcanzar un acuerdo.
Sintiéndome un poco más libre y notando que mi corazón casi volvía a latir con normalidad, recogí a Laura y fui a casa de mi madre a comer con ella y Tony.

Mi alma gemela

Cuando entramos, me dirigí directamente a la cocina, donde mi madre preparaba un postre, otro de sus experimentos culinarios. Estaba emocionada y deseando contarle todo. Y a la vez temerosa de su reacción, pero ahora sí que estaba segura de que no había vuelta atrás.

—Hija, me has asustado, ¿qué ocurre? —exclamó cuando entré sin previo aviso, observándome con curiosidad.

—El león ha despertado —expliqué entre sonrisas y sollozos. Ella se acercó y me abrazó con fuerza. Con eso me lo dijo todo y la tensión acumulada en mi espalda se deshizo entre sus brazos.

Cerró la puerta de la cocina, dejando a Tony y a Laura en el salón conversando. No era difícil, Tony era capaz de hablar hasta con las piedras y a Laura le encantaba su acento y los modismos que empleaba.

—Cuéntame —exigió sentándose en la mesa.

Yo me senté a su lado y entre sollozos, sonrisas y frases entrecortadas le mostré las fotografías y le comenté mi reunión con el abogado. Por fin veía luz al final del túnel. Ella chasqueaba la lengua y al ver las fotografías su cara se convirtió en una máscara del más absoluto desprecio. Si algo sospechaba, se había visto confirmado.

—¿Qué estás cocinando? —pregunté sintiéndome de repente algo mareada. La puerta y la ventana cerradas no ayudaban.

—Es un bizcocho de chocolate —miró al horno cerrado que no desprendía olor alguno, después señaló hacia la vitrocerámica—. Y estoy haciendo café.

—¿Café? —pregunté yo sintiendo una náusea.

—Sí, ¿por qué? A ti te gusta el café. No lo habrás cambiado por el té en estos meses, ¿no? —inquirió observándome con más cuidado.

El penetrante aroma del café borboteando en la cafetera italiana llenó de pronto mis fosas nasales, haciendo que contuviera una arcada.

Salí corriendo de la cocina y, sin que apenas me diera tiempo a llegar al baño, vomité todo el desayuno en el lavabo. Noté la presencia de mi madre detrás, recogiéndome el pelo y acariciando la frente sudorosa mientras las violentas arcadas volvían una y otra vez al sentir como el agradable olor del café recién hecho se extendía por todo el apartamento.

—¡Oh, Dios mío! —dijo ella.

—¡Oh, Dios mío! —exclamé yo.

Me incorporé y nos quedamos mirándonos a los ojos.

—¿Desde cuándo lo sabes?

—No lo sabía, no lo sé, quizá no sea más que una indigestión —murmuré yo, completamente aterrorizada.

—No lo es —afirmó ella—. Te conozco como si te hubiera parido —que de hecho lo había hecho— y reconozco perfectamente los síntomas que tienes. Aunque has adelgazado bastante, tu piel luce de una manera especial, más brillante, como cuando estabas embarazada de Laura.

Cuando pronunció la palabra «embarazada» todo se hizo real. El malestar que había sentido, el profundo sueño, el cansancio, todo lo que yo había achacado a mi pena era también el latido de un pequeño escocés en mi interior.

—¿Él lo sabe? —preguntó acariciando mi pelo.

—No, no quiere saber nada de mí —dije sintiendo que volvían las lágrimas a mis ojos.

—Tienes que decírselo, tiene que saberlo. Por lo poco que he hablado con él sé que es un hombre íntegro —contestó ella.

—Sí lo es, mamá, pero también testarudo, mucho. No quiero que piense que le estoy pidiendo algo. De momento tengo que hacerme cargo yo sola —afirmé.

Ella levantó los ojos al cielo.

—¿Qué haces, mamá? —pregunté desconcertada.

—Siempre que dices que te encargas de algo tú sola, lo acabas estropeando. Esto ahora quedará entre nosotras. Pero cuando consigas el divorcio, yo misma te facturaré con destino a Escocia, ¿entendido? Si tengo que acompañarte, lo haré —afirmó con una voluntad desconocida en ella, ya que jamás se había montado en un avión del pánico que le tenía a las alturas.

Mi alma gemela

—Gracias, mamá —la abracé con fuerza—. Este niño va a tener la mejor abuela del mundo.

—¿Cómo sabes que es un niño? ¿De cuántas semanas estás, Alicia?

—No pueden ser de más de cuatro. Solo hubo una vez —sentí un súbito rubor al recordar—, pero estoy completamente segura de que será niño. Aunque solo sea por la terquedad de su padre.

Ambas nos abrazamos riendo y llorando a la vez.

Dejé a Laura durmiendo con su abuela y por la noche me dirigí a casa, directa a enfrentarme con Carlos de una vez por todas. Tuve que esperar bastante, ya que llegó al filo de la medianoche. Me asomé por la ventana y contemplé la luna llena que brillaba en todo su esplendor. Recé a Dios y a los druidas escoceses para que me dieran la fuerza y el valor suficientes.

Cuando oí la puerta cerrarse, encendí la luz del salón.

—¡Ah, estás despierta! —exclamó con sorpresa.

—Sí, ven —le indiqué un asiento a mi lado en el sofá—. Tenemos que hablar —lo dije sin rabia ni odio, lo único que sentía era una indiferencia infinita.

—No tenemos nada de qué hablar —replicó él. Vaya no empezábamos muy bien.

—Sí, lo tenemos. Quiero el divorcio, Carlos —afirmé con rotundidad.

—Eso ya lo hemos hablado. Si quieres a la niña, te quedarás conmigo —noté un profundo odio en su voz.

—Si quieres a tu hija, me escucharás —contesté yo—. No me chantajees, Carlos, que lo sé todo —no tenía ganas de dar muchos rodeos.

—¿Qué sabes? —preguntó suspicaz.

—Que estás con otra. Y no preguntes quién me lo ha contado porque lo sabe hasta el de la tienda de la esquina, no es que hayas estado escondiéndote precisamente —no pude evitar el tono sarcástico de mi voz.

Me levanté viendo que él no iba a acceder a sentarse. Iba a resultar más difícil de lo que pensaba.

CAROLINE MARCH

—Eso no es nada serio. Si tanto te importa, puedo dejarla, solo si tú vuelves a ser cariñosa conmigo —se acercó y yo me alejé, no soportaba el simple contacto de sus dedos sobre mi piel.

—No, no la dejes. Por mí no lo hagas. Ya no importa. ¿No te das cuenta de que todo ha terminado? Hazlo por Laura, si tanto te importa, ella está sufriendo esta situación tanto como nosotros —le expliqué. Pareció vacilar un momento. La balanza se inclinó hacia mí temblorosamente. Decidí aprovechar el momento—. Ven conmigo mañana a hablar con el abogado. Allí podremos solucionarlo, con calma, sin gritarnos continuamente. Nosotros no somos así, no éramos así y no vamos a volver a ser el matrimonio que tú recuerdas. Ambos hemos cambiado, nos guste o no —dije suavemente.

Aunque estaba decidida, a mí también me dolían cada una de esas palabras, una parte muy importante de mi vida se estaba escapando entre mis manos como el agua que dejas correr sin poder atraparla.

—Está bien —concedió finalmente—. ¿A qué hora?

Le indiqué la hora y el lugar. Él se volvió y salió cogiendo otra vez las llaves.

—¿Adónde vas? —pregunté.

—Con ella, si no te importa... —dejó la frase inconclusa.

Aquella noche me acosté sola y por primera vez en semanas no tuve pesadillas. Abracé mi vientre con las manos y le hablé a mi pequeño Alasdair.

—Pronto estarás con tu padre —susurré a la habitación vacía.

Al día siguiente volvieron las dudas. ¿Y si Carlos no se presentaba a la cita? Nerviosa, abrí la puerta de casa para bajar al garaje y coger el coche y me encontré de frente con mi madre y Tony.

—No pensarías que te íbamos a dejar sola, ¿no? —exclamaron al unísono. Yo sonreí y me dejé llevar.

Carlos acudió, y lo hizo acompañado por toda su familia, incluso por la tal Jessica. Formábamos un curioso grupo que sor-

Mi alma gemela

prendió bastante al abogado. Solamente entramos mi marido y yo en el despacho, el resto se quedó en la sala de espera. Se sentaron en sillones opuestos, lanzándose miradas de odio mal disimulado, como en un duelo del Oeste. Yo crucé los dedos a la espalda esperando que se comportaran y no comenzaran a lanzarse objetos punzantes a la cara. A juzgar por su gesto, el abogado tuvo el mismo pensamiento que yo.

Dentro nos expuso el tema y explicó cómo iba a redactar el Convenio Regulador. Después de una fuerte discusión en la que nos echamos en cara bastantes cosas acumuladas ante el gesto inmutable del abogado, demasiado acostumbrado a ese tipo de escenas, este nos aconsejó que saliéramos a calmarnos y a pensar lo que verdaderamente exigíamos cada uno.

—¿Qué tal ha ido? —preguntó mi madre con gesto preocupado. De repente sentí lo mayor que era y lo que estaba sufriendo. Arrugas marcaban sus ojos marrones, que me miraban con decisión y firmeza.

—Lo quiere todo —contesté yo, pero no pude disimular algo de la alegría que sentía.

—¿La niña? —inquirió mi madre apoyando una mano sobre su pecho.

—Tranquila —le dije—, la custodia es mía, pasará solo un mes con él, preferiblemente en verano. De todas formas, yo no quiero separarla de él, podrá verla cuando él quiera —que me temía que no iba a ser muy a menudo—. Lo que quiere es todo el dinero y el piso, incluso mi coche —exclamé en un murmullo.

Tanto mi madre como Tony recuperaron el ritmo normal de su respiración. Mi futura exfamilia política discutía con algo más de ímpetu y Jessica se había colgado del brazo de Carlos como una lapa.

Finalmente fue Tony el que habló.

—Alicia, firma los papeles y deshazte de esa mierda —dijo bruscamente.

Mi madre lo reprendió.

—Tony, ese vocabulario.

CAROLINE MARCH

—Perdón, cielo mío. Firma los papeles y deshazte de esa basura —aclaró.
Yo esbocé una pequeña sonrisa.
—Me quedaré sin nada, sin absolutamente nada. No tengo ni dinero ni trabajo —exclamé.
—Sí, pero tienes lo más importante, tu hija, y nosotros estamos aquí para lo demás. Tony tiene razón, firma y termina con esta angustia, cariño —terminó mi madre.
Llamé a Carlos y ambos entramos en el despacho. Firmamos el Convenio Regulador. A mí se me permitía sacar de casa mis enseres personales. El resto, todo lo acumulado en mi vida en los últimos diez años, era suyo. Pero me dejaba lo único que importaba, lo que siempre había sido más mío que suyo: mi hija, mi corazón y mi amor.
Esa misma tarde fui a casa y recogí lo imprescindible. Llené varias maletas con ropa y bolsas con calzado. Recogí algunos enseres del baño y todos los álbumes de fotos. No quería que se perdieran. Mi hija tenía derecho a saber quién era y qué habían compartido sus padres. Hice lo mismo en la habitación de Laura. Todavía quedaban bastantes cosas por recoger, pero se hacía tarde y toda su familia se turnaba para proteger no sé el qué, ya que no me iba a llevar nada que no me perteneciera.
Quedé en pasarme al día siguiente a recoger el resto. No pude hacerlo, ya había cambiado la cerradura. Quise protestar, llamar al abogado, pero no deseaba más problemas, lo importante era resolverlo todo lo más rápidamente posible.
Laura y yo nos instalamos en la habitación de invitados de mi madre. Dormíamos juntas y compartíamos muchas más cosas que antes. Intenté explicarle la situación y creo que ella la entendió a su forma. No le faltaba cariño, en todo momento estaba acompañada, ya fuera por mí, su abuela o su «nuevo abuelo» como llamaba a Tony.
Pasaron las semanas y yo cada día estaba más intranquila. Acudí a la primera revisión ginecológica que me confirmó con alivio por mi parte que todo transcurría de forma correcta. Por prime-

Mi alma gemela

ra vez oí el latido acelerado de mi pequeño Alasdair y esa vez lloré de verdad, pero lloré de felicidad.

Nos citaron en los juzgados la primera semana de octubre para ratificar el Convenio Regulador ante el juez. No había visto a Carlos desde entonces. Había cambiado, se le veía más delgado y la presencia de Jessica a su lado parecía molestarle, tenía la misma expresión que había mostrado conmigo los últimos meses. Sentí lástima, pero nada más. Ese hombre me había hecho sufrir lo indecible y no quería volver a verlo.

El abogado me informó que cuando tuviera la sentencia definitiva nos la haría llegar. Ya estaba todo hecho. Había entrado por la puerta acristalada del juzgado atada todavía a mi marido y ahora salía completamente libre. Levanté los ojos al cielo y di gracias, intentando pronunciar las palabras en gaélico que había escuchado más de una vez a Alasdair. El tiempo había refrescado y llegaba el otoño, aunque todavía los días soleados recordaban el calor infernal que habíamos tenido durante el verano. Volví caminando a casa, con paso tranquilo, pensando en cuál iba a ser mi siguiente paso mientras las hojas de los árboles caían como en un manto protector alrededor.

Cuando llegué, el apartamento estaba en silencio y aprovechando la breve calma, encendí el ordenador y busqué la empresa de Alasdair. Una foto de los dos socios llenó la pantalla. La acaricié como si acariciara su rostro, estaba serio y miraba fijamente el objetivo, vestido con un traje negro. Llevaba el pelo más corto, pero el mechón rebelde seguía cayéndole sobre la frente. De repente sentí miedo. ¿Me seguiría queriendo? ¿Me aceptaría a su lado? Un tirón en mi vientre me hizo confiar.

—¿Ves? —le dije a mi vientre—. Ese es tu padre. ¿A que es guapo? Es pelirrojo, aunque no creo que te importe, seguro que tú también lo serás.

Sonreí y compré dos billetes de avión para Edimburgo con fecha de salida en tres días.

Mi madre me ayudó a preparar dos pequeñas maletas, una para mí, otra para Laura. No quería llevar demasiada carga, qui-

CAROLINE MARCH

zá tuviera que volver en poco tiempo, pero no lo sabría hasta estar allí. Además, en mi estado no me encontraba con fuerzas suficientes como para cargar con demasiados bultos y con mi hija a la vez.

Decidimos viajar a Madrid en tren; mi estómago, aunque mejor debido a la medicación recetada por el ginecólogo, todavía no estaba debidamente asentado como para soportar un viaje en autobús.

Tony nos llevó a la estación y me entregó un sobre lleno de libras.

—¡Es demasiado! —exclamé abriéndolo con cautela.

—No lo es, hija. Cógelo, puedes necesitarlo. No obstante, si algo falla o no va como debiera, llámanos y si es necesario iremos a buscarte —dijo.

—¡Uf! No creo que puedas meter a mi madre en un avión —contesté.

—Lo hará, no te quepa duda. Creo que sabes lo que una madre llega a hacer por una hija —respondió dándome un cálido beso en la mejilla.

Llegamos a Madrid sin incidencias, con Laura dormida sobre mis piernas. Allí cogimos el metro que nos llevó directamente a Barajas. Facturamos las pequeñas maletas, pasamos el control sin problemas y nos sentamos a esperar. Yo estaba cansada, me dolían la espalda y las piernas y notaba cada olor como si tuviera superpoderes. Tomé otra pastilla. Tenía que ser fuerte por mi hija, tenía que ser fuerte por mi hijo.

CAPÍTULO 20

Encontrada

Aterrizamos en Edimburgo sin novedad. Yo llevaba en mis brazos el abrigo acolchado de Laura, que con una terquedad infantil se negaba a ponérselo. Habíamos salido de Madrid con una temperatura de veintitrés grados y al llegar a Edimburgo había doce. En cuanto salimos al exterior y notó el frío húmedo me arrancó el abrigo de las manos y se lo puso ella sola, sin recurrir para nada a mí. Me sorprendió la velocidad con la que estaba creciendo. Esperaba que pronto encontráramos la estabilidad necesaria, tanto para ella como para nosotros.

Yo vestía un sencillo vestido de punto negro, con un abrigo regalo de mi madre, de corte imperio, que se ensanchaba debajo del pecho en pequeños pliegues. Todavía no se me notaba el embarazo, pero me sería de bastante utilidad en los próximos meses. Calzaba unas botas altas negras de piel. Y como único adorno llevaba un pañuelo rojo anudado al cuello a juego con el bolso del mismo color y la pulsera que me había regalado Alasdair.

Cogimos un taxi y le di la dirección de la empresa que había apuntado cuidadosamente en un papel, completamente manoseado de tanto abrirlo y cerrarlo. En ese viaje no tuve momentos de admiración para la ciudad que había amado. Mi objetivo era directo y claro, y me latía el corazón a causa del miedo y la expectación.

Mi alma gemela

Un pequeño atasco nos retrasó más de media hora y, por fin, nos dejó en nuestro destino casi hora y cuarto después de haber salido del aeropuerto. Frente a nosotras, en una calle transversal a Princess Street, se elevaba un imponente edificio de oficinas con las paredes revestidas de paneles de cristal negro. Observé a la gente que entraba y salía por las puertas giratorias con un súbito ataque de pánico. Mi hija me sacó de mi estupor.

—Mami, llueve, ¿entramos? —preguntó poniéndose la capucha del abrigo.

—Sí, mi amor —sujeté su mano y la apreté firmemente, sacando la fuerza que necesitaba de su manita.

Una vez dentro estudié las placas de bronce que indicaban las distintas empresas y encontré Noble & Mackintosh Associates en el quinto piso. Cogí el ascensor con otras cuatro personas, cruzando los dedos mientras hacía cada una de las paradas. Finalmente, cuando quedábamos solo Laura y yo, se detuvo por última vez. Salimos directamente a un espacio abierto, con una recepción principal y varias mesas donde los empleados se afanaban frente al ordenador, no más de quince personas. Maquetas adornaban estratégicamente el lugar iluminadas por focos. Imaginé que serían algunas obras de la empresa.

Pregunté al recepcionista, un joven de no más de veinticinco años, por el despacho de Alasdair Mackintosh. Se me veía fuera de lugar, con una niña pequeña agarrada fuertemente de la mano. Laura, también impresionada por lo que la rodeaba, me sujetaba con la misma fuerza.

—¿El señor Mackintosh dice? —preguntó algo extrañado. Me temí lo peor.

—Sí —exclamé con un murmullo.

—Al fondo a la derecha está su secretaria, la señorita Taweson —me informó mirándome desde la punta del pelo hasta la suela de los zapatos.

Musité un gracias y atravesé la sala. Notaba las miradas furtivas que nos dirigían los trabajadores asomándose por encima de las pantallas de los ordenadores. Comenzaron a temblarme las piernas y Laura se acercó un poco más a mí. A ese paso la iba a tener que llevar colgada de una pierna.

Me situé frente a la secretaria de Alasdair. Ella levantó la cabeza de unos papeles que tenía sobre la mesa. Era una mujer de más de cuarenta años, en esa edad en la que es difícil saber si está más cerca de los cuarenta que de los cincuenta, vestía un traje de chaqueta oscuro y llevaba el pelo corto a lo *garçon*.

—Buenos días —saludé.

—Buenos días, ¿en qué puedo ayudarla? —su tono era amable y eficiente.

—Vengo a ver al señor Mackintosh —dije notando como me temblaba la voz.

—¿Tiene cita? —inquirió consultando la agenda.

—No —balbuceé. Ni siquiera se me había ocurrido pensarlo. Maldije mi estupidez. ¿Qué creía? ¿Que se abrirían las puertas de pronto y él saldría a recibirme con los brazos abiertos?

—Bueno, pues tendrá que concertar una cita. De todas formas está de viaje, no creo que vuelva hasta dentro de una semana por lo menos —me informó mirando con curiosidad a Laura, que, cansada del viaje y con la inocencia de una niña, como no había visto ninguna silla donde sentarse, directamente lo había hecho en el suelo a mi lado.

—¿Está en Brasil? —pregunté.

Me había dicho que después del verano tendría una respuesta. Eso quería decir que le habían dado el trabajo. Por una parte me alegré por él, por la otra mi corazón cayó hasta el mismo sótano.

La mujer, percibiendo que conocía personalmente a Alasdair, compuso el gesto.

—No ha ido a Brasil, de hecho acaba de llegar de allí, ahora ha tenido que salir de viaje a otro lugar. Es algo personal. Lo siento, no puedo decirle más —explicó en tono más conciliador.

—¡Dios mío! —dije yo en castellano—. ¿Y ahora qué voy a hacer?

—¿Es usted española? —preguntó la secretaria sorprendida.

Mi alma gemela

—Sí, lo soy, ¿por qué? —inquirí.
—Espere un momento, por favor —pidió cogiendo el teléfono y marcando una extensión.
Esperé en tensión. ¿Estaría llamando a seguridad? Quizá Alasdair había dejado instrucciones de que me echaran si aparecía por allí.
—Señor Mackintosh —dijo la mujer hablando por teléfono.
Me dio un vuelco el corazón.
—Sí, ya sé que ha dicho que no se le molestara a menos que fuera urgente. Pero creo que lo es —exclamó ella poniendo los ojos en blanco.
Yo escuchaba atentamente sin perderme una palabra.
—Verá, creo que lo que ha ido a buscar ha venido a buscarlo a usted —contestó ella a alguna pregunta de Alasdair.
Me comenzaron a temblar las piernas otra vez y sentí un sofocante calor.
—Sí, es alta, con el pelo castaño cobrizo y muy guapa —añadió sonriéndome—. Sí —esa vez su sonrisa era más amplia—, también ha venido con una niña pequeña, que no se separa de su lado, también es muy guapa, se parece mucho a su madre. Está bien, está bien, señor Mackintosh, lo he entendido. Tranquilo. Lo esperaremos —cortó la comunicación.
—¿Qué ocurre? —pregunté con voz ahogada.
Ella se levantó y abrió con una llave que tenía sobre la mesa el despacho a su derecha, que ocupaba toda la pared frontal.
—Me ha dicho que me asegure de que no van a ningún sitio. Él está en el aeropuerto, tenía un vuelo a Madrid, estaba a punto de embarcar. Tardará una media hora en llegar. Si necesita algo, dígamelo. Voy a cerrar con llave. Lo siento, son sus instrucciones —dijo saliendo del despacho.
Yo me quedé mirándola con total estupefacción mientras la veía cerrar la puerta con llave por el exterior.
—¿Nos ha encerrado, mami? —preguntó Laura igual de sorprendida que yo.
—Sí, cariño, eso creo —contesté.

—Ah, como a las princesas en los castillos —murmuró ella con toda naturalidad.

—Yo no lo habría expresado mejor —afirmé sonriéndole.

Paseé la mirada por el despacho en el que podría caber entera la que había sido mi casa en España. En el centro había una gran mesa de caoba, detrás una biblioteca y, alrededor, junto a las paredes varias maquetas, algunas terminadas, otras en proceso de desarrollo.

El suelo estaba cubierto por alfombras mullidas que amortiguaban mis pisadas. Todo el frente izquierdo lo componía una gigantesca ventana con vistas a Edimburgo. En todo el despacho se respiraba la esencia de Alasdair. Lo imaginé trabajando detrás de la mesa hasta altas horas de la noche, quitándose la chaqueta y remangándose la camisa para maniobrar mejor entre planos. Incluso pude percibir el tenue aroma a su perfume de cítricos y madera de sándalo, que se mezclaba con el olor de la goma y el pegamento de las maquetas.

Había una puerta a la derecha y cogí el picaporte. Estaba abierta. Entré y encendí la luz. Era una pequeña sala de reuniones, con una mesa central con espacio para unas diez personas y un sofá de cuero marrón apoyado en la pared izquierda. Laura corrió hacia él y se subió, apoyándose en el reposabrazos.

—¿Estás cansada, cariño? —le pregunté.

Ella asintió levemente con la cabeza. La arropé con su abrigo y le acaricié el pelo hasta que se quedó completamente dormida. Salí de la sala de juntas pisando con delicadeza para no despertarla y cerré la puerta con cuidado.

Una vez fuera, en el despacho de Alasdair, me quité el abrigo, lo deposité en una silla y me quedé de pie admirando la ciudad de Edimburgo a mis pies. Estaba cansada, pero demasiado nerviosa como para hacer otra cosa que permanecer de pie esperando. Llevé las manos a mi pelo y empecé a hacer nudos marineros en mi melena. No podía fumar por el embarazo, así que ese gesto tendría que servir para calmar mi tensión.

No oí el sonido de la cerradura engrasada al girar, ni la puer-

Mi alma gemela

ta al abrirse, pero sentí su presencia llenando la estancia. Me giré despacio.

Frente a mi estaba Alasdair, vestido con unos vaqueros y un jersey negro de cuello vuelto, muy parecido a como iba la primera vez que lo vi, plantado en la carretera, con los brazos cruzados sobre el pecho y las piernas largas y musculosas ceñidas por el pantalón. Le había crecido el pelo, casi le llegaba a los hombros y se le rizaba en las puntas. Sentí un cosquilleo en los dedos de ganas de tocarlo.

—¿Aileas? —preguntó suavemente, como si no se creyera que yo estuviera allí.

—¿Alasdair? —contesté yo con la misma suavidad.

—¿Eres tú de verdad? —se acercó y posó las manos en mis hombros.

—Soy yo —respondí divertida—. ¿Acaso pensabas que era un fantasma?

—No sé qué pensar. He imaginado tantas veces esta situación que me da miedo que te disuelvas entre mis brazos —exclamó sujetándome con más fuerza.

—No lo haré, ya no —dije—. Si tú no quieres —añadí con voz trémula.

—¡No! —exclamó—. ¡No! —repitió con seguridad.

Me atrajo hacia él y me abrazó con fuerza. Enterré la cabeza en su cuello aspirando su aroma tan familiar y tan añorado. El olor de su perfume invadió todo mi ser y de repente me aparté tapándome la boca con una mano.

Él me miró totalmente sorprendido.

—No te acerques —le exigí extendiendo la otra mano.

Él se quedó parado con gesto extrañado, enarcando una ceja ante mi ímpetu. El perfume, su perfume, el que tanto me había gustado y que tanto había añorado, me estaba provocando náuseas.

Él dio un paso con deliberada lentitud.

—¡Quieto! —le dije—, voy a vomitar.

Miré alrededor buscando algo donde enterrar mi cabeza y mi vergüenza.

CAROLINE MARCH

Corrí hasta la mesa, donde vislumbré una papelera de metal gris. Me agaché y vomité todo el contenido de mi estómago.

Él se agachó a mi lado y me recogió el pelo con dulzura mientras me acariciaba la espalda.

—¿Aileas? —preguntó suavemente.

—Umm —contesté yo completamente avergonzada.

—¿Tienes algo que decirme?

Su mano se deslizó por mi estómago hasta alcanzar la suave redondez de mi vientre y lo acarició con ternura.

—¡No! ¡Sí! Pero no quería que fuera de esta forma.

Di un golpe a la papelera, que sonó como un gong chino maldiciendo mi cuerpo traicionero.

Él, mientras tanto, se había levantado y me ofrecía un vaso de agua, que bebí hasta el fondo disfrutando de la frescura líquida en mi interior. Por el momento las náuseas habían pasado, pero no sabía cuánto iba a durar el momento.

Rebusqué en mi bolso y saqué una piruleta de fresa. Alasdair me observaba con absoluto asombro. Me puse a chuparla con desesperación. Había descubierto que era de las pocas cosas que me ayudaban a pasar el malestar del primer trimestre del embarazo. Me di cuenta de que debía de parecerle ridícula. Aunque él no se reía, se limitaba a observarme con una intensidad que atravesaba mi cuerpo.

—¿Cuándo pensabas decírmelo? —su tono no era de sorpresa, sino de curiosidad.

—Cuando supiera que me quieres a mí y que... yo... —las palabras se me trababan— no quiero que tú... que te veas obligado... porque... ya sabes lo que ocurrió con esa mujer... yo... yo no quiero que...

Él apartó la piruleta de mi boca y me acalló con un beso. Un beso profundo que me mostraba todo el amor y el deseo acumulados en más de dos meses de separación. Yo levanté los brazos y lo abracé, entrelazando mi lengua con la suya. Nos besamos durante unos minutos viendo como crecía la pasión entre nosotros. En ese momento supe cuánto duele el amor, ese dolor que es an-

Mi alma gemela

sia y pasión y necesidad de ser amado con la misma intensidad. Nos separamos cuando noté que él deseaba más. Bajé la mano y acaricié su entrepierna abultada. Él puso una mano sobre la mía y la apartó.

—No —dijo simplemente.
—¿Por qué? —pregunté yo.
—No quiero haceros daño —repuso.
—No nos lo harás —contesté excitada.
—¿Y Laura? —preguntó quedamente.

¡Maldito escocés! Estaba en todo. Yo me había olvidado de ella completamente.

—Está dormida en la sala de juntas, no creo que se despierte —expliqué intentando convencerlo.

—¿Y si lo hace? No quiero que la primera imagen que tenga del futuro marido de su madre sea con mi cabeza enterrada entre tus piernas. Ya habrá tiempo para todo, cuando me asegure de que no os pongo en peligro —contestó sonriendo de forma sardónica.

Entrecerré los ojos y lo miré enfadada.

Él me atrajo entre sus brazos otra vez.

—Soñé contigo —me dijo— cuando estaba en Brasil. No eran las pesadillas que solía tener donde no conseguía atraparte. Fue diferente, una mujer se coló en mis sueños y me dijo que me necesitabas, que tenía que ir a buscarte.

—¿Cómo era esa mujer? —pregunté de repente.

—Bajita y con el pelo negro rizado, tenía los ojos verdosos y parecía un duendecillo. ¿Por qué? ¿No estarás celosa?

Yo nunca le había descrito a Sofía y él jamás había visto una imagen suya. Sin embargo, la mujer que dijo que apareció en sus sueños era ella, sin la menor duda.

—Era Sofía —murmuré con voz queda.

Un suspiro fue su única respuesta.

—Yo también soñé contigo —le conté—. Supe que te había pasado algo, lo noté dentro de mí. Y cuando llamé oí la voz de Kathleen.

CAROLINE MARCH

—¿Kathleen? Me llevaron al hospital donde trabaja, pero al final no fue nada grave. ¿Llamaste? Nadie me dijo nada —murmuró algo enfadado.

Lo miré directamente a los ojos.

—Alasdair, quiero que sepas algo. Tú has sido él último hombre que me ha tocado desde nuestra primera y última vez, y quiero que seas el único a partir de ahora. Ya tengo la sentencia de divorcio y soy libre, si tú me aceptas —terminé con la voz casi ahogada por el súbito pánico a su rechazo.

—Oh, Dios —exclamó él poniendo los ojos en blanco—. ¿Que si te acepto? Aileas, has sido mía desde el mismo momento en que posé los ojos sobre ti, solo que tú no lo supiste hasta que me dejaste. En nuestra última noche supliqué a Dios que pudiera dejarte embarazada porque creía que solo así tendrías las fuerzas suficientes para volver a mi lado.

—Ya lo había decidido sin ni siquiera saberlo, Alasdair. No podía vivir sin ti, estos dos meses han sido una completa agonía —comencé a llorar enterrando el rostro en la lana de su jersey.

Él me consoló hablándome de forma pausada.

—*Mo anam cara* —susurró sacando de su bolsillo un pequeño objeto; cogió mi mano derecha desnuda e introdujo el sencillo anillo de plata—, ahora ya puedes llevarlo en el lugar que le pertenece. —Me besó otra vez con pasión.

Despertamos a Laura, que seguía profundamente dormida. Pareció alegrarse de volver a verlo. Nos tomó a cada uno por una mano y salimos del despacho.

Cuando llegó a la altura de su secretaria, se detuvo.

—Señorita Taweson, me voy a casa, con mi mujer y mi hija. No me llame a no ser que haya alguna urgencia, estos días son solo para ellas —aclaró. A mí me retumbó el corazón en el pecho al oír sus palabras.

La mujer, en un alarde de valentía, alzó los brazos al cielo.

—¡Ya era hora, por Dios!

Como en un coro, las diez o doce personas que estaban en la oficina rieron y aplaudieron a nuestro paso. Yo agaché la cabeza

Mi alma gemela

algo azorada, Laura los miró con sorpresa saludando con su pequeña manita a todos, como si se tratara de una princesa en miniatura y Alasdair les dirigió una mirada feroz que habría podido convertirlos en estatuas de sal.

—Has estado un poco enfadado últimamente, ¿no? —pregunté en un susurro.

—Bastante —contestó con alegría bailoteándole en sus inusuales ojos.

Desperté varias horas después, cuando todavía no había anochecido. Me quedé un momento tendida en la enorme cama de Alasdair, escuchando murmullos de la conversación que mantenían Laura y él. Me levanté tanteando mi equilibrio y salí al pasillo descalza. Me quedé parada en el quicio de la puerta que daba al salón sin que me vieran. Estaban ambos sentados en el suelo, Laura con las piernas cruzadas, las de Alasdair completamente estiradas conversando animadamente delante de la televisión.

—¿Puedo quedarme con todos los muñecos? —preguntó Laura girando la cabeza hasta el sofá, donde reposaban en perfecto orden no menos de siete peluches.

—Sí, son todos para ti, para tu nueva habitación. Cuando mamá se encuentre mejor elegiremos una habitación a tu gusto —contestó Alasdair ofreciéndole una patata frita de una bolsa gigantesca que tenía en la mano.

Se los veía relajados y en armonía. Una parte de la tensión acumulada se fue deshaciendo frente a esa imagen tan acogedora y familiar.

—¿Y mamá dónde va a dormir? —inquirió mi hija.

—Pues en la habitación donde está descansando —repuso él enarcando una ceja en su dirección.

—¿Y tú? ¿Dónde vas a dormir tú? —continuó la inquisidora de mi hija.

Alasdair pareció sorprendido y azorado, noté cómo se ruborizaba. Yo me mordí los labios reprimiendo la carcajada que amenazaba con salir de mi garganta.

—Umm —brotó de su pecho y miró hacia atrás, valorando descansar en el sofá, pero finalmente se decidió y con valentía se enfrentó al pequeño monstruo—. Con ella —dijo con voz ronca—. Dormiremos en la misma habitación —contestó, esa vez con voz más firme.

—¿Harás que grite? —volvió a preguntar mi hija, mirándolo desafiante a los ojos.

Alasdair se atragantó con una patata frita y tosió fuertemente, disimulando su sorpresa. Yo me tapé la boca ahogando una carcajada.

—¿Cómo? —exclamó finalmente Alasdair.

Laura, sin inmutarse por la reacción, lo encaró como si fuera un caballero medieval defendiendo el honor de su dama.

—En casa gritaba, casi todas las noches. Eran los monstruos —aclaró.

Alasdair respiró aliviado.

—No, pequeña, no dejaré que grite más. Ahora estoy yo para protegerla —afirmó con dulzura.

—Ah, bien, entonces podré dormir por fin tranquila —suspiró haciendo que Alasdair riera.

Decidí que era el momento de entrar. Ambos se volvieron para mirarme. La mirada de Alasdair me traspasó con intensidad.

—¿Estás mejor?

—Sí, bastante más descansada —sonreí—. ¿Qué habéis hecho mientras dormía? —pregunté ante la obviedad: salón y cocina rebosaban de bolsas sin abrir.

—Hemos estado de compras —respondieron los dos al unísono riendo.

Yo observé las bolsas de jugueterías y los muñecos del sofá.

—¿Algo comestible? —inquirí enarcando una ceja.

—Sí —contestó Alasdair—. ¿Quieres una patata? —me ofreció levantándose de un salto—. Ven —me dijo cogiéndome de la mano.

Mi alma gemela

Sobre la repisa de la cocina había varias bolsas de cartón llenas de todo lo que me pudiera apetecer. Revolví curiosa y saqué un frasco de perfume, lo abrí y olí el fuerte aroma a fresco con un toque de limón.

—¿Y esto? —pregunté.

—Bueno, no puedo permitir que no te acerques a mí, así que estoy dispuesto a hacer un sacrificio. Los próximos meses oleré como un limonero si es necesario. Laura dijo que te iba a gustar —enarcó una ceja dudando.

Aspiré otra vez el aroma a fresco.

—Sí, me gusta —dije.

—Bien —me dio un beso en la coronilla—. Lo demás es comida y algunos objetos de aseo que podéis necesitar. Mañana si te encuentras bien ya iremos a por más cosas. No obstante, tenemos cita a las cuatro con un ginecólogo amigo —comentó como al descuido.

Yo lo miré entornando los ojos.

—No necesito ir a ningún ginecólogo. Todavía es muy pronto —contesté. Más tarde le enseñaría la foto de la primera ecografía.

—Tú no, pero yo sí, así que no se hable más. Es hermano de un compañero, de toda confianza —añadió para convencerme.

Suspiré con fuerza.

—Está bien, iré —Alasdair el protector se había convertido en Alasdair el superprotector, y eso, aunque me fastidiaba un poco, también me gustaba mucho.

Bañé a Laura mientras él preparaba la cena. Cuando salimos del baño, envueltas en una nube de vapor, nos recibió el agradable aroma a salchichas, huevos, tostadas y algo que parecía verdura. ¿Tomates asados quizá?

Observé los tres platos perfectamente preparados. Todos con la misma cantidad. Me reí y le dije que para Laura era excesivo, así que él se sirvió el resto.

—Alasdair.

—Umm —respondió él metiéndose un trozo de salchicha en la boca.

CAROLINE MARCH

—Preparas unos desayunos estupendos —exclamé riéndome.
—Bueno, nunca estoy en casa lo suficiente como para cocinar. Ahora tendré que aprender, tengo una familia que cuidar —dijo atrayéndome por la cintura.

Acostamos a Laura y Alasdair, por insistencia de ella, le leyó un cuento que habían comprado esa tarde. Aquella misma noche comenzó a enseñarle inglés, leyendo en los dos idiomas con extraordinaria facilidad.

Cuando salió yo estaba recogiendo la cocina.

—Tendré que buscar una escuela infantil, y pronto —comenté.

Él revolvió en uno de los cajones y sacó varios impresos, que dejó encima de la mesa.

—Ya está preinscrita en tres, las que me han parecido mejor. Cuando quieras vamos y las vemos juntos a ver qué nos parecen —yo lo miré asombrada.

—¿Cómo sabías...? —no me dejó terminar.

—Solo estaba seguro de una cosa, Aileas, que si venías para quedarte, vendrías con ella, así que fui preparando el camino —contestó encogiéndose de hombros.

Cuando terminamos de recoger, ahogué un bostezo.

—Voy a ducharme —dije.

—Voy contigo —contestó él.

—¿Ah, sí? —insinué yo.

—Sí, pero para vigilarte, no vaya a ser que te resbales y te caigas. He leído que las caídas en tu estado pueden ser muy peligrosas —repuso seriamente.

Yo bufé y me dirigí al baño. Si quería mirar, que mirara.

Me observó con cuidado hasta que estuve totalmente desnuda.

—¿Ves algo que te guste? —pregunté con la voz ronca por la intensidad de su mirada.

—Has cambiado —susurró con voz soñadora. Se acercó a mí y me circundó los pezones, que se irguieron ante el simple contacto con su piel, luego bajó por mis cada vez más redondeadas

Mi alma gemela

caderas y subió hasta posar su mano en mi vientre—. Tus pezones son del color de las cerezas maduras, jugosos y engrandecidos, y tu pecho ha crecido bastante —aseguró cogiéndolo con las dos manos. Yo respiré de forma acelerada—. Tu piel es todavía más suave —se acercó y enterró su rostro en mi cuello— y tu olor es diferente, más intenso.

—Alasdair —susurré.

—Ummm —contestó él lamiendo mi cuello.

—Vamos a la cama.

Nos amamos con delicadeza y sin prisas, saboreando cada centímetro de nuestra piel, sabiendo que habría muchos más momentos como aquel. En el instante en el que sus manos alcanzaron la carne ardiente entre mis piernas, yo ya estaba preparada para entregarme y él también para recibirlo. Nos movimos lentamente, de forma cadenciosa, siguiendo un ritmo impreso genéticamente hacía miles de años en nuestros cuerpos. Alasdair fue suave y cuidadoso como solamente puede serlo un hombre tan grande y seguro de sí mismo. Alcanzamos el clímax, entrelazados, meciéndonos con pasión y permanecimos así hasta que nuestros corazones comenzaron a latir de forma acompasada.

Dormimos abrazados y en esa noche y las siguientes ya no hubo pesadillas.

Al día siguiente, dejamos a Laura con una niñera que nos habían recomendado. Era española, sevillana, la aprecié desde el momento en que la conocí. Era una joven que estaba estudiando en la Universidad de Edimburgo y en sus ratos libres ganaba algo de dinero cuidando niños. Intercambiamos instrucciones mientras ambos vigilábamos su actitud con la niña, que era cariñosa y afectuosa.

Cuando salimos, ya en el ascensor, Alasdair comentó:

—¿Estará bien? —su tono era de preocupación.

—Sí, tranquilo, lo estará —le aseguré yo.

—No he entendido nada de lo que ha dicho. ¿Es española? —preguntó no muy seguro.

—Sí —me reí; el acento cerrado sevillano de la niñera a veces era incomprensible hasta para mí—. Yo tampoco te entiendo muchas veces, aunque suelo pillar la idea central, que, según mi profesor de inglés, es lo importante.

—¿Y cuál es? —inquirió curioso.

—Que me quieres, con eso basta —respondí besándolo.

En la consulta del ginecólogo, sentados frente a la mesa de su despacho, nos hizo las preguntas pertinentes para crear mi ficha médica.

—¿Cuándo fue su última regla? —preguntó en tono formal. Alasdair se removió en su silla.

—El veintidós de julio.

—Entonces —dijo consultado una tabla —la fecha de concepción aproximada ha sido...

—El cinco de agosto —contestamos Alasdair y yo al unísono, ruborizándonos.

—Vaya —sonrió él—, veo que lo recuerdan perfectamente.

En la mesa de exploración, Alasdair pudo por fin ver a su hijo o en realidad el pequeño garbanzo que crecía en mi interior. Miraba con atención sin soltar mi mano, como si tuviera miedo a que saliera corriendo. Cuando conectó el aparato y escuchó el sonido de nuestro pequeño por primera vez, noté que se emocionaba y mi corazón se hinchó de orgullo.

—¿Suena siempre tan acelerado? —preguntó entre curioso y nervioso.

—Siempre. Eso es muy buena señal —respondió el médico sonriendo.

—Pues es digno hijo de su madre, ya que su corazón retumba igual de deprisa —esbozó una sonrisa divertida y yo le saqué la lengua mientras el ginecólogo reía.

Al mes siguiente nos confirmaron que iba a ser un niño y Alasdair se creció unos centímetros más, si eso era posible. Yo me reí. ¡Hombres!

El espacio comenzó a ser un problema, nos faltaba una habitación. Consultamos con una agencia. Yo no quería deshacerme del apartamento que había llegado a adorar y como si los hados se hu-

Mi alma gemela

bieran puesto de acuerdo, los vecinos de enfrente, que tenían un piso de una habitación más, lo pusieron en venta. Hicimos una oferta y aceptaron, así que mientras la empresa de Alasdair se encargaba de las reformas pertinentes, yo me dediqué a pasear con mi hija por tiendas de decoración.

Laura entró en una escuela infantil cercana a nuestra casa para que yo pudiera llevarla y recogerla caminando. La adaptabilidad de los niños me llenaba de asombro. En una semana chapurreaba una mezcla de *spanglish* muy graciosa y parecía contenta de acudir cada día a su cole de mayores, como lo llamaba ella.

Decidimos casarnos antes de que terminara el año. Alasdair estaba dispuesto a hacerlo desde que llegué a Edimburgo, pero yo quería que fuera especial. El lugar elegido fue el Glenbroch Castle Hotel.

—¿Estás segura? No es que allí acabara todo muy bien la última vez —comentó él.

—Sí, estoy segura, quiero por fin estrenar la suite nupcial —afirmé.

Nos casamos el veinte de diciembre. Hacía muchísimo frío y había nevado. Teníamos muy pocos invitados. Por mi parte llegaron mi madre y Tony, y también Pablo con Eyre, afirmando que no se lo perderían por nada del mundo. Por su parte, su madre con su tercer marido, sus tíos, los padres de Ewan y algunos de los conocidos de las Highlands, como las hermanas Clarkson, Will y su mujer con el pequeño William, que ya tenía diez meses, Rosamund y, por supuesto, mis caseros Aonghus y Fiona, ambos emocionados e ilusionados como dos chiquillos.

Su madre cuando me conoció me observó de arriba abajo sin ocultar su disgusto. Por lo visto era demasiado poco para su hijo y además, ¡ya tenía una hija!, como comentaba cuando yo me daba la vuelta. No me importó nada y a Alasdair tampoco. Yo ya le había confiado que mi especialidad no eran las suegras. Él me contestó que esperaba que mi especialidad durante el resto de nuestras vidas fuera él y nuestros hijos, y que eso era más que suficiente.

CAROLINE MARCH

Mi madre me llamó tres días antes de volar a Escocia.
—Hija.
—Hola, mamá, ¿qué tal?
—Mal, muy mal. El médico me ha recetado unos ansiolíticos para el viaje, pero Tony me ha dicho que va a tirar por la directa y que me va a aplicar el método M.A. Barraca. ¿Tú sabes qué es eso?
Yo me reí.
—Mamá, M.A. Barracus, el de la serie *Equipo A*, que tenía miedo a volar y siempre lo drogaban o lo golpeaban para que perdiera el conocimiento. ¿No lo recuerdas?
—¿Crees que Tony será capaz de hacerme eso? —preguntó con un deje asustado en la voz.
—Yo no me preocuparía, mamá, solo relájate y disfruta del viaje, ya verás como no es para tanto.
—¡Ja! Ya te lo diré cuando aterrice —colgó el teléfono malhumorada.
Llegamos por la mañana temprano al castillo y nos recibió la misma recepcionista que la última vez. Nos acercamos a recepción y pedí la llave de la suite nupcial. Ella me miró reconociéndome y abrió desmesuradamente los ojos. Alasdair la observó extrañado.
—Verá, señora Márquez, esa suite está reservada para los novios. Esta tarde se celebra una boda —contestó de forma educada pero cortante.
—Sí, le dije. Lo sé, yo soy la novia —contesté riendo.
—¿Ustedes son los señores Mackintosh? —preguntó enarcando ambas cejas.
—Sí, lo somos —contestó Alasdair en mi lugar, abrazándome por la cintura, que ya dejaba notar mi embarazo.
Ella bajó la vista avergonzada y se fijó en mi abultada tripa, sofocando un gesto de sorpresa.
Cuando subíamos por las escaleras, Alasdair me cogió de la mano inclinándose sobre mí.
—¿Me lo vas a explicar?

Mi alma gemela

—Sí, algún día, mi amor —respondí mirándolo con adoración.

Me vestí con ayuda de mi madre, que era la madrina. Así lo había decidido Alasdair y dejé que la peluquera creara un complejo recogido lleno de rizos que caían en cascada, sujetándolos con horquillas adornadas con mariposas de seda. Cuando terminaron, esperé pacientemente a que llegara el padrino, que era Ewan, quien había llegado acompañado de Deb, que esperaba en el salón con el resto de los invitados.

Oí unos suaves golpes en la puerta y me levanté de la cama. Ewan entró tímidamente y suspiró.

—Estás preciosa, Alice —exclamó.

—¿De verdad? —pregunté yo algo insegura, mirando mi vestido corte imperio de satén y encaje blanco hielo.

—Nunca has estado más bonita. A Alasdair le dará un infarto cuando te vea —concluyó.

—Gracias —le sonreí con sinceridad, y me acerqué para bajar al salón donde se celebraba el enlace.

—Alice —su tono hizo que me parara y lo miré a esos ojos azules tan parecidos y tan diferentes a los de su primo—. Siempre fue él, ¿verdad? Hasta cuando me besaste estabas pensando en él, ¿no? Yo no tuve nunca la más mínima oportunidad —dijo suavemente.

Me resultó extraño que sacara justo en ese momento el tema que yo creía enterrado hacía tanto tiempo.

—Sí, Ewan, siempre fue él —afirmé.

Él contestó algo en gaélico, que por supuesto no entendí.

—¿Qué has dicho? —pregunté algo molesta.

—Maldito cabrón afortunado —fue su lacónica respuesta.

Me cogió del brazo y salimos.

Las puertas del pequeño salón con techo artesonado en madera estaban abiertas de par en par. Habían acondicionado un pequeño altar, nos iba a casar un sacerdote católico y todo estaba decorado primorosamente con flores. A ambos lados del pasillo unos pocos bancos daban cabida a nuestros invitados.

CAROLINE MARCH

Me quedé parada un momento en la entrada, mientras oía de fondo la marcha nupcial de Mendelssohn, recordando lo diferente que estaba siendo esa boda comparada con la anterior, ya que me casé en un juzgado con otras tres parejas esperando en el exterior. El novio estaba impresionante, vestido con las mejores galas escocesas. Su altura y su apostura obligaban a todos a mirarlo con demasiada atención. La novia, en cambio, parecía un barrilete de cerveza. Ya estaba de seis meses y parecía que me había tragado un balón de fútbol.

Laura y Eyre nos esperaban en la entrada, vestidas de princesitas, con sendas cestas llenas de pétalos de rosas, que a una señal de Ewan comenzaron a lanzar a diestro y siniestro, unas veces al suelo, otras al aire y, de común acuerdo, cuando llegaron a la altura de mi suegra, ambas le lanzaron dos puños de pétalos directamente a la cara, haciendo que escupiera y tosiera molesta y enfadada. Yo ahogué una sonrisa y me centré en la mirada de Alasdair, que no se había separado de la mía en ningún momento, como si un lazo invisible recorriera la estancia uniéndonos.

Pronunciamos los votos y nos dimos el sí quiero para siempre, para toda la eternidad. Lo hicimos con firmeza y sin titubear. Finalmente nos besamos y los invitados prorrumpieron en un espontáneo aplauso.

Cenamos y bailamos danzas tradicionales escocesas hasta acabar agotados. Alasdair no se separaba un momento de mí, preocupado por si me empujaban, por si me resbalaba, por si me mareaba, por si me caía... Parecía un abejorro revoloteando sobre una flor. Estaba tan molesta que contuve varias veces la mano a punto de darle un manotazo como a un mosquito. Tony se había sentado en la mesa de las señoras Clarkson y conversaba con ellas animadamente. Me pregunté con curiosidad de qué estarían hablando, ya que ni ellas entendían el castellano, ni él hablaba demasiado inglés, pero era argentino y eso, en fin, lo explicaba todo...

Mi madre se pasó llorando emocionada toda la ceremonia y siguió llorando después. Cuando yo me acerqué a ella preocupada, intentó aclararlo.

Mi alma gemela

—Son los ansiolíticos del viaje, que me han cambiado el carácter —sonrió entre lágrimas.

La echaba mucho de menos, pero había decidido vivir mi vida en otro país, en compañía del hombre al que amaba, y no podía evitar comprenderla y justificarla.

Añoraba a dos personas que quería mucho y que no estaban con nosotros, mi padre y Sofía, aunque estaba segura de que allí donde sus almas descansaran velarían por nosotros.

Finalmente, algo cansados, yo bastante más que Alasdair, nos retiramos entre comentarios subidos de tono y palmadas en la espalda de mi ya marido, a la suite nupcial.

Allí, después de un largo y tortuoso camino de desencuentros, estrenamos nuestra cama con dosel. Una vez pasado el malestar del primer trimestre, había llegado el momento del deseo sexual. Incluso iba varias veces por semana a su trabajo a recogerlo a la hora de comer, con la única intención de que me hiciera el amor en su mesa, en la mesa de la sala de juntas, en el sofá y hasta en el suelo. Alasdair estaba sorprendido y halagado, y yo me limitaba a encogerme de hombros y a decir que eran las hormonas.

Cuando salíamos del despacho, su secretaria siempre nos recomendaba lo mismo.

—Ahora a reponer fuerzas con una buena comida —yo la miraba avergonzada. Alasdair la fulminaba con la mirada.

Ella, indiferente a nuestras reacciones, añadía:

—Lo digo por el bebé, para que crezca fuerte y sano —agachaba la cabeza y sonreía.

—¿Cómo lo saben? —le pregunté yo un día a Alasdair.

—Por tu rostro, *mo luaidh*. Llegas al despacho como un caballo de fuego y sales dócil y arrebolada como un corderito —sonrió él orgulloso.

A partir de ese momento comencé a espaciar un poco más mis visitas a su despacho y empecé a atacarlo antes de que saliera de casa y nada más llegar. No recordaba que me hubiera ocurrido eso durante el embarazo de Laura, quizá fuera porque esperaba un niño y tenía la fogosidad de su padre creciendo dentro de mí. Lo cierto era que esos meses fueron muy pero que muy divertidos.

Una vez que estuvimos arropados y abrazados en nuestra cama nupcial, decidí averiguar algunas cosas que llevaba tiempo queriendo saber.

—¿Señor Mackintosh? —pregunté.
—¿Señora Mackintosh? —respondió él.
—¿Podría explicarme por qué en su baño había un frasco de mi perfume?

La pregunta lo pilló por sorpresa, lo noté por la tensión de su cuerpo. Lo meditó un momento.

—Cuando te vi por primera vez y te olí ya no pude sacarte de mis pensamientos. Iba por la calle olisqueando a todas las mujeres buscando ese misterioso olor que te rodeaba hasta que un día entré a Fraser House y una amable señorita, siguiendo mis instrucciones y llenándome de pruebas de perfumes de mujer, dio con el tuyo. No tuve más remedio que comprarlo. Cuando me sentía solo en Edimburgo y te añoraba, simplemente, lo abría y aspiraba tu aroma —explicó con voz ronca.

Yo reí.

—¿Algo más, señora Mackintosh?
—Sí, una cosa más. ¿Por qué demonios te presentaste con Kathleen en el pub? —inquirí algo celosa y enfadada.

Él bufó contra mi pelo.

—Ese fue uno de los «sabios consejos» de Ewan. Le comenté que estaba interesado en una mujer que me ignoraba y él sugirió que la pusiese celosa mostrándome en público con otra mujer. Lo siento, no fue una de mis mejores ideas. Ella se dio cuenta al instante de lo que significabas para mí y creo que la herí. Ewan, sin embargo, no se percató de nada —contestó algo pesaroso.

—Te equivocas, Alasdair —le dije suavemente—. Ewan siempre se dio cuenta de todo.

Él me abrazó con fuerza y acarició mi vientre abultado. En ese mismo momento, en respuesta a la caricia de su padre, nuestro hijo decidió por fin darse a conocer de manera más personal y, gi-

Mi alma gemela

rándose dentro de mí, le propinó una patada en el centro de su mano.

Alasdair se irguió apoyándose en los codos.

—¿Lo has notado? —preguntó.

Yo gemí asintiendo.

—¿Tú qué crees?

—¿Te hace daño? —inquirió preocupado.

—No demasiado, pero creo que va a tener bastante fuerza, solo estoy de seis meses, no me lo quiero ni imaginar cuando esté de nueve —hice una mueca.

—Oh, yo os cuidaré. No te preocupes —afirmó abrazándome otra vez.

No respondí, ya que él poco podía hacer, pero era tan feliz que me dormí con una sonrisa de satisfacción en el rostro.

CAPÍTULO 21

Lo recordaba...

Las semanas pasaron deprisa. Celebramos las Navidades con toda la intensidad posible. Las luces y los adornos que antes me resultaban tan dolorosos se convirtieron en algo más con lo que ilusionarme y el día que decoré junto con mi madre y mi hija el árbol de Navidad mientras Tony y Alasdair conversaban en el sofá fue de los más felices de mi vida. Esa simple escena tan familiar hizo que me sintiera viva y llena de orgullo por la familia que estábamos construyendo. Alasdair también había sanado ese aspecto de mi vida.

El frío intenso de enero dio paso a un frío más helador en febrero, cuando, por fin, pudimos mudarnos a nuestro nuevo piso. Había pasado un año desde la muerte de Sofía y no había un solo día en que no me acordara de ella. El día de su cumpleaños caminé entre la lluvia helada y me metí en una pequeña capilla, encendí una vela en su memoria y recé por ella, sintiendo su presencia conmigo.

Marzo llegó más frío y ventoso de lo habitual en esas latitudes y yo empecé a quejarme y a estar bastante molesta. La espalda me dolía y las piernas se me hinchaban al poco de estar de pie.

Un día cualquiera me encaré con Alasdair.

—¿Pero cuándo va a brillar el sol en este país de una puñetera vez?

Mi alma gemela

—Si ya estamos en primavera, Aileas —contestó frotándose la nariz enrojecida por el frío.

Un mes antes de que saliera de cuentas tuve el síndrome del nido, comencé a organizarlo todo con una firmeza y un orden realmente germánico. Sacaba una y otra vez la ropa y la volvía a lavar y a recoger, cocinaba mucho y compraba mucho más, como si la Tercera Guerra Mundial fuera a estallar. Me subía a las sillas para limpiar los altos de los armarios, lo que sacaba literalmente de sus casillas a Alasdair, que contrató a una mujer para que se encargara de la limpieza. Lo único que consiguió fue que yo la persiguiera de forma incansable repasando lo que ella acababa de limpiar.

Unos diez días antes de la fecha prevista del parto decidí darme un baño mientras Alasdair acostaba a Laura. Preparé velas aromáticas y llené la bañera de espuma. Aun así tenía todo el aspecto de una ballena varada en una playa. Mientras me relajaba, escuchaba la conversación que mantenía Laura con Alasdair, y me iba dando cuenta de que entre ellos empezaba a formarse una extraña y cordial alianza que nunca tuvo con su padre.

—¿No se ahogará el bebé? —oí la voz infantil de mi hija.

—No —contestó confiado Alasdair—. Él vive dentro de mamá y ella no dejará que se ahogue.

—Pero... —Laura vacilaba— si se mete bajo el agua no podrá respirar.

—No, el bebé ya vive dentro de una bolsa de agua en la tripa de mamá. Todavía no puede respirar —contestó Alasdair.

—Pero —mi hija seguía insistiendo— no lo entiendo. Entonces, ¿cómo puede vivir si no respira?

Por un momento no se escuchó nada. Yo sonreí. Laura también solía hacerme a mí ese tipo de preguntas en las que evitaba darle demasiados detalles que ella todavía no entendería. Casi pude escuchar los engranajes del cerebro de Alasdair buscando la respuesta correcta.

—¿Has visto la tripa de mamá? —preguntó mi marido.

—Sí —contestó extrañada mi hija.

CAROLINE MARCH

—¿Y has visto la canica que tiene en el ombligo?
—Sí —respondió mi hija con más interés.
—Pues esa es la nariz del bebé y por ahí respira —aclaró finalmente mi marido con un largo suspiro.
—¿En serio? —inquirió Laura, no muy convencida.
—Por supuesto —afirmó la voz grave de Alasdair.

Después solo oí a mi marido leyéndole con voz suave su cuento preferido hasta que Laura finalmente se durmió.

Lo oí salir de la habitación y cerrar la puerta con cuidado, y lo llamé.

—¿Sí? —inquirió él abriendo la puerta.

Antes de que yo abriera la boca, me silenció.

—No, déjame que lo adivine. ¿Pepinillos en vinagre?

Yo negué con la cabeza.

—¿Piruletas de fresa?

Seguí negando.

—¿Chocolate? —inquirió por tercera vez algo dubitativo.

—No —dije.

—Me rindo. ¿Qué te apetece?

—Tú, tú me apeteces —murmuré agitando las pestañas, que era lo único de mi cuerpo que tenía un tamaño normal.

Él se acercó observándome intensamente.

—¿Y puedes explicarme cómo demonios voy a poder hacer algo contigo así?

Su tono era divertido y su mirada rodeó toda la bañera ocupada en gran parte por mi inmensa barriga, que sobresalía como una pequeña isla.

—¿No eres ingeniero? Ya te las apañarás —contesté atrayéndolo hacia mí.

Esa misma noche una fuerte contracción me despertó, haciendo que me encogiera y posteriormente me arqueara en un gesto de dolor.

—Ya viene —dije girándome sin levantar mucho la voz para no despertar a Laura.

—¿Quién? —preguntó Alasdair con voz adormilada.

Mi alma gemela

—Mi tía la de Cuenca —contesté algo enfadada, propinándole una pequeña patada en la espinilla.

—¡Ay! —protestó él, se levantó de un salto y encendió la luz, lo que me hizo parpadear varias veces—. Tranquila, *mo luaidh*, yo me encargo de todo —afirmó.

Comenzó a recoger la bolsa de maternidad y una pequeña bolsa de deporte donde metió lo indispensable para quedarse conmigo en el hospital.

Yo, mientras tanto, me incorporé con cuidado y me vestí despacio. Otra contracción más fuerte que la anterior hizo que me inclinara peligrosamente hacia delante hasta el punto de que casi me caí. En un segundo lo tenía a mi lado sujetándome.

—¿Cuánto tiempo ha transcurrido? —pregunté yo más para mí misma que para nadie en particular. Toda mi atención estaba centrada en el dolor que sentía en la parte baja de la espalda y el vientre.

—Nueve minutos treinta y cuatro segundos —contestó él—. Todavía tenemos algo de tiempo.

Cogió el teléfono y llamó a Ewan y Deb para que se quedaran con Laura. Se habían trasladado a Edimburgo porque a Ewan le habían ofrecido un trabajo como profesor de literatura en la Universidad, lo que provocó no pocas discusiones con Deb, que veía en todas sus alumnas posibles rivales en su relación.

Como no tenía nada mejor que hacer me senté en el borde de la cama a esperar que Alasdair terminara de recoger todo.

—Ya está —exclamó cogiendo las dos bolsas y mi pequeño bolso de mano, que dejó en la entrada a la espera de que llegaran Ewan y Deb.

—¿Estás seguro? —pregunté mirándolo.

—Sí, está la bolsa del bebé, la mía, la documentación, tu ficha médica, tu bolso... —siguió enumerando un montón de cosas que luego probablemente no llegaríamos a utilizar.

—Dime, ¿has sido capaz de preparar todo eso tu solito, llamar a Ewan, dejar un mensaje a tu secretaria, cronometrar las contracciones y no te has olvidado de algo? —inquirí algo sorprendida, admirando su cuerpo totalmente desnudo.

CAROLINE MARCH

—¡Mierda! —exclamó, dándose cuenta por primera vez de su desnudez. Comenzó a vestirse a una celeridad que daría envidia a una modelo de pasarela.

Cuando terminaba de calzarse los zapatos escuchamos el sonido de la puerta al abrirse y vimos aparecer a Ewan y Deb con cara de sueño.

Llegamos al hospital pasada la medianoche. Nos llevaron directamente a la sala de preparación al parto. Después de examinarme, nos informaron de que el bebé estaba todavía muy alto y que tardaría unas horas. Yo no había dilatado lo suficiente para poder ponerme anestesia.

Estaba desilusionada y enfadada, había supuesto que esa vez sería más rápida, eso era lo que nos había asegurado el ginecólogo, pero, por lo visto, el embarazo y el parto no eran ciencias exactas.

Apenas podía moverme, estaba completamente monitorizada y, además, tenía una vía, que tiraba cuando me giraba y escocía bastante.

—No volverás a tocarme en la vida —masculié cuando una enfermera vino a comprobar por enésima vez si tenía fiebre y los latidos del bebé.

—Tranquilo, señor Mackintosh, todas dicen lo mismo y luego repiten —contestó ella sonriendo a mi marido, que lucía una expresión pétrea y pálida.

Él no contestó y eso me extrañó, siempre era exquisitamente educado con la gente. Lo miré detenidamente. Estaba sentado en una incómoda silla a mi lado, con los hombros caídos hacia delante, y se mesaba el pelo una y otra vez. Estaba nervioso. No, estaba asustado. Levantó la vista cuando sintió que lo observaba. Estaba aterrado.

—¿Qué ocurre, Alasdair? —pregunté olvidándome un momento de mi propio malestar.

—Nada, *mo luaidh*, tú intenta descansar y coge fuerzas. Yo velaré tu sueño —dijo como aquella lejana noche de agosto.

Eso me asustó más que nada.

Mi alma gemela

—Alasdair, no puedo descansar si sé que te ocurre algo. Por favor, cuéntamelo —supliqué.

Cogió mi mano y la acarició con fuerza.

—Aileas, me siento tan inútil... —confesó brotando un sollozo de su garganta—. Te veo sufrir ahí tendida y yo no puedo hacer nada más que sujetarte la mano. No puedo sentir tu dolor, aunque me duela más que nada en el mundo. Quisiera tener el poder de sentir por ti, de evitar que tú sufrieras y todo el dolor físico recayera sobre mí.

Mi marido, el hombre más fuerte y valeroso que había conocido nunca, había encontrado su talón de Aquiles. Acostumbrado a tener el control sobre todo lo que le rodeaba, aquello escapaba de su dominio. Quise abrazarlo y decirle que su simple apoyo a mi lado era más que suficiente.

—Alasdair —murmuré—. Te necesito a mi lado. Me basta con que me sujetes la mano, tu sola presencia conmigo es suficiente —remarqué.

Él me miró con tal gesto de dolor reflejado en sus ojos azules que me estremecí.

—Está bien, *mo luaidh*, haré lo que me pides —afirmó en un susurro.

—Busca en el bolsillo interior de tu mochila —le exigí.

Él me miró extrañado, pero hizo lo que le indiqué, sacando la petaca de plata labrada con el escudo de su clan.

—¿Es lo que creo que es? —preguntó volviendo a brillar una luz diminuta en sus ojos.

—Sí, los dos lo necesitamos —contesté.

—¿Los dos? —inquirió él.

—Los tres —corregí.

—De eso nada, no dejaré que bebas whisky en tu estado —repuso sujetando con fuerza la petaca.

—Oh, lo harás, Alasdair Mackintosh, si quieres conservar tu vida más allá de estas cuatro paredes —repuse con la poca energía que me quedaba.

—Está bien —concedió pasándome la petaca con reticencia.

CAROLINE MARCH

Di un largo sorbo y me atraganté, aunque al instante comencé a sentir un pequeño adormecimiento. Él me observaba con un gesto entre desconfiado y peligroso.

—¡Bah! —le dije—. Si esto no ayuda al pequeño escocés que llevo dentro a salir, nada lo hará.

Observé un atisbo de sonrisa en su rostro y él también dio un largo trago.

—¡Cómo lo necesitaba! —exclamó con más energía.

Los minutos pasaron y se fueron convirtiendo en horas. Me habían dado un pequeño calmante que hacía que dormitara a intervalos cortos, despertándome en un duermevela extraño, como si mi cuerpo levitara. Me distraía observando a Alasdair, que unas veces paseaba por la sala, otras miraba distraído por la ventana y la mayoría se sentaba a mi lado y me observaba con intensidad.

Casi al amanecer vino el ginecólogo a hacer otra exploración. Yo ahogué un gemido cuando noté su mano enguantada escrutando en mi interior. Pude notar que el cuerpo de Alasdair se ponía en tensión. El ginecólogo, cumpliendo con su trabajo y totalmente ajeno a las reacciones de mi marido, empujó con fuerza con la otra mano sobre mi estómago abultado obligando al bebé a moverse. Emití un grito agudo.

Al instante Alasdair sujetó la mano del médico impidiéndole moverse.

—No toque así a mi esposa —ordenó con voz baja y peligrosa.

—Señor Mackintosh, si no puede controlarse, tendré que pedirle que abandone la sala —contestó el médico mirándolo con seriedad.

Alasdair siguió sin soltar su muñeca posada en un extremo de mi enorme barriga.

—Alasdair —susurré sin fuerzas—, te necesito conmigo, por favor.

Mi marido soltó de repente la mano del especialista y se disculpó por su reacción.

Nos informaron de que el bebé estaba demasiado alto y que si

Mi alma gemela

no descendía a su lugar en el plazo de dos horas tendrían que intervenir en una cesárea de urgencia. Ambos nos quedamos igual de preocupados. Nuestros semblantes cansados reflejaban toda la ansiedad y la angustia por el bebé.

—Sálvela, doctor —exclamó de repente Alasdair—, si considera que su vida peligra, sálvela a ella, ella es toda mi vida.

El médico, apiadándose de nosotros, sonrió.

—Tranquilo, señor Mackintosh, dudo mucho que lleguemos a esos extremos, tanto su mujer como el bebé son fuertes y están bien —contestó, y abandonó la sala en compañía de una enfermera.

Pero yo sabía que algo no estaba bien, lo notaba dentro de mí, era una sensación extraña, como si nuestro bebé hubiera decidido no nacer. Todos los esfuerzos que hacía yo por intentar ayudarlo caían en saco vacío. Notaba que mi hijo y yo estábamos llegando al límite de nuestras fuerzas. Algo impedía al bebé llegar, quizá se hubiera enredado con el cordón, o se hubiera girado. Lo único que sabía con seguridad era que no iba como debía ir.

Alasdair también lo percibió y no se separó de mí ni un instante, controlando la monitorización de ambos y acariciándome la mano y la espalda cuando podía girarme.

—Tócame —exigí de repente.

—¿Qué? —preguntó él, como si le hablara desde algún sueño.

—Tócame —insistí—, necesito sentirte.

—No puedo, yo... —sus palabras se perdieron en un susurro inacabado.

—Sí puedes, Alasdair, ahora es tu turno, hazlo por nosotros —dije levantándome el camisón hasta el cuello y ofreciéndole mi cuerpo desnudo.

Alasdair pareció dudar un momento, pero comenzó a acariciar con delicadeza mis pezones, erguidos e hinchados y demasiado sensibles. Yo gemí entre el límite del placer y del dolor. Mi vientre se contrajo involuntariamente. Él se inclinó y comenzó a succionar y lamer alternativamente uno y otro. Creí que me desintegraba en un estado de semiinconsciencia. Y en ese mismo instante noté como el bebé giraba en mi interior y sentí su empuje arqueándome de forma violenta.

Alasdair retrocedió asustado y enfocó mi rostro, pero yo ya no veía nada, estaba totalmente concentrada en la labor de traer a mi hijo al mundo.

Ginecólogo y enfermera entraron corriendo en la habitación, preocupados por el salto que habían dado los monitores, y se pararon asombrados mirándonos. Era obvio lo que habíamos estado haciendo, pero yo no tenía tiempo para ruborizarme, mi hijo estaba naciendo.

—Sujétele las piernas —instó el médico a mi marido, que hizo lo indicado.

—Señora Mackintosh, cuando la avise, inspire profundamente y empuje con todas sus fuerzas, ¿entendido? —preguntó.

Yo asentí, mordiéndome los labios.

—¡Empuje, ahora! —gritó el ginecólogo.

Lo hice y me quedé exhausta.

—Pare, lo está haciendo muy bien. Ya ha salido la cabeza. ¿Quiere ver a su hijo, señor Mackintosh? —inquirió.

Alasdair, que hasta entonces había evitado mirar, se giró y se asomó entre mis piernas. Levantó la cabeza y, sonriendo con todo el orgullo de un padre, exclamó:

—¡Es pelirrojo!

Si hubiera tenido fuerzas suficientes le habría borrado la sonrisa de un rodillazo. En vez de ello seguí empujando y parando hasta que depositaron al bebé llorando en mi vientre ya súbitamente vacío. Alasdair cortó el cordón umbilical y vigiló todo el proceso de limpieza y las primeras pruebas médicas que le realizaron al pequeño Kenneth, porque así, con una simple mirada, sin palabras, decidimos que se llamaría. Como se llamaba su padre, como se había llamado su abuelo.

Finalmente los dolores, los temores y los miedos cesaron, dejándonos envueltos en una nube de felicidad. Yo arrullaba a mi pequeño, que manoteaba envuelto en una toalla y abría por prime-

Mi alma gemela

ra vez los ojos mirando con curiosidad el mundo que lo rodeaba. Era pelirrojo, sí, pero también tenía los ojos azules más bonitos que había visto nunca, exceptuando los de mi orgulloso marido, que nos miraba con arrobo a un lado de la cama.

Aquella noche, ya instalados en una habitación de planta, cuando habíamos recibido la visita de familia y conocidos que nos habían llenado de buenos deseos, flores y bombones, nos quedamos los cuatro solos. Laura dormía acostada a mi lado y Alasdair acunaba a Kenneth cantándole en susurros nanas en gaélico mientras nos dirigía furtivas miradas de amor.

Mi madre solía decir que la felicidad es algo con lo que todos nacemos, que hay gente afortunada que la mantenía durante toda su vida y otros que lo son menos y la perdían con la edad. Que la felicidad estaba en los pequeños gestos, en una sonrisa, en un guiño de ojos, en una mirada, en todo lo que nos rodeaba y que si una persona era inteligente, sabría apreciar todo aquello. Yo en aquel momento me sentí colmada de felicidad, tan llena de amor y de paz hacia mi familia que percibí que lágrimas de dicha se deslizaban por mis ojos. Yo fui una de esas personas que perdió la felicidad por el camino de la vida, pero también había sido una de las afortunadas que la había recuperado. Me quedé dormida con una plácida sonrisa de amor en el rostro y en mis sueños se deslizó la persona que me había ayudado a encontrar el camino.

—¿Qué haces aquí sola? —inquirió Sofía asomando su cara de duende en la habitación.

Le señalé la botella de vodka medio vacía sobre la mesa. El sonido de la música demasiado alta hacía que tuviéramos que levantar la voz para entendernos.

—Estoy ahogando las penas —declaré melodramáticamente.

Ella rio con esa risa cantarina tan peculiar.

—Mi Alice, no te das cuenta de nada, ¿verdad? No puedes ahogar tus penas porque las muy putas saben nadar —prorrumpió en carcajadas.

CAROLINE MARCH

La miré fijamente entornando los ojos.

—Vamos, sal, que la fiesta está en todo su apogeo, la mojigata de tercero se está intentando ligar al buenorro de Marcos —exigió.

—No quiero —contesté yo cogiendo otra vez la botella y bebiendo un largo trago.

—¿Qué ha ocurrido para que estés aquí encerrada?

—El imbécil de Rafa me ha dicho que necesita espacio. Espacio —repetí yo con sarcasmo—. Será fantasma, pero si solo hemos quedado tres veces.

—Tú lo has dicho, es un imbécil y ¿qué hacemos con los imbéciles? —preguntó.

—¡Mandarlos a la mierda! —contestamos las dos al unísono riéndonos.

Estuvimos unos minutos sentadas contra la pared, en el suelo de la habitación de estudiante de uno de los inquilinos de aquella casa, que ni sabíamos quién era ni nos importaba, mientras nos pasábamos mutuamente la botella.

—Ah, se me había olvidado —le dije arrastrando las palabras.

—¿El qué? —inquirió ella con los ojos nublados.

—He visto a tu pelirrojo —contesté yo intentando enfocar la mirada.

—¿Dónde? —su tono ahora era de interés.

—Creo que trabaja en un bar de la Plaza Mayor, no sé cuál. Ya sabes que he estado quedando con el imbécil allí esta semana para terminar el trabajo. Y hoy me he fijado. Estaba parado al lado de la puerta del bar, fumando un cigarrillo tras otro —le conté balbuceando.

—Cuéntame más —pidió ella.

—No hay nada más que contar. Era alto, demasiado para ti —rememoré con dificultad—, delgado, con el pelo corto y tenía los ojos azules, de un azul intenso, bordeados de gris. Me miraba con intensidad y me puso nerviosa, igual es un loco, o un acosador. ¡Yo qué sé! —terminé mi explicación.

—Pues para no contar nada, lo acabas de describir perfecta-

Mi alma gemela

mente. ¿Estás segura de que no te ha gustado a ti? —inquirió volviendo a beber.
—¿A mí? —exclamé con un deje de sorpresa y de asco—. Sabes que odio a los pelirrojos. Dan mala suerte.
—Ay, mi Alice, nunca digas nunca jamás —contestó ella sentenciando.
—Oh, te aseguro que jamás estaré con un pelirrojo, y menos con ese en especial —repliqué yo molesta.
—Ah, acabas de invocar la Ley de Murphy, mi Alice, acabarás liada con ese pelirrojo, si lo sabré yo —apostilló riéndose.
—Tú no sabes nada, Sofía, además, estás demasiado borracha. Seguro que mañana ni siquiera nos acordaremos de esta conversación —murmuré comenzando a enfadarme.
—No hace falta que la recordemos, ni tú ni yo, solamente él. Son las trampas del destino —volvió a reír inundando la habitación de carcajadas.

Agradecimientos

Esta novela es mi pequeño homenaje a la amistad, al amor de una madre por su hija y al descubrimiento de una nueva vida en un hombre que llega a serlo todo. Porque a veces, los lazos de la amistad pueden mover montañas y estremecer corazones.

Quisiera agradecer a todas aquellas que han compartido mi vida desde hace más de veinte años su incondicional apoyo: Lourdes, Marta, Marian, Estela, Eugenia, Nerea y Rosi; a aquellas que aparecieron con el tiempo: Miriam, Elena, Bea, Domi, Ana y Nuria su entusiasmo y paciencia; a todas las que he descubierto en este fascinante mundo de la escritura: Marisa Sicilia y Vanesa Vázquez sus sabios consejos y su presencia.

A mi madre le quiero dar las gracias por sus comentarios cargados de ironía: «¿Crees que soy como la madre de Alicia?». No, mamá, tú eres mucho mejor. Siempre.

Y a mi marido, por dejar que le tome prestados gestos y frases para hacerlos propios de Alasdair. Tú lo eres todo.

Y finalmente al jurado del Premio HQÑ, a la Editorial Harlequin Ibérica y en especial a María Eugenia, por confiar en mi obra y hacerla pública.

Últimos títulos publicados en Top Novel

El regreso del rebelde – LINDA LAEL MILLER
Víctima de una obsesión – DEANNA RAYBOURN
Los Cordina – NORA ROBERTS
Tierras salvajes – DIANA PALMER
Algo más que vecinos – ISABEL KEATS
Sueños de verano – SUSAN WIGGS
Tiempo de traiciones – ROSEMARY ROGERS
Nuevos comienzos – ROBYN CARR
Pasión de contrabando – BRENDA JOYCE
Los Montford – CANDACE CAMP
Tentando a la suerte – SUZANNE BROCKMANN
De repente, un verano – ROBYN CARR
Empezar de nuevo – ISABEL KEATS
Una luz en el mar – SUSAN WIGGS
Los Mackenzie – LINDA HOWARD
Una rosa en la tormenta – BRENDA JOYCE
Sabor a peligro – LORI FOSTER
Entre las azucenas olvidado – GEMA SAMARO
Cierra los ojos… – SUSAN WIGGS
Más allá del odio – DIANA PALMER
Historias nocturnas – NORA ROBERTS
Vacaciones al amor – ISABEL KEATS
Afterburn/Aftershock – SYLVIA DAY
Las reglas del juego – ANNA CASANOVAS
Luz de luna – ROBYN CARR
Cautivar a un dragón – LIS HALEY

www.ingramcontent.com/pod-product-compliance
Lightning Source LLC
LaVergne TN
LVHW030332070526
838199LV00067B/6237